U0117280

民国武侠小说典藏文库·还珠楼主卷

蜀山剑侠传

还珠楼主◎著

（第五卷）

中国文史出版社

目　录

1

第一八四回

照影视晶盘　滟滟神光散花雨
先声惊鬼物　琅琅梵唱彻山林

如今放下嵩山二老、余莹姑等三人不提。且说杨瑾、凌云凤仗着朱环之力制住神鸠，带了沙沙、咪咪二小，先一同回转白阳崖，天已是黎明的时候。健儿、玄儿早在洞前延颈企望，一见师尊回转，连忙上前拜见。大家同到洞中落座，云凤首命沙、咪二小重述前事。咪咪自喜功高，说得分外精神，全没注意到云凤神色。还是沙沙比较小心，一眼偷觑到师父面容不善，想起昨晚，虽然有功，终是背师行事，暗自心惊。不等云凤发作，悄悄拉了咪咪一下，一同跪地禀道："弟子和咪咪此行起因，只由于前日恩师要命弟子等前往妖穴，暗窥虚实，太仙师从旁拦阻，说得妖尸那般凶法。弟子等以为师父既然吩咐，此行决无差错，一时狂妄无知，背师行事。满拟隐身有术，人小可以藏身，不致触动埋伏，当晚便可以得了虚实回转。不料果如太仙师之言，妖尸墓穴埋伏周密，禁制重重，进本侥幸，出却太难，一同被困至今，方得出险。虽仗二位师尊福庇，得保残生，并因深入，略窥虚实，毕竟罪大功小，难以掩盖。未出险时，已和咪咪商量，归洞请罪，甘愿责罚，以为后戒。适蒙恩师垂询详情，不得其便。现在一切涉险经过，业已禀明。自知罪重，本来不敢求饶。不过弟子等人小无知，事属初犯，仍望恩师格外施恩，从宽暂免加罪，俾其改过自新，弟子等感激不尽。"

杨瑾见沙、咪二人一点大的焦侥细人，不特坚忍刚毅，有胆有识，更能知机进退，全不以功高自满，越看越爱，不忍云凤降责，早打好了主意。

便是云凤，先见咪咪表功得意之状，有些不悦；听完沙沙这一套话，再一看咪咪先时满面欢喜，已改成了畏惧之色，不知不觉，也消了怒意。只缘立法之始，不可姑息，故意作色怒道："尔等四人，本为焦侥细民，休说学道成仙，便是转劫为人，也须几世修积，才能得到。一旦受我提携，真乃旷世仙缘。先前不过奴仆之分，嗣见你等勤勉向上，才逾格施恩，勉强收容门下，随我学习道法、剑术，以冀将来有所成就，也不枉我度化一场。拜师那日，曾对尔等一再申说，本门戒条，最忌贪妄和违背师命。怎便一日之间，连犯二罪？现当群仙劫数，邪正不能并立，各异派中能人甚多。为师仗着师祖仙传，又在此面壁多日，悟彻白阳真人仙迹图解，近来身剑已能合一，不奉师祖之命，尚且不敢率易下山，恐有失闪，致贻师门之羞。尔等人小力微，道行直谈不到分毫。妖尸何等劲敌，上次杨太仙师和我，均经陷身挫败，几遭不测。我因不知妖墓底细，误以为尔等新学隐身之法，人小又可以暗中来往，不比我们公然与之对敌，或者不被觉察。嗣经杨太仙师一说，方知不可轻视。果然你二人一去，便被陷在内。设使妖尸命限未终，或是嵩山二老前辈不来相助，我与杨太仙师非其敌手，你两个小人焉有命在？有罪不罚，势必他日再蹈覆辙，或使旁人效尤。就算尔等身败名裂，咎由自取，岂不玷辱师门声誉？越是首次，越发姑息不得。

"现有去留两路，一任尔等自择。一是收回宝剑，逐出门墙。本山高出云表，下通无路，百里以内，深山幽谷之中，不少奇禽怪兽，毒虫恶蟒，以及山魈木魅之类潜伏，大人遇上，尚难幸免，何况尔等。姑念相随师生一场，由我亲自携带，送回僬侥故土，重为细民，自生自灭，永堕轮回，既非我的门徒，也勿庸再加责罚。一是先打四百荆条。我打你二人，也禁受不起，可由健儿、玄儿行刑，只不许丝毫宽纵。领责之后，我便随了杨太仙师，带着健儿、玄儿两个，同往仙山，参谒芬陀师祖，去化却神鸠恶骨。就便仰祈佛力，为尔等脱胎换骨。事毕，再带着健儿、玄儿，同往峨眉山凝碧崖太元洞内，拜谒掌教师尊，以及老少各辈尊仙同门。罚你二人在此看守洞府，闭门面壁虔修，以观后效。再如犯规，便以飞剑处死，决不宽容！"

沙、咪二小先听头一条路，已吓得通体汗流，心寒胆裂。后听第二条路，虽然不致被逐，送归故土，仍有修道成仙之望，但那四百荆条不好挨，尚在其次。最难受的是，矮叟朱梅别前，曾命杨、凌二女带了两小，同谒芬陀大师，去完神鸠恶骨，再送至峨眉后山，相伴神鸠，守候灵鬼徐完来犯。近日饱闻峨眉是群仙居处，仙景无边，此行暂时虽不能就窥见凝碧宫墙，参与开府盛典，但师尊既在那里，总还有一线之望。何况芬陀佛力，可以脱胎换骨，转为大人，渴望已非朝夕。不想一朝自误，出死入生，白受了许多惊恐危难，反闹到这般结果。健、玄二小安分守己，倒是不劳而获。这一来满腔奢望，全成梦想。一阵心酸气沮，不由同时落下泪来，悲泣不止。

杨瑾方要出言解劝，云凤微使眼色，喝道："你两个哭一阵，就完了么？

我和杨太仙师起行在即，倒是走哪一条路？快说！"这时沙、咪二小越想越伤心，已然泣不成声。便是健儿、玄儿，也觉师父责罚太重，心惊不已。云凤连问两次，二小方抽抽噎噎，同声答道："弟子宁死，也不愿离开恩师回去。惟望恩师念弟子昨晚之行，也曾饱受艰难危险，此次去见芬陀师祖时，将弟子也一同带去，哪怕再多打上几百荆条，也甘心了。"云凤见二小真个向道心坚，甘受重责，心中也颇赞许。明知杨瑾必加劝阻，仍然故意喝道："你两个误却仙缘，咎由自取。此行本来不许同往，既愿以打代罚，姑念诚求，也罢，健儿、玄儿取荆条过来，待我验看之后，再将他二人重责八百。"

沙、咪二人闻言，方去了心头一块病，立时止住泪容，跪叩师恩，和颜悦色，趴伏在地，静候施刑。健、玄二小取来荆条与云凤验看之后，因师命不许宽纵，哪敢从轻。各向沙、咪二小先道了罪，告以师命难违，手举荆条，刷刷刷往下抽去。这类小人，本极脆弱，不禁重打。沙、咪二小又知道健儿、玄儿手重，师父在上监察，不能徇情，这一顿打，还不打个皮开肉绽。一见荆条扬起，吓得双目紧闭，正准备咬牙忍受。谁知那又粗又长的荆条抽到身上，只听刷刷叭叭之声连响不住，却丝毫不觉痛痒。先还当是健、玄二小顾着同门义气，拼着受责，手下留情。及至偷眼一看健、玄二小下手神情，竟是又急又快，一点不像作假。再偷眼一看上面坐的二位师尊，师父虽然寒着一张脸，口角间却微露着一丝笑容，好似刚刚敛去；杨太仙师一双神光足满的炯炯双瞳，正注定他两个微笑呢。二小原极聪明，见状恍然大悟："杨太仙师素对自己等四人喜爱，适才出险之时又连夸奖了好几次。因见师父立法之始，又有别的同门比着，不便讲情，明着任凭师父降责，却在暗中行法保护，所以打在身上，不觉痛楚。否则任是健、玄二小怎样留情，哪有丝毫不觉之理？"想到这里，不禁双双抬起头来，又偷觑了杨瑾一眼。见杨瑾对他二人微一颔首，使了个眼色，又朝云凤一努嘴。二小猛想起已挨了百十多下荆条，尚未求饶。恩师为了立法，才不许将功折罪，如被健、玄二小看破，他们不知杨太仙师暗中默佑，定疑师父故意做作，岂不有关恩师威信？万一再被恩师看破，说不定由假变真，仍免不了挨顿真的好打，那才又蠢又冤呢。越想越对，不谋而合，各自装着忍受不住，始而低声泣求，继以大声哀号，苦求宽免。健儿、玄儿见二小竟能耐打，也颇惊疑。及至二小这一放声哀告，不禁动了同门义气，也双双住了手，跪在地下，代为哀求施恩，乞赐宽免。

其实云凤也极疼爱这四个小人，怒本假怒，不得不尔。口里虽然喝令健、玄二小重责，心中料定至多打上几下，杨瑾必来解劝，那时再乘风收帆，使四小都知警戒，以后不敢胡行，也就罢了。及见荆条打在沙、咪二小身上，没听出声呼疼。四小近练内功，尚只初步入门，决无这等耐打的本领；健、玄二小又没敢徇情从轻。杨瑾又未说情，知她由明劝改作暗中护庇。一看杨瑾，果然手掐暗诀，指着下面，脸却望着自己微笑。自己方觉做作得好笑，正值二小抬头偷看，不禁暗怪杨瑾："只顾你一味偏袒，使得被责人毫不知痛，如被健、玄二小看破，还当是当师父的也有心作假，打给他两个看，岂非笑话？你好歹也让他俩挨上几下，一则使知畏惧，二则也好下台。"

云凤正打算用话去点杨瑾，沙、咪二小已然会意，哭求起来。接着健、玄二小也停了行刑，跟着跪下求情。云凤先望杨瑾一眼，假作不允，并喝健、玄二小何故停刑，莫非也想陪挨几下？健儿、玄儿吓得刚要拾起荆条接着再打，杨瑾将手一摆，含笑劝道："这两个小人儿，已挨了二三百下。先时想是自愿领责，不敢出声。我也因你立法之始，不便求情。如今我看他们实禁受不住了，怪可怜的，看我薄面，饶了他们吧。"云凤闻言，才借势收科，吩咐住打。喝道："两个大胆的小孽障，如非杨太仙师金面，今日怎能宽免？看你们下次还敢违命胡为不敢？"二小齐声恭答知悔，又匍匐膝行上前，先谢师恩，后谢杨太仙师讲情之德。云凤喝令起去。沙、咪二小仍装作负伤委顿之状，缓缓起立。

健、玄二小刚要过去搀扶，杨瑾已一手一个，将沙、咪二小揽至怀内，说道："你两个为我的事，受了不少惊险辛苦，功成归来，还要挨打。在你师父门下，固是有罪，便换了是我的徒弟，也不肯就此宽容。如单是对我，却是有功之人，当得奖赏酬劳，才是正理。可惜我的法宝虽多，你两个气候还差，拿了去也难使用，一遇强敌，转足为祸。好在你们俱要随我同返仙山，我自有一番计较。这里有两粒灵丹，乃我师父芬陀师祖亲身炼就。共采取灵药不下千数百种，为时九年，始见炉鼎之上凝成异彩，取出开视，共只炼成了三千六百四十九粒。我前生曾列门墙多年，并未赐予，直到转劫今生，才赐了我十几粒。除自服外，余者带在身旁，行道济世，并赠有缘之士。恰巧还有两粒在此，今特赐你们。此丹功能起死回生，轻身延龄。你两个服下去，不特立时止痛，尚有其他妙用。这权当我的酬劳吧。"沙、咪二小闻言大喜，忙恭恭敬敬叩谢接过，献与师父过目，然后奉命吞服下去。这一来，恰好将适才那顿不受伤的打掩饰过去。云凤始终仍作不知。沙、咪二小由此将杨瑾感激得刻骨镂肌，永铭心版。二女刑赏兼施，恩威并用，又各告诫了一番，教了拜谒芬陀师祖的礼节，到时不可大意，妄言妄动，自干罪戾。四小一一领命。

二女这才行法封洞，由云凤用朱环制住神鸠，杨瑾持着圣陵二宝，紧紧监督，同驾遁光，带了四小，招呼一声，大小六人，一同破空而起，电转星驰，直往川边飞去。到了川边大雪山倚天崖龙象庵前落下，正遇芬陀大师的师侄苏州上方山镜波寺独指禅师的记名弟子林寒，站在门前危石之上，向着来路眺望，状似若有所待。杨瑾以前曾随神尼芬陀到过上方山几次，知道此人剑术高强，深得独指禅师降魔真传。

原来独指禅师因和林寒俗家谊属至亲，当年修道未成时又曾受过乃祖林鸾三次解难救命之恩，兵解时再三重托，说此子凤根深厚，生有仙骨，自己解脱在迩，他年纪太小，不及引度，匆促中无人可托，恐将来不遇明师，误入旁门，务望暂时引到门下，传以道法，等他仙缘到来，另有遇合。禅师自然义不容辞，忙寻到江西南昌府林鸾俗家，将林寒接引上山。因见他资禀虽佳，可惜杀孽太重，本身不是佛门中人。因受乃祖一场重托，虽然不惜尽心传授，只收作记名弟子，并未给他披度。便是所学，除教他在炼气、吐纳、导引等玄门根本功夫上着力而外，尤其偏重在降魔防身上面，并未传以禅门心法。

彼时林寒初入门，年纪虽只七岁，因家中兄弟姊妹甚多，乃父奉有仙人祖父之命，事前曾对他说过详情。他又生性好道，颇有祖风，知道禅师是得道神僧，法力无边，来时满怀成佛作祖奢望。嗣见禅师不为披剃，也不轻授经典佛法，与别的同门不同，心中疑虑。过了数年，忍不住请问。禅师对他说了经过，并说乃祖当时也只是暂托收容，免入歧路，异日尚须另拜仙师等语。林寒好强，闻言心中好生忧闷。几次婉言恳求，说师恩深厚，自己向道心坚，志在求禅，佛门广大，怎的不能相容？千乞师父格外成全，誓死不再投师他适等语。禅师笑答："事有前定，你我俱不能改易，一切将来自见分晓。"仍是执意不允。

林寒无法，拿定主意，相随禅师不去。用起功来，分外勤勉，日益精进。二三十年光阴，论飞剑法术，无不出人头地。近年禅师又将生平几件炼魔之宝悉数授予，本领益发惊人。中间好几次奉命下山行道，因禅师说他杀孽太重，时时警惕，轻易不开杀戒，一心只想人定胜天，以诚感格，永列佛门。每当复命，和禅师说起他的心意，禅师总说："到时由不得你。"

末次回山，禅师因他外功积得很多，大为奖励，却仍不见他传戒披剃。林寒一时情急，跪伏哀求不起。禅师摇手笑道："无须如此。我这里有两封柬帖，注有年日，到时开看自知。你既未得我禅门心法，又未得过玄门上乘真传，所学只是佛道两门中的防身御魔法术，任你练得多么精深，至多所向无敌，并不能修真了道。何况各派高人甚多，无敌二字万做不到，怎可不去求师，就此而止？你尝说随我修身不去，即此一言，已不似佛门中人口吻，何论其他？我师徒功行即日完满，你此次归来恰是时候。后日可持我第一封柬帖，往川边小崆峒倚天崖龙象庵去，叩见芬陀师伯，她看完柬帖，自有吩咐。以后便在她邻近的大雪山中潜修，一则遇事可以求助请益，二则你将来转入玄门也应在其处。余下一封，另有奇验。现值夜课，你跋涉多日，回房习静去吧。"

林寒听禅师言中之意，好似禅师圆寂在迩，不禁大吃一惊。还欲叩问，禅师把面目一沉，将手一摆，双眼便合下来。接着门下僧众也都跪伏在地诵起经来。自己跪处，正当上座大师兄明照夜课唪经之所，正自含笑相待，口中并已喃喃不辍。只得惘然礼拜起立，回房自去打坐。原意夜课毕后，再去跪请明示。打了两个时辰的坐，子夜已然过去。忽闻异香由外传来，耳听前殿梵唱之声越益严密，觉与往夜不类。抬头一看，前殿已被红光罩满。情知有异，慌不迭地飞身赶往前殿一看，禅师业已换了法衣，端坐示寂。门下众弟子共是六人，也都法衣列坐，口诵佛祖出世真言，梵唱正和，神态甚是端肃，看神气连众弟子也一齐同去。先时闻语心惊，万不料这般快法，不觉又是伤心，又是着急。忙一镇静心神，恭恭敬敬跪行入殿，匍匐在地，眼含痛泪，口称恩师。刚要往下说时，禅师忽然睁眼微笑道："适才话已说完，你自谨慎照此做去，玄门一样也成正果，何必这般作态则甚？速去勿留。"

说完，只"咄"了一声，满殿红光金霞闪闪，花雨缤纷。众弟子梵唱尽息，各人脸上都有一片红光升起，一瞥即逝。再看禅师师徒六人，俱已化去。想起多年师父、同门相处的恩义，由不得一阵心酸，哭出声来。正瞻仰法体，抚膺悲恸间，忽听地底隆隆作响。猛想起法体已各用真火化去，并未备有盛殓缸坛。建造此殿时，距今不过两年，禅师曾有归宿于此之言。并且全殿俱仗禅师法力，运用本山空石建成。地下震动，想是早已行法，要连殿带七尊法体一齐埋入地内。那两封柬帖，也不知放在哪里。这时地下响声愈洪，震撼愈烈，明知地将陷落，满腹悲思，仍在跪伏瞻拜，兀自不舍就去。待不一会，倏地一道金光，起自禅师座前，猛觉一阵绝大力量迎面冲来，自己竟存身不住，由地下被它撞起，直掷出殿外老远。才一立定，金光敛处，再看殿上石门已合，又是一大团金光红霞升起，异香缭绕，沿着殿的四围陷成一圈，地底仍旧隆隆响个不住，全殿就在这百丈金霞笼罩中，缓缓落了下去。

等林寒跪叩起身，地底响声顿歇，金霞渐隐，殿已不见，变成了一片石地，毫无痕迹可寻。原存身所在，却放着两封柬帖。拜罢拾起一看，一封是与芬陀大师的；另一封不但外面标明年月，还注着开视地头。寺中连林寒一共是八人，禅师师徒七人同时坐化，剩下林寒一人，无可留恋，法体又经大师行法葬入地底。只所余殿房系经大师师徒在此苦修多年，就着本山木石泥土亲手建造。全庙共有大殿三层，俱供有佛菩萨像。此外尚有七间禅房，一个偏殿。甚是庄严坚固。自己一走，日久废置，岂不可惜？独自在寺中望空哭拜了几次，想不起两全之策。

第二日中午，正在哭拜，忽见山门外走进一伙僧人。为首一个老和尚，生得身材高大，慈眉善目，身着法衣，手持禅杖。身后随定的六个和尚，也都容止庄和，面有道气，一同缓步走来。林寒看出不是常人，方要上前请教，为首老和尚只一合掌，便率众往内层大殿中走进。林寒连忙跟入，见他师徒先朝殿中佛像礼拜了一阵，竟往禅师师徒日常打坐用功的蒲团上坐下，同把眼皮一合，打起坐来，仿佛这寺原是他们的一般。人数也恰一个不多，一个不少，共是七人。林寒虽知这些和尚必有来历，总想问个明白。见他们不理不睬，公然想要占有的神气，未免些心中不服。表面上却不露出，上前躬身请问道："老禅师哪座名山？何处宝刹？上下怎么称呼？因何驾临荒山小寺？尚乞指示一二。"那老和尚合掌低眉，兀自坐在那里，仍好似全未听见。林寒连问三次，不听答应。暗忖："佛门弟子，也不是全不讲理法。师父师兄们全都坐化，这寺原应自己承袭。就算我奉命离山，远行在迩，正愁此寺无人照管，你如是有道高僧，请还怕请不到，来得原好。但寺这时终是我的，和我要，也应说明来意，好言相商。怎的我越卑下，他们倒反客为主，连理也不理？"

越想越没好气，正待发作，猛觉前面禅师坐化殿宇沉落的广院中，似有破空之声飞坠。接着听见两人说话的声音，枭声怪气，甚是刺耳，好似以前在哪里听过。不禁心中一动，丢下那些和尚飞出，隐身二殿墙角，探头往外一看。只见故殿原址站着两个异派旁门之士：一个正是五鬼天王尚和阳；另一个中等身材，蛮僧打扮，秃得连眉毛都没有一根，相貌猥琐，腰佩法宝囊，背插双刀和一根幡幢。二人背向自己，正在谈话。

先听五鬼天王尚和阳道："昨日在毒龙道兄洞中用晶球视影，察看老贼和尚近做何事，明明见他同了几个孽徒一齐坐化。后来殿中走进一个俗家少年，忽然光华涌起。底下便看不见分晓。我算定老贼师徒已然坐化，想起当年之仇，今日特地约了你来，取他们师徒的遗骨，回山炼宝，兼报前仇。怎么到了这里，全不见那座石殿影子，是何缘故？"那秃子答道："这里并无丝毫遗迹可寻，莫非他师徒在旁的地方坐化了么？"尚和阳道："适才我们在空中飞落时，看见全庙孤零零只有这一座殿，与晶球所见不类，原也疑心有变。下来一看，那山门情景，与院中这些树木山石，无一不与昨晚所见相合。只那座殿，却不知去向。此寺是他多年盘踞之所，从不轻易全数离开。坐化决已无疑，只不知使甚法儿，将劫灰藏起。今日好歹也须寻出他的下落才算。"

林寒想起当初五鬼天王尚和阳行经山下，劫取阴胎，被禅师赶去，救了垂死的孕妇，打了他一禅杖，几乎打死。林寒随去，虽未露面，却看得明白。知他当时侥幸逃生，仍然记恨前仇，乘着禅师师徒化去，前来报复，不禁怒从心起。本要出去会他，继一想："后殿那七个和尚，来得甚是奇突。适才过这头层殿时，好似见老和尚用禅杖在地上略微划了一下，以为事出无心，没有在意。五鬼天王乃旁门左道中能手，同来秃子虽未见过，也似不是凡庸。全寺大小也有三层，一二十间殿房，到了他眼里，却只看见这一点地方。即使藏法体的故殿，事前有恩师法力封锁，他看不出，怎连后边殿房也自隐起？"想了想，来人已落下风，恩师必有部署，决讨不了便宜。还是暂不出去，看他有何伎俩使出来，再行相机应付。

说也奇怪，尚和阳和那秃子不住口诵番咒，两手掐诀，将魔教中极厉害的禁敕之法全使出来，院中通没丝毫动静，看神情烦恼已极。后来秃子又说："贼和尚师徒遗蜕，许不在此地，埋藏寺外。"尚和阳道："这绝不会。休说晶球视影，看得他明明白白，不会差错。便是贼和尚，平日以为他炼的是禅门正宗，上乘佛法，把一切释道各家门户全不看在眼里，何等自负，岂有在他去时，做那掩藏畏人之事？我想仍在此间，定是用那粟里存身的金刚禅法，将躯壳埋葬。表面上仍作为生灭都在此地，并不畏人寻掘。真个诡诈，可恨已极！今日好歹也要寻出他来，带回山去，用我本门天魔大法祭炼，叫他枉炼多年已成道的元神，仍要永远受我禁制，万劫不得超生。我却添一件纵横宇宙，无一能敌的至宝。"

说到这里，忽听有人在近侧微微一笑。尚和阳疑心是秃子笑声，秃子力说无有。二人也是异派中的能手，久经大敌，情知有异。虽然有些惊疑，暗中却行使一种极恶毒的禁法，想使敌人现形受制。法使完仍无动静，方在自揣："明明听见有人微笑，怎会听错？"秃子忽然失惊道："道兄，我们不是遇见劲敌了吧？我两人所行之法，有绝大妙用，无上威力。就算贼和尚遗蜕没有

8

埋藏此地,这些殿宇山墙和院中树木,如何能禁得住？岂不早成灰烬了么？"

一句话把尚和阳提醒,不禁骇然。正要开口,忽听梵唱之声起自院中地下。一会工夫,院后和四方八面跟着继起。顷刻间,全山远近,到处响应。尚和阳和秃子听了,兀自觉得心战神摇,不能自主,身子摇摇欲倒。知这是西方天龙禅唱,妙用无方,不知机速退,一被困住,不消个把时辰,周身骨软如棉,如痴如醉,全失知觉。先是不知转动,任何道力法术,只一使,便都破去。接着心神大乱,勾动本身真火,自化成灰。不由吓了个魂不附体,同喊一声:"不好!"连忙破空飞起。

林寒闪身殿角,本就愤怒欲出。这时方知佛法妙用,好生惊佩,犹未知是新来的老僧助力。一见敌人狼狈欲逃,哪里容得,大喝一声,方要飞出拦阻,猛觉身子被人拉住,耳听有人低语道:"何必如此急急？他逃不走,时限未至,略加警戒,由他去吧。"

忙回头一看,四山梵唱声中,身后空空,并无一人。那么精纯的剑术,却飞不出去。再一看尚和阳和那秃子,满身烟光,还没飞过殿角,便似有人牵引着的收线风筝,飘坠下来。连起几次,俱是如此。彼此面面相觑,神态惶急,作声不得。隔了俄顷,秃子首先服输,朝尚和阳一使眼色,面对大殿跪倒,低声祝告,求饶一命。尚和阳先还负强,后来实在无计可施,耳听梵唱之声越密,危机已迫,再不知机,非弄到形神消灭不可,也吓得跟着跪下,祷告起来。刚叩了几个头,祝告未终,一片金霞笼罩处,地面顿现出一个大孔,先从地底升出,大如七朵金莲,上面端坐禅师师徒七人。放出万道金光,千条霞彩,祥氛瑞霭,花雨缤纷。看似缓缓升起,晃眼工夫,没入高云之中,不知去向。紧接着,又从地底缓缓升出七个老少僧人,一到地上,便望空膜拜。等禅师师徒法体升入云中,为首老僧才用禅杖指着尚和阳和秃子微笑说道:"你二人看见了么？正邪殊途,便在这里。此乃幻象,休得当真。趁早回头,还不快去!"说到"去"字,满院金光霞彩,似电闪金蛇一般乱飞,耀目难睁,四山远近又千梵唱,划然顿息。就在这瞬息之间,眼前一花,金霞敛处,依旧白日当空,院宇沉沉,老少僧人全都不见,地面也并无孔穴,只剩尚和阳和秃子二人。知已开恩释放,慌不迭地站起身来,抱头鼠窜,各纵遁光,破空飞去。

林寒见禅师师徒法身出现,亟欲追出顶礼,无奈身子不能飞动。嗣见七个僧人,竟是今日新来的不速之客,定是恩师算到有此一着,特地事前约来相助,接掌此寺的。不由敬心大起,方后悔适才错看了他们,尚幸没有侮慢之言出口。算计前院隐去,仍在后殿打坐。念头一动,脚已能移,连忙一敛心神,恭恭敬敬走向后殿一看,果然老和尚等七人端坐在那里,与先前一样,好似全未动过。急忙跪伏在地,方要请问法号,老和尚微睁二目,含笑道:"你不是我这里的人,你自有你的去处。今日且容你暂住一宵,明早自去吧。"林寒已料定他是前辈高僧,赴约而来,恭恭敬敬跪答道:"弟子愚昧,有许多老前辈都不曾拜见过。昨晚众师兄坐化,师父只命弟子明日早行,往川边龙象庵拜见芬陀大师,也没说起老僧师今日驾到。初会时不知究竟,诸多失于敬礼,望乞老前辈开恩鉴谅。并恳赐示法号,日后回山拜谒,也好称谓。"

老和尚笑道:"我无名无姓,有甚法号? 我的来历,你见了芬陀道友,自然明白。适才那两人,你想必急于知道他们的来历。一个是尚和阳,你原认得,不说了。那秃子是天山博克大坂羊角岭的四恶之一,姓许名陶,各异派中都称他为秃神君,精通邪法,心辣手狠。尚和阳因记你师父当年之仇,法力又敌不过,蓄志已非一日。昨晚在他同道毒龙尊者那里,谈起前仇,偶用晶球视影,恰看出你师父行将坐化。正想看个仔细,你师父神机内莹,慧珠朗照,已有觉察,立使佛法,放出三宝神光,将全殿笼罩。这厮底下虽看不真切,已然略窥虚实。恰遇许陶也在那里,从旁一怂恿,想将你师父法体盗回山去,用魔教中极恶毒的禁法咒炼成灰,拿去害人。谁知你师父知我必来送别,特意等我事完赶来,身虽灭度,真神尚未飞升。佛法无边,岂是二三妖邪所能侵犯? 如非这厮命不该绝,许陶将来别有一番因果,又都见机乞命的话,那西方天龙禅唱,再过巳时不停止,这两个妖孽便没命了。你师父法身,安藏正殿,凡体不能入内。我师徒一到,便来这里打坐,仍以真神前往相会送别,以践宿约,人并未离开此地。因尚、许二妖人俱是邪道中的能手,你本带发学道,平素和这厮未有嫌怨。你日后要在雪山隐居,以俟仙缘。这些妖人,常时来往其间,此仇一结,岂不平添许多仇敌魔障? 何况早有安排,用你不着,无须多此一举。所以将你阻住,不令出去。

"今晚子时,还有人来与你师父送还一样东西,于你大有用处。来人如知你师父灭度,必将此物不还,据为己有。彼时我师徒已在夜课之际,这是大金刚禅课,不是寻常。他闻得梵唱之声,恐佛光伤了他,必不敢冒昧进来。你到了亥正,即去山门外相候,如见有一道青光自东南飞来,立即上前拦住,只说一句:'你事已办完,借我师父的东西,快些还来。'他当你奉着师命索讨,当时必不疑心别的,定然交还给你。你接过手来,即速回到殿里。切忌回头看他,神形越自然越好,以免他见你不是佛门装束,因疑生悔。他知你

10

师父道力高深,你虽非佛门弟子,也必有瓜葛,奉命守候,东西已落人手,纵生悔心,没有启衅之由,也说不上不算来了。他来时空中先有极尖细的啸声,如能用法稍掩本来面目,日后用那宝物时,再仔细一些,他不知此宝被何人得去,无从寻觅,便永无后虑了。等天微明,急速起身去吧。"

林寒敬谨受教。见老和尚又闭目入定,不敢再渎,叩谢起身,回转自己禅房,打坐养静。到了戌初,先将随身应带的法宝、衣物,一切准备停当。左右无事,恐怕来的时间万一早晚相左,天交亥初,便去山门外相候。那晚正值山中云起,星月无光,山原林木尽被云遮,四外黑沉沉的,虽练就一双慧眼,也不能穿透云雾。这时大殿中梵唱之声已起,迎着浪浪天风,独立苍茫,禅唱琅琅,间杂一两下疏钟清磬,入耳清越,益发显得空阔幽静。想起自己从小在此带发修行,蒙恩师教养深恩,好容易学会许多道法,只可惜本身不是佛门中人,未传得上乘真谛。原意精诚所至,金石为开,只要念切虔诚,励志苦修,不患不得恩师垂怜,祝发受戒,侧身禅门,同参正果。谁知福薄缘悭,恩师和诸同门遽然道成飞升,只撇下自己一个。今天所来前辈高僧,未说出法号,看神气必受师门之托,来接此寺。那送还宝物的,自己回山不久,没听恩师提起过,也不知是什么来历。以前在外行道济世,仗着道术、飞剑、法宝俱是仙传,从没闪失过一次。听那前辈高僧嘱咐谨慎行事语意,好似并不寻常,来时倒要看他一看。

林寒一面伤感,一面寻思。时光易过,不觉已是亥子之交。忽听一阵极尖锐的啸声,甚是悠长,远远随风送到。心中一惊,立时收起思潮,振作精神,静心等候。因为先前胡思乱想,闻声仓猝,竟忘了行法掩饰面目。说时迟,那时快,啸声方才入耳,便见东南方天空中,有一道时青时红的火光,似火箭一般朝山门前射来,晃眼工夫,便自飞临切近。只见白忽忽一幢似人非人的影子,面上一团银光笼罩,周身火光围绕。林寒运用慧目,定睛细看,竟未看出那东西的真实面目。忙照老和尚的吩咐,一纵遁光,迎头拦住,大喝道:"快还我师父的东西来!"那白影行时迅疾异常,来势本要往山门中穿进,闻得禅唱之声,首先吃了一惊,势子一缓,便遇林寒在山门前飞起阻路,匆促间竟未容他细想,立将所持之宝递过。林寒喝声甫住,忽见火光中伸出一只细长手臂,掌中托定一物,连忙伸手接过。那白影正往山门下拜,林寒已一纵遁光,往大殿内飞去。刚一飞起,微闻那白影在身后叹息之声,好似欲追又止之状。手中所持之物,颇似一块圆的玉璧,手触处,似有篆文凸起。相隔不远,晃眼飞入殿内。见眼前奇亮,霞光闪闪,幻为异彩。老和尚师徒七人，俱在合掌喃喃，梵唱之声益急。回头往殿外一看，那条火箭已往东南方高空中飞去，耳听啸声转厉，又由近而远，料是离去俄顷。

林寒因明早便要长行，恐还有甚吩咐；自己将行，也该禀一声。先叩谢了一番，仍然跪伏地上，静俟经声住后，再行领诲。待有个把时辰，梵唱之声才止。老和尚挥手命林寒起立，笑道："佛家原戒打诳语。我因你师父的遗物，又是玄门之宝，理应为你所得。这孽畜借用已久，不迟不早，偏又在你行前送还，正好成全你收受，以为异日全身免难之用。他来时太骤，你竟忘了掩饰本来面目。你明早西行，他暂时寻不到你，日后终有寻着之日。这孽畜乃多年得道老猿精魂，厉害非常。你师父因前生与其有瓜葛，又怜他久已改行向善，灾劫临头，竟难避免，为优昙大师门下大弟子素因飞剑误伤，故将来入佛门以前三世修真炼魔之宝借与了他。他虽说不轻害人，但是报仇之心却重。你师父只借此宝，不肯赐予，便是恐他仗着此宝，去往汉阳白龙庵寻仇，又惹诛魂堕劫之祸。还来本非所愿，再如知道你师父前日坐化，此宝可以久借不归，不料自行送到，被你巧得了去。我是主谋，一时多事，自惹烦恼。早知有此几场纠葛，不去说了。休看你苦炼多年，飞剑、法宝多半上品，正邪各派中法术俱知门径。无奈未受禅门嫡传，玄门功行还未到上乘地步，真遇各派中出类超群之士，仍非对手。尤其这类多年得道精魂，因他形骸已脱，复经苦炼，真神凝固，变化无穷，飞剑、法宝所不能伤。须防他访查出你的行迹，须知善者不来，来者不善。你走后，他必先来寻我，连遭失利，转而寻你，宿怨已深。往好的说，看你师父情面，将宝夺去，与人无伤；否则，他来去飘忽，无形无声，行同鬼物，任你防卫周密，吉凶也自难定。所幸适才我看他一身道气，尚有仙缘遇合。你师父赐你柬帖，又命你远投芬陀大师，在雪山隐迹，必与此事有关。你也久经大敌，必能预烛机先。你只谨记着每当入定之先，预将洞门和你身侧四外，行法封闭禁制，即使来侵，也可警觉。只要不大意，便不致有大害了。"

林寒谨谢教诲。又把寺中尚有自耕山田果林等数顷，近二十年来，诸同山禅关一坐，便是经年，都是自己行法耕植，虽未荒废，已不自食，除供佛前香火外，十九散给近山贫民等情，一一禀告。老和尚含笑点首，挥手命出。告别出殿，到房中待了片刻，见东方已现曙色，携了衣物，重又走向大殿和禅师坐化之处，各端肃拜了几拜，径往川边倚天崖飞去。

林寒到了龙象庵前落下，进去见了芬陀大师，跪下行礼，递上一封柬帖。芬陀大师看罢柬帖，唤起说道："令师坐化，我适有事，未克亲送。信中说你前生孽累,有难避免者,嘱我就近照拂,自无恝置之理。大雪山冰壑洞穴甚多,只神旗峰顶有一洞最佳,孤峰入云,高出天半,山腰以下,尽被冰雪封住。不特飞鸟不到,因为地势过高,峰又不广,便是各派中御剑飞行之士,往来经行,也都至多略绕峰腰即过。如非知你在彼,特地相访,绝不会飞上峰顶。那洞又深藏峰顶中心仰天池内,池深数十丈,水涸已逾千年。此洞傍壁而开,乃古昔泉眼,甚是幽宵宏深。因那池深圆,如一大井,深入土内,连天风都吹不到,故各峰皆属奇寒,池中气候独暖。土又肥沃,奇花异草,满地皆是。加以千年古木,森森挺立,繁茂郁生,几乎与池等长,相隔上面池边,不过两三丈高下。最妙的是,这些林木凡是高及池面的,都是北天山特产的一种仙人棕,枝干繁密,直立若盖,叶细而长,四处挺生,冬夏常青,恰好将那池面遮住。即便有人从上面飞过,也只当是一个数十亩方圆,满生青草的盆地干池,绝料不到下面有此奇景洞穴。真个幽僻隐秘已极。洞中更有一道暗瀑清泉,甘芳可饮。你在此潜修,甚是合宜。"林寒大喜,忙又跪下拜谢。一问老和尚师徒来历,乃是禅师师弟无名和尚,佛法无边,已将证上乘功果。

头一次杨瑾下山积修外功,未在庵中。第二次,林寒便在神旗峰池洞中潜心修炼。有一天林寒正在池洞中打坐,忽觉心惊肉跳。起看第二封束帖,尚未到开视时日。忙即严加戒备,飞往庵中,向大师求教。大师默运灵机观察,竟是老猿精魂因查出底细,心中愤恨,或明或暗,连往上方山镜波寺中,用尽方法寻仇,俱被无名和尚师徒以佛法战败。末一次暗中变化前往,以为可以出其不备。谁知魔浅道高,几遭不测,因此不敢再往。四处寻访林寒下落无着,忽生毒计,寻到林寒老家,访去林寒生辰八字,用极厉害的邪法设禁,意欲使林寒禁受不住,被逼无奈,自行投到。照例此法一遇道行稍高的人,头几天不觉怎样,七日一过,便神志昏迷。当在禁中,真神被摄,自行投到行法人前,一任摆布,叫如何便如何,什么真情,全部吐露,无力违拗了。

第一八五回

月夜挟飞仙　万里惊波明远镜
山雷攻异魅　千峰回雪荡妖氛

　　芬陀大师查知就里，乘老猿行法未久，只凭邪术虚相摄引，不知仇人所在以前，先用佛法破解，又传了林寒金刚、天龙两般坐禅之法，以防下次。并命将所得宝物贴胸藏好，谨防万一失盗。那宝物乃是一块古玉符，上刊云龙凤虎、水火天雷及诸灵符，为禅师前三世身在玄门时所炼的一件奇宝，本可用来防身。无如老猿遭劫之后，精魂未固，仓猝之中又寻不到好庐舍，巧遇禅师路过，哀哭求情，知异类炼神最怕魔扰，便将此宝借他防魔。老猿拿去，苦炼多年，竟将精魂炼得比转劫借体还强十倍，又妙在能以玄功变化，随心所欲，道行大进。猿精对此宝已深知奥妙，禁他不住。林寒在庵中住了月余，学会禅功，方始回去。

　　杨瑾此时并未在庵，只是以前随大师往上方山去，见过几次。曾听大师说过，他有相求自己之处。知他无事不来，又在庵前守候，延颈企盼神情，说不定便是等待自己回庵，有甚急事。忙即招呼云凤，携了四小，一同降下。原来林寒仍是为了猿精之事，来此求助。芬陀大师正在打坐，只说："杨瑾可以为谋，现时同了凌云凤，在白阳山斩罢三尸，业经起身在途中了。"说完，便即闭目入定。林寒不敢在旁渎扰，所求之事又极紧急，忍不住跑出庵来眺望。

　　正等得有些心焦，见面甚是欣喜。杨瑾引见云凤、四小，施礼入庵，先去芬陀大师面前，率领云凤、四小一同跪拜，将轩陵二宝昊天鉴、九疑鼎，以及鼎内取出的一丸混沌元胎，连同妖墓所得三支后羿射阳神弩、四十九粒铁豆、一个大葫芦等，一并献至座前，恭恭敬敬，禀告一切经过。大师微启二目，含笑点首，向林寒看了一眼，示意退出，又复闭目入定。杨瑾觉着师父今日打坐神情与往日不类，定有甚事，神游在外，不然不会如此。得宝俱已献出，只神鸠猛烈通灵，不敢大意，正想仍用朱环将它押往殿外，交给云凤看守。

那神鸠被敌人擒制，本来不服，早就蓄势待发；加以回醒时久，体力逐渐康复，更是跃跃欲动。来时杨、凌二女因闻二老之言，知它难制，连所携宝物，全都行法隐去，以防它睹物思人，激怒相拼，不受羁制。又受二老重托，意在生降，不便伤它，一路之上，甚是小心戒备。及至进庵参拜，献出诸宝，神鸠见是旧主之物，忽落敌手，果然火发性起。等杨瑾要将它押往外殿，更忍不住，立时怪眼圆睁，精光四射，一抖双翼，挣扎欲起。仗有朱环神光，圈住全身，虽挣不脱，那般威猛凶恶倔强之状，看去却也惊人。杨瑾低喝一声："孽畜，还敢如此大胆！"随手取出法华金轮，方欲迫使就范，芬陀大师手上一串牟尼珠，忽然脱腕飞起，化成十丈长一道彩虹，穿着一百零八团金光，其大如碗，将神鸠绕住。金光到处，朱环倏地飞回。再看神鸠，口内含着一团金光，周身上下也被金光彩虹围绕数匝，目定神呆，形态顿时萎缩。知被师父佛力制住，无用操心。又见林寒肃立在侧，状甚忧惶，忙连云凤、四小一齐偕出，同往自己修道禅房以内，问林寒可有什么急事。林寒匆匆说了来意。

原来那老猿精自从当年遭劫，向独指禅师借得古玉符回洞，苦心潜修，居然炼到神凝形固，无须转劫再寻庐舍。这一来，深知玉符功用，爱之如命。无奈与禅师约定归还年限，不敢失信。上次去往上方山还符，并非出于本愿。原意此符乃玄门异宝，佛家拿去无甚用处，禅师法力高深，更不需此，不过前去打个交代，表明它不失信，再向禅师苦求赐予。谁知一到镜波寺门，早有人在彼相候。恰巧他因还符之前，取舍不定，去迟了一天，以为禅师见怪，骤出不意，没有深思，竟自将符还与林寒。本就不舍，忽又看出林寒不是佛门弟子装束，觉有破绽，顿起惊疑之念，当时便要飞入殿内，假装叩谢，一查就里。先料林寒也是个来向禅师借符之人，并没想到禅师业已坐化飞升。及被大殿上三宝神光吓退，回山以后，暗忖："初见禅师借符之时，尚蒙怜悯，嗣后一意苦修，力求善果，以禅师的智慧远照，不会不知，见面至少也得嘉勉一番。纵然去迟了一日，怎就命一外人守候索取？不容自己入寺拜谒，也就罢了，何以还要小题大做，无缘无故，放出佛门炼魔降妖的三宝禅光，好似深防自己强要入内一般？"越想越疑，决意再往寺内，借口昨晚未得参谒谢恩，仍想伺机索赐古玉符，就便观察那日天龙禅唱，是否为己而发。

第二日，林寒走没多时，他便二次赶到，空中飞行，远远望见寺门口又站定一个中年和尚，意似有待，却非昨日收宝之人。等猿精一降落，便一横禅杖，将寺门拦住，喝道："此乃清静禅门，何方精灵，竟敢擅行闯入！即速退去,免遭诛戮!"猿精不知他是无名老禅师弟子铁面天僧沤浮子,先还当是独指禅师门下,不敢忤犯。及至忍着愤怒,躬身说了来意,沤浮子笑道:"可笑你这老猿精,枉自修炼多年,还转了一劫,却这等茫昧。独指禅师已于前晚功德圆满,飞升极乐,竟会一点不知晓,还向我佛门扰闹。饶你无知,速速去吧。"猿精闻言,明白昨晚上当。料这和尚也不好惹,怒问:"禅师既然飞升,昨晚为何诳诈去我的宝物?"沤浮子笑道:"蠢畜蠢畜,你自身尚无归着,有甚宝物是你的?宝物如应为你有,昨晚为何亲手递与他人?你自还债,他自取偿,他有他的来历,你有你的因果。什么叫作宝物?要它何用?又与我和尚何干?放着大路不走,却向我纠缠不清。再如逗留,难逃公道。"老猿虽是得道精魂,灾劫未满,火在心头,哪识沤浮子奉了师命,向他点化,立时性发暴怒,非向和尚索要昨日诓去他玉符的人不可,末后竟将所炼桃木飞剑放出两道青光,想要伤人。吃沤浮子一禅杖撩上去,将两道剑光双双打折。猿精大惊,才知和尚厉害,不可明敌,立纵遁光逃去。沤浮子一笑回寺,也未追赶。

猿精猜定寺中和尚与禅师必有瓜葛,既想夺还玉符,又气愤不过,连打探了两日寺中和尚的法号、来历。偏生独指禅师与无名禅师本是同门师兄弟,时常闭关参修禅门上乘妙果,久已韬光隐迹,不为世知。无名禅师师徒七人,更是禅关一坐,便历数十年之久。独指禅师虽有林寒时常下山积修外功,但是从不许提起是他记名弟子,林寒又未受戒剃发。本来绝少人知道这两位有道高僧来历,与猿精交往的,十九为左道旁门,以及后进之士,哪里能打听得出,始终莫测高深,难操胜算。

思量无计,只得把平生所炼法宝,连同余剩的四十七口桃木剑,一同带在身旁,三次赶往上方山,满想以多为胜。妙在刚一飞到,又换了一个和尚在彼相候,一交手依旧大败而归,连寺门都未得走近一步。似这样想尽方法,连去六次,每次必换一个敌人,把无名禅师门下天尘、西来、沤浮、未还、无明、度厄等六弟子一一会遍,连丧了好些法宝。四十九口桃木飞剑,先后折却了二十八口,枉自仇深似海,无可如何。最后拼冒奇险,以为每次败逃,多用玄功变化脱身,至多再败上两回,能侥幸报仇更好;否则也探看寺内到底有多少强敌,叫甚法号,何以个个都无人知道来历,而又那般厉害。于是易明为暗,不去山门外叫阵对敌,径仗玄功变化,偷偷前往。

这一回居然被他潜入寺内。他见仇敌都在殿上打坐,当中只多着一个老和尚,看神气事前毫无准备,山门外也无人相候。猿精也是久经大敌,虽稍幸今番计善,却又因中坐老僧生了疑虑。心想:"那六个已然无一能敌,何况是他们的师父;况且每来俱似前知,早有一人等候门外,难道今番暗来,便不知晓?"恐怕上当,不禁又胆怯踌躇起来。伏身殿角,待了好一会,兀自欲前又却,不敢下手。正观望间,忽见中坐老僧微启二目,向他微笑。情知不妙,忙纵遁光欲逃,哪里能够。耳听禅师喝道:"禅门净地,岂容妖物鬼混?众弟子还不与我拿来!"语声甫住,眼前金光一亮,禅师上座弟子天尘,已持禅杖在前,现身挡住去路。猿精以前曾与他交过手,知他法力高强,手中降魔禅杖神妙无穷,有好几件法宝,俱断送在他手内。惊弓之鸟,怎敢抵敌,慌不迭一纵遁光,往斜刺里逃去。又遇沤浮、无明二弟子,双双迎头截住。知道事机危迫,只得拼着挨上两禅杖,仍用玄功变化,化成一溜火光,待要破空直上。倏地眼前奇亮,十亩方圆一片霞光,金芒眩彩,耀眼生花。仓猝间,也看不出是甚宝物,只觉疾如闪电,当头压将下来,休说逃遁,连缓气的工夫都没有。身上机灵灵的一个寒战打过,立时失了知觉。

等醒转过来睁眼一看,仇敌师徒七人,仍在打坐入定未动,殿上佛火青荧,光焰停匀,自己仍然伏身原处。清风拂体,星月在天,殿内外俱是静悄悄的,不闻声息,与初来时情景一般。恍如做了一场噩梦,绝非曾经争杀之状。暗忖:"适才明明听见老和尚看破行藏,喝令众弟子将自己围困,如今既未受伤,又未被擒,仍在殿角上潜伏窥视,难道是怯敌心虚,因疑生幻,自己捣鬼不成?"又觉无有是理。细查仇敌神态,直似入定已久,毫无觉察。虽然十分惊讶,但因复仇心盛,到底是真是幻,也无暇深思,反以为仇敌真个没有窥见自己。意欲乘其无备,运用玄功变化,猛冲入殿,下手暗算,取禅师师徒性命。

主意打好,刚待向殿中飞去,猛觉全身俱受了禁制,一任费尽心力,丝毫转动不得。这才知道身落敌手,适才业被缚制,是真事,不是梦幻,危机重大,说不定多年苦功炼成的劫后精魂,半仙之体,就要毁于一旦。这一急真是非同小可,由急生悔,由悔生痛,越想越伤心,忍不住扑簌簌流下泪来。生死存灭关头,不由把平日刚暴嫉愤之性消磨殆尽,立时软了下来,口吐哀声,哭喊:"禅师罗汉,可怜小畜两劫苦修,煞非容易。自问平日尚无大过,从不轻易伤人。独指禅师曾垂怜悯,还借过仙符,相助小畜成道。只是为一念之差,贪嗔致祸,自知不合屡来冒犯,如今悔已无及。禅师既代独指禅师接掌此寺,必是同门同道。千乞念在独指禅师成全小畜一番恩德,看他老人家的面上,大发慈悲,饶恕小畜一命。从今往后,定当匿迹荒山,自修正果,决不敢再向佛门窥伺。"他这里只管不住哭诉泣求,说了一遍,又是一遍。禅师师徒依旧端坐蒲团之上,闭目入定,神仪内莹,宝相外宣,越觉庄严静寂,仍似毫无觉察。

本来猿精劫后残魂,好容易经过多少年的苦修,受了若干磨折,重新炼到形神俱全地步,就此毁灭,永堕六畜轮回,自然不舍。这时休说复仇之念业已冰消,便是打落他一半道行,只要不使他形神消灭,俱所心甘。况又见被困之后,仇敌始终未下辣手,颇似意在警戒,不至于要他的命,又觉生机未尽。一存侥幸希冀之念,不禁暗自有些喜幸。继见禅师一任自己苦求,久久不理,回忆适才被擒时口气,颇似决绝,坐功一完,便要来下毒手,又不禁害怕伤心,哀哀痛哭起来。隔了一会,再一想:"佛门广大,素称慈悲,普度众生,胜于度人。自己虽然不该妄起贪嗔,但他却先打了诳语,两下都有不是。何况自己平日颇能自爱,与别的精怪专喜害人的迥不相同,为人误伤,已甚屈枉。独指禅师尚因死非其罪,慈悲垂怜,借宝相助。不过法力稍弱,被他制住,衅自彼开,曲不在我。业已服低知悔,认罪悔过,这和尚怎的如此心狠?哀求他一夜,竟是不闻不问。"又觉死活无关紧要,只是恶气难消,不禁性发难遏,暴怒起来。刚想豁出转劫,痛骂仇敌一场,且快暂时心意,省得不死不活,五内悬悬难受。"秃驴"、"贼和尚"等字样还未出口,又一想到前次遭劫,为飞剑所斩,游魂飘荡,浮沉草露之间,无所归宿,以及荒山潜修,种种苦难;这次又是精魂修炼成形,并非肉体,不特珍贵得多,被害以后,知非二次修炼不可;这几个和尚法力又甚厉害,设有不幸,堕入轮回,不得超生,岂非大错?想到危险处,惊魂都颤,哪里还敢口出不逊,自速其祸。思来想去,比较还是苦苦哀求,或有几许求生之望。

似这般时忧时喜,时怒时惧,哀乐七情,同时并集在心头上,似十五个吊桶,七上八下。终于走了认罪服输,以求免死的一条道上。好话说了千千万,真是无限悲鸣,不尽伤心,接连七日七夜,不曾停过。好容易哭求到了末一天的子夜,才见禅师微启二目,笑指他说道:"你这孽畜,还不去么?"猿精只当取笑,自然重诉前言,哭求宽免。言还未了,禅师倏地喝道:"想来便来,想去便去,你自忘归,有谁留你?"说完这四句话,眼又闭上。猿精闻言,猛地吃了一惊。方又要哭诉受制已历七日,千乞老禅师恩释,忽觉身已能动,忙试一纵遁光,果然无罣无碍,自在飞起。万想不到仇敌毫未加以伤害,放时这般容易。鱼儿脱网,绝处逢生,慌不迭地逃回山去,再不敢去向上方山生事了。

过有三年,猿精出外采药,遇到两个近年新结交的忘形之友:一是崆峒派小一辈中有名人物小髯客向善;一个便是昆仑门中名宿巫山风箱峡狮子洞游龙子韦少少。因猿精自知异类成道,喜与高人亲近,订交之始,曾助向、韦二人采觅到不少灵药。向、韦二人虽知他是个异类,不特道行甚深,仙根甚厚,精于玄功变化,法力修为,都不在自己以下,并且立身正而不邪,异日必成正果。对人又复殷勤恭敬。因此不惜折节下交,订为忘形之友,常共往还。

这日无心中在缙云山中路遇,自是欣然。由研讨各人剑法起始,后来说高了兴,便各将自己飞剑放起来,互相比斗了一阵,又畅谈了片时,向、韦二人才向猿精定订了后约别去。谁知这一比剑为戏,几乎给猿精又惹杀身之祸。

彼时正值许飞娘从空中路过,先并不知是谁,因看出不是峨眉一派,生心网罗,远远落下遁光,隐了身形,往前窥探。一见有游龙子韦少少在内,知他为人正直,上次慈云寺已非本愿,见面准闹个无趣,心中凉了半截,本想走去。继见韦少少等收剑同谈,悄悄在旁一偷听,正听到猿精对向、韦二人谈起前事。韦少少见闻虽广,也只知独指禅师生平大概,因无名禅师自来韬光,仍然不知底细。向善行世未久,更毋庸说了。猿精便托向、韦二人,代为访问各正派中高明之士,到底镜波寺七个新来的和尚是什么来历,上次吃的亏值与不值。自知不敌,原无复仇之想,偏被许飞娘听了去。她也不知那师徒七人是谁,只觉有机可乘。当时因听猿精口气,还在难受自己被愚弄,并没露面,只在暗中尾随,到了他的洞前,便自走去。先找到五鬼天王尚和阳,问出前半根由,并知林寒日后也要归峨眉门下。又在各异派中连访带问,请教高人推算,居然被她弄了个一清二白。只不知林寒得了玉符,游往何处。自己名声太大,怕猿精不肯合流,特意找了海南岛山寨中一个专炼旁门道法的散仙,前往福建大姥山摩霄峰绝顶猿精修道的洞前,假装游山采药,去与猿精结纳,乘间告知底细,怂恿他去寻林寒报仇。

那散仙名叫云翼,原是黎人,隐居海南岛五指山黎母岭多年,先本在山寨中闭户潜修,绝少与闻外事。许飞娘因听人说起他得过黎母真传,精通许多异术,能咒水不流,咒火不燃,咒人随意生死,慕名相访。彼此谈投了机,许飞娘便向他求教,学会驱遣六丁、假形禁制之术;并送他一口宝剑,传了炼剑之法。云翼因自己出身黎教,与别的玄门宗法不同,深以不会飞剑为憾,得剑大喜。由此两人成了莫逆。

这日受了飞娘之托,赶到峰顶,正值猿精他出,洞门紧闭。那大姥山在闽江北面，福鼎县南，与洞宫山对峙，群峰林立，孤兀挺出，与南岭诸山不相连属。猿精所居的摩霄峰，乃是山的绝顶，三面皆海，极擅洞壑之奇。去时又当九秋天气，据峰凭临，下面是千山万壑，齐凑眼底。到处丹枫黄橘，映紫流金，经霜欲染。上面是高雯云净，中天一碧，日边红霞，散为纨绮。再往远看出去，又是海阔天空，波澜浩瀚，涛声盈耳，一望无涯。真个是秋光明丽，冷艳绝伦，气象万千，应接不暇。云翼赏玩了一阵，见暮霭苍然，暝色四合，以为猿精必是远出，不会归来，正欲走去。忽听远远一声猿啸，接着便见遥天空际，隐隐飞来一溜火光。情知猿精归洞，便停了步，负手望海，故作未觉。

　　不一会，便听破空之声，直落峰顶，洞门忽然开放。回身一看，猿精已经进洞，只见到一个背影，已闻洞内有猿猴呼啸之声。云翼见猿精没来答理，无法交谈，又不便做不速之客，直闯进去相见，引他启疑。只得索性装到底，再待一会，看他如何。方在面海踌躇，也是合该有事。猿精一到，便看出他不是正经路数，本想闭洞不理，由他自去。偏生近年来收了两个有根器的小猿，俱都好事，早从洞隙外望，看了个清楚。争着和猿精说洞外那人，从午后便来，先向洞端详了一阵，从身旁取出鸡骨，像是排了一卦。末后又掐指算了算，到处东张西望。虽未入洞相犯，已在洞前逗留了好些时辰，神情甚是鬼祟，定非好人。适见他意似要走，闻得啸声，又复停止等语。猿精闻言，料知来人不是因见本峰景物雄奇，想夺洞府，便是有为而来。如若闭户不理，不特示弱于人，他也决不就此罢手。想了想，还是先礼后兵，问明来意再说。因想试试来人深浅，轻悄悄闪出洞去，正要行法相戏，云翼已经觉察，回过身来。猿精不及施为，只得向前施礼问道："道友日午便到荒山，至今未行，可是有甚见教吗？"云翼知它灵慧异常，笑答道："贫道乃五指山黎人云翼，因往洞宫采药，望见此峰高出天表，偶然随兴登临，颇喜此峰清丽雄奇，以为没有主人，一时贪玩景物，未舍遽去。今见道友仙骨清异，丰架夷冲，道行必然深厚，高出贫道十倍。可能恕我愚昧，见教一二么？"

　　猿精性傲，素喜奉承，来人一谦和，不由转了好感。虽明白他前半赏景登临，是些假话。心想："这人虽非正派一流，倒也不甚讨厌。许是无心到此，看出行藏，特地相待一谈，并非有为，也说不定。既无不利之虞，与他谈谈何妨？"当下应允，就在峰顶磐石之上，相邀云翼坐谈。又唤洞中两小猿，将适从戴云山温谷中新采回来的大龙眼和柑柚之类佳果，取将出来待客。猿精因以前遭劫，便是受妖人连累；此人今日无故至此，又从未听说过他的

20

姓名来历，测不透他的心意，总觉有些可疑，并未揖客入洞。云翼知他意在防微，略谈引导、吐纳之言，便给他高帽子戴，誉如真仙一流。猿精见他容止谦冲，言词敏妙，所谈黎家道法，也是别有玄妙，自成一家，渐渐由疑转喜。

云翼适可而止，并不久留，坐到月上中天，即告归去。行时，因猿精烦他一试奇术，还故意露了一手。是夜云雾风轻，清光如昼，照到广阔无限的海面上，波翻浪涌，闪起千千万万的金鳞，一眼望不到边际，奇景无边，本就好看。云翼却嫌海涛起伏讨厌，不如碧波无纹、澄明若鉴来得有趣。难得这好明月，意欲步行回家，径由海面，赏玩这上下天光，踏月回转海南岛去。猿精因听他说过善持禁咒之术，闻言知要咒海不流，疑是卖弄幻境，假装要送他一程，就便观赏，一饱眼福。云翼知旨，立时邀了猿精，由峰顶往海面上飞去。将要到达，正值风起潮生，浪如山立，势更汹涌。云翼口诵禁咒，将手一指，海浪立时坦平不动，澄波停匀，静止不流。万里海洋，弥望空明，再吃秋月一照，不特天光云影，上下同清，海中大小游鱼往来，鳍鳞毕现。人行其上，竟是又平又滑，毫不沾濡，倒影入水，毛发可数，宛然如在一片奇大无比的晶镜上行走一般。猿精再三运用慧眼谛视，除开离却两旁百里和身后来路数十丈随行随复原状外，前行二三百里的海面，直似整片玻璃修成，绝非幻境。心中好生赞服，不由倾倒。云翼想已觉出猿精慧眼，看出他不能咒遍全海，微笑说道："旁门小术，无异班门弄斧。重劳相送，已感盛情。你我订交恨晚，改日再造仙山求教，就此告别吧。"猿精也因到了子夜用功之时，依言订了后约，脚步一停，身刚告辞飞起，眼看海面，云翼身子不动，人却似射箭一般，在无尽晶波上，往前飞驶而去。行过之处，海水随着飞起，波涛掀天比前愈猛，浪花起落之间，人已由大而小，由小而隐，逐渐消失。

猿精回峰隔了些日，云翼又来相访，才延款入洞。由此常共往还，成了密友。云翼先将猿精身世同遭劫炼魂，与无名和尚结仇经过，探个清楚，转告许飞娘。飞娘本想网罗猿精，一听他受过素因大师之害，益发心喜，以为可以同仇敌忾，引归自己一党。便叫云翼告知劫他玉符的人，名叫林寒，乃无名和尚勾来的峨眉派门下弟子，劝他报仇。并劝他结纳飞娘等异派中人，共寻素因大师和峨眉门下作对。谁知欲速不达。

猿精当初求借玉符炼魂时，独指禅师曾经力加告诫说："念你苦修多年，遭劫可怜，借宝成全你容易。但你要知劫数前定，如不经此一劫，不会哭啸空山，便遇不到我，永远是一异类，连鬼仙也修为不到。况且神尼优昙是我同道至交，素因是她得意门人，道力深厚，剑术高强，你就成了气候，也非对

21

手,前往寻仇,无殊送死,岂不负我初心?"猿精再三矢口立誓,决不记仇,并多修外功,以报成全之德。平日又习闻飞娘等人罪恶滔天,胸中早有成见,交友极慎,便是守着禅师诫言。这一来,方知云翼来意不善,恍然大悟,当时暴怒,虽然未能忘情玉符,对云翼却绝了交。并令转告飞娘等异派妖邪,速息妄想,自己不过想寻林寒取回已失之宝,并无害人之念。休说与峨眉门下无仇,就有也不愿报。两下里言语失和,就在摩霄峰上变友为敌,苦斗了七天七夜。云翼虽然法术精奇,无奈猿精玄功变化,妙用非常,不特禁制不了他,初斗时反因偶然疏忽,几乎吃了猿精的大亏。后来勉强打个平手。到了末一天早上,向善和韦少少来访,三下合力,将云翼赶走。由此双方成了对头。

饶是猿精这般机警明白,仍然上了飞娘的当。他自末一次上方山挫败归来,见无名禅师师徒既然如此厉害,劫符的人定是同党,也非弱者。纵然寻了去,也未必能夺取回来,徒惹麻烦。有时想起,难过一会,也就罢了。及至得知林寒来历,并非和尚徒弟。云翼说他本领寻常,不知真假。看他劫符以后匿迹销声,也许不是能手。况且此符原是当初独指禅师借与自己,原主不是凡人,如索还此宝,极为容易,直到坐化,并无相索之事。此符又不是佛门法宝,可知怜念自己能守戒向善,有心赐予。被人巧取豪夺,实不甘服。无论仙佛,都不能不讲道理。无名和尚已将自己擒住,不加伤害,可知是他自己理亏之故。否则自己连犯他七次,哪有如此便宜?彼以力来,我以力往,各凭道行本领高下,来决取舍,大家一样。况且自己理直,遇见能手,也有话说。等寻着林寒,如不可为,索性死了这条心,省得时常惦念不忘。

贪嗔之念一起,又活了心,先和向、韦二人说起此事。向、韦二人闻他不与飞娘等同流合污,甚是赞同。惟因他要寻林寒夺宝,觉着不妥,力劝道:"如今峨眉正在昌明之期,便是后辈中的能人也甚多,你纵理直,这事也冒失不得。不过昆仑、峨眉两派,常有同道往还,以前慈云寺虽有小隙,近来已经半边老尼调解。他们门下几辈弟子,多半知名,并没听说有林寒其人。他们正在广积外功之际,为了玉符,便匿迹不出,直似笑谈。你又不知他师长名姓,本人居处,怎可妄动?飞娘等妖邪,心存叵测,莫要中她诡计。最好不再贪得。真个不舍,也把事情打点清楚,缜密行事为是。"

飞娘原意,是为峨眉树敌,特意加枝添叶,假说林寒现时已是峨眉门下。不料猿精听了向、韦二人之言,震于峨眉威声,临事审慎,反而迟迟不敢下手。隔了好些时,直到托人屡向峨眉派中人探听,知无林寒在内。又苦于不知所在，才亲去林寒老家，打听出林寒生辰八字，在摩霄峰洞内设坛行法，摄取林寒真魂禁制。原意摄到全神，逼他供出居处，自献玉符，即行放却，初无相害之意。谁知林寒自在雪山苦修，根基日固。猿精连祭了四十九日，好容易快将真神摄入洞内，又被逸去。同时林寒也有了觉察，慌忙赶到芬陀大师那里求救，又学会了金刚、天龙禅功。猿精不但不能再遥摄他的心神，所使招魂邪法，反被芬陀大师所传的法术破去。猿精见事不济，颇有知难而退之意。

隔了多时，猿精偶游洞庭，欲饱啖东山白沙独核枇杷，并拟择取佳种，用法术移归摩霄峰下种植。行至莫釐峰下，正是五月望夜，月光照得万顷澄波，水天一色；湖中渔火明灭，宛如残星；山寺疏钟，时闻妙音。衬得夜景甚是清旷。猿精在枇杷林中，边吃边赏玩湖中景致，不觉到了深夜。正在起劲，忽然一眼瞥见林屋山后，霞光宝气，上冲霄汉，知有宝物出现。因林屋内洞自来多有仙灵栖息，近来更听向、韦二人说洞中住着异人，飞剑厉害，道法高强，料那宝物必是异人所有，不曾在意。夏日夜短，到了子末丑初，离天明较近，那宝气仍在原处未动，越看越觉奇怪。及经再三仔细观察，竟似由山寺侧土中透出，不似洞中异人有心炫耀。先还不敢冒昧行事，一经踌躇，天已将明，宝气也逐渐而隐，益发断定宝物埋藏土内无疑。暗忖："这事奇怪，难道宝物近在咫尺，洞中人竟未觉察么？"想要罢休，却又不舍。天已大明，山上下居民俱已起身。湖中风帆远近，橹声欸乃，渔歌相属。猿精枇杷树尚未掘得，因恐引山民骇怪，又蹈前辙。想了想，林屋洞外表无奇，内洞金庭玉柱，深达百里，与世隔绝，相去尚远，异人不致便遇，决计勾留一日，乔装前往西山宝气上升之处，看个究竟。

及至赶到西山一看，山上下居民甚多，杂以庙宇。昨晚宝气上升之处，在包山寺左近，遍地果园，并无异状。把寺左右一带踏遍，找不到丝毫痕迹，心中纳闷。猛想起汉朝仙人刘根修道莫釐峰顶，后来结坛林屋，成道后身长绿毛，门下有黑白二猿献果服役，人因呼之为毛公。闻说毛公坛在灵祐观旁，坛上还有毛公的镇坛符。既是古仙人成道遗址，必与此宝有些关联。于是连忙寻往寺后灵祐观旁一看，果有一座石坛，仙灵渺渺，遗址空存，石倾坛圮，渐废为牧童樵竖游息纳凉之所，心中感慨非常。深悔昨晚隔湖遥望，只看出宝物在左近一带埋藏，既未跟踪来此，又未升空查看准确所在，以致茫无头绪。万一今晚不再出现，或被别人捷足先得，岂非失之交臂？

猿精正在慨叹，忽听坛侧石条上有一个躺卧着的赤膊乡汉，向左侧大树

23

下刚睡起的老头说道："阿根伯伯，格个毛公菩萨真灵。前日我搭俚老人家烧仔一棵香，昨日到苏州城里去卖枇杷，叫说大清早将一进城，就碰着一个大公馆里厢，走出一个俏皮娘姨，拿我喊进花园里面去，请出一个老太太，人交关和气，一担枇杷全留下，拨仔我加倍个铜钿。还说我乡下人做生意交关苦，叫娘姨拿出半桶黄米饭，一大碗肉，还有弗少菜蔬拨吾吃。走个辰光，叫我隔三五日再挑一担好白沙去，还要多拨铜钿。格位老太太真叫有良心，人好得邪气，难怪俚有这样大格福气。"那老头答道："怪弗得耐今朝太阳实梗高，弗去做生意，还拿朵乘风凉，困晏早写意，原来照着仔牌头者。阿是我搭耐说个哪，毛公菩萨格块碑，弗要看俚弗起，格么叫灵。灵祐观里向格道士，阿要死快。大前日夜里，碑倒脱仔，告诉俚扶起来。俚为仔观里向吭不啥香火，叫说话假痴假呆，阴阳怪气。我想耐搭我摆啥卵架子，摆转仔屁股就走，背后头骂煞快。阿是我教耐烧仔棵香，说有实梗灵验。今早横竖吭啥事，天么满风凉，阿要再叫仔两个人来，一道去拿格块碑扶起来，包耐还有好运道。耐阿去哪？"那乡汉喜道："格么你就喊人去，啥人弗去是众生。"说罢，翻身爬起，顺手抓起一块垫背的大蒲扇，又开裤裆，扇了两下，便要走去。

猿精自来深山修炼，绝少与世人对面。洞庭东西山虽是旧游之地，多系空中来往，避人而行，从未与土人交谈。这次因寻宝物至此，听二人说话，满口吴音，甚是耳熟，像是以前哪里常听，不由伫定了足。正想不起在哪里听过，忽听说起扶碑之事，猛然灵机一动。暗忖："闻得那道镇坛符正在碑下，仙迹传说，颇多异闻；宝气又在这一带发现。何不同他前往一观？也许能寻出线索。"便趄近前去拦道："二位不须唤人。此乃道家仙迹，未便任其坍倒，待贫道偕往相助如何？"那二山民见是一个相貌清奇的白发道人，便笑道："耐个人倒像个老三清，弗像观里向格老道士，靠仔格几顷果园，香阿弗烧。必过格块碑交关重，我们三人恐怕扶俚弗起，还是再喊几个人相帮好点。"猿精笑道："无妨。二位只领我去，用不着动手，扶碑还原，我一人已足。"二山民听他外路口音，又是突如其来，口出大言，各看了一眼道："格个容易？"说罢，兴冲冲领了猿精便走。

越过毛公坛，走入一片果林之内，果见有一石碑，仆地卧倒。猿精见碑不在坛上树立，问起缘由，才知此方是旧毛公坛原址。坛并不大，只有丈许见方，二尺来高，原是一块整石。观中道士因贪坛侧土地肥沃，又要附会仙迹，在观旁石地上重建一个大出数倍的坛，却将原坛废为果林。末后因观中香火不旺，索性连新坛也不去修理，任其坍坏。先还嫌原坛占地，无奈是块整石,重约万斤,无法移动。经过积年培壅,地土日厚,嫌原坛碍眼,便漫了土,将它盖没。再试一种树秧,分外繁茂易长。只剩这块石碑,兀立土内,如生了根一般,千方百计,铲扒不动。渐疑有灵,保存至今。前数日一夜大雷雨后,碑忽自拔,正中道士心意,打算伺机运沉湖底,怎肯再立。那老头年已七十,深悉经过,颇愤观中道士所为,只是无力与争,莫可如何。

猿精细看那碑,其长径丈,宽只二尺七寸,下半截有泥土侵蚀痕迹。俯身伸手扶起碑额,轻轻往上一抬便起。一看碑上符篆,乃玄门正宗,已经奇异。碑起以后,现出一穴,霞光宝气,隐隐自穴中透出,不由惊喜交集。此穴既现,宝物必在下面。当时不取,恐被别人知晓,就此取走。看形势神情,宝物定然深藏地底,取决非易。又恐惊人耳目,惊动林屋内洞所居异人,引起争夺,惹出是非。一再熟计,只有将碑仍放回原穴,暗用禁法封固,仍等深夜来取较妥。忙将碑缓缓捧起,扶向穴中立好。行法之后,二山民见他如此神力,全都疑神疑鬼,当是毛公白日现形,吓得跪倒地下,叩拜不止。

猿精将计就计,命二人晚间仍来坛上纳凉,只不许对人吐露只字。道士见了如问,只说此碑无故自立。夜来必有好处。二山民谢了又谢。猿精索性卖个神通,一溜火光隐身飞起,仍在附近山顶瞭望。日落无事,又饱啖了一顿好白沙枇杷。先去苏州城内,择那大富之家,盗了数千两黄金白银。犹恐事发贻害受主,到手后又用法术将它一一换了原形。分作三份,带往东山连夜吃人家枇杷的一家,喊开门来,说是神赐,向他买果,留下一份。候到子夜,将下余两份,带往毛公坛,二山民果然在彼相候未离。猿精给了每人一份,二山民自然喜出望外,跪倒拜谢。原坛地方僻静,果子未熟,连观中道士也未知晓。再走向碑前一看,真是无人到过,甚是欣喜。

当下取出小幡,交给二山民,命隐身坛下僻静之处,背碑遥立,无论有甚动静,不许回看。"如见有面生之人要闯进林来,可将此幡朝他连展三次,不管来势多么凶恶,也不要睬他,他绝不敢来伤你们。一听空中有了长啸之声,连忙将幡朝天一掷,各自拿了金银回家,没你们的事了。"二山民受了重金,又把他当作神仙下凡,自然无不诺诺连声,惟命是从。猿精知道无人觉察,仍要这等施为,原是一时小心,防备万一;恰巧又有这两个乡民甘心情愿,任他驱使,不料竟然用上,非此几乎功亏一篑。

这时宝光霞芒早已升起。虽然日间将碑竖好,又有禁法封闭,仍然掩盖不了。猿精分配好后,更不怠慢,首先将碑放倒,行法破土。不多一会,碑下面开放一个深穴,宝光越盛。猿精不知何故,只觉心头怦然跳动。正在惊异，穴底土花飞涌中，先现出一片玉简，上有玄门太清符箓和一些字迹，知道宝物就在下面，将要现出。才伸手取起，未及审视，一阵破空之声，从天飞坠，直落林外。接着便听来人在向二山民说话，料到来者不善，心中只盼二山民能守前约，便可支持些时；否则到手之物，难免又要失去。好生着急，连回看都顾不得，只管加紧运用玄功，行法破土。幸而大功垂成，晃眼工夫，穴中又现出一个铁匣，宝光便自匣中透出。匣上面还有一钩一剑，看去非常眼熟。连忙一并取起，见穴中宝光已隐。还恐未尽，欲再往下搜寻，百忙中偶一回头，一个蓝面星冠的长髯道人，手掐五雷天心正诀，正在施为，不禁大惊。一则估量来人不是易与，恐有失闪；二则又恐来人情急翻脸，伤了两个山民，又是自己造孽。忙抱了铁匣、钩、剑，纵起遁光，长啸一声，破空遁去。

那二山民甚忠诚，奉了猿精之命，持幡在林外背碑遥立，真个连头也未回。待有一会，忽听头上嘘嘘之声，转眼间落下一个蓝面高身量的道士，乍见时满面俱是喜容，及至走到林前，倏然转喜为怒，拔步便要往林中走进。二山民明知半夜三更从空飞落，近乎怪异。但因金银作祟，日里目睹老道人临走光影，有了先入之见，以为有神仙在林内保佑，决不妨事；再者神仙又赐了多少金银，可以终身吃着不尽，就算被妖怪吃了也值，何况手中还有宝物。当时照着猿精所说，将幡朝来人晃了三晃。那道人也是跟寻宝气匆匆到此，不曾看出埋伏。一眼望见林内有人捷足先登，使的又是旁门法术，心中大怒。刚要喝骂冲进，猛觉天旋地转，前面现出太清五行禁制之法，将路阻住。初意以为还有妖人余党，忙定心神一看，乃是两个凡夫俗子，手持道家防魔两仪幡，在林外大树下招展。一则不愿伤及无辜，二则颇费手脚，先用好言劝导，说林中道人是个精怪，不可助纣为虐，即速走开，免遭波及。不料山民俱是实心眼，若一上来就和他们硬来，倒可吓走，这一说好话，更觉与猿精付托之言相同。见道人又生得异相，转疑来的是个精怪，固执成见，连理都未理，那道人好说歹说，都无用处。道人见猿精手上放光，宝物业已取出，才发了急。正待行使五雷天心正法，破禁入林，猿精见机，已得宝飞遁。二山民闻得空中嘘声，忙将手中幡往上一举，那幡立时化为两溜火光，直升霄汉。猿精回手一招，便已收了逃走。道人大怒，即一纵遁光，破空而起，跟踪过去。二山民哪知就里，各自望空拜祝了一阵，高高兴兴，携了金银回家安度。不提。

猿精虽是异类，剑术却极高深。劫后精魂，尤知奋勉。更精于玄功变化，飞行绝迹，一举千里。道人追没多远，便被他变化隐形遁去，不见踪迹。

当时不知是何方精怪,既已漏网,只得任之。

猿精得了毛公坛下埋藏的宝物,回到摩霄峰,犹恐对头寻上门来,忙使禁法,将洞用幻形封锁。然后走入内洞,越看那几件宝物越眼熟,直似自己以前常见之物;回忆平生,又绝未见过:心中好生奇怪。取一钩一剑把玩了片时,想不出是何缘故。再取那铁匣一看,外有灵符封锁,连用诸法,俱破解不开。试取钩就匣缝一划,一片金光闪过,匣忽自裂,竟是几片铁。里面还有一个尺许长、四寸来宽的木匣,匣上面有刀刻成的字迹,朱文篆引,古色古香。匣盖一抽便开,里面现出一本绢书,书面上写着"内景元宗",下署"绿毛山人刘根著",共十一字,不禁心里一动。翻开细看,书中尽是道家吐纳参修的密旨妙谛。照此勤习,足可升仙证果,于己功行,大是有益,心中大喜,越看越爱。翻到后面,又发现绿毛山人的留言。大意说:

山人自从汉朝得道,隐居洞庭,身侧自有苍白二猿相随服役。在林屋内洞,一住百年,悟彻玄门妙道。著有《丹书》四册,《仙箓》上中下三卷,《内景元宗》一卷。前二书另有遇合,独这《内景元宗》乃异类修行捷径。当时曾经推算未来,苍猿根行较厚,山人未成道以前,便为天竺无心禅师借去守洞,从禅师苦炼多年,本可修成正果,因犯贪嗔杀戒,重堕轮回,历多灾劫,最后重投猿身,仍入道教。届时在三英门下,极知奋勉,定有成就。白猿根钝,随日最久,因为求进太急,走火入魔,毁了戒体,转投人身,连历三劫。山人两次度化,俱以嗔妄败道。三次转劫,山人业已仙去,算出他后来也和苍猿一样,重转猿身,苦修多年,还须经过一次兵解,始能成道(那白猿说的便是猿精)。山人因念白猿献果服役之劳,特为异日之地,将此书用铁匣埋在当初镇妖法坛之下,上有镇坛符一道,神碑一座;书外并附山人御魔的宝钩、仙剑和玉简三样法宝。命以钩、简将来转赐苍猿,剑和此书赐予猿精,如法修为,便成正果。

猿精先见书匣外表均似常见之物,苦忆不起。及一翻阅,又似未见之书。看完默运灵机,静参前生之事,方始恍然大悟,自己竟是刘真人门下老猿。回忆所历诸劫,与仙师相待厚恩,好生悲伤感泣,望空拜倒,通诚拜谢了一阵。嗣一寻思:"此苍猿不知今在何处?且不说他。此书乃升仙要道,异类学它,最为容易。自己没有一个帮手,炼时宝气上腾,易招同类之忌,不特山精野魅齐来攘夺，难于防范，并且自身魔头也难禁制。"想来想去，只有把以前玉符收回，借以防魔，才可无患。重又勾动前事，无奈不知林寒住居何处，无法下手。每日将书藏带身旁，到处寻访。

隔了一些时，仍觅不到林寒踪迹。末后想出一计：明知魂招不来，但初行法时，却能查出生魂来路方向。只需不嫌费事，隔一二月，忽然来它一次，照这方向跟寻，早晚总能寻到。当下不嫌徒劳无功，耐心施为。果然第一次行法，林寒骤出不意，几为所乘。所幸防御有术，一发觉猿精又在弄鬼，忙即坐禅行法，摄住心神，不使摇动。可是猿精已从感应中查出方向，不等林寒破他，先收了法，跟踪寻去。林寒防了些日，更无动静，以为猿精想突然乘隙暗算，无功即止，不会再来，才放了心。过不几天，猿精又施故伎。似这样三次过去，猿精觉出敌人相隔尚远。第四次特意循踪飞出老远，赶到雪山左近，才始行法。猿精因感应方向未变，料定人在雪山深处潜藏。同时林寒也料出他施展暗算，必有诡计，防备更严，镇日都在坐禅。但猿精感应积极，直难摇动。幸而林寒用芬陀大师传授破他法术，才得略知端倪。猿精因此却几乎吃了小亏。知对方不甚好惹，恐被警觉，未敢造次，便不再行法拘魂，每日在雪山一带御空搜寻，日夜不止。

雪山幅员广阔，峰岭起伏，万山环匝，洞壑甚多，林寒又是潜修不出，自然难于找到，连寻了月余，仍无线索。中间有两次俱打林寒所居峰顶上飞过，因为奇景所蔽，由上下望，只是一座小小孤峰，顶上凹地如盆，碧草青青，甚是繁茂，当是一个干涸了的池塘，与雁荡绝顶雁湖相似。万不料下面奇景之中别有洞天，对头就藏在其内，当面错过。

猿精第一次飞过时，林寒正在洞内用功，不知敌人已经寻到临近，渐涉户庭。第二次猿精飞过，林寒因多日未觉猿精为祟，照近来惯例，业已逾期，恐又乘隙暗算，防范更严。他那金刚坐禅之法虽是初学，功候没有杨瑾精微深奥，只可防身，不能谛听远处，近处有敌却能警觉。这日做完功课，正好到了每次猿精拘魂作祟之时。刚开始运用玄功，坐那金刚禅法，神仪内莹，心正空灵，忽听峰顶有隐隐破空之声飞过。当时耳熟，默一凝思静虑，竟是猿精寻到，不禁吃了一惊。暗忖："妖猿业已寻到门上，自己佛法不深，决非坐禅所能抵御，须预为之计。"知那拘魂禁制之法非设坛不可，对敌之时不能施为，连忙起身，将所有法宝、飞剑俱带身旁，准备先挡一阵，不胜再作计较。等飞身出洞，仰面一看，猿精已经飞过，似未发觉池底有人。还不放心，忙隐身形飞上顶峰，四下观察，瞥见以前在上方山初见猿精所见的一溜红光，似火蛇一般，在遥天阴云中闪了几闪隐去，迅疾异常。林寒看出猿精多年修为，道行法力俱比以前还要精进；况且恩师遗训和芬陀大师之言，均经明示，非其敌手；益发不敢轻敌。

林寒正寻思间，火光电射，去而复转。才在天际密云浓雾里发现，晃眼工夫，便已临头。林寒因来势急骤，虽然隐了身形，犹恐被他窥破，忙往池中一伏，隐身树梢密叶之中，朝上谛视。见别后猿精已迥非吴下阿蒙，不特曩年所闻飞行时的厉声不再听到，仅有些微破空声息；并且光赤如火，纯而不杂，电驶星流，神行无迹。再加上玄功变化，妙用无穷，如何抵挡其锋？这时猿精已将全雪山的峰峦洞穴寻觅殆遍。先只盘空下瞩，继恐遗漏，所到之处，稍有可疑，便要下落搜查，已经搜寻了好几天。先时二次飞过，并不觉得峰顶上有甚可疑之处。过后想起峰腰上半截积雪不多，却有密云丛聚，以为敌人使用白云封洞之计，想瞒过他的目光，特地飞回细查。猿精也颇仔细，因那云封之处离峰顶甚近，自身落在峰顶注视下面，却用玄功变化，分出一个化身，前往云中搜索，以备万一敌人厉害，既可以从上面乘机暗算，如其不支欲逃，也可两下夹攻，不令遁走。

猿精立的地方，正当峰角最高之处，林寒看得极清。见他老远朝峰顶飞来，到后先在空中环峰绕了两匝，落到峰顶。刚在疑虑，以为难免一场苦斗。继见他目注下面，好似别有所为，仍未发觉自己，才略放了点心。一会工夫，便听峰腰那边怪声大作，猿精手掐太乙秘诀，口中喃喃，目注下面，并不飞落。林寒上次向芬陀大师求援，归见峰腰白云聚而不散，也觉有异。彼时急于防御猿精禁制，未及详查，由此在洞参修，一直未出。看出猿精颇似为了腰峰白云而来，心想："自己藏身之处虽秘，猿精既然在此流连，必已看出行迹，或略有耳闻。看他近来屡次为祟，一发即止，分明借此寻踪，处心积虑，不得不止，焉知不是误把峰腰白云当作自己洞府？少时他在那里寻不到自己，难免仍要仔细搜索，早晚必被他发觉。万一被他寻到，就说能免于祸，池底洞府也定必遭殃，岂非可惜？反正也要前去求助于芬陀大师，转不如隐身在旁，一探他的动静。不被他看破行藏便罢，如被看破，当时不敌，也可引他追往龙象庵去，自投罗网，由大师下手除他，免得毁伤了自己的洞府。"

林寒当下改了主意，便乘猿精背向自己，全神贯注下面之际，飞出池面，由峰顶隐身飞落。飞时见猿精似有所觉，回头因不见人迹，下面又正斗得吃紧，只略看了两眼，又复回过身去。林寒见猿精已炼得形神两固，除一双火眼外，身相与人一般无二，苍颜鹤发，道气盎然。休说异类精魂，便是寻常左道旁门中，也没见有这等仙风道骨。知他修炼功深，灵警异常，只得轻轻缓缓，绕向侧面，隐入峰凹僻静之处，再向外一窥探，不禁吃了一惊。

原来这一会工夫，峰腰白云连同积冰浮雪，俱被猿精用法术去尽，现出一个大圆洞。全峰本是上下壁立的，只有向阳这一面形势陡斜。近洞一带，更是一个斜坡。洞甚深黑，仅有两点茶杯大小的碧绿光华和一道红光，在洞里频频闪动。斜坡上满是石笋、冰凌，高下大小不等，离洞十丈左右。冰凌上站着一个道人，生相打扮，俱与猿精一般无二。手指洞内，仿佛那红光是道人放出，与那点碧光已在相斗神气。林寒落下时，明明见猿精在上指挥运用飞剑，下面又有这一个化身，并且还能照样行法，与敌相持，可见玄功变化，已臻妙境。益发不敢丝毫大意，随时准备，稍有不妙，便即遁走。

待了一会，猿精那道红光，倏地从洞内掣了出来，由洞口内喷出一团极浓厚的白气。接着两点碧光飞射处，冲出一个丈许大小的怪物，通身雪羽箭立，身子生得与刺猬一般无二，只前半截大不相同。一条鸡颈，粗如人臂，长有三尺，能伸能缩。一颗三角形的怪头，大如五斗栲栳。尖头上竖着一个红逾朱砂的冠子，高约尺许，衬着雪白的全身，更觉鲜艳非常。滴溜滚圆的一双碧眼，精光远射，竟达一二十丈以外。面黑如漆，两耳却是红的，如鲜菌一般，紧贴额旁。凹鼻朝天，下面是血盆也似一张阔口。两排疏落的利齿，森森若锯。三角头下边两角，便是它的两腮，微一鼓起，收翕之间，便有一团白气喷出，聚而不散，朝猿精的化身打去。一击不中，张口一吸，又收了回去，二次再喷，比前还要加大一倍。自从出现，便箕踞在洞口之处，将口中白气喷个不休。猿精先好似有些怕它，将剑收了回来。遇见那团白气打来，不是疾升高空，便是纵遁光往斜刺里避去。等白气收回，又往前进，一味引逗，毫不抵御。怪物只守着洞口，时喷时收，也不追赶。喷到后来，白气越喷越大。怪物屡喷不中，也似激怒，口中嗷嗷怪叫。猿精化身，也以恶声相报。

林寒没见闻过这类怪物，仍不肯离开洞门一步，只当是刺猬一类的精灵，看他两个相持，测不透是什么用意。忽见怪物又鼓动腮帮，将那团白气喷出，朝猿精打去，疾若弹丸。猿精化身因逗了一会，知怪物打不中，不由走近了些。没料到怪物早运足了真气，蓄势待发，骤将毒气喷出，势绝迅速，气团又比前大出了十好几倍。这化身原由猿精本身在峰顶上操纵，竟好似预先知道毒气厉害，来势神速，往上往侧，俱难避开，更不迟疑，身形往下一矮，便往雪地里隐去。怪物只防到他要纵身逃遁，白气团弹射星驰，到了化身临近，先就爆散开来，化为无数小团，冰雹一般，刚要往上下四方乱飞乱射，只见仇敌身子往下一矮，知道上当，忙又纷纷照原立处打去，已是无及，只得怒叫连声，收了回去。这次想是用力过分，气团太大，收时不似以前几次迅速，口到即来，比较慢些。阔口张开之际，林寒遥望怪物喉间，隐隐似有火光。这才明白猿精迟迟不下手，是想逗它将内丹喷了出来。

林寒见怪物紧守洞口，不肯离开，也知必有些原因，意欲看个水落石出，仍旧隐身崖凹之内，作壁上观。因听不见化身声息，再往前一看，那一片数亩方圆地面，不论山石冰雪，凡是挨近白气打中之处，全变成了乌黑，可见这东西所喷之气奇毒无比。猿精恐将剑光污秽，收了回来，原是为此。方在惊讶寻思，猿精化身又在远处现形，手中拿着好些木丸。先使一个，朝怪物打去，一出手便是一团碗大青光，眼看打到怪物头上，怪物仍将那团白光飞出抵御。第二木丸又复飞到，怪物连忙喷气迎敌。似这样接二连三，猿精这面发出了二十一团青光，怪物也将白气化成二十一团，将青光包住，在半空里滚转不休。起初青光太小，白气浓厚，一到便被裹住，不见光华透出，大有相形见绌之势。猿精见势不佳，将木丸全数飞出，这一来白气分化改小，两下里才扯了个平手。白气裹住青丸，飙飞电转，仿佛数十个太阳起了日晕，在空中上下飞驰，疾转如轮，煞是好看。

林寒仰首偷窥猿精本身，仍和先前一样，手掐灵诀，全神贯注在怪物身上，大有跃跃欲试之概，知道怪物难逃他的毒手。这等恶物，能假手猿精除去，也是大佳事。如非与之有仇隙，几欲挺身上前相助了。

双方斗了一会，猿精化身忽然使手一指，那数十团青光，便渐渐四散分开。怪物起初不知是计，仍旧裹定不舍。继而青光越飞越远，有的竟飞得不知去向。怪物才发了急，想要往回收时，不料以前空出空回，自然容易，此时气散不聚，又有猿精桃木剑绊住，急切间难以收回。猿精化身越退越远，渐渐隐去。空中的青光、毒气也分布愈广，有的隐入暗云之中，几乎看不见。怪物正在惶恐急叫，两腮帮不住鼓动，想运足力量，往回收时，猿精化身猛在它身前不远出现，手指处，又将先前那道红光发了出来，直朝怪物射去，来势迅疾。怪物骤出不意，其势不能再分出毒气抵御，忙把身子一躬，一声厉吼，怪眼圆睁，几要突眶而出。眼里两道碧光立即朝上飞射，大如碗口，恰好将红光抵住，不能下落。

双方又相持了顿饭光景，四外高空中的青光逐渐暴长，光外围绕的毒气束它不住，逐渐随着胀大稀薄。猿精本身在峰顶上暗自运用，见时机已到，手掐灵诀朝前一指，嘭的一声破空之音，便爆破了一个，化为袅袅淡烟，随风消散。空下这团青光，微一掣动，由圆化长，虹飞电驰，朝怪物飞去，相助红光，两下里夹攻。猿精紧接着在上面频频施为，这些毒气团也挨次为青光所撑开爆散，不消片刻，便毁了一多半。那气团原是怪物腹内真元之气，息息相关，每破一个，怪物全身一齐颤动，身上雪羽根根直竖，吱吱乱响，神态甚是苦痛。一面还要运用目光去挡仇敌飞剑，收又收不回来，眼看那些气团将要挨次爆散，同归于尽。急得干叫，心有顾忌，又不敢冒险拼命，仍还支持下去。到后来，猿精见那些青红光华俱为怪物目光所阻，不能奏功，空中还有七八团白气未破，重又指挥青光，去破白气。下余气团，各包着一团青光，本就不支，哪还经得起。这一来，青光飞到，只一卷，便将气团裹住，与内包青光里应外合，一晃眼工夫，扑哧连声，所有气团，全都连撑带挤，纷纷消灭，散了个干净。数十余道青光，齐向怪物夹攻。

怪物不能禁受，万分情急，迫于无奈，猛将前爪一扬，昂首人立起来，阔嘴大张处，由喉间飞出一团火球，里面透明，朱光荧荧，外面火焰熊熊，直朝青红光飞去。峰上猿精见状，首先一指剑光，令其都往下飞退。那化身也慌不迭地拨转身纵起便逃。怪物原具特性，不是危急大怒，这团内丹绝不轻发；一发出来，不将仇敌弄死，也不轻回。又在恨极之际，顿忘利害与洞内所炼丹丸的安危，厉吼一声，满身云雾，箭一般飞起便追，其疾若电，迅速异常。

林寒见怪物负固洞口，不似怎样灵活，想不到飞行如此神速。庆幸以前没有招惹它，否则胜负正难逆料。猿精的剑术道力，由此更可想见了。

怪物这里刚一追，峰上面的猿精早隐身而下，飞入洞内，得手而出。林寒仰望猿精本身不在，化身在远处飞逃，也若隐若现，不知是一是二。方在定睛寻视，猛听猿精一声长啸，手中抱定一个周身白毛如雪的婴儿，吱吱乱叫，由洞内飞出，站在峰坡之上，将手一招，所有青红光华，全都电转而回。怪物在前本已追出老远，闻听婴儿啼叫之声，知道中了仇敌调虎离山之计，吓得惊魂失散，哪里还顾得到别的，狂吼一声，收回内丹，拨转身，挺起瘦长强劲的鸡颈，昂着三角怪头，竖起头上大红冠子，四爪踏着云划动起飞，亡命一般赶将回来。那数十道剑光，反追在它后。

怪物自然不及剑光迅速，又在窘迫慌乱之中，一心只想回身夺救婴儿，百忙中神灵慌乱，竟忘了那些逃走的剑光本是假败，你不追它，它却要来追你，未曾想到防御，往回路赶没一半，便被追上。等闻得身后飞剑破空之声大作，方始警觉，已是无及，数十道剑光一齐朝它身上落下。怪物忙二次将腹内丹元吐出迎敌时，身上长羽已被剑光扫落了一大片，险些没将头上朱冠削去。仗着修炼多年，身上雪羽猬立若箭，根根如铁，胜于坚甲，剑光落下去，仓猝间伤不到皮肉，将它雪羽才斩断了些，内丹已经喷出。那些青光便是猿精在上方山残余的桃木剑，虽是东方太乙精英所萃，却不能敌怪物内丹纯阳之火，五行克制，难免不被烧毁。此时猿精将怪物炼成了形的元胎俘获，已操必胜之券，连化身都在招剑反攻时收回，不愿用此剑和它相拼。忙将青光收回，只指定那道红光，在怪物身侧围绕击刺。怪物自是不惧，不一会，便已赶到。

猿精早就设好圈套相候，见怪物追近，手掐灵诀，朝前一指，埋伏的太阴奇门阵法立时展开。怪物见仇人怀抱婴儿，站在坡上，态甚闲逸，眼里都要冒出火来，急于得而甘心。刚往下一落，待要扑去，眼看相隔仅只两三丈高下，忽见仇敌身形一晃，无影无踪。方在急怒骇顾之间，猛又见一团黄影，大约亩许，从身侧四面涌起，转瞬由地面直升天半，至顶凝结。先似的上面立着一口大钟，末后钟顶缓缓降低，又似一个覆着的大碗，将怪物扣在里面，四外仅似隔着一层薄而透明的金纱，身子却被禁制住，动转不得。这种阵法，乃先天八门中的艮、震两卦山雷妙用。外观形如覆碗，地面上同样还有一个仰的，上下相合，浑然一体，严丝合缝，无殊地网天罗。真发动起来，连山神雷上下交错，奇正相生，二气排荡，厉害非常。休说上面逃走不脱，便是多精地遁的人也难幸免。

怪物见身已被禁住，上面一片湛黄影子，非云非雾，快要压到头上，仇敌又在前面现形，知道不妙，忙朝上面连连吹气，将那团内丹化成了一片火云，不使上面黄影压到身上。一面回过血盆利口，将身上雪羽咬断了十来根，长颈一甩，化成十来支银箭，朝猿精射去，恰被黄影挡住，落在地上。猿精知它箭羽恶毒，不到情急拼命，不肯轻用，无论仙凡，中上立死。到了势迫力穷，还如此倔强不服，可见这种毒物留不得。不由大怒，指着怪物以人言大骂道："该死的孽畜！本真人念你虽是天地间毒物丑类，因你雪山潜修，胎婴未固，尚不能幻形为祸，意欲逼你献出元丹，免你一死。你偏不知悔过，居心如此恶毒，如不诛戮，贻害无穷。本真人替天行道，除恶务尽，不再姑息了。"

说罢，双掌合拢，朝前一扬。先是地上隐隐雷声，接着一片雪亮电光，贴着黄影圈里，也是薄薄一层，由下而上，转瞬间弥漫全网。刚结到顶心上，似火燃炸药，一触即燃，轰然一声大震，只见二道银蛇，凌空乱闪，一团团的雷火雨雹一般，包定怪物全身打去。左近雪山冰谿，多半被这雷声震塌，轰轰隆隆，彼此相应，威势大得惊人。怪物心胆皆裂，吓得缩头敛足，伏作一团，将以前凶恶相全都收起。可是它那内丹也颇厉害,一任猿精电火群飞,崩山撼岳,兀自伤它不得。

林寒先听猿精口吻,俨然以真仙自命,全忘了自家也是异类出身,虽是好笑,这等行为,却也可嘉,心中不由存了好感。正想用什么法儿,全不露面,助他一臂。那猿精见雷火仍被内丹阻住,怪物犹未屈服,制死怪物容易,但又想得它那粒内丹。想了想,大喝道:"你这孽畜,天生恶性,害人东西,念你修为不易,尚未出世为祸,你如将内丹献出,我便不伤你所炼元胎,仍还给你,好去洗心革面,自己潜修,免于天戮;否则你防得了上,防不了下,先坏你的元胎,然后以仙家妙用,上下神雷,一齐发动,使你形神俱灭,化为灰烟而散。看你走哪一条?"一边说,一边放出剑光,将手中婴儿绕着,作出欲杀之势。

这几句果将怪物镇住,先颤抖了一阵,然后嗥嗥惨叫。猿精明白它叫的意思,是恐怕上当,献丹之后,婴儿仍不肯发还。笑喝道:"我乃当世真仙,岂能骗你一个畜类?好在我也不怕你有甚奸谋,你只到我这里来便了。"说罢,将手一指,雷声顿息,那层黄影忽然加大数十倍,由近而远,直超过猿精立处,方始由隐而灭。怪物将头昂起,四外仔细看了又看,然后张口一吸,将内丹吸入口内,徘徊不进,竟似不舍。欲逃,元胎已落人手,更为重要。正在迟疑,猿精怒喝:"到了此时,你还不惜死,不舍去那害人东西么?再不献出,我又要下手了。"怪物好似又怕又惜,万般无奈之状,一步一步,慢慢地往前爬行,战兢兢不住乱抖,身上长箭雪羽,吱吱乱响。

林寒见怪物目闪凶光,阔唇合紧,似在暗中咬牙切齿,知非善意。再看猿精一双火眼,望定怪物,满面含笑,态甚暇逸,似操必胜之券,又恐中怪物暗算。林寒心想:"猿精如胜,虽是一个强敌,但有芬陀大师相助,自己至多遭些险难,终无大碍。况且猿精颇有向善归正之心,否则当初恩师也不会助他了。怪物如将猿精弄死,自己不知它的来历深浅,败了固糟,即使得胜,被它逃走,也是贻祸无穷。两害相权,宜取其轻。"刚将一粒佛门至宝伽难珠取在手内,猿精又喝催怪物速行。怪物脚走稍快,口里吱吱惨叫,仍是且行且抖,行距猿精约有三五丈远近。这时因雷声一震,雪坠山崩,寒风大作,又当黄昏,天空中密云低垂,甚显昏沉。林寒遥见前面暗云中,似有一丝半青半白的光华闪了一下,却无破空声息。猿精全神贯注在怪物身上,通未觉察。见怪物离身已近,还在前爬,方要喝止,促其献丹。怪物故意将内丹吐出,只是茶杯大小一粒红珠,缓缓向猿精飞去。等猿精伸手要接,倏地将三角怪首往起一昂，身子猛一大抖，背上长箭雪羽全都自行脱落，化成千百道白光，连同无数火球，直朝猿精射去。那内丹也同时由小而大，化成亩许大一片火云，当头罩下。

猿精早已防到怪物有诈，竟不俟林寒暗中相助，长啸一声，也是一溜火光，施展玄功变化，飞身而起。林寒看得明白，怪物尚未觉察，等白光红光落到地上，不见仇敌踪迹，方知弄巧成拙。慌不迭将内丹收回，四外黄影已由远而近，又包将过来，将它困住。同时迅雷乱发，比前更烈。地底也轰隆作响，雷出地中，就要爆发。晃眼工夫，猿精又在怪物身前出现。怪物知难幸免，迫不得已，二次惨叫，决心献丹求生。猿精狞笑一声，喝道："你此时才知我厉害么？速献勿延，尚可活命。"手指处，黄影又散。怪物计穷力绌，真个万般无奈，隔老远就将红珠吐出。猿精本是诳它，哪有真心释放。等珠缓缓飞起，猛将手一指，怪物身外黄影又复合拢，将内丹回路隔断。怪物见势不妙，刚在愤怒暴吼，猿精也真手辣，一扬手，剑光过处，吱的一声惨叫，先将怪婴由顶劈为两半，掷于就地。接着两手一搓，发动神雷，惊天动地价轰隆一声大震，上下神雷一齐爆发，将怪物震成粉碎。

那粒内丹本在空中飘荡，没等猿精伸手去接，就在这雷火乱射、冰雪横飞中，忽从空际射下一道光华，裹了怪物内丹，疾如闪电，破空便起。猿精见到手之物，被人夺去，不由又惊又怒，一纵遁光，连忙往前追去。敌人好似早已料到他不舍，这里猿精身才飞起，便从对面暗云之中飞来一团雪一般的银光阻住去路。猿精竟看不出那是什么宝物，不敢大意，忙把所有桃木剑全数放出。一道红光，二十来道青光，与那团银光斗在一起。虽猿精玄功变化，终占不得丝毫便宜。尤怪是用尽目力，也查不出敌人踪迹。两个相持，约有刻许时光。忽听远远有一女人声音喝道："无知孽畜，这等恶毒的内丹，你不想害人，要它何用？速自省悟，免于天戮。因你尚无大罪，不肯杀你，否则你岂是我的对手？"说时，那团银光倏地直升霄汉，疾逾火箭冲霄，一闪没入青旻。猿精忙催剑往上追赶，已经无影无踪。

第一八六回

大地焕珠光　念悔贪愚　始悉玄门真妙谛
法轮辉宝气　危临梦觉　惊回孽海老精魂

猿精始终未见敌人身形,不知是甚家数。料定追上也难讨好,只得扫兴飞落,指着地上怪物残骸,怒啸了两声,将手一指,那一片地面便即陷落了一个深坑。等那些残骸剩羽陷落下去,又复合拢。再去怪物洞内绕了一回出来,四外一观望,先似要走,刚飞起没多高又落下来,二次飞入洞去。

林寒候了一阵,不见再出,也不知他是否有久居之意。因出避匆匆,未将山洞封锁,不甚放心,又悄悄飞转洞内,用禁法将洞封闭。正要往倚天崖龙象庵求助,猛觉心神摇摇不定。知猿精又在用那摄魂之术,知道不妙,连忙强自震摄,连池顶也顾不得封闭,急匆匆往龙象庵飞去。到了庵中,芬陀大师先用佛法给他解了禁制。默转神光一查,原来猿精料定林寒藏在雪山一带,连寻多日,未见迹兆。先见峰腰云横,错疑林寒在内。细一查看,发现那云乃是毒气凝结,又当是修道人用来守洞的异物,益发心疑,定要探个水落石出。及至拨云一看,里面竟潜伏着一个奇毒无比的怪物在内。

那东西叫作雪猬,又名角蝮,形虽与刺猬相似,前半截迥然不同。在世间五十三种最猛烈的毒物中,位居第六,奇毒无比。那三角尖头,下面两角,中贮毒液,能发为云雾,成团飞出,可分可合。这东西虽然恶毒,却是生具特性,向道之心极为坚毅。每隔一千七百余年,才长成一个。不须交配,自能孕育,一产四十九卵,多下在荒凉奇寒之区,下与地火相接之所。深潜地底,时上时下,四十九卵轮转运行不息,春降秋升,与天地孕物之道全然相逆。一面禀受阴寒之性,一面禀受阳热之性,交替成长。到了年限,破壳而出。先在地底,互相残杀,末后仅剩一个,方行破土上升,寻一个极隐蔽的所在,用三角尖头打一深洞,在里吐纳修炼。先炼内丹,再炼婴儿,一心想先修成人物,再修正果。起初潜处隐秘,神仙也难找得到它。无如诡诈多疑,到了产卵之后,内丹炼就,婴儿成形,便心生畏忌,老怕婴儿为人所害,百计千方,设法隐藏。结果这也不好,那也不好,最终才决定吐出毒气,将洞口封住。这婴儿仍是一会吐出,一会吞进,日无停歇。它那婴儿,也与道家元神所炼不同,乃是用本身毒气精血苦炼涵育而成。虽非漠不相关,无关痛痒,便杀了它的婴儿,于本身并无大害,可是它看得比性命还重。等炼成长大以后,将自身元神附了上去,变得与人无二。此时一心向道,尚无害人之念。无奈畜类修人尚易,人如修仙,不知要多少世积德累功,宿根慧业,才能有望,它一个天生害人的毒物,怎能做到?尤其是禀赋奇恶,忌刻异常。初学为人还好,做不几时,就犯了本性,无恶不作。最忌恨是有道行的异类,见了决不放过。它一开始为恶,便幻成道装,到处为恶,其毒自然更重。道行稍差一点的人,一不留心,被它喷上一口,立时形消骨化而死。

猿精也是新近才从韦、向二人口中得知它的来历,一旦相遇,如何肯放。知它守着元胎,不肯离洞,费了好些心计,将它调开,先盗婴儿,再行诛戮,虽然下手太狠,但是为世除害,功德不小,杀了雪猊,甚是高兴。又进洞去,行法下探地底,搜出遗卵毁了。当时本要走去,继一想,林寒尚未寻到,自己也无个好住所,料那峰相距林寒所居必近,洞又广大修洁,存了久居之念。二次入洞,试再设坛行法禁制,觉出林寒居处就在眼前,心中大喜。一会又觉林寒移动他去,换了方向。再待一会,禁法竟无效用,与往日行法前后感应,大不相同。

想了想,试按起头的感应,顺着方向查探,竟在峰顶之上。峰是孤峰,四无依附,心正狐疑,无意中走到池旁。他目光原极敏锐,前几回只当是干池,没有在意。这一身临切近,自然瞒他不过,一到便看出池底甚深,恍然大悟,连忙飞下。见崖壁上现有洞府,已为禁法封闭,看出人已他去。心想:"林寒既在此久居,必不会弃此而去。适才初行法时虽然有些感应,后来便丝毫也禁摄他不住,若非知机速收,难免还要蹈头几次的覆辙。他道行法力,都似不在自己之下,此行定然有事,决非有所畏忌。如若运用玄功,穿石入洞,非不可能,但是自己只为想得古玉符,回去修炼,但能得到,便无为仇之心,能在暗中盗取更好。莫如就在洞侧潜伏,隐身相候,等他归来,再行伺隙下手,免得露出行藏,使增防备。"于是守定洞侧不走。

芬陀大师查明就里,说与林寒知道。林寒因玉符和诸宝物俱都带出,虽然不畏窃取,但是连日修为,正当要紧关头,行时匆忙,平时打坐的法坛并未撤去。况且那洞宽宏奇丽,景物幽绝,为修道人极好修炼之所,又经过自己苦心布置。猿精在外等得时久,难免潜入残毁,岂不可惜?忙求芬陀大师恩助,代为设法驱逐。大师笑道:"此事无关紧要。此畜心志也颇可怜,无须我亲自前往。你杨师姊往白阳山斩古妖尸,夺回轩陵二宝,此时已经成功归来,人在途中未到,等她回来,可与她商量同往。猿精虽有玄功变化,却非杨瑾对手,只不许伤他性命便了。"说罢,双目一合,便已入定。

林寒不敢多渎,候了片刻,杨瑾未至,恐猿精等急毁洞,又去庵外眺望,终于见杨、凌二女到来。谒罢大师,同往禅房落座,说了前事。杨瑾猜那从猿精手中取走雪猬内丹的,或许是在玄冰凹潜修的女殃神邓八姑。此人先与优昙大师门下爱徒玉清大师同是异派,因雪山修道,走火入魔,近年才由玉清大师苦求优昙大师指示仙机,传了佛法,用聚魄丹和九天元阳尺,给她解脱危难,复体重生。自从归到正派门下,功行大是精进。自己前生曾和她有过一面之缘,虽然异派,谈得甚是投机,如今更成了一家。未去白阳山前,曾欲往访,闻得她重生以后,经常出山积修外功,不常在家,又无闲暇,迟迟未去。那团银光,类似雪魂珠神气,也是渴求见识之宝。如若是她,想必自外归来,正可乘机谋一良晤,心中甚喜。便对林寒说:"那放银光的如是邓八姑,此人乃我前生旧友,她必知猿精道法深浅。好在玄冰凹乃必由之路,我们先寻到了她,约了同去更好,不然也顺手些。家师入定,无须再行禀告,就此去吧。"云凤也愿去观光,只把四小留在庵中。

三人一同起身,到了玄冰凹,飞落一看,女殃神邓八姑并不在彼,只得仍去寻找猿精。相隔老远,便见彤云迷雾之中,一道红光与一道白光,在峰顶上苦斗不休。林寒认出那道红光正是猿精,告知杨、凌二女。杨瑾见那白光虽非旁门一流,却也不是峨眉一派,忙令林、凌二人同催遁光,赶上前去。三人剑光均是仙家异传,不比寻常,霎时便到。

原来猿精在洞底等得心焦,登峰瞭望,瞥见一道白光由北向南,破空而飞,方向正对峰顶,先就有些疑心,当是林寒回转,忙即隐起身形,等他降落。偏生来人练就一双神目,老远便看出峰顶上站着一个老道人。心想:"这条路曾经飞过两次,孤峰兀立,并无洞穴,四外积雪寒冰,景物荒凉,怎会有人在此? 每次来往,都是沿峰而过,没有到顶,难道顶上还有甚奇景暗藏不成?"念头一动,想看那道人是何路数,竟将剑光升高,改由峰顶越过,顺便探查一下。到了峰顶,也未降落,只是在上面略一停顿谛视,果见峰顶凹池茂草下面,竟是空的。料那道人是个隐迹潜修之士,不然也不会寻此幽秘地方作为居处,此时必已避入池底。自己尚有事在身,必须复命。这厮既不愿见人,何苦相扰? 拨转遁光,正要飞走。谁知猿精却多了一份心,因来人身剑合一，飞行时看不见人，只当真是林寒发现自己在下，又复匆匆避去。自己踪迹已露，禁法又制不了他，如被遁走，休想寻到。看神气，只有暗中下手，盗夺玉符；和他讲理，已是不行。忙即大喝一声："往哪里走？"随手放起飞剑，现身追去。

来人一见有人追赶，回头一看，正是适间所见道人，忙回飞剑迎敌，也现身形大喝道："无知孽畜，我已饶你，你却敢来犯我，今日是你劫数到了。"猿精见来人并非上方山用诈语诓去玉符之人，好生后悔，本想说明误认，谢罪了事。谁知来人性烈如火，又极自负，无故追赶，已经大怒；又见是个异类修成，这等不安本分，平时为恶必重，极欲为世除害，不肯罢手。猿精护短，自从修成人形，时以真仙自命，最恼人说它畜类，偏被来人一双神目看出来历，也颇愤怒。两下里便在峰顶苦斗起来。斗了一阵，彼此都觉对方飞剑厉害。一个想用法宝克敌，一个想用玄功变化取胜。来人刚从法宝囊内取出三根密陀针，待要发出。猿精已将二十余口桃木剑飞将出来，接着施展玄功变化，遁出元神，正待施为。

来人却甚是识货，见状大惊，知道厉害，今日自己决难取胜，又不甘心，就此败退。方在委决不下，说时迟，那时快，就在这略一踌躇之间，杨、林、凌三人已是飞到，各将法宝、飞剑放出。杨瑾当先一声清叱，手指处，法华金轮照着猿精青红光华中冲去。来人一见，知道猿精来了劲敌，乐得借此抽身，不使外人看出深浅，忙高声说道："此妖可恶，我尚有事，三位道友来得正好，高明在前，用我不着，行再相见，少陪了。"说完，一纵遁光，破空飞去。

猿精看出敌人发慌，方在暗喜，忽见万道金霞飘轮电驰，急转飞旋，自半天直落下来，与自己剑光才一接触，立听铮铮一片声响，青光飞溅处，桃木剑连被斩断了十好几口。定睛一看，来人一个正是寻求多年未遇的对头林寒，此外还同了两个仙风道骨的少女，来势的猛恶，竟是平生少见。知非寻常可以抵敌，不禁恨怒交加，慌不迭地先收了残余的桃木剑，运用玄功变化，留下一个化身，先自飞起，避开来势，再行设法取胜。杨瑾见法华金轮宝光所到之处，青光星碎，未免轻视了些，猿精变化又极神速，三人均未看出，依然各持法宝、飞剑上前，一面夹攻那道红光，一面直取猿精。正斗之间，先是那道红光在金霞中掣了两掣，便即隐去。接着林、凌二人的飞剑双双直取猿精，已经临近，并不见猿精有甚抵御，只作欲逃之势，如换常人，剑光过处，定必尸横就地。云凤忽然想起芬陀大师曾经嘱咐，不许伤害猿精的性命，为何忘了？匆促中刚打算收回自己飞剑，再阻林寒，已是无及，剑光业已绕向猿精身上。云凤不知那是猿精化身，方在后悔，以为猿精必死剑下。就在这念头微动之间，同时瞥见猿精在光华围绕中身形一闪，忽然不见。

林寒原见过猿精变化，首先大喊道："二位师姊留神，这孽畜惯于变化，此时必已遁走。"言还未了，杨瑾也已觉察，知道猿精必在暗中闹鬼，自己不怕，恐林、凌二人上当，不顾说话，忙即一指法华金轮，往二人身前飞去。刚刚赶近，猿精所布太阴奇门阵法已是发动。猿精原想，杨瑾最是厉害，本打算将三人隔开，使其彼此各困一处，不能相顾。然后发挥山雷妙用，迫着林寒就范，献出玉符，即行遁走，不与敌人苦斗持久。谁知杨瑾也防到林、凌二人有失，等猿精发动时，已经冲入了二人阵地。猿精无法分隔，只得施为。这里杨瑾方与林、凌二人会合，便见远远一圈黄影，疾如电闪，由四围飞起，齐向头顶心聚拢。知是太阴禁法妙用，初发时未始不可乘机冲出。一则胸有成竹，想看看猿精有多大道力；二则想使猿精现身出来，乘其志满无备之时，下手擒他，免使变化惊走。便忙向林、凌二人使了个眼色，故意失惊道："我们中了妖猿化身诱敌之计了，快休离开，且仗法宝护身，再作计较。"说罢，一指法华金轮，将四外黄影挡住，不使近前。

猿精闻言，以为敌人只是法宝厉害，道力仍是有限，便在黄影那面现身大喝道："我与你们素无仇怨，只这姓林的不该在上方山镜波寺用计诈去我的古玉符。我寻他已非一日，如将此宝还我，我也不再伤害你们，彼此两罢干戈。以为如何？"林寒早明白杨瑾用意，便指着猿精大骂道："无知妖猿，本是劫后游魂，天幸遇见我恩师独指禅师大发慈悲，佛力超度，传授修炼之法，并借至宝以为防魔之用，到期不还，已经可恶。我奉无名师叔之命，知你还宝非出心愿，如知恩师证果，必要据为己有，才在山门外等候接取。谁知你果忘恩背信，还了又悔，屡次暗用妖法，寻我为难。我因修炼正急，不值和你计较，每次只将你邪法破去，并未穷追，你竟敢怙恶不悛，寻上门来。似你这样孽畜，本难理喻，不屑向你多说。你只要胜得过我三人，便将玉符归你。"猿精大怒道："禅师乃佛门高僧，几曾见有这样的弟子？此宝禅师在日既未索要，身后又无片纸只字遗留，可见有心赐我，被你蒙骗了去，怎能甘休？本当要你性命，姑念你以前既在镜波寺居住，必与禅师有些瓜葛，现饶你们不死，速将此宝献出便罢；否则你们业已陷入罗网，我只举手间，你们立即化成灰烬，那时做鬼休来怨我。"

杨、林二人齐声喝道："妖猿有什么本领，只管施展出来。虚声恫吓，有何用处？"说时，杨瑾见猿精身后孤峰头上，似有豆大一点雪亮的光华闪了一闪。接着便见一个身容清瘦的人影略现即隐，仿佛刚到神气。猿精正得意狂言，全神贯注前面，全未觉察。杨瑾见是邓八姑赶来，心中益发拿稳，便命林、凌二人各自运用飞剑护住全身，看猿精到底有何伎俩。

一言未了，猿精见三人身入罗网仍是倔强，不由暴怒。知道三人剑光、法宝俱非寻常，非将山雷一齐发动，上下夹攻不可。但是此法狠毒，不能抵御，立成齑粉。看三人来路俱是正派中能手，这一来势必树下许多强敌大怨。继而一想："事已至此，我不伤人，人必伤我。如能将敌除去，不特夺回玉符，还可多得好几样仙家至宝。索性一不做，二不休，要闯祸，就闯个大的。管他是甚来路？等将玉符、宝物夺到手中，弃了摩霄故居，逃往南极冰岛穷阴凝闭，仙凡不到之区，掘一冰穴，潜伏苦修，仇敌纵然厉害，也决寻觅不到。过上二三百年，旧日仇人成道的成道，应劫的应劫，自己的一部《内景元宗》业已炼成。彼时再往中土来积修外功，以求正果，即使有人寻怨，也不惧了。"打好如意算盘，便暗中运用太阴奇门阵法，把艮、震山雷妙用一齐发动。

三人只见猿精两条长臂挥舞几下，两掌一搓一扬，立时八方风动，四外隆隆有声，周围黄影由淡而浓。顷刻之间，先是地下雷声殷殷，密如贯珠，由细而洪，似往三人立处收拢。接着当头一片变成漆黑，低得似要压到头上。远的地方依旧日色皆黄，雪光可睹。林寒知道猿精发挥山雷妙用，识得厉害，忙道："妖猿手辣，此阵非同小可，上有移山，下有迅雷，我们不可大意呢。"杨瑾笑道："此乃道家太阴奇门阵法，乾坤八门之妙，我俱深悉。他不过通得艮、震两门，尚未学全，怎能犯我？且任他班门弄斧，无须在意，我自有道理。"

猿精耳目敏锐，心智灵警，因为吃过正派的亏，几乎形神全灭，虽然豁出一拼，临时却有戒心，本是试探着发动，势并不骤。三人问答，语声甚低，却全被听去。暗忖道："太阴奇门阵法，自己本不全通，敌人竟会看出，可见厉害。"不禁起了惊疑之念。不过势成骑虎，欲罢不能。细查三人，只是运用飞剑、法宝，不似有甚别的动作。又疑敌人只知阵法，并不识得此中玄妙，恐是情急时诈语。微一狐疑，终于把心一横，不再详审所言真假，反倒加紧施为，也没想到退步。

杨瑾两世修真，俱在神尼芬陀门下，学历宏深，玄门各种阵法，解识得的十有八九。至于各异派所布的恶毒阵法禁制，虽然只识阵名与大概，不能破的尚多，但有芬陀大师降魔四宝护身诛邪，本身又精金刚、天龙诸般禅法，即

41

或被陷,也能脱险而去。这太阴奇门阵法虽非寻常,却系两生素习,备知微妙。况且邓八姑的雪魂珠妙用无穷,适在猿精后面现身,必非无因而至。因此胸有成竹,早在暗中运用。猿精哪里看得出。行法以后,如换平日,早就神雷爆发,崇山压顶,石破天惊,火焰万丈。阵中敌人纵有法宝护身,顾得了上,顾不了下,绝难幸免了。不料地上万雷奔赴,到了阵中心敌人立处,隆隆之声愈加紧密,眼看蓄势待发,就要裂地爆发,忽见地面似乎往上略凸了凸,便即平息。地下雷声只管如热锅炒豆一般,汇为千千万万的爆音,先似被甚东西阻遏住,等到将近中心,即行散去,起伏不停。同时天上黑影也渐渐向上高起。再看敌人立处,变成了一幢金光异彩,精芒万道,电闪霞飞,兀立阵中。猿精练就一双慧眼,竟辨不出人影所在。那四方八面的雷火,打到阵中心光幢左近,即自爆散,丝毫不能挨近。一任猿精怎样发挥,终是无用,枉自焦灼。两下相持不多一会,光幢中涌起一片青光向天飞去。接着又见一团红光爆成万点火星,向四围黄影射去,这时天又升高了些。

猿精见状虽甚惊骇,犹冀阵网未破,雷火未熄,尚可运用玄功化身入阵,一拼胜负。猛见黄影当中似乎裂了一孔,那形如覆碗的阵网竟与初现时情形相反,从裂孔起,由上往下,渐渐收缩下来。适见青光,业已破网而出,上冲天半。那红光散化的无量火星四外飞射,与猿精所发的雷火一撞上,便即同归于尽。火焰横飞,红光变幻,一霎时便把全阵数百亩方圆的地面幻成了光山火海。再加地底密雷殷殷,爆音如潮,积雪惊飞,震撼山岳,声势端的雄奇无比。似这样繁喧腾沸,仅有半盏茶时,两下雷火俱由盛而衰,由密而稀,天上青光黑影也都消逝。瞬息之间,光烟全灭,雷火无声,全阵已被破去。

猿精知道不妙,还未等他运用玄功化身飞出,决那最后胜负,倏地光幢中似一轮皎月般涌起一团银光,寒芒万道,奇辉四射。猿精仔细一辨认,正是先前抢走雪猊内丹的那道光华。这个新对头神出鬼没,来无影,去无踪,玄妙无穷,不可端倪。除了这团隐现无常的奇光外,始终不见人影,也查不出是甚家数。即此已可分出胜负,道法高强,不问可知。阵中三人尚觉不是对手,哪还禁得起又添强敌。况且阵法已破,再不见机,必难讨得公道。念头一转,心中害怕,这才息了夺符之念,打算逃走。可是先前气壮心粗,没有留神退步。杨瑾知他阵法没有学全,早在事前将计就计,运用太阴奇门妙术,即以其人之道,还治其人之身。表面故作发挥法宝、飞剑威力,去分猿精心神,等将山雷驱散,全阵已化生出坎离妙用。邓八姑也同时来到。

八姑原是奉了峨眉掌教妙一真人之命,面授机宜,特地来此相助三人收服猿精,并接引林寒入门。八姑自借九天元阳尺之力复体,服了神尼优昙所赐灵药,得庆更生。玉清大师眷念昔年同门夙契,力向神尼优昙苦求,传了许多防身降魔的法术,自己并在玄冰凹陪她修为多日,不时指点她上乘修道之功。因神尼优昙说她不是佛门中人,只允为记名弟子,不允正式传戒。她又禀承师命,乘妙一夫人往访神尼优昙时,给她引进,得列峨眉门墙,归入正教。八姑曩昔走火入魔,身已僵死,只余枯骨,元神尚且苦炼,道力本就深厚。如今饱经灾厄,劫后重生,越发悟彻玄微,日益精进。虽在峨眉门下为日无多,因有以前根行和玉清大师的指教,修为容易,在目前小一辈的门人当中,渐有后来居上之势。

这次因奉师命,出山修积外功,归途路遇玉清大师,说:"凝碧崖不久开辟五府,群仙盛会,本派小一辈中门人,都要在开府之日,向掌教师尊行参拜大礼。到日各派前辈真仙,尚有不少新弟子要引进。先后两辈同门,目前往凝碧崖待命服役的人,已经陆续到了不少。你入门日浅,我引你拜妙一夫人为师,又是在恩师座中相遇,凝碧仙府尚未去过。只英、云、秦氏姊妹、金蝉、朱文、若兰等有限几人,在破青螺峪除八魔时见过,余者多不相识,各位前辈师伯叔们更毋庸说了。恩师说你以前孽累太重,比我还多几倍,虽已转了一次大劫,如欲修得正果,无论你的道力怎样高深,如不多积外功,仍是无望。并且峨眉开府以后,长一辈的多半外功业已圆满。有的回转仙山,白云封洞,闭门潜修;有的就在五府中清修静养。除却掌教师尊和有数几位,因为奉有长眉师祖仙谕,发扬道统,光大门户,尚须表率群伦,仍是暂时不能罢休外,都等与诸异派妖邪第三次峨眉斗剑之后,便即成道仙去,轻易不再与闻世事。盛会开罢,诸弟子全数奉命下山行道。你虽未奉到传谕,难得我有事峨眉,恰巧与你路遇,正好乘机和我同去。一则早日拜识各位前辈仙颜;二则得与小一辈诸同门早日交好,将来大家也加一番情谊和照应;三则凝碧崖仙景无边,会后奉命下山,不俟有成,难得再至,乐得早往观光,尽情领略,多消受些灵泉异果,珍酿仙乐,岂非绝妙?"

八姑闻言大喜,犹以初入仙山,未奉传谕,恐有冒昧之嫌。玉清大师道:"今番开府盛会,亘古难逢。不特本门和诸正教中仙人齐受请柬,前来赴会;便是海内外的散仙,以及诸异派旁门中人,只要与本派无仇,且未为恶者,多半闻风向慕,借着庆贺为名,不奉请柬,到时也来观光。依了嵩山二老和穷神凌真人说,他们一半是来看热闹,一半是来窥测深浅,以为异日作恶时准备,此辈异端,居心叵测,大可不纳。掌教真人力说:'我辈与人为善,他们虽然多半旁门左道，俱还恶迹未著，既可使其观善知返，分清邪正高下，知所去取；又可示我玄门广大，无所不容。倘因见而警惕，永远舍恶为善，无形之中，岂不积了许多功德？何况此中尚有不少道友，俱是洁身自爱之士。何苦因此生嫌，变友为敌，使众弟子日后下山，平添好些大敌？至于有几人受了妖邪蛊惑，意欲乘隙发难，来此扰闹，前在东海，已与玄真道兄议定，各有准备；三位道兄，也各有奉烦之处，决可从容消弭。既无妨害，何苦拒人于远？'当下与在座诸长老一商量，索性算出要来的人，只除开那受人蛊惑，心怀暗算的十来个任其自来，也不去延请外，各用飞剑传书，一一邀请。诸长老有的还受掌教师尊之托，因事外出，来去频繁。对于同门诸弟子，大都由各人受业师转示，或是彼此遇上传知。如无使命在外，均可事前赶去。否则须俟开府前三日，始由嵩山二老和髯仙李师叔三人，查点到会人数与众弟子所在地点，分别用千里传音与飞剑传书之法，召集赴会。此时本派同门当已早悉。那迟到的，不是奉命在外，有事羁身，便是和你一样，入门未久，每日独自闭洞潜修，得音不早之故，只管早去无妨。"

八姑自然喜出望外，相随玉清大师，到了峨眉凝碧崖太元洞内，拜见掌教师尊与各位前辈长老。再退出与英、云等已见和未见的诸同门大家欢聚。在仙府中流连了些时，这日妙一真人忽命值日弟子苦孩儿司徒平传入太元洞，听候使命。八姑入洞一看，妙一真人中坐，此外还有醉道人、髯仙李元化、万里飞虹佟元奇三位师叔，连忙上前礼拜。妙一真人命起来，吩咐道："汉时毛公刘根，收有两个仙猿。苍猿转了多劫，现始改名袁星，为女弟子李英琼收服，归入本门。因它宿根未昧，向道坚诚，新近又得猿公双剑，日后当有成就。只那白猿备历灾劫，已经成道，偶然无心作恶，为优昙道友门人素因所斩。但元灵不昧，得遇独指禅师，传授他炼形之法，修复原形。又在洞庭毛公坛故址巧得道书和毛公留赐二猿的法宝。掘取之时，自不小心，只知防御窃夺，不曾事前行法掩蔽宝光，为祁连山天狗崖地仙蓝髯客姬繁路过发现，下来夺取。此人元初得道，兵解后，自知根赋稍薄，转劫恐迷本性，反堕轮回，苦炼元神，在祁连山闭洞一百三十八年，由鬼仙炼成地仙。虽是旁门一流，生平极少为恶。所习虽是道家下乘的功夫，历年久远，法宝、道艺均有过人之处。猿精决非其敌，当时幸仗玄功变化逃去。但是姬繁已经回到毛公坛旧址，在灵祐观内借住三日，下功夫虔心占算，居然被他算出道书、宝物来历妙用，只还不甚深悉猿精以前与毛公的一段因果。因想夺回道书、法宝，又欲强收猿精为徒，到处搜寻下落。你佟师叔今日从天山博克大坂返回,适才行至途中,遇见北天山散仙柳雪翁告知此事。并说姬繁近受五台派妖人蛊惑,正要做盛会不速之客,扰闹仙府。再者,那猿精虽是异类,心术颇佳,尚知自爱,修为却也不易。他又受独指禅师点化传授,见姬繁是个旁门之士,何况又要夺他的书、剑,定然不肯降服。这姬繁手辣心狠,更有两件厉害法宝,猿精必遭毒手无疑。此时他正与独指禅师记名弟子林寒为难,想夺回以前古玉符,去炼那部《内景元宗》。并不知螳螂捕蝉,黄雀在后,洞庭毛公坛所遇之人暗地搜寻,要算计他。"说罢,便向八姑面授机宜,派她去助林寒。

八姑飞到大雪山后,暗中协助林寒。最后与杨瑾等三人相见,只略谈了几句话,杨瑾即将阵法发动。八姑也将雪魂珠飞出,栲栲大一团光华才自光幢中升起,晃眼工夫,便化成亩许大小,寒芒流照,银辉四散,飞行若电。两下里夹攻,猿精如何能再遁走。刚刚运用玄功,化身欲逃,雪魂珠光华业已飞到临头,将他照定。就在这惊慌骇乱之间,地底忽然往下一塌,陷出一个数顷大小深穴,穴中涌起万丈洪涛。接着天空中又有一片红云飞坠,落近地面,化为一座火山,朝猿精头上直压下来,转眼包转全身,烈焰熊熊,烧个不已。

猿精先见地底洪水暴发,知是敌人阵法妙用,一时情急,忙以飞剑开路,施展全副本领,拼命奋力往上一冲。谁知头顶寒光重如山岳,休说冲破逃走,稍微挨近都不能够。不特上冲不行,连往旁侧逃窜,都似有无量潜力,在暗中阻住去路。任是用尽心力,东冲西突,俱不能越过雷池一步。可是高悬空际,只禁止猿精逃走,也不下落。猿精冲了几冲无效,下面惊泉飞涌,似水山一般,业已升出地面,晶峰冰柱,仍同穴口大小,还在继长增高,也不漫溢开去,眼看就要淹到足下。上面烈火又弥空飞至。猿精虽知此水中含坎、离变化,非同凡水。一则情危势迫,二则还自恃有一身玄功变化,连忙分出一个化身,由那口飞剑护住,去御烈火;自身索性往水中钻去,竟欲拼犯奇险,打从地底逃走。身才落到水内,谁知杨瑾早已看破了他的心思,先放出般若刀,去截住他的飞剑。手一指,空中烈火漫天而下,竟将那数顷方圆的水柱围烧了起来。猿精见敌人竟将坎、离妙用合而为一,水火齐发,同时夹攻。情知厉害,仍旧拼命往下钻去。甫及水深之处,忽见穴底金霞百丈,电转飙飞,往上缓缓涌来。

原来杨瑾知道猿精乃游魂炼成,又精于玄功变化,到了危急无计,必定豁出再苦炼多年,舍出原来炼成的形体,保住真魂精气,穿通地肺遁走。本想收复,不欲坏他道行,暗用法华金轮埋伏在底,使其拼死遁走,也所不能。猿精识得此宝厉害,一旦被光轮卷住一绞,立时形神俱灭,化为灰烟而亡,哪里还敢往下穿行,慌不迭往上便起。水被烈火一烧,立时热沸,猿精身在其中,恰似浸入滚水一般,如何受得。若一冲出水外,上面又有千万烈火包围,其势更险。迫不得已,只得将所有桃木剑连同洞庭毛公坛新得之宝,一齐放将出来,成了一个光笼,将全身暂时护住。

总算猿精道力尚深,法宝玄妙,暂时总算强耐奇热,保得命在。无如身外之水越来越沸,热不可当。加以滚泡飞腾,如雷电一般,甚是猛烈,护身光华常受震荡。时候一久,能否支持,实无把握。又想借诸宝护身,冲火上升。抬头一看,上面除了适才困身奇光而外,还有几道极厉害的剑光虹飞电舞,出没烈火之中相待。再从水中透视三个敌人当中,又添了个身穿黑衣、形容枯瘦的道姑在内。适才光幢业已收去,四人并立在前面坡上,正在指点自己,从容谈笑。上下左右,俱无逃路。方在万般惶急,无计可施,微一疏神,猛觉脚底震荡了一下,光笼开了一条缝隙,火一般的沸泉立时随之涌来,滚泡如雷,打在身上,热痛非常。忙即运用玄功,将宝光合拢。定睛往下一看,才知下面法华金轮逐渐上升,业已挨近。自己一心寻觅出路,水又越发沸涨,无量数大水泡上下四方,如雨雹一般打来,火光一映,幻为异彩,随灭随生,滚滚不息。金轮上升既缓,中间又复停歇。

猿精被困了一会,没见金轮来袭,以为也和头上寒光一样,只阻逃路,不来追迫。其实是杨瑾见他久困不降,尚未醒悟,特地催轮相逼。猿精哪里知道,目迷五色,未防下面埋伏骤起。这时恰有一串绝大沸泡打来,将猿精护身光笼往下一压。受困以来,司空见惯,知道其力绝大,不可硬抗,顺着压力往下一降。不料足底金轮正在上升,一下扫到飞剑、法宝联成的光笼上面,桃木剑立时卷毁了三口。幸而别的法宝因在上面,未曾毁却。剑断之后,杨瑾知他受创,止住金轮,未再上升;否则猿精纵得免死,那些法宝、飞剑,至少也要损失多半。

这一来,把猿精吓了个亡魂皆冒。百忙中把宝光重又连接紧密,往上升高了些。再低头一看,金轮仍停在当地,敌人四外埋伏重重,迟早必死无疑,又是害怕,又是伤心。回忆前时,也是恃强偶管闲事,为素因大师飞剑所斩,游魂飘荡。好容易复得成形,又学会了好些道法。那古玉符,禅师原只答应借用,林寒是他记名弟子,就算是没有禅师遗命,用计篡取,也不为错,不该自起贪嗔,屡遭挫折。前在上方山失却许多桃木剑,被无名禅师擒住,连围七日夜，已经伏低求饶，不再追寻林寒索符。这次洞庭毛公坛巧得前生仙书、法宝，更应知足才是。偏又贪欲无厌，勾起旧事，仍想夺回玉符，以为驱邪降魔之助。不料费尽心力，终于自投罗网。又不该自恃玄功变化，一时疏忽，未留退路。全身而退，固是无望，照此层层紧迫，困焰周密，连想复化精魂以遁，都所不能。事到临头，悔已无及。越想越伤心，不禁痛哭悲号起来。

杨瑾、八姑隔着水火，望见猿精困在里面伤心悲号之状，怜他大有悔意，同声喝道："无知妖猿，此时可知厉害么？"猿精因自己再四寻仇，做得太过，四个敌人合力行法，将他包围，下手狠辣，不留一线余地，以为志在除他；不比无名禅师乃佛门神僧，心肠慈悲，可以悔过乞恕。如向求饶，徒自取辱，必然无用，没敢轻易启齿。及听二人这等一说，猛想："敌人法宝和坎、离妙用威力，只消上面银光与穴底金轮一升一降，两下里一合，便即了账，制死自己易如反掌。为何先后挨有多半个时辰，除金轮还往上略升了升，毁去两把桃木剑，便即止住外，头上银光竟是始终高悬空际，不曾下压？莫非这几个敌人只要逼我屈服，并无伤害之心不成？"

猿精想到这里，生机一露，立时恍然省悟，忙在水火之中翻身拜倒，高喊："小畜知悔，上仙饶命！但求网开一面，停了水火夹攻，容小畜一述衷曲，如若虚妄，百死不辞。"杨瑾知他水火烤炙难受，出语不易，便大喝道："你这孽畜，当初如此凶横执拗，本应即时处死，为世除害才是。既然极口知悔，姑念修为不易，上有雪魂珠，下有法华金轮，四外网罗密布，也不怕你飞上天去，且放出片时，听你说些什么。如非真诚洗心革面，我一举手，便教你形消神灭，做鬼不得。"说罢，行法一挥，立时水平火散，晃眼工夫，复了原状。仅剩一团大约数亩的精光，悬于空中，照得环峰积雪俱呈银色，分外清明。

猿精见景物依然，犹如做了一场噩梦。只水火煎迫时久，虽有宝光护体，仍有两次为沸泡打中，身上尚作热痛；加以热气鼓荡，其力绝大，不能透气，全仗屏息内转，一面还得运用玄功抵御奇热，因此精力也微觉疲惫。细审种种情形，又不是什么幻境。这一出困，如释重负。喘息甫定，未及开口，忽听杨瑾清叱道："孽畜还不上前答话，意欲何为？"猿精闻言，才想起自己虽然跪倒，护身法宝连成的光笼，因敌人收法太快，尚忘了收去。深知敌人厉害，倔强不得，忙答："小畜已经知悔，岂敢有他意。"一面慌不迭收了法宝、飞剑，恭恭敬敬膝行近前，跪禀道："小畜在汉时，便随毛公真人清修，转劫多世，今生得道以来，并未为恶。只为一念贪嗔，不知林大仙不与小畜计较，始终苦寻不已，实则志在得符，并无相害之念。不想冒犯仙威，自取灭亡之祸。

47

如今悔之无及,望乞诸位大仙大发慈悲,念小畜前次无辜遭劫,苦炼成形,修为不易,放回故山。从此决意独自清修,不特不敢再寻林大仙冒犯,誓当努力向善,以报深恩。"说罢,泪流满面,哀叩不止。

八姑因时不早,看出猿精状颇虔诚,知已悔悟,恐再耽误久了,蓝髯客姬繁赶来,又生事变,忙向杨瑾使了个眼色,接口道:"当初独指禅师好意借符,成全你修道炼形,并未说是不要,你过期不还,已属背信。林道友乃他心爱弟子,只缘不是佛门中人,权且记名,未予披度,师徒承受,理所当然。况且无名禅师乃独指禅师师弟,受命接掌镜波寺,一切自可主持。林道友奉他的命,向你接取,不为诬骗。你七犯上方,险遭显戮,因悔过求饶,禅师才发慈悲,予以自新之路,将你释放。你巧得毛公坛仙书、法宝,既知前生因果,便当访寻旧侣苍猿,寻求正道。你反因此生心,复萌故智,才致今日之祸。我奉峨眉掌教真人之命来此,杨仙姑事前和我商量,似你这等背信忘恩,反复行为,目前虽然恶行未著,他年学成道法,难免仍要为祸世间,不如现在诛却,免致贻患。是我力劝,方始网开一面。听你所言,似已知悔,容你力图挽回,未始不可。但是你在洞庭毛公坛所遇之蓝面蓝髯道人,乃祁连山天狗崖的地仙姬繁。此人因得道多年,博通各家道术,炼就许多异宝,休说你区区精灵,便是我等相遇,也未必能胜他。当时偶出云游,路过相值,未曾携带所炼异宝,又不愿骤伤乡愚,微一迟延,致被你乘机逃走。可是此人性最执拗,一有所图,不得不止。不能修得天仙,也为此故。自那一晚起,便到处搜寻你的踪迹。此时业已备知底细,不在你洞前相候,便是跟踪寻来,归途恰好相遇。以他法力,这一存心,志在必得,任你如何掩藏逃避,终归寻到。我们放你不难,须知此人不比我们,只恐你所有仙书、法宝,全被夺去,连性命也化为乌有,须要早为自谋呢。"

猿精听说那道人便是姬繁,平日早有耳闻,知他心辣手狠,厉害非常,一意孤行,不可理喻,真比目前四人还要可怕,吓了个魂不附体。再一寻思八姑之言,分明颇有怜悯之意,不禁又生希翼,哀哀痛哭道:"小畜命宫磨折,厄难重重,才得蒙恩免死,不想又惹祸端,不是天仙说出,小畜还在梦里。自知道行浅薄,难以全活。既蒙大仙垂怜,指示危机,还蒙格外开恩,给小畜自全之道,小畜九生感激。"说罢,痛哭不止。八姑道:"你自有明路,不去寻求,问我何用?"猿精惶恐道:"小畜有几个忘形之交,均未必胜得过姬繁。此外,自思并无什么别的解法。"言还未了,杨瑾喝道:"蠢畜,你前几生的同伴,目前不是在峨眉仙府中随师修道么?"

一句话把猿精提醒，登时触动灵机，心中大喜，忙向四人跪叩，力求收录，带往峨眉，与前生旧侣一同随师学道。八姑道："我等四人，均尚不能擅自收徒，如何可收异类？仙府法严，本难妄入，姑念诚求，又当危急之际，我拼着担点不是，将你携带回山，敬候掌教师尊吩咐处置便了。"猿精平日苦心修道，难得真传，极为不易。异派旁门，素所不屑，只恐因此干犯天诛。嗣与韦少少、向善二人交好，本欲求他们引进昆仑派门下，又为昆仑名宿钟先生等所拒。峨眉派道法高深，日益昌明，私心向往，已非一日，时复在念，以为妄想而罢。万不料当此百死余生，居然因祸得福。仙人既允携带，到了必蒙收录无疑。这一喜真是非同小可，跪在地上，叩谢不止。八姑见他归正，吩咐起立。

猿精正想叩问四人姓名，忽听遥天破空之声，由远而近。八姑抬头一看，忙对杨瑾道："这厮来了。我和林道友带了老猿先走一步，开府盛会，再行相见，大家各自散吧。"随说随将雪魂珠一指，那团银光便飞临头上。八姑命林寒、猿精紧随身后，低喝一声："快走！"珠光又往下一沉，二人一猿，飞身而起，两下里迎个正着。杨、凌二女刚见八姑手朝自己一挥，意似促令退走，未及答言，二人一猿已全被银光包没，晃眼之间，银光敛去，行迹俱杳。

杨瑾、云凤方在夸赞雪魂珠的妙用，欲待起身回山，那破空之声已经飞临头上，一道青光，似坠星般直射下来。面前不远，现出一个蓝面蓝髯，羽衣星冠，手执拂尘，背插双剑的长大道人。才一落地，便将拂尘朝空一舞，尘尾上便似正月里的花炮，放出千万朵火花，满天飞舞而灭。杨瑾见他人没搭话，先自施为，老大不快。因白阳山取鼎回来，正值师父打坐，还有好些话不曾禀告；妖鸟神鸠也未驯服。估计出来这么大一会，师父功课必已做完，本来不欲多事。料定身有佛门四宝，姬繁所设火网光罗拦阻不住，乐得故作不知，径驾遁光回山。姬繁不拦便罢，拦时索性给他一个厉害，冲破繁光密火而出。表面上若无其事，仍做不知之状，气他一下。想好，便对云凤道："这里雪景没个看头，我们回去吧。"一言甫毕，忽听来人高声喊道："道友休走，贫道尚有一言奉告。"杨瑾见他出声相唤，不便再不答理，只得立定，正色答道："我与道友素昧平生，有何见教，快请明言，我二人还有事，即须他往呢。"

杨瑾原怪姬繁人方露面，便满天空设下罗网，话说得毫不客气。实则姬繁得道多年，法术高强，以前辈仙人自命，行事未免任性，但此施为，却非对付二女。一听答语意存藐视，不由勃然大怒，暗骂："无知婢子，我因见你不似旁门左道，又非妖猿同党，好心好意向你问话，竟敢口出不逊。就不值为此伤你，也叫你知我厉害。"于是冷笑道："我因在摩霄峰寻一妖猿踪迹未见，前两三个时辰曾用天眼透视之法，看出他在此峰顶之上，与一白衣少年斗剑，跟踪到此。适在空中遥望，见一道银光下落，到此不见妖猿和那少年踪迹。你二人既在这里徘徊，又离妖猿与人相斗之地不远，如未相助少年合除妖猿，也必目睹此事。我并知妖猿在峰顶天池下，辟有一处极隐秘安静的大好洞穴，在此潜修，胜似他摩霄峰妖穴十倍，如不为人所诛，必不舍此而去。断定少年剑术非其敌手，必为所败，也许你们到达以前得胜隐去。防他见我寻来，暂时遁走，已用火网光罗，将四外封锁，无论仙神精怪，皆难逃出。你二人理当看见，好意相问，怎对前辈仙长毫无礼貌？你二人想因学道年浅，不知我的来历，故而如此无礼。我乃祁连山天狗崖蓝觷真人便是。你师何人？归问自知。如有所见，速速说出，免使妖猿漏网；如若违忤，许多不便。"

杨瑾听他出语甚狂，自尊自大，先向云凤微哂道："这道人好没来由，妄自称尊。如今长眉真人等诸位老前辈早已飞升紫府，身列仙班。目前有时尚在人间游戏，或是仙业已成，功行尚未完满的，如极乐真人、东海三仙、嵩山二老等前辈仙人，不必说了。便是稍次一等，介于仙凡之间的，我也认识不少。怎没听说过有个蓝面真人？真可算是见闻孤陋了。"

姬繁这时细看二女，云凤尚差，杨瑾竟是仙风道骨，迥异寻常，宝光剑气，隐隐透出匣囊之外，知非恒流，但是自己却一个也不认得。听语气，明明意存讥笑，说他不在天仙一流。不禁又惊又怒，正要忍气发话，杨瑾已转面相对道："你问那老猿精么？我二人来时，果然见过。他对我说，前生原是汉仙人绿毛真人刘根门下，转劫至今，方始成道。前月曾往洞庭毛公坛旧址，掘到乃师遗赐他的法宝、仙籍。彼时忽有一道人名叫姬繁，无故相扰，欲待劫夺。当时虽见机避去，终因这道人既贪且狠，早晚必寻他的晦气。适遇我一道友经过，他便再三恳求他援引，托庇到一位前辈真人门下去了。这峰底洞穴，也非他所辟来修道之所，他今日不过在彼暂候一人，后来即相随他去。难道这些事，你都未看出来么？我因学道年浅，既不想夺人宝物，又不想收徒弟，他说的话，与我无干，未有在意听他，也不知去往何方，托庇的人允否收容，详情一概不知。闻得天眼透视须要觅地静坐，静生明睶，无远弗届。你既会此法，何妨再试坐一回，自能明白，问我二人何益？恕不奉陪。"还要往下说时，姬繁已被她气得面色数变，怒发冲冠，大喝道："无知贱婢，竟敢屡次口出不逊！听你所言，分明与妖猿一党。适才银光并未飞走，定是你弄的玄虚，见我到此，将他隐匿。速将妖猿献出，或是说了实情便罢；如若不然，

50

教你二人死无葬身之地！"

云凤早知难免一战，听他出口伤人，也发了火，正要恶声相报，飞剑出去。杨瑾知此人专惯纠缠，不占上风不止。自己既没先期退去，除非初见时对他恭礼服顺，决不甘休。强敌已树，索性斗他一斗，看看到底有何惊人的道法。主意早就打好，闻言并不发急，忙使了个眼色，止住云凤，望着姬繁大笑道："可笑你自称仙人，妄自尊大，连一粒雪魂珠俱未见过，还说什么银光不曾飞走，妖猿必然隐匿此地。果如你言，你有法力，不会使他隐而复现么？我适才因你贪而无厌，省得你知道此珠，又加冥思梦想，日夕营谋。谁料你乃无识至此，虚声恫吓。人家法宝、仙籍，终到不了你的手内，有何用处？有本领快施展出来，让我二人见识见识，迟则不能奉陪了。"

姬繁先在远处望见那团银光，便知是件异宝，尚还不知有这么大来历。到时见二女站在银光敛处，因宝重人，料非常人门下。在他已是降格相求，客气说话，不想目中无人，成了习惯。杨瑾两世修为，什么能手不曾见过；前生辈分，已与三仙比肩。姬繁就算得道在先，并非同派，这等狂妄自尊，如何看在眼里。及至两下里把话说僵，姬繁一听先见银光竟是闻名多年而未得见的亘古至宝雪魂珠，心方大惊。后听杨瑾话更挖苦，尖刻异常，不禁怒发如雷，不等杨瑾把话说完，手扬处，一道光华迎面飞来。杨瑾当然不放在心上，也将飞剑放起抵敌。

第一八七回

巨掌雀环　神光寒敌胆
皓戈禹令　慧眼识仙藏

　　且说杨瑾与姬繁斗了一阵,未分胜负。杨瑾见姬繁这道剑光也是深蓝之色,晶芒耀彩,变化万端,和一条蓝龙相似,满空夭矫腾挪,倏忽如电。自己飞剑竟只敌个平手,占不得丝毫便宜。暗忖:"平生屡经大敌,似这样的蓝色剑光,尚是少见,难怪这厮狂妄,果然话不虚传。反正衅端已启,且不须忙着伤他,看他还有何伎俩。"便将全神贯注空中飞剑,不再另有施为。

　　姬繁虽知二女不凡,没想到杨瑾的飞剑是佛门达摩嫡派,料定不是芬陀、优昙神尼的门下,也必有牵连。自己平日与人对敌,非占上风不可。此女飞剑已有如此玄妙,道行法力不问可知。虽然可以制胜,事后她必不肯甘休。别人尚可,这两个老尼都不大好惹。适才真不该小觑了她,树此劲敌。事已至此,说不上不算来。又想起敌人神情傲慢,语语讥刺,久不能胜,又将怒火勾起。心想:"你这丫头不过剑术得了点真传,就敢如此无礼。任你身后有多大倚靠,今日先给你吃点苦头,要是不跪下求饶,休想活命。"一边打着如意算盘,暗中运用玄功,朝空一指,喝声:"疾!"那道蓝光倏地划然长啸,化分为二:一道紧裹着杨瑾的剑光,一道如长虹飞坠,直朝二人当头飞去。

　　凌云凤站在旁边,凝望空中,跃跃欲试。一见蓝光飞到,忙回手一拍剑匣,玄都剑化成一道寒光,冷气森森,刺天而上。还未接着那第二道蓝光,杨瑾存心卖弄,早把手一指,空中剑光似天绅骤展,匹练横空,暴长开来,将敌人两道蓝光一齐卷住,两下里又复纠缠在一起。同时云凤的剑光也已飞到,正要一齐夹攻。杨瑾知云凤飞剑虽系至宝,但因入门未久,功候稍差。姬繁蓝光聚炼四海寒铁之精而成,非同小可,虽然不致有损伤,决讨不了好,还落个两打一。便喊云凤道:"区区妄人,有我收拾他已足。我不过因他口出狂言,想看他到底有何真才实学,没下手罢了,难道还值我们都动手么?快将你的飞剑收了回去。"云凤听话,将剑收回。

姬繁见分出剑光仍未取胜，反受敌人藐视，气得咬牙切齿，大骂："我因你这贱婢虽然狂傲无知，却不似左道一流，原欲稍微警戒，未下毒手。竟敢如此执迷不悟，本真人也难容你。"杨瑾知他必要发动空中埋伏，来了个先下手为强。不等他把话说完，出其不意，扬手一道银光，般若刀电掣飞出，裹住一道蓝光，只一碰，蓝光便似锤击红铁一般，亮晶晶的火星四外飞溅。姬繁一见不妙，又惊又怒，不顾行法，忙从法宝囊内取出一个铁球，一团烈焰向空飞起。杨瑾识得此宝，一指般若刀将它敌住，姬繁剑光才得保住，没有受损。正要取出法华金轮去破空中飞剑、法宝，姬繁也跟着将埋伏发动。杨瑾身前刚飞起万道金霞，忽听空中一片爆音，似有成千上万的鞭炮齐鸣，眼前一亮，四方八面的蓝火星如狂风催着暴雨飞雪，漫天疾下，其大如掌，奇光幻彩，翠火流辉。顿时山岭匿迹，积雪潜形，大地茫茫，到处都在洪涛笼罩之中，声势委实惊人。

　　杨瑾先见姬繁初布埋伏时，蓝火星飞，如云出没，只当是道家常用火网火罗，因姬繁蓝面蓝髯，特地将它幻成蓝色，以炫奇异，所以连飞剑光也是蓝的。即便算得道多年，比起别人强些，凭自己身有佛门四宝，也不患冲不出去。万没料到姬繁所下埋伏，名为天蓝神砂，并非法术。那口飞剑，是采海底万千年寒铁精英铸就，已非凡宝。天蓝神砂则就深海广洋之中，先从海水中采集五金之精，然后再行提炼。往往千寻碧海，寻求终日，所得不过片许，难寻如此。初炼此宝，原为地仙虽一样可以长生不死，但经三百六十年，必有一次大劫，炼来抵御天魔地眚之用。单是这先后采集熔冶祭炼的时期，就达一百零三年之久。至于炼时所受辛勤苦厄，更不必说了。恰好炼成七十年，便遇天魔之劫，竟仗此宝，从容度过。本来轻易不大使用，这次因知毛公遗宝，宝物还在其次，惟独那部《内景元宗》，不特是异类学道的南针，尤其是地仙学到天仙的捷径。以前常听同道中谈起，这一类前古仙人遗著，共有四种，任何一种得了，也可得成正果，霞举飞升，注籍长生，与天同寿。私心向往，已非朝夕。苦于这类道书仙箓，多半深藏仙府，不是其人，难得一见。只有具有深厚仙福仙缘的人，到时自然遇合，绝难力求幸致。这一得知此书底蕴，如何能舍弃罢手？贪心一起，以为猿精是一个异类，何堪得此，取之无妨。立即飞回祁连山天狗崖。因猿精精通玄功变化，也非弱者，上次相遇，未曾多带法宝，以致被他隐形遁去。此番关系仙业，誓欲必得，竟将两件极不轻用的至宝一齐携带身旁，到处寻访猿精下落。日前始探寻到了武夷山摩霄峰上，破法入洞一看，只有两个小猿守洞，猿精业已他出，候了些日未归。两小猿精因见祖师的洞府被恶道破法强占，仗着新从猿精学会一点小术，不知利害轻重，乘其入定之际，一个盗他法宝囊，一个行刺，吃姬繁用飞剑一齐杀死。最后用天眼透视之法，静坐了两天一夜，才看出猿精正在雪山与人相斗。偏又一时心急，不看下文，立即起身，赶了前来。老远望见银光照处，似有两人，一个极似猿精，以为他闻声先觉，觅地隐遁。又见两个女子闲立当地，先还疑是同党，为防猿精远遁，人一到，先就急匆匆将天蓝神砂埋伏天空。此宝共只三百六十粒，却能化生万亿，神妙无穷，想要破它，自是万难。

　　杨瑾终是行家，一见蓝光火星如此厉害，知道散仙所炼法宝，大都经过多年苦心精炼，不比妖光邪火，可用金刚、天龙坐禅之法防身。一被打中，必受重伤无疑。云凤道法尚浅，尤为可虑。所幸金轮宝光虽然飞出，此宝尚未离手，不求有功，先求无过。一面招呼云凤仔细；一面忙运玄功，一指金轮，万道金霞立即暴长，电旋飙飞，将满天空的无量数蓝火星光一齐阻住。金光疾转中，耳听铮铮锵锵之声密如万粒明珠，迸落玉盘之上，其音清脆，连响不已。那被金轮绞断的蓝火星光，恰似万花爆射，蓝雨飞空。乍看似乎金轮得胜，可是蓝火星光密如恒河沙数，而且随消随长，无量无尽；加上其力绝大，重压如山。初发时，杨瑾御着金轮，意欲冲出重围，还可勉力上升。及至腾高了百丈，四外的蓝火星虽仍被金轮宝光挡住，不得近身，但是力量越来越大。二女在法宝护身之中，一任运用玄功，左冲右突，只能在十丈以内勉力升动，不能再过。身一凌空，下面也似万花齐放，往上射来。于是上下四方，尽是蓝火星光，交织空中，齐向法华金轮涌射。时候一久，几乎停滞空中，不能转动。休说上冲为难，便想穿通地底而逃，也不能够。此时双方早将飞剑、法宝收回。杨瑾为防万一，将随身所有法宝，连同云凤的一口玄都剑，一齐放出。诸般异宝，齐放光华，成了一座光幢，拥着二女，矗立蓝光如海之中。芒彩千寻，禅光万道，霞飞电舞，上烛云衢，下临遍地，顿成亘古以来未有之奇观。比起先时运用坎、离妙用，和猿精斗法的那一种奇光异彩，强胜何止数千百倍。二女总算保得全身，不致受伤，要想遁走，却是绝望。且不说二女愁烦。

　　这边姬繁因受二女讥嘲，怒火烧心，不分青红皂白，骤施辣手。先时不过想逼二女服低认罪，原无必死之心。及至埋伏发动之际，忽见二女身旁放出百丈金霞，其疾如电，旋舞而来，认得此宝是法华金轮，乃芬陀大师佛门中降魔至宝。闻凌雪鸿在开元寺兵解以后，芬陀大师曾说只等爱徒再生，此外决不再收徒弟,怎会落到此女手中? 难道她就是凌雪鸿转生不成? 否则一个青年女子,哪会有如此法力? 若真是她,师徒两人俱都号称难惹。老尼更是法力高强,不可思议,虽是佛门弟子,却是金刚之性,从不服低示弱。今日之事,成了僵局。猿精不曾寻到,无端树下强敌。自己纵横多年,人称无敌,惟恐弱了声威,对于方今各派中几个介于仙佛之间的能手,从不轻易结仇。今日偏没先问明此女来历,便即鲁莽动手,此衅一开,诸多后患,好生可虑。方在生悔,埋伏业早发动,忙将法宝收回。细查敌人,竟毫不示怯。晃眼工夫,冲升起百十丈,身旁现出许多法宝奇光,天蓝神砂竟奈何她不得。惊骇之余,又想起杨瑾讥刺刻毒,不由勾起前恨。暗忖:"此女既不服低,我这天蓝神砂曾经百年苦炼之功,天魔尚且能御,怕这老尼何来?"事已至此,成了骑虎之势,想不出个善处之法。只得把心一横,一不做,二不休,索性发挥天蓝神砂妙用,暂时占了上风,再作计较。

他这里只管运用玄功,增加神砂威力。杨瑾这一面,却渐觉有些禁受不住。起初光幢还可在近处稍微移动。一会工夫,上下四方的蓝光火星越来越密,越压越紧,力量大到不可思议。虽然挨近光幢,便被宝光绞碎,无奈旋灭旋生,一层跟一层,似洪涛骇浪一般,六面卷来。一任杨瑾发挥诸宝妙用,奋力抵御,兀是不曾减退,有增无已。到了后来,情势益发危急。二女由光中外觑,上下四方的火星,已密集得分辨不出是散是整,恰似六面光山火海,压到身前。眼看蓝光凝聚在一起,渐挤渐近,光幢外的空隙只剩三尺光景。只要再被逼近身来,六面一压,法宝虽有几件不致毁损,这许多法宝、飞剑结合而成的光幢,难免不被压散。一有漏洞,蓝光火星立时乘虚而入,性命难保。危机顷刻,脱身无计,好生焦急。幸而佛门四宝毕竟不凡,天蓝神砂虽然那等威力,但是压迫得越近,诸宝的光华也愈强烈。法华金轮尤为奇异,起初霞光只能护住五面,还略空出一面,要别的宝物补助。蓝火星在光轮电转中渐渐逼近,尚不甚显。及至压到相隔三尺以内,二尺以外,轮上光梢忽然折转下来,将空的一面也一齐包住。势愈迅急,也看不见在转动,只是一团极强烈的五色金光异彩,现在光幢之外。蓝火星似光潮一般,拥近前去,便即消散。恰似雪坠洪炉,挨上就完;又似急流中的砥柱,任是水花四溅,激浪排空,终不能动它分毫。二女在情急中见状,才稍微放了点心,只是无法脱身罢了。

起初姬繁心中还在妄想:"敌人所用俱是至宝奇珍,反正与芬陀老尼结下仇怨,少时如将二女杀死,就便夺了她所有宝物。再仗神砂之力,等她寻来一斗，能胜更好，否则自己还有一件护身脱险之宝，我便弃却祁连山旧居，逃往海外潜藏。挨到老尼灭度，恩怨自了，那时再行出世，也还无妨。"想到这里，连把神砂催动，上前夹攻，眼看神砂奏功。敌人护身宝光本如一座五色光塔一般，远射出数十丈以外，嗣受神砂压迫，逐渐收缩。可是射出来的金霞奇光，并未丝毫减退，反因缩小，更加强烈，飞芒电转，耀如虹凝。好似天蓝神砂之力业已止此，不能再进。一任蓝光火星似海水一般推波生澜，六面交加，层层逼近，毫无用处。稍一接触，便被绞碎，星灰四散。远望似满天蓝雪，裹住一幢五色烈火，谁也奈何不得谁。敌人法宝，竟有如此神妙，大出意料之外。又因敌人神态始终镇静自如，直未把自己放在眼中，想必还有制胜之道。这宝光缩短，反倒强烈，也许是成心做作，别有诡谋。本想将神砂变化，以虚实相生之法，声东击西，加强力量，专攻一面，将光幢冲破，既恐敌人看破虚实，乘隙逃走，又恐上当。

相持了个把时辰左右，见那光幢仍在蓝光中心矗立无恙，虽看不见光中敌人形象，并无别的举动，二次断定敌人仅仗法宝之力护身，并无别的伎俩。仔细盘算了一回，决计试她一下。预拟敌人看破虚实，必打从上面冲空遁走；所用法宝，也是法华金轮最为厉害。意欲把神砂之力，九分都聚集在下面，当空和四外只用少许，虚张声势，骤出不意，似的雷爆发，往上攻去，只要将光幢冲破，不患不大获全胜。这法子狠毒非常，二女事前不曾看出，本来危险万分。合该姬繁晦气临头，二女不该遭难，就在这危机一发之间，来了救星。姬繁刚在运用神砂，忽然蓝光海中突地一亮，疾如电闪，从空中飞落下亩许大一片金光，光中隐现一只同样大的怪手，飞入蓝海之中一抓，便似水里捞鱼一般，先将光幢抓住，带着轰轰之声，往远处飞去。

姬繁见状大惊，百忙中竟未熟计利害，一指神砂，蓝火星光如骇浪疾飞，奔涛怒卷，漫天追去。姬繁也随在后面，腾空而起。追出十来里，金光大手与敌人光幢忽然同隐。遥望二女，已落在前面雪山顶上，指点来路，似在说笑。姬繁大怒，益发催动神砂，加速追去。眼见前面蓝光火星相隔二女立处不过里许，转瞬就要卷到。二女神态自如，仍若没作理会，既没有逃，也未取出法宝准备抵御。正睁着一双慧目向前注视，猛觉出神砂虽急速涌进，连自己相隔二女立处都只剩下二三里路，可是前面的蓝光火星仍未卷到敌人身前，好生骇异。细一查看，长约二里的蓝光火星，不知怎的声息无闻，会少去了过半。仿佛敌人身前那一片天空是个无底深穴，后面星光只管如潮水一般涌去，到了那里，便似石沉大海，无形消灭。

姬繁方知上了大当，情势不妙，欲将神砂止住，不使再进。以为这经过百年苦炼之宝，变化随意，分合由心，只要有少许未尽，不曾全破，终可收回。谁知他这里刚往回一收，适见金光大手突又出现，只朝这面招了一下，那神砂再也不听自己运用。同时金光大手之下，现出赤红一圈光环，大约千顷。蓝光火星仍似飞瀑沉渊，迅流归壑，争向朱红光环之中涌入不绝，竟禁它不住。心中大惊，懊丧欲死。明知遇见强敌，情势危殆，再不见机速退，必无幸理。心终不舍去宝丧失，痴心还想挽回，拼命运用真气，想将法宝收了，再行遁走。无奈事已无及，那天蓝神砂直似敌人所炼之宝，任是如何运用施为，依旧一味前涌，停都不停。光环后金光中，一只怪手也在那里招个不住，只不见行法人的影子。二女仍在山头闲立，笑语如闻。便将飞剑放出，欲从高空飞过去，斩断那只大手。蓝光才一飞出手去，那光环似有绝大吸力，竟不容它飞越，略一腾挪，便如长蛇归洞，落入蓝光火星之内，随着神砂，便要往敌人光环之中投进。姬繁见神砂将被敌人收完，这口飞剑又要失落，幸是发觉尚快，那剑又经修炼多年，与身相合，先运用真气一收，行进便缓，只是仍不肯回头。因是学道以来，数百年间，炼魔防身之宝，存亡相共，万不可再令失去。见收它不回，一时情急无计，不暇再顾别的，径驾遁光冲入星涛之中，追上那剑，方与身合一。顿觉光环吸力，大到不可数计，几难自拔，勉强运用玄功，奋力冲出险地。再看那天蓝神砂时，因自己忙着收剑，心神一分，未得兼顾，敌人收它甚快，就这瞬息之间，业已全数收去。眼望前面天空中，一团朱红光环带着数十丈长一条未吞尽的神砂尾子，恰似彩虹飞驭，长彗惊芒，蓝光闪闪，星雨流天，直往东南方飞去，其疾如电，一泻千里。晃眼工夫，仅剩些微星残影，灭于遥天密云之中，一瞥即逝，更无行迹。二女已同时隐去，不知何往。

姬繁惊魂乍定，料知敌人得手而去。愤怒交加，痛惜不已，心终不舍。方欲随后追往，相机夺回，猛又觉身子一紧，似被什么东西网住，往前硬扯。抬头一看，仍是那只怪手，在金光围拥之中，正朝自己作势抓来，相隔不过半里。知道厉害，立时吓了个亡魂皆冒，心胆皆裂，不敢停留，忙将身剑合一。为备万一，又从身旁取出一件法宝，向空掷去，化为一片朱霞，裹住那道蓝光，四外爆起千万点火花，夹着风雷之声往前逃去。那金光中的怪手略一指点，又分化出了一只，与前一般无二，随后远远追赶。姬繁不知此乃幻化，益发亡命而逃，直被追到祁连山前，方始隐敛。由此姬繁与杨瑾结下深仇，朝夕营谋夺宝报仇之策。不提。

原来杨瑾和凌云凤被困神砂之内，眼看危殆，幸而佛门四宝，神妙无比，宝光缩短到了近身数尺以外，便不再缩，光华反更强烈。神砂尽管浩如烟海，丝毫也近不了身。当时虽可无害，长此被困，终非了局。一心运用诸宝，无法分神向芬陀大师求救，想冲又冲不出去。相持了一阵，觉出姬繁无法再施毒手侵害，便对云凤道："都是我一念轻敌，才有此难。万不料这厮法宝，竟有如此厉害。为今之计，除却用天龙禅法，冒着奇险，以心灵感召，向恩师求救，别无善法。但此护身幢光，为诸般至宝和你我二人的飞剑连接而成，不可稍有破绽，须有人主持运用，方保无害。你道力虽浅，幸此四宝虽有无限威力，运用却易。待我先传你用宝之法，代我主持，让我匀出身子，用坐禅之法求救便了。"说罢，便将诸宝用法，挨次传授。云凤自是手指心通，一学便会。因法华金轮最为重要，先行传授。

云凤刚将此宝用法学完，杨瑾正要叫她试习一回，再传其他，忽见光幢外金光一闪，立即往上飞走，向敌人相反方面飞去。二女方在惊疑，杨瑾忽听芬陀大师的口音在身边说道："你二人不要发慌。我今日打坐，便为此事，免得姬繁日后仗着此神砂，受了妖人蛊惑，恃以为恶。本心将他消灭，恰好嵩山二老的朱雀环在此，今仗此宝，与佛法并用，天蓝神砂少时便可收去，免毁一件玄门异宝。你二人可至前面山崖上，收了法宝等候，俟朱环将砂收走，急速随往龙象庵里见我便了。"

杨瑾闻言大喜，连忙告诉云凤，一同收了法宝、飞剑，身已出了罗网，落向山崖之上。往回路一看，漫天蓝火星如骇浪惊涛一般，急涌而来。后面随着姬繁，正在遥遥指挥。眼看相隔邻近，前头的忽然隐灭，姬繁却还不知。正笑他一味逞强，愚昧无知，朱环、金手同时现出。神砂滚滚飞来，入环即隐。知道师父用的是佛家须弥金刚手法。现在各正派中，精此法的不过三人，尤以芬陀大师为最。即无朱环，也能粉碎神砂，复分化为水。见姬繁不知厉害，苦苦相持，欲将此砂夺回，那是如何能够。后来朱环带了神砂向空飞起，后面仍有十丈长一条光尾。才知神砂果然厉害，以朱环异宝，尚且未能收尽，如非恩师辅以法力，真还收它不走，好生惊讶。不欲再看姬繁下落，忙和云凤破空飞起，朝那朱环追去。

二人剑光迅速，两下里首尾相追，不消多时，便追到了倚天崖上。同往龙象庵中飞落一看，芬陀大师仍和初归时一样，神态安详，坐在那里，只双目已开，好似刚刚做完功课。见朱环带了蓝虹飞到，只将手朝面前一指，地上突然涌起一大团彩焰金芒，立将朱环托住。那拖在外面的半段蓝虹，似长虹归洞一般,往下一窜,由朱虹中穿进,没入彩焰金芒之中,耳听轰轰发发之声响了一阵。大师把手一扬,焰芒敛处,朱环复了原形,被大师持在手内。蓝光火星,形声全消。再看大师座前,却添了一个黄金钵盂,盂内盛着两升许蓝色宝珠,大仅如豆,颜色彩蓝,光华隐隐,似在流动。杨瑾方悟师父适用化身神游,本身并未离开;天蓝神砂已被金钵盂收来。忙率云凤向前拜倒。大师吩咐起立,笑道:"徒儿,我今日为你虽结了一个冤家,却替齐道友异日消却许多隐患呢。"

杨瑾谢恩请问,大师道:"姬繁出身左道旁门,中途改习道家吐纳之功,幸至地仙。自以当初积恶太多,难逃天戮,又恐转劫不易,便不再上进,专心一意,苦炼这天蓝神砂,以御天魔之灾,竟被炼成。彼时他如多积外功,好自修为,本可永致长生,无如既贪且狠。因生平几次劫难,全仗此宝脱免,天魔尚且能御,何况其他。始而懒于为善,以盖前愆。继而自恃得道年深,别人多半后辈,骄横自恣。虽然不再立意为恶,但是邪正不分,只重情面,以善我者为善,全不想到报应循环,岂能永逃天戮? 即以这次所为而论,以猿精这等去恶从善、向道虔修的畜类,本极难得,我们见了,纵不加恩接引,也万不再伤害。他却百计追逼,必欲置之死地。况且猿精所得道书、法宝,出于前生师授,事有前定,不是无故窃夺而来。初遇时尚可推说猿精是个异类,恐其得了为害;后来明知底细,依然未止贪欲,此岂修道人的行径? 尤其他近因得道以来,各正派中道友,以及自爱一点的散仙,多不甚礼重他,心中怀愤。而各异派中妖邪,窥知他的心意,遇上时曲意交欢,于是逐渐交往,情好日厚。虽其新恶未著,久必为患。你回庵之前,我已默运玄机,查知因果。今日收了他的天蓝神砂,如丧性命,心不甘服,此去定要勾结妖凶,与我师徒为仇。他的运数该终,天特假手我等,原无足虑。但你白阳山之行,又与妖鬼徐完相忤,强敌正多。虽恃有降魔四宝,可以抵御,但此二恶均非常敌,诡秘飘忽,防不胜防。此后出外行道,务要多加小心,才可无事。"

杨瑾拜领训示,重又叙说圣陵取鼎与白阳山合戮三尸各节,并代嵩山二老致意。大师道:"此鸟神物,但是生具恶性,只知为主。在前古时杀人至多,虽在妖穴沉沦了数千年,仍难抵过。杀孽太重,即使仗我佛力化去恶骨,使其向善归道,终难免遭劫,任是如何爱惜它,也无用处。峨眉盛会,群仙毕集,能者甚多,以齐道友之法力,岂惧区区妖鬼? 白、朱二位道友,不过拿作题目而已。此次将承他们助你成功,不得不勉为其难,这一来又要误我十日禅课了。"

杨瑾知道大师法力无边，闻言不禁心中一动，立即乘机力代沙、咪二小求恩改造。大师笑道："我早就算定你有此一求，加以他们的向道坚诚，本应为之打算，无奈他们本身太已脆弱，改造甚难。况我佛门最忌偏私，他四人资质如一，不分什么高下。你因沙、咪二小潜入妖穴，盗宝有功，将我灵丹相赐，已足酬功，怎还要我力挽造化，违天行事，对他二人独厚呢？"

杨瑾跪禀道："弟子明知他们备历千劫，积衰非自今始。不过此辈已多迷途知返，尤以这四个为最杰出庸流。沙沙、咪咪更有妖穴盗宝之功，智勇诚毅，至堪嘉尚。还望大发慈悲，以回天法力，允将他二人改造还原，俾得虔心向道。异日如有成就，便使他们回转故山，度他们那些前古劫余遗黎，岂非功德无量？至于健儿、玄儿，并非弟子敢有偏私。只缘当初云凤收他四人时，适遇岷山白犀潭韩仙子神游路过，喜爱他们，曾令云凤代向白发龙女崔五姑索取一个。崔五姑默算前因，说健儿另有机缘；玄儿应俟云凤身剑合一后，亲身送往白犀潭去，韩仙子尚有恩赐。云凤本已欲往，为了除妖之事，耽延未去。弟子一则因他二人另有遇合，二则深知此事非同小可，不敢过劳恩师神思，所以没有同时妄请。"

大师略一寻思，笑道："自来缘法前定，莫可强求。即以我们师徒而论，自你前生起，我便为你惹了多少麻烦；今生二次引你入门，传我衣钵，又费却不少心力，迟我成道之期，并且无求不允。这般厚遇，岂我初收你时始料所及？你既然心许了他们，我也不愿你失信违心，索性成全了吧。只是此事煞费手脚，也不容你偷懒。当我行法之时，须要在侧守侍多日，还要扶持他二人成长，直到骨髓坚硬，服我新炼灵丹以后，行动自如，方能带了同行呢。"杨瑾闻言，好生感激涕零，又代二小谢了深恩，方始起身，躬立侍侧。

大师又对云凤道："圣陵二宝，尚待详参；我以法力改造二小，也须时日，方能成功。你在此无事，可将健儿暂留庵中，拿我束帖，带了玄儿，径往岷山白犀潭，去见韩道友。她深居潭底，又有神物把守，本难进入。你一到后山，穿入暗壁洞内，如有警兆，或遇腥风，速速高呼韩仙子，将我束帖往浓雾之中掷去，自然放你过去。还有到了后山，无论遇何怪异，切莫伤它。须知此行于你虽有大益，韩道友尤极喜你践言前往，但是其中尚伏有杀机，一不小心，便留异日隐患呢。"云凤敬谨拜命，又领四小前去参谒谢恩，并率玄儿拜辞。

杨瑾率沙沙、咪咪、健儿三人送至庵外，杨瑾力嘱云凤说："乙休、韩仙子二人，乃散仙中数一数二的人数，不特道行高深，法术精微，性情尤为古怪，虽不似姬繁那样不分邪正，一意孤行，但也有些偏重情感。和他夫妻来往的,哪一派中人都有,只不助恶长暴罢了。以前有时甚至下交异类。自从夫妻反目,各自被困遭难以后,二次出世,虽然好些,所交怪人还是不少。韩仙子更因当初脱险时得免大劫,是由两个异类精灵之助,益发优容此辈。她平时潭底潜伏,水洞修真,生人一概不见。有那不知深浅的人,因她守着许多灵药,妄欲求取,冒昧前往,常为守洞神物所伤。你此番前去,纵是出于她意,也须小心为上。恩师赐我灵丹,庵中还有,另有恩师护法防身灵符一道,都给你带在身旁,以备万一吧。"云凤接过三粒灵丹和一道灵符谢了。

四小因这一分离,相见无期,也在握别。健儿更因沙、咪、玄儿三人俱有仙缘,可冀正果,独自己一人,尚无着落,心中悲苦,泪流满面。云凤也甚替他难过,便劝慰他道:"你四人遇合虽然不同,将来成就,却差不了多少,决无使你一人向隅之理,否则祖师也不许我带你同回了。此时不过机缘未至,只要向道坚诚,励志修为,皇天不负苦心人,焉知将来不在他三人之上呢,哭他则甚?"杨瑾此时也劝了几句。健儿终是怏怏。云凤见他可怜,便将杨瑾所赠灵丹转给了他一粒。杨瑾笑道:"此丹恩师生平只炼过一次,妙用无穷,更能起死回生,轻身延年。我前生修道多年,尚未得到一粒。今生奉命下山积修外功,恩师也只赐了我十几粒,除七粒自服外,下余救了六个有大善大德人的性命。在白阳山剩下两粒,为奖有功,给了沙、咪二小。还有四粒,乃我上次回山留备自用的。我见你师父面有晦纹,归途难免有用,故以此丹相赠。她今转赐一粒与你,仙福不小。"健儿闻言,惊道:"既是恩师有难,须仗此丹之力,弟子如何敢受?仍请恩师收回吧。"云凤已经给了他,又自恃此行乃师长之命,况还有大师束帖,纵有险阻,也无妨害,执意不允。健儿却甚担心,再三坚辞,继之以泣。杨瑾见他对师虔诚,喜赞道:"你怀宝不贪,甘误仙缘,即此存心,已不患不邀仙眷。师长已赐之物,怎能收回?你自服了无妨。你师父虽有小灾,并无大害,有此灵符,本足补得此丹缺陷。为防万一,索性连我留这一粒也拿去吧。"云凤自不肯收。杨瑾道:"有备乃无患。我无此丹,用时尚可向恩师求取;你到危急之时,却是无法。我看恩师适才未提此事,必然还有解法。只管将去,不用时,我再取回这粒如何?现时我又用它不着。崔五姑所赐之丹虽有灵效,以此相比,却差远了。"云凤、健儿这才分别收了。

当下云凤带了玄儿,辞别杨瑾,径驾遁光,直往岷山白犀潭飞去。剑光迅速,不消多时,即行到达。云凤为表虔诚,到了岷山前山,便将剑光落下,照着杨瑾所说途径,带了玄儿,往后山走去。起初还有途径,走了一截,只见危峰刺天,削壁千寻,上蔽青天,下临无地,到处都是蚕丛鸟道,连个樵径都没有。休说是人,几乎连猿、鸟都难飞渡,真个形势奇秘,险巇已极。还算云凤本身内外功都臻上乘,剑术飞行俱有门径,随便行走;不比上次司徒平奉神驼乙休之命,白犀潭投简,须要一步一拜上去。遇有阻碍,尽可攀援纵跃而过,难不了她。

当天下午,她由乱山丛里,走入一个山峡之中。那峡口外观尚阔,渐进渐狭,两边危崖高有千丈,时有云雾,循崖出没游动。崖壁上生着极厚的苔藓,一片浓绿直展上去,抬头望不到顶。奇花间生,多不知名。看去其滑如油,莫可攀附。崇崖高处,只正午能见一线日光,本就黑暗,何况又在将近黄昏之际,由峡石峰顶上蜿蜒转折而来。

初进时路宽约有两丈,还不甚觉得太险。走了一阵,再看前路,只是一条宽不过尺的天然石栈,歪歪斜斜,缠附在离地数百丈的崖腰之上。下面是一条无底深涧,水势绝洪,涧中复多怪石,奔泉激撞,溅起来的浪花水气,化为一片白茫茫的烟雾笼罩涧面,似拥絮蒸云一般,往峡口外卷起。但闻洪波浩浩,涛鸣浪吼,密如急雨打窗,万珠击玉,潺潺哗哗,声低而繁,却看不到水的真形。这么僻险诡异的山峡,前望是暗沉沉的,仿佛有一团愁云惨雾隔住,看不到底。再加上惊湍怒啸,泉声呜咽,空谷回音,似闻鬼语,越显得景物幽秘,阴森怖人。云凤暗忖:"韩仙子得道多年,天下名山胜域尽多,怎么隐居在这种幽郁诡秘,使人无欢的所在呢?幸亏我现在学会剑术,又系奉命而来,否则真不敢深入呢。"正行之间,那石峰忽然斜溜向外,窄的地方不容并足,须要提气运力而行,力量稍不平匀,便要滑坠涧底;又带着一个玄儿,走得甚是费力。天光却黑了下来,恐当晚难以赶到,又不敢径驾剑光。只得通白了几句,手夹玄儿,运用玄功,施展初学剑时陆地飞行之法,加速前进。

行约个把时辰,前面浓雾消处,忽有月光斜照,藤荫匝地,枝叶纵横,碧空云净,夜色幽绝。云凤知一转崖角,穿洞而出,便达潭边。仙宅密迩,沿途毫无阻难,心中甚喜。忙嘱玄儿小心谨慎,不可妄言妄动。整了整衣服,恭恭敬敬方欲前行,忽听远处一阵鸾凤和鸣的异声,接着便是一片轻云当头飞过,立时云雾大作,腥风四起。云凤那样目力,竟伸手不辨五指。玄儿刚喊了一声:"好腥臭!"便见远远云气回旋中,现出一对海碗大的金光,中间各含着一粒酒杯大小,比火还亮的红心,赤芒远射,一闪一闪,正从对面缓缓移来。玄儿当是来了怪物,一伸手取出归元箭,便要发出。幸亏云凤持重,记准来时芬陀大师所说见怪无伤之言,忙喝:"玄儿不许妄动!"躬身向前说道:

"小女子凌云凤,奉芬陀大师与家师崔五姑之命,来白犀潭拜谒韩仙子,以践昔日之约,望乞仙灵假道为幸。"一言甫毕,前面金红光华倏地隐去,腥风顿息。阴云浓雾,由密而稀,跟着消逝,月光重又透射下来。但始终也没看见那怪物的形象。再往前走,便踏上一条丈许宽的冈脊,石地已与石崖相脱,两边都是深壑,泉瀑之声益发奔腾汹涌,宛如雷喧。

那怪物现处,有一条极宽的湿痕,蜿蜒冈脊之上,料是龙蛇一类。云凤近来屡经大敌,连遭几次奇险,并没放在心上。又行约刻许,由崖左转,地势渐低。两面危崖的顶,忽然越过两旁洞壑,往中央凑合拢来,天光全被遮住,依稀略辨路径,暗影中似见壁上洞穴甚多,也未在意。行约半里,才觉出身已入洞。再走里许,便到尽头,危石如林,浑疑无路。又从石笋林中转折了几处,才寻到那出口的洞穴,磊砢凹凸,石形绝丑,其大仅可通人。

云凤快要穿入,才想起洞外怪物作梗,略微通诚,便无异状,一心觅路,竟忘了高呼韩仙子。玄儿淘气,非但没有害怕,反倒偷觑云凤不注意,朝着鬼怪去扮鬼脸。那些鬼怪想是被他逗急了,愈加摇头吐舌,伸爪跳足,作势欲扑。一会工夫,全壁间大大小小的奇禽怪兽、鬼物夜叉、龙蛇狮象之属,全都飞动,一齐暴怒,作势向穴口扑来。立时异声大作,阴风四起,危壑摇摇,四壁似要坍塌之状,端的声势惊人。玄儿先也疑心闯祸,有些胆寒。再一定睛注视,鬼怪腾跃虽烈,仍是不能离壁飞来,又复宽心大放,还想再逗下去。云凤本在伏地默祝,静候潭开,进谒仙人,闻声有异,已经觉察。抬头一看四壁鬼怪,一齐都活,不禁大吃一惊,只得加意留神戒备,以防不测。暗想:"自己一心虔敬,并无开罪之处,又是奉命应约而来,何以仙人闭关不纳,反使鬼怪现形,大有驱逐之势?"越想越不甘服,正要借着请罪,质问仙人。忽听万啸同喧中,潭底悠然一声清磬,立时群嚣顿息,壁间一切鬼物也都恢复原状。只剩那清磬一击,空壑留声,余音泠泠,半晌不歇;危岩四处,地绝人境,澄泓不波,圆影沉壁,真个幽静已极。

云凤还不知玄儿惹事,料知仙人召见在即,忙回顾玄儿,以目示意;嘱令谨慎相俟。玄儿闻得磬声,见状知旨,也不敢再淘气了。果然磬声响罢,没有半盏茶时,先是潭底澄波,无风生浪,似开锅的水一般,滚滚翻花,由中心涌起,分向外圈卷去。中间的水却成了一个漩涡,急转了百十转,突然由小而大,一个亩许方圆的大水泡冒过,倏地一落百丈,现出一个同样大小的水洞。四外的水,也都静止如初。当中晶壁井立,直达潭底,光华隐隐。云凤料知仙潭已开,连忙夹了玄儿,朝晶井中飞落。由上到下,约有三百多丈深,四壁的水,全被禁住,分而不合,流光晶莹,如入琉璃世界。快要到底,晶井忽然转折,又是一条高大的水衕现出。用脚一试,竟如踏在玻璃、水晶上面,平滑异常。当即停了飞行,放下玄儿,一同往衕中走进。前行不几步,适见光华越显强盛,流辉幻彩,映水如虹,射眼生缬,奇丽无俦。朝那发光之处一看,乃是一根大约数抱的水晶柱子,上面有"地仙宫阙"四个古篆,高可九丈,下半满是朱文符篆,彩光四射,便自此出。往后方是石壁,壁上有一高大洞门,相隔那柱约有三十多丈。这条水衕约有三四丈方圆,由柱前十来丈远处直达洞壁。这一大片的水壁,却加高加宽了好几倍,脚也踏到了真的石地。看那情势,那根晶柱乃是辟水之宝,便无人来,柱前后这一片也是常年无水。

师徒二人且行且看,不觉到了洞门之外。见无人出来,不敢贸然深入,只得朝着洞门跪下。方要通语祝告,忽听洞内有人唤道:"云凤远来不易,无须多礼。适你来时,我正入定未完,如非小儿淘气,还须累你久候。徒儿们俱都谪遣在外。我现在第三层内洞中参修打坐,你二人可至二层洞中,再候两三个时辰。内中有我当年不少物事,你如心爱,不妨挑两件带回去。还有好些忘形之交送来不少果子,也可尽量随意吃些。等我事完,即出相见。"说完无声。

云凤闻言大喜,当下叩谢起立,率了玄儿,坦然走进。先到前洞,见洞甚高大,壁如晶玉,到处光明如昼。陈设却少,只当中有一座大铁鼎,旁设丹炉杵臼之类。鼎后有一玉墩,一石榻,还有几个就原生珊瑚制成的椅子。此外更无别物。行进数十丈,便到前洞尽头。一片大钟乳似玉络珠缨,水晶帘帐一般,由洞顶直垂到地,将洞隔断,更无空隙。两旁却各开一个门户。

由左门入内一看,乃是一个钟乳结成的甬道,弯弯曲曲,长约里许。当顶满是冰凌晶柱,笔直下垂,离地约三丈。两壁宽仅两丈。仿佛成千成万的宝玉明晶砌成一般,看去光滑温润,个个透明,千光万色,形成一圈圈不同的彩虹,看不到底。人行其内,如入珠宫贝阙,瑰丽无俦。出口处是一半月形的穹门,过去便是第二层洞室,奇辉闪耀,越发光明。回顾来路右壁,也有一同样的穹门,与外相通。细查形势,这座地仙宫阙,当初未开辟以前,只到前洞尽头处晶壁为止。中间里许,尽是石钟乳将前后洞隔断,不能再进。嗣经洞中仙人用法力,在钟乳林中开出两条甬道,才得里外通连。

再看二洞情景,比起外洞,又不相同。中间洞作圆形,广约五亩,没有外洞高大,可是洞壁上共有七个门户,内望有深有浅,洞室必不在少。除来路二门外,全是石质,再见不到一根石钟乳。全洞形如覆碗,洞顶也是圆的。

通体石壁石地作灰白色，光洁莹泽，全没一丝斑痕，直和美玉相似，生平从未见过这种好的石间。内中陈设也多。正对着当中洞门，放着一个石榻。榻前散列着许多石几、石凳、石屏、石案，丹灶、药炉、琴、书、剑器，陈设繁多。榻后有一丈许高的石台，台上也有一个小石榻。环洞壁石地上，种着许多奇花异卉。有的形如海藻，朱实累累；有的叶如大扇，上缀细花；有的碧茎朱干，花开如斗；有的无花无叶，只有虬干屈伸，盘出地面；有的形似珊瑚，明艳晶莹，繁丝如发，无风自拂。俱是千奇百怪，目所未睹。洞居地底，本不透光，可是一路行来，无一处不是明如白昼。这二洞以内，尤其宝光四射，耀眼欲花。

云凤师徒初入宝山，目迷五色，惊喜交集，出乎意想。先匆匆看了个大概，然后同往右壁丹炉侧面宝物放光之处跑去。到了一看，一个三丈多长的大石案上，放着几堆道书和不少物事，自道家应备之物，以及寻常使用之物，如金针、剪刀、尺子等都有，共有数十件之多，俱都位列井然，整整齐齐放在那里，十有九映射出珠光宝气。云凤因韩仙子命她挑两件，没提到书，不敢妄动。明知都是宝物，无奈不知用法深浅，想不出挑哪件好。先想拣那光华较盛的挑，一查看那些东西，又都寻常，看不出有何大用，又不敢贪心多取。蹰躇了一会，忽然福至心灵，暗忖："恩师当初曾说此行得益甚多，不比寻常。这石案上的东西，凡有光华的都放在下首。那些暗无光泽的，反和这道书一起陈列，而且件数不多，形式又复奇古，若无大用，何须如此重视？至于用法，仙人既肯相赐，当必不惜传授，莫要被她瞒过，错了机会。"想到这里，再仔细一看上首陈列的那些无光之物，乃是一根满镌古篆文的铁尺，一支玉笛，两把数寸长的钱刀，三枚黑玉连环，两个古戈头；还有一面细如蛛丝网子，叠在一起，大只数寸，厚约寸许，分不清层数。稍微揭起了百十层，还没显出一点薄，估量展开来，至少也比一面蚊帐还大。恐弄乱了不好叠，依旧原样轻轻放好。云凤哪知这是一件至宝，嫌它丝太细弱，就此忽略过去。余下还有一面颜色黝黑，形如令牌的东西，非金非石，不知何物所制。虽与别物一样，乍看不放光华，微一注视，不特奇光内蕴，而且越看越深。阳面所绘风云水火，隐隐竟有流动之势。背面符篆甚多，非镌非绘，深透牌里。知是异宝，首先中意，取过一旁。还剩一件，正不知如何取舍。玄儿忽道："师父，你看那两把古戈头样子真好，师父带回去，给沙沙、咪咪两个师兄一人一把多好。"云凤被她触机，便依言取下。

宝物到手，先朝法台跪倒，谢了恩赐。再和玄儿去寻那些异果。只见法台旁一架石屏风后面,也是一个大石案,共有七大五小十二个古陶盘,有一半空着。中有五个,盛着长短大小各种不同的异果。除有十多个绛红色的碗大桃子,和颜色碧绿、粗逾碗口的两截大藕外,余下休说吃过,连名都没听说,共有二十来种,每种最多的也不过十五个,最少还有两个的。云凤不敢任性,只挑那数目多的,每样吃了一个。又酌取了两样与玄儿。共吃了七八样,甘腴凉滑,芳腾齿颊,各有各的好处,顿觉心清体快,神智莹然,喜欢得说不出来。因见果子中有十来个形似丹橘,大只径寸,里面却不分瓣,肉色金黄。连皮嚼吃,有玫瑰香,芳甜如蜜,最为味美。想连那大桃子带回去孝敬芬陀大师和杨瑾,每样取了两个,藏在法宝囊内。那藕看去佳绝,其他还有十来种,都只是两三个,为数太少,云凤全没动。在洞内吃罢跪谢。然后在壁角择了一个石凳坐下,重又低声嘱咐玄儿,此后一心向道,奋志虔修,不可丝毫懈怠。玄儿自是连声应诺。想起师恩深厚,少时见罢仙人,便要分别,甚是依恋,不觉泪下。云凤也觉凄然不舍,又慰勉了玄儿几句。

待没多会,便听近侧不远有人呼唤。云凤循声寻视,韩仙子不知何时到来,已在当中法台石榻之上坐定,身着玄色道装,已不似前见时通体烟笼雾约之状。忙率玄儿,慌不迭地赶将过去,恭恭敬敬拜倒法台之下。

韩仙子微笑道:"我因当年一时意气,从不许外人走进我这白犀潭的地仙宫阙以内。有那无知之徒,冒昧前来扰我的,多为守洞神鼍所阻,无不扫兴而返。我道号半清。这座地仙宫阙,深藏潭底水眼山根之内,为汉时地仙六浮上人故居。后来上人转劫飞升,更无一人到此,久为水怪夜叉等类盘踞。是我遭难前一月,无心中收服了现守此洞的神鼍。它本是水中精灵,所有洞中鬼怪,多半相识。经它引路到此,将水怪夜叉之类全用法力禁制在潭面圆崖之上。读了六浮上人遗偈,寻出留藏的道书、宝物,方知底细。当时尚嫌它地大幽僻,不见天光,本意辟作别业,并无长住之心。谁知不久遇难,外子不过暂时受困,我却几乎形神皆灭。劫后思量,只有这里最宜潜修,才弃了故居,隐居在此。

"遇难之时,多亏几个曾受我活命之恩的通灵异类冒死相助,将我原身抢盗脱险,所以它们独能得我允许,随时进见;有时我并为之指点迷途,解脱危难。它们倒也着实有良心,知我自来喜花,每寻得一两种奇花异草、灵药仙果,无论有多险阻遥远,必要给我送来。因我姓韩,都称我韩仙子。

"守洞灵鼍,忠于职守,不得我命,只要有人一进洞前峡谷,踏上了黑龙背石梁,必定出去拦阻。它已得道千年,炼就一粒内丹,颔下神爪握着我的法宝，来的无论是人是兽，遇见它休想再进一步。他们来时，必要高呼韩仙子，朝我打一招呼，再行走进，年岁一久，几乎变成了入潭暗号。尤其近数十年来，神鼍勤于修炼，把这事当作惯例，一听喊韩仙子，便当是得了我的许可，不再中途阻拦。后来渐为外人探悉，觊觎洞中宝物，知我每隔一月，必有一次神游，一出去少则三五日，多则半月以上，意欲瞒过神鼍，来此盗取。不料潭水千尺，宫门紧闭，禁制重重，不深入不过遇阻而返，一落潭内，纵不致死，也须受伤而去。神鼍见出事以后，误了把守，向我请罪。我道：'这些人既贪且愚，无须变我洞中习惯，仍旧照常，只要到了地头打招呼，便不必再为阻拦。外人到此，水路不开，他也进不来了，乐得教他见识见识我的法力。况且凡是正教中的高明之士，决不肯行此鼠窃狗偷之事；所来的不是旁门下流，便是一些无出息的散人，计较他则甚？'果然来的人连受了几次挫折，无人再敢问津。

"不料外子乙休竟因此乘机命一峨眉新进来此投简。我当时看在三仙道友面上，仅发动全壁鬼物将他惊走，没有和他过分为难。但知外子异日有一事须我相助，必不容我在此清修。由此吩咐神鼍加意戒备，不许一个生人擅至洞门。此次如非我事前嘱咐，你便入谷高呼，也进不来呢。

"前者神游，遇着你收了几个小人，虽然根基禀赋都薄，但是小得甚妙，他们俱是前古劫遗，比常人转劫容易。我当年心愤外子自己惹下灾劫，患难临头，反急于自顾。固然他推详先天易理，特意借此来躲过三劫，知我必能转祸为福。但终怪他事前既不明言相告，事发又弃我而去，太觉薄情。虽决意不再与他相见，无奈异日之事，如为对头所挫，未免太使他难堪。日久气平，表面尚未允相助，心终不忍恝置。以前我说的话太绝，不便亲去，只有事前觅一替人。但我虽有门徒，现时滴遣在外，俱都难胜此任。恰好这小人正合我用，尤其是你带来这个更中我意。法力既能使他变为成人，更可使他大小随心。即或万一不幸，为妖尸所伤，我也能使他立即转劫重生，仍旧度到我的门下。那对头灵敏万分，除我亲身前往，若命人代，最好小得和婴孩一样，才能暗中偷入他的巢穴，破他邪阵。寻常婴孩，无论具有多厚仙根，骨髓未坚，体魄未固，也无用处，哪有这样的天生小人适宜？看他聪敏矫捷，远胜常人，异日之行，胜任无疑了。

"我虽教你转致令师崔五姑，并未向我回话说定，当时料知必允。许久不见你来，离那用时还远。但他道行毫无，早日从容准备，毕竟强些。昨日偶然想起此事，曾欲飞书相询。正当我炼形成功未几天，每日修炼正勤，须到今日今时，才得稍闲。打算过两日，先用千里传真，查看你的住居动静，再行飞书往询。适间神鼍归报，说你已率小人到来。我正打坐之际，本拟屈你暂候，事毕再开水路相见。偏生玄儿淘气，看出壁间鬼怪在真似之间，竟乘你虔心拜祝时，向它引逗。这些水怪夜叉，无一善良，经我多年恩威并用，勉强驯服，还有不少尚在训练。有几个极厉害的，以前曾被我用宝物镇压后洞。壁间禁法原禁它们不住，近因它们终年被困后洞，不似洞壁诸怪还能每月朔望一食潭底鱼虾，受苦不过，日夜苦求，甘愿在洞壁上与同类一体守法受禁，誓不他去为恶，我才一时动了恻隐，便许了它们。如此凶暴猛恶的怪物，怎能甘受一个小人的侮弄，立即野性暴发。那几个见我久久不开水路，又当你两个和昔日盗宝的人一类。这些来人，我原不禁它们小有伤害。所以一见你们到来，立即脱禁飞起，意欲公报私仇，得而甘心；不知你竟是事前得了允许，应约而来。我在后洞知道事急，再不接引，难免受伤，你还要保护玄儿，如何应付得许多？我又起身不得，只得命神鼍击了一下清宁磬。这些鬼怪才知惹了不是，恐受责罚，又要镇压在后洞，齐都逃出潭去，潜伏在你来路黑龙背石梁下深壑之内，不敢就回。那里正当你的归路，势必迁怒，与你为难，或求你转来代它们说情。虽无大碍，你少时经过，还是留心些好。"

云凤闻言，方知适才鬼怪鸣啸，乃是玄儿惹的乱子，不禁看了玄儿一眼。玄儿因云凤说他出身细微，韩仙子辈分甚高，不敢请求拜师，谒见时只可伏地叩头，敬俟仙命，心中本在悬悬不定。这一听事已败露，益发敬畏，伏在地上，将头连叩，不敢仰视了。韩仙子见他又害怕又希冀的神情，微笑了笑，吩咐一同起立，说道："你一个侏儒小人，虽然淘气，却有如此胆力，倒也难得。我素不论来历，但我门中家规素严，修为尤关紧要，犯了规条，固然诛责无赦，便是怠忽不用功的，也必加重责，绝不宽容。所以事前极为慎重，以免异日为我门之羞。收你与否，须看你此后修为如何，不在你出身高低上。不过我既有用你之处，将来列我门墙，也必会给你一番造就。现时权且充我洞中服役童子，等四十九日后，你已成了大人，得了我的传授，那时我再查看你的行为心意如何，才能定准他日的去留呢。"玄儿闻韩仙子大有收他为徒之意，不由喜出望外，立即跪倒，拜谢鸿恩，勉力前修，誓死不渝。韩仙子笑道："你能如此，自然是好。随我学道，却非容易呢。"玄儿又向云凤拜谢了师恩及引进之德。

第一八八回

毒雾网中看　岩壑幽深逢丑怪
罡风天外立　关山迢递走征人

云凤见玄儿已蒙收录，便跪请二宝用法。韩仙子道："我那玉石案上所列诸宝，在上层的皆我当年降魔奇珍和前古仙人所遗至宝，经我苦心搜罗而来。这也是你仙缘凑巧，才得有此奇遇。你取的那面形似令牌之宝，乃洪都故物，名为潜龙符，又名神禹令。为洪荒前地海中独角潜龙之角所制，专能避水防火，降魔诛怪。夏禹治水，曾仗它驱妖除怪，开山通谷，妙用甚多。自夏以来，仅在汉季一现。我在此洞晶壁之中寻到，虽然用法只知大概，未能深悉微奥，即此已非寻常怪物所能抵御了。那两柄古戈头，名为钩弋戈，又名太皓戈。按剑法练习，便和飞剑一样，可以运用自如。尚有一样妙处：如使双戈并用，无论敌人多厉害的法宝，即或你自身功力不济，不能将它收为己有，也可将它架住，不致伤你分毫。你眼力真好，那下层众宝也非凡物，俱都光华灿烂，你却一件不取，单取这两件稀世奇珍，大非我始料所及。你功候尚差，难免启人觊觎。回山以后，速请芬陀道友为你略施法力；你再择一静地，按着炼剑之法，使其与身相合，免被外人夺去要紧。"云凤一一敬谨拜命，谢了传授。

韩仙子道："你此间事完，芬陀道友现已为两个小人行法助长，或许还有用你之处。路上难免有小耽搁，俱不妨事，回去吧。"云凤拜别起身，玄儿意欲送至上面。行至洞口，云凤命他回去。玄儿还未答言，便听洞内呼唤玄儿，云凤又正色忙催速回，只得忍泪拜别回洞。不提。

云凤走过洞前玉柱之下，见水路通明无阻，与来时一样。使命已完，又得了两件仙家至宝，好生兴高采烈。适才急于进谒，未暇观赏，趁着归途无事，满心想看一看水底奇景。方欲缓缓飞行，沿途看去，忽听身后水响。回头一看，玉柱前边的水竟似雪山飞崩，倒了下来。接着两壁连顶的水墙，也都相继散落，洪涛暴卷，骇浪奔腾，从身后猛袭过来。料知仙人不愿她在下

69

面久停,连忙催动遁光,由水晶衔内加紧飞驶。面前道路虽仍坚莹如冰,可是身子才一飞过,水势立时便合。剑光迅速,不消半盏茶时,便飞出了潭面,始终也没看见守洞神鼋是甚形状。想起行前韩仙子有途中多阻之言,又这样催促快走,必有缘故。离开仙府,越发不敢延迟,上到穴口,立驾剑光朝回路飞去。

刚出崖洞,转上石梁,见夜月明辉,藤荫匝地,清风拂袂,时闻异香。上面危崖交覆,月光只能照到中间石梁之上。一眼望过去,两边漆黑,当中却如银龙也似,蜿蜒着好几里长的一道白练,点缀得空山夜月十分幽静。除了深壑底下的飞瀑流泉玲玑遥应外,更不见一点异状。方在寻思:"仙人说这里潜伏着几个怪物要和我为难,怎不见动静?"遥见前面两边崖壁之上,月光交互组成一条条的白影,远远望过去,仿佛张了一片回纹锦在上面,甚是美观。

正飞得起劲,眼前倏地一暗,抬头一看,上边两崖业已合拢,形成两头相通的一座洞穴,横在当路,正是来时遇神鼋拦路的所在。月光被洞顶遮住,照将下来,只前面两壁间的白光越发明亮,光影整齐,细密已极。暗忖:"这一段峡谷既不透光,这月光哪里来的? 又有这般繁细的条纹。难道前面洞顶有天生就的这等裂缝不成?"方在奇怪,偶一回望来路有甚动静无有,一眼看到身后通口两边壁上,照样也有类似回纹的白光,猛然醒悟:"月光无论居中或在侧,也只照一面,决无三面都照到之理。看前后光影,直似悬了一面网子在那里。洞顶纵有天生奇景,哪会这等繁细整齐? 况且来路口上明明未见,身一走过,便即添上。仙人料无戏言,定是潭底逃出来的怪物在此作怪为祟。它见全峡谷只这一段不透天光,人困其中,不能破穴飞逃,特地来此埋伏,等自己入了谷洞,又将来路遮断。仙人尚且说难制,真个小心些好。"想到这里,便把剑光略停,缓缓前进。一面观察洞顶有无出路,一面还得留意石梁之下有无怪物冲出狙击,悬心已极。

这时相隔前面出口不过半里多路,渐渐认明那些白条纹并非月光,竟是一面灰白色的光网,将出口笼了个又密又紧,也不见怪物影子。云凤有心御剑穿行出去。继一想:"来者不善,善者不来。怪物不是没有看见飞剑,仍然如此施为,必是有恃无恐。自己功力浅薄,只凭飞剑、飞针,万一失陷,如何是好?"想了又想,不敢冒昧。先将飞针取出,大喝道:"大胆妖物,擅自脱禁私逃,还敢来此阻路! 急速回潭待罪,免遭大劫,永堕泥潭。"言还未了,耳听洞外异声杂起,格格磔磔,似在嗤笑,声甚凄厉,听了毛发皆竖,说不出的一种难过。有的颇与白阳古墓所闻怪声相似。知道厉害，恐显出胆怯，更长妖魅之威，强自镇静心神，大喝："无知妖孽，死到临头，尚还不知悔悟，看我法宝诛你！"一抬手，飞针化成一道红光，带起一溜火焰，直朝那面光网上飞去。原意此针神妙，定和以前斩蟒相似。谁知火光快要挨近，光网上面忽然拱起一团其亮如银的圆球，竟将那飞针吸住。云凤方在惊骇，一晃眼的工夫，对面光网上倏地现出一个奇形怪状，身有六条臂膀，似人非人的怪物，指着云凤吱吱怒吼。云凤知道厉害，不敢怠慢，忙将飞剑放出，一道光华直飞过去。那怪物见了飞剑，全不畏惧，身仍悬贴在光网中间，只是把上身六条毛茸茸的长臂摇着，便发出数十丈的火焰围绕全身。那六条长臂也暴伸长了数丈，就在火焰中迎着云凤的飞剑，撑格拦架，飞舞攫拿，斗将起来。云凤见飞剑不能取胜，不由大惊。又见妖焰浓烈，时有绿烟往外抛射，虽被剑光阻住，但奇腥之气，老远便能闻到。料知此物必有奇毒，暂时虽不觉怎样，时候久了，一个剑光挡不周密，要是射到身上，决非小可。自己孤身遇险，别无援救，听韩仙子口气，好似不会出洞相助，不可不早做准备。忙将来时杨瑾所赠灵丹服了一粒，先防毒气侵害；一面运用玄功，指挥剑光，上前抵御。那怪物斗了一阵，身上连放了无数火焰毒雾，兀自被飞剑挡住，不能上前害人，急得在网上厉声怒吼不已。云凤自然也是焦急，百忙中竟忘了施展新得的两件宝物。

两家相持个把时辰，云凤定睛查看，那怪物生就一头细短金发，塌鼻阔口，目光如电，血唇掀张，獠牙密布；通体色似乌金，闪闪发亮；头大如斗，颈子极细，肩胸高拱，蜂腰鹤膝，腹大如瓮；自肩以下，一边生着三条细长多毛的臂和一条长脚爪。乍看略具人形。这上下八条臂爪一舞动，真如一个放火的蜘蛛相似，身子又悬在网上，料是蜘蛛精怪无疑。正愁急间，那怪物突地发威，臂爪一齐乱动，飞舞越急，肚腹也凸起了好几倍大小。噗的一声，从口里喷出白光闪闪一蓬银丝，直朝云凤身前飞来。云凤先见它肚腹凸起，便料喷毒，仍想运用飞剑抵挡。不料怪物也料到此，口里喷出银线，同时八条臂一齐飞舞，向剑光抓去。虽然云凤飞剑神妙，没被抓住，可是剑光吃怪物这猛力一格，略微往侧一偏，那蓬毒丝便从空隙里直喷过来。幸而云凤见机得快，一看妖物所喷毒丝由剑光隙里钻出，便知不妙，一面慌不迭将身纵退，手一招将飞剑收回。总算云凤近来功行精进，那剑又是仙传至宝，运用神速，一收即回，疾如电掣，比妖物毒丝略快一些，居然赶在头里飞到，挡住毒丝，将身子护住，没有受伤。即便如此快法，剑光和毒丝已是首尾相衔，稍迟瞬息，便无幸了。

云凤惊魂乍定,猛想起:"这条谷洞前后出口虽然俱被光网封住,但是妖物似乎只有一个,前路有妖物拦阻,定难通过,何不假装朝前冲进,出其不意,改向回路,身剑合一,冲开后路光网出去? 只要得见天光,即可脱身飞去。长此相持,凶多吉少,终以能早逃走为是。"念头一转,奋力运用玄功,剑光飞转越急,先使身剑相合,朝前面毒丝冲去,不过有些吃力,居然荡开了一些。更料妖物伎俩止此,所喷的毒并难近身。忙将真气运足,倏地拨回剑光,便往来路洞口冲去,剑光迅速。就在这晃眼到达之间,猛一眼看见后路洞口光网外,悬空站着一个身着褴褛的道姑,左胁下夹着一个圆形的包袱,手掌上现出"神禹令"三个红字,右手不住连摇,周身红光围绕。洞外景物原被妖物光网遮住,什么也不看见,这个道婆却看得逼真。云凤心方一动,道姑忽然隐去。光网中又现出一个怪物,和前洞口所见一般无二,阻住去路,不等云凤近前,口张处,喷出亮晶晶一团毒丝飞来。这次力量更大,几乎连人带剑被网住,不由吓了一身冷汗。不敢硬往前冲,强自挣脱,重又拨回剑光,朝前飞去。准备退远一些,暂避毒锋,再打主意。谁知妖物性已激发,久不见韩仙子出来干涉,已无忌惮。云凤刚一回身,便见前洞曾遇的毒丝迎面追来。百忙中再回头一看,身后毒丝银光闪闪,蓬蓬勃勃,似开了锅的热气,潮水一般涌到。因洞口光网上的妖物到了后面,断定妖物仍只一个,加以后面势盛,不敢再回,只得拼命运用剑光,朝前冲去。前面毒丝没有妖物主持,好容易冲开一些。刚在忙度适见道姑是何用意,竟未容她思索取决,妖物竟比飞剑还快,又在前面洞口出现。一到,依旧数十丈一蓬的毒丝,血口开张,连连喷出。身后毒丝也将追上网来,两下里夹攻,危机瞬息。

一时情急,也不暇寻思那道姑是人是怪,是敌是友,忙将韩仙子所赐令牌取将出来,试照所传施展。那神禹令乃前古至宝,上有水、火、风、雷、龙、云、鸟、兽八窍。用时只需口诵所传真言,手掐灵诀,一按那八窍,便可随心依次发生妙用。在取宝俄顷之间,云凤连人带剑,已被前后千百丈毒丝包围在内,渐觉压力骤增,如束重茧。危急中还得拼命运用飞剑抵御,急不暇择,手往令牌上一按,恰巧开动风窍。手指才一按上,便见令牌上嗖的一声微响,射出一条青蒙蒙的微光。手上立觉奇重异常,几乎把握不住。紧接着身上和前面又是一轻,如释重负,只身后压力依然。忙即握紧令牌。再看前面那条青气,又劲又直,才一出现,也没见什么出奇之处,前面毒丝便似飓风穿云,纷纷折断,冲荡开来。耳听一声怪吼,光网破处,怪物恰似风筝断线,手脚乱舞,往上飞去。

云凤知道宝物已生奇效,心中大喜。忙驾剑光,飞身出洞一看,怪物已经不知去向,面前却是沙石惊飞,两边壁上的古藤草树如朽了一般,纷纷下落。心正惊奇,忽听身后有人低语道:"妖物业已就擒,还不收你的法宝,要闯大祸吗?"云凤闻声骇顾,正是适见的道姑,手上捧着一个朱红盒子,虽然穿着破烂,却是骨相清奇,目光炯炯;适才又由她现身指点,才得脱难,知非凡人。一施收诀,牌上青气立时隐去。只回顾时,令牌微歪了一歪,青气正射到近侧壁上。方要朝道姑道谢请教,耳听吱喳连响,又听丁零丁零,夹着兽啸之声,由远而近。道姑面容倏地微变,低喊一声:"还不随我快走,有话前边说去。"随说不容答话,走将过来,一手拉了云凤,将足一顿,便是一道金光,破空升起。身才离地,又伸出一只右手,朝右边崖壁虚按了两按。

云凤上升时,仿佛看见右侧崖壁摇摇欲倒,似要坍塌之状。吃道姑这一按,连晃了两晃,方行停止。先见道姑来得突兀,还不敢十分拿定。这时见她剑光路数,一举手间,身不由己,随了就起,益发断定是位前辈高人,心中顿起敬意,任其携了飞行,不敢再生妄念了。那道姑飞行了一会,才行按住遁光。云凤落地一看,那存身的所在,乃是一个山腰的竹林里面,竹子都有碗口粗细,劲节凌云,干霄蔽日。又当天色甫明,朝暾初上之际,人行其中,更觉浓翠欲滴,眉宇皆青。耳听江流浩浩,似在临近,也不知是什么所在。见道姑一手捧定那圆盒般的东西,面有喜容,循着林中小径,面山而行。知洞府必在林外不远,只得随到地头,再行请问。

正在寻思,前进没有几步,忽听林外有男女问答之声。女的说话甚低,虽没有听清楚,已经觉得有些耳熟。那男的满口乡音,竟似自己以前经常相处的熟人。不禁心中怦怦跳动,又惊又喜,欲却忽前,也没听清来人说的是些甚话。就这一迟疑的工夫,忽又听女的喜叫道:"我说郑师叔说的熟人,是她不是? 你还不快些接去。"一言甫毕,声随人至,从林外跑进两人,先各自向道姑施礼,叫了一声"师叔",便双双走近前来。当头一个青衣女了和云凤一见,便互相抱在一起,亲热非常。另一个是英俊少年,站在一旁,只喊了声"妹妹",便扑簌簌落下泪来。三人俱都是你看我,我看你,呆在那里,作声不得。

道姑见状,微笑道:"你三人久别重逢,林外便是荒庵,怎不到庵中叙阔,呆在这里做甚?"三人闻言,方觉出还有前辈仙人在旁,这才一同举步,往林外走去。

来的这两人,正是云凤在戴家场中邪遇救以后,便不曾见面的俞允中和戴湘英。湘英和云凤，不过异性骨肉，劫后重逢，知己情浓，欣喜过度，还不甚觉出怎样。允中和云凤，本是未过门的恩爱夫妻。允中更为云凤弃家投师，出死入生，备历灾劫。近来到处访问，得知云凤已得师母崔五姑传授。自己是凌真人弟子，本来一家，偏她不久又要归入峨眉门下。虽然对方师长俱是至交，声息相通，到底隔门隔派。自从拜师学道以来，虽无儿女燕婉之求，满心总想和云凤长此相聚，似师父师母一样，双修合籍，同驻长生。峨眉教规素严，洞天仙府，外人不得妄入。虽听说开府盛会在即，到时各派仙人多带门下前往赴会观光，但是师父性情古怪，门人又多，不知能否随去，与云凤见上一面。况且为期匪遥，尚有使命未完，更不知届期能否赶上。连日想起，方在发愁，万不料会在此地相见，苦乐悲欢，齐上心头，一肚皮的话，也不知说哪句好。不见想见，见了倒闹得一句话也说不出。

云凤看出他面有道气，神采奕奕，料定是为了自己弃家远出，才能到此与仙人往还。这等痴情，固是可感，但又恐他仍和从前一样，万一纠缠不舍，岂不又是学道之梗？又想起老父暮年，虽听师尊说隐居戴家场，人甚安健，毕竟膝前无人侍奉，连他一个心爱的女婿，也因自己出走，老怀其何以堪？不孝之罪，实所难免。想到这里，对于允中，也不知是爱是恨，是感激是不过意。也是难过非常，一句话说不出来。只管由湘英拉着手，低了头往前走，连道旁景物都没心看了。

末了还是湘英先发话道："云姊，我们一别多时，想不到会在这里相会。听玉清大师说，你业已得了白发龙女崔五姑的真传，中间还有不少奇遇，比小妹强得多了。"云凤忙说："愚姊虽承家曾祖母垂怜，死里逃生，幸遇仙缘，惜乎资质本差，根基未固，道行还谈不到呢。湘妹想必功行精进，胜似愚姊。适才听你称前行那位仙长叫师叔，令师是哪一位仙人呢？"湘英道："我和俞大哥此来为奉师命，合办一件要事，约在明日成功。这里是云南元江江边大熊岭苦竹庵。前行那位郑师叔法号颠仙，便是庵中主人。你和俞大哥的事说起来话长，好在还有一日耽搁，你也须我们事完才能回去，且待进庵再说吧。"

说到这里，允中方始屏去一切杂念，把心神一定，喊声"云妹"，说道："我二人久别重逢，真乃幸会。前日因郑师叔往白犀潭去收金蛛，我往苗疆去采五毒草，又侥幸早日赶回，有一二日闲空，欲往看望岳父。无奈相隔好几千里，道力不济，多蒙郑师叔借我至宝灵光驭，才得成行。我到家祭扫了一回先茔，便去戴家场与岳父和戴大哥畅聚了一整天。刚赶回来，还没一个时辰，你就来了。岳父自服了崔五姑灵丹，如今精神身体比前胜强得多。先还有些想你，自从经过五姑亲自劝解之后，谈起来只有代我们高兴的，一点也不难过了。来时嘱我，如与云妹相遇，可请示仙师回家见上一次，别的没说。你能设法回去么？"云凤见允中竟未忘却老父，短短时机，尚要在百忙中抽空归省；自己尚未归省一次，反不如他这半子。又是感愧，又是伤心，不禁含泪答道："妹子只为向道心坚，不特对不住你，而且子职久亏。"还要往下说时，允中已接口道："如非云妹此别，我怎能够到仙人门墙呢，这还不是因祸得福么？好在你我现已各拜仙师，同修仙业，非但你我后望无穷，异日若幸有成，连岳父他老人家也可因此得享长生，岂不比人世庸福强多么？只可惜你我异日不同门户，虽然仙业有望，仍不能如葛鲍双修，常在一起，终嫌美中不足，是件憾事罢了。"

说时，已经行近苦竹庵门前，忽见颠仙回顾二人笑道："你二人如能勉力前修，怎能预定呢？"二人方想起尊长在前，怎可随便说话？云凤初见，尚未拜谒，尤觉冒昧。因听出允中心意，只不过想自己一同学道，已无室家之想，心甚喜慰，便没有再言语。

一看那庵，位置在半山腰上，有百十亩平地，满是竹林。前面竹林尽处，却是危崖如斩，壁立千仞，下面便是元江。其他三面都是崇山峻岭，茂林修竹。庵址较高，站在庵前，正望长江，波浪千里，涛声盈耳，山势僻险，人迹不到，端的景物雅秀，清旷绝俗。全庵俱是竹椽竹瓦。进门是一片亩许院落，浅草如茵，奇花杂植。当中是大殿，两旁各有配殿云房，纸窗竹屋，甚是幽雅。器用设备，无不整洁异常。殿中却未供有仙佛之像，只有药灶丹炉、道书琴剑和一些修道人用的东西。

进殿之后，云凤忙上前礼拜，并谢解救之德。颠仙唤起，说道："你三人久别重逢，自有许多话说。我也还有些事，要在今晚做完。徒儿江边守望未归，各云房备有饮食果子，如若饥渴，自去取用好了。"说完，手向中壁间一指，一道光华闪过，壁上便现出一个丈许大小的圆洞。颠仙手持圆盒，走了进去。云凤一问，才知颠仙清修之所尚在内洞，外殿乃是两个门人修为练剑之所。大家略问答了几句，便各自叙说别后之事。

原来俞允中自从凌云凤在戴家场打擂，被白发龙女崔五姑救走，事前又吃云凤用言语一激劝，知道爱妻心志已定，不特燕婉之求已经无望，此后连见面都是遥遥无期，一时情急，也引动了向道之心。托词回家，料理完了家务，将家财施舍善举，又给岳父凌操准备下养老之需，决计冒着百难，弃家学道。因嵩山二老中的追云叟是前辈长亲，比较有望，先去衡山寻访。谁知追云叟别有一番用意，不肯收入门墙，连面都不与他相见。多亏穷神凌浑见他可怜，又和追云叟赌气，将他救上衡山，指引明路，命往青螺魔宫，取六魔厉吼的首级，试他的向道之心坚诚与否，以定去留。允中明知自己不会剑术、道法，凶险异常，但仍秉着毅力，冒死前往。一到青螺境内，便吃蛮僧梵拿伽音二拿住，用计诱逼，命至雪山一座正对青螺峪的孤峰之上，代为主持天魔解体大法，以报八魔夺寺之仇。允中虽在峰上备历诸般苦厄，受了九十九日磨难，却因此得了凌浑激赏，在破青螺峪的那一天，将他从峰顶上救出，又赐了一口炼魔至宝玉龙剑，命允中随同陆地金龙魏青前往魔宫，盗取天书。允中盗书时，又巧斩了六魔厉吼。

　　等到一切事完，凌浑来到魔宫，俞、魏二人复命拜见之后，凌浑刚把天书玉匣打开，齐灵云、周轻云便已赶到，将九天元阳尺借去，又要去两粒聚魄炼形丹，去救女殃神邓八姑的大难，并助她复体回生。峨眉二云走后，凌浑新收弟子白水真人刘泉、七星真人赵光斗，同了侠僧轶凡的弟子烟中神鹗赵心源，矮叟朱梅的弟子小孟尝陶钧，一同来到，各自行礼，复了使命。凌浑便说：二蛮僧因毒龙尊者破了祖传的妖幡，受了妖法感应，连同几个相助行法的得力僧徒，俱为阴雷裂体而死。他自己要就着这片基业，重建青螺峪，创雪山派。此次来破青螺的小辈门人当中，只陶钧、赵心源根行道力最浅，又曾出过大力，已与二人师父说明，令其暂留些时，算是记名弟子，传授一点御邪防身的道法，就便相随创建洞府。赵、陶二人自是求之不得，当下便随刘、赵、俞、魏四人，正式行了拜师之礼。即日起始，由凌浑行法，派遣六丁，就原来藏天书的所在，先开辟了一座洞府。又从身上取出一个图样，传给六人法术，将魔宫所有宫殿房舍酌定取舍，改了样式，按图兴工。不消几十天工夫，便即依式告成，仙山焕然一新。

　　那青螺峪本是雪山中一条大温谷，四时有不谢之花，八节尽长春之树。再助以仙家法力，平添了无数仙景，益发成了洞天福地、仙灵窟宅了。洞府修成之后，白发龙女崔五姑到来，师徒八人将各处景地，除谷名仍旧外，分别赐以佳名。不久齐灵云送还九天元阳尺，又将于建、杨成志二人带来，行了拜师之礼。凌浑知灵云送二人来的用意，望着杨成志只皱了皱眉头，便命随着众同门，一同学道。凌浑所传道法，另有微妙，又加上那部天书，除峨眉派外，正邪各派极少能与之抗衡。更因众人是开山第一代的弟子，不愿他们去贻羞师门，益发加意传授。仗着八人俱能克勤虔修，刘泉、赵光斗本有多年

76

道基,学时较易,大家互相切磋参习,进境甚速。只是于、杨二人来晚了些,凌浑常时出外,各类道法只传一次,后学的只能向刘、赵、俞、魏四人请教,比较四人,自然稍差些。赵心源、陶钧各有师承,凌浑所传,只是一些法术;每日习的,仍是本门中的功课。过了数日,便由凌浑打发回去,以后虽不时前来参谒请益,与六人所学,互有同异,究竟不算是雪山嫡派。这且不提。

单说允中在青螺峪,自以为根赋不够,用功甚勤,颇得师父期许。除那日所赐玉龙剑外,凌浑又将从乐三官手中得来的那口青旻剑赐予了他,与魏青的霜角剑一同练习。凌浑剑术,自成一家,学时极难。但只要心志专一,不为魔扰,一旦得了门径,进境却极容易。允中经过寒风冰雪之灾,百魔侵犯,连续多日,不曾动摇。再经凌浑特降殊恩,先示以防魔之法,自然一点就透。几个月工夫,已经练到身剑合一,出神入化的地步。魏青也因心地纯正,无多物欲,初练较难,入后也自容易,虽还及不上允中的剑神化,却也差不了多少。居然能与刘、赵二人修炼多年的飞剑,对敌些时了。

这日刘、赵、俞、魏四人,因凌浑久出未归,上次所传道法俱已精通,闲来无事,便在仙府前铁杉坪上,各自施展道法、剑术,互相攻守,以做练习。练到日落黄昏,正要收手,归做晚课,恰值凌浑归来。刘泉因练习时,于、杨二人望着刘、赵等四人,面有歆羡之色,知他二人没有飞剑,又不敢向师父去说,便约了赵、俞、魏三人,代为跪请。

凌浑笑道:“你们六人,除允中暂用我玉龙剑外,谁也没有得我自炼之剑。那霜角、青旻二剑,乃妖道乐三官之物,本质虽然不差,究非我自炼之剑可比。暂时用做练习尚可,在外使用,终难免异派妖人道我小家子气,门下连几口好剑都没有。此事久已在我心上。我自炼之剑,此时又无暇及此,意欲寻觅古代藏珍,使你们六人各得一口,连日外出,便为此事。

“现虽访查到许多古仙人的遗宝藏珍,深藏在元江水眼之内,但是取时极难,还有好些人也在觊觎。如我亲往,一则要费我不少精力时日,才能取到;二则不愿你们得之太易。还是你们自取的好。

“这些法宝,现世知道底细,能取出它们的,并无多人。正派如芬陀、媖姆、优昙三人,因她们飞升在即,门下弟子各有异宝,无须此宝。剩下只有神驼乙休和东海三仙、少室二老,又俱经我打过招呼,不会再来争夺。各异派中人,多无此道力本领,空自垂涎。知道此宝深藏水眼深处,离地千百丈,已被地肺真磁之气吸住,只有下降,难于上升;藏宝之物,又大又沉,重逾万斤。既须法力高强,还得旷日持久,才能到手。异派全想等三仙、二老、乙休和我，内中有人往取，正在运用法力，无暇兼顾之时，趁火打劫，来捡便宜。我去尚且不免麻烦，何况明知此宝出世，应在我师徒数人身上，只想不出个适当下手之法。

"直到日前你师母路遇妙一夫人，才知此宝藏处，相离大熊岭苦竹庵郑颠仙的洞府仅有十来里路。此人剑术精深，道法不在我夫妻二人之下。与你师母当年同门至好，曾共患难。以前原住南明山，一别数十年，不曾相见。近三十年，才移居元江大熊岭上。有她相助，已是绝好。

"更妙的是，古时藏宝仙人，早就算到未来之事，此宝只有一个怪物能取。现时此宝逐年沉落，已与地肺中的磁母相近。如仗法力进入水眼，一不小心，或是有人从旁暗算，虽未必被陷在内，此中宝物决难全璧而归；并还要泄穿地气，引动真火为灾，煮沸江涛，惹出空前大祸，造下莫大之孽。那怪物形似蜘蛛，名为金蛛，身子能大能小，乃前古遗留的仅有异虫。所喷金银二丝，寻常法宝、飞剑俱难将它斩断。口中呼吸之力，大到不可思议。与天蚕岭所产文蛛，同是世间毒物。曾在岷山白犀潭底地仙宫阙旁危石罅边，潜修了三四千年，未及出世害人，便吃韩仙子用一件前古至宝，将它制伏锁禁，性已渐趋驯善。我们只要将此蛛得到，元江金门诸宝，大可唾手而得。无奈韩仙子从不轻易借宝与人，明要不行，暗取必伤和气。我与她夫妻俱是朋友，也无此道理。幸而郑颠仙也养有一只金蛛，她由南明移居大熊岭，便为取那元江异宝。不过此蛛仅有千年道行，力气不济。筹计了三十年，因无帮手，始终未敢妄动。我夫妻和她一商量，正合心意，打算先用她那只金蛛试上一回，不行，再托人向韩仙子设法。

"正计议间，又接到妙一夫人飞剑传书，说此宝出世在即，催我急速下手，用来光大本门，尽管随意而行无妨，免致夜长梦多，为异派奸人得去。并指明了两次下手日期。我知他夫妻既然屡屡催促，必有安排。又和颠仙试用玄机推算，尽知其中因果。这才决定回山，命你四人前去。预计首次取宝，所得无多。除允中一人外，刘泉、赵光斗、魏青三人，连同颠仙的弟子慕容姊妹，均有劫难，有些得不偿失。但数已注定，非此不可。借以除却两个敌党妖人，也是佳事。到时另有分派，无须细说。你四人可在本月望前动身，只可快走，不许御剑飞行。以你四人脚程，连同沿途耽搁，约行一月光景，便可赶到大熊岭苦竹庵。颠仙在那里留有柬帖，看了一切禀命而行。元江之宝，他人应得者无多，其余不下七十件，俱为本门所有。内中最可宝贵的，是广成子所遗灵药，服了可抵千百年功行，于我师徒修为大是有益。路上闲事，不妨管管。不许由云路飞行，尤其不许提起元江取宝之事。万一人定胜天，一次成功，既免却伸手求人，兴许可以免掉你们三人一场灾劫，岂不是好？"

白水真人刘泉闻见广博，久闻金门异宝，乃前古仙人广成子遗物。汉以前藏在崆峒山腹，不知引起多少列代仙人觊觎，想下无穷方法，俱无一人得到。后来毛公刘根，联合同道苦炼五火，烧山八十一日，破了封山灵符，眼看成功，忽有万千精怪，闻得古洞异香，知道山开，齐来抢夺。结果精怪虽被众仙驱走，山腹中藏宝的金船、金盆，已从洞内飞出化去。众仙人追拦不及，仅各在洞中搜得了一两件无足轻重的宝物。那金船、金盆，所谓前古金门宝藏，以前虽听说落在巫峡、元江两处水眼之中，访问多年，也无人知道底细。不想竟被师父查出实地，只是在元江一处，巫峡乃是误传，并还有取宝之法，不禁喜出望外。忙率赵、俞、魏三人，拜谢领命，定日前往。

凌浑见他喜形于色，笑骂道："不长进的东西，得捡现成的就喜欢。你是我门下大弟子，此去留神别给我丢人，这便宜不好捡呢！如容易时，谁都去了，还轮得到我们么？"凌浑嬉笑怒骂已惯，刘、赵、魏三人虽各恭称："弟子等不敢。"多没十分在意。只允中因自己道浅根薄，又是初次出山担当大任，当时谨慎恐惧，闻命之后，尽自体会师言，深恐差池，有负师命，一毫未动贪念。于建素来至诚安分。杨成志却歆羡到了极处，自知法力最浅，未奉师命，怎敢求说，只得罢了。

一晃到了起行之日，刘、赵、俞、魏四人便向凌浑拜辞，请示机宜。凌浑道："你四人不要轻易离开，到了那里，自知分晓。日前话已说过。你四人走后，我也快出门了。"四人又别了于、杨二人，走出洞府。允中忽觉腰间兜囊一动，方要去摸，又听耳旁有人说道："这东西只许前途无人时取看，不准乱摸。"允中听出师父口音，哪敢妄动。随同刘、赵、魏三人离了青螺，取道川边，便往元江进发。那元江居云南省的东南部，上流名叫白岩江，中流经过元江县，始名元江。下流过河口，入越南界，称为富良江，又名红河。中间有好几处大支流。从上流头蒙化南涧起，沿着江的西岸，皆是蜿蜒不断的高山峻岭。最著名的，如哀牢山、左龙山等，俱都近踞江边。郑颠仙所居大熊岭，便是哀牢山脉中临江的一峻岭。由青螺峪起身前往，如不由空中飞行，依照常理，本应东行，经过巴塘、里塘、雅江、打箭炉等站，入了四川省境，取道犍为、宜宾，走蜀、滇驿路入滇。中经昭通、会泽、东川、嵩明、利泽，到了昆明。再经晋宁、江川、通海等地，越过曲溪、建水、五爪山，才能到达。虽然路较迂远,走的却都是官驿大道。除由滇、川间起始一段,要穿越雪山,路不易行外,余者通都大邑居多。长途万里,山险水恶之区虽不在少,也都有路可循,饮食无忧,为商旅常行之路。

四人当中,刘、赵二人出家较久,川、藏路上虽曾往来过多次,俱由空中飞行,从未这样走法。允中少年公子,没出过甚远门,由衡山到青螺峪,算是生平所走最远的路,还是岳雯用遁法送到的,自然无甚见识。大家一商量,只陆地金龙魏青以前受人雇用,曾经由泸州起身到昆明,往来过两次,比较算是熟路。赵、俞二人因师父只许步行前往,有飞剑也无从行使,反正又没说出打哪条路走,又不许问,俱主张照魏青所云之路走去。

白水真人刘泉想了想,说道:"师父不许我们飞行,路却随意自择。如按寻常行路,日期并不富裕,还说路上遇见闲事要伸手去管,其中必有用意。我想这条路虽然好走,一则路太绕远,恐赶不到日子,误了大事;二则目前一些左道旁门,同正教一样,也都人才辈出,为应劫数,多半潜伏山中,祭炼邪法。师父命我们路上管闲事,不是暗示要遇上他们,便是有甚妖邪鬼物,命我们路遇时,顺便诛戮,就此各建一点外功。此类怪物,也都在深山大泽之中盘踞,不会在城镇间寄迹。以我愚见,这里前往元江,如由大雪山起身,傍着澜沧江边,径由剑山、点苍山,到了南涧,再顺着哀牢山龙脉,傍着元江向东南行,直达大熊岭。沿途数千里俱是绵亘不断的山岭,不但走的是条直道,免却川、滇境内许多绕越,而且可以暗合师父使命。虽然所经之地山势险恶,多半为野猓生番窟穴,蛮烟瘴雨之乡,毒蛇大蟒,奇禽怪兽,到处都是,常人走自是难如升天;换我们走,师父不过不许御空飞行,法力、剑术仍可防身应用。风雪烈日,瘴岚蜿蜒,皆无所惧;山居野宿,无往不宜。有甚险阻可畏?如赶快一些,还许路上能遇上一点顺手的事,岂非绝妙?"

赵、俞、魏三人俱被提醒,各人拜师以来,已身剑合一,还学了许多法术,正想乘机一试身手,怎倒怕难走起来?闻言齐声赞好。俞、魏二人虽能数日不食不饥,还未到辟谷地步。便是刘、赵二人,因教规未忌荤酒,各派道长因凌浑喜饮,常有仙酿相赠,众门人时得随师畅饮,一年中也并未十分断了烟火。议定以后,离了青螺峪,先寻滇番镇集办一些干粮。然后冒着风雪严寒,顺着大雪山脉,各自施展当年身手,一路翻山过岭,攀冰踏雪,往前疾行。

四人当初本有一身好武功,再经吐纳修炼,益发气体坚强,寒暑不侵。刘、赵二人不说,就是俞、魏二人,也都练得身如飞鸟,捷比猿猱,哪把道途险地放在心上。四人一个比一个身轻体健,疾行如飞,虽不曾御剑飞行,一日之间,也着实能走上好几百里的崎岖山路。山行无事,不消三日,已离了滇边,顺大雪山脉,走到云南边境的地界。大家正说走的路快,七星真人赵光斗笑道:"前两天我们只在山中行走,生物除了藏牛、黄羊、雪鸡之类,什么活东西都没有。满山冰雪,草都见不到一根,真是枯寂无味。走得这般快法,至多十天上下,也就赶到。早知步行也走得这么快,还不如照魏师弟所说的路,多点见闻呢。"白水真人刘泉道:"这条路我曾从空中来往过,前行不远便是锦屏嶂,过去山中甚多苗民墟集,颇有水秀山清之致,越荒凉无人烟处,山势越发灵秀雄奇,景致着实不恶。你没见这后半日所经之地,已换了一个样儿么?"

允中自从凌浑暗递了一个小包,用千里传音,命到无人之处,方许开视,急欲一知就里。无奈四人均同起息,终未离人,不敢违命拆看。又见山行无事,心疑不应如此走法,闻言不禁失惊道:"照二位师兄所说,我们再有十来天,便到地头。师父命我们管的闲事,莫非不在这条路上吗?"刘泉心中一动,暗忖:"师父道法通玄,事俱前知,这条道路有事,必已算就,否则不会连请问了两次,俱说随意。不过允中也虑得是,如是人世间有甚不平之事,要我们去办,并非要遇什么异派妖邪,高山疾行,岂不错过?反正照此走去,不患期前不能赶到,何不改个走法,先仍在高山上走,凭高下视,见有热闹镇集,再走出山去穿行,就便为俞、魏二人谋个食宿,沿途寻访过去,看有什么事故无有。至多不过绕个大半倍的路,并无妨害。"想好之后,和三人一说,刘泉是大师兄,道行法力又高,三人自无异辞。

四人在山顶上本是日夜疾行,每日除觅静地,打上一两个时辰的坐外,极少休息,所以走得甚快。这一来幸有食宿耽搁,无形地慢了许多。好在心有把握,日子富余,决不至于误期。依此走下去,又走了六七天,路程已走去十分之六。四人耳目并用,始终未遇见什么,未免狐疑起来。最后商量,索性沿着山麓,改向有人烟之处行走。中途只走向高处,四外略一查看,一见异兆,或有甚妖邪之气,即时下来。刘、赵二人原带有不少丹药,每遇病人,便取出来,积修一点善功。所过十九是苗民墟集,中间仅遇到四五处劫人生食的生番,四人略施小法,立即制服,简直无事可记。眼看前途越近,为期尚远,允中身畔小包,迄无取视之机,知还未到时候,后几日索性不再管它。

这日行抵哀牢山野,因已到了元江的上流,虽距大熊岭还远,一则四人全未去过;二则事未应验,恐怕失误;三则元江上流城镇墟集较多,前面不远,便是元江县和有名的左龙山,总盼着能有一点奇遇,成心沿途多流连一些。半山半水，沿江前行，不时入山登临，以冀不虚此行。走了两天，连经过了好些苗人砦集，又在附近深山中，特地绕行了两天，总未遇到一件值得伸手去管的事。末了一天，四人打算由哀牢山中的香稻岭走出，回往昨晚原落脚的金弓坝镇集中歇上一夜，再沿江前行。管他有事没有，且按着日期到了苦竹庵，见着郑颠仙再说。

主意打定，正走之间，魏青在途中吃了两个和枇杷相似不知名的野果，吃时当是枇杷，没有留意。到了嘴里，觉着又甜又香，微微带着一点辛辣之气，又没有核，才知不是枇杷，已经食下肚去。刘泉说："深山异果甚多，常有恶毒虫蛇腥涎所化，须要留意，不知名的不可乱吃。是何处采的？"魏青说："在左近山石上面捡来的。上面连有枝叶，许是禽鸟从别处衔来的，不是近地所产。"刘泉见无余果，大家俱忙着商议前行，既有枝叶附着，料非蛇涎所化，说过便罢，也未回取残枝来看。走了一阵，魏青忽然腹痛起来，但生性好强，恐刘泉说他乱吃所致，只推内急，要觅地便解，请刘、赵、俞三人先行一步。允中老想在无人之处偷看师父的小包，未得其便。不消多日，便要到地头，途中一无所遇，心甚疑虑，惟恐误了师命。便推说自己也要便解，意欲陪了同去，魏青心粗，可以觑便拆看。刘泉、赵光斗道："你二人同去也好，我们缓步前行，等你二人回来再走便了。"

一言未毕，魏青猛觉腹痛欲裂，急匆匆拔步往左侧岭下竹林之中跑去。允中跟在后面，方在心喜，一晃眼工夫，魏青已飞跑进了竹林，裤子还未及解，忽然痛得满地打起滚来。允中见状大惊，顾不得再看那小包，忙即跟踪追入。一看魏青已是牙关紧闭，面如土色，两手紧按肚腹，作声不得。允中料他中毒，忙从身畔取了两丸丹药，与他塞入口内，问他想便解不？魏青突瞪着一双大眼睛，强自挣扎，点了点头。允中代他解裤子，勉强扶蹲地上，见魏青满头大汗有金豆大小，四肢无力，人已半死。欲借药力将腹中之毒打下，非从旁扶助不可，不能离开。本想唤来刘、赵二人，一想："魏青只是偶然中毒，师父灵丹有起死回生之功，少停药力发动，毒一去尽，自有奇效。现时不过疼痛难忍，并不致要命。如真多时不好，刘、赵二人候久，自会寻来，何必大惊小怪？"魏青又再三以目示意，不叫声张，只得罢了。

隔有半个多时辰，魏青痛仍未止，身子如瘫了一般，如无允中扶持，万难蹲立。允中着慌，再想喊人，双方背道而行，必已走远，除非二人自回，就喊也听不见。方在忧急，那丹药奇效终于发挥，魏青腹内忽然咕噜噜乱响了一大阵，嘭的一声，下了许多黑紫色的秽物，当时奇臭刺鼻，中人欲呕。允中实耐不住,只得将他就势捧起,离开当地,意欲寻一个有水的所在。匆匆屏气急行,慌不择路,一味顺着竹林穿行,见沿途草棘匝地,石齿纵横,虫蛇又多,无可存身。不知不觉,错了方向,斜走出有半里多路。好容易寻到落脚之处,又闻水声不远,一赌气,索性再循着水声前行。走没多远,便出竹林,面前深草中忽然发现一条人行路径,一边是山坡竹林,一边是条小溪,水甚清洁。忙扶魏青到了溪边,扶他觅地蹲好。魏青腹内又响了一阵,二次排出些秽物,中有数十形如蚕蛾毒虫的蠕蠕欲动。共换了三次地方,才将毒排尽,人也能出声与行动。疼痛虽止,全身却是疲软异常。衣裤事前脱掉,未沾污秽,只助他到溪中洗了洗,即行穿着起来。允中问知无恙,才放了心。连日查看山中四无人烟,但这条小径颇似人常行之路。集镇中苗人说,附近二百里深山中,只有虫蟒猛兽,永无人居,必有缘故。因耽搁时久,急欲与同伴会合,不暇查看。

正待走上归途,魏青忽然伸手向前指道:"你看前面不尽是那毒果子的树吗?"允中顺手指处一看,果然前面茂林之下,小径旁边,生着数百株矮树,高仅如人,绿叶茂密,甚是鲜肥,密叶中果然有那金色果子。魏青说毒果好吃,留在这里,终要害人,定要将那全树毁去。允中见相隔不远,赶路不必忙在这一时,魏青所说有理,毁了为山行之人除害也好,强他不过,只得允了。那条谷径本来迂曲,毒果深藏密叶之中,远看每树仅有数枚隐现。如今与二人相隔较近,只见多得出奇,差不多每一片叶根上总生着两三枚,果似枇杷,叶却大逾人手,果子全被遮住。估计数百株树,毒果何止千万。

魏青重创之余,越想越有气,行离树前不远,正要拔剑而上,忽听身旁有人谈说之声。允中机警,忙一把将魏青拉住,示意不要言动。听那语声,就在那毒树林对面危崖之下,相隔不过四五丈远近。因有一片危石挡住,不到石前,彼此都不能看见。

允中听出言词有异,不似寻常山家人。忙和魏青轻悄悄掩身石后一听,一个道:"师娘也不知什么脾气,只心疼儿女,却不愿和丈夫相见。去年冬天,师父为了苦想她,几乎病死。后来经师弟妹再三苦求,好容易才答应隔三月见上一面,见时还要当着儿女,不肯进师父的屋。这还不说。如今师父受了恶人欺负,受伤甚重,她却一去不来。莫非人一修了仙,就这样心狠?"

又一个道:"汪二弟,你初来,年纪轻,哪里知道。当初原是师父他老人家多疑不好,已有了三个儿女,还逼得师娘去竹园里上吊,如不是那位花子仙姑将师娘救去,坟头上都长树了。她老人家曾说和师父夫妻之情已绝,所

83

放不下的，就是这三个儿女。就这个儿女牵肠，还说耽误她功行，成不了天仙呢，哪里还肯和师父重圆旧梦啦？答应和师父见面，一则为了常来教师弟妹们的剑法、坐功，早晚终须遇上，加以师父再三苦求；二则为的是叫我们轮流看守这三百株七禽树上毒果，免被无知的人吃了毒死，又耽误她老人家的用处。至于师父为恶人所伤，他有灵丹，却不医治，只望师娘给他报仇，这更怪不得师娘了。上次师娘临行之时再三叮嘱，说师父和吴师兄面有晦色，主有一场凶灾，这三个月内，不可出门一步。惟恐师父不听话，还将师弟妹三个都用禁法封闭在竹园后山洞里呢。师父和吴师兄偏不听劝，怨她何来？幸而师娘防到这一步，给了他师徒二人一张灵符，才将那恶煞惊走，不然哪有命在？这卧云村仗着深藏山坳，地势险僻，如非师娘种这毒树须水浇灌，开出这条通小溪的谷径，莫说是人，就连野兽也走不进一只。那一日师父和吴师兄要不翻山往琵琶垄去打秃角老雕，怎会迷路出事？你要知道，我们全村三十多户人家，全是师父徒弟佃工，师娘那么大本领道法，自然把她当活神仙看待。师娘要回转仙山，在仙师面前，可就成了小辈，那还不是和我们一样？师父说什么，听什么，哪还敢强？她行时不是说奉了仙师之命，要在大熊岭江边办一件要事么，这几个月内不能来么，怨得谁来？"

俞、魏二人闻言，不禁心中一动。再听，那几人已岔到别的闲话上去，无关宏旨。允中估量这小村主人，必是一个隐居僻地之士，乃妻必会道术，口气并非坏人。既奉命在大熊岭江边有事，弄巧或许与颠仙有关。师父命管闲事，沿途一无所遇，村主人为恶人所伤，师父之言或即指此。只不知养这毒树做甚？魏青粗鲁，恐其措施不善，意欲赶上刘、赵二人商议，再行入村探询。想到这里，朝魏青使了个眼色，拉了就往回走。那几个守树人谈得正酣，并未觉察。

二人匆匆走回竹林原路，允中且走且和魏青谈论。正行之间，似见左侧竹林深处衣角一闪。允中刚要细看，忽听魏青大喝了一声："该死的东西！"手扬处，一道剑光已飞出手。允中知有变故，随同魏青往左侧纵去。只见密林深草之中，跑出两个非僧非道的矮子，衣色一青一黄，年约十七八岁，生得相貌丑恶，身材又胖又矮。一个手持一张花弓，发出带着彩烟的短箭，已为魏青所破。二童又各持着一道淡黄光华，抵御着魏青的飞剑，却非敌手。正想喝问，二矮童想知无幸，俱都哭丧着一张丑脸，跪在地下，一面抵御，一面口中哀告，直喊："我等无知冒犯，大仙饶命！"魏青喝问道："我二人从外乡到此山中闲游，与你无冤无仇，为何用妖法暗算伤人？说出理来便罢，不然定要你们的狗命！"说时，指定剑光，不往下落。二童飞剑光芒本已大减，面如土色，闻言面色稍转。穿青的一个答道："大仙息怒，我们实实看错了人。请将仙剑收回，饶我二人狗命，定说实话就是。"允中心慈，见二童乞命可怜，始终没有欲杀之意。魏青又是心直，估量他们也跑不脱，喝骂道："小贼如此脓包，量你们也不敢在我面前闹鬼。快说实话，饶尔等不死。"说罢，将手一招，收回飞剑。

二童惊魂乍定，仍由穿青的答道："我名甘熊，他乃我弟甘象，同在天门神君林瑞门下。只因那日我二人往琵琶垄取象心，路遇卧云村萧逸、吴诚师徒二人，争斗起来。他二人中了我们的仙剑，眼看就擒，被他用郑颠仙神符将我二人弄伤惊走。逃回山去，求师父推算，得知他妻欧阳霜，奉颠仙之命，在前面养有三百株七禽毒果，想去办一件害人的事。今日奉了师命，来此杀她，并将毒果用火焚烧，以免后患，乃是为世除害。错把大仙当作她的门人党羽，无知冒犯，还望饶恕，感恩不尽。"说时，允中见二甘目光闪烁，已料有诈。又听出是颠仙门人的对头，更知不是好路数。方想喊魏青留意，那甘氏弟兄原用的是缓兵之计，甘熊说着话，甘象已在暗中施为，准备遁走。魏青还未及答话，甘象猛将甘熊一拉，手扬处，一团五色烟光，直朝二人打来。接着一溜黑烟，其疾如矢，便往空中射去。

魏青骤出不意，几为所中。幸亏允中防备得快，一见甘象手上发出烟光，早就将飞剑放出，一道银光，将彩烟挡住。魏青也将飞剑二次出手，才没有中了他的道儿。等到二人飞剑将烟驱散，虽只瞬息工夫，甘氏弟兄业已逃得无影无踪，不知去向，只气得魏青乱蹦。允中道："自来邪正不能相容，这一来益信这里主人不是邪恶一类。而师父命我们途中所管闲事，也必指此无疑了。目前妖党已逃，你急你气，有什么用？还是找到刘、赵二位师兄，商议行事吧。"

魏青道："这么久时候，他二人许已走远了吧？其实一追便能追上。师父教我们路上不许飞行，又不将事情明说，白教我们跑了许多冤枉路，担了多少天心思，这是何苦乃尔？"允中正色答道："师弟不可如此。人都说师父性情古怪，我看师父虽然有些游戏三昧，言行不羁，但他老人家大纲节目上却是一丝不苟，道行修持尤其艰苦卓绝，并不随便任性。细窥师父言行动作，哪一样不含着深意？平日常说我们得之太易。除我在雪山顶上受过点罪外，别位简直没怎受苦，哪像他老人家得道的艰难？据我想，这次奉命下山，为我师弟兄四人积修外功之始，分明借此磨砺我们，一则长点见识，二则也使稍知修行人的辛苦。或者内中还藏有别的玄机，俱说不定。我们道行浅薄，难测高深，怎可信口乱说？即使师父不知，也失尊师之道。下次千万不可。"

魏青人本粗直，有话脱口即出，自觉失言，涨红了脸，只顾同了允中飞步前行，不再则声。允中因当初衡山拜师，追云叟执意不收，几乎送命，多亏凌浑垂怜，破格收容，师门厚恩，有逾再造，由此心志益坚，尊师重道之心最切。平日修为，也极勤苦坚毅。凌浑细行不羁，师徒相处，一任别人笑言无忌，他却始终谨慎肃恭，不敢稍微忽略。与魏青曾共患难，同门至交，自己又是师兄，闻言不合，便以正言相劝，原是情发于中，自然流露，并非成心给魏青下不来。见魏青脸红颈涨，面有愧容，又觉言太切直了些，正欲劝勉几句。忽听魏青道："师兄，这里地高，除开前面那片密林，远远望过去数十里外，金弓坝镇集上的竹楼都看得见。已有好大一会，他们许都回到地头了吧？"

允中一看，当地乃是一座极高峻的横岭，越过去便是出山的樵径。夕阳欲坠，将近黄昏，时光已是不早。暗忖："刘、赵二人不特道行高深，心思尤为细密。大师兄刘泉更是见多识广，算无遗策。就算行时没有看出魏青中毒，也决无撇下我们，快步先回集镇之理。他二人原说前途缓步相待，隔了这么多时候，我和魏青没有追上去，定知出事无疑，怎会没有回寻？走到这里，又不见他二人影子，难道在前面密林之内呆等不成？"越想越觉事情奇怪，加以先前所闻所见，一面催着加紧快走，暗中便多留了一分心。

二人剑术已有根底，身轻足健，虽是步行，也比常人快出百倍，不一会，便行近岭下密林外面。林内尽是参天老树，又当春夏之交，浓荫如幕，郁郁森森，交柯连干，密叶如织，离地三五丈以上，暗沉沉不辨天日。四人来时，行经林侧，只赵光斗见大林深密，恐藏精怪，曾放出飞剑入内穿行了一周，余人均未进去。允中寻思："刘、赵二人要等人，也应在林外守候，怎会藏身林内？"便和魏青顺着林外往来路走去。走没数十步，忽听身后破空之声。连忙回顾，乃是二道黄光，带起一片彩烟，朝斜刺里乱山中飞去，与先前妖徒所放一般无二，只是功力要强得多，逃走的方向不同罢了。就在二人回身一瞥之间，从林内又飞出一道本门的剑光，正是大师兄白水真人刘泉。知道遇见异派仇敌，不顾得说话招呼，忙和魏青放出飞剑，随同追赶。敌人逃得真快，晃眼工夫，已没了踪迹。与妖徒逃法相仿，直似一过山头，便没入地里一般。

俞、魏还待前追，刘泉将二人唤住，说道："妖人太可恶，赵师弟几为所害。你二人如若早来半个时辰，定可遇上；或是略微晚来一会，不走过来，也正好迎面堵住。他这四九遁法来不及施展，也不会被他逃走了。"说时，七星真人赵光斗也从林内飞出，向刘泉道："这厮已经入网，竟会被他逃走。想是命不该绝，真出乎意料之外了。"刘泉道："看这厮行径，乃天门神君林瑞门下，妖法颇得乃师传授。他师徒作恶多端，狡猾非常。林贼自从碧鸡坊被白眉老禅师削掉头皮惊走，久已不知他的住处，想必潜伏此处。师父之言，定是说他。反正还有些闲日子，好歹将他师徒除去，以免为害人间吧。"

允中便说了前事。一问经过，才知刘、赵二人看出魏青神色不佳，料是不听话，误吃毒果。因他身带师父灵丹，又有允中随去，决无大害。既然讳疾不言，便没有给他揭穿。又因沿途山景灵秀琼奇，天也还早，意欲沿途观赏，缓行相候。行近密林外面，偶然停步凝眺，随意闲谈，谈起途中并无所遇，元江取宝之行，能否手到成功，不辱使命。刘泉忽想起俞、魏二人去久未归，心疑中毒太剧，欲招呼光斗起身，回视魏青病况如何。这时二人一坐一立，赵光斗正坐在刘泉左侧山石上面，二人原是同向来路，观看夕照红霞。刘泉这一偏脸，猛见斜阳阴影里，一片彩烟裹着万千根红色光针，朝二人存身之处打来。刘泉发现得早，尚可纵避。赵光斗却是危机已迫，绝少幸理。幸而刘泉机智绝伦，一见光针，便知来意恶毒，别的破法已来不及，仗着道法神妙，大喝一声，身剑合一，飞迎上去，将那片烟光挡住；一面运用玄功，将它消灭。

来人正是天门神君的心爱大徒弟申武，所放烟光乃林瑞独门炼就的血焰针。此针炼时，先养下苗疆特产的毒蜂，然后擒来成千累万的毒虫蛇蟒，用妖法使其互相掺杂交配，采下精涎，去浇灌培养一种名叫快活花，苗人叫作公母花的毒草。草极难得，也难成形，尤不易活。快活草之得名，便由于此。非有虫蟒精涎浸润，便没有种子，也不能生。虽经妖法培植将护，也须三年，始能成形。花分雌雄，成形的花，与男阳女阴无异，并且自能配合。越是炎天热晒，越发鲜艳生动。可是雌雄二花一接之后，略颤即成腐朽，臭汗淋漓，不可向迩。越是成形的花，越完得快。花腐不消片刻，全株随即枯萎。所以第一二两年，花未成形要开之时，须命门徒昼夜防守。只要见二花对舞，立用竹刀将花夹去。否则一任交合，就无成形之望了。此草不成形的花，已是奇毒，虫鸟望风远飓，不敢挨近，何况吃它。那毒蜂都有拳头大，产自苗疆深谷幽壑之中，口尾均有毒针，无论人兽扎上，即难求活，只有此花能治，也是罕见之物。喂时全仗妖法禁制，算准花开正在交合欲腐未腐之际，驱遣蜂群，飞上花田。每花只喂一只毒蜂，等蜂嘴插入二花交合缝里，立时撤禁。蜂受妖法所迫，原出无奈，嘴插在花里，真是又臭又痛，身子还被花汁粘住。忽然禁制一去，一挣未挣脱，自然发作刺人刺物的天性，掉尾一刺，二次再用力一挣。那花交合后，已经腐朽，自然可以挣脱。可是花毒全部被蜂刺吸收了去，蜂也奄奄欲毙。这才在毒蜂未死之前，将蜂刺取下，另用妖法祭炼成针。如为所中，立时周身麻痒狂乐而死，真个厉害无比。

林瑞这针，共炼了两大革囊，伤了无数生灵，才能炼成。仗此为恶，不知凡几。因是炼既奇难，又是只发不收，伤人与否，只用一回。前在碧鸡坊害人，巧遇白眉禅师，又给他毁了十之七八。近年已舍不得再给门人使用。申武所炼，虽也恶毒，并非原针，所以易为刘泉所破。刘泉只是闻名，不曾亲会过妖人师徒，因此轻敌，日后吃亏。不提。

刘泉破了飞针，赵光斗跟着放起飞剑。申武原是路过当地，看出刘、赵二人不是同门，潜伏静听，恰逢二人谈起元江之事，知是乃师对头，妄想用飞针暗算。一见事败，仗着精通妖法，竟然挺身出斗。刘泉和赵光斗自拜在穷神凌浑门下，因以前所学许多法术，当年曾用苦功，弃了可惜，如若用之于正，一样可以御患防身，所以每日勤修正道之余，稍微得暇，便共同练习。不特没有弃掉，反因受了玄门真传，融会贯通，比起以前，还要精进。内中最厉害的是当初苦铁长老所传五行阵法。遇敌之时，只要当地有五行之物，便可运用，将敌人围住。这次本因师言未验，心中犹疑，妖人突然出现，料定师言必是指此。刘泉立意要将他生擒，拷问来历巢穴。又知林瑞师徒妖法、诡计多端，精于逃遁，一面对敌，暗向赵光斗使了个眼色。意思是道旁森林甚多，五行之中，以东方乙木为最猛，擒敌较有把握。谁知申武在林瑞门下多年，最得宠爱，也是见多识广。刘、赵二人如用金火之阵伤他，或者尚能成功，这一想擒活口，却错了主意。

申武恰巧最精土木遁法。他见刘泉飞剑神妙，赵光斗人未受伤，忽然隐去，本来就有些留意。又听刘泉喝道："你这厮是天门神君林瑞的徒弟么？"申武脱口答声："正是。"言还未毕，刘泉喝得一声："好！"便纵遁光，往来路退去。申武虽然心疑有诈，敌人是个正派门下，未必便为乃师威名所慑。一则自恃妖法，二则适才偷听二人所说之言，仅知是往元江取宝，不知二人姓名、宗派、来历。偏生敌人不等答完了话就走，意欲问个明白，回山报与乃师，好做准备。口中大喝："你二人叫甚名字？快些说出，饶你等不死！"一手指定妖光，纵身便追，斗处相隔那片森林甚近，瞬息即至。

申武追近林侧，猛觉眼前一暗。接着便听万木号风之声，眼前又由暗转明，天地人物，全都无影无踪，全变成了极浓厚的青绿之气，将身围住，映得通体皆碧，身上又似有极大潜力挤压上来。知道中了敌人的圈套，人已困入埋伏以内，心中大惊。忙运妖光，暂且护住身体，抵御青气，不使侵上身来。又取出身带法宝，化成一道赤虹，待要冲围逃走。不料刘泉、赵光斗二人法术高深，申武所到之处，俱有千寻绿气层层围绕，一任他用尽心力，左冲右突，只是逃不出阵去。渐觉青绿之气越发浓重，耳听敌人喝声："急速跪下投降！"声音近在咫尺，偏看不见人影。敌暗己明，又不知敌人用的是什么法术禁制，无由破解，时候久了，知难幸免，正在悔恨焦急，欲逃无计。

也是妖人命数未尽。刘泉见妖人拼命抵御，不肯降服，心仍不愿就去伤他。方想用法宝拿人，还未下手，赵光斗在一旁主持阵法，一见妖人烟光也颇神妙，竟将东方乙木真气抵住，急切间擒他不了。忙着收功，便将阵法妙用发动，打算驱遣万木，将他四面阻住一挤压，妖光虽然厉害，也无用处。如不见机降伏，立被压成血泥。妖人被逼无奈，必然降伏。否则就先除了他，再去搜寻巢穴党羽，至多费一点事，既在此山，不愁找他不着。当时也未和刘泉商量，阵法一经发动变化，申武方苦不支，猛又听飓风大作，杂以隆隆之声，恍如涛奔海沸，雷鼓齐喧，惊天震地。响过一阵，沉沉青绿重气之中，上下四方俱是成排成排的整根大木，如潮水一样卷压过来，乍看甚是惊惶。明知邪正水火，降也难逃活命，万般无奈，只得仍竭全力，拼命抵御。真也亏他，这么厉害的阵法，居然被他苦苦支持，未受到大伤害，直经过了个把时辰。

刘泉先因阵法已经发动，也就由他。继见妖人虽渐势衰力微，仍借那道虹光护身，大木近到身侧两丈左近，便被阻住。赵光斗仍不住在运用发挥，上下四方大木前轧后挤，几乎融成一体，颇似一个极大圆木桶子，将妖人装在里面。虽然困住，急切间仍伤他不得。此时忽想起俞、魏二人久不回来，莫非也遇见了林瑞手下妖党？一着急，姑且网开一面，将木阵现出了一条缝隙，把飞剑、法宝同放进去。

申武见后面突现空隙，只恐上当，未敢速出。猛想起师父独门土木遁法甚是精妙，敌人明明是东方乙木之阵，岂不正好借以逃走？想到这里，又恐敌人阵法中藏有先后天五行互为生克的变化，借此遁去，无异自寻死路。方在举棋不定，倏地敌人飞剑，连同一道有尾如剪，具有红黄二色的光华，似电一般飞来，一到便双双将护身光绞住。百忙中认出那道红黄色剪尾光华，乃苦铁长老旧时镇山之宝，名为金鸳神剪，共是两把。内中一把，曾经见过，端的厉害非常。敌人飞剑已是难敌,何况又加上这么厉害的法宝,这护身朱虹恐要保不住,但又不敢收回。微一迟疑之间,果然虹光首先被敌人剑光、法宝绞成粉碎。晃眼当头,危机瞬息。申武心胆皆裂,情急逃命,只得拼着九死一生,施展土木遁法,一纵烟光,径往万木丛中遁去。刘泉还想生擒问话,剑光、法宝没有遽下绝情,竟被借遁冲出重围,逃出了险地,后悔已是无及了。

四人见面,说完经过,知天门神君林瑞师徒,必寻卧云村主萧逸的晦气。萧逸为人如何,虽然不知,既和妖人对敌,乃妻欧阳霜又是郑颠仙的门徒,想必是个正人君子。不过师父要帮他忙,就嫌为期尚远,也可言明,命大家暂在青螺峪练习道法,算准日期,来此相助,除却妖人,再去元江,岂不直截了当?何以老早就命步行起身,白受许多跋涉?沿途又没遇见一点可办的事。如说是借以磨炼身心,又俱是身轻体健,不畏险阻,谁也没觉受到丝毫苦楚。四人想了一阵,均不解师命所在。因知妖人业已发动,妖徒二人俱受挫折,难保不疑四人是萧逸请来的救兵,事不宜迟,速往为妙。略微商量,便同往卧云村进发。

那村僻处万山深谷之中,外有层崖叠嶂屏蔽,以前只有一个小洞,是入村通路。洞临广溪,水流甚急,水面相隔洞顶不过二三尺。人在船中,休说起立撑篙,连坐起来都不能够,必须卧倒,手足并用,推抵洞顶而行。最底处,船与洞顶相去只有尺许上下,由洞口舟行,直达村前的落梅涧绝壑之下,有七八里路之遥。沿途石笋钟乳,参差错落。端的森若悬剑,锋利非常,舟面不时擦刃而过,轧轧有声。长得却直刺水中,时为梗阻。遇到山水涨发之时,便村中人也难进出,何况外人。

俞、魏二人所经溪边谷径,还是近数年间欧阳霜为种七禽毒果,恐村中溪涧染了果毒,因谷外小源别有泉溪,又流不到山外去,特地开出这条通路,以便看守人来往经行,就这条路,也只通到村侧万松崖绝壁之下为止。危崖倚天,仰观落帽。崖左有一条极窄的裂缝,深约百丈。虽可连肩鱼贯而行,但是夹壁缝隙,藤薜厚密,一线天光,时复隐晦,景象既极阴森,途径又复曲折。口离地面还有两丈高下,百年老藤掩蔽其间,下面灌木盘郁,草高没人。春夏之交,蛇虺四伏,穿行如梭。在此防守的,都是萧逸门下健者。每次出入,内设绳梯,外用飞索,由缝口将索头、铁抓掷向离壁十余丈成抱大树之上扣牢,然后挨个跳索悬空而渡。壁间藤苔草树,全不损折。外人即使能到,也是即此而止,休说入村,直看不见丝毫人迹。防守时存身所在,是一崖洞,就在毒果林旁谷壁之下，也极隐秘，如不出声，也难发现。此外村中还有一条通往山后琵琶垄的道路，也是危绝，须要攀崖缒磴，翻山过去。全村除去萧逸，只有几个武功最好的能手能够攀渡。

萧氏上辈，由明季年间，带了家属戚友门人，一同避世，来此哀牢山中，先隐在一个山谷里面，住了数年。后来萧父玉叟冬游到此，无心中发现这水洞，天寒本来水浅，恰巧那年的水更浅，水面相隔洞顶几达一丈四五尺以上。萧氏全家俱精水性，便联合十几个同游的少年戚眷，同门世弟兄，斫木以舟，燃着火炬，逆流往探。头两次俱为水中大石、钟乳所阻，不得穷源。萧父为人最有恒心，末次换了入水衣靠，泅行而入，居然通过，寻到这一片世外桃源，高兴已极。回去说与父母和同隐诸家，大举前往。先合群力，将几个最碍舟行的大石笋、钟乳能毁的毁去，过大不能毁的，设法探路绕越，不消多日，便即开通。悄悄全数移入，端的尘飞不到，与世隔绝。除却天仙空中飞过，可以下瞩，否则踏遍四外山头，也难查见。真比起桃花源，还要险僻幽奇得多。村人已历三世，所辟良田桑圃，果园菜畦，何止千顷。连左近土著生番，都不能知此中还有乐土。所以四人连在山中奔驰寻找，均未发现。如非魏青中毒腹泻，巧走溪边，闻得村中人语，就由高处望见，也只当是一个素无人迹的死谷，怎识此中别有天地。

俞、魏二人还以为走回适才溪谷，便可令守树村人引导，如其不在，也不难循径而入。及至四人赶到谷口，毒果林的左近，大石后面，先时守树村人一个未见。顺路前行三二里路，便到尽头，只见迎面峭壁千寻，矗天直上。那条人行小径，本就不显，早为深草所掩。近壁数十丈，直不似平日有人行过。四外草树丛杂，荆榛匝地，更不似可通别处情景。壁苔绣合，绿肥如染。崖顶万松杂沓，一片青苍，时复挺生于石罅崖隙之间。崖腰以上，疏密相间，满壁皆是蟠屈郁伸，轮囷磅礴，恍如千百虬龙，盘壁凭崖，怒欲飞舞。更有葛萝藤蔓，寄生苍鳞铁干之上，尽是珠络彩缨，万缕千条，累累下垂。一阵山风过处，先吹起稷稷松声，山谷皆鸣，仿佛涛涌，清喧未歇，虬枝齐舞。又见绛雪乱飞，落红成阵，花雨缤纷，漫天而下。境固清妙，幽丽绝伦，可是用尽目力，也找不到一个人影。如说村人是绝迹飞行，越崖而至，证以所闻，又觉不似。

正寻不到入村途径，意欲折回原路寻找，赵光斗猛然一眼看到左侧一株大树上，树干树皮均有新断裂痕迹，忙和刘泉说了。四人一同赶到树下，俱都是行家，一看便认出是铜铁抓伤。抓的来路，却在崖壁那面，并且抓处有新有旧,树皮上裂痕累累。崖顶既高,以此上下,实不可能。由上下缒,仅可垂直降落,也无须此。崖壁上又无着足之处,即有,从何可至?

正在不解,刘泉面对对崖,运用慧目,一再谛视,忽然失笑道:"这位萧村主和欧阳道友,想得真好严密的道路,无怪山外人都说近山数百里没人家呢。"赵光斗闻言,首先发觉壁间藤蔓中,隐有一条裂壁缝,老藤根上也有抓裂之痕,相隔颇远。如换常人,万看不出。才料定通行由此。接着,俞、魏二人也随刘泉手指处发觉。

正在商量飞越查看,忽听身后不远,谷壁上有人喊道:"四位朋友大姓高名?意欲入村,有何见教?且请少停见示,再进如何?"四人回看,乃是两个短衣装束,身佩刀剑镖囊的壮汉,俱都伏身左边谷壁之上,刚刚站起,相隔也只二十多丈远近。俞、魏二人一听口音,便知是谷中守树的村人,想是窥伺已久。虽然一方路生,一方路熟,又都在一心探路之际,没有留神,但以四人耳目灵敏,竟未发觉有人尾随,可见武术轻功,已臻上乘地步。村人如此,主人可知。

刘泉当先答道:"贫道刘泉师兄弟四人,原奉师命,往元江大熊岭去寻师叔郑颠仙,办一要事。行经此间,路遇妖人天门神君林瑞的徒弟甘熊、甘象、申武三人欲加暗算,被我等将他们打败逃走。因此得知他们与贵村主夫妇为仇,早晚必来谋害,特地入村相助,问明此事,共商除贼之策。但是初到贵村,路径不熟,刚发现壁上裂缝,便遇二位相唤。不知对壁可就是入村的通路么?"说时,二村人已从谷顶纵落,行近前来,深施一礼,说道:"四位尊客,令师既与郑师祖颠仙同辈,定是家师母的同门道友了。晚辈是柴成、郝潜夫。萧村主乃是家师,现时正受了妖人暗算,养病村中。此间从无外人足迹,四位尊客新来,可能暂留贵步,容晚辈入村,禀过家师,专诚迎候,少免简慢如何?"

原来柴、郝二人,还有一个同门,乃萧逸之侄萧野,同守果林,并未他去。因藏处隐秘,四人过时,一听俞允中说石后守者不在,便忙前行,没有细看。萧野见有生人到此,疑是妖人党羽寻仇,便要动手。郝潜夫比较年长心细,一则看出四人轻身功夫奇异,直似凌虚飞行,未必能敌;二则四人相貌清奇,都带一脸正气,又未想取毒果。如是妖党,必从山后,不会由山前来。料是无心到此,行至尽头,必要折回。当时拦住萧野,让他持着欧阳霜护树灵符守候,自和柴成援上谷顶崖壁,尾随下去。跟到尽头,见四人盘桓不走,意似寻路,远隔话听不真,方疑有异。后来赵光斗发现树上有伤痕,四人全到树前,齐朝壁间注视。刘泉忽又失声一笑,看出壁缝通路。吉凶莫测,郝、柴二人正在着慌,所幸树下相隔较近,刘泉语声又大,才听出来人像是乃师朋友,不是仇敌,但还不敢造次。见四人已将飞身而上,忙即出声唤住,欲请四人暂留,回村禀告主事的师兄尊长,先商讨一下,再定迎拒。刘泉知他用意,便笑答道:"贵村桃源乐土,素无外人,我等不速之客,原应先容才是。只是令师已经受伤,妖人师徒尚在不肯甘休,事属紧急,来去须要快些才好。"

柴、郝二人连称遵命,忙向树侧深草里寻出一柄上系长索的铁抓。郝潜夫命柴成陪客暂候,自己去去就来。将抓照准对崖掷去,立时抓紧壁上。柴成伸手要过索头,手微一抖,扯了个挺直。郝潜夫拱手道声怠慢,飞身到了长索上面,两脚微停顿处,两手一分,便踏着长索斜行向上,箭一般朝壁间射去,晃眼到达,进了壁缝里面。那根长索始终笔也似直,人行其上,毫不弯曲。刘泉笑道:"二位武家功夫练到这等模样,也真不是一朝一夕之功呢。"郝、柴二人早看出四人本领不比寻常。柴成闻言,疑是说他成心卖弄,连忙收了索抓,逊谢不已。刘泉知他会错了意,方在慰解,谈没片刻,忽见壁缝现出二人。当头一个,正是郝潜夫。后面跟定一个十二三岁的幼童,一出现连喊道:"家师已在危急之中,四位前辈既允相助,足感大德,就请驾临吧。"四人见他来去甚速,面带惊慌,料知村中出了变故,不及细问,刘泉首喊"快走",四人各驾剑光,飞身往壁缝中飞去。郝潜夫和那小童见四人果是剑仙一流,不禁惊喜交集,拜倒在地。刘泉拦道:"令师危急,休再拘礼,速行为妙。"郝潜夫忙令柴成仍回原地通知萧野,一同防守。自己急匆匆纵上缝口,顺着夹壁,领路当先,朝前面跑去。

四人见郝潜夫脚底甚是迅速。那小孩相貌尤为清奇,跟着同跑,不时拿眼偷觑四人,大有歆羡之色,并未落后,俱都心中赞赏。魏青性急,怜他年幼,边走边抚他道:"你这小孩,也在黑崖缝里跟着急跑。我抱着你走,一来省你受累,跟不上我们;二来也好问你的话。你看如何?"那小孩脚程本不在郝潜夫以下,因见四人到来,触动平日心志,存心跟着走,意欲伺便说话。只是当时惊喜过度,心头怦怦乱跳,又在相随急行之中,四人也未开口,恐怕说错了失礼,正在打主意开口,闻言正合心意。又恐仙人看轻他年纪小,疾走不动,忙答道:"我虽年幼,这条路却是跑惯,再走快点也行。不过想跟大仙求教,如蒙携带,感激不尽。"随说,顺着魏青的手一拉,便似猴子一般,轻轻落在魏青手腕上,双膝跪定。魏青见他应付敏捷,上身时还提着气,竟似卖弄,身子轻飘飘的,益发高兴,便用手将他抱住,问他姓名年纪,父母是谁。

原来这小孩名叫萧清,父母双亡,自幼从叔学艺。日前乃叔卧云村主萧逸和爱徒吴诚在后山猎雕,为妖人所伤,病倒在床,今日益发沉重,眼看临危。全家子侄门人,正在愁急无计。萧清年纪虽轻,却是生具异禀,绝顶聪明,任何武功,一学就会,一会便精。萧家子侄及众同门,均极爱护。他见众人只顾焦急忙乱,一筹莫展,暗忖:"堂兄堂姊,俱被婶母用法术封闭竹园以内,他们不能出,别人不能进。吴诚不说,叔父伤势凶多吉少,妖人还难保不来。大师兄何渭,人又忠厚老实,拿不起事。何不赶往元江大熊岭,去找寻婶娘来此,救人报仇,方是上策;徒自着急,有甚用处?"正盘算要去,恰好何渭想起师兄弟中,只有吴、郝二人足智多谋,今日郝潜夫偏生该班轮值,守那毒果。师父伤势忽转凶险,有心想瞒了师父,前往大熊岭求救,连个商量的人都没有。见萧清走过,便和他说了,意欲唤回潜夫一商。萧清力请自往。何渭嫌他武功虽好,年纪太小。最后说定,唤回潜夫商妥,再行派人前去。

萧清领命出村,心嫌何渭行事过缓,本意潜夫给他唤回,自己仍旧背人前往求救。行近夹壁之际,猛想起:"婶母欧阳霜,因当初一句话说错,几乎害她被叔父迫得惨死。后来传授亲生子女道法,因记前仇,一任叔父求情,自己跪恳,坚不肯传,并不准堂兄妹私相授受。上次行时,曾说叔父大祸将临,她奉师命办一要事,三个月内不能离开一步。如不听话,明知叔父有甚凶灾,也决不回来探看,话甚坚决。何况求救的人又是自己,看她平时心性,定置之不理。"

越想越觉此行无望,不觉走进夹壁以内,正在伤心难受,忽见对面有人飞跑而来,定睛一看,正是郝潜夫。一问来意,听说壁外来了四个异人,不禁心中一动,忙对潜夫说:"师兄,你怎这般糊涂?师父和吴师兄俱在垂危,巴不得来个救星。来人如是妖党,既然得知前村出入口,凭你二人拦得住么?况又提起郑师祖和师父受伤之事,明是婶娘的师兄弟无疑,你何不叫进来?师父都不能说话了,还问则甚?要是怠慢走了仙人怎好?"潜夫本料来人决非敌党,只因村中多年无外人进出,师父令规极严,干系过大,想先问一声。不料一半天工夫,伤势会变得如此凶险,不禁吓了一大跳;再被萧清一埋怨,更觉自己不应过于小心,为救师父,就拼着担点责任也是应该,还请甚示?再者,来的又非可拦之人。忙说:"师弟话对,我们快走。"萧清路上再把萧、吴二人险状,加枝添叶一说,潜夫更害了怕。所以请进四人,连话都顾不得细说了。

萧清久欲从一仙师学道,先听来了婶婶同辈,虽料是仙人一流,心已大动,但还在疑信参半,不知来人有无婶婶那等本领。及见四人凌空飞来,虹光电掣,竟比婶婶飞剑的光华还要强盛神奇,益发死心塌地,誓欲择师而从,不允不止了。四人见他对答如流,敏慧异常,俱甚喜爱。

大家行不多时,壁缝渐宽,前面有了微光折射而入。再转一弯,天光透处,已将夹壁走完,入了卧云村境。

那村在原始时,本是一座大山。后来山顶喷火,不知经过了多少年代,遭受多少次的地震,才崩陷出这么一片广大深秘的盆地。因是其山穴底,地面比山外要低下好几十丈,四外山形都崩成了百丈的断崖,将此村团团围住,内外隔绝,成了一个长圆形的天生屏障。又当哀牢山中最高之处,外观十之八九,俱是赤崖若屏,矗天直上。休说是人,便是猿、鸟也难攀援飞渡。加以形势丑恶,寸草不生,既不能上,又无可观,所以亘古绝少人迹。万松崖那一面,虽然松杉满崖,景物清幽,但又僻处幽谷之中,山重岭复,遮蔽颇多,远近俱难窥见,连本村主人发现这条道路,也仅数年内事。即便有人入山选胜,探幽到此,也不过耳听松涛,目穷黛色,望崖兴叹,无可攀升。哪会知道危崖峭壁以内,还藏着这么一个桃源仙境?如不是近十年萧逸师徒静极思动,常由后山翻出,往琵琶垄行猎,与天门神君林瑞相识,惹下许多事故,长此终古,也未必会有人知道呢。

刘泉等四人甫入村境,因面前一段是两座小山夹成的一条曲径,山上满植松篁,山脚栽着两行草花,虽然清丽,还未觉出怎样好来。及至行近山口,突闻犬吠之声三五遥应,又有水车声响远远传来,颇有江南风味。空山得此,倍觉有趣。出了山口,豁然开朗,眼前倏地现出千百顷平畴绿野。居中一条宽阔道路,桃柳成行,树皆成抱。两旁尽是水田,一亩之大,过于常亩三倍,无不整齐方正,阡陌井井,宛如方罫。田岸俱宽丈许,四旁均有竹管一条,粗逾人臂,直通到底,以为引水灌田之用。阵风过处,吹荡起千层碧浪,时闻稻香。四外俱是高崖,绵延不断,将村围绕其间。因已日落黄昏,村中力田之人,多已相率归去。三五村犬,遥见生人,一同鸣吠奔出,被郝、萧二人呼叱回去,兀自遥望,狺狺不已。这一大片水田走完,又过了两处桑林梅林,忽见水光接天,面前现出百顷湖塘,活波溶溶,风翻细浪,时有游鱼戏水,掉头摆尾,跳跃水面,水甚清洁。全村人家,十九滨湖而建,俱在湖东南面。村主萧逸的家,独在北面,与高崖继续相连的小山腰上,背山面湖,层楼高阁,飞桥复道。左是竹园,右是桔林。高下宽窄,依着天然形势,布置建筑,颇具匠心。行近湖前,便随郝潜夫抄近路,直奔小山之下。途见萧家门前山麓之下聚着多人，料病人危急，无心再观赏景物，一路飞驰，顷刻走到。

村人见郝、萧二人同了几个生人走来，有的上前问讯，有的直奔入门。萧清聪明，为省多说稽时，只说："这四大仙都是婶娘的师兄，少时再对你们细说。"说完，便和郝潜夫揖客同升。上山有就着山石铺设的磴道，小径纡曲，共分数截。除石地外，繁花满山，灿如云锦。萧家门外有一片石坪，大约数亩。石地隙里疏落落挺立着十几株梧桐，石桌石墩散列其下，棋枰三两，间以茶具。想见春秋佳日，对枰饮茗，迎风弄月，尽多乐事。四人虽是偶然涉目，俱觉清景芳淑，主人决非俗士。因已到达，刚将脚步放缓，萧逸大弟子何渭已经得信，带了诸同门赶出，见了众人，施礼迎接进去。家中还有萧家子侄尊亲，闻说来了仙人，齐来拜见。

刘泉问知萧逸、吴诚二人伤势愈危，医药无效，现已昏迷不醒，对众说道："妖人林瑞所炼血焰针，端的厉害，如为所中，立时周身麻痒，狂笑不止而死，哪能活到数日之久？诸位所说先轻后重情形，不是林瑞心有顾忌，不肯遽下毒手，致树强敌，便是别有所图，志在要挟。否则令师所遇，虽不是他本人，他那三个徒弟，我四人适才已经先后相遇，所炼妖箭妖针，俱与他们心灵相通，并无血焰针厉害。人被射中以后，无论当时逃脱与否，均可用他本门之法，遥行操纵，生死轻重，悉随其意。如我所料不差，今日这般沉重，昨今两日，可有什么征兆么？"郝潜夫见刘泉来时那般匆遽，进门不先探看病人，却问及琐细，好生不解。

方要答言，萧清已抢着说道："适间见面匆促，不及细谈。今早叔父还没有此刻沉重。忽从山下跑来一只小鹿。这东西近年我们原养有十几只，大师兄还道管鹿圃的人不小心，师父受伤心烦，怎把一只小鹿放下山来，满屋乱转？当时轰了下去。事后我才想起，我家小鹿俱已生角，这只是秃的不说，身上还尽是红黄道子，要是山外的鹿，怎会进得村来？鹿眼又那么发直，进门之后，朝着叔父房门，又点头又画脚；出门到了石坪上，绕树乱转；下山时临空下跳，神气很慢，像是有东西托住神气。诸般俱觉异样，恐怕妖人闹鬼，和诸位师兄说，俱当我多疑生心。我赌气赶往鹿圃去查，栅门未开，也不见此鹿在内，偏生守圃人不在。再跟大家说，定又当我看花了眼。至今奇怪，午后叔父就越沉重了。"

室中诸人本切盼仙人治伤，正嫌他说话絮叨，何、郝二人更欲插口，忽见刘泉笑道："你真聪明有见识。果不出我所料。"说罢，倏地回身，把手一扬，先是一道白光，直朝门外梧桐树下飞下，口中大喝道："大胆孽畜，还不将东西献将出来赎命,难道还要我亲自动手么?"言还未了,便见黑影一晃,从梧桐树下跑出一个周身黑毛,手持两面上画符篆鸟兽的令牌,似人非人的怪物,抱头鼠窜,战战兢兢,欲待觅路逃去。无奈身子已被白光圈住,刚跑进了崖口,便被拦住。怪物看势不佳,好似又怕又恨,忽然把心一横,口中牙齿错得乱响,倏地掉转身,又往先前藏身之所奔去。

谁知刘泉一动手,七星真人赵光斗也闻言警觉,看破妖人伎俩,有了防备,不等刘泉发令,早飞身抢到树下,手指飞剑,化成七点星光,先向一株大梧桐下一绕,破了邪法,就势将树上受禁的镇物抢到手中。接着一晃身形,行法隐去。怪物扑了个空。手中令牌一画小鹿,一画乌鸦,原是妖人林瑞准备给他化形脱身之物,又为刘泉所破,失了效用。头上面敌人剑光又在紧紧追逐,就要飞下,知难活命,一时情急,忙伸手用力一抓胸膛,哗的一声,毛皮裂开尺许。跟着伸手到皮层以内取出一物,向着刘泉口吐人言,正要发话,不料百忙中忘却赵光斗隐身守伺在侧,一把将它夺去。怪物见身带工具全失效用,情知逃了回去,林瑞师徒心狠手辣,也决难容怪物活命;何况力竭势穷,已落人手,想要逃走,谈何容易。虽然后难方殷,暂时仍以求活,权保性命为是。念头一转,立向刘泉身前跑来。

魏青早就跃跃欲试,正要飞剑出去。刘泉识得怪物用意,并还有用它之处,忙递眼色,止住魏青,只和赵光斗各用剑光,将怪物四外围住,并不遽下绝情。怪物晃眼走近,朝着刘泉跪下,哀求大仙饶命不置。众人见那怪物生得与人一般无二,只是通体黑毛,与人熊相似罢了。刘泉也不理怪物,先从赵光斗手上要过那禁制之物一看,乃是两个木人,上有血迹符咒,写着萧逸、吴诚两人姓名,全身钉有细似牛毛的刺,头上胸前写有一个大"火"字,六个"人"字。赵光斗道:"大师兄留意。看这情景,林瑞妖法狠毒,莫不用的是反七煞吧?"刘泉含笑点了点头。向怪物道:"你逃而复回,是何居心?既要打算下毒手,以求活命,为何早不下手?"

怪物哀声答道:"那恶人虽然许我立了这件功劳,便和他们一样,销去我禁制真灵的镇物,褪去这张附身熊皮,复体如人,收归门下,无奈害的是我至尊亲长。当初我无颜立足,自逃入山,是我自己不好,他还好言安慰,并未逼迫;平日相待,又只有好处,并无恶意。想起前情,委实不忍下手。适才连受催逼,才勉强去了两道符咒,隐身树下,闻听谈论病人,苦痛万分,人事不省。他那生魂又一味倔强,宁死不肯向我屈服,顺从恶人师徒之意。正看着难受,无计可施,诸位大仙驾临,我还以为恶人法术神妙隐秘,再也不会被人看破。便是露出马脚，难以抵敌，也可仗这两面化形神牌变化逃走。谁知大仙神目如电，玄机莫测，一举手便先迅雷不及掩耳，破了潜形之法。我看出剑光神妙厉害，卵石不敌。当时如将木偶身上刀、火二符一撤，受伤本人必定立即消灭。恶人那里一接警报，自会用收形大法，将我救转；即或无及，也可火遁逃走。只因不忍下此毒手，略一迟疑，便被剑光隔断。我本无心害人，一意逃生。后见令牌连晃，不能变化，方才着急，求生心急。又见剑光只阻前进，不在树下守护镇物，想趁冷不防，猛遁回去，只伤吴诚一人，仍可火遁逃走。万不料一切行动，均在二位大仙明鉴之中。如今身陷罗网，又失却法宝镇物，大仙便放我回去，恶人也不容我活命。但是这反七煞诛魂大法，外人决难破解。望求大仙念在小人本无害人之心，被迫无奈，情非得已，饶我一条狗命，情愿代破此法，暂贷一死。就这样还望诸位大仙听小人说出机密，速将恶人师徒除去，始能保住残生。"

说时，萧、郝二人见他目光清灵，口音甚熟，已看出是个熟人。正要插言，刘泉已发话道："你当这反七煞妖法，我就不能自破么？我不过想查问你是否居心害人和说话真假罢了。听你所说，原是这里熟人，虽不知以前为人如何，所说倒是实情。能恕与否，尚且难定，暂时权且饶你。那妖人师徒，一两日内，对你也不致有所加害。等问明之后，再作计较。如今救人要紧。"说罢，便命萧清速取泥土，捏二泥人过来。萧清本想和那怪人说话，奉命而去。萧家众人，也有话要问，因刘、赵二人忙着破法，俱没敢开口。

一会泥人取到，刘泉笑对俞、魏二人说道："师弟不要见笑，愚兄又要重为冯妇了。"当下掐诀行法，运用真气，双手一拍泥人，立时粉碎，化成一团灰烟，向木偶身上飞去。晃眼包没全身，又复原形。不消半盏茶时，所有木偶身上符咒字迹，俱从泥人身上透出。刘泉猛地大喝一声，向泥人顶上一拍，立即裂开，木偶便从口里脱颖飞出。刘泉伸手接住，又向怪人要过先取的几道妖符，贴在上面。然后挨次伸手，将木偶身上刺针、符印一一行法取下。每取下一符一字，那木偶身上便若有知觉，好似受苦已极，自行颤动不休。取到"刀"、"火"二字，木偶无故自裂，齐如刀斩。接着无故化成一道白灰。同时萧逸房中，便有了声息。刘泉随取一粒丹药，吩咐郝潜夫："速与萧、吴二人服下，切忌劳顿。少时痊愈清醒，我等再行入内相见。"

潜夫拿了丹药刚走，萧清忽然从屋内奔出，喊得一声："叔父、师兄好了！"便跑至刘泉面前，抱膝跪下，指那怪人哭诉道："他是我哥哥，定被妖人所害，落得这般光景。求仙师快些想法，救他一命吧。"刘泉吩咐萧清速起，且不答话，先问何渭，可有静室。何、萧二人同声道有。刘泉道："此时病人魂才归窍，数日摧残，元气受伤太甚，服了家师灵丹之后，还得将息些时。只可着一人对他们略说大概，即令安卧，不可多言劳神。到了子夜，自必痊可。我等已与妖人开衅，后事尚多。这个妖党也有许多话要去静室之中询问。除萧清外，余人如不在此居住，回家须要早走；否则少时贫道等为防妖人再来，将这所房子一行法封锁，今晚就不能出门一步了。"室中诸人俱是村主萧逸的至亲子侄和门下弟子，本就朝夕侍疾，极少离开；又见仙人降临，诸多灵异，益发大开眼界，俱说不走。

刘泉道："此时离行法还有一会。适见山下聚集多人，想是关心萧村主的安危。速去传话，就说山外延来医生，伤势业已转危为安，只是病人最忌喧闹，可速散回家中，不到明早，不要再来。今晚子夜，这一带如有异声异状，千万不要出视，只可装作不闻不见，各自安睡，省得一个照顾不周，受了波及。来时我见除村主山居外，村人房舍，最近的也在对面湖滨，相隔不下里许，真是再妙不过。为防万一，最好另命两个胆大心细的人，持我灵符，在离山半里外等候，再待半个时辰，便禁众人由此通行。候至稍有动静，即向附近隐秘处藏身，以免没招呼到村人，无心走来，受了暗算。"

萧清接口道："本村共总十姓，除了亲戚就是师友，并无外人；个个都读过几句书，练过几年武。一有甚事，只消吩咐下去，彼此递报，顷刻传遍全村。尤其家叔是一村之主，言出法随。如今卧病，由何师兄代为掌管，也是一样。相信决无一人不知，也无一人敢于违犯的。"刘泉喜道："我因妖徒连为我等所伤，如今又破了他的邪术，恐其入夜寻仇，不得不预为之计。本来这守候人匆匆难得其选，既然如此，省事不少，便不用吧。"说罢，悄命七星真人赵光斗在门外石坪之上守候，众人各自散入别室。自和俞、魏二人，押着那形似黑熊的妖党，由萧清引路，同往后面静室之中走去。

三人方入室坐定，刘泉倏地将手一扬，立有一片光华飞起，形如半圈光网，将门窗一齐闭了个风雨不透。然后指着那怪人怒喝道："你既口称为势所迫，不愿害人，情甘弃邪归正，以求免死，为何还要闹鬼？快些供出，免遭惨戮，形神俱灭！"萧清入室，本欲二次求恩，忽见刘泉面上顿现怒容，光华脱手飞起，疑心要下绝情，吓得跑上前去，抱住那怪人，一同跪倒，一味哭求，也没听见仙人说甚话语。那怪人见刘、赵二人道法通玄，料事如见，本就怀着鬼胎，仗有萧清代他求情，心才略宽。一听刘泉怒声喝问，早吓了个心胆皆裂。先因那一个是萧氏夫妻对头，事全由她而起，如说出来，休说仙人，先就有人不肯饶她，何况这四人又必是欧阳霜的朋友，如何能容？不说出来，至少还可以舍了自己，放她回去为人，所以没有供出。不料仙人慧目，早已洞瞩隐微，知瞒不过，左右都难免死，不禁悲从中来，把心一横，大声说道："大仙既然道法高深，神目如电，我那同来的人，想也难逃回去。要我供出底细，事有碍难，比杀我叔父还苦。此乃我自己不慎，失身妖党，平日受尽凌践欺压，牛马不如，今日命该惨死。生魂回去，还得长受妖人禁制；你就饶我，也只逃命一时，未必便能为我出力冒那奇险，夺回镇物。还不如直截了当，速赐一死。别无他言，任凭发落便了。"

刘泉见状，微一寻思，冷笑道："你倒想得开。我知天门教下，残忍恶毒。入门必须身为异类，服役三五年。末了还须杀一至亲最近之人，方准脱去皮毛，复体还原，收归门下。妖人令出必行，稍有违忤，便将生魂拘去，日受驱策，永堕沉沦，祭炼妖法。故一旦入门，便皆丧尽天良。那人是你甚人，为何死在临头，还要这样护她？"

怪人闻言，还未答话，萧清听出原因，忽然省悟道："哥哥，你为了表姊出走，做出无礼之事，无颜在此，才翻山逃去。听你口气，莫非你二人都在妖人门下，同来的便是她么？你不要糊涂，这四位仙师，来时我已请问过，俱从雪山到此，与婶娘从没见过哩。果真表姊同来，不妨说出，只要有万分之一可恕，兄弟宁死，也必救你二人，仙师也不会不发慈悲。仙师妙法，你早见识，业已洞悉隐微。你还要隐瞒，岂非误了你，还要误她么？"

一面又朝刘、魏、俞三人哭求道："这是弟子哥哥萧玉，本非恶人。同来那人，想必是我表姊崔瑶仙。想当初，先母一时不合，言语伤了婶母，以致叔父误听先母和崔家舅母之言，闹出许多事故。后来婶母得道回家探望子女，先母已经身死。舅母本精武功，见人雪夜窥探，疑村中来了外贼，苦追不舍。婶娘本就怀愤，回身理论，言语失和，动起手来。谁想婶娘遇救从师，已精剑术，一照面便将舅母点伤。逃回告知逸叔，原欲说婶娘不好。不料逸叔事前早明白过来，只是口中没有说出。本已悔恨万状，闻言立即追出，率众门人儿女，踏雪苦寻婶娘，以求夫妻重圆。天明未遇，归来反把舅母数说了一顿。因正当舅母伤后，一怒而亡。舅父时已早死，舅母临危喊来表姊，哭命报仇。我哥哥和表姊，从小一处长大，本极要好，有过婚姻之约。表姊为报母仇，先要哥哥等婶娘再来，帮同下手行刺。哥哥因逸叔是长辈，不肯。表姊行刺未成，留书给哥哥，说她出山投师，不是自报亲仇，便是哥哥代报，方能归结连理。我哥哥由此便终日好似疯魔，时清时迷，两三次做出无礼之事,终于失踪出走,一去不归。彼时后山无路,水道出口有人把守,竟不知他二人怎样走的。叔父用尽方法去寻他们,连婶娘也代向山外寻过,均无踪迹。哪晓会误投妖邪,变成这个畜生样子。他二人虽是有罪该死,情实可原。中间曲折还多,一时也说不尽。务望仙师大发慈悲,暂时饶他二人,弟子定叫他供出实情便了。"

说时,屋外天空中,似有光华一闪。刘泉笑道:"好蠢的业障!你只当我要你供出,才擒得到她么?如不看在你弟天性孝友,适才早将你立毙剑下了。你回头看那身后是谁?"说罢,将手一指。萧清、萧玉同时回望,门口光华裂开,室外似有七点星光闪过,光华重又将门封上。剑光分合之间,凭空一只大马猴,战兢兢跑了进来,见刘泉端坐室中,吓得转身就要逃跑。

萧玉看见马猴,双手紧紧抱住,早不顾命翻身跳起,哭道:"妹妹!你怎会也落入人手,还没逃去?这都是我们两人命苦,受尽千灾百难,如今落得生死两难。快些随我跪求仙师,看看能否看我兄弟情面,放你一人,将我生魂带了回去吧。"那马猴也口吐人言,哭道:"我也因叔父不是娘说的仇人,和你一样,老不忍心下手。后闻你已被擒,恐连累你,越发胆小踌躇。一会又听诸位仙师找寻静室,似要审你。打算冒险寻你,相机救了同逃。拼着答应那厮,只求饶你一命,放我逃走,再将那厮刺死,然后自杀。不想才一走出房门,便见一道长电一般飞来,将叔父房门守住。又用七星光将我逼到此地,自入罗网。叫我害了你,我独自求生,休说人家不肯,就肯,我于心怎忍?不死,妖人下手更毒。死在一处原好,只是死后魂魄必被妖人拘回,天长地久受折磨,怎受得尽啊!"说罢,熊、猴俱抱头痛哭不止。

允中见状,不由触动情怀,不等萧清开口,首先代他们求情。萧清听出马猴是崔瑶仙幻化,益发苦苦哀求。刘泉喝道:"你二人自寻苦恼,怨得谁来?单是哀哭,有甚用处?可晓得苦海无边,回头是岸么?"崔瑶仙毕竟女人心细,虽在悲痛之极,早偷觑着刘、俞、魏三人的辞色动作。闻言知有活路,立时转悲为喜,忙拉萧玉双双近前,跪下叩头,说道:"我二人误入邪途,非出心愿,无奈妖法禁制,不能脱身。今见仙师法力无边,如蒙救援超脱苦海,固是恩深再造;即或死罪难容,也求大施法力,免我二人魂魄受禁,永无翻身之日。"

还待往下述说,刘泉接口喝道:"我一来便知还有妖党在室,恐逼成变,故未进去,特地诱你出来,以免玉石俱焚。不料你二人天良均未丧尽,虽然该死,姑念事出无知,萧清苦求,及俞仙师的情面,索性成全你们,使复人形,就便将此两副皮毛，为你们抵御妖法。妖人未除以前，你二人在此室中静坐，不可擅离，方保无患；否则身死魂戮，休得后悔。"二人及萧清都喜出望外，悲喜交集，叩头不止。

刘泉又命萧清速取两身男女衣服、鞋袜备用。随后从法宝囊内取出四十九根竹签，分插地上。命萧玉先走近前，运用玄功，施展仙法，手掐灵诀，由顶门往下，全身连画十几下。恰好萧清取来衣物，萧玉全身忽起裂缝。刘泉照样行法，画了崔瑶仙。用手朝萧玉身上连扯了几下，一张整的熊皮应手而起，立时复了原来人身，现出一个赤条条的二十多岁英俊少年。刘泉吩咐火速穿衣。又各给了二人一粒丹药。又命少停由萧玉代崔瑶仙如法施为。事毕穿衣以后，将两身兽身拼成两个整的，铺于竹阵之内，各在室中静坐，自有灵效。

刘泉说罢，同了俞、魏、萧清三人，收了剑光，去至室外，用法术封闭全室，同往前面萧逸屋中走去。赵光斗业已先在那里。萧、吴师徒二人也已清醒，渐复原状，见刘、俞、魏三人进来，方欲伏枕叩谢，刘泉再三拦止，互相通问，落座叙谈。刘泉道："贫道一来，便见室内隐隐邪气，知道妖人狠毒，除门外石坪暗设禁制外，室内尚有埋伏。彼时既恐入室惊走妖人，又恐其铤而走险，稍一防卫不周，便为所害。同时外面妖人禁制，又最关紧要，偏他身形已隐，只见妖气，一击不中，必误大局。思量再四，决计不进室来，先拿话引逗外面妖人，果然中计心虚，微一动转，便被我看破，将他擒住。以后查见他已是真心降伏，却不肯供出同党。虽还不知内中曲折，却正要他如此，以免室中同党知我看破，激出变故。料她等我一离开，不是乘机遁走，便来窥探，先未害人，此时决不肯轻易下手。一面暗请赵师弟预伏门外，诱之入网。一面故寻静室，审问被擒妖孽，诱使入网。不料这两个妖党，俱是府上亲属。适见他们质地均属不恶，不知何以至此？主人新愈，不宜多言。在座诸位，可有人得知此中细情的么？"萧逸闻言，叹了口气，眼睛一红，便命萧清代答。萧清这才细说经过。

原来萧氏全家隐居哀牢山，虽历三世，年代却不甚久远。祖上共是弟兄三人，还带着数十家共患难同进退的亲戚友人。萧逸之祖是老三，晚年才生萧父。自来幺房出长辈，加以萧逸天资颖异，博学多能，山中一切礼法教养，耕作兴建，多半出于他的策划部署。全村老幼，从小本就赞服他的才干技能。自从他发现卧云村这块洞天福地，安居不过几年，他的两辈老人相继下世。萧逸虽仅二十左右年纪，但是村中一般年纪大、辈分最高的，也不过是些叔伯兄弟，俱没甚本领。自知才干不济，而且年事又高，难任繁巨，连照定章选了几次村主，无人敢于承当，结果众望所归，还是选了萧逸。萧氏世传武艺，萧逸仗着天资聪明，益发触类旁通，高出侪辈。这一当了村主，除每日照章治理全村外，便督饬全村少年学习武事，一则借以强身，二则防备万一有生苗、猓、生番侵犯。萧氏武功，本有特长，上辈虽收门人，有几十下拿手，仍照例不传外姓。萧逸觉着目前众亲友举家相从，祸福与共，亲如一家，迥非昔比，秘而不传，说不过去。于是又从众亲友当中选二十个优秀子女，一同尽心教授，传以心法。不料一番好心，却几乎惹出一场大祸。

原来因为和萧氏同隐的亲友门客，内中还有一个复姓欧阳的孤女，原是萧父世仆欧阳宏之女。乃父从小就跟主人当书童，长大学会一身绝好的武功。中年丧妻，只有这么一个女儿，因生于霜降之日，取名霜儿。萧氏入山，也相随同隐。有一天与萧父出猎，路遇大队狼群，为了救护主人出险，拼命死斗。苗疆野狼，青面白额，大的几有驴子一般大小，走起来成群结队，一呼百集，遇上人兽，齐起争夺，前仆后继。一面争嚼死狼，自相残杀；一面仍自猛扑，不得不止。不似内地山狼，多疑胆小。加以齿牙犀利，矫捷如飞，端的猛恶贪残，无与伦比。欧阳宏武艺虽高，终究只有主仆二人，骤遇这样千百成群的猛兽四面夹攻，到底不能全占上风。还算二人俱是能者，一任群狼飞扑上前，只要被打中，应手立毙，纵逃又快。由早起一直斗到天黑，打死的狼不下三四百条。先是每有一狼受伤倒地，它那活的同类立即抢到身前，爪牙齐施，死狼血肉纷飞，晃眼间便成一副骨架。群狼本是咆哮连声，一拥而上。二人也是手脚并用，不停乱打。一面端详逃路，且斗且退。狼来得也快，完得也快。后来狼死越多，活的十九吃饱。人固精疲力竭，狼也斗倦，才略松些。正相持中，萧家忽有人从远处闻着狼啸，想起他主仆二人早出行猎未归，恐有差池，前来探看。遥望隔山旷野中，二人被狼群围困，各持器械，一拥驰至，又杀了百多只。群狼见不是路，方死了心，纷纷抢夺死狼，衔了逃走。二人才侥幸未膏狼吻，人却气力用尽，软瘫地上，行动不得。众人搭了回去，当时用了家传良药医治。

养了数日，萧父复原无恙。欧阳宏却未治好。原来当初发现主人被群狼围困，从崖上下跃，直落狼群救主之时，恰值几只大狼正向主人身上猛扑，身前左右又有十几只同时扑到，形势奇险，绝难抵御。一时情急过甚，忙握紧手中铁棍，大喝一声，使个风扫残花势子，横手一棍，照准后面四只大狼打去。因是情急拼命，用力奇猛，四狼立时头裂脊断，腹破腿折，相次随棍甩

103

起好几丈高下，一两声惨嗥过处，颤巍巍落在地上，同时毙命。这时危机瞬息，间不容发。一棍打中，脚才点地，又有两只驴一样大的凶狼，相次朝他扑到。欧阳宏更不怠慢，回手一棍，刚打落了一只，第二只倏又扑到肩前，张开一张大嘴，尖唇怒掀，白牙森森外露，眼看咬到，再回棍已是无及。仗着内功精纯，身手奇捷，举手当头一拳打去，已中狼额。狼的短处全在后腿，头额甚坚，这只又是一只最大的母狼，头骨更坚如铁石。欧阳宏仓猝应变，未暇思索，恨不得把吃奶力气都使出来，第一棍和这一拳全都用力过猛，没有含蓄。先后六狼，虽然应手立毙，可是铁棍已经打成半弯，右手骨也隐隐有些酸麻。

　　当时没有觉意，便与主人背对背立定，互相照顾，觅路纵逃。偏生这地方一面是危崖数十丈，无法上纵；其余三面俱是广大原坡，前后左右，都被狼群围定，难于逃走。打到下午，二人兵刃俱都弯折，不能使用，只得弃去，全仗双手抵御那千百凶狼。狼本都是昂首向前，除了用硬功强力，去击碎它的头脑而外，绝少善策。一两个时辰斗过，二人双手全都肿胀麻木起来。欧阳宏更因左手先吃了点亏，运用稍差。正斗之间，一个不留神，一拳去打狼头，不料狼来得太快，拳发稍迟，一下击中狼嘴，将那满口狼牙击了个粉碎，吃锐齿在左臂皮上划破了一点，中毒颇深。回家用药一敷，创口一天就痊。可是毒入了手背筋脉，渐渐手臂的筋发了黑紫，左半身疼痛不止。不消二日，蔓及全身。等到有明白人细看发觉，已成了不治之症。第四天夜里，便即毒发身死。彼时欧阳霜年已十三，已学有一身本领。乃父临终泣请主人照看孤女，因自己身分低贱，不敢妄冀非分，但求在诸位少年主人中，老主人做主，选出一位，收为妾婢，只盼不使嫁出山外，于愿已足。萧父感他救命之恩，自然一口应允。欧阳宏这几句话原有用意，见萧父答应，也就含笑而逝。

　　前明门第之见，已成积习。萧父见欧阳霜小小年纪，事父甚孝，相貌又极端丽，自然喜爱；何况更觉义仆不可辜负，须得善待。无奈妻室早亡，子又年少，家中无法留养，便送往亲戚家中暂住，长大再说。却不知乃子萧逸是个多情种子，与欧阳霜从小一处长大，耳鬓厮磨，情根已深。只因出身阀阅，世家望族，虽已入山隐遁，家中排场过节，依旧积习难改。如欲下偶仆婢，尊长决不能容，每想起就觉心烦。好在双方年纪都幼，上下相差不过几岁，以自己的才望和心计，终须使之如愿，常以此宽解。欧阳宏临终之言，只他一人明白其中深意，是想借着救主之劳，将欧阳霜嫁与自己为妾，心中暗喜。嗣听老父每提此事，必说："欧阳宏忠义可怜，他临危托孤，分明是见随隐入山的下人奴仆，女的还有几名丫鬟，男的只他一人。他有此佳女，既不愿嫁与童厮下贱,就打算嫁,也没这样同等的人。所以宁为上人妾,不为下人妻,要为父给做主意。以此女才貌至性,按我存心,本想收作义女,在众亲友中选一个好子弟,就做正室也不为过。无奈她父乃我世仆,并未随主改姓,人多不免世俗之见,必说我偏私不公,以大凌小。真个为难,只好且等几年再说。你可代我物色留意,亲友中尊长如有甚人夸她,速报我知,以便为谋。"简直没有一点想到自己身上的意思,真是又好笑,又着急。又不好意思向老父开门见山去说,身已归隐,同为齐民,何论尊卑?做儿子的根本就无世俗之见,情愿娶她为妻,代父报德,免得落到别人头上,说爹偏私,以大压小。

似这样干耗了两年。新村开辟,萧父忙着给他订婚。意中所定的,乃是萧逸的姑表姊,姓黄名畹秋。欧阳霜便寄居在她家内。畹秋年长萧逸一岁,不特才貌双全,更饶机智。与萧逸小时同在一处读书习武,又是举家随隐,常日相见。欧阳霜时已十七,益发出落得天仙化人一样。萧逸无心娶畹秋为妻,自然不愿这门婚事。再三向父力说自己年幼,要习文练武,恐怕分心,不到三十,决不作室家之想。父子正计议间,老年祖母忽然病死。跟着萧父一夕微醉之后,忽又无疾而终。连治重丧,无暇顾及婚事,又没了尊亲相强,也就搁起。可是萧逸的姑母性甚急躁,又只此一女,爱如掌珠,本最喜爱萧逸,知道堂兄有纳彩之意,巴不得当时圆成这一双佳偶。偏偏堂兄忽然身故,萧逸新遭祖、父重丧,不能举办。又闻有三十始妻之言,不知乃佹意有别属,志不在此,只恐迟延了爱女婚期,更恐时久出变。几次命人示意,要萧逸先行定聘,终丧之后,即图迎娶。萧逸均用婉言推谢。后来迫得急了,索性正颜厉色,说丧中订婚,怎为人子?自己真没有这样心思,何苦陷人于不义等语。萧姑看出他有些不愿意,发怒说道:"我女儿文武全才,又美貌又能干,哪些不好?还就他去,反倒推三阻四的。他如此年少无知,固执成见,异日后悔来求,莫怪我不肯呢!"萧逸闻言,只付之一笑,乐得耳边清静,更不回话。背地里苦恋着欧阳霜,这场婚事由此打消。

内中只苦了黄畹秋。平日眼界既高,又多才艺。眼前同隐亲友中的子弟,虽然不乏佳士,但谁也比不过萧逸。而且自己又是全村第一个文武全才的美人,青梅竹马,耳鬓厮磨,不知不觉,芳心早已种下了情根爱苗。心想:"同辈姊妹多半庸脂俗粉,即或有点长处,也多是有才无貌,有貌无才,瑕瑜互见。仅有一个欧阳霜,父死以后,寄居在自己家中,婷婷楚楚,我见犹怜。无奈父为奴仆,出身微贱,置诸姬妾,已为矜宠,何足以偶君子?何况个郎温文纯挚,由少及长,友好无猜。虽因互重礼法,不曾明白吐意,似乎一点灵犀,久已心心相印。婚萧逸者,非我而谁?"与乃母一般心理,以为男女双方,都是全村小辈中的第一人。一听萧父果有此意,心中暗喜。久不见人提说,方在悬望,萧家连办丧事,还当例有耽搁。照着萧逸平日相对神情和赞许的口气,便不提议,也必会登门求婚。否则更有何人能胜于己?

萧家终七营葬以后,小婢报说,乃母已命人前往示意,还在微怪乃母性情太急,身是女家,明是定局,何必先期屈就呢?及至去人两次归报,萧逸口口声声以亲丧大事为重,丧悼余生,无心及此,方始有些惊疑。嗣闻萧父在日,萧逸也曾推辞,并有三十论娶之言,更知有些不妙。痴心又料萧逸只是用功好名之心太重,并无属意之人。最后才听出萧逸假名守孝,意似明拒。一方面却不时往自己家里来往,再不就借故在左近盘桓竟日,而其来意,却不是为了自己,竟是为了欧阳霜而来。二人每次相见,一个只管冷如冰霜,淡然相对;一个却是小心翼翼,深情款款,情有独钟,自然流露。萧逸为人外柔内刚,温和安详,谦而有礼,说话举动,在在显得意挚情真。虽然对谁都是如此,情之所钟,究有不同。畹秋何等聪明,自然一看便透。

迁居以后,因有天生形胜,不受虎狼之患,所有房舍,大多因势而建,极少墙垣。合村的人,无殊同住在一个大花园内,相见极为便利。黄家房后,有片广场,原是村中习武场所之一,与萧逸所居,相隔匪遥。每值日落之前,左近几家少年男女都来场上,分成两队习武。萧逸武艺,偏又高出众人之上,男女两队都须向他求教。表面上又无丝毫失礼处,既不便禁止欧阳霜不与萧逸相见,又不便拒绝萧逸上门。于是由失望而羞愤,由妒忌而生仇隙。怨毒所钟,渐渐都移向欧阳霜一人身上。切齿多年,时欲得而中伤。头两三年中,还想愚弄欧阳霜,表面上加意结纳,打算认作姊妹,向她说明心事,同效英皇,嫁给萧逸以后,再收拾她。

万不料乃母刚愎自用,一听女儿说萧逸看中了欧阳霜,愤怒已极,大骂萧逸违逆父命,蔑视尊亲,不识抬举。我女儿便老死闺中,也决不嫁给这种浮浪无耻子弟。既然甘愿下偶奴仆,我索性成全于你。一得信,便把欧阳霜喊到面前,说道:"你已年长,不能在此长居。本想为你营谋婚嫁,无奈门第不当,除了为人妾侍,无法启齿。今日方知我侄儿萧逸爱你甚深,难得他不计门第高低,又无大人约束,真是再好不过。谅你获此殊荣,当无异词。你如不愿,我也不能相强;如合心意,可速应诺,我当为你做主,即日命他迎娶。"

第一八九回

念切蒸尝　还乡求嗣子
舌如簧鼓　匿怨蓄阴谋

　　欧阳霜原本心感个郎越分相怜,情深义重,早就誓死靡他。只为幼遭孤露,出身寒微,逐鹿者多,云泥分隔。畹秋母女,更是虎视眈眈,大有不得不甘之势。现正寄人篱下,寡过尚难,何敢再生非分之想。心里尽管热情似火,外表却狠着心肠,强自坚忍,装成一副冷冰冰的面目去对萧逸;背地却又临风洒泪,对月长叹,饮泣吞声,自伤薄命。后见萧逸相爱情愫渐被畹秋看破,自己更是百般谨慎,端恭自重。但仍免不了畹秋的疑忌和迁怒,冷嘲热讽,受不尽的闲气。所幸黄母不知就里,畹秋心犹未死,深知乃母性情太刚,容易偾事,没敢明说,相待尚善。孤寒弱女,无所归附,只得勉强忍耐下去。待过两年,听说萧逸竟以才智超群,受全村推戴,不久便要选为村主,隐然全村表率,领袖群伦。知道村主一切均可便宜行事,无人敢于非议违命,当初定章,便是如此。萧逸服满,必要设法如愿,这才有了几分希冀。

　　过不几天,畹秋忽然与她刻意交欢,亲如姊妹。欧阳霜也是绝顶聪明,这三年中早看出畹秋忌刻阴险,饶有诡谋诈术,时刻都在小心防备。见她前倨后恭,言甘语重,料无好意,哪里肯上她的圈套,始终敬谨相对,言不及私。畹秋又要假惺惺,不肯自己开口。两下里互斗了些时日心机,畹秋闻得萧逸因全村推戴,已定日内服满即位。知道这一做了村主,必娶欧阳霜无疑。实耐不住,方始借口姊妹情长,不舍异日分离,略露了点口气。欧阳霜仍装不解,含糊敷衍过去。第三天上,事便发作。

　　欧阳霜听完黄母之言,虽知她事出负气,可是萧逸没有尊长,自己总算寄居在此,事须黄母主持,方为得体。难得她亲口说出,要省却不少碍难,真是再好不过。对头又不在家,百年良机,稍纵即逝,脸皮万薄不得。立时跪倒,口称自己寒微孤苦,听凭老夫人做主,一切惟命是从,不敢说话。黄母也是火气头上,一心只想借此挖苦萧逸一场,不特毫未审计,连欧阳霜一句自谦的话也不说,都没见怪,当时便命人去唤萧逸前来。

事有凑巧,萧、黄二家还有一个姓崔的表亲,名唤崔文和,品貌仅比萧逸略次,才干却不如远甚,苦恋畹秋已非一年。畹秋志大心高,自然看他不起,从不假以颜色。崔郎并不因此灰心,受尽白眼,仍是一味殷勤。偏生这日正是萧逸正位村主的吉期,村中随隐诸老人,有好几个都精推算星命之说,选立之前,早算出全村他年必有凶灾,只有萧逸可破;尤妙是当日如有红鸾天喜星动,更能化险为夷。事前曾劝过几次,萧逸只说日期未到。黄母年老多病,经卷药炉,常相厮守,不轻出门。畹秋隔夜就接到村中传知,一则不愿情敌得信欢喜;二则让萧逸知道这样喜事,全村长幼毕集,独心爱之人不来观礼,可见平日对他冷淡是真,毫无情义,好使他灰心,因而就己。反正老年尊长去否随意,欧阳霜恰好不在跟前,索性老母和随身丫鬟一齐瞒过,以免泄露。

第二日一早,黄畹秋便赶往村中会场上观礼致贺。到时还早,萧逸为示诚敬,业已先在,见畹秋独来,心头爱宠没有同临,心中已是不快。开口一问霜妹少时来不?畹秋又说了两句离间的俏皮话。萧逸心比镜子还亮,早就深知欧阳霜情深义重。一到黄家,神情骤变,外冷内热,实有深心。只因畹秋监防太严,无法吐露衷曲,越发由爱生怜,情根已固,这几句话怎能动摇?料定又是畹秋闹鬼。微笑一声,便自走开,去和别人周旋,不再理睬畹秋。

因萧逸素来温文有礼,一旦做了村主,立时改了脾气,自己几曾受过这等无趣?正没好气,崔文和走来,看见畹秋,赶前招呼。畹秋一赌气,想做些神气给萧逸看,故意假他一些辞色。崔文和自然受宠若惊,喜出望外。畹秋和他胡乱谈了一阵,挨到礼成,席也不入,便要崔文和和三五个同辈姊妹兄弟,同往后村近崖一带猎雉行乐。崔文和哪知她的用意,为讨她欢心,还把那几人也强劝拉走。好在人众席多,走了几个人,谁也没有留意。

谁知这一来弄巧成拙,她这里前脚刚走,黄母便命丫鬟来唤萧逸就去。村中那些长老原知萧、黄二家曾有婚姻之议,这里村主即位,黄家不会不知,忽然急告,疑与婚事有关,巴不得当日能够红鸾星动,应了吉卜。一寻找畹秋,却又不曾在场,阴错阳差,以为畹秋害羞未至。不但力劝萧逸去后再来入席,反暗举出几名老成人陪同前往,以促其成。

萧逸明明见畹秋随人走往后村,没有回家,姑母忽然有急事相召,恐欧阳霜受了畹秋欺负,出了事故,心甚悬念。只因大礼甫成,全村人都在场,不便离开,乐得就此下台。匆匆赶去一看,竟是为了欧阳霜和自己婚事。虽甚如愿心喜,却看出姑母语带讥刺,辞色不喜。正在盘算答话,那几名长老闻言方悟萧逸以前坚拒婚事,原来在此而不在彼,极欲其成,以应征兆。见他沉吟不语,知有允意,便和黄母说了全村人众的想望与今日红鸾星动得太巧,必主大吉,事应即办。立索欧阳霜八字占算,又是大吉之兆,本日举办行礼,尤其好在无以复加,格外高兴。一面命人通知会场暂缓入席,速请几名老少妇女带了新人衣饰,前来助妆,就着现成灯彩,略微按例添办,即日举行。黄母虽然忌愤,也说不上什么来。萧逸、欧阳霜自是心满意足,全听众人主持办理,不发一言。村中人多手众,百事皆备。应吉从权,纳彩迎娶,俱是即时举办,仍然依礼而行。不消多时,便已停当。细乐前导,鼓吹入场。新夫妇行礼如仪,双喜临门;又以为是全村祸福所关,少长咸集,掌声雷动,人人有喜,称为从来未有之盛。只黄家几个人怏怏而已。

黄母见事已促成,方想起女儿素常娇惯,此乃心志所属之人,岂不使之难堪?本想羞辱萧逸一场,再使他长受村人非议,不料村人对他如此爱戴,百事随心,全无是非,反因自己促成其事。女儿久出不归,必为此事伤心难过,这是如何说起?深悔冒失,事未三思。越想越伤心,自己推病,也未到场。新夫妇走后,她恐女儿气出病来,正要命人寻回。黄畹秋在后村也正心烦,遥闻鼓乐繁喧,笑语如潮,做梦也未想到这一段。后来听出鼓吹有异,方觉奇怪。同行人中忽有家人寻来,说村主成婚,催往致贺,这才大惊。一问是谁,不由一阵头晕眼花,几乎不能自制,幸是身倚石上,没有晕倒。来人说罢,同行诸少年男女谁不喜事,一窝蜂都赶了去。只剩黄畹秋一人,倚坐危石,踽踽凉凉,百感俱生,半晌作声不得。

女子心性本窄,加以会场上笙歌细细,笑语喧喧,不时随风吹到。怅触前尘,顿失素期,冷暖殊情,何异隔世,越发入耳心酸,柔肠若断。想到难堪之处,只觉一股股的冷气,从脊梁麻起,由头顶直凉到了心头,真说不出是酸是辣是苦。伤心至极,忍不住眼皮一酸,泪珠儿似泉涌一般,扑簌簌落将下来。

正在哀情愤郁,顾影苍茫,悲苦莫诉之际,忽听身后似乎一人微微慨惜之声。先时喜讯一传,只见同来诸人纷纷喜跃,狂奔而去,本当人已走尽,不料还有人在。忙侧转脸一看,正是素常憎为俗物的崔文和站在身后,两手微微前伸,满脸俱是愁苦之容。见畹秋一回头,慌不迭地把手放下,神态甚是惶窘,好似看见自己悲酸,想要近前抚慰,又恐冒犯触怒,不知如何是好的情景。畹秋见他潜伺身后,不禁生气,正要发话,秀目一瞪,大颗泪珠落将下来,正滴在手臂之上。猛想起适才心迹,必被看破,心一内愧,气一馁,嘴没张开。同时看出他眷注自己,情深若渴之状,在自己万分失意之余,忽然有人形影相随,不与流俗进退,又是这等关心,心便软了好些。不禁把头一低,满腹情绪,繁如乱丝,也不知说什么好。

崔文和虽然才能不及萧逸,只是畹秋眼界太高,不作第二人想,因而看他不起。论人品本非庸俗一流,加以天生情种,心思甚细,惯献殷勤,哪还会有看不透的道理。众人闻喜散去,独留原具深心。他苦恋黄畹秋已非朝夕,只为萧逸珠玉在前,明知非敌,尚欲以坚诚毅力排除万难,相与逐鹿,何况有机可乘,哪能不喜出望外。先见畹秋悲苦不胜,知她情场失意,立时动了心机。这些举动,固是情发于中,却也不免有一半做作在内。初意此虽绝世良机,但是畹秋素来厌薄自己,并看出今日相约偕游,假以辞色,明明另有作用。这一下能否将她打动,尚不可知。表面上做那诚惶诚恐之状,暗地却用目偷觑。心中本在怦怦乱跳,乍见畹秋秋波莹活,妙目含瞋,春添两颊,大有怒意,心方吃惊,暗忖不好。又见畹秋觚犀微露,樱唇启阖之间,星眼动处,珠泪潸潸,颗颗匀圆,玉露明珠,连翩而下。倏地怒容尽敛,粉颈低垂,雾鬟风鬓,婷婷楚楚,越令人又爱又怜,甘为情死。知道女子善怀,欲嗔不嗔,似怒未怒,已是情场中最紧要的关头,千万不可错过。便吞吞吐吐,凑近前去,说道:"人贵知音,畹秋何必悲苦?保重玉体要紧。"畹秋闻言,突地玉容一变,微愠答道:"干你的……"底下"甚事"二字未说出口,竟然抽抽噎噎,哽哽咽咽,低声哭了起来。崔文和见她伤心,更不再说别的,也跟着潸然不止。两人泪眼相看,吞声饮泣了一阵。畹秋见他相偕悲泪,似有千言万语横亘心中,欲吐不敢,神态诚恳,关切已极,不禁大为感动,忍泪说道:"我的事儿,也不瞒你。这里恐怕有人看见,能随我到那边山崖底下,痛哭一场么?"崔文和好似伤心得连话都答不出,只把头一点,伸手想扶畹秋。畹秋妙目微瞋,把身子一侧,又吓得忙缩了回去。畹秋也没再怪他,当先往左侧僻静崖洞中走去。

那崖洞地界僻远,乃全村盛夏藏酒之所,轻易没有人迹,甚是幽静。二人并肩饮泣同行。刚一到达,崔文和一入洞口,便放声大哭起来。畹秋本为心伤气堵,相邀崔文和来借此地宣泄,当时一切均置度外,并未思索。行抵洞口,忽然想到孤男寡女,幽洞同悲,成甚样子?村中虽然一向不重男女防闲,究竟不可过于随便,丝毫不避嫌疑,如被人知,何以自解?崔文和又苦苦钟情于己,倘有非礼言动,虽自问拿得住他,就论本领也不比他弱,闹将出去，终是有口难辩。怎的会伤心过度，无故授人以柄？方在临门踌躇，思欲却步，不料崔文和竟比自己还要伤心，一进洞先放声大哭起来，由不得心里一慌，跟了进去，止泪问道："文哥，我有恨事伤心，你哭些什么？"连问数声，崔文和终于似悲从中来，不可断歇。畹秋也略猜透他哭的缘故，为了劝他，自己反倒忘了因何至此。后见屡劝不住，只得佯怒道："我没见一个男子家这等做儿女态，你倒是为了什么？说呀！"

崔文和见畹秋满面娇嗔，方始惶急，强止悲声，答了句："畹妹，我真伤心呀！"一言甫毕，忍不住又哭起来。畹秋连声追问何故，崔文和方始哽咽答道："我伤心不是一年半年的了。想起从小与畹妹一处长大，彼时年幼，只想和畹妹玩，不愿片刻分离，也说不出是什么缘故。自从年岁渐长，畹妹渐渐视我如遗；而我的愁恨，与日俱深。明知天仙化人，决不会与我这凡夫俗子长共晨夕，但痴心妄想，既是志同道合的至亲，虽不能香花供养，若能常承颜色，得共往还，于愿已足。谁知并此而不可得。每念及此，辄复意懒心灰，恨不如死。今日畹妹居然假我辞色，相约偕游，真是做梦也不曾想到。嗣见畹妹悲苦，欲劝不敢，不劝心又焦急，又恐畹妹怪我没有回避。方在惶惶，忽被畹妹看见，竟未见怪，我真感激极了。先只是畹妹难受，无法劝解，忍不住而伤心。后承畹妹约我到此作陪，一毫没有见外，想起这多年来一向闷郁在心中的苦楚，新愁旧恨，一齐勾动，不由得就发泄出来，再也按捺不住了。"说罢，依旧泣不可止。

这一条哭丧计，果然将畹秋打动。畹秋早听出言中深意，暗忖："人贵知己，萧逸虽好，偏是这等薄情。最可恨可气的，是以自己的才貌，反比不过一个奴仆之女。想不到崔表哥如此情长，平日任凭如何冷落，始终坚诚不改，看得自己这般重法。论人才虽不及萧逸，要论多情专心和性情温和，就比萧逸强多了。同为逸民，就是天大才情，有甚用处？不如结一知心伴侣，白首同归的好。自己一时任性好强，几乎辜负了他。"越想越觉以前对他太薄。悔念一生，情丝自缚，把平日看他不起的念头，全收拾干净，反倒深深怜惜起来。已经心许，只是崔文和没敢明求，不便开口。想了想，含羞说道："文哥呆了，我有甚好处，值得你这般看重？经你这一来，我倒不再伤心想痛哭一场了。出来太久，怕娘要找我，先送我回去，有甚话日后再说，我不弃你如遗好了。"崔文和闻言，忙把眼泪一拭，望着畹秋，惊喜交集，几疑身入梦境。畹秋见他意态彷徨，似喜似愁，似不敢言，微嗔道："我虽女子，却不愿见这等丑态。以后再如这样，莫怪我又不理你。还不拭干眼泪，跟我快走，抄小路回去，留神给人看破。"崔文和自然诺诺，如奉纶音。两人都用衫巾把泪拭干，各把愁云去尽，同沐春风。出了崖洞，顺着田垄小径，分花拂柳，并影偕归。

行近家门，转入正路，恰值小婢奉了黄母之命，寻了几次未遇，迎面走来。畹秋因二人俱是一双哭红了的眼睛，自己归家无妨，文和却是不便。忙说道："承你送我到家，盛情心感。今日不让你往家中闲坐，明日再见。你也回家，不要往旁处去了。"崔文和意似恋恋，不舍遽别，又随行了几步。畹秋见小婢已是将近，娇嗔道："你没见你这双眼睛吗？还不快些回去。"一边说，一边高声喊那丫鬟道："葵香，快给我往春草坪去采些花草，我在家里等你。快去。"丫鬟答道："老夫人找小姐呢。"还要往前走时，畹秋喝道："晓得了，快采花去！"丫鬟闻言回身。畹秋朝着崔文和说了一声："你安心回去吧。"说罢，往前走去。文和不便再送，立定了脚，一直看她到家，方始回转。这时恰巧全村中人均在会场贺喜，谁也不曾看见。

由此，文和常去黄家，向黄母大献殷勤。黄母本因自己前时负气，把事情铸错，惟恐爱女忧急成病，巴不得早早完了向平之愿。文和进行婚事，正是绝好良机。加以黄母年高喜奉承，又见女儿对文和也大改了故态，料已降格相求。正是两下里一拍即合，不消多日，便联成了姻眷。

成亲以后，文和对于畹秋，自是心坎儿温存，眼皮上供养，爱得无微不至。畹秋志大心高，嫁给文和，原是出于负气，并非真正相爱，一任夫婿如何温存体贴，心中终觉是个缺欠。偏偏萧逸婚后，见畹秋晤对之时，眉目间老是隐含幽怨。回忆前事，未免有些使她难堪，多有愧对，在礼貌上不觉加重了些。畹秋何等聪明，一点就透，越感觉萧逸并非对己无情，只为瑜亮并生，有一胜过自己的人在前作梗，以致误了良姻。这一来，益发把怨毒种在欧阳霜一人身上。她性本褊狭，又有满腹智谋，以济其奸，因此欧阳霜终于吃了她的大苦，几乎把性命送掉。

畹秋已是有夫之妇，对文和虽不深怜蜜爱，却也感他情重，并无二心。只气不服欧阳霜，暗忖："你一个奴仆贱女，竟敢越过我去，夺了我多年梦想的好姻缘。我弄不成，你也休想和萧逸白头偕老。"处心积虑，必欲去之为快。表面上却不露声色，装作没事人一般。先是拉上文和，刻意与萧逸夫妻交欢，过从几无虚日。起初欧阳霜也有些疑她不怀好意，防备甚严。知畹秋城府甚深，抱着一击必中，不中不发的决心，把假意做得像真情一样，不露半点马脚。背地向姊妹闲谈论，总说崔文和这个丈夫如何多情温柔，自己如何美满，出于意料等语。日子一久，欧阳霜终究忠厚，一旦听出他夫妻端的恩爱非常，不似仍存忌恨，加以畹秋又善趋奉殷勤。履霜之渐，不由为她所动，疑虑全消，反感她不挟惠挟贵，全无世俗成见。连未嫁萧逸以前，冷嘲热讽，种种身受之苦，都认为是异地而居，我亦犹尔，一点也不再记恨，竟把情场夙怨深仇，误当作了红闺至好。畹秋见状，虽知她已入牢笼，但是萧逸和欧阳霜夫妻情感甚深，全都无懈可击，急切间想不出中伤之计，只得苦心忍耐，以待时机。

第二年，欧阳霜有了身孕，一胎双生，男女各一。畹秋在头年，先生有一个女儿，便是那被天门神君林瑞诓去，化身马猴的崔瑶仙。欧阳霜坐月期间，畹秋借着这个因由，来往更勤，原未安着好心。无奈萧逸精于医道，见爱妻头胎，又是双生，元气受伤，每日在侧照料调治，寸步不离，依旧不能下手，还差一点没被人看出破绽。欧阳霜见她来得太勤，又因外人男子不能进月房，乃夫没有同来，丈夫终日在侧，她也全不避忌，一坐就是半天。有一次从镜中偷看她，仿佛斜视自己，面有杀气。想起前事，不禁动了一次疑心。嗣后留心查看，又觉意真情挚，似乎无他，当是眼花错看，也就罢了。畹秋心毒计狠，见害仇人不成，反几乎引起她的疑忌，越发痛恨。暗骂："好个贱婢，我害死你，倒还是便宜了你。既是这样，我不使你夫妻生离，受尽苦楚，死去还衔恨包羞于地下才怪。"于是改了主意，暗筹离间之计。心虽想得好，以萧逸夫妻的浓情蜜爱，要想使之反目成仇，自比暗杀还难十倍。

畹秋也真能苦心孤诣，稳扎稳打。除心事自家知道外，连乃夫也看不出她有什么异图。欧阳霜足月以后，畹秋越从结纳上下功夫，真是卿忧亦忧，卿喜亦喜，只要可讨欧阳霜欢喜的，几乎无微不至。而神情又做得不亢不卑，毫不露出诌媚之态。那意思是表示：以卿丽质，我见犹怜，况你伶仃孤苦，家无亲人。你曾寄养我家，我亦无多兄弟。以前居在情敌地位，譬之瑜亮并生，自然逐鹿中原，各不相下；今则福慧双修，虽然让卿独步，琴瑟永好，我亦相庄鸿案。两双佳偶，无异天成，各得其所，嫌怨尽捐。卿为弱妹，我是长姊，自应互相爱怜，情逾友昆，永以为好才是。常言道："只要功夫深，铁杵磨成针。"欧阳霜任是聪明，也由不得堕入彀中，受了她的暗算。

萧逸在家中，立一教武场子。畹秋首先拉了丈夫，一同附学。朝夕共处，不觉又是好几年。欧阳霜又生了一子，取名萧珍，家庭和美，本无懈可击。畹秋夙仇未报，正在那里干看着生气，背地里咬牙切齿，忽然来了机会。此时村中四面环山，与世隔绝，只有一条暗洞水路，轻易无人出进。也是欧阳霜该有这场劫难。

原来村人远祖坟墓都在原籍,另有子孙留守。葬在这里的,最远不过两三代。村众自从入山隐居以来,从未回原籍祭扫过。这年清明,欧阳霜因为母家寒微,母墓远在故乡,父墓却葬在村中,一时动了孝思,意欲借回籍省视为名,就便将母柩移运来村,与父合葬。想好和萧逸一说,萧逸素来信她,又知她虽是女流,武功着实不弱。自己早就有心回转祖籍一行,只是村中百端待理,无法分身,又无妥人可派。爱妻代往,又遂了她多年孝思,真乃一举两得。方打算派两个可靠之人陪同前往,无巧不巧,当年正赶上出山采办食盐。

村中经萧氏父子苦心经营,差不多百物均备,只有盐、茶与染料颜色缺少。颜色有无尚可通融。近年种了些茶树,也能将就取用。惟独这盐,是日用必需之物,照例先存下六年的食盐,然后不等用完一半,到了三年头上,便须命人出山采办。就便村人想买些城市间的日用之物,也在这时带回。因为人多,用的量多,要做得隐秘,不使外人知道,事既繁难,责任更大。派去的人,非极精细干练不可。每次出发,来接去送,村人视为大典。从来都由管这差使的两位村中老人,带上十来名智勇俱全的村人前往。这次两个老人全在第二年上病故,到了第三年派人时,竟无人敢于应声。最后萧逸几经斟酌,才决定派崔文和夫妻二人为首,率领以前去过的人同往。由正月十六起身,先将山里产的金砂、药材、布匹,用小舟由水洞暗道,运往大镇集上住下,换成银子。然后分班分地,四下采买盐料和用物。到了近山聚集之所,改了包装,或早或夜,偷偷运入山去。行到半途,交给村里派出来等候接应的人。一次采购不完,再采购二次,接二连三,运够了数量,然后回转。总在清明前后,方能把事办完。

这次崔文和畹秋等一行,因为好强,做得比前人还要妥当。不特带出去的货换了大价,带回来好些有用的东西不算,还多出两年的盐,归期也早在清明以前。可是给欧阳霜也带了一个丧门星回转。

这人乃是萧逸的近支,名叫萧元。乃父萧成捷,与萧逸之父同胞。当萧祖归隐时,萧成捷正在大名总兵任上。萧祖给他去信,说世方大乱,全族只留一支子孙守着墓田,余者全往哀牢山之中隐居避世。定在第二年秋间起行,为期尚有年余,命他急流勇退,率眷还乡,一同归隐。萧成捷功名心盛,不但自己未遵父命,反回一封长禀,说乃父太杞人忧天,些须流寇,算得什么?即有不虞,凭传家本领,也不患保不得身家在等语。萧祖知不可劝,便不再回信。到时率了家族和一干至亲戚友,愿从的仆婢家奴,一同入山隐

114

讫。萧成捷不料乃父如此固执成见，事后也就罢了。过了数年，便因功高不肯下人，受了上司之嫉，亏是得的信早，打点得快，只丢功名，没有危及身家。罢官回去，这才意懒心灰，想到老父之言。几番命人入山打探，总访不出老父家族下落。他守着大片家业，在家享受，本意寻亲，只为相见，不是想要随隐。寻访了几次无踪，也就拉倒。老死时只留下了一个幼子萧元，年纪既轻，又遭世变。好容易挨到年长娶妻，田产已经荡尽，仅剩下两顷祭田。又经乃祖禀官，专归那一房留守的子孙经营祭扫，仗着近族，腆颜到人家吃碗闲饭尚可，打算变卖占夺，却是万万不能。无奈何又挨了二十多年，生了一子，尚在怀抱。又因穷极无赖，盗卖祖坟树木，被人发觉，委实在家中存身不得，急切间又无处投奔。萧元人本聪明，狠一狠心，连那近族私下送给他住的一所房子都卖掉，破釜沉舟，带着妻子，前往哀牢山中，好歹要投奔叔父叔伯和一干族众。好在恶迹不曾败露，做一个世外之人，吃碗安乐茶饭总可办到。

事有凑巧。乃父在日，那么连寻多次，不见踪迹。萧元入山之始，便断定哀牢山千里绵延，隐居必在中下游，挨近蛮苗墟集一带深山隐僻之中，决不会在近城镇处。果然不消数月，便寻到萧祖未移居卧云村时隐居的山谷之中。他见那地方隐僻，山环水绕，土地肥沃，景物幽美，已经动心。后又在丛草中发现汉人用的破茗杯碗盏瓷片，洗去泥污一查看，竟有萧家崇德堂制的堂号，益发断定是在近处无疑。萧元哪知卧云村山环水阻，无路可通，怎能容易寻到。左右近百里内外，寻了月余，休说萧家族众，连破瓷都再寻不着一片。暗忖："萧家族众甚多，人人武勇，况且门徒遍于西南诸省，一呼立至。这里虽有猛兽出没，并无蛮猓生番踪迹。即遇凶险，也必有人逃回故乡报信，邀人来此报仇，不会一个不留。许是换了地方吧？"心终不死，仗着乃妻魏氏也是将门之女，能耐劳苦，仍在山中苦找。

这日眼看绝望，无心中走到水洞左近高崖之上。天已黄昏月上，正打算觅地住宿，忽然崖下洞水中有摇橹之声。萧元悄悄伏身往下一看，月光之下，照见崖壁下凭空出来一只小船，上面坐定几个汉人。心中猜料几分，还未敢于冒昧。便嘱妻子暂候，偷偷绕下崖去，伏身僻处窥探。也真有耐心，直等了将近两个时辰，才见一双少年男女为首，率领十多人，抬着大包，谈笑走来。到了面前不远歇下，口里喊了一声，洞中小舟上便有五人上岸迎接。女的一个说："大功告成，大家都走累了，反正空山静夜，绝无外人，天也不早，回村还不会亮，难得有这好月色，且歇片时再走吧。"说罢，各把背上包袋等取下，踞石而坐，谈说起来。

萧元静心侧耳一听，隐约间听出这班人正是自己苦寻多日未见的萧家族众，并知众人俱在乐土居住，这一喜真是出于望外。见众人即将起身，哪敢怠慢，慌不迭地出声喊住，纵了出去。崔、黄夫妇还几乎将他当了外敌，后经盘问明白，又把魏氏唤来相见。村中原有旧规，除原有村人之外，不许再引进一人。崔文和本不主携带入村，偏生畹秋和魏氏同恶相济，又想收为心腹，一见如故，执意带回。说："萧氏近支，岂能任其在外流落？不许入村的是指外人，自家人当然不在其内。况他夫妇跋涉山川，经年累月，受尽辛苦，偕隐之志，甚坚且诚，更不能拒而不纳。我保他夫妇守规矩就是。"崔文和和村人自不便再说什么。当下带进村去，见了萧逸等人，也是这一套话。人已入村，又是自己人，自无话说。萧元夫妻更是受过艰难辛苦，长于处世，不久便得了众人信任。

恰巧欧阳霜要回原籍省墓，搬运母柩，千里长途，山川险阻，需要两个适当的人陪同前往。萧逸正在斟酌妥人，畹秋便举荐了萧元夫妻充任，力说二人至诚忠勇，般般可靠，比谁同去都强。萧逸也觉萧元刚从家乡到来，是个轻车熟路，更难得他夫妻二人俱精武艺，人也干练，果然可以去得。暗笑自己湖涂，眼前有人，竟没想到，立即应诺。欧阳霜孝思纯切，惟恐此行作罢，但求成行，谁去都可。当下整饬行装，第二日一早，带了金砂和萧元、魏氏一同起程。

一路无话。行约月余，回到家乡一看，萧家祖坟经那留守的一房族人经营，整理得甚好。十数年的工夫，单墓田就添置了一二十顷。惟独所见族人，只要一提起萧元，多半切齿痛骂，竟无一人说他夫妻好的。欧阳霜未到以前，萧元、魏氏曾几番劝说："众族狡诈势利，不认骨肉。弟妹如和他们相见，必疑我们是想回来分夺他们的田业，免不得要生许多闲气，弄巧还吃他暗算。我们又是避地隐居的人，何苦自找麻烦？好在松楸无恙，宗祠修整，用不着再有补益。你母家人颇寒苦，莫如背着他们，往各茔地悄悄查看祭扫一回。事完之后，将所带金砂换成银子，一半接济母家，一半多买些应用东西，免生是非，岂不一举三得？"欧阳霜因萧元夫妻临来时，向萧逸和村众们说得天花乱坠，宗祠应该如何修理，祭奠先茔应该如何整理添置；到了地头，忽又如此说法，再三劝止，不令与留守宗族相见。十分可疑，料定其中有弊。况且来时丈夫对于故乡之事，曾经召集村众，会商如何办理，开有清单，照此行事，还命带来多金周济亲族。事由全村协议，岂是自己所得私下做主更

116

改？便用婉言谢绝，没有听他。萧元无颜再见故乡父老，劝阻不听，只得任之。

欧阳霜见过族人过后，得知萧元许多劣迹，暗自好笑，也没形于辞色。以是萧元知事败露，又见欧阳霜到处受人逢迎敬仰，自己仅能住在外面，家都难回，也无人理，益发怀恨。又恐欧阳霜回村传扬，不能立足，暗使乃妻魏氏再三致意，说他因贫受谤，人情太薄，难免中伤，请欧阳霜不要轻信他人之言。欧阳霜本没畹秋来得深沉，当时答道："人谁无过？贵在能改。大哥如不受挤，也不致甘心遁世。丈夫不矜细行，原是平常。既然入山，已是更始，对外人尚须隐恶扬善，何况家人。此行多承相助，只应感谢，哪有以怨报德之理？务请转告放心。"话虽答得好，心中终看不起他夫妇。加以行期甚迫，来踪去迹又要隐秘，公事办完，便忙着寻访母家的人，起枢移葬，哪有心情敷衍。因此萧元更疑她语不由衷，早晚终由她口中败露，又急又气，日思先发制人之策。

欧阳母家单寒，亲丁无多；离家时年纪太幼，记忆不真。所以寻访了几天，才在一个荒僻山村里面，寻到一个姓吴的姑母家中。姑母已经身故，只有两个表兄弟，一名吴燕，一名吴鸿。问起母家人丁，才知母家人已死绝。叔叔在世之日，有乃父入山前所遗数十亩祭田，连同主人所给安家之费，日子尚还过得舒服。因爱外甥吴鸿聪明品优，曾有过继之议，事未举行，忽无疾而终。彼时姑母尚在，便接了母家田产，令次子承袭，改姓欧阳，以延母族香烟。吴燕、欧阳鸿本对舅父孝顺，春秋祭扫，无时或缺。欧阳霜先还不甚信，又同他弟兄二人去往坟地一看，虽是小家茔坟，居然也是佳城郁郁，墓木成林，心已嘉慰。再一细查看欧阳鸿的人品，竟生得温文儒雅，骨秀神清，年才一十六岁，读了不少经书，志向尤其清高。闻得表姊家居世外乐土，红尘不到，此番还乡，又是来搬取灵枢，再三求说，携带同行。欧阳霜虽知村规素严，不纳外人，一则见他天资颖异，长在乡农人家，未免可惜，意欲加以深造；二则世正大乱，流寇四起，居民往往一夕数惊，恐有不测，绝了两家宗嗣。仗着夫妻恩爱，丈夫又是村主，好在萧元前例可援，拼担不是，把他带回村去，既承续父母的香烟，又造就出一个佳子弟，一举两得。来时与众亲族本是悄然而行，不辞而别。那地方又极荒僻，只请萧元夫妻相助，连同吴燕兄弟，将母枢从茔地中起出，用藤皮麻包扎好。留下些金银，即命吴燕代掌墓田，春秋祭扫。带了欧阳鸿，雇了挑担夫，水陆兼程，扶枢回去。

路上萧元夫妻见欧阳鸿生得美如处女，想下一条毒计：逢到坐船的时候,故意装作和魏氏恩爱,打情骂俏,全不避讳,使欧阳霜看不下眼去,又不便深说,只好躲他远些。同舟四人,一方是至亲骨肉,无殊手足,又有许多家乡的事要作详谈。与萧元夫妻一远,姊弟二人自然显得更近。萧元夫妻见状,益发远避。欧阳霜心怀磊落,全不知奸人设有圈套,依旧行所无事。临快到哀牢山江边入村路上,萧元夫妻又装作讨好殷勤,帮欧阳鸿收拾行李,教魏氏把欧阳霜一只准备弃入江心的旧鞋偷放在他的小书箱以内。欧阳鸿因是寄人篱下,也想得表姊的欢心,又是初出远门,闻见一宽,只顾陪同说话,指点烟岚,通没在意。

萧逸因爱妻此行搬运一口灵柩,还带有不少物事,带人太少,恐上下不便,早派人远出山中相候。来接的人,恰有畹秋在内。一旦相逢,各自会心,极力表示代欧阳霜姊弟说话,即时一同入村,无须事前请问。欧阳霜本欲把欧阳鸿先安置在外,等向村人言明,再行入内。经畹秋等一怂恿,也就罢了。萧逸见有生人,犯了村规。因爱妻新回,长途劳顿;村人又俱都破例相谅,毫无闲话,反多慰解,认为理所当然。虽是心中觉着身为村主,不应如此,有些愧对,但木已成舟,何苦又使爱妻不快?也就放过不提,仍旧快快活活,同过那安逸岁月。并推屋乌之爱,给内弟拨了田产牲畜,学习耕牧,随同习武。

事前欧阳霜误信奸人之言,恐带的是个表亲,说不出去,一时疏虞,竟道是叔伯兄弟。又见丈夫面有难色,于是连对萧逸也未说真话。并还嘱咐乃弟,不可对人说出自身过继根底。日子久了,方觉着不该隐瞒丈夫;又因平时从未说谎,不便改口。好在事只萧元夫妻知道,别无人知,以为他有许多劣迹在自己手内,看回村以后小心翼翼情景,决不敢说闲话,来惹嫌怨,终没和丈夫说起。实则畹秋早闻魏氏泄了机密,欲擒先纵,成心装糊涂,不闻不问。

魏氏更坏,一到家先将那小书箱藏过一旁。欧阳鸿年轻面嫩,不关紧要的一些旧书,哪好意思询问。加以自小就爱读书练武,母兄因他资质聪敏,不类农家之子,盼他改换门庭,反正袭有舅氏产业,衣食不愁,便没去管他。虽然来自田间,耕牧之事,并非所习。初学不易,又从姊夫习武,哪有工夫再去清理笔砚。这口小书箱就此搁起,成了他日欧阳霜的起祸根苗。

欧阳霜母族,只此亲丁;他又温文儒雅,事事得人,全村除了畹秋、萧元夫妻三奸别有用心外,谁都看重他;欧阳霜自然心里欢喜,格外待得厚些。畹秋见她姊弟亲热,益发心喜,暗中把奸谋指示了魏氏,命萧元如言准备,静待时机成熟,即行发难。欧阳霜哪知祸在肘腋,依然梦中。最大错是不特未将萧元夫妻在故乡的种种恶迹,以及路上许多不堪情景,告知丈夫;反因到家前魏氏再三泣求,说乃夫萧元为穷受谤,事非得已,现在除了本村,更无立足投奔之所,务望念在先人一脉,并长途服役微劳,在村主前多加美言,切莫轻信浮言,提说前事,以免村人轻视,又难存身等语,言词哀切,起了怜心,竟在丈夫前略微称赞了他夫妻几句。本心原知这一对夫妻全是小人,只不过受了甘言求告,情不可却,不得不当丈夫的面敷衍几句。谁知萧逸本就觉得他夫妻能干,此番长途千里护柩归来,所命之事,无不办理完善,再经爱妻一称许,越发证实了前言不虚,深庆得人,甚是礼重。欧阳霜见丈夫把自己几句虚赞信以为实,对萧元渐加重用,好生后悔。但话从口出,不好意思更改,只得暗告魏氏说:"你托的话,我已向村主说过,行即重用。这里章规严明,不比外间。请转告大哥,遇事谨慎一些,只要日久,信誉一立,休说人言是虚,就是真的有人跑来告发,也无用了。"

魏氏当面自然千恩万谢,很感盛情。人走以后,却立时寻来萧元,夫妇二人都往坏处设想,料定欧阳霜并非为好。必是在行船途中夫妇闲谈,说自己尚是中年,就此归隐,未免可惜,且到村中积弄些钱,再打主意,看事行事,被她听去。又信了族人之谗,见乃夫甚为看重,便不放心,特来警告。若非这婆娘告枕头状,谁会向村主告发?分明以前说过两句好话,短日期内不便改口中伤,特意拿话示威。把柄在人手里,如不先行下手,早晚必受其害。越想越可虑,更把欧阳霜恨入切骨,背地痛骂一场。又由魏氏寻找畹秋问计。畹秋微笑了笑,只嘱咐他夫妻对人谦和,做事谨慎,决无他虞。如有浮言,我当为你做主。用计陷害之言,一字不提。

萧元夫妻虽做人为恶的工具,畹秋心事却并不十分深悉,仅知以前婚姻中变,畹秋为争萧逸未得,和欧阳霜阳奉阴违。有时说起欧阳霜,也仿佛怀恨;等自己迎合献策,又复淡然,不甚注意,至多叮嘱休对人说而已。直到这次回来,才看出两下里仇恨甚深。满心想她及早下手,不料总是推托迟延,好生不解。自己当然不敢妄发,只得依言行事,处处小心,以示无他。无奈欧阳霜成见已深,断定他夫妻不是善良之辈,毫不假以辞色,以致二人心中畏忌,图谋之心更切。

时光易过,不觉到了冬天。欧阳鸿极知上进,见姊夫和全村人众都看重他,毫无世俗门第之见,甚是高兴,乘着闲暇,习武更勤。萧逸夫妻也格外用心传授。这时萧逸已早迁居峰腰之上,所有居室,都循着山形而建,高低位列,错落不一。萧逸夫妻住在楼上,楼前平台便是习武场所。欧阳鸿原本住在山半阁亭,到了冬天,欧阳霜因阁亭高寒,正对北风,往来不甚方便,命他改在楼下书房以内,暇时还可观看房中藏书。欧阳鸿总是天还未明,众门徒未到以前,就去平台上练习内家功夫。等日出人齐以后,再随众学习。赶上萧逸有事,便由欧阳霜代为指点。畹秋夫妻无日不到。由当年起,欧阳霜为了方便,始终没有命兄弟搬回原住之处。到了腊月,欧阳霜又生了个双胎,依旧子女各一:先生的男名璇,次生的女名琏。看去骨格眉眼都很秀美,产妇也安健。

不料快要满月,时值上元期近,村中众儿童乘着放学,成群结伴,拿了自制花炮,在滨湖一带空地玩耍。欧阳霜先生的三个子女萧玮、萧玢、萧珍三人,也在其中。正玩得起劲,忽从当空飞过一只大怪鸟,那鸟飞得极高,迅速非常。村中树木又多,避到林内,本可无事。偏生萧家子女年幼,事出突然,一见狂风大作,天上嘘嘘有声,觉得稀奇,反倒昂起头来,望空注视。萧玮和两个村童正点着一个大花炮,也没撒手跑开,那鸟已经飞过。又吃炮声和儿童哗噪之声惊飞回来,望见下面群儿,两翼一收,弹丸飞坠般往下扑来。众儿童见天上飞落一个大怪物,方始害怕,哭喊奔逃,已是无及。吃怪鸟将萧玮、萧玢一爪一个抓起,往上便飞,眨眼没入云际。等到村人望见,取了弓矢器械追去,已经飞没影子。萧逸闻得凶信,自是痛悼万分,当时还不敢声张。直到满月以后,委实无可推诿,才告知了爱妻。欧阳霜闻耗,一痛几绝。由此苦思成疾,半年始愈。因药服得过多,断了生养,对于子女,自更珍爱。那新生子女又甚聪明,甫满周岁,便能牙牙学语。尤甚恋着舅氏,老是要欧阳鸿抱,简直不能见面,见了就扑,不依他就啼哭不止。欧阳鸿因是外甥,又生得那么灵巧秀美,自然也是喜爱。因为小儿索抱,又当无事之秋,除却习武,姊弟二人,无形中更是常在一起了。畹秋见那男婴眉目间颇与欧阳鸿相似,越发心喜,当时并不向人提起。那男孩也真是乃母、舅氏的冤孽,满岁不久,就生了重病,日夜啼哭,非要欧阳鸿抱不可。乳又未断,不能离母。萧逸夫妻钟爱幼子,内亲骨肉,原无避忌,除了夜间把小孩哄睡之时,欧阳鸿差不多整日都在乃姊房内。

畹秋见状,算计时机业已成熟,想按预定计谋,一一审慎布置。先向萧逸假说:"舅爷年长,男大当婚,该当娶妻的时候了。本村现有好几个美而且好的女子,何不给他完婚,也省得一人寂寞。年轻的人,血气未定,他姊姊想他用功,未必赞同。总是你代他做主,早定的好。"说时,故意露出十分关切为好的意思。欧阳霜爱子正病,哪有心肠及此。又知兄弟要学萧家秘传内功,不愿早婚。当初练武时,曾向畹秋提过,不是不知。况年未二十,忙着说亲则甚?以为是兄弟人品好,必是受人之托来此说媒,仍当出于善意,婉言谢过。萧逸为人爱用心思,什么都要想过,见畹秋突来与内弟提亲,不急之务,说得那么郑重,好生奇怪。却万想不到是和爱妻不利。心想:"内弟人才品行,俱是上等,无怪人多看中。畹秋必是受人之托,她所说那两家女子果然不差。先期定下也好,免得又辜负她一番好意。"便和爱妻商量。欧阳霜正在子病心烦的当儿,没好气答道:"表姊从不爱多说无益的话,这次璇儿病还未好,她却忙着给我兄弟提亲,真叫人不解。我兄弟要练内功,年纪也轻,暂还谈不到这件事吧。"萧逸说过,也就搁起。

第二日,畹秋乘无人之际,旧事重提。萧逸听出畹秋语意有些吞吐,只着重在内弟早婚,并非受人之托,来为女家求婚,心中奇怪,只想不出是个什么缘故。当时仍用婉言回复了她。他因爱妻子病心烦,也没告知。过不几天,畹秋又点明少年人血气未定,总是给他早完婚娶的好等话。萧逸渐听出来,似有难言之隐。疑心家中练武,男女同习,内中颇有两个貌美少女,莫非内弟年轻,看中人家,有什么不合礼的事被畹秋看破,恐怕将来闹出笑话,所以如此说法?继一想:"内弟人甚老成,练武总是和乃姊讨教的时候多,见了女人都说不出话来。近日更是多在乃姊房内招呼病儿。便那两个女弟子,也俱端庄静淑。练武时众目昭彰,同在一处,私底下向无往还,纵有情愫,无法通词。怎么想也不会出什么事故。但是空穴来风,事总有因,否则畹秋对内弟素来器重称许,为何如此说法?"口里不说,暗中却留了点心。

这日欧阳鸿因外甥的病有了点起色,不似日前磨人,偶得闲暇,往书房中翻阅书史。忽然想起先住居的阁亭以内,还有几件半旧衣服、一些零星物事不曾拿来。昨听姊夫说,小孩不久痊愈,有了闲心,那阁亭要打扫干净,准备赏雪会饮。难得今日有空,何不上去,将那些零碎东西取下,收过一旁,免得安排的人费手。跑上阁亭一看,除原有零星诸物外,还多着一口小书箱。暗忖:"这口小箱,内中所盛,只是数十本书册文具。记得来时,放在萧元夫妻行李一起,入村以后,并未交还。为赶农忙,无暇读书,箱中无甚需要物事;新来做客,人未送来,不好意思索要。秋收以后,虽从姊夫文武兼习,因一切用具俱都齐备,也不曾想到这口箱子。阁亭地高路险,甚是僻静,轻易无人走到,何时送回,怎么回忆不起?"当下以为无甚关系,便连箱子和所有零星物件,一并携回房内,择地放好,仍去乃姊房中照料病儿。

这日畹秋生日,欧阳霜因病儿未去,只萧逸一人赴宴。畹秋装做多吃了几杯酒,先隐隐约约向萧逸重提前事。明知萧逸惦记爱妻病儿,忙着早回。不等席散,便由乃夫自去陪客,与魏氏相约偕出,去至萧逸归途树林内相待,故意露出些可疑形迹,等萧逸走来入套。萧逸到时,本已问畹秋何以关心内弟,非忙着给做媒不可?见她答话吞吐,起了疑心。席散忍不住还想再问,一寻畹秋不在,只得作罢。在座亲友因崔文和受了阃命,强留夜宴,又值农隙,山居无事,俱都留住未走。

萧逸独自一人,闷闷走回。行近林外,微闻畹秋与人私语,心中一动,连忙止步,隐身树后,侧耳细听。只听畹秋对魏氏道:"当初回来,你就该对村主实说才是。我们虽是至亲,到底不好。"底下声音很低,听不甚真。后来仿佛又说:"我起初也很夸他,这话更难说出口了。都是你夫妻不好,谁知他两个不是亲骨肉呢?更早知道,也不致闹到这地步了。我以前和她不对过,近年我很看重她,情感比真姊妹还好。不瞒你说,休说男人见了爱,连我都爱得她要命。无奈她那个脾气,明知我是成全她一生,想消祸于无形,几次劝说都不肯听,哪敢和她剖明利害,当面揭穿呢?不过这事只有你知我知,我连丈夫前都没说过一字。你夫妻如在人前泄露,她固不能饶你,我也定和你拼命呢。"萧逸在树后闻言,方悟畹秋屡次为内弟劝婚之由,大为骇异。当时怒气填胸,几乎急晕倒地。还算是为人深沉,心思细密,强忍悲愤,径直回去,并未发作。

第一九〇回

射影嘬毒沙　平地波澜飞劳燕
昏灯摇冷焰　弥天风雪失娇妻

　　萧逸的疑心一转到家丑上面,想起平日她姊弟行径,自然无处不是可疑之点。偏巧这日所有门人俱往崔家赴宴,只欧阳霜姊弟在家。萧逸存心窥探,轻脚轻手,掩了进去。正赶上欧阳鸿坐在床上,抱着病儿拉屎。儿病日久,肛门下坠,欧阳霜用热水温布去拭。姊弟俩都忙着病儿,无心顾忌,两人的头额,差不多都碰在一起。如在平日,原无足为奇。此时见状,却愤火中烧。心想:"他姊弟亲密,成了习惯。再加身为村主,顾恤颜面,过耳之言,事情还没有看真,万一冤枉,岂不大错?"又顾恤着病儿,依然强自按捺。问了问病儿,便自坐下。细查他姊弟二人神情,似极自然。暗骂:"狗男女,装得真像。且等我儿病好再说。如若晼秋的话出于误会便罢,若要真做那淫贱之事,我再要你们的狗命好了。"可怜欧阳霜身已入了罗网,连影子都不知道。由此萧逸便在暗中留神考查,除欧阳霜姊弟情厚外,并看不出有什么弊病。到底多年夫妻,又极恩爱,当时虽为谤言所动,怒火上升,日子一久,渐渐也觉事似子虚,乃妻不会如此无良无耻,心里有些活动起来。欲俟儿愈之后,问明爱妻,内弟是否他的娘家兄弟,再去质问晼秋一回。以自己的智力,总可判断出一点虚实。又过两日,儿病忽然痊愈。

　　萧逸因爱妻多日劳累,等她养息上几天,才行发问。欧阳霜从来没有在丈夫面前打过诳语,只为一念因循,没有明告,心中早已忘却。听萧逸突然一问,羞得面红过耳。当时如把表弟过继,以及久不吐实的话实道出来,也不致惹下那场祸事。偏是素常受丈夫宠爱惯了的,不肯开口。萧逸问时,又没说得自旁人口内,只说看他姊弟相貌并无相像之处,料他决非自家骨肉等语。这原是知道晼秋早已与她化敌为友,恐说出来伤了二人情谊,日后不好相处。欧阳霜却以为此事只有晼秋和萧元夫妻知道,一是知己姊妹,不致卖友;一是有把柄在自己手内,平日巴结还来不及,怎敢惹自己的烦恼?微一定神，没好气答道："鸿弟原是叔叔跟前的，一子承祧着两房。我爹爹从小就在你家，你又不是不知道只有这么一个女儿，常言道：'一娘生九子。'同是一母所产，相貌都有不像的，何况不同父母。我回家乡时，和你说过，寻的是我家亲友。你这话问得多奇怪！"萧逸见她急得颈红脸涨，认定是心虚，失了常态，不禁又把疑念重新勾起。答道："你上年从家乡回来，曾和我说令弟是令叔之子，这个我原晓得。要问的是，他究竟是令叔亲生，还是外人？"欧阳霜一时改不过口，心里一再生气，不暇寻思，也没留心丈夫神色，脱口答道："外人我怎会千山万水接到这里来，继承我家宗嗣？难道还会是假的不成？"萧逸听她如此说法，人言已证实一半，心里气得直抖。因未拿着真赃，表面依旧强忍，装笑答道："我不过偶然想起，无心发问，你着急怎的？"欧阳霜口头虽强，终觉瞒哄丈夫有些内愧，几番想把真话说出，老不好意思。过了一会，见丈夫不提，也就拉倒。

第二日，夫妻二人率众门徒在平台上习武，萧逸留神查看欧阳霜姊弟神情。欧阳霜又因儿病许久，没有问及兄弟武功进境如何，一上场，姊弟二人便在一起指说练习，没怎离开。萧逸越看越不对，本已伤心悲愤，蓄势待发。

练完人散，畹秋忽然要萧逸写两副过年的门对。萧逸推说连日情绪不佳，好在过年还早，无妨改日再写。畹秋说："纸已带来，懒得拿回。你是一村之主，年下独忙，难得今早清闲。这纸还是霜妹上年带回，不愿叫你崔大哥糟蹋，特地找你，怎倒推辞？"说完，拉了欧阳霜，先往书房走去。萧元夫妻也装作看写字，跟了进去。萧逸无法，只得应了。大家到书房中落座，欧阳鸿正忙着在磨墨。畹秋忽然笑指床角小箱，对萧逸道："这么讲究一间书房，哪里来的这只破旧竹箱？还不把它拿了出去。"萧逸从未见过这口小箱，便问箱从何来，怎么从未见过？欧阳鸿连忙红着脸说："是我带来之物，前日才从山上阁亭内取下来。也知放在这里不相宜，因里面有两本旧书和窗课，意拟少时清暇清理出来，再行处置。今早忙着用功，还没顾得。"畹秋便道："我只说鸿弟习武真勤，谁知还精于文事。何不取将出来，给我们拜读拜读？"萧元也从旁怂恿。欧阳霜知道兄弟文理还通顺，也愿他当众显露，以示母族中也有读书种子，朝兄弟使了个眼色。

萧逸物腐虫生，疑念已甚，见内弟脸涨通红，迟不开箱，乃姊又递眼色，错会了意，疑是中有弊病。便板着脸说："崔表嫂要看你窗课，还不取将出来。"欧阳鸿面嫩，本就打算开看，经姊夫这一说，忙答道："这箱上钥匙，早在途中遗失了。"话未说完，萧逸微愠道："这有何难，把锁扭了就是。你没得

124

用,我给你找口好的。"欧阳霜见乃夫从昨日起神情已是变样,还以为多年夫妻,从未口角,问话时顶了他几句,遭他不快。及见他对兄弟辞色不善,大改常态,当着外人,扫了自己颜面,不等箱子打开,赌气立起,转身就走,回到自己卧房中去了。此时萧逸把奸人谗言信了八九,素日夫妻深情,业已付诸流水,极力压制着满腔怒火,含忍未发,哪还把心头爱宠看成人样。

畹秋、萧元原是私往阁亭,见竹箱已被欧阳鸿取回房去;又看出晨间萧逸疑愤情景,知道时机成熟,萧逸夫妻中了阴谋,竹箱必在书房以内。特借写春联为由,觑便举发。因已隔了数日,先还不知竹箱被人打开也未。及至进房定睛一看,箱锁依然,钥匙早被魏氏盗走,必未开过,否则箱子不会仍存房内。不由心花大放,一意运用奸谋。欧阳霜负气回房,正中心意,哪里还肯劝阻。明知箱子一开,萧逸必要发现私情。萧逸为人深沉多智,好胜心强,须要始终装作不知,使其暗中自去下手,方能制他姊弟二人死命。如被发觉有人知道此事,必代欧阳霜遮掩,心中尽管痛恨切骨,暂时决不伤他姊弟;须候事情搁冷,人无闲言,再用巧法暗算二人。事情本是假的,聪明人只瞒得一时,旷日持久,万一奸谋败露,不特徒劳无功,自己反倒惹火烧身;跟打毒蛇一样,不打则已,只要下手,就非立即打死不可。见欧阳鸿诺诺连声,走了过去;萧逸一双眼睛盯在箱上,装作行所无事。偷朝萧元使了个眼色,笑道:"我的事倒烦舅老爷磨墨,真太不客气了。他已磨了好一会,请表哥代我磨两下吧。"萧元知旨,跑向桌前,面朝外面,磨起墨来。同时畹秋又装作失惊,奔过去道:"请你磨慢一些,留神沾了我的好纸。"萧元连说不会。

二奸正在搭讪间,欧阳鸿已把锁扭开。萧逸首先入目的,便是欧阳霜昔年自绣,自诩手法精工,认为佳绝,自己也时常把玩,后来穿着回乡,不曾再见的那双鞋。断定与欧阳鸿私通,赠与把玩的表记无疑。不由怒火上升,正待猛下辣手,向他打去。急中转念,一看畹秋和萧元正在磨墨说笑,全未留意此事,忙顺手拿起箱中一叠窗课本子,往地下一掷,说声:"好脏!"跟着脚一拨,将箱子拨入床角。畹秋已闻声走来,说道:"鸿弟的大作呢?"萧逸勉强说道:"这不是么?"畹秋听出他说的话都变了声,料定是急怒攻心,气变了色,忙就地上拾起那两本窗课,装作翻看,头也不抬,口中问道:"箱中还有甚好书? 就这一点么?"萧逸抢答道:"他也没个归着,剩下几本旧经书乱放在里面,没甚可看的了。"说罢,坐在那里,勉强定了定神,仍装作没事人一般。畹秋略微翻看,口中带笑说道:"倒也亏他。墨汁已浓,你代我写吧。"萧逸不愿家丑外扬,更不愿把笑话露在畹秋眼里,他闻言走过去便写。萧逸的本意是人走以后，先用家传辣手内功暗伤欧阳鸿，再去逼死欧阳霜。

也是欧阳鸿命不该绝。开箱之时，闻着一股生平最怕闻的霉腐气息，刚把头一抬，萧逸的手早抢伸下去，抓了两本书，把箱关上，踢入床下。箱子不大，不容两人并立同检，姊夫一俯身，自然忙避让。仿佛瞥见箱角似乎花花绿绿塞着一样东西，不似自己原有。心中无病，又未看清，少年人好胜，见畹秋拾起窗课在看，只顾注意畹秋褒贬，姊夫变脸失色之状，通未察觉。后来写字牵纸，又被畹秋抢在头里，只好站在旁边看着，渐觉出姊夫今日写字，好似非常吃力，头上都冒了汗；手因用力过度，不时在抖。可是笔尖所到之处，宛如翔凤飞龙，各展其妙。还以为因是畹秋所托，格外用心着力。哪知姊夫中了奸谋，内心蓄着悲痛，强自按捺，把满腔无明火气，发在笔尖之上。少时写完，人一走，便要他的性命。正暗中赞赏间，忽觉腹痛内急，不等写完，便去入厕。

欧阳鸿走时，萧逸一心两用，勉强矜持，哪敢拿眼再看仇人来逗自己火气，并未觉察。写完缓缓放下笔，坐在椅上。见萧元和畹秋将写就的对联摊放地上，以俟墨干，才觉出欧阳鸿不在房内。举目一看，果然不知何时走开。心中一动，几乎又把火发，暗忖不好，忙又强压下去。勉强笑道："今日的字，用力不讨好吧？"二奸更是知趣，仍装铺纸，鉴赏书法，头也不抬。畹秋笑道："你今天写的字，真如千峰翔舞，海水群飞，奔放雄奇，得未曾有。仿佛初写兰亭，兴到之作。早知如此，真悔不多带点纸来请你写呢。"畹秋又道："你看笔酣墨饱，还得些时才干。天都快近午了，今天小娃儿没有带来，想必等我回家吃午饭呢。暂时放在此地，少时再来取吧。"萧逸恐神情泄露，也在留意二奸神色。二奸都在俯身赞美，迥非觉察神气，心中还在暗幸。闻言假意答道："就在我家同吃好了，何必回去？还不是一样，难道非和崔表哥举案同食么？"畹秋估量萧逸装得必定像，才抬头望着他，嫣然一笑道："我没的那么巴结他，不过怕娃儿盼望罢了。你不说这话，还可扰人一餐，既拿话激我，我才偏不上套呢，当我是傻子么？"萧逸强装笑脸，又故意留她两次，畹秋终于和萧元告辞而去。

萧逸送到门外，见已下山，不由心火大张，怒脉偾起。以为欧阳鸿姊弟知道奸情败露，必在房中聚谈。忙大步冲进卧室一看，欧阳霜独坐榻前，正在发呆，面上似有泪痕。欧阳鸿并不在内。恐赃证失落，忙又回到书房，开箱取出那双花鞋，藏在怀内，奔回房去，人已气得浑身抖战。走向对榻椅上一坐，先是一言不发，强忍火气，寻思如何处治奸夫淫妇，才算妥善，不致传扬丑事。坐不一会,欧阳霜本因丈夫当着外人,对兄弟辞色不善,赌气回房,想起兄弟那么听话知趣,如非母族寒微,何致如此?虽然有点伤心,不过小气。继见丈夫怒气冲冲进房,没有立足便走,一会去而复转,方想问他何事,连日如此气盛?猛抬头一看,丈夫脸都变成白纸,嘴皮都发了乌,目射凶光看着自己,竟是多年夫妻,从未看到过这等暴怒凶恶之相。不禁大惊,腹中幽怨吓得去了个干净。疑心村中出了什么变故,连日辞色不佳,也由于此,不但气消,反倒怜爱担心起来。忙走过去,抚着丈夫肩头,刚想慰问,口才说了一个"好"字。萧逸实忍不住,将她手一推,站起身来,急匆匆先把室门关上,咬牙切齿,颤声说道:"那小畜生到底哪里来的?姓甚名谁?快说!"

欧阳霜一听,还是因为兄弟。见丈夫神色不对,才料有人播弄,还没想会疑心到奸情上去。外人入村,本干例禁,必是连日有人说了闲话,以为丈夫怪他。恩爱夫妻,不该隐瞒,只得正色答道:"他实是表弟吴鸿,从小过继叔父面前。"言还未了,只听萧逸低喝一声:"好不要脸的小贱人!"跟着一掌打下。欧阳霜不意丈夫骤下绝情,心胆皆裂,仗着一身武功,尽得娘家和婆家之传,手疾眼快,只肩头扫着一下,没被打中。忙忍痛喝道:"一点小事,你怎如此狠毒?要打,听我说明白再打。"底下"打"字没出口,忽见丈夫怀中取出一双自己穿的旧鞋,往地下一掷,低喝道:"不用多说,真凭实据在此。容我用重手法,点伤你两个狗男女的要害,慢慢死去,免得彼此出丑,是你便宜。"随说伸手便点。可怜欧阳霜这时才听出丈夫是疑心她姊弟通奸,真是奇冤极苦,悲愤填胸,气堵咽喉,泪如泉涌。一面还得抵御丈夫辣手,哪还说得出一句话来。

两人交手,都怕外人听去。连经几个回合,欧阳霜本领原本不在丈夫以下。无奈一方是理直气盛,早已蓄势待发,必欲置之死地,锐不可当;一方是含冤弥天,冤苦莫诉,心灵受了重伤,体颤神昏,气力大减。又怕误伤了丈夫,不由得相形见绌。眼看危殆,忽听门外有人敲门之声。萧逸方停了手,侧耳一听,竟是爱子萧珍在村塾中放学回来,见小弟妹被人抱在山脚晒太阳,接抱回家,在外敲门,爹妈乱叫。回视欧阳霜,业已气喘吁吁,花容憔悴,泪眼模糊,晕倒榻上。想起多年夫妻恩爱和眼前这些儿女,不禁心中一酸,流下泪来。因爱子还在打门,开门出去一看,萧珍一手一个,抱着两个玉雪可爱的两小儿女,走了进来。佣人跟在后面,正由平台往里走进。忙道:"你们自去厨房吩咐开饭,与娃儿们吃吧。大娘子有病,不用进来了。"

话才脱口,两小儿女早挣下地来,各喊了声妈。看见母卧床上,神气不佳,兄妹三人一同飞扑近前,小的爬上身去,大的便焦急地问着妈怎么了。欧阳霜心想:"此时说必不听,非苟延性命,这冤无法洗清,那造谣之人,也无法寻他算账。"见丈夫顾恤儿女,索性把两个儿女一搂,说道:"心肝儿呀,妈被坏人所害,就要死在那狠心猪狗手里。快来吃一口离娘乳吧。"说到伤心处,不禁失声哭了起来。萧璇、萧琏两小兄妹,才只两岁不到,尚未断奶。村人俱是自家人,无从雇用乳媪,小孩虽有人带,奶却自喂。到了晚上,更非与母眠不可。虽然幼不解事,见娘如此悲苦,母子天性自然激发,益发"妈妈、妈妈"大哭起来。萧珍自幼随父练就一身武功,性情刚烈,闻言悲愤填胸,伸手将眼泪一擦,怒冲冲纵向墙头,摘下乃母常用的宝剑,急喊:"妈妈,那恶人是谁? 快说出来。他敢害妈,我杀他去。"

欧阳霜知道儿子脾气,事未断定,如何肯说。萧珍连问数声,见母只是悲泣不答;父亲又眼含痛泪,沉着脸,坐在一旁,垂头叹气,不则一声:好生焦躁。低头一想,忽喊一声:"我知道了!"跳起身来,开了门,便往外走。萧逸见状大惊,连忙喝止。欧阳霜也恐他冒冒失失闹出乱子,早从床上纵起,将他拦住,喝道:"妈有不白之冤,你一个小娃娃知道什么? 还不与我站住!"萧珍急得乱蹦,哭道:"坏人要害妈妈,爹不管,妈不说。我想舅舅总该知道,打算问明再去,又不许我。反正谁要害妈,只是拼着我一条命,不杀了他全家才怪!"

欧阳霜道:"乖儿子,莫着急,现在你妈妈事没水落石出,还不愿就死呢,你忙什么? 难道你爹害我,你也杀他全家么?"萧珍人本聪明,因双亲素日和美,从来不曾口角,没想到二老会翻脸成仇。闻言先顺嘴答道:"我知爹爹待妈最好,决不会的。"一言甫毕,偶一眼看到乃父,满脸阴郁愁惨之相。猛想起妈今日这等悲苦,受人欺负,爹爹怎毫未劝解? 适才好似对妈还说了句气话,迥非往日夫妻和美之状。不禁起了疑心,忙奔过去,问道:"爹,娘说你害她,真有这事么? 我想不会的。爹是一村之主,谁也没爹本事大,为何还让坏人害我的妈,你也不管? 那坏人是谁? 儿子与他誓不两立! 爹,你快些说呀!"萧逸自然无话可答。嗣见爱子至性激发,急得颈红脸涨,两臂连伸,筋骨轧轧直响,泪眼红突,似要冒出火来,如知母仇,势必百死以报,不禁又怜又爱又伤心。迫得无法,只管怒目指着欧阳霜道:"你问她去!"萧珍见双亲彼此推诿不说,不由急火攻心,面色立刻由红转白,正要哭说,忽见房门启处,欧阳鸿走了进来。萧珍心情一松,刚喊了一声:"舅舅来得正好!"萧逸已怒火中烧,喝声:"珍儿且住,我有话说。"起身迎上前去。欧阳霜知道丈夫必下毒手,乃弟决无幸理,见势不佳,不暇再顾别的,急喊:"鸿弟,还不快寻生路,你姊夫要你性命!"跟着人也抢纵上前。

欧阳鸿原因出恭回来,行过餐房,见只有一个带小孩的女仆在内,饭菜已经摆好,姊夫、姊姊、外甥辈一个未到。山居俱是自己操作,有那随隐仆婢多分了田业,自去过活。萧逸虽是村主,只有二三名轮流值役。除每早习武时人多外,平时甚是清静。欧阳鸿问知大人小孩俱在房内,疑心二外甥又患了病,忙来看视,并请用饭,见房门半掩,又听哭声。一进房,首先看见姊姊、外甥俱是满脸急泪,面容悲苦,甚是惊异。方要询问何故伤心,忽又见姊夫由座上立起,面带凶杀之气,迎面走来。接着便听姊姊急喊自己快逃。事起仓猝,做梦也想不到乱子这么大。乃姊的话虽是听得逼真,因为心中无病,不知为何要逃,只顾惊疑。微一怔神的工夫,萧逸安心要用家传辣手点伤他的要害,早把力量暗中运足,低喝道:"大胆野种,丧尽天良,竟敢欺我!"随说,猛伸右手,朝欧阳鸿胸前点去。这一下如被点中,立时伤及心腑,至多七日,必要气脱而死。幸而欧阳霜防备得快,知道厉害难敌,也不顾命地运足全力,纵身上来,仍用萧氏秘传解法,右手一托乃夫的右手,紧跟着丁字步立定,闭住门户,就势从乃夫身后用大擒拿法,将左臂筋骨一错,连左手一齐被抓住。

萧逸气力虽较高强,毕竟夫妻恩爱,相处已惯。一意寻仇,全神贯注,惟恐仇人不死,又是气昏了心,没防备乃妻会挺身急难。欧阳霜颇得娘、婆二家之传,深明窍要,萧逸冷不防反吃制住,拼命想要挣脱,身落人手,已是力不从心,又羞于出声叫喊,只气得咬牙切齿,哼哼不已。欧阳霜勉力制住丈夫,见兄弟还欲开口,忙道:"鸿弟,你我俱为奸人诬陷,你姊夫信谗入骨,无可分辩,必欲杀死我们。此处你万难存身,你如是我兄弟,急速从后崖逃出。他因爱惜颜面,见你一走,再立时弄死我,难免招人议论,可以多活些日。有个一年半载,我便能查出仇人奸计,还我清白,也留我家一线香烟。如不听话,妄想和他分辩,你我日内必死他手无疑了。"欧阳鸿见状,料事紧急,又是惶恐,又是伤心,悲声说道:"姊姊既是如此说,不容兄弟不走。但我自问并无过失……"还要往下说时,欧阳霜不住咬牙急催快走,多说无益有害。欧阳鸿实逼处此,问道:"我也不知姊夫何故如此恨我?此去一年之内,必来领死,并报奸人之仇。此时为了家姊,暂且告别。"说完,把脚一顿,飞身往外纵去。出门之际,犹听乃姊催走之声。祸从天降,心如刀割。意欲权遵姊命,翻崖逃出村去,候晚再行入村探听虚实,毕竟为了何事夫妇成仇,再作计较。

129

且不说欧阳鸿此行另有遇合，因祸得福。只说欧阳霜见兄弟逃脱毒手，心想："一不做，二不休，索性等人走远，再行放手。"又隔了一会，委实支持不住，才把丈夫错骨法解了，松了右手。萧逸自是怒不可遏，就势一挥，欧阳霜便跌倒地上，忍泪说道："现已留得我家香烟，你杀死我好了。"萧逸低声怒喝道："你以为我如你的愿，放走小杂种，便可饶你多活些时么？"随说，怒冲冲抢步上前，刚一把将欧阳霜抓起，萧珍忽然急跑过来哭道："害死我妈的，当真是爹爹么？"一言甫毕，二次怒火上攻，一口气不转，一跤跌倒在地，面如土色，晕死过去。床上两小兄妹因见舅舅进房，刚止泪下床，意欲索抱，忽见父母都动了手，吓得站在一旁呆看，也忘了再哭。此时见妈被爹打倒在地，爹爹恶狠狠抓上前去，哥哥又复倒地，一害怕，"哇"的一声，一边哭喊妈妈，一边跌跌撞撞跑将过来，一跤跌倒在乃母身上，抱头大哭不止。

萧逸再是铁打心肠，也不能再下手了。又一寻思："此时弄死了她，确是不妥，何况大的一个儿子天性至厚，哭也哭死。小的两个年纪太幼，以后无人带领，每日牵衣哭啼索母，如何能受？大的更是目睹自己行凶，难免向人泄露，岂不把脸丢尽？"念头一转，杀机立止。忙奔过去，一把先将萧珍抱起，用家传手法，将堵闭的气穴拍开。一面怒目对欧阳霜道："贱婆娘，我看在三个儿女身上，暂时饶你不死。还不滚起来，把璇儿、琏儿抱到屋去么？"欧阳霜见丈夫无良，心如刀割，性本刚烈，原不惜死。只为身被沉冤，死得不明不白，太不甘心，又放不下三个小儿女，决计权且忍耻偷生，等辨个水落石出。闻言立时纵身站起，指着萧逸，忍泪切齿，说道："你少骂人，且须记着，我与你这个丧天良的糊涂虫恩义已绝，活也无味。但我这等屈死，太不甘心，等早晚间事弄明白，不用你叫我死，自会死给你看。你如稍有一分人心，今日之事作为无有，我把仇人奸谋给你看好了。"言还未了，萧逸已把手乱摇，低声喝道："你到临死，还恋奸情热，放走奸夫，说上天去，也是无用。你不要脸，我还要脸，毋庸你说，我自有主意。珍儿快醒，莫要被他听去，不比两个小的年幼，还不懂事。快带他两小兄妹到里房哄一会，好带珍儿同去吃饭。"欧阳霜知丈夫疑念太深，话都白说，把心一横，说得一个"好"字，强忍头晕，一手一个，抱起璇、琏兄妹，往房间内走去。

萧珍仅是气堵痰闭，仗着父是能手，略一按拍，将气顺转，便开了窍，呕出一口浊痰，哇的一声，哭醒过来。睁眼一看，不见乃母在房，当时急得心魂都颤，口里乱喊妈妈，目光散乱，周身乱抖，刚转了的面色又复转青，手足乱张乱伸，拼命往地下挣去。萧逸看出此子烈性，适才已是心气两亏，不堪再受刺激，才醒，手法未完，还不能就放下地。又恐进房之后，乃母对他说些不好的话，小孩禀赋，怎能禁受？连忙紧紧抱住，强忍悲痛，温言抚慰道："你妈带小弟弟妹妹，在那间喂奶呢。今天我是和她练功夫斗着玩，逗你三个着急，不想你却当成真事。你想爹爹和妈妈能打架么？你刚回醒，不能下地，不信我就抱你看去。少停你神气恢复，就吃饭了。今儿和先生说，就逃半天学吧，叫你整天看着你妈妈，省得不信。"萧珍年幼聪明，哪里肯信，先仍一味乱挣。后听说要抱他去看，方才停了挣，底下话也不再听，连喊："快去，我要妈呀！"萧逸见状，大为感动，不禁流下泪来。料知不使亲见不行，只得答道："乖儿莫急，爹抱你去就是。"随说随抱萧珍，走入套间。

此时欧阳霜心横胆壮，主意拿定，已把生死祸福置之度外。一进里房，便坐在萧珍榻上，两手一边一个，搂着那玉雪般的两小儿女，解开衣服，露出雪也似白的蜻蜒玉胸和粉滴酥搓的双乳。两小兄妹到了慈母怀里，哭声渐止。又当吃奶时候，一见娘奶，各伸开一只满是肉窝，又白又胖的小粉拳，抓着柔温香腻的半边乳房，将那粒晕红浅紫的乳头，塞向小口里含着，一面吮着，一面睁着那乌光圆黑的眸子，觑着娘脸，不时彼此各伸着一只小胖腿，兄妹俩彼此戏踢，活泼泼地纯然一片天真。欧阳霜脸上泪痕虽已拭净，一双妙目仍是霞晕波莹。面上精神却甚坚决，英姿镇定，若无其事，刚烈之气，显然呈露。若换旁人，见她这等镇静气壮，必然怀疑有人诬陷妻子。偏生萧逸为人多智善疑，自信明察，不易摇惑，一摇惑便不易醒悟。加以夫妻情爱过深，忽遭巨变，恨也愈切。又知乃妻绝顶聪明，无论是何情状，俱当做作。再加上欧阳霜临危之际，不惜反手为敌，放走欧阳鸿，把事愈更坐实。已是气迷心窍，神志全昏，一味算计如何遮羞解恨，哪有心情再细考查是非黑白。进房时只说了句："你妈不是在喂奶么，我说是假打，逗你们，你还不信。"说罢，惟恐欧阳霜又说气话去惊爱子，忙把头一偏，连正眼也不看一下。

欧阳霜明白他的心意，也装出微笑说道："珍儿，你怎那么傻？逗你们玩的，这等认真则甚？"萧珍彼时年已九岁，毕竟不是三岁两岁孩子易哄，虽听母亲也如此说法，终觉情形不似，疑多信少，开口便问："爹妈既是假打，怎还不去喊舅舅回来？"这一句话，把夫妻二人全都问住。萧逸还在吞吐，欧阳霜抢着说道："你舅舅不是此地人，你从小就知道的。他早该回去接续你外婆香烟去了，因你兄弟的病耽延至今。今早该走，恐你兄弟哭闹，特地假打一回，不想你们更哭闹了。这事不要到外面去说。如问妈为什么哭，就说弟弟忽然犯病，闭过气去，妈着急伤心好了。"萧珍立时回问萧逸道："妈说的话是真的么？怎么爹爹打妈用我家的煞手呢？"萧逸已把乃妻恨如切骨，为了顾全爱子，只得答道："哪个哄你？如若真个谁要杀谁，墙上刀剑暗器什么都有，何必用手？再说决不会当着你们。我虽为村主，也不能随便杀人呀，何况杀的又是我的妻子。怎连这点都不明白，只管呆问？"萧珍终是半信半疑，答道："我反正不管，谁在害我的爹妈，我就杀他全家。要是爹害了妈，我就寻死好了。"萧逸道："不许胡说，哪有此事？一同吃饭去吧。"萧璇、萧琏因母乳不足，每顿总搭点米汁。萧逸不屑与妻说话，又恐小儿受饿，特他说这笼统的话。以为乃妻必装负气，不来理会。不料欧阳霜闻言，抱了两小孩，扣上怀立起就走。萧逸见她仿佛事过情迁，全不在意，神态甚是自然，心刚一动，忽又想到别的，暗中把牙一咬，抱着萧珍，随后跟去。

膳房女仆久候村主不来用饭，火锅的汤已添了两次。见主人走来，舅老爷还未到，添上了饭和小主人用的米汁，意欲前往书房催请。欧阳霜道："舅老爷奉了村主之命，出山办一要事，要过些时日才回来，这个座位撤了吧。"说完，照常先喂小孩。平日有欧阳鸿在旁照料，轮流喂抱已惯。忽然去了一个，欧阳霜喂了这个，要顾那个，两小此争彼夺，乱抓桌上杯筷匙碟，大人只一双手，哪里忙得过来。两小又都不肯要别人喂吃，口里一递一声，直喊："我要舅舅！"怎么哄也不行。萧璇更是连喊多声不来，小嘴一撇要哭。萧逸已把萧珍放在座上，夹了些菜，任其自食。自己哪还有心用饭，勉强吃了半碗。见小孩闹得实在不像话，母子三人身上全都汤汁淋漓，碟和羹匙均被小孩抓落地上跌碎，天气又冷，恐米汁喂凉了生病，只得耐着性气接过萧璇，一人一个，才把小孩喂好。暗忖："平日不觉得，走了一个畜生，已是如此；倘真把贱人处死，别的不说，这三个无母之儿，却是万分难办。如若容这贱人苟活，做个名义夫妻，来顾这三个儿女，又觉恶恨难消。"思来想去，除等儿女长大，再行处死外，别无善法。一面寻思，一面留神观察，见乃妻仍和素日一样，喂罢小孩，命人添了热饭，就着菜，从容而食，该吃多少仍吃多少。除眼圈红晕像哭过外，别的形迹一毫不露。小孩连喊舅舅，随喊随哄，面容全无异状，只不和自己说话而已。

倒是萧珍小小年纪，天生聪明，一任父母解说，依旧多心，一双眼睛，老轮流注定在父母脸上，查看神情，一碗饭直未怎下咽，眉头紧皱，时现忧戚之状。问他怎不吃饭，出神则甚？眼圈一红，答声"不饿"，连碗也放下。恐他闹成气裹食，又是心疼，只好听之。萧逸看了，又是伤心，暗骂："贱人，多年夫妻，想不到你有这么深的城府，遇到这等奇耻大辱，性命关头，竟会神色不动,无有一事关心。难为你居然生下这样好的儿女,我虽投鼠忌器,不要你命,以后日子,看你怎样过法?"

他这样胡思乱想,哪知欧阳霜在里间一会的工夫,因吃了一下辣手,伤处奇痛,恨他无良薄情,悲愤入骨。虽料定丈夫中了畹秋、萧元奸计,但是畹秋诡诈多谋,阴险已极,看她多年匿怨交欢,忽然发动,必已罗网周密,陷阱甚深;再加当时为了顾全兄弟,强他逃走,事愈坐实。就这样分辩,话决说不进去。反正活着无味,徒受凌辱,转不如以死明心,留下遗书,以破奸谋。使这昧良薄幸人事后明白,抱恨终身。死为厉鬼,寻找仇人索命,迫她自吐罪状,岂不容易洗刷清白?越想心越窄,为复丈夫之仇,成心使他痛定思痛,永远难受,连眼前爱儿爱女都不再留恋。自杀之念一定,又见丈夫进房时情景,看出他心疼爱子,屈意相容之状,知自己一死,丢下这三个小儿女,就够他受的,气极心横,暗忖得计,益发坚了必死之志。表面上仍装作镇静从容,强忍伤痛,一同吃完午饭,仍抱两小儿女回房。萧珍疑念未消,连忙跟去。萧逸心伤神沮,不愿多见妻子,自往峰下闲游去了。

说也凑巧。午后忽然云密天阴,似有酿雪之状。黄昏将近,天便下了大雪。不消个把时辰,积深尺许,全村峰崖林木,俱变成玉砌银装。萧逸出门,在村前几个长老家坐谈了半天。独自一人,踏雪归来,胸中藏着无限悲痛凄惶。行近峰前,几番踟蹰,直不愿再见妻子的面。冒着寒风,在昏夜雪地里徘徊了一会,觉不是事,才勉强懒洋洋一步步踏级而升。刚走到庭前,见台阶上薄薄的飘着一层积雪,上面现出两个女人脚印,脚尖向里,仿佛人自外来的,已有片刻。平台和阶前一带,已被后下的雪盖没。阶上积雪,原是随风刮进,此时风向稍转,雪刮不到,所以脚印遗留在此。心想:"这般风雪寒天,别人无事不会到此,难道畹秋已知事发,赶来相劝不成?"念头刚转,忽然一阵寒风,从对面穿堂屋中迎面刮来,把阶前余雪刮起一个急旋,往屋外面雪浪中卷去。堂前一盏壁灯,光焰摇摇,似明欲灭,景象甚是阴晦凄凉,若有鬼影。与往日回家,稚子牵衣,爱妻携儿抱女,款笑相迎情况,一热一冷,迥乎天渊之别。不禁毛发皆竖,机灵灵打了一个冷战。定睛一看,四屋静悄悄,除穿堂后厨房中灯光和堂屋这盏半明半灭的壁灯外,各屋都是漆黑一片,不见一点灯亮,也不闻小儿女笑语之声。心中一动,想起前事,恐有变故,连忙抢步往卧房中跑去。

房里黑洞洞,连唤了数声,婢仆一个也未到,反将屋里两个小儿女惊醒。萧逸听得儿女哭声,以为妻必在里屋同睡,看情形决未夜饭,心才略放。暗骂:"贱人还有脸负气,我留你命是为儿女。天都这么晚,连灯都不点,也不招呼开饭。三个婢仆也是可恶,主人不说话,便自偷懒。"一边径去寻火点灯,急切间又寻不到火石。耳听儿啼更急,却不听妻和长子声息。忍不住骂道:"贱人睡得好死!"一步抢进房去,脚底忽有一物横卧。幸是萧逸练就眼力,身手轻灵,没有绊倒。低头一看,是个女子,面朝下躺在地下。乍还以为妻子寻了短见,虽在痛恨之余,毕竟还是多年夫妻,心里也是着急,不禁伸手想要抱起。身子一俯,看出身材不似,微闻喉中还有格格喘息之声,更觉不类。再定睛仔细一看,竟是女仆雷二娘。

萧家下人,例由随隐亲族中晚辈和本门徒弟以及旧日仆婢家人值役,本来人数甚多。自萧父去世,萧逸继位村主,屡说避世之人,俱应力作,俗世尊卑贵贱,不宜再论,意欲免去服役之例。村中诸长老再三相劝,说村中事繁,已经操心,哪能再使劳力?况且全村能有今日,俱出萧逸祖孙父子三代之赐,都供役使,也是应该,何必拘泥?萧逸此举,原为讨爱妻欢心,使随隐的人都成一样,无形中把乃岳身分也自提高。见众人苦劝,想下折中办法,作为以幼事长,有事弟子服其劳。于亲戚、门人、旧仆中,选出些男女佣人,不问身分高下,专以年齿长幼和辈数高低,来定去取,分期轮值。平时家中只用三人:一个管着厨下,一个经营洒扫,一个帮带小孩。遇上年节事忙,再行随时添用。三人中有两个按期轮值,且不说他。惟独这雷二娘,本是萧家平辈亲戚,父母双亡,只剩她自己,刚订了婚,男的忽得暴病而死。男女两方从小同时长大,都是爱好结亲,情爱至厚,立誓不再嫁人。身又伶仃孤苦,分了点田,也不惯操作。自愿投到村主家中服役,把田业让给别人。欧阳霜见她忠诚细心,善于照料小孩,甚是看重,相待极厚。萧逸一见是她,同时又发现她手旁遗有引火之物,颇似进房点灯,被人打倒神气。情知有异,忙取火先将灯点上,再一注视,果是被人点了哑穴。

灯光一亮,小孩急喊爹爹,声已哭哑。回顾欧阳霜和爱子萧珍,俱无踪迹。两小儿女各自站在床上,一个扶着床栏杆,一个竟颤巍巍走到床边,同张小手,哭喊:"爹爹快来!"摇摇欲坠。萧逸见状,心疼已极。当时情绪如麻,恐小儿女不小心,跌倒受伤,不顾先救大人,急纵过去,恰值萧琏伸手扑来,一把抱住,没有跌倒。萧璇也跟着扑到萧逸怀中,齐声哭喊:"爹爹,我要妈妈呀!"萧逸匆促忙乱中,地下还倒卧着一个大人,不知受伤轻重,哪顾得再哄小孩。忙喊:"乖乖莫闹,妈妈一会就来,快些坐下,爹爹还有点事。"说罢,欲将小儿放下。原来两小兄妹早已醒转,见娘不在,室中暗黑,又怕又急,早哭过几次,委屈了好些时,又一心想着妈妈,乍见亲爹,哪肯放手,抱紧乃父肩膀,哑声大哭要娘,坚不肯释。萧逸好容易解开这个,那个又复抱紧。见小孩禀赋甚强,人小力大,硬放恐怕受伤,哄既不听,吓又不忍;更恐时辰太久,伤人不易复原。万般无奈,只把两个小兄妹一同抱起,走到雷二娘身侧,勉强匀出一手,将她穴道点活,救醒转来。

刚回手抱起儿女,未及问讯,雷二娘张口便急喊道:"大嫂子走了,三侄子也不知往哪里去了,这怎么得了呀!"萧逸闻言,头脑立时晕了一下,好似焦雷击顶,目定神呆,半晌作声不得。小孩哪知甚事,仍是哑着喉咙,一味哭闹要妈,萧逸还得耐着心哄他们,可是不得其法,小孩又聪明,哪里肯信,非当时妈妈到来不可,于是越哄越哭。大人见他们哭得眼肿喉哑,又没法子哄劝,闹得萧逸如醉如痴,心似刀割。一面勉强哄着怀中儿女,昏沉沉瞪着一双泪眼,望着雷二娘,竟未想起问话。

雷二娘已知道一半原委,见他这样,老大不忍,也不禁眼泪汪汪,十分伤感。无奈身受奸人挟持,不得不昧一点良心,说些不实不尽的假话。略定喘息,凄然劝慰道:"村主先莫伤心。大嫂走时,因我拼命苦拦,遂将我点倒。她是决不会再回来的了。不过我看三儿决未带走,我是心里明白,不能转动。这般大雪寒天,等我来看着小娃儿,你快些寻她回来要紧。"一句话把萧逸提醒,忙把两小儿交给雷二娘,起身想往外跑。不料小孩子仍然抢扑身上,伸出小手,将手臂紧紧抱定不放,口里乱哭乱喊,力竭声嘶,嘴皮都发了乌色。萧璇性子更烈,几乎闭过气去。萧逸不忍心硬走,重又把二小儿抱将过来。这两个小兄妹任凭怎哄,只是不听。雷二娘刚刚醒转,坐立尚且勉强,不能走动。萧逸心似油煎,真神无主。因顾念两个子女,恐怕万一急昏倒地,事更大糟。万般无奈中,还得竭力克制自己,平息心气,不敢过于着急。停了一会,好容易和儿女说好,说:"妈和哥哥到山底下,风雪太大,不能上来,非爹去拉不可,你没听哥哥哭吗?两个乖娃娃等一会,让爹爹接他们去。"这原是骗小孩子的话,才一说完,外屋一阵风过,果然听见萧珍哭喊着妈,隐隐传来。两小兄妹本来不信,闻言俱在侧耳倾听,一听哥哥哭声,方始信以为真,也不再拉紧,一同推着萧逸的手,指着外面,直喊哥哥。

萧逸听出爱子定在屋外风雪中啼哭,心中怦怦直跳,正赶小孩松了手,一句话也不愿再说,径把两个儿女往床上一放,口中急说:"乖娃娃莫哭,我就来了。"人早往外奔去。出房门时,还仿佛听得爱子哭喊妈妈之声,急于救转,匆匆奔出,没有细辨方向。等跑到平台上面,见寒风刮面,雪花如掌,积雪已经尺许，下得正大。再侧耳谛听哭声所在，哪里还有。料知爱子必然冻倒在地，大雪迷茫，地方又大，何处寻找？早知如此，今日不和贱人动武也好。越想越悔，又痛又急。在平台上冒着寒风大雪，东听听，西听听，更无半点声息。勉强平息心情，回忆两次哭声。第一次室内所闻，仿佛就在屋后。但那地方是一片半山上的竹园，妻室逃时，必然翻山而走，方向不对；并且园中多蛇，子女从来不去。如说不是，声音又似那方传来。再者山崖相隔甚远，哭声也传不到。反正探听不出，姑且往园中找一回试试。于是回走穿堂门，走出屋后，口里狂喊珍儿，脚底飞跑。才出堂门，嘴刚一开，便灌了满口的雪。声音吃风刮转，连自己也觉不甚洪亮。情急寻子，且不管它。仗着一身内功，不畏大雪崎岖，将气一提，施展踏雪无痕的本领，飞步往竹园中跑去。

竹园因山而置，分作上下两层。每年全村吃用的笋和竹子，十九取给于此。地甚宽大，幸是隆冬时节，经过农隙一番斫取，行列萧疏，不甚茂密。不似夏秋之交，绿云千亩，碍风蔽日。密的地方，人如侧身而过，比较易走得多。萧逸在竹林内边喊边找，四处乱看，眼里似要冒出火来。眉睫上飘集的雪花，遇热消融，满脸乱流，随擦随有。眼看走了一半，仍无回音。正在焦急失望，忽瞥见前面的雪隆起数尺长一条，仿佛下有石块。心中一动，方要用脚去拨，猛发现一个人头，依稀在雪中露出。忙伸手一拨，竟是萧珍倒扑雪里，已经闭过气去。想是冻倒不久，童阳之体，脸上犹有余热。雪势虽大，只将身子盖没，头部雪积不住，胸前还有余温，尚还可救。如果时候稍久，晚来片刻，怕不冻成冰块才怪。忙先脱下衣服，将他抱起回走。想起爱子头上连帽子也未戴，周身冰湿，两只棉鞋俱都不在脚上，衣裤俱被竹枝挂破，袜底也穿破了好几个孔洞，料在雪中寻娘奔驰多时，力竭倒地。心疼已极，不由一阵悲酸，哭出声来。

一路飞跑，回到屋内。雷二娘正抱两个小兄妹在哄劝。另一女婢因日里主人有话，除雷二娘外，不唤不许到前面来，与厨婢枯坐厨房烤火，久候传餐，无有音信。适才仿佛听得主人两声急喊，到前面窥探，被雷二娘唤住，命她生火取暖。刚把烘炉取来，放在二娘身前，回取青杠炭，在生火塔。见主人抱了小主人，面色铁青，狼狈走进，俱都吓了一跳。尤其雷二娘，萧珍差不多是她带大，心中明白，又愧又悲，忍不住哇地哭了起来。萧逸更连眼泪也急了回去，将爱子放在床上，先取两重棉被，连头盖上，微露口鼻。颤着悲声，急喊快取衣服、开水、姜汤。人却奔向衣柜，一阵乱翻，寻出两套棉衣裤。

那么精明干练的人,竟闹了个手忙脚乱。中小衣还未寻到,又想起救人为要。忙丢下衣服,上床嘴对萧珍的嘴,往里渡热气。两三口后,方始想起该用内家按摩之法,暗骂自己该死。用力一扯,先撕破湿衣脱去,两手搓热,按着穴道,浑身给他揉搓。等到女婢往厨房取来姜汤、热水,又唤了厨娘同来相助时,萧珍已一声"妈妈",哭醒还阳。

两小兄妹被这一阵人翻马乱,反倒停了哭声,只一递一声喊着"妈妈",中间又夹喊两声"哥哥"。听萧珍苏醒,一哭妈妈,又跟着大哭起来。这时萧逸万箭穿心,也无比苦痛。一阵伤心过度,俯伏到爱子枕前,几乎急昏过去。心中却又明白,放着三个无母之儿,还病不得。硬把心肠撇开,缓一缓气,睁开二目,对萧珍道:"珍儿莫哭。我日里出门,你不是和妈在一处么?她往哪里去了?"萧珍浑身嗦嗦乱抖,牙齿捉对儿不住寒战,交击有声,只管抽噎痛哭,透不过气来。两个小的,已经哭岔了声,一味哑号,惨不忍闻。

第一九一回

雪虐风饕　凄绝思母泪
人亡物在　愁煞断肠人

萧逸无计慰解,急得不住乱打乱抓,捶胸顿足,号啕大哭,悔恨不已。这一来,先将三个小兄妹哭声止住。萧珍首先从被窝里伸出手来,抱住萧逸头颈,急喊:"爹爹!"两小兄妹也争着扑上床来,齐爬向萧逸身上,哑哑乱喊。萧逸想不到哭声因此而止,立时将计就计,哭说道:"孩儿哭,爹爹心疼。要爹爹不打,非得你三个乖乖不哭才不打呢。再要哭,爹爹就要死了。"萧珍忙说:"儿不敢了,爹爹不打。"两小兄妹也抢着嘴动手摇,意似说爹爹我不哭了。萧逸见一个大的冻得死去活来,两个小的哭得失音哑哑,嘴皮乱动,不能吐字。暗忖:"儿女都是如此至性刚烈,以后每日牵衣索母,哭啼不休,这种凄苦日子,如何过法?"一面心酸肠断,还得设辞来哄劝。

好容易硬说软说,连哄带吓,将三小儿女劝住,又想起他们晚来俱未进食。悔念一萌,又妄想这么大风雪,村外荒山绝地,妻子或者尚未逃出村去,无奈自己无法分身寻找。想了想,反正明早村人不见妻子,也是难免丢人,不如早些发动。但盼和爱子一样,寻得人回来更好,否则寻来尸首,也总算生儿育女,多年夫妻一场。忙命雷二娘速去楼上撞钟聚众,等近处的人到来,不必相见,可说女村主雪前外出,迷路不归,恐有疏失,传布全村分头寻找。那钟就在房后峰腰钟楼上面,除有令典大事,或是什么凶警,轻易不能擅撞。雷二娘明知主妇死尸必在竹园以内,被雪埋上,只是不能出口,领命自去,依言传语不提。

雷二娘走后,室中火已生旺,火盆内红焰熊熊,室中逐渐温暖。萧逸取来衣服,将爱子湿衣换下。又换了一床干净棉被盖好。由果盆内取了些柑子,递与两个小的。又将红糖冲的姜汤,与爱子喝了一碗。耳听楼上钟声当当当响过两阵,大雪阻音,甚显沉闷。过了一会,才听雷二娘在堂屋内和来人说话。萧逸方寸已乱,守着三个心爱的小儿女,头昏心烦,反闹得一点心思也没有,不知该想什么是好。最后还是萧珍颤声说道:"爹爹,我不哭。你叫二娘打钟,是找我妈吗?我已把竹园都找遍了。"说罢,两眼眶中泪水早忍不住似断线珍珠一般挂了下来。这一句话把萧逸提醒,才想起今日家庭中发生如此巨变,只顾寻救爱子,竟忘了向雷二娘询问妻子出走经过。她平日会带小孩,最得主妇信任,怎会将她点倒在地?莫非阿鸿那个畜生去而复归,与贱人相约偕逃,被二娘拦阻,将她点倒不成?想到这里,不由愤火中烧,咬牙切齿。正欲出口咒骂,一眼望见萧珍满脸泪痕;萧璇、萧琏两个小兄妹,一人手里捏着一个柑子,也不剥,也不玩,并坐床上,一同眼泪汪汪望着自己,好似静盼回话。当时心肠一酸,没骂出口。

萧逸心想:"萧珍既知往竹园寻娘,也许知道一点。"便向他道:"乖儿莫伤心,我定跟你把妈寻回就是。"还要往下问时,萧珍流泪答道:"妈被仙人带走,要好几年才回来的,爹往哪里找去呀?"萧逸当他初醒胡说,便问:"这里哪有仙人?你只说你妈走是什么时候,你在屋里么?有别人来过没有?"

萧珍泣道:"白天爹爹吃完饭一走,妈妈叫二娘黄昏前再进来带弟妹,她要带我们三弟兄睡个晌午。回房以后,连喂了弟弟妹妹三回奶,喝了好几大碗米汤,奶头都被弟弟妹妹咬紫了,还要强喂。说:'我把这剩的点精血,给你两个小冤孽吃个饱吧。'我问妈妈为什么叫弟妹是冤孽,妈妈把我抱住亲热,叫我们三个喊她,又逼着叫我也吃一口奶。我吃了一口,只是湿阴阴,连一点奶都没到嘴。那时妈真把我三个爱极了,又亲弟弟妹妹,又亲我,一个也不舍丢下似的。过了一会,弟弟妹妹睡了。妈便拖我陪她,说娘儿四个一齐睡晌午。我睡在枕上和妈对脸,说舅舅回家,二天还来的事,不知怎的,我也睡着了。好像还听得有人和雷二娘说悄悄话,声音很低。天冷,我想再睡一会,等妈喊我再起。闭着眼睛,翻了个身,越等越没听妈喊我。我再装睡翻过身来,偷眼一看,妈已不在床上。喊了两声,不听答应。天都快黑了,外面有风,还不知道下大雪呢。连忙爬起,屋里火也灭了。弟妹睡得很香,冷清清的又没有灯。

"跑到外屋门口,遇见二娘倒在门口地上。忽然想起妈妈睡时,和我说过她爱竹园风景,少时说不定要去一趟,你爹回来,叫他去那里找我,那里蛇多,你却不许前去的话。又找出一根上次回家扫墓的铺盖索,说是年下捆束东西用。当时我正想睡,没有留心。这时连喊二娘,她只哼哼,爬不起来。我去拉她,她将眼皮连挤,叫我莫拉。问她妈呢?她不会说话,只拿眼睛朝外看,流下眼泪水来。我忙问是走了么?她却眼泪汪汪眨了两眨。我本有点心惊肉跳，觉得妈妈要有什么不好，见了这样，一着急，便往外跑。

"出门一看，天正下着大雪。妈最爱干净，这般大雪天，怎会出去？再想起今天说话神气古怪，与往日大不相同，又和爹爹打过一架，越发担心。忙跑到竹园里一看，一根铺盖索，打了个活扣，悬在大竹竿上。地下有妈妈的脚印，雪还未盖上，好似才到过没有多久。可是走出几步，就没有了。急得我在竹林里面哭喊乱跑，满处找妈妈。风又大，雪又大，一直没听回音。后来我把竿竿竹子全都摸遍，周身冻木，也未找见妈妈。对面一阵大风夹着一堆大雪打来，一个冷战，倒在地上。耳边好像听见有一个女人口音说道：'痴儿，你母亲在此寻死，被仙人救走了，莫要伤心，过几年定要回来的。你爹就来救你，且委屈你受一会冻，应这一难吧。'以后便人事不知。醒来在爹爹床上，又好像是做梦一样。这几句话先都忘了，后听爹爹叫二娘打钟，才想起来的。"

萧逸话未听完，既痛娇妻，复怜爱子，不禁泪如雨下。虽然疑奸之念未释，听到她母子如此可怜，早把适才愤恨之心又消灭了个净尽。暗忖："照此说法，和她午饭前后神情，分明早蓄死志。既寻短见，为何索在人亡，遍寻无着？想因这等死法不妥，临死变计。尸首必然还在竹园附近，时候已久，断定必无活路。"想起平日恩爱之情，悲痛欲死。始终仍未把仙人救走之言信以为真，只是万般无奈而已。

萧逸最受全村人爱戴，一听说萧逸主妇雪中失迷，除畹秋和萧元、魏氏三奸外，人人焦急，无异身受。又都知他夫妻素日和美，人又贤能端庄，谁也没往坏处想，都打算把她寻救回来。一时钟声四起，纷纷点起风雨灯，分头搜寻欧阳霜的下落。

萧逸在房内守着三个愁眉泪眼的爱儿爱女，眼巴巴盼着把爱妻寻回。连番命人查问，俱说无踪。找过两个时辰，全村差不多被村人寻遍，终无踪影。这时雪势已止。雷二娘因小孩大人全未用晚饭，招呼下人端饭进来。三小兄妹俱都想娘，汤水不沾。萧逸自己自是吞咽不下。因两个小的乳未全断，又命人去请两个有乳的村妇前来。小孩哪里肯吃。人又聪明，先吃萧逸苦肉计吓住，俱不敢哭，只是流泪不止。这无声之泣，看去越发叫人不忍。急得萧逸不住口心肝儿子乱叫，什么好话都哄遍，毫无用处。料知绝望，猛想起爱妻或许翻山逃走，又存了万一之想。恰巧两个心爱门徒进房慰问，并说全村雪地发掘殆遍，不见师娘踪迹。萧逸无法，悄悄对他俩说了心事，料定这般大雪，欧阳霜也不会走远，既想逃生，必在近处觅地避雪。命他们作为自己意思，先不向众人声张，约几个同门，俟天微明，翻崖出村寻找。门人领命去讫。

这一闹直闹到了天明，好容易把两个小的哄睡。萧珍一双泪眼，已肿得和红桃相似，口口声声说："妈被仙人救走，找不回来了。谁害她这样去寻死，我明天问出人来，非杀他给妈报仇不可。"翻来覆去，老是这几句话，人和痴了一般。萧逸无法劝解，枉自看着心痛。

那雷二娘因受奸人挟制，不敢说明，给主母辩冤。先也以为人必死在竹林之内，嗣见找了一夜，没有发现尸首，好生奇怪。知道主母行事，曾留信向自己托孤，历述受冤中计经过。还留有一封给萧逸的信，尚未拆看，便被畹秋来此私探，一同强索了去。照她函中语气，必死无疑，决不会再逃出去，坐实她与兄弟奸情，跟踪同逃。深信萧珍仙人救去之言，上吊绳索尚在，人却无踪，是一明证。如真被仙人救走，异日回来，有甚面目见她？想起平日相待之厚，不由愧悔交加，心恨畹秋入骨。有心全盘托出，无奈适才只当主母已死，身受奸人胁迫利诱。萧逸几番追问日间情景，俱照畹秋所教，说主母走时，怒骂萧逸薄幸，自己纵有不是，怎无半点香火之情，又打又骂，日后做人不得，决心一死。托孤与雷二娘，命其照看小孙，言下大有要二娘嫁与萧逸之意。走时，二娘哭劝拦阻，才将二娘点了哑穴，径自奔出，不知何方去寻短见。这时一改口，岂不变成与三奸同谋，陷害主母？话到口边，又复忍住，枉自亏心内疚。不提。

挨到午前，村人发掘无迹。渐知昨日夫妻因事反目，村主内弟又在事前不知何往，俱猜欧阳霜为护娘家兄弟，与夫口角失和，负气出走。一样以为大雪阻路，必还走得不远。通路事前没有村主之命，不能开放。再加水道冰冻，不能通行。多半跟踪众门人翻出崖去，满山寻找。谁知鸿飞冥冥，弋人何慕，白白劳师动众，受尽艰辛，不特人影未曾见到，连去的痕迹都没一点。众人力竭智穷，只得扫兴归报。

畹秋等三奸，先假装着随众瞎找；天明又装作关心，前往慰问。三奸见萧珍怒目相视，因他肿着一双眼睛，以为哭久失眠所致。并没想到萧珍聪明绝顶，日里听母亲再三嘱咐，说三奸均非好人，从此不要去理他们。尤其是留神看着弟弟妹妹，不要畹秋抱，才是我心肝儿子。只可把这话藏在心里，千万不可说出，否则不是孝顺儿子。这几句话，本就牢牢记在心里。及见乃母一失踪，寻思前言，颇疑受了三奸之害，已是疑恨交加，不过心深，没有发作罢了。三奸当他小孩，不曾在意，终于吃了大亏。这且不言。

婉秋一见面,故意用隐语暗点萧逸:"怎么不好,也该看在多年恩爱与所生子女分上,万万不该操之过急,闹出事来。我以前早就看破,想弭患于无形,所以屡劝早为乃弟完姻,不肯明言,便由于此。不知怎的,竟会被你看破,也不和人商量。就说村人平日重她为人,不疑有他,不致出丑,丢下这些小儿小女,看你怎了?"把萧逸大大埋怨了一番。萧逸也是聪明一世,糊涂一时,误中奸人阴谋诡计,把全村无人肯信的丑事,会认假为真,把一个贤惠恩爱的结发妻,几乎葬送。仇人明明在那里幸灾乐祸,竟会听不出来,闻言只是摇头,一言不发。

过午以后,出寻村人相次回转。先去的十数人,内中颇有两个能手,力说师娘定未翻山外出。想起爱子之言,难道爱妻真个冤枉,仙人见怜,将她救走不成?但看她事发时情景,又那般逼真,处处显得心虚,是何缘故?痛定思痛,把头脑都想成了麻木,终是疑多信少。

这一天工夫,三个小孩子也不哭,也不吃,眼含痛泪,呆呆竟日,全都病倒床上,萧珍更连眼都不闭。萧逸恐自己再一病倒,事情更糟,勉强又勉强地撇下愁肠,极力自己宽解,略进了点饮食。无奈创巨痛深,越这样,愁悔痛恨越发交集。

似这样过了三天极悲苦的日子,眼看小孩俱都失魂落魄,似有病状,连请高手用药,入喉即吐,全不见效。萧珍已是三夜失眠。小的两个,更是泪眼已枯,时而见血,小口微微张动,声音全无,周身火一般热。眼看三条小命,难保一条。萧逸见状,似油煎刀绞一般。暗忖:"好好一个家庭,变得这样愁惨之状。倘子女再断送,有何生趣?"一着急,不由长叹一声,昏晕过去。

这时恰值雷二娘刚刚走出。一些来慰问的村众见他父子如此,自知无法解劝,俱都别去。谁也不知道萧逸晕死床上。等过一会回醒,眼还未睁,耳听萧珍和两小子女急喊爹爹,虽是哭音,却甚清脆。两个小的失音已久,便是萧珍也数日不眠不食,喉音早哑,有气无力,与两小兄妹病卧榻上,起坐皆难,口音怎会这等清亮?方疑是梦,耳听哭喊之声越急。雷二娘正由外面闻声奔来,同时觉着小孩俱在身上爬着。试睁眼一看,果然三个小孩俱都爬起,伏在自己身上,连哭带喊。二娘喜得直喊:"神仙菩萨保佑,一会工夫,他三个小娃儿病都好了,真是怪事。"

萧逸喜出望外。自己深明医理,知三小孩思母成疾,心身交敝,分明心病,无药可医,再有三日,即成绝症。就算乃母归来,了却心愿,这等内外两伤,精血全亏,也须调治多日,方能告痊。怎好得这般快法?尤其是自己一醒转，三小全都破涕为笑，现出数日未见的笑容，仿佛愁云尽扫。平日家庭快乐已惯，还不觉得，人在绝望之余，忽然遇此梦想不到的幸事，立觉天趣盎然，满室生春，不由愁肠大解，心神为之一快。只是事太奇怪，方欲问讯，小的两个已拉着萧逸的手，争抢说道："妈妈好了，过年就来带我们呢。我肚子饿，要吃稀饭。仙人还许我吃奶呢。"

萧逸闻言，心中一动，忙问萧珍："你三个是怎么好得病？"言还未了，萧珍已接着答道："刚才爹爹一声叹气，晕倒床上，我着急想起，没有力气，只喊了两声。忽然一道电光，从窗外飞进来，屋里就现出一个穿得极破，从未见过的婆婆。我一害怕，想喊二娘来催她出去，她就说了话。一听，就是前黑夜我跌在雪里，说将妈救走的那女人的口音。我忙问她：'你是救我妈的仙人么？'她说：'是的，你这娃儿真聪明，真有孝心。你妈现在我庵中学道，要过些年才回来。我来是为救你们三个乖娃儿。你们病得快死了，吃了我的药，立时就好。你妈现在好着呢。到时自来看望你们。不许乱想，想出病来，她一知道，就不爱你们了。'随说，随嘴对嘴，朝我们每人嘴里吐了两口香气。我觉得有一股热气，从喉咙里直烫到小肚子底下，立时身上就轻了，头也不晕了。弟弟妹妹也不哑了。我见爹爹还没醒转，刚跳起拉她，那婆婆说：'你爹爹太没情义，本来不想管他，看你三个分上吧。'说完，在爹爹头上打了一下。又是亮光一闪，无影无踪。我们才喊了两声，爹爹就醒了。"

萧逸早摸了子女脉象，果然复原，好生惊讶。小孩不会说谎，而且三个小孩病象本危，如非仙人怜救，怎会好得这么快？照此一看，爱妻外遇一节，颇似出于误会。心里悔恨，一着急，顿觉头脑沉沉，心昏心颤。知道自己劳伤太甚，再要过于悲苦，决不能支。如真事属子虚，鸿飞冥冥，斯人已远，仙人虽有他年来探子女一言，究属难定。子女方得转危为安，自身莫再病倒，先顾眼前为是。只得勉抑悲怀，暂撇愁肠，不再思虑难受的事。见萧珍说完了话，仍然出神发怔，在想心事。两个小的，已一迭连声说肚子饿，要吃好东西。雷二娘早备好粥菜在外间小风炉上，闻言便跑出去取来。便劝萧珍道："你妈被仙人救去，乖乖自己听见看见的，虽说暂时不能见面，将来你妈成了仙，便会腾云驾雾。那时回来，还教你们也会驾起云，在天上走，那有多好！我儿还急什么？你看弟弟妹妹多乖，都肯吃东西了。你也乖些，吃一点，好教爹爹放心。再不听话，你妈没死，成了仙，却把爹爹活活急死，你不是不孝吗？"

萧珍愤然作色道："妈妈既做仙人徒弟，早晚也学成一个仙人，这比在家还好得多。现在只有替妈妈欢喜，并不想她没学成仙就回来。我是在想爹同妈素来好的，从未吵过嘴，为何昨天晌午，爹爹却打她骂她，逼得妈妈往竹园去上吊？我想这里头，一定有一个像妈妈说的恶人，向爹爹搬嘴，要不舅舅怎会好好地忽然不回家？请爹爹快说出这个恶人，我也要他的命！"萧逸闻言，心中一动，暗忖："仙人之言，妻子并未与人苟且。但他姊弟并非同胞，既已自认，箱中绣鞋和欧阳鸿临去之状，情弊显然，在在使人不能无疑。畹秋与她虽有前隙，但她嫁后，夫妻情感极厚，又事隔多年，平日和爱妻更是莫逆。听她事前不肯明说，分明意在保全。就算自己疑心，因她劝与欧阳鸿完婚而起，也是爱妻和欧阳鸿平日形迹过于亲密，毫不避嫌，引人生疑而致。况且畹秋并未公开举发，怎能说她陷害？倘真负此奇冤，既肯以死自明，岂有身后不遗书遗言之理？雷二娘是她亲近，只因拦阻，被她点倒，并未留话；昨晚遍搜室内，也无片纸遗留。好生令人不解。"

越想心思越乱，又觉头晕起来，不敢多想，只得又自丢开。平日那等聪明，当时竟未想到三奸阴谋。惟恐小孩无知，胡猜仇人闯祸，更无法和他明言，只得佯作愠色，低喝道："你妈乱说。是我不好，你妈为了袒护你舅舅，我和她言语失和吵嘴。她觉得扫了面子，自家心窄寻死，哪有甚恶人害她？如不因此一来，你妈也不会被仙人救去学仙，要你报仇则甚？这里都是你的尊亲长辈，弟兄姊妹，无一外人，外人也进不来，小孩子家少胡说些。"萧珍迟疑了一会，答道："我也知道爹爹不会说出，这恶人一定有。妈在白天还和我说，明早爹爹就知道害她的人是哪一个。我不在旁便罢，如若得知那恶人，教我不但武功没学成时莫去寻他，省得我也被他害死；即使学成，也须等到人来，问明爹爹，暗中出山，寻来舅舅，一同要他狗命，替妈报仇。又说那恶人现在村内，和我们时常见面。教我从明日起，不要一人出门；上学时，要结伴，还要雷二娘抱了弟弟妹妹接送，同往同来。到家不许离开爹爹，爹如有事出门，最好跟去，寸步不离。要不就不许离开雷二娘。我那时还问，妈妈难道不在家么？她说，她恨爹爹糊涂没天良，明日起，要搬到楼上去念经，永不下楼见爹爹了。教我除了爹爹，只听雷二娘的话，只有二娘是个好人。谁想到她说这些话，是要寻死呢！这些话，对别人我都不说一句。不过我想妈妈一定留得有字给爹爹，我只因恨极恶人，想先知道是哪一个罢了。爹莫生气，不说就是。好在我学成武功长大，妈早成仙回来，终会对我说的。"

原来欧阳霜寻短见时，胸有成竹，原极从容。曾把三个心爱子女哄睡，将二娘唤至面前托孤，执手叮嘱，告以冤苦。并给丈夫留下一封长函，明述经过,断定一切均出三奸阴谋暗算。知丈夫聪明,受骗只是一时,事后自能详察隐微,为之洗冤报仇。不料所托非人。雷二娘始而苦劝,因欧阳霜曾说心灰肠断,死志已决,你是我惟一亲人,故以心事相托,如若作梗,我必将你绑起,再行就死之言,虽知明拦无效,还想等欧阳霜一到竹园,即行喊人奔救,再把遗书献出,这一来,主妇心迹已明,一样可以不死。初念原好,谁知奸人窥伺,畹秋料知事发,又听说萧逸外出,早已冒着风雪,潜伏窗外。见欧阳霜去往竹园,二娘逡巡欲出,知必往救,忙从窗外绕到面前,拦着屋门一堵,先以威吓,继以利诱。二娘一时失了天良,竟为甘言所诱,终于献出遗书,照她奸谋行事。用苦肉计,由畹秋将她点倒在内室门口,又教了一套话。萧逸初回所见阶沿上的雪中脚印,便是畹秋忙中所遗。当时人尚伏身门外,偷听动静,直听雷二娘对萧逸把话说完,虽未全照自己所说,尚无破绽,觉着大功告成,方始回去。就这样,当夜天明前,借着慰问前来,仍把雷二娘调到无人之处,着实埋怨恫吓了一阵。

雷二娘受奸人诱迫为恶,天良原未丧尽。这一来,觉出畹秋厉害,阴毒非常,深悔昨日不该落她圈套。又见萧氏父子悲苦之状,好好一个人家,害得这般光景。再想起主母临去托孤,握手悲酸,视同骨肉,以及平日相待甚厚,益发悔恨交集。后来主妇尸首遍寻无迹,萧珍说是仙人救去,已疑未死。当日又听萧珍说起仙人到来,许多奇迹,以及末了一番话,又是伤心,又是害怕。有心等萧逸照着萧珍所说一查问,豁出担些不是,愧悔伏地,自承罪状,几番隐忍欲发。偏生萧逸顾怜爱儿爱女过甚,创巨痛深,恐怕病倒,无人照管,抱定火烧眉毛,只顾眼前的主见,不敢再耗神思。既担心爱子闯祸,又在专心劝他吃点东西,明是破绽,竟没查问。一两日过去,雷二娘受畹秋蛊惑,偶然虽也良心发现,已没有这般勇气再吐真情。如此一念之差,以致日后无颜再见旧主,终于身败名裂。这且不提。

萧珍经乃父劝勉,又知乃母仙去,悲思大减,父子二人各进了些吃的。欧阳霜尸首终成悬案。第三日,萧逸仍是病倒,医治半月方愈。对人只推说内弟随己习武,无心误伤,一怒之下,不辞而别。妻室护短责问,吵了一架,当晚归来,已寻自尽。只是尸体不在,存亡莫卜。两小兄妹自免不了每日悲啼索母。好在萧逸经此巨变,每日家居不出,和雷二娘两人尽心照料,晚来父子四人同睡。闹过些日,成了习惯。可是一提起,仍要哭闹一场。萧逸室在人亡,睹物伤情,枉自悲痛悔恨,有何用处?中间想起爱妻去前,对爱子所说之言,连搜过好几次遗书,终无只字寻到。

光阴易逝,不觉过了好几年。两小兄妹已不须人,起卧随着父兄,读书习武,颇有悟性。萧珍更日夜文武功兼习,仗着天分聪明,家学渊源,进境甚是神速。萧逸也渐渐疑心畹秋闹鬼,只是不敢断定,又无法出口。每日无聊,仍以教武消遣。三奸夫妇也带了各自子女前来学习。人数一多,年时一久,内中颇有几个杰出的人才。尤其萧逸的表侄大弟子吴诚和畹秋的女儿崔瑶仙,萧元之子萧玉,三人最是天资颖异,一点就透。

　　末一年上,萧逸不知怎的,看出崔瑶仙为人刁钻,萧玉天性凉薄,不甚喜爱。再加上三个小兄妹自从失母之后,始终厌恶三奸。对于崔瑶仙、萧玉更是感情不投,背地磨着萧逸,不要教这两人。萧逸怜他们是无母之人,先是曲从,后来渐渐成了习惯,对于二人不觉就冷淡些。萧玉、瑶仙从小一处长大,两家大人同恶相济,来往亲密,虽都是小小年纪,耳鬓厮磨,早已种下情根。两家父母也认为是一对佳偶,心中有了默许,任其同出同人,两俱无猜。初习武时,二人年轻好胜,常得师父夸奖,以为必能高出人上。过了几年,快要传授萧氏本门心法,连畹秋都未学过的几手绝招了,忽然仍无音信。只见师父不时命吴诚、郝潜夫等数人分别单人晚间入谒听训,益发起了疑心。

　　欧阳霜被仙人救去,萧逸不许提说,畹秋尚未知闻。起初勾结雷二娘时,本许她向村主进言,以子女乏人照料为名,娶她为室,至不济也纳为侧室。谁知萧逸曾经沧海,伉俪情深,虽然三奸罗网周密,疑念未尽悉除,但对此事,伤心已极。不但没有纳妾之意,反因自己是个鳏夫,小孩又磨着自己,病愈以后,差不多以父作母,儿女都随父卧起。雷二娘虽仍信任,除有时令其相助照料子女衣着而外,只命襄同料理家务,处处都避着瓜李之嫌,谈笑不苟。

　　畹秋见状,明知无济,哪肯随便妄谈。雷二娘人颇端庄,自审非分,本无邪念,一时糊涂,为畹秋甘言利诱,一心静俟撮合。一则羞于自荐,二则主母去时种种奇迹,时常惴惴不安。见主人这样,哪里还敢示意勾引。想起亏心背德,认为受了畹秋所害,相对落泪,怨望之情,未免现于神色。畹秋却当作所求不遂,心中怀恨,知她是个祸根。无奈对方防闲甚密,事后日在萧家操作,永不与自己交往,再说私语,急切间无法料理。听了女儿瑶仙之言,益发疑心二娘气愤时露了机密,因而萧逸迁怒爱女,不肯传授。知萧逸夫妻情重,既疑乃妻有私,尚且如此,如知真相,必不甘休,颇着了好些日子急。嗣后暗中留意考查,看出萧逸仍是梦梦,否则决无如此相安,对自己夫妻也是好好的,只想不出他憎嫌爱女,是何缘故。为免后患,谋害二娘,以图灭口之念愈急,连用了好些心机,俱未生效。

转眼又是寒冬腊月。也是雷二娘命数该终。萧逸见爱妻鸿飞冥冥,久不归来,爱儿爱女逐渐长大,不时牵衣索母,絮问归期,本来创巨痛深,与日俱积。山中地暖,自出事那一年起,再没降过雪。这年偏在欧阳霜出事的头三天,降下空前未有的大雪,接连三日,雪花如掌,连下不息。第四日早起,萧逸因雪大停课,独坐房中,睹景伤心,触动悲怀,背人痛哭了一阵。

想起祖父在日,最好交结方外,遍游名山大川,访求异士,暮年举族归隐。曾说生平什么能人都遇见过,惟独心目中终生向往的神仙中人,以及道术之士,却是空发许多痴想,白受许多跋涉,不特毫无所遇,连一个真能请召仙佛、用符咒驱遣神鬼的术士,都未遇过。就有几个,也是处士虚声,耳闻神奇,眼见全非。甚至神仙的对象,如山精、夜叉、鬼怪之流,也曾为了好奇心盛,不畏险阻,常在幽壑栖身,深山夜行,不下数十百次,除了人力能敌的毒虫蛇蟒、奇禽异兽之类,也是一样不遇。可见神仙、鬼怪,终属渺茫。自隐此村,到此已经三世,从无异事发生。怎么单单爱妻自尽那一天,会有神仙降临,既救其母,复救其子,说得那般活灵活现?仿佛神仙专为斯人而来。假如是真,珍儿曾听仙语,不应醒来还那么哀痛索母,直到自己晕厥醒转,方改了语气。此子虽幼,聪明异常,哪知不是乃母先教好这一套言语,故布疑阵出走,托名仙去,借以洗刷清白?当时闻言,本未深信,偏生三个子女同时病重,都好得那么快法,不由人不相信。记得第三日,自己便即病倒,神志昏迷,头两天事,回忆似不甚真。仙迹多由二娘、珍儿事后重述,甚是神奇。只恐并无其事,乍遭巨变,神志全昏,误信小儿之言,以伪作真。照那晚风雪严寒情景,爱妻翻山逃出,既有成谋,自然无颜回转,势非葬身荒山雪窟之中不可。否则仙人不打诳语,既说过两年来看望,平日她又那般钟爱儿女,哪有说了不算,一去不归之理?

事不关心,关心则乱。萧逸先对乃妻那样愤极相煎,实由于爱之太深,故而恨之愈切。年时一久,一天到晚只要回想到她那许多好处,已不再计及奸情真伪,苦思不已,越想念头越左,直料到十有八九,决无生路。正在心伤肠断,恰值雷二娘从家塾中陪着三个爱儿爱女回转,泪汪汪齐声哭进门来,吞声哭诉道:"爹爹,今天是妈妈被神仙救去的日子,好多年了,怎么还没回来呀?"雷二娘也红着一张苦脸说道:"他三个在塾里,书也不念,话也不说。老师知道那年是今天出的事,怕急坏了他们,见雪势渐止,不等放学,就叫回来。想起来也真叫人伤心呢!"

萧逸闻言,悲痛已极,猛然心中一动。暗忖:"多年过信小儿之言,以为爱妻未死,不特衣衾未设,连灵位都没有。如真仙去,可见仙人常由此经过,又久未归来,当可诚求。就说她恨着自己,子女如此至性孝思,必可感其降临。如已死去,多年未营祭奠,今值忌辰,更应哭祭一番,略尽点心,不枉夫妻一场。"想到这里,忙命二娘去厨房赶备爱妻平日喜吃的酒菜和一份香烛。日里先虔敬通诚,乞仙怜佑,赐归一见,或是到时略示存亡灵迹。晚来率了子女,去至竹园当年自尽之处,先照日里乞求默祷,静俟仙人降灵。如无迹兆,事便子虚,那时再行遥祭。再等三日,设位立主,改葬衣冠,重营祭奠。

二娘心虚内疚,日怀隐忧,巴不得能判出仙迹真伪,好安点心;或是设法吐实认罪,挽盖前愆。闻言大为赞同,忙即如言办理去讫。这日门徒恰已先期因雪遣散,众人也知是他伤心之日,不便相扰,无一外人在房。萧逸便把前一段意思告知子女,劝道:"你们母亲已成仙人,虽说迟早回家看望你们,但不知还要多久。今天是她仙去的日子,那位老神仙说不定要由此经过,恰好雪也止了。今晚人静后,我父子四人同了雷二娘,备下香烛,给神仙和她上供,一同虔诚祷告。她心一软,不该回来的,也回来了。你们单哭有甚用处?"萧珍等三个小孩闻言,立时止了悲哭,恨不得当时就要前往。萧逸说:"日里有人过往,神仙必不肯降。只可先随我往佛堂烧香叩头,通白一阵,不要张皇,闹得外人知道,反而不好。"三小孩连声应了。

萧逸见三个子女个个热诚外露,孺慕情深。大的低头沉思,一言不发;两个小的,不住问长问短,到底今晚妈妈能回不,俱都满脸切盼之容。好生伤感,随口安慰了几句。雷二娘回报,香烛备好,上供的菜肴酒果,已命厨房预备,俱是主母爱吃之物。等自己随着主人进香通白之后,立即亲往厨房烹调。萧逸闻言,便命子女洗漱,重整衣冠。大家同往佛堂,在观音座前进完了香,父子四人先后跪祝了一番。雷二娘神明内疚,本已悔恨交加;再见三小兄妹祝时声泪俱下,哭喊妈妈,甚是凄楚动人,益发触动酸肠。想起那年主母才走,不多一会,主人便回,自己如非误受奸人诱迫,只要稍一抗拒,三奸阴谋立即败露,主母还可挽救回来。即或不然,她一生清白,总算洗刷干净。何致把一个贤德恩厚的主母,害得夫离子散,生死不明?如真仙去,自己纵然负她,尚幸年来未有逾分之求,对她子女尤极用心照料。畹秋厉害,自己懦弱,均所深知。异日归来,诿诸被迫无奈,也还有个解说,她为人厚道,必允将功折罪。最怕葬身雪窟,因为萧珍一言,连神主都未给她立,三奸又复散布谣言,村人背后颇多妄测,似这尸骨无存,死犹蒙垢,问心如何对得她过？又是愧悔，又是悲痛，不禁哭倒在地。

萧逸见她如此，以为恋主兴悲，不便拉她起立，忍泪劝道："她乃仙去，并未真死，今晚不来，也必有感应，你何必这样伤心呢？起来去做菜吧。"说了两遍，二娘仍抽抽噎噎，边哭边诉，口中喃喃默祝，通莫理会。三小兄妹也跟着勾动孝思，哭了起来。萧逸只得又去劝哄子女，无心中只听得二娘低声哭诉，大意说："你是个清白身子，到如今还闹得这样不明不白。你如死去，就该显灵，活捉你的仇人。如果是成了仙，哪怕不愿在尘世上住，也该回来一下，把事情分个水落石出，就便看看你这三个爱儿爱女呀！我知我对不起你，太该死。虽然你托我招呼你儿女，曾尽了点心，到底也抵不过我的罪过，你要知道，我实在是一时鬼迷了心，被人所害，不是成心这样，你无论是仙是鬼，你只显一次灵，亲身回来，我就死了，都是甘心，省得教我白天黑夜，问心不过呀！"

二娘原是死期将至，近来天良激发，较前愈甚。当时悔恨过度，神思迷惘，自以为暗中通白。诚中形外，言为心声，竟忘了有人在侧，不禁把满腹悲怀，顺口吐出。萧逸先听两句，并没怎听清。忽觉有因，凑近二娘前后，再一细心谛听，爱妻之死，竟是有人暗算，身受奇冤，二娘自身似有不可告人之事，否则不会多年不吐只字。看她为人，又极忠正，不致若此，料有难言之隐。今日触景伤情，一时愧悔忘形，无意中泄露。爱妻自尽，未见遗书，本觉出乎情理之外。听二娘口气，分明出事之时，不特爱妻向其托孤，连仇人奸谋也曾预闻，弄巧遗书被她藏过也说不定。当时心如刀绞，难受已极，本想唤起盘问。侧脸一看，三小兄妹俱都聚在右侧神案前，相携相抱，也是连哭带诉，心无二用，二娘之言，似未听去。静心耐气一寻思，三个小孩，因为疼爱他们过度，又各聪明，肯下苦功，年纪虽小，已得萧氏武功真传，颇学会几手绝招。平日口口声声，说乃母为人所害，早晚母亲回来，问出是谁，便去杀他一家，为母报仇。如今事尚难定，全村中人非亲戚即同族，爱妻与人并无仇怨，事乃自己发现，无人告诉。万一她自尽以前，疑心有人告发，有甚误会，二娘听了，信以为真。一盘问，被小孩听去，誓必不共戴天，一旦闹出乱子，误伤外人，何以善后？既有隐情，总可问明，何必忙在一时？想了又想，总以暂时含忍为宜。反恐二娘哭诉不完，被子女听去。借着往前剪烛花为由，故意咳嗽一声，放重脚步，由二娘身侧绕到她头前佛案边去，口里大声劝道："二娘，天都不早了，尽哭则甚，还不做菜去么？"二娘忽然惊觉，立时住口，又低头默祷了一阵，方始含泪起身，往厨房中走去。

萧逸凭空添了满腹疑团，三个子女寸步不离，又不便调开来问。前几次想到畹秋身上，又觉不对。爱妻冤枉，当是真情，所说仇人，许是一时误会，必无其人。正在心乱如麻，苦无头绪。这时三小兄妹已经乃父劝住了哭，愁眉泪眼，随侍在侧。内中萧琏最是天真烂漫，忽然憨憨地问道："听哥哥说，妈去时没带什么东西，只穿了一身旧衣服。这么多年，想必都破了。新的衣服鞋袜，都被雷二娘锁在楼上。爹爹还不叫她取出来，今晚回来，拿什么换呀？"

萧逸猛地心中一动，想起爱妻视二娘如同亲人，衣履均交存放。起祸根苗，乃在内弟箱中搜出一双旧鞋。如今遍想暗害之人，俱都无因。只二娘自出事后，对子女、家务益发用心，料理周至，今日却吐出这等言语。莫不成贱人久守望门寡，看中自己，害死爱妻，意欲窃位而代？仗着取放容易，设此毒计？嗣见自己守义洁身，耻于自荐，不敢相犯，又欲借照料家务、子女情分，打算磨铁成针么？爱妻赴死以前，必当她是个好人，却误会另有一人害她。遗书总显破绽，故此匿而不献。越想越对，转误疑二娘阴谋害了爱妻。心思一乱，竟忘二娘前半言语，怒火中烧，目眦欲裂，若非碍着子女，几乎按捺不住。暗骂："无耻贱人，今晚人静以后，我必问出虚实，如所料不差，教你死无葬身之地！"当时虽未发作，心内痛苦，实已达于极点。这一误会，却害了二娘一条性命。

人越有事，越觉时光难度，父子四人，好容易盼到天黑。连雷二娘，谁也无心再进饮食。料定雪夜无人上山，日里又曾吩咐门人，不令来谒。略挨了片时，等下人吃完夜饭，便令各自早早安歇。父子同了二娘，分持了祭品香烛，同往竹园昔年欧阳霜自尽之所，望空祭祝。刚把香烛点好，各人已是泪如雨下，三小兄妹更是妈妈连声地痛哭起来。萧逸向着仙人默祷，随又喊着爱妻的名字，通诚祝告。自述悔恨，请其宽宥，不说丈夫，也看在子女面上。三小也跟着跪在雪地哭喊妈妈，俱都泪随声下，甚是悲痛。雷二娘触景惊心，越发悔恨，也在旁边低声含泪祝告，不知不觉，又露出了两句心里的话。这时萧逸对她已是留意，一听她在旁跪祝，立时住了悲泣，潜心细听，不禁疑点更多，决心当晚盘她底细。碍着子女，仍未即时显露。大家祝告一阵，起身静候仙灵感应。

这时雪势早停，虽在深夜，雪光反映，清晰可睹。加以寒风不兴，烛焰熊熊，照见竹园内森森翠竹，都如粉装锦裹一般。白雪红烛，相与陪衬，越显得到处静荡荡的。除却枝头积雪受烛烟融化，不时滴下一两点雪水，落在供桌上，发出哒的一声轻响，更听不到半点别的声息。大家冻着一张脸，把手揣

150

在怀里面，一个个愁颜苦相，满脸企望之容，时而看看天上，时而看看四外。偶然左近竹枝受不住积雪重压，成团下落，便疑仙灵到来。似这样又呆过了好一会，仍无动静。小孩家性情，哪里还忍得住，有一个首先发问："妈妈怎还不来？"第二个便跟着哭了。萧逸见子女孺慕悲思之状，不禁心酸，只得又拿话一一哄骗。当晚的雪，深几二尺上下，雷二娘命人打扫出上供的地方，只有两丈方圆。雪后奇寒，菜还未到供桌，已是冷凝，晃眼便冻。人立四面雪围之地，来时虽然俱加了重棉，持久禁受，仍是难当。萧逸先还欲以子女的至诚来感格仙灵。嗣见久候无信，忽又疑妻已死。加以身冻足僵，小的两个子女挨冻，哆哆嗦嗦，说话声音都颤。猛想起莫要前言是假，仙人不降，却把儿女冻坏，岂不更糟？无奈子女满腹热望，急盼娘回，叫他们回房，空引他们悬望，决然不肯，话甚难说。几番踟蹰，果然才一张口，当下小兄妹异口同声，齐说今日妈不回来，死也不回房去。言还未了，又颤声悲哭起来。萧逸看他们鼻青脸乌，不能再延，只得仍用苦肉计，装作自己受冻不起，连哄带吓劝解；并说仙人所居必远，当晚不能就来，须隔些日。这样三小才哭哭啼啼，委曲答应，一同回转。

萧逸见雷二娘又独跪地下，喃喃默祝，在在显出失魂落魄之状，越恨不得当时盘问清楚。便想了一个主意：推说怕小孩受冻足僵，须先抱送回去，祭品还要再供上一会，等小孩安睡，过了子夜再来。初意令二娘回房去烤火，少时再来。二娘死期已至，心还想背他父子，尽情通白一番，力说祝时无多，少停或有灵应，已不畏寒，愿留在当地，再等片时，真受冻不起，再回房烤火不迟。萧逸一想也对，如非怕冻了子女，理应如此。便嘱她留下观察，如有迹兆，及时奔告。果真大娘回来，千万拉住她，说自己不好，但是儿女可怜，现恐冻病，逼回房去，务望到家一看。说完，抱了两小兄妹，力逼萧珍，同返卧室。

萧珍还好，萧璇、萧璉虽练过功夫，体力坚强，毕竟年幼，从未受过这般寒冷，回房先是周身冰冷，再一烤火，被热气一逼，又是悲思过度，当时发烧病倒，满嘴呓语，哭喊妈妈。萧珍虽未冻病，也是泪眼莹莹，如醉如痴。急得萧逸万分后悔，错了主意，大骂自己糊涂，只顾思念爱妻，怎会忘了子女小小年纪，去叫他们受此奇寒？忙用火盆中沸水，给三小兄妹洗了脚。又寻些常备的药熬来吃。口里还不住哄劝，心里却万分酸苦，嘴和四肢同时并用，忙了个不亦乐乎。好容易给子女脱了衣服，哄入被窝。萧珍年长，还算能体乃父苦心，见父愁急，心中只管悲痛想娘，面上还不甚显，叫睡就闭目装睡，尚不磨人。这两个小的，孝思诚恳，又在病中，这个刚哄得似睡非睡，那个又一声"妈呀"哭醒转来，身更火也似烫，叫人怎的不急，怎的不难受？萧珍见状，恐把父亲急坏，急爬起来，与乃父一人抱一个在怀中卧倒，抚摸哄劝，费了一个时辰，好容易才将两个小兄妹哄睡。

萧逸想起雷二娘尚在园内，莫冻病了，无人料理家政，又急于想问前事。知长子明白轻重，不会再闹，假说要帮二娘收拾东西，并看仙人有无灵迹，弟妹都生病，千万代我照看，不可起身，我一会就来。萧珍应诺不迭。

萧逸忙往竹园中跑去，身未近前，见祭烛已熄，雷二娘似已他去。心方一动，忽一阵积雪群飞，绕身乱转。昏林之中，仿佛有一鬼影闪动，不由机灵灵打了一个冷战。当时只觉肌肤起粟，毛发根根欲起。因是素来胆壮，略微惊讶，以为偶然风起，一时眼花，没甚在意，仍然踏雪疾行。跑到供桌前一看，二娘不知何往。所有香烛供品，全都被人发怒掷碎，烛泪油腥，满桌狼藉。烛本长大，残烛约有小半支，与临回房时所剩差不多少，仿佛自己才回房不久的事。如是鬼神显灵，二娘尚在，不会不来奔告。即便怕冷回房，也应通知，为何不在？心正惊疑，忽又一阵阴风，起自身后，似有一只冷冰冰鬼手，又凉又尖向后脑抓来。萧逸本在疑神疑鬼，再经这一下，不禁吓了一跳。仗着身法轻快，刚觉有异，哪敢回看，忙即向前纵去。纵出老远，觉未追来，方始夥着胆子，回头细看。只见雪深没膝，茫茫一片，风已停歇，哪有鬼的影子。一见身陷雪内，知逃时用力太猛，落地竟未提气。凭自己本领，就有鬼何妨，何致望风惊心，这般胆小？不禁失笑。

继而想："适才明明有一物触脑，并非积雪竹枝这类。"一奇怪，不禁把头往上一抬，猛瞥见果有一条鬼影悬身空际，背向自己，两手一张，依竹而立，心中大惊。一摸身旁，一样兵器未带。正发急间，渐觉那鬼呆立竹间，悬空不动，背影看去颇熟。同时天上雪花飘飘，又下了起来。猛地想起前事，定睛一看，果如所料，脱口喊了声："雷二娘！"忙纵过去，果是雷二娘，业已吊在一根高竹竿上，这一惊非同小可。本想解救，可是一查看，见二娘吊的是她随身丝绦，系在竹竿中间有横枝处，长舌外伸，手舞足张，死状甚惨。并且离地有一人高，竹竿冰冻坚滑，不易攀援。凭二娘本领，决纵不上去。估量两番祷祝，自吐真情，再看供物和香火的零乱翻倒之状，定是遭了鬼戮。否则她性情柔和，与人无忤，村中素无外人，谁来害她？料死已久，定救不转。这一来，越料爱妻中了她的阴谋。反恨她死得太早，没有全吐真情，聚集村人，明正其罪。想起昔日夫妻恩情，不由又望空哀号一阵。因己立身为人，素得村人敬重，虽然无虑，终不愿亲手去解。忙赶回后院，将厨婢工人唤醒，将尸首解下,停在她的房内。雪已愈下愈大了。

次日萧逸召集村人,说妻室出走,久无音信,疑已野死。昨晚是她失踪之日,特就当年自尽之处,望空遥祭,携子女先归;雷二娘留后撤祭,忽然自尽,吊死竹林之中,死状甚奇,想是遇邪等语。村人俱知二娘对于萧氏夫妻父子,最为忠诚,相处更好,平日提起,老是赞不绝口,毫无可死之道。吊死的所在,凭二娘决上不去。俱猜竹林闹鬼,并连欧阳霜之死,也由于此。叹息了一阵,俱都不疑有人暗害。萧逸对二娘虽然不无疑愤,因事未询明,遽死非命,念在多年服劳操持之勤,依然给她从优埋葬。

经这一来,仔细回忆爱妻生平心地为人,越断定她死得冤屈。又想到爱妻既将仇人活捉了去,可见仙人救去的事,是出于小孩梦呓,昏迷之言,无可凭信。想望一穷,不由悲从中来,愧悔无地。加以二娘身死,家务俱要亲理,小孩缺人照料;三小兄妹更因慈母不归,仙灵毫无感应,虽未哭哭啼啼,牵衣索母,总是愁眉泪眼,絮问归期。有时放学回来,随定乃父,围炉谈笑,论文说武。正说得好好的,方觉天伦之乐,略解愁烦,内中一个想起,只问得一句:"妈到底要哪天回来呀?"话才脱口,那两个跟着笑容顿敛,潸然欲涕,立把满室春气,化成愁云惨雾。又不知要费若干口舌,才能使他们止泪含酸,不欢而睡。小孩家纯然一片天真,三小兄妹虽听乃父和村人露出乃母已经野死,过了当年,就要告庙设主的信息,依然执意不信,断定乃母仙去,总会有日归来。只是孺慕太深,苦思不已,哀而不伤,悲而不痛。但惟其希望未绝,故此常时都在盼想,也容易放落,事过便忘。一会想起,又复情殷乃母,啼泪纵横。日常如此。

萧逸本已悲深心碎,触绪伤怀,不能自已,哪里再经得起这三个爱儿爱女至性至情磨折和无人理家的烦扰,闹得终日愁萦心病,凄然欲死。只半月工夫,人便消瘦了好多,连武艺都无法传授了。晚秋虽然阴险狠毒,用情却极专笃。见他悲苦,先疑下手稍慢,二娘或已泄露。嗣经仔细查探,竟似疑心乃妻死于二娘之手,奸谋已遂,宽心大放。想起萧逸绝好一个家庭,只为自己一念之愤,害得他这等光景,不由又怜惜起来。除每日同了丈夫、女儿及萧元夫妻前往宽解陪伴外,顺便并代指挥下人,料理家政,渐渐有了条理。又因年事将近,一切均为部署周详。萧逸见她诸事井井有条,自己已不似二娘初死时那般事必躬亲,杂乱琐细,身心交敝,颇看出她多年来余情未断。但又每来必与丈夫相偕,发情止礼,言动光明,一协乎正。由不得又是感激,又是佩服。哪知爱妻出亡,二娘惨死,全出于她的阴谋毒计呢。

第一九二回

悔过输诚　灵前遭惨害
寒冰冻髓　孽满伏冥诛

　　且说三奸见雷二娘所求难遂，相待日疏，知她为人忠厚，早晚必吐真言。以萧逸性情为人，三奸本人受报不说，全家老小，均难再在村中立足。因此，决计除她灭口，以防后患，蓄谋已久。无奈萧家三子女，大的萧珍已快成年，两小兄妹也都生具异禀，神力兼人。乃父因念无母之儿，格外钟爱，欲其速成，用尽心思，授以艺业，已得了萧氏许多不传之秘。平日一个对一个，同门中六人过手练习，往往都吃他们占了便宜。虽因年小，别人成心相让，以博一笑。萧珍却是真有过人之能，小小年纪，心灵手快，力大身轻，寻常休想动他。二娘又守着主母临去之诚，永远和他们三人同出同入，寸步不离。有这三小孩在一起，简直无法下手；只有夜间前往行刺，尚可成功。无奈萧氏父子俱是能手，又常有心爱门徒留住受教，稍有动静，必被警觉，闹穿岂不更糟？此外又别无良法，为难了好多日，老是迟疑不敢。

　　这日畹秋同了女儿瑶仙，往萧家随同练武，大家都在场上，忽然口渴，自往堂屋取茶。一阵风过，隔门帘望见二娘在门外与一女婢闲谈，猛地心动。走近间壁一听，二娘正说道："我近来也不知怎的吃不下，睡不安，仿佛有鬼附身一样。你知道大娘死得太冤枉么？有一肚皮话，也不好和人说。我和你同住一屋，彼此相好，我拜托你一件要紧事：我现在白天黑里，老疑心有人要害我。我这种人早就该死，死原不怕，只是气他不过。不论什么地方，尤其在我屋内，你更要留神。你只要听见我快死的信，连忙赶去，我必留着一口气，把心腹话对你说明。千万不要忘记。"畹秋闻言，大吃一惊。方要再往下偷听，场上小弟兄姊妹们练功已完，嘻嘻哈哈，纷纷纵步进来。爱女瑶仙，也在其内。恐被室中人觉察，也装作一同走进，先赶向门前拉着女儿，再往里走，故意高声说道："也没见你们这般爱口渴，功才练完，就要喝水。你看大师兄、二师兄他们喝吗？"众小兄妹本意穿堂而过，往后面山上玩，并非口渴。畹秋说完，随掐了一下瑶仙。瑶仙机灵，颇有母风，闻言方欲答说不是，立即会意，改口道："今早来时吃稀饭，咸菜吃多了。"一言甫毕，二娘闻得畹秋口音，果然生疑，揭帘一看，见是由外走进，未被偷听，也未答理，便退了回去。三小兄妹随即由外屋跑进。

三奸回去一商量，越虑事机已迫，二娘业已愧悔怨望，早晚事泄无疑。连伺三四天，方苦无隙可乘，忽然大雪连朝，恰赶上第二次欧阳霜出亡之日。畹秋知每年这日，萧家父子和二娘必要哭闹一阵，门人弟子，不许进谒，不见一人。惟恐到了伤心之极，二娘漏了，好生忧急。又与萧元、魏氏熟商一番，决计涉险一行，见机行事。

出事的头一天，便冒风雪，前往窥伺，有无下手之策。去时未带兵刃，以便事发，推说爱女因师父不肯传授心法，归家痛哭，特来求教，以便有个借口。到时，二娘因萧逸避嫌，晚饭后便令归房，室中只有萧氏父子四人围炉伤嗟，听口气颇多可疑。算计萧逸本领高强，村中外人不入，不会防备及此。但行刺暗杀，终是不妥，思量无计。

第二日胆子稍大，又约萧元同往窥探，本心是想偷入二娘室内，点伤她的要害。因知二娘楼居，睡时楼门关闭，只带了根绳子备用，仍未携带兵刃，不料恰好用上。到时窥见室内无人，悄悄绕出堂屋。方欲设法上楼，忽见竹林内烛光掩映，想是当夜为欧阳霜毙命之日，定在竹园高祭无疑。忙和萧元悄悄绕路赶往，如遇上便说是望见火光而来，也不妨事。二奸伏身之处，近在祭台左近坡下雪凹中，竟无一人觉察。二奸也真有耐心，在雪窟里挨着酷寒，等了半夜。

直到萧氏父子四人回房，二娘没有顾忌，益发肆无忌惮，连哭带诉，把三奸毒计和胸中积怨，一齐说了出来。萧元怕冷，自萧氏父子一走，就要动手。畹秋本心也想威逼二娘，下辣手拷问实情，究竟漏泄机密也未。一听二娘出声祷告，说的正是经过和现在的情形，声音又不低，听得颇真，大合心意。忙将萧元止住，静听下去。后来二娘诉了一遍，又是一遍，咬牙切齿，把畹秋、萧元骂了个狗血喷头。知她胆小，事情未泄，心中大放。又察看她悲愤填胸之状，久必生变。话已听完，哪里还肯容她活命。忙令萧元装作鬼声，在坡下低声哭叫，使其害怕分心。自己绕至二娘身后，去点她的要穴。

谁知二娘故主恩深，当年内疚神明，心中苦痛已极，恨不得主母归来，以死明心；乍一听鬼声，当作主母显灵，并不害怕，反倒哭喊大娘，朝坡下走去。萧元年近半百，血气渐衰，武功又没什么根底，随定畹秋，在深雪里潜伏了半夜,身已冻僵,不能转动,声音也都发抖。当时只知按畹秋之言行事,不知四肢麻木,失去知觉。以为在大雪深夜,无人之际,二娘闻声必定吓昏。不料刚颤巍巍叫了两三声,二娘已循声赶来。偏是身在坡下,立处较畹秋先立之处较低,看不见上面,叫早了些,畹秋还未绕近二娘身后。两下里相隔又近,见二娘不肯停步,眼看就要对面,畹秋相隔尚远。萧元心想二娘不会甚武功,一被看破,立时冲将上去,将她扑倒,那时畹秋也必赶到,一下就可了账。方欲伸手,作势准备,猛觉两手不听使唤,心中一惊。把身往下一蹲,不料和双手一样,抬不起来,蹲不下去,知道不妙。竹林离萧逸所居楼房不远,平日推窗可见,雪光又白,只要被二娘大声一喊,立可闻警追来。即使畹秋已将二娘弄死,以萧逸的脚程本领,休说自己,连畹秋也逃走不脱。

萧元正在惶急,二娘眼力更尖,听到第三声鬼叫,已觉出有些不像,跟着人已循声追到坡前。一低头望见坡下雪凹中站定一个男子,定睛一看,正是萧元。知他心怀不善,不由又惊又怒。刚喝得一声:"原来是你装鬼吓我!"畹秋已经赶到身后,相隔尚有两丈左右。也是因为雪中久立,仗着平日教爱女武功,没有间断,虽不似萧元那等通体僵硬,也是身寒手冻,冷得直抖,脚走不快。绕过去时,两手正揣向怀中取暖,准备到时,好下辣手伤人。身未赶到,闻得萧元低叫,方怪他性急,又遥见二娘不曾吓倒,便料要糟。不顾僵足疼痛,把气一提,飞跑赶去。还未到达,便听二娘出声喝骂。冻脚硬跑了一程,又在发痛。知道萧逸一听见,立即身败名裂,休想活命。赶近下手,万来不及。一着急,恰好适才准备带来爬楼的套索,因恐冻硬不受使,揣在胸前,以备应用,一直没有取下,活口套索也打现成。手正摸在上面,忽然急中生智,握紧索头,手一伸,全盘取出。说时迟,那时快,畹秋只一转念间,二娘这里想起三奸,畹秋是个主谋,萧元在此,畹秋想必同来,否则只他一人,无此大胆。心中一害怕,刚想喊人,只喊得一个"有"字,畹秋惊急交加,早运足全身之力,把手中套索甩将出去。二娘惶骇惊叫中,微觉脑后风生,面前一条黑影一晃,跟着颈间微微一暖,咽喉紧束,被人用力勒住,往后一扯,身便随着跌倒在地,两眼发黑,金星乱冒,立即出声不得,气闷身死。

畹秋更不怠慢,跟着跑过,见二娘两眼怒瞪,死状甚惨。侧耳一听,萧逸所住楼上,丝毫没有动静,料未听见。见景生情又生奸计,恐二娘少时万一遇救回生,先点她的死穴。一看萧元尚在坡下,冻得乱抖,双手不住摇动,也不上来相助,气得暗骂废物,也不再看他。径将索头往祭桌前一株碗口粗细的高大毛竹梢中掷穿而过,纵身上去,一手握住横枝,一手将索头从断竹梢上穿回，双足倒挂，探身下去，两手拉绳，将尸首提到离地一人来高，悬在竹竿之上。再把另一头放松，与套人那头结而为一。然后用身带之刀，切断余索，纵身下地，将祭桌上供菜香烛，一齐翻倒砸碎，狼藉杂呈，作为恶鬼显魔，取了二娘替代。

一切停当，再看萧元，仍然呆立原处，满脸愁苦之容。疑心他为自己狠心毒手所慑，益发有气，狞笑一声，说道："你甚事不问，还差一点误在你的手里。如今事完，还不快走，要在这里陪这婆娘一同死么？"萧元见她目射凶光，脸上似蒙着一层黑气，不禁胆寒，上下牙捉对厮打，结结巴巴颤声说道："我、我、我……冻、冻、冻、冻……坏了，如今手脚全不能动。好妹子，莫生气，千万救我一救。"畹秋才知他为寒气所中，身已僵木，难怪适才袖手。一想天果奇冷，自己一身内外功夫，来时穿得又暖，尚且冻得足僵手战。做了这一会事，虽然暖和了些，因为勉强用力，手足犹自疼痛，何况是他。便消了气，和声问道："你一步都不能走了么？"萧元含泪结结巴答道："自从来此，从未动过。先只觉得心口背上发冷，还不知周身冻木，失了知觉。自妹子说完走后，装鬼叫时，仿佛气不够用，勉强叫了一声。这婆娘走来，我想将她打倒，一抬手，才知失了效用，但还可稍微摇动。这贱婆娘死不一会，觉着眼前发黑，更连气都透不转，哪能移动分毫呢？恐怕中了寒疾，就回去也非瘫不可了。"说罢，竟颤声低哭了起来。

按畹秋心理，如非还有一个魏氏，再将萧元一齐害死，更是再妙不过。知道人不同回，魏氏必不甘休；置之不理，更是祸事。但人已不能走动，除背他回家，还有何法？想了想无计可施。又见萧元神态益发委顿，手扶坡壁，似要直身僵倒，再不及早背回，弄巧就许死在当地。万般无奈，只得忍气安慰他道："你不要怕，我和你患难交情，情逾骨肉，说不上男女之嫌了，趁此无人，背你回去吧。"萧元已不能出声，只含泪眨了眨眼皮。畹秋估量迟则无救，不敢怠慢，忙纵下去一看，身冻笔直，还不能背。只得伸手一抄，将他横捧起来，迈步如飞，先往萧元家中跑去。

魏氏早将萧玉、萧清两子遣睡，独自一人倚门相待。夜深不见丈夫回来，恐怕万一二人事泄，明早便是一场大祸。村中房舍，因为同是一家，大都背山滨水，因势而建，绝少庭院。魏氏独坐房中，守着火盆悬念。忽觉心烦发躁，神志不宁，仿佛有甚祸事发作之兆。心中正在忧疑，便听有人轻轻拍门，知是丈夫回来。不禁笑自己做贼心虚，疑神疑鬼。赶出开门一看，见是畹秋把丈夫抱回，人已半死，不由大惊，不顾救人，劈口先问："他被萧逸打伤了么?"畹秋见她还不接人,越发有气,眉头一皱,答道:"是冻的。大嫂快接过去吧。"魏氏才赶忙接过,抱进房去。畹秋面上神色,竟未看出。一同将门关好,进了内屋,将萧元放在床上,忙着移过火盆,又取姜汤、热水。畹秋说出来太久,恐妹夫醒转寻人,要告辞回去。魏氏见丈夫一息奄奄,哪里肯放,坚留相助。

畹秋虽不似萧元委顿,却也冷得可以,乍进暖屋,满身都觉和畅。心想:"回家还得在风雪中走一两里路。他夫妻奸猾异常,此时如若走去,纵不多心,也必道我薄情。不如多留些时,看他丈夫受寒轻重,妨事不妨,也好打点日后主意。反正丈夫素来敬爱自己,昨晚和爱女商量好,假装母女同榻,叫他往书房独睡,并未进来。今晚叫他再去书房一晚,虽然辞色有些勉强,女儿已大,也不会半夜进房。大功告成,人离虎穴,还有何事可虑?"便答应下来,相助魏氏。先取姜汤与萧元灌了半碗,身上冷湿长衣脱了下来,披上棉袍,用被围好,将脚盆端至床前。正要抚他洗脚,萧元人虽受冻,心却明白,上床以后,见魏氏将盆中炭火添得旺上加旺,端到榻前,知道被火一逼,寒气更要入骨,心里叫苦不迭,口里却说不出话来。这时人略缓过一些,面色被火一烤,由灰白转成猪肝色,一股股凉气由脊梁骨直往上冒,心冷得直痛。三十二个牙齿,益发连连厮打,格格乱响。外面却热得透气不转,周身骨节逐根发痛。正在痛苦万分,见魏氏又端了一大盆热水过来,知道要坏,勉强颤声震出一个"不"字。魏氏只顾心痛丈夫,忙着下手,全未留神。

畹秋见他神色不对,又颤声急喊;同时自己也觉脸上发烧,双耳作痛。猛想起受冻太过,不宜骤然近热。照他今日受冻情形,被热气一攻,万无幸理。但是正欲其死,故作未见未闻,反假装殷勤,忙着相助,嘴里还说着极关切的话,去分魏氏的心。可怜萧元枉自心中焦急,眼睁睁看着爱妻、死党强迫自己走上死路,出声不得,无计可施。等他竭力震出第二个"不"字,身子已被魏氏强拗扶起。萧元身子冻僵,虽入暖房,还未完全恢复,背、腿等处仍是直的,吃魏氏无意中一拗,畹秋从旁把背一推扶,奇痛彻骨,不禁惨叫起来。魏氏又将他冻得入骨的一双冰脚,脱去鞋袜,往水盆里一按。萧元挺直的腿骨,又受了这一按,真是又酸又麻,又胀又痛,通身直冒冷汗,哼声越发惨厉。

魏氏听出声音有异,刚抬头察看,忽见脑后一股阴风吹来,桌上灯焰摇摇不定,似灭还明,倏地转成绿色,通体毛发根根欲竖。心方害怕,接着便听畹秋大喝一声:"打鬼!"身由榻沿纵起,往自己身后扑去。同时萧元一声惨叫，手足挺直，往后便倒，双脚带起的热水，洒了自己一头一脸。魏氏本就亏心，吓得惊魂皆颤，一时情急，径往丈夫床上扑去。一不留神，又将脚盆踢翻，盆中水多，淋漓满地，魏氏也几乎跌倒。爬到床上一看，丈夫业已晕死，不由抱头痛哭起来。哭不两声，耳听畹秋唤道："大嫂，哭有甚用？救人要紧。"魏氏用模糊泪眼一回看，油灯依旧明亮，畹秋只面上气色异常，仍然好好地站在身侧。哭问："妹子，惊叫则甚？"

畹秋狞笑道："可恨雷二娘，因贱婢野死以前曾对她说，那双旧鞋曾交你弃入江中，定是我三人同谋，由你偷偷放入她兄弟箱内。以死自明，留有遗书，向丈夫告状。她本想追出救她，多亏我伏身门外，将她堵住，逼出遗书。原已和我们同党，近日她想嫁给萧逸，人家不要，日久变心，想给我三人和盘托出，快要举发，被我看破。昨晚乘雪夜与大哥同往，探了一回，未知底细。因事紧急，今晚本想我一人前往，大哥好心，恐我独手难成，定要同往，将她除掉。到时正赶上萧逸在竹林内向天设祭，妄想贱婢显灵。我们听出他还没有生疑，本想暂时饶她，缓日下手。谁知这不要脸的贱婢等萧逸一走，鬼使神差，竟和疯了似的，自言自语，历说前事，求死人显灵，活捉我们。我听出她恨我三人入骨，日内必要泄露真情，这才决心将她除去。现在人已被我二人害死，作为鬼取替代，吊死在竹梢上。只为萧家父子在竹林内一祭多时，去后我二人又听她捣鬼，伏在坡下雪窟里时候太久，只顾留神观听，不觉得受寒太重，通身冻木。我还好些，所以下手时，是我独自行事。事完，大哥不能动了，不得已只好捧着他回来。

"你洗脚时，一阵风过，贱婢雷二娘才死不久，竟敢来此显魂现形。亏我素来胆大，常说我人都不怕，何况是鬼，至多死去，还和她一样，正好报仇。尽管阴风鬼影，连灯都变绿了，我仍不怕，扑上前去。果然人怕凶，鬼怕恶，将她吓跑。我想这两条命债，是我三人同谋，但起因一半系我报那当年夺婚之仇；今晚害死雷二娘，也是我一人下手。鬼如有本事，只管上我家去，莫在这里胡闹。看我过天用桃钉钉她，叫她连鬼也做不安稳。大哥想也同时看见，所以吓晕过去了。"

魏氏一面用被围住萧元，连喊带揉；一面听着说话，觉出畹秋语气虽然强硬，脸色却是难看已极。灯光之下，头上若有黑气笼罩。尤其是素来那么深心含蓄的人，忽然大声说话，自吐隐私。纵然室内皆一党，大雪深宵，不会有人偷听，还是反常。疑她冤鬼附体，口里不说，心中好生害怕。还算好，萧元经过一阵呼唤揉搓，渐渐醒转，并能若断若续地发声说话了。刚放点心，侧耳一听,竟是满口呓语,鬼话连篇。一摸周身火热,忧惧交集。只得扶他睡好,准备先熬些神曲吃了,见机行事。如不当人乱说,再行请人诊治。

畹秋二次告辞。魏氏虽然害怕,因听说二娘是畹秋亲手害死,当晚冤鬼现形,畹秋辞色异常,若有鬼附,适才又说了许多狠话,两次害人,均出畹秋主谋,鬼如显魂,必先抓她,自己或能稍减,留她在此,反受牵连。再者畹秋恐丈夫发觉她雪夜潜出起疑,也是实情。便不再挽留,送出畹秋。忙把二子唤醒,想仗小孩火气壮胆。不提。

且说畹秋在萧元家中鼓起勇气出去,到了路上,见雪又纷纷直下。猛想起害人时,雪中留有足印,只顾抱人,竟忘灭迹,如非这雪,几乎误事,好生庆幸。又想起适才二娘显魂,形相惨厉怕人。再被冷风迎面一吹,适才从热屋子出来,那点热气立时消尽,不由机灵灵打了一个冷战。方在有些心惊胆怯,耳听身后仿佛有人追来。回头一看,雪花如掌,看不见甚形影。可是走不几步,又听步履之声,踏雪追来。越往前走,越觉害怕。想早点到家为是,连忙施展武功,飞跑下去。初跑时,身后脚步声也跟着急跑,不时好像听到有人在喊自己名字,声为密雪所阻,断续零落,听不甚真。畹秋料定是二娘鬼魂,脚底加紧,更亡命一般加快飞跑。跑了一段,耳听追声隔远,渐渐听不见声息。边跑边想:"自己平素胆大,并不怕鬼,怎会忽然气馁起来? 适才亲见二娘显魂,尚且不惧,只一下便将她惊走。常言人越怕鬼,鬼越欺人。如真敌不过她,尽逃也不是事,早晚必被追上。何况这鬼又知道自己的家,被她追去,岂不引鬼入门,白累丈夫爱女受惊? 冤仇已结,无可避免,转不如和她一拼,也许凭着自己这股子盛气,将她压倒,使其不敢再来。明早等她入殓,再暗用桃钉,去钉她的棺木,以免后患为是。"想到这里,胆气一壮,脚步才慢了些。一摸身上,还带着一筒弓箭和一把小刀,原备当晚行刺万一之用。便一同取出,分持手内。一看路径,已离家门不过数丈之遥,恰好路侧是片树林。匆匆不暇寻思,惟恐引鬼入室,竟把鬼当作人待,以为鬼定当自己往家中逃去,意欲出其不意,等她追来,下手暗算。侧耳一听,身后积雪地里,果然微有踏雪追来之声,忙往路侧树后一伏。

这时那雪愈下愈大。畹秋聪明,知道鬼畏人的盛气,离家已近,恐出大声惊人。又见雪势太大,鬼现形只一黑影,其行甚速,一个看不清,稍纵即逝。算准鬼必照直追来,伏处又距来路颇近,暗中把周身力气运足,等鬼一过,便由斜刺里刀弩齐施,硬冲出去,不问打中与否,单这股锐气,也把她冲散。刚准备停当,蓄势相待,忽听步履踏雪之声,沙沙沙仿佛由远而近。正定睛注视间，一晃眼，雪花弥茫中，果见一条黑影，由树侧疾驰而过。畹秋手疾眼快，心思又极灵巧，知道纵扑不及，一着急，左手弩箭，右手小刀，一同发出。跟着两脚一蹬，飞身朝那黑影扑去。脚才离地，耳听"哎呀"一声惊叫，鬼已受伤倒地，同时声发人到。畹秋也纵到鬼的身前，耳听鬼声颇熟。正要伸手抓去，猛想起鬼乃无形无质之物，如何跑来会有声音？心方一动，手已抓到鬼的身上，无意中用力太猛，正抓着鬼的伤处。那鬼风雪中老远追来，误中冷箭，心里连急带痛，一下滑跌，扑倒雪里。再吃这一抓，立刻又"哎呀"一声惨叫，疼晕过去。畹秋觉出那鬼是个有质有实物，刚暗道"不好"，再听这一声惨叫，不由吓了个心颤手摇，魂不附体。忙伸双手抱起一看，当时一阵伤心，几乎晕倒。原来伤的竟是自己丈夫文和，并非二娘鬼魂。一摸那支弩箭，尚在肩上插着。慌不迭地一把拔下，抱起往家就走。越房脊到了自己门首，见灯光尚明，耳听水沸之声甚急。一推门，门也虚掩未关，进门便是一股暖气扑来。一看爱女瑶仙，正侧身向外，独对明灯，围炉坐守，尚未安睡。忙奔过去，将人放在床上卧倒，连喊："快把伤药找来，急死我了！"话才说完，急痛悔恨，一齐夹攻，也跟着晕倒床上。

瑶仙本知今晚这场乱子说大就大，不敢安歇，正在那里提心吊胆，对着灯光，焦盼去人平安回来，一个也不要出事，明早好去佛前烧香。忽见房门推开，钻进一个雪人，手中抱着一人，更是通体全白。心方一惊，已看出是谁，忙赶过去，开口想问，抱人的也已晕倒。慌不迭急喊："妈妈，爹爹怎么了？"畹秋原是奇痛攻心，急昏过去，唤了两声，便即醒转。见爱女还在张皇失措，连忙挺身纵起，开柜取出多年备而未用的伤药，奔到床前。伤人也死去还魂，悠悠醒转，睁眼见在自己床上，叹口气，叫一声："我的女儿呢？"瑶仙忙俯下身去，答道："爹爹，女儿在此。"畹秋知他必已尽知自己隐秘，不由又羞又痛，又急又悔，当时无话可说，战着一双手，拿了药瓶，想要给他上药。崔文和连正眼也没看她一下，只对瑶仙叹了一口气，哭丧着脸，颤声说道："你是我亲生骨肉，此后长大，务要品端心正，好好为人，爹爹不能久看你了。"那背上伤处肩骨已碎，吃寒风一吹，本已冻凝发木，进了暖屋，人醒血融，禁不住疼痛。先还强力忍受，说到末句，再也支持不住，鼻孔里惨哼了一声，二次又痛晕过去。畹秋见状，心如刀绞。知他为人情重，现既说出绝话，听他的口气，说不定疑心自己和萧元有了私情，醒来必然不肯敷药。忙把他身子翻转，敷上止痛的药。一面为他去了残雪，脱去湿衣；一面听爱女诉说经过，才知事情发作，只错了一步。

原来文和和萧逸是一般的天生情种,心痴爱重,对于畹秋,敬若天人,爱逾性命。施于畹秋者既厚,求报自然也奢。畹秋虽也爱他,总觉他不如萧逸,是生平第一恨事。又见他性情温厚,遇事自专,独断独行,爱而不敬。文和也知她嫁自己是出于不得已,往往以此自惭,老怕得不到欢心,对畹秋举动言谈,时时刻刻都在留意。畹秋放肆已惯,以为夫婿恭顺,无所担心,祸根即肇于此。当欧阳霜死前数日,文和见三奸时常背人密语,来往频繁。不久欧阳霜姊弟便无故先后失踪,三奸背后相聚,俱有庆幸之容。文和原早看出畹秋与欧阳霜匿怨相交,阳奉阴违,料定与她有关,好生不满。曾经暗地拿话点问,没等说完,反吃畹秋训斥了一顿。文和只得闷在心里,为她担忧好久,侥幸没有出别的事。可是畹秋带了爱女,往萧家走得更勤,每去必强拖着自己同行。细一察看,又不似前情未死,藕断丝连,想与萧逸重拾旧欢,做那无耻之事。先还疑他前怨太深,又有别的阴谋。可是一晃数年,只督着爱女习武,并无异图。对萧元夫妻,也不似以前那么亲密。心才略宽。

近数月来,又见三奸聚在一起,鬼鬼祟祟,互说隐语。有一天,正说雷二娘甚事,自己一进屋,便转了话头。心又不安起来。久屈阃威之下,不便探问,问也不会说,还给个没趣,只暗中窥察。畹秋却一点没有看出。昨晚畹秋忽令独宿书房,因连日大雪,未疑有他。半夜醒来,猛想起昔年萧家之事,是出在这几天头上。欧阳霜美慧端淑,夫妻恩爱异常,究为何事出走?是否畹秋阴谋所害?将来有无水落石出之日?如是畹秋所为,怎生是好?这类心事,文和常在念中,每一想到,便难安枕。正悬揣间,恰值畹秋私探萧家动静回来。那晚雪大风劲,比第二晚要冷得多。回时不见书房灯光,以为丈夫睡熟,急于回房取暖,一时疏忽,举动慌张,脚步已放重了一些。乃女瑶仙因怕风大,把门插上,久等乃母不归,竟在椅上睡着。畹秋推门不开,拍了几下,将瑶仙惊醒,开门放进。文和先听有人打窗外经过,已经心动,连忙起身,伏窗一看,正是畹秋拍门。灯光照处,眼见畹秋周身雪花布满,随着女儿进去。当晚睡得特早,明是夜中私出,新由远地回来。料定中有隐情,连女儿也被买通。气苦了一夜未睡,决计要查探个明白。

当日萧元夫妻又来谈了一阵走去。文和暗窥三奸,俱都面带忧愤之色;所说隐语,口气好似恨着一人。欧阳霜已死,只想不出怨家是谁。知道畹秋骄纵成性,如不当场捉住,使其心服口服,决不认账。自己又看不出他们何时发难。欲盘问女儿,一则当着畹秋不便,又恐走嘴怄气。正在心烦,打不出好主意,畹秋晚来忽又借词,令再独宿一夜。知她诡谋将要发动,当时一口答应,老早催吃夜饭,便装头痛要早睡。原打算畹秋出去在夜深,先在床上闭目装睡,养一会神,再行跟去,给她撞破。不料头晚失眠,着枕不久,忽然睡去。梦中惊醒,扒窗一看,内室灯光甚亮,天也不知什么时候。连忙穿衣起身,先往内室灯下一探,只女儿一人面灯围炉而坐,爱妻不知何往。雪夜难找,好生后悔。继一想:"她无故深夜外出,即此已无以自解。现放着女儿知情同谋,一进房查问,便知下落。"忙进房去,软硬并施,喝问:"你娘何往?"其实瑶仙虽知乃母所说往萧家去给自己说情,传授萧家绝技的话,不甚可靠,实情并未深悉。见乃父已经看破发急,只得照话直说。文和察颜观色,知乃妻心深,女儿或也受骗。她以前本恨萧逸薄情,既处心积虑害了欧阳霜,焉知不又去暗害萧逸? 不问是否,且去查看一回,当时追去。当晚的事般般凑巧,文和如不睡这一觉,二娘固不至送命,三奸也不会害了人,转为害己,闹出许多乱子。

　　文和行离萧逸家中还有半里来路,忽听对面畹秋轻轻连唤了两声"大哥",心正生疑,听去分外刺耳。这时雪下未大,等文和循声注视,畹秋已抱着一人,由身侧低了头疾驰而过,抱的明明是个男子。当时愤急交加,几乎晕倒,还不知抱的就是萧元。略一定神,随后追去,一直追到萧元家门,眼见魏氏开门,畹秋一同走进。萧元所居,在一小坡之上,住房原是一排。坡下两条小溪,恐小孩无知坠水,砌了一道石栏。进门须从头一间内走进,连过几间,方是卧室。越房而过,文和无此本领,又恐将人惊动。踌躇了一阵,才想起溪水冰冻,可由横里过去。到了三奸会集之所,畹秋前半截已说完,正值闹鬼之初,畹秋相助魏氏,给萧元脱衣,扶起洗脚。在畹秋是患难与共,情出不得已。在文和眼里,却与人家妻妾服侍丈夫相似,不堪已极。刚咬牙切齿痛恨,忽听畹秋喝声:"打鬼!"迎面纵起。文和在窗外却未看见什么。此时心如刀割,看了出神,并未因之退避。一会畹秋回至萧元榻前,说起前事,自吐罪状。这一来,才知欧阳霜果死于三奸之手,并且今晚又亲害二娘,以图灭口。由此才料到畹秋为害人,甘受同党挟制,与萧元已经有奸。恨到极处,不由把畹秋看得淫凶卑贱,无与伦比,生已无味,恨不如死。有心闯进,又恐传扬出去丢人。

　　不愿再看下去,纵过溪来。原意等畹秋出来,拦住说破,过日借着和萧元练武过手,将他打死,再寻自尽。久等畹秋不出,天又寒冷,不住在门外奔驰往来,心神昏乱,一下跑远了些。回来发现畹秋已走,连忙赶去。畹秋比文和脚程要快得多,文和追不上,再着急一喊,越误以为冤鬼显魂,跑得更快。丈夫武功本不如畹秋,追赶不上。其实等到家再说,原是一样。偏是气急败坏,急于见面究问,吐出这口恶气。又念着家中爱女,这等丑事,不愿在家中述说,使她知道底细,终生隐痛。又恐先赶到家抵赖。前面畹秋一跑快,越发强冒着风雪拼命急追。

天空的雪,越下越大,积雪地上,又松又滑。为了图快,提气奔驰,不易收住脚步。加以眼前大雪迷茫,视听俱有阻滞。村无外人,昏夜大雪,路断人迹,追的又是床头爱妻,做梦也想不到会有人暗算。追近家门之时,跑得正在紧急,猛然来了一冷箭,恰中在背脊骨上。"哎呀"一声,气一散,身不由己,顺着来箭一撞之势,往前一抢,步法大乱,脚底一滑,当时跌仆地上。初倒地时,心还明白,昏愦中,猛想到畹秋知事发觉,暗下毒手,谋杀亲夫这一层上。再吃畹秋慌手慌脚扑来,将那箭一拔,当时奇痛极愤,一齐攻心,一口气上不来,立即晕死过去。畹秋一则冤魂附体,加以所伤的又是自己丈夫,任她平日精细,也不由得心慌手乱。一时情急过甚,忙中出错,匆匆随手将箭一拔,伤处背骨已经碎裂。先吃寒风冻木,再经暖室把冻血一融,铁打身子,也难禁受。况又在悲愤至极之际,连痛带气,如何不再晕死过去。

畹秋先还只当丈夫暗地潜随,窥见隐秘,虽然误中一箭,只是无心之失。凭着以往恩爱情形,只要一面用心调治,一面低首下心向其认过,并不妨事。及见文和辞色不对,再乘他昏迷未醒之际,乘隙探问女儿:文和何时出外?可曾到内室来?有甚言语?经乃女一说起丈夫发觉盘问时情景,才知自己行事太无忌惮,丈夫早已生疑,仍自梦梦。一算时候,正是害完二娘,抱着萧元回家之时。断定物腐虫生,丈夫必当自己和萧元同谋害人,因而有奸无疑。再看丈夫,面黄似蜡,肤热如火,眼睛微睁,眼皮搭而不闭,似含隐痛,双眉紧皱,满脸俱是悲苦之相。伤处背骨粉碎,皮肉肿高寸许,鲜血淋漓,裤腰尽赤,惨不忍睹。虽然敷了定痛止血的药,连照穴道揉按搓拿,仍未回醒。大错已经铸成,冤更洗刷不清,由不得又悔又愧,又痛又恨。一阵伤心,"哇"的一声,抱着文和的头,哀声大放,痛哭起来。瑶仙也跟着大哭不止。

文和身体健壮,心身虽受巨创,不过暂时急痛,把气闭住,离死尚早。畹秋又是行家,经过一阵敷药揉搓,逐渐醒转。畹秋已给他盖好棉被,身朝里面侧卧。刚一回醒,耳边哭声大作,觉出头上有人爬伏。侧转脸一看,见是畹秋,认作过场,假惺惺愚弄自己,不由悲愤填胸,大喝一声,猛力回肘甩去。原意将人甩开,并非伤人。畹秋恰在心乱如麻,六神无主之际。忽觉丈夫有了生意,方在私幸,意欲再凑近些,哀声慰问,自供悔罪,以软语温情,劝他怜宥,洗刷不白之冤。谁知丈夫事多眼见,认定她淫凶诡诈,所行所为,种种无耻不堪;平日还要恃宠恣娇,轻藐丈夫,随时愚弄,视若婴孩。这些念头横亘胸中,业已根深蒂固,一任用尽心机,均当是作伪心虚,哪还把她当作人待。畹秋因丈夫从无忤忤辞色,更想不到竟会动手。这一下又当愤极头上,用力甚猛,骤出不意,立被肘中肩窝穴上。惊叫一声,仰跌坐地,只觉肺腑微震,眼睛发花,两太阳穴直冒金星。虽受内伤,尚欲将计就计,索性咬破舌尖,喷出口血水,往后仰倒,装作受伤晕死,以查看丈夫闻报情景如何,好看他到底心死情断也未,以图挽回。主意不是不妙,事竟不如所料。

瑶仙正守在文和榻沿上悲哭,忽听父母相次一声惊叫,乃母随即受伤倒地,心中大惊。扑下地来一看,口角流出血水,人已晕死。不禁放声大哭,直喊妈妈。一面学着乃母急救之法,想给揉搓,又想用姜汤来灌救,已在手忙脚乱,悲哭连声。畹秋躺在地上,听爱女哭声那么悲急,却不听丈夫语声,觉着无论好坏,俱不应如此不加闻问。偷睁眼皮一看,丈夫仍朝里卧,打人的手仍反甩向榻沿上,一动不动。心中狐疑,仍然不舍就起,只睁眼朝瑶仙打了个手势。瑶仙聪明会意,越发边哭边诉,直说:"妈妈被爹爹误伤打死,妈再不还阳,我也死吧。"哭诉了好几遍。畹秋见榻上文和仍然毫无动静,心疑有变,大为惊异,忙举手示意瑶仙去看。瑶仙便奔向榻前哭道:"爹爹,你身受重伤,又把妈打死,不是要女儿的命么,这怎么得了呀?"哭到榻前,手按榻边,正探身往里,想看乃父神色。猛觉左手按处,又湿又沾,低头一看,竟是一摊鲜血,由被角近枕处新溢出来。立时把哭声吓住,急喊了声"爹爹"未应,重新探头往头上一看,再伸右手一摸,乃父鼻息全无,人已死去。难怪乃母伤倒,置之不理。惊悸亡魂,急喊:"妈妈快起,爹爹又不好了!"

畹秋全神贯注榻上,见爱女近前相唤,仍无反应,情知不好。再一听哭声,料是危急,不敢迟延,连忙纵起。才一走动,觉着喉间作痒,忍不住一呛,吐出一大口在地上,满口微觉有甜咸味道,大汗淋漓,似欲昏倒。知道吐的是血,也顾不得低头观看,强提着气,仍往榻前奔去。见丈夫又晕死,血从被角仍往外溢,忙揭开一看。原来适才文和气极,用力过猛,将背上伤口震破,血水冒出。再向外一侧,打着畹秋,身上一震,伤口内所填的创药,连冲带撞,全都脱落,伤势深重。血本止得有些勉强,药一落,自然更要向外横溢。同时旧创未合,又震裂了些,盛气暴怒之下,人如何能禁受,只叫出第一声,创口一迸裂,便又痛晕死去。

畹秋为人狠毒,用情却也极厚。身虽含冤受屈,又负重伤,对于文和,只是自怨自艾,愧悔无地,恨不能以身自代,并无丝毫怨望,忙着救人。白白将嫩馥馥的雀舌咬破,文和却一无所知。救人要紧,其势不能救醒了人,自己再去放赖装死。只得给他重调伤药,厚厚地将背伤一齐敷满,先给止血定痛。跟着取了些扶持元气的补药,灌下喉去。然后再用推拿之法,顺穴道经脉,周身揉搓,以防他醒来禁不住痛,又复晕死。约有刻许工夫,畹秋知他愤郁过度,心恨自己入骨,伤又奇重,万不宜再动盛气,醒来如见自己伏身按摩,必然大怒,早就留意。一见四肢微颤,喉间呼呼作响,不等回醒,忙向瑶仙示意,命她如法施为。自己忍泪含悲,避过一旁。身子离开榻前,觉着头脑昏晕,站立不住。猛地想起适才主意,就势又往地下一躺。身方卧倒,榻上文和咳的一声,吐出一口满带鲜血的黏痰,便自醒转。

畹秋满拟仍用前策,感动丈夫。不想瑶仙年纪太幼,一个极和美的家,骤生巨变,神志已昏,本在守榻悲泣,一见父亲醒转,悲苦交集,只顾忙着揉搓救治,端了温水去喂,反倒住了啼哭,忘却乃母还在做作。为了敷药方便,文和仍是面向里睡。父女二人,都是不闻不见。畹秋在地下干看着,不能出声授意。知道此时最关紧要。当晚饱受风雪严寒之余,两进暖室,寒气内逼,又经严寒忧危侵袭,七贼夹攻,身心受创过甚,倒地时,人已不支。再一着这闷急,立时头脑昏晕,两太阳穴金星乱爆,一口气不接,堵住咽喉,闷昏地上,弄假成真。

她和文和不同,气虽闭住,不能言动,心却明白,耳目仍有知觉。昏惘中,似听文和在榻上低声说话。留神一听,文和对瑶仙道:"今晚的事,我本不令你知道,免你终身痛心。原想在外面和贱人把话说明,看事行事,她如尚有丝毫廉耻,我便给她留脸,一同出村,觅地自尽。否则我死前与萧逸留下一信,告她罪孽,只请他善待我女,不要张扬出丑。萧逸夫妻情重,必定悄悄报仇,也不愁贱人不死。我不合在后面连唤她几声,她知私情被我看破,竟乘我追她不备,谋害亲夫。已经用箭射中背上,又使劲按了一下,当风口拔出。此时背骨已碎,再被冷风一吹,透入骨内,万无生理。你休看她适才假惺惺装作误伤,号哭痛悔。须知她为人行事,何等聪明细心,又通医理,治伤更是她父家传,岂有误伤了人,还有当风拔箭之理? 况且村中素无外人,我又连喊她好几声,决不会听不见,若非居心歹毒,何致下此毒手? 明是怕我暴毙在外,或是死得太快,易启人疑,故意弄回家来,用药敷治,使我晚死数日,以免奸谋败露罢了。

"我从小就爱她如命,她却一心爱着姓萧的,不把我放在眼里。只因姓萧的情有独钟,看不上她,使她失望伤心,才愤而嫁我。当时我喜出望外,对她真是又爱又敬,想尽方法,求她欢心,无一样事情违过她意。谁知她天生下贱,凶狡无伦,城府更是深极。先和萧家表婶匿怨交欢,我便疑她心怀不善。一晃多年,不见动作,方以为错疑了她。谁知她阴谋深沉,直到数年前才行发动,勾结了萧元夫妻狗男女,不知用什么毒计,害得萧家表婶野死在外。我和她同出同人,只是疑心,竟不知她底细。

"直到昨今两晚,又欲阴谋害人,欺我懦弱恭顺,几乎明做,我方决计窥查。先只想她只是要谋害萧家子女,还以为她平日对我只是看轻一些,尚有夫妻情义,别的丑事决不会做。知她骄横,相劝无用,意欲赶去,当场阻拦,免得她赖。着枕之时尚早,意欲稍眠片刻,再行暗中跟往,偏因昨晚一夜未睡,不觉合眼睡熟。醒来她已起身多时,等我赶至中途,正遇她和萧元猪狗害人回来。为怜猪狗受冷,跑不快,她竟抱了同往他家。我又随后追去,费了好些事,才得入内。这三个狗男女,正在室中自吐罪状,才知萧家雷二娘知他们的隐秘,处心积虑,杀以灭口,今晚方吃贱人害死。我知贱人本心,决看不上那猪狗,定是起初引为私觉,害了萧逸之妻,因而受狗男女勾串挟制成奸。可怜我对贱人何等情深爱重,今日却闹到这等收场结果。此时不是乘我昏迷,出与猪狗相商,便在隔室,装作悔恨,寻死觅活。

"她是你生身之母,但又是你杀父之仇,此时恨不能生裂狗男女,吞吃报仇。无奈身受重伤,此命决不能久。你是我亲生爱女,我有些话,本不应对你说,无奈事已至此,大仇不报,死难瞑目。你如尚有父女之情,我死之后,留神贱人杀你灭口,纵不能向贱人下手,也务必将那一双狗男女杀死,方不枉我从小爱你一场。"说时断断续续,越说气息越短促,说到末句,直难成声,喘息不止。

瑶仙原本不知就里,把乃父之言句句当真,把乃母鄙弃得一钱不值。先是忘却母亲之嘱,后虽回顾地上,心想父亲可怜,又知乃母装假,故未理会。

畹秋在地上听得甚是分明,句句入耳,刺心断肠。到此时知铁案如山,业已冤沉海底,百口莫辩。连爱女也视若非人,信以为真。同时又想起自己平日言行无状,丈夫恩情之厚,悔恨到了极处,负屈含冤也到了极处。只觉奇冤至苦,莫此为烈。耳听目睹,口却难言,越想越难受。当时气塞胸臆,心痛欲裂,脑更发胀,眼睛发黑,心血逆行,一声未出,悄悄死去,知觉全失。等到醒转,天已大亮,身却卧在乃夫书房卧榻之上,头脑周身,俱都胀痛非常。爱女不在,仅有心腹女婢绛雪在侧。枕头上汗水淋漓。床前小几摆着水碗药杯之类。回忆昨宵之事，如非身卧别室，和眼前这些物事，几疑做了一场噩梦。方张口想问，瑶仙忽从门外走进，哭得眼肿如桃，目光发呆，满脸浮肿。进门看见母醒，哇的一声，哭了出来。畹秋知此女素受钟爱，最附自己，虽为父言所惑，天性犹在。乘她走近，猛欠身抱住，哭道："乖女儿，你娘真冤枉呀！"瑶仙意似不信，哭道："妈先放手，爹爹等我回他话呢。"畹秋闻言，心中一动，越发用力抱紧，问道："你爹愿意我死么？"瑶仙摇头哭道："爹昨晚把妈恨极，后来见妈真断气死去，又软了心。"话未说完，畹秋已经会意，忙拦道："你快对他说，我刚醒转，只是捶胸痛哭，要杀萧家狗男女。千万莫说我冤枉的话。你如念母女之情，照话回复，你爹和我，命都能保。不喊你，千万莫来，要装成恨我入骨的神气。快去，快去！"瑶仙深知乃母机智过人，忙回转上房，照话回复。

原来昨晚畹秋气闭时节，起初文和还是当她跑去寻找二奸，不在房内。瑶仙虽然看见，只当故意做作。又信了乃父的话，既鄙乃母为人，更怪她下此毒手，一直没有理睬，也未和乃父说。后来天光渐亮，文和背痛略止。瑶仙只顾服侍父亲，柔声劝慰，竟忘添火盆中的木炭，余火甚微。文和首觉室中有了寒意，便喊瑶仙道："乖女，天都亮了，这贱人还没回来。我话已经说尽，背上也不很痛，该过午才擦第二遍药呢。反正是度命挨时候，决不会好，我儿多有孝心也无用。天刚亮时最冷，你还不如上床来，盖上被，在我脚头睡一会吧。用茶用水，我会喊你的。看冻坏了你，爹爹更伤心了。"瑶仙闻言，果觉身上有些发冷，才想起火盆没有炭，忙答道："只顾陪侍爹爹，忘加炭了。"说罢，才欲下床加炭，一回头，看见乃母仍卧地下，虽仍不愿助母行诈，毕竟母女情厚。暗忖："我真该死，多不好，终是生身之母，就不帮她撒谎，怎便置之不理，使她无法下台？这样冷冰冰的地方，如何睡得这长时候？"方欲将乃母扶起，过去一拉，觉着口角血迹有些异样，再细一摸看，人已真地死去。不由激发天性，哭喊一声："妈呀！你怎么丢下女儿去了呀？"便扑上去，痛哭起来。

文和在床上闻声惊问道："你妈怎么了？"瑶仙抽抽噎噎颤声哭道："妈已急死，周身都冰硬了。"文和大惊，一着急，便要翻身坐起。才一转侧，便觉背创欲裂，痛楚入骨，"哎呀"一声，复又卧倒原处，不敢再动。连痛带急，心如刀绞，急问："你妈怎会死的？乖女，你先前怎不说呀？"瑶仙聪明机智，颇有母风，虽在伤心惊急交迫之中，并不慌乱。一闻乃父呼痛之声，当时分别轻重，觉出乃母全身挺硬冰凉，气息已断，又有这久时候，回生望少，还是先顾活的要紧。不等话完，连忙爬起，奔向床前，哀声哭诉道："妈第一次给爹爹上完药时，人已急晕倒地。因爹爹背伤裂口，勉强摇摇晃晃爬起，给爹爹上完了药。刚对女儿说她遇见冤鬼，遭了冤枉，恰值爹爹醒来，看见妈爬在身上，猛力一甩，打中妈的胸膛，仰面倒在地上，就没起来。彼时忙着服侍爹爹，听爹爹说话，见妈还睁着眼睛流泪喘气，以为不致碍事，又恨妈做事太狠，一直心里顾爹爹，没有留意。后听爹爹说妈走了，怕爹爹生气，也没敢说。等刚才下床添火，才看见妈还倒在地上未起，谁想妈妈竟丢下苦命女儿死了呀！"说到末句，已是泣不成声。

畹秋原欲诈死，以动夫怜。这一次，自比装假要动人得多，不禁把文和多年恩爱之情重又勾起，忍泪道："她定是被我那几句话气死的，这不过一口气上不来，时候虽久，或许有救。可恨我伤势太重，不能下床救她。乖女莫慌，慌不得，也不是哭的事。快些将火盆边热水倒上一碗，再喊绛雪来帮你。人如能活，慢点倒无妨，最怕是慌手慌脚，尤其你妈身子不可挪动。等热水倒好凉着，人喊来后，叫绛雪端了水碗，蹲在她头前等候。你照萧家所传推拿急救之法，由你妈背后，缓缓伸过右手去，托住了腰，左手照她右肩血海活穴重重一拍，同时右手猛力往上一提。不问闭气与否，只要胸口有一丝温热，鼻孔有了气息，必有回生之望。当时如不醒转，便是血气久滞，一现生机，决不妨事。可拨开嘴唇，将温水灌下，用被盖好，抬往我床上，将火盆添旺，防她醒来转筋受痛。再把安神药给她灌一服。胸口如是冰凉，就无救了。我猛转了一下，不过有些痛，并不妨事。你妈还是死不得，先莫管我，快救她去。"

那绛雪原是贵阳一家富翁逃妾私生之女，被一人贩子拾去，养到九岁，甚是虐待。这日受打不过，往外奔逃，人贩子正在后面持鞭追赶。恰值这年文和值年出山采办货物，走过当地，见幼女挨打可怜，上前拦阻。一问是个养女，又生得那么秀弱，愈发怜悯义愤，用重价强买过来。一问身世，竟是茫然。当时无可安置，又忙着回山，只得带了归来。村中原本不纳外人，因是一个无家可归的孤女，年纪又轻，经文和先着同行人归报一商请，也就允了。到家以后，畹秋见她聪明秀美，甚为怜爱。每日小姐课罢归来，也跟着练文习武。虽是婢女，相待颇优。她也勤敏，善体主人心意，大得畹秋欢心，引为心腹，曾示意命她几次往探雷二娘的心意。

当晚主人半夜起来，到上房和瑶仙一闹，她便在后房内惊醒，起身窃听，知道事情要糟，不等主人起身，连忙穿衣，越房而出。她和文和算计不同。

因常见主母和萧元夫妻切切私语，来往甚密，早料有背人的事，雪夜潜出，必在萧家。原欲赶往报信，谁知风雪太大，年轻胆小，从未在雪夜中行走。出门走不了多远，便觉风雪寒威，难与争抗，仍欲奋勇前行。又走一程，忽然迷了方向，在雪中跑了半夜，只在附近打转，休说前进，连归路都认不得了。好容易误打误撞，认清左近树林，料已无及。方欲循林回转，猛听近侧主人相继两声惊叫。连忙赶过，便见前面雪花迷茫中，有人抱着东西飞跑，追赶不上。等追到上房外，侧耳一听，主母已将主人误伤。后来主人又说出了那样的话，不奉呼唤，怎敢妄入。身又奇冷，忙先回房烤火饮水。隔一会，又出偷听，还不知主母已死。这时听小姐哭诉，主人要唤她相助，忙一定神，装作睡醒，走了进去。

瑶仙见她来得正是时候。先摸乃母胸口微温，心中略宽，忙令相助如法施为。气机久滞，只鼻孔有气，现了生机，抬往书房。又灌救了一阵，朕兆渐佳，仍还未醒。瑶仙顾此失彼，又惦念乃父，百忙中赶往上房一看，文和背伤二次裂口，血又溢出，正在咬牙强忍。瑶仙心如刀割，只得先取伤药，重又敷治。文和旧情重炽，不住催她往书房救治乃母。瑶仙一边匆匆上药，一边说母亲已回生。其实不用畹秋教这一套，文和已有怜恕之心，再经瑶仙添枝加叶一说，文和越发心酸肠断。待了一会，说道："为父自知不久人世。你母全由一念好强所误，以致害人害己。此乃冤孽，论她为人，决不至此。细查她昨晚言行，许是冤鬼显魂，也说不定。她纵不好，是你生身之母，你决不可轻看忤逆了她。为父万一不死，自有道理，只恐此望太少。我死之后，务要装作无事，暗查你母行动。她如真为狗男女所挟，做那不良之事，务代父报仇，手刃仇人；否则查个清白，也好洗刷她的冤枉，免你终生痛心。你仍服侍她去吧。"

瑶仙故作心注乃父，不愿前往。经文和再三催促，方始快快走出。一出房门，便如飞往书房跑进，见乃母正在倚榻垂泪，心中老大不忍。略一转念，把来意忍住，先把绛雪支往上房，然后扑向床上，抱着畹秋的肩膀哭道："妈，女儿是你亲生骨血，甚话都可说。我知妈必有不得已处，现在室中无人，妈如还把女儿当作亲生，须不要再藏头露尾，女儿也不是听哄的人。爹爹伤重快死，昨晚的事，是真是假，务要妈和女儿说个明白，女儿好有个处置。如再说假话，女儿也不愿活着了。"畹秋闻言，叹了一口气，答道："我就实说，乖儿也决不信的。"一言未毕，两眼眶中热泪，早如断线珍珠一般，扑簌簌挂了下来。瑶仙急道："妈怎这样说？女儿起初因听爹爹口气，好似耳闻眼见，不由得人不信。后来仔细一想，觉有好些不对的情景。便是爹爹，也说妈是受了人家的诡谋挟制，不是本心。我因爹未说明，女儿家又不便细问，原是信得过妈平日为人行事，才向妈开口。不然，这类事还问怎的？事到如今，妈也不要隐瞒，只要问得心过，实话实说，女儿没有不信的道理。妈快说吧。"

宛秋问了问文和伤势，见瑶仙追问，不提文和有甚话说，当是丈夫疑犹未转，忍泪说道："这是妈的报应，说来话长着呢。"于是从萧逸拒婚说起，直到两次谋杀情敌和雷二娘等情和盘托出。临末哭道："娘是什么样人，岂肯任凭人欺负的？雷二娘与我同谋，稍微辞色不对，恐生后患，即要了她的命。休说萧元，平日惧内如虎，即使有甚坏心，他有几条命，敢来惹我？只为刚将二娘害死，不想这厮如此脓包，经不得冻。彼时事在紧急，稍被人发觉，立即身败名裂，不能不从权送他回去。后来二娘显灵，萧大嫂害怕，强留我照应些时再走。你爹爹那样说也有根据，这废物洗脚见鬼之时，我正站在床前扶他起坐，看去颇像亲密似的。其实我对他也未安着什么好心。此人身受奇寒，业已入骨风瘫，没有多日活命。你不妨拿我这些经过的话，对你爹再说一遍。就说他死，我也不能独生。请问除昨前两晚，我不论往哪里去，离开他也未？萧元夫妻也总是同来同往，虽有时背人密谈，都在我家；我就万分无耻，也没这闲空与人苟且。昨晚实是冤鬼捉弄，偏不活捉了我去，却害我夫妻离散，想使我受尽人间冤苦，才有此事，真做梦也想不到你爹爹会跟了来。即使他明白我是冤枉，但我却误伤了他，一个不好，叫我怎生活下去呀？"说罢，又呜咽悲泣起来。

第一九三回

隔室庆重圆　悲喜各殊遗憾在
深宵逢狭路　仇冤难解忒心惊

瑶仙听罢母亲之言,料无虚语。知乃父心伤之痛,或更甚于背创。忙说道:"妈且放心,爹早回心可怜你了。"说完,回身就跑,到了上房,把经过一切,对文和从实一说。文和仍当是饰词,后细想爱妻平日行径,果然十余年来,只昨前两晚亲出害人离开,方始大悟。但已两伤,悔恨无及。当时忙令瑶仙同了绛雪,将畹秋用被裹好,抬进上房,同卧一榻,细细追问。畹秋恨不得丈夫气平,免得背创复发,虽在病中,仍打起精神,温慰体贴,无微不至。夫妻二人把话说明,互致悔恨,重又言归于好。叵耐文和伤势沉重,畹秋扶病百般调治,终是无效,当晚寒热大作,渐渐不省人事。只四日工夫,便即身死。畹秋悔恨交集,愤不欲生。经瑶仙再三劝止,未寻短见。不久病也痊愈,只是终日神魂颠倒,了无人生乐趣。文和死前,因畹秋知医,恐事泄露,又自知不起,未请别人诊治。

萧逸并未得信,只是听人说起,赶来看望,人已快不行了。暗忖:"他夫妻情爱极厚,村中颇多良医,便自己也是一个能手,何以这样危症,不请大家商量定方?"心方奇怪,忽又接报,萧元病势危急,不由心中一动。这时天未放晴,雪仍断断续续地下着。赶到萧元家中一看,魏氏对众哭诉,说丈夫雪夜起来解手,跌在雪坑里面,未爬起来,好一会,才经自己救起,以为中寒,无关紧要。昨日方请人医治,说已无救。悲泣不止。过不两天,萧元、文和相继死去。萧逸因二人之死,俱由乃妻疏忽所致,不似他们平日为人,越想越觉可疑,只想不出是何道理。当下率领村人,分别相助入殓,停灵在室,等到开春安葬。不提。

瑶仙自悉乃母隐情,追原祸始,已是深恨萧逸,加以不肯传授武艺的仇恨,深深记在心里。

这场雪直陆续下到除夕犹未停止。村中过年,原极热闹,只为连续发生两三起丧事，雪又太大，许多乐事，不能举办。萧逸更因二娘新死，家务无人照看，心烦意乱。为逗爱子喜欢，勉强弄了些食物、彩灯，准备晚来与子女们守岁过年。一切年景应办的，均另外托人代为主持，推病不出。萧逸最受村人爱戴，村众见他心景不佳，情绪恶劣，也都鼓不起劲；迥非往年除夕前三日开始筹办，共推萧逸为首，率众变花样，出主意，精益求精，尽情取乐，到了除夕，子夜一过，到处火树银花，笙歌四起的景象。各人只在各人家中，送年祭祖，准备新正雪晴，再看萧逸意旨行事，谁也不愿冒着寒风大雪出门，闹得大年夜冷冷清清的。由高下望，全村俱被雪盖，一片白茫茫。只山巅水涯，人家房栊内，略有一些红灯，高低错落，点缀年景，相与掩映。连爆竹都有一声无一声的，比起昔年叭叭通宵，山谷皆鸣的盛况，相去不啻天渊。

后半夜，萧逸强打精神，草草吃完年饭，祭罢祖先家神，率领子女回房守岁。行至堂前，听山下爆竹之声稀落落的。探头往下一看，见了这般景象，知是昨日推病谢客，群龙无首，所以大家都扫了兴趣，不禁叹了口气，回转房内。村中惯例，因为人数太多，全部非亲即友，各家往来数日，不能遍到，拜年都在初一早上天方亮时，同往家祠团拜，过此便共同取乐。萧逸虽然年轻辈低，不是主祭之人，但身为村主，新岁大典，势须必往。连日忧苦悲戚，身倦神疲，满拟后半夜把子女分别哄睡，自己也安歇一时，明早好往祠堂祭祖团拜。不料才将岁烛点起，拿了糖食和本山产的柑子，打算分散给三小兄妹，忽见萧珍满脸悲苦容色，望着帐沿发呆，两眼眶里热泪，一滴紧一滴地落个不休。一看榻上，方才恍然大悟。

原来萧逸触景伤情，所有爱妻遗物，早命检藏一边。自二娘死后，萧家便乱了章法。新年一到，萧逸见室中甚物零乱狼藉，无心自理，命下人收拾，把年下应用的东西取些出来，准备新年陈设。偏那轮值的女婢不知分别，往别楼取东西时，无心中将欧阳霜在日亲手自绣的几件桌围、椅披和帐帘取出铺挂。萧逸正在后面祭神，通没知晓。回房以后，又忙着哄慰子女，无暇留意。这时细看，才知爱子昔年曾见乃母亲绣此物，知是手泽，睹物伤悲。心刚一酸，又听身后萧璇、萧琏两小兄妹在那里抽抽噎噎，互相私语，埋怨自己言而无信，到年三十晚上，娘还不回，骗了他们。回头一看，两小兄妹同坐一条小板凳上，正抱头对脸，互相拭泪泣诉想妈哩。萧逸早恐他们想母伤心，曾经告诫说："你们年纪都一年长一年了，新年新夜，不许哭泣。"两小兄妹原是强忍偷泣，及被乃父看破，再也忍不住劲，萧琏首先哇的一声大哭起来，萧璇自然跟着大放悲声。萧珍年长，虽记得父言，不似两小号哭，但是情发于衷,不能自已,这无声之泣,更是伤心得厉害。

萧逸见状,连悲带急,不知劝慰哪一个是好。眼含痛泪,强忍心酸,走将过去,一手一个,先将两小兄妹抱起,走到茶桌食盒前坐下。又想起大的一个,忙喊:"乖儿快来!"萧珍含泪走近,把他拉到身侧,挨着坐下。然后温言劝慰,好容易一一劝住,各人面前分了果糖。萧珍又说起二娘那晚死得可怜,两小兄妹自小无母,与二娘最是亲热。萧逸猛地触动心事,忙将子女先行劝住,盘问三个小孩,二娘平日相待如何?可有什么话说?三小先齐声述说,二娘极爱他三个,问暖嘘寒,无微不至;脾气更好,无论怎么磨她,从来都是笑嘻嘻的,不似别人爱多嘴;遇见两个小的淘气,总是温说哄劝,没一句气话骂人,谁都爱她,听她的话。

后来萧逸禁住小的,盘问大的一个。萧珍才说起二娘平日再三叮嘱,上学回家,不可和她离开,以免受人欺负。近来学了本事,反而劝得更紧。又叫萧珍兄妹不要理崔瑶仙,尤其崔家不可前往。问她何故,她说妈走时嘱咐她的,等母亲回来,自然明白。又说瑶仙丫头性情太坏,因学不到武艺,恐难免她怀恨伤人。去年忽然背人悲泣,老说对不起主母,死都有罪。问她何故如此,却又只哭不说。再不就是说妈走时她该死,不能追去拦阻,害得我们父子妻离母散,终年伤心,叫她如何做人?每次哭罢,必用好言叮嘱二小兄妹,千万不可告知父亲,以免伤心,添她的罪;否则她也去竹林里寻死,不想活了。死前十几天,时常自言自语,哭骂畹秋和她自己。又对萧珍屡说,崔家表婶不是好人。几时她如得病要死,或是被人伤害,叫萧珍一得信,不问在哪里,务要快跑寻她,她有极要紧的话说。盘问,又说不出所以然来。才说过后,又说不可告人。萧珍虽然怀疑,因恐二娘悲伤寻短见,老想日后得便,偷偷盘问究竟,当时听她苦苦求说,未忍告知父亲。不想几天工夫,就吊死了。

萧逸闻言,前后一思索,畹秋大是可疑。二娘虽非谋杀之人,爱妻死亡时情景,定有不实不确之处。她既向空默祝,口口声声说主母含冤受屈,可见当初之事,有人阴谋陷害。只恨人忽死去,不能问明。如若真有冤屈,恩爱夫妻,如何问心得过?越想越伤心,越觉爱妻死得可怜,不禁凄然泪下。

三小兄妹苦思慈母,又念二娘,本就伤心已极,勉强被乃父劝住,面前尽管堆放着心爱的食物,只各红润着一双俊眼望着。一见乃父面容悲愤,凄然落泪,也忍不住伤心,第三次重又呜咽起来。萧逸胸中本抑塞悲苦难受,心想:"幼儿天性,强止悲痛,反而哀伤。自己也正气郁不伸,还不如同了子女,放声尽情一哭,吐一吐胸头郁结之气,免得闷出病来。"想到这里,脱口悲泣道:"乖儿们,你爹该死,真对不起你妈,今晚随你爹哭她一场吧。"言才出口,两眼热泪,已如泉涌,抱住三小兄妹,放声大哭起来。

父子四人正哭得热闹,萧逸偶一抬头,望见纸窗上破了一条小洞,似有一点乌光一闪,知道有人偷看。初得实情,疑心奸人又来窥伺,且不说破。假装给子女取茶来饮,放开三小,口中仍哭诉着,走近窗前。倏地一转身,手伸处,将纸窗抓破,隔窗眼往外一看,不禁狂喊一声:"霜妹!"恐防走脱,连门也顾不得走,就势举起双手,猛力一推窗棂,一片咔嚓乱响,棂木断落声中,人早从窗窟窿里飞身蹿出,向平台上追去。萧逸这种喊声,萧珍从小听惯,最为耳熟。本来在心的事,闻声立时警觉,也跟着狂喊一声:"妈妈回来了!"声随人起,也由破窗眼里纵将出去,赶向平台上一看,萧逸急得在那里捶胸顿足,连急带哭,向空喊道:"霜妹,你果成仙归来,我固罪该万死,纵不念我,你那三个可怜的心爱儿女,念母情切,终年哭喊,难道你忍心抛下,不少留片刻,看他们一看么?"萧珍更是放声大哭,跪在雪地里,急喊:"妈呀!想死儿子了,快从天上下来吧!"

原来萧逸适才发现窗纸破处,乌光一闪,颇像是人的眼睛,惟恐奸人惊走,故意侧身走过,出其不意,倏地将窗纸一撕。谁知外面那人,竟是生死未卜、日思夜梦的欧阳霜。想因偷看室中父子恸哭,伤心出神,没有留心,露了踪迹。闻得窗纸撕破之声,忙向平台上飞去时,雪光映处,身形已被丈夫看了个逼真。萧逸见是爱妻,事出意外,惊喜交集,一时情急,也不想她是人是鬼,忙即穿窗追出。

这时欧阳霜已得仙传,夫妻之情,早就冰冷。只有三个心爱儿女,萦怀难舍,特地归来探望。一见丈夫追出,恶狠狠回头骂道:"狠心薄幸人,我和你已恩断义绝,追我则甚?"说罢,一道白光,破空直上,飞入暗云之中,一闪不见。等萧珍追到平台,已没了影子。萧逸哭喊不几声,萧璇、萧琏两小兄妹,也已从窗眼里哭喊着爬跳出来。萧逸怕他们从屋子里出来受寒,又见空中毫无应声,料定欧阳霜恨他无情无义,业已灰心切齿。正想喊儿女们回去,忽听萧珍喊道:"爹爹,你看那是什么?"

萧逸随他手指处一看,竟是适才那道白光,正在峰下闪现,宛如一条银蛇,正往畹秋家那一面缓缓飞去,迥不似适才上升时那等迅速,心中一动。暗忖:"畹秋是爱妻情敌,连日发生诸事,与妻自尽时情景互相印证,细一推详,爱妻受屈含冤,颇似畹秋匿怨相交,阴谋暗害。她如前往,不是报仇,便是寻她理论。看白光行走不快,分明是想自己追去,查个水落石出,好洗刷她的冤枉,如何不去?"只是雪深奇寒,其势不能将子女带了同往。见白光行动更缓,益发料是有心相待。好在萧珍没有亲见乃母驭光飞升,忙哄三小兄妹道:"下面白光,许是甚宝物夜行出游,我这就给你们捉去。你妈恨我,不肯进屋相见,你们都见不着了。她既来窗下偷听,必是疼爱你们,我一离开,也许她又来了。乖儿们,千万走开不得呀!"萧珍年长,早料出乃母不肯相见是因为乃父,又想起昔日仙人的话,闻言正合心意。忙即踊跃应了,一手一个,拉着弟妹,便往屋里跑去,什么宝物白光,全未放在心上。萧逸哄好儿女,更不怠慢,匆匆把气一提,径直施展踏雪无痕的功夫,纵向峰下,飞也似朝那白光追去。

白光先时飞行颇慢,走的却是绕向无有人家的田岸树林,远处纵有人家,因俱在祀神拜年,并无一人警觉出视。萧逸尾随后面,追了一会,眼看追到崔家近侧,快要追上,方在欣喜,那白光忽然加速朝着后崖僻远之处飞去。萧逸自是不舍,那白光也越飞越快,不觉追出了十来里地。白光倏似长虹电驶,直向尽头崖脚之下平射过去,一瞥即隐。萧逸刚一情急要喊,忽想起白光落处,正是崖脚全村公墓和停灵之所,里面还有村人轮守,二娘灵棺便停在彼,因值大寒冰冻,尚未破土安葬。二娘也是此中与谋之人,但她为人和善,待子女又好,爱妻莫非见她死得可怜,引导自己前来,用仙家妙术起死回生,使其作证吐实,以免与自己相见不成?越想越对,仍旧照直追去。

那地方相隔墓林处有二三里路远近。在路中估量,二娘必已出棺待救。如若早到,或者还能乘爱妻人未救转,或是话未说完,不能离开之际,闯进屋去,见上一面。当时脚底加劲,在数尺深的积雪上狠命奔驰,真恨不能胁生双翼,一下飞到才好。心急路自远,好容易赶入林内,便见茔墓停灵屋内,灯光掩映,有人泣诉之声,隐隐透出户外。定睛一看,正是二娘停灵之所。知道守墓轮值人所宿小屋尚在前面,晏岁深宵,灵屋内虽有长明灯,俱都放在灵棺底下,外观不能见光,尤其不会有人半夜来此。料定爱妻正在救人,尚未离去,不禁心头怦怦乱跳,一个纵步,便往门前纵去。脚才落地,门户虚掩,目光到处,果见门隙内有一女人影子。情急神奋之下,更不及留神细看,大喊一声:"霜妹!"声到人到,手推处,早已冲门而入。室内一男一女,正在收拾供菜,深更半夜,忽听怪叫一声,跟着一条黑影破门飞进,骤出不意,地当丛墓之中,又有三个新死的人停在这一排房子以内,无不疑心厉鬼来此显魂,俱都吓得狂喊一声,几乎跌倒在地。

176

萧逸立定一看,哪有欧阳霜的影子。并且屋内灵棺,乃是畹秋之夫崔文和与萧元的,共是两口棺木,并非二娘棺木,二娘棺木,尚在隔室。那一男一女,乃是当晚值墓之人,随文和祖父同隐的崔家世仆金福夫妇。惊魂乍定,见进来的竟是村主,不是什么鬼怪,连忙上前行礼不迭。萧逸见他夫妻二人俱吓得声容皆颤,问他们除夕深夜,怎会在此?经金福一说,才知就里。

原来文和死时,畹秋本欲守灵待葬。一则文和死前遗嘱,不许停灵在家,力促早葬;二则村中房皆就势散置,没有整院,一切俱有公众设备,按着村规,死人非经全村议定,不能在家里停过七天,一想这事又得求教萧逸,心不甘愿;再加上瑶仙从旁力阻。只得停入灵舍,每日自做供菜,前往守灵哭奠。值年的恰是崔家世仆。雪深地僻,畹秋丧夫以后,推病谢客,村人多不知此事。

当晚除夕,畹秋设筵,往灵前祭奠,由清早起,直哭守了一天。供菜添饭,泣话家常,默述心事,痛致悔恨,一如平日,殆有过之。端的事死如事生,事亡如事存。只恨七尺灵棺,斯人长卧,寒风萧瑟,音咳不闻。想起当初闺房促膝,有影皆双,秋月春花,尽情乐事。不想十余年恩爱夫妻,一旦变为咫尺蓬山,只赢得蜡泪成堆,炉香空袅。眼望着酒冷香凝,依旧原封未动。一板之隔,天上人间。漫道音容无觅处,一滴何曾到九泉。偶然回首前尘,以今视昔,相与比照,因有眼前之极哀,倍觉昔日之口角触忤,皆成不可复得之至乐。又想到祸事已肇,孽由己作,恩深义重的丈夫,无殊自己手刃。尤其是个郎已经临命将绝,犹复执手殷殷,软语温慰,力嘱善抚爱女,事由孽灾,死生命定,千万不可以泉下人为念,致损玉躯,并无一毫怨恨辞色。虽事发之初,颇为激怒,但惟其疑妒,越见相爱之深。后来见己晕死在地,立即怒解情生,疑虽未消,转复见谅,认作受人挟制,迫不得已,不再以片言相责;反嘱爱女,勿以凯风之痛,遂轻乃母。看萧逸平日对乃妻何等恩爱,忽中自己谗间,立时反目,不容分说,定欲置她死地。照此看来,世上哪有文和这样恩深义重的丈夫?若照那晚见鬼的事,死必有知,受污一节,生前解说,不问信否,必已分晓。只是弑夫之罪,百身莫赎。纵能逃得鬼诛,偷生亦有何趣味?

越想越是痛心,真个人间奇冤惨酷,莫过于斯。似这般苟延性命,日受良心斥责,外恐事犯,内疚神明,还不如了此残生,殉夫以死,旧爱重温,同寻鬼趣,来得痛快。无奈爱女割舍不下。丈夫生前又有"姊姊将女儿抚大,配个佳婿,接我崔氏香烟,否则便做鬼也不理你"的话。弄得生死两难。当时只好含哀忍痛,切齿偷生。想到伤心之处,不由痛晕在地。经瑶仙哭着救转,同金福夫妻再三泣劝,才想起丈夫既以香烟为念,家中祖先供祭,万不能缺。母女二人,这才收泪回去。归途和乃女谈起此事因果,更把萧逸痛恨到了极点。

金福从小随定主人,文和御下极厚,念他三世随隐,见面均按平辈兄弟相待,金福夫妻甚是感激。晼秋走后,天已入夜,曾嘱他多在灵前守候些时,再行撤去供品。金福果然听话,直守到半夜,方始撤供。想起故主恩深,方在泣下,不想萧逸闯来,倒吓了一大跳。略说晼秋每日设祭悲哭之事,回问村主,缘何深夜来此?萧逸不便明言,早探头看过隔室二娘停灵之所,冷清清的,并无迹兆。闻言方要用话遮饰,猛想到爱妻既非解救二娘,将我引来远地则甚?念头一转,陡触灵机,不及多言,只说得两句:"莫对人说我到此,详情年后见面再说。"说到末句,人已纵向门外,飞也似往回路赶去。

归途无须绕行,虽然较快,可是几十里的途程,任是身轻,也走了好一会,才行到达。刚刚飞步上峰,走向平台,遥闻室中儿女欢笑之声,情知所料不差。暗忖:"她既是将我调开那么远,可见衔恨已深,决不容我相见。冒冒失失闯进,反倒将她惊走,连儿女们也不能和她多见些时了;不进去,又舍不得。"思量无计,只得屏着气息,轻脚轻手,掩近窗前,见适才破窗,已用一床被褥遮上。就着窗隙往里一看,多年梦想的爱妻欧阳霜在室内,双膝盖上坐定两小儿女。萧珍贴胸仰面而立。母子四人挤作一堆,正在又哭又笑,述说前事。爱妻身穿道装,背插单剑,英姿飒爽,飘然有出尘之概,比起当年的丰神,还要秀美得多。不禁心头怦怦乱跳,酸酸的,也说不出是惊是喜是伤心。方想掩到房门,乘她抱着儿女,冷不防冲门而入,将她抱住不放,再由子女跪求,感以至情,或有万一之望。忽听欧阳霜道:"我和你爹,已是恩断义绝的了。他一回来,我立刻就走,今生今世,决不与这无情无义的薄幸人见面了。乖儿们莫伤心,妈隔些时,必来看望你们。少时对他去说,他如知趣,死了和我相见的妄念,我还可常来传授你们道法、剑术;他要是纠缠不清,惹急了我,连你三个一齐往大熊岭去,叫他连儿女也见不到,莫怪我心狠。"说罢,恨恨不已。

萧逸闻言大惊。心想:"爱妻已成剑仙,飞行绝迹,人力岂能拦阻?听她口气如此决绝,冲进屋去,一个抱她不住,万一连子女带走,更无相逢之日。还不如隔窗窥听,一则让她母子多团聚一会,二则还可查探她的心意和被屈真情。"想到这里,不敢妄动,仍从窗隙偷看,静心谛听下去。只听萧珍问道:"妈既说这事是受了奸人诡计中伤,可见爹爹也是上了人当。因为平日和妈太好,所以气得要疯。当时虽恨不能和妈拼命,可知爹爹自妈走后,当晚连急带伤心,先害了一场大病,睡梦中都喊出妈的名字,几乎想死。后来疑死疑活,一直熬了这几年,爹和我们几兄妹,差不多哪天都要流两回眼泪水。妈不许我们报害母之仇,却这样痛恨爹爹,岂不是便宜了仇人,反恨自己人么?"

欧阳霜叹道:"我儿读书甚多,可知哀莫大于心死。杀人可恕,情理难容。你妈被屈含冤前好些天,你爹爹已经中谗改了样子,老是愁眉怒眼,气鼓鼓的。可笑我还把恶婆娘当作好姊妹,全在梦里。你爹既然疑心我不端,就该明说明问,哪还会有这场祸事?因事关重大,恐有差池,伤了夫妻情爱,暗中观察虚实,隐而不露,未始不可。他又不是糊涂人,难道人家布下陷阱,俱看不出一点马脚?你不说他因听两个婆娘背人私语起的疑心么?他和崔家婆娘是老相知,哥哥妹妹的,甚话不好盘问?再说人家已经明说他妻有了外遇,怎还隐忍不发作呢?既忍就该忍下去,索性分清真假,再行处治。就凭翻出一双旧鞋子,不问青红皂白,便要置我和你舅舅死地,全不想平日夫妻有甚情分。末了他虽不曾亲下毒手,那还是看在儿女分上。他天性刚愎自用,不容分说。

"仇人罗网周密,你舅舅一走,更是死无对证。我纵忍耻偷生,以后日子怎样过法?只有一死,还可明心。可恨晼秋贱婆娘已把我夫妻姊弟害得死散逃亡,心犹不足,计成以后,还来屋外窥探。恐雷二娘奔出呼救,威吓利诱,藏起我的遗书,将她点倒。你爹这糊涂虫只知着急,平日枉自聪明,始终鬼蒙了心,看不出一毫破绽。直到这婆娘恐二娘泄机,又和萧元贼夫妻将她害死,还不明白。你说气人不气人?二娘终是好人,当时被人利诱,尚在其次,实是惜命怕死,此乃人之常情,不能怪她。听你说她那些情景,想必悔恨无及。可惜命数已绝,该这三个狗男女未遭报应,我晚回来了几天,才有此事。你哪知妈彼时奇冤惨酷,含冤悲天的苦楚。我对你爹,心已伤透,何况我已拜了仙师学习道法,世缘早断,决无重圆之理了。像我还好,共总不过受了一日夜的冤苦。到竹园去,刚一上吊,便被仙师空中路过,闻得哭声下来,救往大熊岭,立时平步登仙,转祸为福。你爹爹薄幸,反而成全了我。

"最可怜的是你舅舅糊里糊涂,含冤逃命,未走出山,便为大雪所阻,冻倒雪中,被一妖人救去,强逼为徒,受尽苦楚。一日正要给他披毛戴角,化人为兽,仗他机智,假意应允,乘隙逃出。妖人酒醒,行法搜山,必欲捉回制死。他藏在一个大树洞里,饿了三天,不敢走出。最后也是遇见一位峨眉派的前辈剑仙万里飞虹佟元奇打那里经过，看出妖人禁制，将他寻到救走。偏又不肯收徒，再三苦求，才写一信，命他走至大雪山拜师。中间不知又经多少险阻艰危，侥幸收留，上月才得与我相见。

"这都是三狗男女害的。此时我报他们的仇，不过举手之劳，并非难报。只因老狗已死，崔家贼婆害人夫妻离散，结局自己也为丈夫所疑，并受冤鬼愚弄，闹了个手刃亲夫。她平日又是恩爱夫妻，当然又悔又恨，又愧又伤心。更怕冤魂索命，事情发作，外招物议，内疚神明，终日如同万箭穿心，芒刺在背，又舍不得死去。反正她和老狗婆同样是难逃冥诛鬼戮，我正好让她们自己活受个够，看个笑话，岂不更妙么？"

萧珍兄妹又是跪请道："爹爹当初乃是一时气愤。这些年来，哪一天不悔恨痛哭，眼巴巴望妈回来，要不是爹爹这一闹气，妈又何会成仙呢？妈就不和爹和好，也不要不见面呀！千不看，万不看，看在儿女面上，容爹见个面吧！"欧阳霜明知萧逸已回，这一番话，原是使其闻之，自己何尝不知丈夫相思之苦。一则恨他薄情，不查明虚实，便狠心肠；二则身已入道，不能再有世缘牵引，妨碍修为。话已说完，假意发怒道："我志已决，再如多言，下次我也不再回来了。"小兄妹三人吓得眼泪汪汪，不敢则声。欧阳霜看着可怜，又安慰他们道："乖儿们莫怕，你们只要听我的话，我仍时常回来看望你们。少时对你们那糊涂爹去说，如知我来，从速躲开，免害你们学不到本事，连妈都见不到。我那仇恨，也毋庸他报，自有天理昭彰，自作自受的时候。我本还想再留些时候，他适才被我引远，算计这时也该回来了。明年正月十五前后，必来看望你们。你们那糊涂爹也真粗心，这样风雪寒天，把窗子撞破，也不整好，就往外跑，丢下你们，点点年纪，如何禁受？就这点都对不起人，还说甚别的？懒得给他遇上，徒然叫人厌恶，我要走了。"

三小兄妹闻言，忍不住伤心，又不敢哭，知留不住，各把头抬起，眼泪汪汪说道："妈妈，你可不可早些回来，和师祖说好，在家住几天呀？"欧阳霜见爱子至性孺慕，依恋膝前，更是心酸，忍不住眼圈一红，把三小兄妹一同搂紧，说道："你妈如今已是出世之人，按理万念皆空，只因放不下你们，不能证那上乘功果，将来还须转过一劫，怎好再为世情荒废道业？我已禀明师祖，隔些时日，前来传授你们心法。暂时虽难朝夕相见，异日把剑术学成，有了道基，随我同往大熊岭苦竹庵参拜师祖以后，便可自由飞行，随意来往两地，时常见面了，还伤心怎的？"三小兄妹还欲挽留片刻，等父亲回转再走。实则欧阳霜早知丈夫回转，这一番话，全是取瑟而歌之意。话一说完，急于回山，哪里还肯停留。便把三小兄妹个个亲了一下，各自放开，说道："我这里还要办一点小事，或者还要顺道看看，我去这些年，村子成了什么样子。师祖只允了半日的假，明早必须回山领训，不能再留了。"说罢，喊声："乖儿们，乖些，用心练功，妈去了！"立时一道光华，穿窗而出。三小急喊一声："妈呀！"掀开破窗上的被褥，见乃父正立窗下，不顾招呼，跟踪追去。跑上平台，上下一望，哪有白光影子。

萧逸先听爱妻之言，知她为人外和内刚，性甚固执。听说要走，虽然不舍，为了顾全儿女，盼她再来，不但没敢从窗里硬闯，反而避向一旁。因这次白光飞走，是平穿出去，好似往峰下飞投；又听爱妻说，在村里尚有事办，疑她瞒过儿女，自寻仇人算账。暗忖："只要你肯常回来，妇人心软，既有母子之恩，便有夫妻之义，早晚之间，总可以至诚感动。操之过急，激怒生变，反而不美。此时休说不便跟去碍事，似此飞行绝迹，也追她不上。"见儿女们追去，忙即赶去，劝抱进屋，先把破窗理好。一面劝说："乖儿们莫要悲哭，你妈是仙人，既说常来，不会假的，何况还要传授你们道法，以后你母子相见日长呢。"说罢，又问了欧阳霜来时情景和所说的话，果然因为恨深怨重，不愿与己相见，又不舍三个儿女，特地将自己引向远处，仗着飞行迅速，再飞回来，与儿女相见，细述前事。并说途中还看见畹秋正受报应，向天跪祷，悲悔自捶，看去伤心已极。于是真相大白，萧逸空自悔恨，已经无及。

萧逸想起绝好的一个快乐美满家庭，几乎被畹秋害得人亡家败，奇冤至惨，不禁咬牙切齿，痛恨入骨。本心想去寻她理论，借为二娘申冤，明正其罪。一则爱妻再三叮嘱儿女，此仇不可妄报，只得任其自毙。二则自己虽为村主，掌着生杀大权，毕竟入山以来已历三世，村中未曾重责过一人。畹秋多不好，终是至亲，况且门衰祚薄，只有一女，又误杀亲夫，身遭惨祸，良心上日受痛苦，已经受报；倘再当众宣扬其罪，畹秋性情高傲，必不求生；乃女瑶仙颇有母风，去之则此女无罪，留之则必招报仇，灾难更无已时。想来想去，还是从了爱妻之言，隐忍不发，最为上策。萧元已死不说，连魏氏都因投鼠忌器而止。

萧逸盘算了一会，半夜往后面打盹歇息的佣人俱都起身，端了洗漱水和两碗新年吃食，来请萧逸用罢更衣，好去宗祠祭祖团拜。萧逸哪有心肠进食，只洗漱了一番，便去更衣。倒是三小兄妹，母子相逢，有了指望，别时虽然落泪，过后全都收拾起了伤心，兴高采烈，屈指计算母亲再来之日和自己将来修仙学道的事。见早点端来，正值腹饥，一人端了一碗莲子羹吃罢，又喊要吃煮米粉,拿水豆豉、兜兜卤菜来下米粉。萧逸匆匆换好衣帽走出,萧珍忙喊:"爸爸,天气冷,爸不吃甜的,这米粉蒸得光滑,是拿肥母鸡汤煮的,有笋炒肉丝做臊子,放些菠菜,又用新开坛的水豆豉、兜兜卤菜来下,真比哪回都好吃,爹怎不趁热吃一大碗再走?"

萧逸还未答言,忽听峰下有人急行踏雪,上了平台。接着一阵女人脚步细碎之音,走近房外,门帘启处,纵进一人,指着萧逸说得两个"你"字,就门侧春凳上一坐,喘息不已。萧逸一看,正是畹秋,不由怒从心起,想了想,权且忍住。一看佣人尚在房内,忙借故将她支出,问道:"崔表嫂,怎会这时来此?甚事这样急法?"畹秋匆匆走进,没看出萧逸脸色业已大变,见他正穿祭神衣服,在扣纽袢,镇静如常,事出意外。心想:"还好遮饰。"不禁又想了一种说法,答道:"大哥,你可知道表嫂尚在人间么?"萧逸只摇了摇头,叹了口气,一言不发。小兄妹三个,仇人相见,分外眼红,俱都停了筷子,暗中握拳咬牙,作势待发。

畹秋连日悲悔过度,神志已昏,也是死催的,该当自取其辱。萧逸的心意既未猜透,又因他小兄妹怀抱中看他们长大,仍当作小孩看待,忘了他家传本领,仍接着往下说道:"不但表嫂健在,连她那位过继的表弟,也同在一起呢。"萧逸父子闻言,怒已不可遏止。畹秋全神却只贯注一人,仍然未觉,见他面有怒容,错认作勾起前恨,又信了欧阳霜决不与丈夫相见的话,不知机密尽泄,暗幸得计,仍冷笑道:"我先也不知她回来。只因我家使女见你从我门外亡命跑过,我知你有病,不甚放心,想来看看。走近峰前,忽想起大除夕里,怎好往人家去?回身走不几步,便见林内两条人影一闪,一个好似她那姓吴的兄弟。当时还没看清,便被他躲去。我想他怎会回来的?想追去看时,女的业已现身,正是表嫂,将我拦住,不许入林。我说你想她得很,好好请她回来。谁知她倒生了气,说是与你恩断义绝,永无重圆之日。我问她:'那样你又回来则甚?'几句话一不投机,便动了手。可怜我丧病余生,哪打得过她这样在外苦炼多年,回来找事的人啊!还算饶我,已经被她打倒,未下毒手,只痛骂了几句,便追她兄弟去了。他们既然一同回来,又这样隐隐藏藏,不肯和你见面,这是什么心思呢?天下事难说,我既知道,也不管你新年忌讳不忌讳,特地来说一声,好叫你留点神。"

萧逸怒火内蕴,听畹秋语无伦次,心想:"人既归来,事已败露,不比当初一死一走,无法对证,仍用这等巧语中伤,有何用处?"方怪她这人愚不至此,旁边三小兄妹早已按捺不住。萧珍刚才立起,萧琏、萧璇早先从座上悄悄溜下，一齐喝道："打死你这个不要脸的翻精婆！你害我娘跟舅舅和雷二娘的命，今天也要你的命！"声到人到，萧珍人大手快，手起一掌，打向畹秋脸上。同时萧琏平地纵起，双手紧勒畹秋头颈，两膝盖连脚尖用足全力，照定背上，乱打乱踢。萧璇更狠，见畹秋挨了哥哥一巴掌，起身用右手抵挡，头颈又吃妹妹束住，恐她回左手去抓，伸手照准畹秋脉门，用力一斫。跟着纵身，一头向胸前猛顶上去，嘭的一声，顶个正准。三人年纪虽小，个个力大，手疾眼快。畹秋猝不及防，身刚站起，猛觉颈间似受铁箍，气闭不出。接着腰背连中几下，奇痛，手被打麻，胸前再受一顶，休说招架不及，哪里还存身得住，立被撞倒。身方一歪，萧珍恶狠狠上去，照准腿弯，又是一脚。气透不过，连"哎呀"一声也未喊出，横倒地上。

萧逸见状大惊，连声喝止。萧珍虽然愤愤而住，两个小的却报仇心切，竟立志拼命，置若罔闻，拉解不开。萧逸见畹秋被束住要害，两眼翻白，无力抗拒，小孩心狠，久必毙命，又恐伤爱子，不忍强解，喝道："不听我话，也不听你妈话么？再如这样，看你妈肯再回来才怪！"这几句话，真比圣旨还灵，两小立时纵开，同了萧珍，齐指畹秋大骂。萧逸连喝了好几声，方行停止。畹秋愤怒已极，略住喘息，指着萧逸骂道："你纵子行凶，少时祠堂碰头，再凭诸位长老，和你评理！"萧逸冷笑一声道："你莫忙走，我还有话问呢。"

萧珍兄妹母仇在念，恨不能生裂畹秋，才称心意，虽被父亲喝住，兀自愤怒填膺，不能自已。一听不让她走，早一同抢上前去，摆开招式，把门一拦。萧珍首先喝道："我爹爹不准你走，敢动一步，今天替我妈报仇，要你的命！"畹秋挨打时，虽然有些惊疑，因萧逸没有露出口风，打她的又是三个小孩，怒火头上，竟忘了东窗事发。耳听萧逸唤住，并未答理，只冷笑了一声，还欲反唇相讥，仍自走去。及被萧珍兄妹一拦，方听出口气不对。又见三个小孩都在摩拳擦掌，怒眼圆睁，似欲拼命之状，不禁机灵灵打了个冷战。适才吃过苦头，哪里还敢逞强，当时气馁心虚，刚往后退几步，又听萧珍戟指怒喝道："爹爹快问她为何要害妈妈和雷二娘？到底与她有何仇恨，要下那样狠心毒手？"

这两句话一出口，畹秋心里叫苦不迭。暗忖："以前之事，算是欧阳霜这贱婢自己回来说的。二娘之死，人不知，鬼不觉，况又过了好些天，他父子如何知晓？"自从文和死后，畹秋终日悔恨哀痛，精神体力受创太重，人已失常，再一着这样大的急，猛觉头晕眼花，立脚不住。还算为人机智，瞥见身侧有一春凳，连忙装作气愤，就势坐下。知道这事非同小可，今日如若辩白不清，萧逸的地位为人,和他平日夫妻恩爱之厚,不特自己转眼身败名裂,连那年纪轻轻的爱女,也难在此立足。念头转罢,偷眼一看,萧逸目闪威光,怒容满面,正在注视自己。忙把心神勉强镇静,脸上仍装出愤怒的神气,向萧逸道:"你纵子行凶,全不管教。我从来没有做过错事,有甚话问,只管请说。"

萧逸见她仍装作无事人一般,越发气愤,忍怒说道:"珍儿的话,你没听见么?"畹秋也怒道:"我又不是聋子,怎会听不见?你问的也是这几句无知乳臭小儿话么?她死与我什么相干,问我则甚?有什么话,少时祠堂凭众位长老尊亲再谈好了,此时恕不奉答。"萧珍兄妹闻言,怒冲冲又要上前动手。

萧逸再三喝止,指着畹秋道:"你休以为阴险狡诈,诡计缜密,你做的事,又是支使党羽出面,自己只在暗中运筹,连句坏话都没向我说过,可以强辩。须知天网恢恢,疏而不漏。害人适以福人,结果反倒害了自己。前些日刚把二娘害死,报应便已临头。你以为死无对证,殊不知做你对证的,就是那已死的人。事到如今,还在欺我。我一时中你奸计,伤了夫妻情爱,霜妹不肯和我相见。你又再使阴谋离间,血口喷人。霜妹不论是否真与鸿弟同来,你既见着她,可知她在被屈含冤,写下遗书,交于二娘,前往竹园自尽之时,得遇仙人垂救,带往仙山,如今精通道法,事尽前知,飞行绝迹,无异真仙了么?适才她归视儿女,虽记前嫌,不允我与她相见,但她所受奇冤及你与萧元夫妻三人种种倒行逆施,阴谋诡计,俱已完全败露。

"我们原是至亲,素无冤仇。就说婚姻之事,各有前缘。霜妹彼时寄人篱下,她自认身世寒微孤苦,日受你的磨折欺凌。她虽然真心相许,一往情深,见面时始终发情止礼。因怕受你闲气,独存世俗门第之见,不敢期望,从没对我吐露情愫。我因敬她爱她,执意非她不娶,事由我主,与她何干?谁知你破坏不成,转而匿怨相交,阳奉阴违,多年处心积虑,誓欲置之死地。她为人忠厚,遂陷入罗网。如非仙师怜救,几乎害得她夫子离散,身遭屈死,犹含不白之奇冤。

"这些话,在你饰词强辩,必道是她归来巧语,我听了她一面之词。须知我糊涂中计,也只一时。雷二娘因受你挟制,被你骗去遗书,做了亏心之事,近年来日受天良责备,望空咄咄,神魂颠倒,死前已在神前自吐供状,道出阴谋,被我亲耳听去。彼时不知霜妹存亡,正待晚来设祭之后,背人细询详情,便被你赶来将她勒死。在你以为装作鬼迷,死后高吊,设计巧毒,却忘了做贼心虚。二娘殓时,左足袜子已脱,所穿之鞋也不知去向。我那晚为了子女日后无人照料,心情烦躁,又因男女之嫌,更兼死状甚惨,不曾近前加细查看，几乎又被你的奸谋瞒过。文和、萧元相次一死，你我这样至亲，村中尽有良医，萧元不说，你夫妻往日何等恩爱，竟会事前毫无闻知，随后探问，也没有延医诊治，突然病终。你又是那等悔恨，现于辞色，诸多可疑。因事太巧，无意中询问安佥二娘的女婢，说起前事。如今旧鞋尚在，落的一只，曾往园内吊尸一带发掘未见。我估量必是你们勒死她时，匆匆拖往大竹之下，遗落雪地，后来雪大盖没。等过几日，天晴雪化，鞋一发现，便可断定八九。彼时再集村众，我自做原告，推出长老拷问魏氏。那贱人虽然凶狠刁毒，却不如你机智性傲，决易吐实。昔日霜妹旧鞋，本命她弃入江中，她夫妇恩将仇报，承你意旨，却借以为谋害栽赃之计。只可恨我当日眼瞎心昏，忘却你平日既称和霜妹情如手足，她如有甚过失，纵不明加规劝，也应代为隐瞒。

"况且你和魏氏气味迥异，人品悬差，同是妇女，如有背人的话，尽可室内密谈，何须跑到林内挨近人行路旁，鬼鬼祟祟，交头接耳？再者，那天又是你的生日，客未散尽，别人家事，却要主人如此着急，背客出外私谈。分明有心陷害，知我归途必由之路，故露身形，引我生疑，好来上套。等我疑念已深，再把旧鞋之事发作，我又鬼蒙了心，为爱之过深，遂操之太切。只顾发怒，全没想到鸿弟所居，是我过去的书房，连他峰上旧居，均我夫妻亲手布置。来时身无长物，衣被均属新置，几曾见那口箱子，到底先存何处，有无转手，何人送还，打开也未？如真是个私情表记，怎敢放在开箱即见的明显入目之处，取时也不留意？被我发现，他还如未觉，还在房中相助牵纸磨墨？还有你既然索他的窗课，开时势必目注箱内，才是常理。你和元贼都把眼看别处，到手又只匆匆一看，便即放下。你已知他做那禽兽之事，还执意要看他的窗课则甚？在在均是疑窦。可恨我身同鬼迷，均未思索考查，反幸你二人没有觉察此事，勉强代写完春联。等你二人功成归去，便去房中，与霜妹拼命。可怜她姊弟做梦也不知道有狗男女日夕伺侧陷害。平日人又爱好高，只为回来时一念之差，误中奸计，不和村人招呼，便把鸿弟带来，恐外姓人入村，违了村规，不能收容，假说同宗骨肉。事后怕我埋怨，又未明说，日久不好意思改口，我问时又一次比一次负气。她虽如此，万想不到我会上了人家圈套，以为夫妻恩爱，似此小事，不肯输口。这一倔强，致我疑念更深，正在怒火头上，适逢鸿弟进来，她更不合救护情切，只顾防我毒手伤害，却忘了增加自己不利。这固是她有此仙缘，才有这场几乎身死名辱的无妄之灾，否则岂不被你们这三个狼心狗肺的狗男女害得冤沉海底？

"她失踪之日，我原算计必有遗言遗书。又因平日二娘为人忠厚善良，过于信任，不知她受了你的挟制。照我所说，哪一样都是你们破绽，我竟该死，糊涂已极，迟至二娘死的那天起，才行逐渐省悟。照你三人这等行为，本应会集村人，当众审讯，明正其罪，一一用酷刑处死，始足蔽辜。我因霜妹再三告诫珍儿，令转告我，说你三人害之适以福之，不有当初，哪有今日。况你三人，一个身为鬼蜮，中途暴毙；一个也终于不膺显戮，必受冥诛；你系主谋，遭报更重，不特害人未成，反倒成全了人家，尤其是误杀亲夫，躬被弑夫之恶。当你所害对头成仙归来，夫妻子女完聚之日，正是你离鸾寡鹄，奸谋败露之日。你又平素好强，从未受人褒贬，轻为人下，一旦内疚神明，外惭清议，日受良心责备，冤魂牵缠，人间大恶至惨，集于一身。两两相形，情何以堪？这等使你自作自受，长年消受人间生不如死的苦痛，不报之报，岂不比报还强？

"我又念在文和表哥是忠厚好人，至情所钟，却娶了你这样一个奸恶之妇，方在盛年，竟遭横死；姑母又门衰祚薄，崔、黄两家，只有瑶仙一女。我如将你正了村规，瑶仙必难在此立足。她小小年纪出山，前途何堪设想？因此留你一命，自受活罪。我不往祠堂凭诸长老向你理论，你还敢大言不惭。休说人证齐全，你赖不掉；单把文和开棺验尸，治你弑夫之罪，试问你还有路无有？趁早回去，从此休来见我，安安分分，静候冤魂索命，以待冥诛，免得把你女儿也带累得同遭惨报。那魏氏贱妇，我原也饶她不得，因遵霜妹之语，又念她那两子尚属美质，覆巢之下，难得完卵，为存二房宗嗣，她又没亲手杀人，受害者业已获福，天理虽所难容，我这里却从末减。你只告诉她，莫再见我好了。话已说完，从此情断义绝。我命珍儿们手下留情，不来伤你，急速去吧。"

萧逸蓄愤太深，悔恨切骨，这一席话，说得丝毫不留余地。说到中间，虽见畹秋面容惨变，体战身摇，仍一口气把话说完。

畹秋自恃机智，敢于隐恶。当晚原因守墓仆人见村主突去突来，言语失次，又听他思妻成病，以为两家至戚至好，连夜前往报信讨好。畹秋心中有病，老大不安，赶来探看。行至中途，忽想起天光过子，已交新正元日，丧服未除，怎好到人家去？正要回转，恰好欧阳霜为奉师命，在村中访查一事，见畹秋雪中急行，故意老远按落剑光，步行上前相见。欧阳霜被仙人救去一节，连萧逸都是疑信参半，畹秋自更不知就里。但因欧阳霜死后，村人曾遍搜全村，连全村数十里周围深山穷谷之中，无一处不搜索到，直到雪晴多日，并未发现尸首和半点痕迹。那几日雪势虽大，欧阳姊弟俱有一身好武功，难保不在临死以前惜命，想起兄弟出走未久，或者没有走远，忽然变计，回到厨房内取些吃食，连夜追踪欧阳鸿逃出山去。姊弟二人途中巧遇，一同逃往他乡，等到子女长大，再行回村报复前仇。村人尽管穷搜，一则村外山深险僻，未必能真搜索到，没有遗漏之处。二则二人成心逃亡，若被人在一处寻回，岂不更为自己坐实了奸情？即使遇上，也是望影而逃，见人先躲，如何能寻得到？心总料她尚在人间，没有葬身雪里。复令萧元夫妻又借采办为名，顺便前往她的故乡，加细查访，虽然她姊弟二人依然一个未归，毫无音信，始终疑念未释。只恨出事那晚，略微疏忽，只顾叮嘱雷二娘，诈当遗书，料她此去必死，防被看出生变，没有暗地跟踪探看。后来几次想要向二娘盘问底细：欧阳霜走前除托孤外，可有甚别的言语举动？带甚东西在身上无有？走的那晚，可曾索要食物？厨房内又曾少什么吃食？谁知雷二娘当时虽受了挟制，面上常带着后悔神气，不容发问，见面至多假意寒暄两句，即行避去，后来更是避若蛇蝎，至死未得盘问，心里老是一块病。一见欧阳霜跑来，便知平日所料一点不差，并没疑她鬼魂出现。忙把心神镇静，不等开口，故作失惊，问道："霜妹，你这些年到哪里去了？你真狠心，没的把我们几个人想死。可曾见过萧表哥么？"

欧阳霜毕竟心直口快，虽然安心要戏弄她一翻，一听提到萧逸，不由触动旧恨，愤然作色道："我自回来看我那三个苦命儿女，可曾被一些狗男女谋害死，见这狠心狠肠的薄幸人则甚？不遇见你，我已走去，他是今生今世休想和我对面的了。"婉秋听她不肯再和丈夫见面，正中心意，念头一转，又生诡计，假装笑劝道："想当初也是表哥一时多疑误会，霜妹走后，他先向我说起许多不中听的话。只我一人信得过你，知道决无此理，再三替你辩白。偏生你和令弟又忒心急，这等关系一生名节的大事，就是负气，也该弄清白了再说；不该夫妻略一口角，立即先后出走。我又是不知一点信息，等到得信，已无法挽救了。这一走，更添了表哥的疑念。但经我再三分说，如今疑虽未释，他夫妻感情仍还是重的，平日谈起来，还是真想念你呢！不是我说，彼时教鸿弟走，已是大错；自己再跟着一走，更闹得有口难分。真是糊涂冒失已极。我和你至亲姊妹，情逾骨肉，无话不说，你现在何处安身？鸿弟可在一处？表哥既不肯见，又作何打算呢？难道自己丈夫，还想报仇雪愤么？"

欧阳霜听出她还要乘机离间，依然行所无事，分明自恃阴谋周密，把人视若木偶，可以任意摆布。由不得气往上撞，再也忍耐不任，把起初想下许多明知故诘的话全数忘掉，劈口答道："我那对头处心积虑，千方百计要害死我不算,还要玷辱我的名节,性命都是白捡的,能有今日,更是因祸得福,出于天佑了。几个狗男女害人不成,反倒福人,并且已经各有报应,照样身被恶名,早晚谁也难逃人诛鬼戮,也不屑污我宝剑。那薄幸人本是受了奸人愚弄,这些年来身心交瘁,悲悔交集,我又终身不再与他相见,也够他受的了,我何犯着要报复谁来?常言道:'暗室亏心,神目如电。'自恃奸巧,害人终于害己。今日见你,不过多谢你用尽心机,成全了我,递个招呼,奉劝几句,并讨还我一件东西罢了。"

畹秋哪知欧阳霜厉害,今非昔比。听她猪男狗女不住乱骂,所说的话又句句刺耳刺心,实也忍耐不住。猛想起昔日所留遗书,虽未明说出自己,却说那绣鞋是叫魏氏拿去投入江中,如何会在兄弟箱中发现?仇人罗网周密,教萧逸等他死后,连日夜半,往萧元夫妻窗下偷听,必能听出破绽。又说主谋害她的,是当年想嫁萧逸之人,多年来匿怨相交,自己不察,中了暗算等语。当时还笑她人已死了,还不明说主谋人的姓名,打这哑谜则甚?可是看她信中之意,分明已料定自己害她。因为萧逸刚愎自恃,受惑已深,口说无用,才拼却一死,坚其信心。今既生还回来,想必不假。难得雪夜无人,正好出其不意,将她打死,拖往后崖隐僻之处,再唤女儿相助,缒向村外,永除后患。想到这里,耳听欧阳霜口风逐渐露骨,益发怒从心上起,恶向胆边生,冷笑道:"我好心好意念在姊妹情分,为你设想,你怎不知好歹?我拿过你什么东西?谁是狗男女?"随说,暗将潜力运足,装作质问,身往前凑。

欧阳霜也不理她,冷笑答道:"我讨还的,便是那狗男女强迫雷二娘骗去的那一封信。这个狗男女便是那寡廉鲜耻,夺夫不成,暗用毒计,主谋害人,生就一副狼心狗肺的贱婢你!"

第一九四回

地棘天荆　阴谴难逃惊恶妇
途穷日暮　重伤失计哭佳儿

　　话说欧阳霜痛斥黄畹秋，言还未了，畹秋已接近身侧，倏地悄没声手起二指，照准欧阳霜腰眼间死穴点去。这一下，对方就是会家，出其不意，如被点中，也必倒地身死无疑。谁知欧阳霜依旧说她的，好似气极失神，全未丝毫在意。畹秋方幸手到必倒，就在这念头电转之际，猛觉右手二指如触坚铁，喳的一声微响，立时折断。方知不好，想要逃跑，已是不及。刚往前一纵，猛觉背脊上似着了一把钢钩，吃欧阳霜随手抓住，哪还挣扎得掉。畹秋近年心宽体胖，比起当年丰腴得多。自从丧夫失志，日夜悲恨，寝食不安，闹得腰围消瘦，玉肌清减了不少，背上皮肤本来发松。欧阳霜又是存心给她一点苦吃，这一把连衣带皮肉一起抓住，悬空提回。畹秋粉背欲裂，奇痛非常。虽然耻于出声，还在咬牙强忍，却已疼得星眸波浸，泪珠莹莹，满身都是冷汗。情知难免折辱，不愿现丑服输在仇人眼里，索性把双目闭紧，一言不发，任凭处治，一面暗想脱身报复之计。

　　欧阳霜知她倔强，必不输口，冷笑一声，喝道："无耻贱婢！我被你阴谋陷害，几乎死为含冤之鬼，本来仇深似海。在我来时，受了恩师点化，知你害人反而害己，似你这等阴毒无耻，已非人类，不值污我宝剑，意欲任你孽满自毙。今日回家探望子女，无心中与你相遇，念在你成全我一场，本心不过让你知道，略微教训几句。谁知你竟敢乘我不备，暗下毒手，又想点我的死穴。

　　"想当初你我都是闺中幼女，以我门第身世，哪一样不比你相去天渊。我的品行心地虽和你有人禽之别，但是人心隔肚皮，谁看得出？况又有你母亲为你做主，萧、黄两家更是休戚与共的至亲至好，你的才貌又是全村上选，按说你的心愿不难实现。偏你一个世族千金，还不如我这个身世飘零的孤女。一心想嫁我丈夫，百计千方把持献媚，轻狂之态现于辞色，全没丝毫顾忌，仿佛我丈夫成了你的禁脔。我偶然在村人宴集之间与他无心相遇，虽然一语未交,也得受你好几天的闲气。

"实不相瞒,我和他从小一处长大,就承他厮抬厮敬,没拿我当下人看待。后来先父为主丧命,更是加意爱护,亲若骨肉,未始没有得夫如此,可以无憾之想。但一想到家世寒微,齐大非偶,又有你这廉耻天良一齐丧尽的贱婢在前,妄念立时冰释。休说像你那么明说暗点,央媒苦求,不要脸的行为没有分毫,还恐他真个垂青到我。生怕万一他因父母双亡,无人主持,任性行事,村人犹未免去世俗之见,因而轻视了他。所以平日总躲着他,偶然相遇也以礼自防,比对外人还要冰冷得多。万不料他真个情有独钟,非我不娶。一任你软缠苦磨,唆使你母出头强迫,终无用处,竟在就位村主之时,当众说出心事。我本来看得他重,感激他的一往情深,以前不作非分之望,原恐于他不利。既有诸位长老先德赞同主持,除你而外无一异言,便连你母也说不出再替你拼命争夫的话,我如不允,岂不是假惺惺作态? 这事全是他看你不起,与我有什么相干?

"有一次,我在月子里,由镜中望见你对我发狠,还当眼花,谁知你是真具了深心来的。就算我夺了你的丈夫,害我死也就足以解恨的了,为什么要害我死后,还背恶名呢?

"薄幸人虽是心肠狠些,但他用情还是专的。他起初中了你诡计,疑念还未消呢。你看他自我走后,常年只有悲苦悔恨,谁能勾引得到他一点? 你对他那一番痴心妄想,他可曾用半只眼睛垂怜到你? 我只一半恨他心狠糊涂,不问青红皂白,一半还是别有用意,不肯与他见面罢了。照说他当初越对我心狠,才越见他的情重呢。鳏居多年,相思如一。

"你连崔文和那样没骨气的丈夫都没福保持,为了灭口,忍心亲手放冷箭将他害死。这样的情深爱重,文武全才,人品心术无一不佳的丈夫,再由畜生道中再转过千百劫也不配你遇上的了。你以为指使萧元、魏氏两个狗男女出头,阴谋深密,不会事发,就发也可狡赖。那么适才暗下毒手,想害我命,又当何说呢?"

说时,手中连紧了几紧。畹秋痛楚难禁,全身受制,无法闪避,咬牙闭目,任人摆布,听她历数平生罪过。末几句话,直戳痛处,已是万分难忍。又说她谋害欧阳霜是想勾引萧逸,重拾旧欢;误伤崔文和是由于成心灭口,谋杀亲夫。都是有情理之说,有事实可证,别人问起无词可答的冤枉。平日那么恃强性傲,一旦跌到仇人手里,哪能不奇羞极愤,无地自容。加上背上紧一阵慢一阵的酷刑难当,不由一阵急怒攻心,逆气上行,忍不住一声惨哼,就此晕死过去。

欧阳霜因她适才一暗算,勾起前仇,人虽气死,余愤犹未全消。方欲将她救醒,行法禁制,迫她服罪,当人眼里出丑。忽听空中有人唤道:"此人虽然可恶,已经够她消受。我适回山,师父命我赶来相助,适可而止,办正事去吧。"欧阳霜闻言,连忙应声飞起。这时空中还有一道光华闪动,两下里一同会合,往村外那一面破空飞去,晃眼隐人密云之中,不知去向。

畹秋只是一口闷气闭住,倒在地下,吃雪风一吹,不久悠悠醒转,仇人业已不知何往,恍如做了一场噩梦。回手一摸背上痛处,皮肉坟起了三四条,已经麻木。惟恐行迹败露,不顾根人,首先四外一看。那立处左侧,是村中平地而起的一座小峰,峰上有三间小屋,上丰下锐。只峰背有一条铁环梯可供上下,原备村中有一长老和萧逸二人观星占验之用。右边是一方塘,塘水早成了坚冰。两行又高又大的树木,全被冰雪点缀成了琼枝玉干,银花如叠,晨光欲吐中看去甚是鲜明。

地既幽僻,只积雪上面浅浅地留下两条橇印,依稀隐现,直到立处左近,为峰顶崩坠下的冰雪所掩,好似夜来有人乘雪具打此经过。积雪凝寒,冻雀不喧。遥听村中祭神的鞭炮之声,比起夜里密些。峰前一带,却是静荡荡的。只有枝头积雪,被爆竹声响震动,不时下坠,冰雪相击,碎音铿然,宛如鸣玉,更没一个人迹。一想那位长老年高德劭,儿女成行,这般大雪,无星可观,又当岁暮除夕,纵然他性情怪僻,也决不会一人到此。此外,峰顶上更无他人能到;如有,也无见死不救之理。只要这场丢人的事不被人发现,还算是不幸中之大幸。

畹秋心略一放,毒怨又生。想起仇人竟会生还,已经懊丧欲死;再加上这场奇耻大辱,切肤之痛。不禁把满口银牙乱错,颤声切齿,恶狠狠骂道:"该万死的小贱人,我和你誓不两立!纵令身败名裂,也必拉你母子夫妻全家同归于尽。只要你敢留村中,或是时常回来看望你那老少四个畜生,休想打我手内逃得命去。即使不再回来,也只是便宜你一个。"

骂完,忽想起自己在说狠话。可是年来林泉优游,夫妻恩爱,就到萧家,也不过陪了爱女前往学武,偶然给她指点武功,本身早就抛荒,体力业已减退。萧逸全家,连小的看去都有了根底,大人更不用说。昨晚仇人本领,竟比她丈夫还要厉害。奸谋已泄,人家必有防备,休说斗她不过,近身都难,这仇是如何报法?有何好计,可以一网打尽?实想不出。边想边往前走,心气一馁,重又转念到仇人业已回家,即使所说不肯重圆旧好的话是真,难道前事也隐而不言？萧逸得知此事，岂肯甘休？照他为人，定要当众声讨。自己身败名裂不说，爱女纵不株连，也难在此立足。小小年纪，一朵鲜花也似的幼女逃出村去，地棘天荆，前途茫茫，何堪设想？此时母女二人的吉凶成败尚自难料，怎能先想报仇的事？仇人创巨痛深，分明是在外面苦练了多年武功回来报仇。如非另有毒恶方法报复，也决不会已落她手，又这等便宜放掉，必想当着全村的人明正己罪，借此向丈夫洗去污名无疑。果然这样，倒不如认作冤孽先寻自尽，爱女或者还有一点活路。想到这里，不禁心中怦怦乱跳。

思来想去，这等罪孽，出不了十天半月，定要身受。目前只有万分之一的指望：但求神天默佑，仇人怀恨丈夫，暂时竟未吐实，或者还可挽救。想时正经萧逸所居峰下，立定又想，丑媳妇难免不见公婆，迟早不免，何不先观察一个分晓，以便相机行事。强把心神放稳，仔细寻思，决计当时冒险蒙羞，先见萧逸探个虚实，如真事犯，索性拼忍奇辱，用苦肉计，背了人痛哭，自吐罪状，历述暗害仇人，实由以前相爱之深，痛致悔恨。他平日对自己本非无情，只为有个仇敌在前，瑜、亮并生，遂致舍此取彼，想旧情总还犹在。事已至此，也说不得什么丢人舍脸了。想到这里，不禁头晕身颤，心都急成了麻木。一跺脚跟，硬着头皮，贾勇而上。

人当失意之际，任是多聪明的人，也会荒疏错失，举措皆乖。何况畹秋丧变之余，遭此意想不到的挫折惨败，心头无异插上数百支利箭。来时刚刚苏醒，惊慌迷惘，没有平日那么心细，以为照理峰顶不会有人。既未查看那雪中橇印过了那堆冰雪还有没有，何为止点，见了萧逸又是三心二意，没有先打主意，明明见种种情形有异寻常，仍然倒行逆施，妄想离间。以致不但没把敌人心肠说软，反使恨上加恨，毒上加毒，终致一溃终古，不可收拾。自己身败名裂，还连累爱女、爱婿出死入生，受尽磨折凶险，岂非聪明反被聪明误？

萧逸见她毫无悔悟乞怜，反以虚声恫吓，不禁怒从心起，喝止之后，说完了适才那一席话。畹秋终是性情刚傲，经此一来，益发无颜下台服低。当时愧恨交加，又羞又急，哇的一声，吐出满口鲜血，就此晕死过去。隔了好大一会，知觉渐复，昏沉中觉着头脑涔涔，天旋地转，胸中仿佛压着一块千斤重的石头，透气不出，难受已极。耳旁隐闻嘤嘤啜泣之声，勉强略稳心神，睁开倦眼一看，不知何时，身已回到家内，爱女瑶仙同了萧元长子萧玉，双双坐守榻前，正在垂泪悲泣呢。猛地想起前事，不禁心慌，只苦于说不出话来。

瑶仙虽不知道乃母恶贯满盈,自作自受遭了报应,但是天亮前闻得守墓人报信,说乃母不顾穿着素服,赶往萧家。天亮后,萧家便说乃母得了暴病,着人抬来。两家至亲至好,这样重病,萧逸并未亲自护送;适才出门取水,明明见他父子四人同了两个门人,由祠堂回转,又是过门不入,未来存问,料定其中必有缘故。此时畹秋牙关紧闭,面如灰土,通体冰凉,情势危急万分。正在焦愁,恰好萧玉前来拜年,帮助她用萧家着人带来的急救灵药灌救,又按穴道,上下推拿,直到过午,人才渐渐回生。一见乃母瞪着两只满布红丝的泪眼,愁眉紧皱,嘴皮连张,欲语不能发声之状,便料她想问来时的情形。好在使女不在跟前,萧玉父母是乃母死党,萧玉更是自己没齿不二之臣,毋庸避忌,便把适才萧家抬回情景依实说了。

畹秋最怕的是萧逸当着村众宣示罪状,身死名辱,还要累及无辜的爱女。知觉一恢复,首先关心到此,急得通体汗湿,神魂都颤,惟恐不幸料中。及听瑶仙把话说完,才知萧逸未为已甚,看神气不致向外张扬。当下一块石头落地,不由吐出一口血痰,跟着又喷出一口浊气,心便轻松了一半。忙把倦眼闭上,调气养息。瑶仙又忙着喂了几口药汤糖水。过有片刻,神志稍清,只觉周身伤处奇痛彻骨。

静中回忆前事,时而愧悔,时而痛恨,时而伤心,时而又天良微现。想起孽由自作,不能怨人,尤其萧逸居然肯于隐恶,越觉以前对他不起。似这样天人交战了一阵,猛想起大仇强敌已经回村,听她口气,虽说不肯诛求,以后终身拿羞脸见人,这日子如何过法?想要报仇,又觉无此智力。加以事情败露,党羽凋残,人已有了戒心,简直无从下手。就此一死,又不甘心。思来想去,想到萧玉人颇英俊,又苦恋着爱女,二人倒是天生一双佳偶。只惜目前年纪俱轻,难成家业。莫如借着夫亡心伤之名,长斋杜门,忍耻偷生。挨上两年,暗中与他母子二人商量停妥,乘人不备,将村库中存来买货的金砂银两盗取一些,偷偷逃出山去,再把村中情形向外传扬,勾引外寇来此侵害,使全村都享不了这世外清福,岂不连仇也一齐报了?越想越对,料定魏氏也难在此存身,必听自己摆布。只丈夫灵柩无法运走,是桩恨事。这恰似已熄昏灯,又起回光。

瑶仙见母闻言以后,面上时悲时恨,阴晴不定,好生忧疑,和萧玉二人一同注定畹秋面上,各自担心,连大气也不敢出。正悬念间,忽见乃母口角间微含狞笑,愁容立时涣散,面泛红晕,已不似先前死气沉沉。心方略宽,畹秋已呻吟着低声唤她近前。畹秋虽然不避萧玉,当着本人提说亲事,终是不

193

便。刚附着爱女耳朵断断续续勉强说了受伤经过，还未落到本题上去，人已累得上气不接下气，作声不得。萧玉忙端了杯开水过来。畹秋强作笑容看了他一眼。瑶仙接水喂了两口。畹秋见萧玉满面戚容守伺榻前，心中越发疼爱，无奈底下的话却不能让他听，打算略缓口气，令瑶仙将他支开再说。

瑶仙听乃母连被萧逸夫妻母子羞辱打伤，咬牙切齿，心如刀割。又见乃母气息仅属，病势甚危，话都接不上气，还是说个不休。暗忖："母亲机智深沉，今日之事虽说仇深恨重，也不致忙在这一时就要把它说完。看此情形，好些反常，迥不似她平日为人。"口里不说，心中格外加了忧急。

瑶仙方想拦劝，有话等病体好了再说，目前还须保重为是。忽听雪中脚步之声至门而止，砰砰两声，门帘启处，闯进一个十七八岁的少年，一进屋便气喘吁吁地朝萧玉急叫道："大伯娘疯了，满嘴乱说雷二娘显魂抓她。也不知哪来的那么大的气力，清弟和我妈妈、姊姊三个人都拦她不任。如今惊动了不少人。大年初一早晨，你还不快些回去，只管留在这里则甚？"说完，不等萧玉回言，急匆匆拉了便走。

畹秋见那来人乃萧玉紧邻郝公然之子潜夫，也是一家随隐的至亲。公然为人方正，素与三奸面和心违。只郝妻为人忠厚，与魏氏还略谈得来些。闻信情知要糟，不由大吃一惊。想要嘱咐萧玉，并向来人打听几句，连忙强提着气，急喊瑶仙去将二人唤住，问两句话再走。瑶仙知道乃母心中有病，一听魏氏发狂乱说，也甚担惊，不等乃母说完，便会意追出。萧玉毕竟母子关心，方寸已乱，一出门就往前急跑，虽只两句话的工夫，已跑了四五丈路。潜夫因先跑了一段急路，反倒落后了些。瑶仙见积雪太深，二人都是如飞疾驰，恐追赶他们不上；又自信萧玉素来听话，可以一招即回。忙站在门前娇喊道："玉哥哥、郝大哥，快些回来，少停再走，我妈有话问呢。"萧玉相隔较远，心忙意乱，一味狂奔急纵，没有听清，竟未回顾。

郝潜夫在后，却听了个真。他原是萧逸门下，从小聪明，最得欧阳霜怜爱，和欧阳鸿更是投机。村中不乏明眼之士，欧阳姊弟无故失踪，郝父公然冷眼旁观首先起疑，私下聚集村中诸长老一商量，知道昔日卦相早就算出今日之事，欧阳霜只是被人陷害，还要去而复转，目前仍以不问为是。虽然没再多事，父子二人背人密议，总料定三奸与此事有关，只未出口罢了。今早祠堂团拜，从一位长老口中得知了一点真相，回家便赶上魏氏忽发狂吃，大声疾呼，自供罪状，三奸阴谋益发败露。潜夫自然更恨三奸，不复齿于人类。只不过和萧清同门至好，出事时再三哭喊哀求，请他跑这一趟，将乃兄追寻回去,情不可却。所以进门之时只对萧玉说话,拉了就走,对畹秋母女二人全未答理。行时正没好气,一听瑶仙喊他二人留步,越加愤恨。高声怒答道:"几条人命都害在你妈手里,莫非又要想方设法害人么? 对你妈去说,报应到了,快些自打主意吧。"且说且跑,一晃老远。

瑶仙从小性傲,不曾受过人气。情虚之际,听到这般难听的话,好似心头着了一下重锤。当时又羞又恨,又怕又急,只觉心跳脸热,耳鸣眼花。惟恐被乃母听去,不敢还言,连忙退了回来。萧玉似闻潜夫向人大声呵斥,回头看时,瑶仙业已进内,见潜夫不住挥手促行,未暇多问,也不知瑶仙见他未回已经迁怒,仍旧飞跑下去。不提。

畹秋伤病沉重,耳聪未失,又在担心此事,爱女一出,便侧耳细听。及见人未唤回,爱女面上神色有异;潜夫所说之言虽未听真,可是声音暴厉,料定不是什么中听的话。忙问:"玉儿怎的不回? 那小狗东西跟你吼些什么?"瑶仙忍泪答道:"玉哥哥业已跑远,没听见。那狗东西说他妈都疯了,我们还不容他走。"这两句话虽非原词,对于瑶仙却已难堪之至。畹秋见爱女说到末句,声音哽咽,眼睛乱转,泪光莹莹欲流,好生心疼。竟忘了日暮途穷,长夜已近,反而咬牙切齿愤怒道:"该死的小狗东西,也敢欺人么! 乖孩子莫伤心。你妈反正不免身败名裂,我也想开了,现在犯不着和他计较。为你两个乖儿,我从此决不生气着急,只好生保养。等身体复原,挨过两年受气日子,要个连老带小,连男带女,把这一村的狗东西都害他个不得安生,我娘婆二家的姓都倒过来写!"

瑶仙见乃母已遭惨败,大难将临,尚还不知收敛,豪语自大,心越焦急。又想起适才当着萧玉,话未说完。明知与己婚姻有关,有些害羞,无奈事情已急。母亲所行所为,按着村规,万无幸免之理。萧逸纵肯容情,不为举发,魏氏一疯,万一尽吐真情,村中诸长老平日虽不过问村事,遇上大事,却是一言九鼎。欧阳姊弟和雷二娘均得人心。欧阳霜尤其是身应卜吉,全村爱戴之人。失踪以后,常听传言,诸长老早有灵卦,断其必归,且为全村之福,可知非常重视。一旦事泄,得知三人俱受乃母之害,大祸立至。如村中长老和全村公判,不是活埋,便是缢死。祸变俄顷,凶多吉少。此时把话问明,就将来为母报仇,也有一个打算。想到这里,心如刀割,扑簌簌泪流不止。

畹秋瞥见爱女又在伤心落泪,忙把她唤至枕前,抱头抚问:"何故悲泣?"瑶仙乘机请问适才未尽之言。畹秋把前言才一说完,猛地想起适才魏氏疯狂鬼迷之事,此时不知如何了局,只顾宽慰爱女,一打岔,竟自忘却。因话及话,忽然想到,更觉此是天夺其魄,绝大破绽,不由急出了冷汗。早知如此,还不如当晚暗算萧元时,乘机暗点重穴,连她一起害死,灭口为是。只说她胆小口紧,不会泄露,万想不到会失心发狂,留此祸根。畹秋只想到这眼前的事,后悔失着,却不料自己早把马脚显露在要紧人的眼里。一波未平,一波又起,转眼就要发作了。

瑶仙见乃母正说得头头是道,忽然沉吟不语,面有忧色,知她又在担忧前事。心想:"如果事泄,全村轰动,不等郝潜夫到此,村人问罪之师必已早到。二人去了这一会,尚无噩耗,也许新年大雪,路少人行,魏氏说疯话时,只郝家相隔最近,被听了去,所以潜夫出语伤人。后来便被萧清和郝氏母、妹拉进,并未泄在外面。郝公然虽也算长老之一,终是外姓,平日不肯多事。父子二人又都爱萧清,如要举发,萧氏兄弟岂有不苦苦哀求之理?他人见她已疯,两小无辜,人心是肉做的,顾生不顾死,况且事不干己,一可怜,也就算了。"越想越以为不是没有转机。为宽母忧,便只瞒起潜夫所说一节,把预料情形一层层说了。

畹秋也觉爱女之言有理,叹了口气,说道:"但愿如此。我此时死活未放心上,只盼挨两年的命,看你两个成立,乘机把仇一报。依我心志,休说生遭惨死,便是死后堕入十八层地狱,也甘心了。"

瑶仙人极聪明,虽然颇有母风,但她年齿尚幼,天良未丧,对乃母所行所为,本来不以为然。只不过是己生身之母,天性所关,不能不随同敌忾罢了。一听乃母害人之心始终未灭,只求蓄怨一逞,不特死而无怨,连堕地狱受诸苦难皆所甘心。看萧元夫妇相继遭了报应,料知无有善果,闻言甚是刺耳惊心。想要谏劝几句,又想她正受伤病重,心情愤激,不便拂逆,欲言又止。心中还在求告神佛默佑,想代母亲受过。

忽又听有人踏雪到了门前,却没先前郝潜夫来得匆遽。想要出视,便听使女绛雪在和来人答话。瑶仙的头被畹秋抱住,又不敢过露惊惶之状,方在疑虑,来人已走。心方微定,绛雪已持着一封索信进来。

这封信如果落在瑶仙手里,畹秋还能苟免一时,谁知合该数尽。那绛雪昨晚熬了一个整夜,天明主母忽然抬归,略微服侍,萧玉倒水,瑶仙便支她去睡。一觉醒来,挂念主母,跑出便遇送信之人。睡眼蒙眬,也没看看小主人的神色,脚才进屋,便说:"这是四老太爷的信,说要本人亲拆,不用回信。"畹秋在床上听了个逼真,忙叫拿过。瑶仙翻身坐起,想用眼色拦阻,已是不及。绛雪人颇机灵,看出情形不好,知道说得太慌,刚一停顿,畹秋连催:"快拿来我看。"瑶仙知瞒不住，用手接过，说道："妈累不得，我念给妈听吧。"

那四老太爷双名泽长，别号顽叟，乃全村辈分最尊，年高德劭的一位长老。此人虽不说学究天人，却也博学多能，无书不读，尤精卜筮之学。选推萧逸做村主，娶欧阳霜，均是此老主持。全村老小，对他无不尊崇礼敬。可是他从不轻易问事，只是选那村中山水胜地，结了几处竹楼茅舍，依着时令所宜，屏退家人，体会星相，穷研数理。除村中诸长老外，仅萧逸一人最是期爱，常令陪侍习学。余下连那自己子孙，在他用功之时，也只能望楼拜候起居，轻易见他不着。武功更是绝伦，八十多岁高年，竟能捷同猿鸟，纵跃如飞，内家气功已到炉火纯青地步。

大年初一，好端端与曾孙辈晚亲，亲笔写封信来，真是从来未见未闻之事。畹秋情知事关重大，哪得不心惊肉跳？母女二人俱料绝非佳朕。瑶仙答完母话，忙即拆信观看。才看数行，便吓了个魂不附体，哪还念得出口。畹秋做贼心虚，本来惊疑，见爱女颜色骤变，益知不妙。念头略转，倏地把心一横，猛然鼓劲，翻身挣起，一把抢了过去，狞笑道："左不就是事情穿了，还有什么大不了的？事已至此，怕有何用？"瑶仙情急，想要夺回时，寥寥数行核桃大的字迹，畹秋边说边看，全都入目。瑶仙见乃母面容惨变，知已看悉，心中焦急，不由一阵伤心，趴伏在畹秋身上，呜呜咽咽痛哭起来。

畹秋自知无幸，比前更镇静得多。回顾绛雪尚在房内，事关重大，虽是心腹丫头，也不便当她吐露，拿眼睛一看。绛雪会意，知她母女有避人的话，又看出事由信起，情形大是不妥，想起平日相待恩厚，又是后悔，又是难受，眼圈一红，便自避出。

畹秋何等心细，暗中点了点头，随用手抚摸着瑶仙的脸蛋说道："乖儿，不可这样软弱，虽是女流，也该有点丈夫气。快些起来，妈有话说呢。"瑶仙眼含热泪，抬头望着畹秋，心如刀割。畹秋道："妈的事，你想必都知道了吧？"瑶仙呜咽着，勉强应了一声。畹秋叹口气道："妈生平做事，从不说后悔的话。照你看来，这事到底怪谁不好呢？要换了你，设身处境，又当如何呢？"瑶仙天性颇厚，虽然不能公然责母之非，自从那晚乃父受伤，渐知底细，颇多腹诽，本不以母所行为然。但是这时看见乃母身败名裂，生死莫卜的惨状，哪能不顺着她说。母女情重，自然也要偏些。便愤慨道："这事都是萧逸和那狗贱人害的，自然是他们不好。不过女儿设身处境，决不这样做法……"

还要往下说时，畹秋忙拦道："话不是这等说法，事情难怪贱人。休说她

197

是一个出身微贱的孤女，萧逸此等人才，全村的少女，谁也愿意嫁他。不过有我在头里，自惭形秽，不敢存此非分之想罢了。贱人那时正住我家，的确见他就躲，并无勾引。

"大对头就是萧逸这个该万死的冤孽。他不遵父母之命，目无尊长，这还不说。最可恨的是他既不想娶我，就该事前明告父母。再者我同他从小一处长大，耳鬓厮磨；大来虽没小时亲近，也都常在一起相聚。妈乃行将就木之人，你是我身上落下来的肉，事已至此，也无所用其羞忌。我因见他老不插香，心下不安。为了此事，由他父在日，直到死后两年中，曾经觑便探过他好几次口气。按说我一个女孩家，论才论貌都是全村数一数二，这等倾心于他，至少也有知己之感，两家又是至亲至好，就算他死恋上那下贱丫头，也该向我点明才是。谁想他一面装着照常和我同游同止，一颗狼心却早归了人家，外表上和那贱人一样不露一点神色。

"乖儿你想，我和他平日那等亲密，又有两家父母口头婚约，只差过礼了。休说我不作第二人想，全村大小人等，哪一个背后不夸男才女貌，是一双天生佳偶？众少年姊妹相聚，往往明讽暗点，简直认作定局的事。

"后来他父死后，我家久等无信，反而屈就。外婆屡次赓续他父在世之约，托人提亲催娶。他如明拒也就罢了，偏又阳奉阴违，拿孝服未满做推托。外婆见他只推没拒，还想他真有孝心。我虽疑心夜长梦多，但是环顾村中，并无胜我之人。就说那贱丫头有点姿色，对他又是冷冷的，见了就躲。他为人可是素来温和，无论对谁都显得亲热。我想贱人是他家奴，名分悬殊，即使看中，也只纳为妾婢；如为正室，单村中这些老挨刀的假道学就不答应。想过也就放开。

"万不料这丧尽天良的猪狗，偷偷不知用甚花言巧语挟制这一伙老狗，借他正位村主那一天，先故意拿冷脸子给我看，把我气走，然后迅雷不及掩耳，与老狗们一同赶往我家，说娶那贱人为妻。你外婆如何肯和一个下贱丫头争女婿，气得也不等我回来商量，糊里糊涂就答应了。小贱人这等良机自然不放，当时连假都未做。他那里更好，直和娶二婚婆一样，潦潦草草，当日成婚。

"我和你爹，还有几个女伴，正在村外闲游，一点影都不知道，先听奏乐，接着有人来唤他们回去道喜。这些刻薄鬼，因为我素来好强自满，忽然起了变局，虽未当面嘲笑，哪个走时不偷偷白我两眼。可怜你妈，那时气得身冷手战。人看我一眼，直似戳了我心头一刀。人情势利，一会全都狗颠屁股，跑个干净。

"只你爹一人未走。我才想起他多少年来对我钟情颇深，人才虽不如那猪狗，论情分却是一天一地。既感激，又可怜，一赌气，没多日子，便嫁了你爹。嫁虽嫁了，可是我这口怨气如何得出？本该找猪狗报仇，才是正经对头。说也冤孽，我已是有夫之妇，和你爹又甚恩爱，并无三心二意，偏不忍向他下手。只想拆散他们夫妻，把无数的怨毒都恨在那贱丫头一个身上，千方百计想将她害死，以致才有今日之事。

"如今虽说事败，但那贱丫头出死入生，在外多年，想必也受了些罪。加以她恨猪狗无情无义，已立誓不圆旧梦。他二人既不和好，便称了我的心愿。我挨她打，由于自取，她回来时并未亲来寻我，此恨已消。只是恨这猪狗，却饶他不得。还有那三个小狗，如不用重手法将我打成这样重伤，我母女也可逃出村去。现既不能逃走，事已败露，又来了这道催命符，我决不想再活在人世。想活人也不容，反而抖出弑夫的罪名，连你和玉儿兄弟都做人不得，更难在此立足。你如是我女儿，我今明日必死，死后千万不可露出一点形迹。等两三年后，你们成人，与玉儿合谋，将猪狗父子四人能一网打尽更好，如其不能，除一个少一个，也算是报了母仇。事完，立时逃出村去。我虽死九泉，也甘心了。"

瑶仙因来信明令乃母限三日内安排后事，急速自裁，免败崔、黄两家声誉，遗害子女。并说魏氏与她同罪，姑念从凶，未手伤人命，而且丈夫已身为鬼诛，权从末减，过了新正破五，便要永远禁闭终身，不见天日。本来众议给她封帛，因萧逸说她为人聪明，必知利害，故此函示，免得张扬，替她娘婆二家留点脸面。此事只萧逸全家和三五长老知道。如再执迷不悟，妄想贪生，过了破五，说不得只好由诸长老当着全村人等，按村规"杀人者死"，付诸公判等语。照此情形，除了一死，万无活理，闻言不禁抱头痛哭起来。

畹秋这时回光返照，心下坦然，点泪都无，反倒劝慰爱女莫哭。瑶仙几次商请，要向诸长老求说，愿以身代。畹秋狞笑道："乖儿，你真呆了。留着你在，还好替妈报仇雪恨。妈心身两受重伤，你就替得我死，我还能活几时？多活一天，多受一天的罪。"

瑶仙想了想，突然跳起，咬牙切齿，顿足骂道："妈请放心，我如不把萧家这群猪狗一网打尽，誓不为人！"说到末句，"哇"的一声，又大哭起来。再三哀求畹秋当日千万莫死，且活满这三天限期，一则母女多聚三日，二则也许还有别的生机。

畹秋道："我的生机定然一线都无。乖儿，我又舍得你两个么？也是无法呀！只恐连这三天都活不了呀！要是不信，姑且到你玉哥家中探听一回，就知道了。"瑶仙自不肯去。畹秋道："乖儿，你当妈是寻常女子么？不等乖儿送终诀别，目睹我死时惨状，免得日久心淡，销了复仇志气，妈哪肯就死呢？多急也要等你见一面的。好在绛雪人甚忠心，她已看出不好，此时定在后屋哭呢。你不放心，快打发她穿上雪拖子跑去一看，就知道了。但是无论形势多恶，千万瞒我不得。须知妈不怕死，也不是能活不能，稍一应付失宜，在我不过稍缓须臾，仍是难免于死不说，还要白受许多奇耻大辱，留下无穷后患。我权衡轻重，看是哪个厉害。事已至此，却忌感情用事，就是叫你用刀亲手杀我，必须听从，才能算对。只盼你心志坚定，能为母复此大仇，使我死后含笑九泉，便是孝女。世上没有不散的筵席。到这紧要关头，要把心肠放狠，才于事有益呢。"瑶仙含泪应了，忙出房唤来绛雪，往魏氏家中探听动静。

瑶仙性情本有母风，经乃母连激带劝勉，知道悲急无益，互相商议日后如何向人寻仇报复。畹秋自免不了又出上许多阴毒险狠的计策，并教爱女对萧玉如何用情，驾驭操纵，务须使他甘为情死，死而无怨。好使事前既多一个得力心腹死党，事后又是恭顺宠爱，没齿不二之臣。瑶仙一个少女，平素和萧玉相爱全出天真，不懂得什么叫作权诈，这些话都是闻所未闻的妙语，不禁听得心动神驰，津津有味，连那生离死别之痛都几乎忘了。

畹秋一面搂住她头颈说话，一面暗中查看她神色语气。见她前半截听话时悲愤填膺，目眦欲裂，为意中应有之状，还不敢断定异日如何。等说到后半截，命她用权术牢笼未婚夫婿，见她注目倾听之中虽未答话，时把牙关紧紧一咬，现出恨极之状，瞬间又复常态。知她母仇时刻在念，并不因所说新奇紧要，与她有切身利害关心过度，听出了神，以致把母仇抛诸脑后，好生欣慰。想起永诀在即，越发爱怜，手中搂得更紧。心里不住苦想，恨不能连爱女的生养死葬、百年大计都给她预为指点安排，才称心意。

似这样谈有个把时辰，畹秋心事说完，万虑皆空，转觉腹饥思食。年下有现成的丰美菜肴，正想命瑶仙去弄热了来吃，忽然绛雪踏雪跑回，刚在门外脱换衣鞋。畹秋何等细心，一听便知凶多吉少，大限将临，心中一紧。暗忖："爱女从清早起，水米不沾牙。自己说了这半天话，又饮了几杯茶，心横意定，虚火全部下去，也正饿极。早得凶信，爱女固吃不下去，我死后她更是伤心悲哭，难于下咽。反正要死的人，乐得享受一点是一点，临死也做个饱鬼。"连忙搂紧瑶仙，偏头向外，高声喊道："绛雪，这没什么大不了的事，先莫对我和小姐说。我正肚饿，可去到厨房炒点干饭，把所有的年菜和糕点糖食，有一样端一样，一齐拿来。你也伤心了半日，想必也是水米不沾。金福夫妻都在轮值，今天也许不来了。快去做好，我们三娘母做一起，快快活活补吃一顿新年饭吧。"

绛雪聪明不在瑶仙之下，练会一身武功，相貌身材也颇美秀。畹秋母女均爱怜她，不似寻常人家丫头看待。瑶仙与萧玉相爱并不瞒她，反带她同来同往，遮掩外人耳目。因常随少主往萧家去，日子一久，不觉爱上萧玉之弟萧清。心想："欧阳霜出身也是丫头，居然会做了村主之妇。全村俱是避地之人，不论世俗贵贱，只要男女双方愿意，就可通行。"于是便用下心思，想勾引萧清。无奈她本人年纪甚小，萧清比她更要小了两岁，童子不识风情，又一心一意想随叔父萧逸练童子功，简直没有把她看在眼里。她又胆小，不敢径求主人给她出力，闹成个片面相思。

主仆感情既好，她也忠心为主。对畹秋近来举止神情，本已看透两分。见畹秋天明前好好出去，忽然受伤抬回，母子背人哭诉，便料东窗事发，难以收拾。一会，村中元老派人传书，看出畹秋母女神情更是不妙，好生愁急。

后来奉命去萧玉家中探看魏氏动静，本心还想乘机向所爱的人献点殷勤。人没走到，便见村中老少人等，三三两两由萧家那一面踏雪走来，多半都是边走边说，面带恨恨之色，不似出门拜年情景。她人机警，知事若坏，自己主人更是要犯，恐被村人看破行迹，忙往树后一躲，想等人走完以后，再去萧家探问。不料去的人还未走远，又有赶了来的，有时两下里对面路遇，说不几句，便随着愤愤咒骂起来。隔远听不真切，仿佛还带着萧元和主人名字，不仅魏氏一人。急于想知点底细，回去报信，偏生来往萧家的人出入不绝，却看不见萧清弟兄二人送出，不敢冒昧走进。心方焦急，忽见萧逸带了二子一女和使女秋萍，各乘雪橇，如飞赶来，后面还跟着几个门人子侄，到了萧家门首，陆续走进。这一来，连那先走在路上的村人，俱都去而复转。秋萍乃另一家随隐亲友的世仆之女，因她长于女红，做得一手好菜，二娘死后，萧逸特向那家借来服侍两小儿女。比绛雪长有五六岁，平日甚是交好。

这群人走过时，绛雪见萧逸忽然回头，朝自己藏立之处看了一眼，疑心被他看破。隔有一会，秋萍独自跑来。一到便把绛雪喊出，说萧逸适才已看见，料是畹秋命她来此窥探。让绛雪急速回去，告诉畹秋事情的原委。

原来畹秋和欧阳霜雪夜相遇，口角争斗，自泄机密。巧值村中长老萧顽叟，因占来年全村年内休咎，祭神以后，亲往峰上卜卦，刚到不久，全听了去。次早家庙团拜，诸长老聚仪，都说村中决不能容这等败类。经萧逸再四商请，为了保全崔、黄两家名誉，才由元老亲笔函示，令她限日自裁。本想畹秋服毒自尽，匆匆入殓，不致宣扬全村。谁知魏氏清早祭神以后，刚要往崔家去寻畹秋，商议二月间两家丈夫葬事，才出门外，忽然失心疯狂，不特自供以前三奸种种阴谋，并连畹秋用杀手暗算萧元灭口，当晚归途遇鬼误杀亲夫，一一绘影绘声，从实吐出。当时大雪之后，村人出外拜年的不多，仅有紧邻郝潜夫父子正在开门，闻声赶来。因看萧清哭喊可怜，一面着潜夫去唤回魏氏大儿子萧玉，一面诸人合力把魏氏强拉进去。萧清向郝父跪求，头都磕破，鲜血直流。本想给她隐瞒，谁知魏氏好似凶神附体，力逾虎豹。只要门外一有人过，便如飞纵起，将人拦住，指天画地自供阴私。又费好些气力，才拉回去。等萧玉得信赶回，用棉被将魏氏裹起，闭置房中，出来进去已好几次。

村人平日本厌恶她夫妻奸刁取巧，搬弄是非，听了当然愤慨。畹秋会做人，虽无恶感，但是村中出了这等人神共愤的事，也是一体痛骂，容她不得。可怜萧清一个小孩子，又要拦阻疯母，又要向村人哭求隐恶，如何顾得周到。还算郝老夫妻年高望重，素得人心，再四帮他求说，众村人碍于情面，当时虽然应诺而去，真给她隐而不宣的能有几个？有那疾恶喜事的，还当村主不知，竟往萧逸和诸长老家中告发，力主按着村规，除此村中败类，害群之马。不消多时，就传布了多家。萧逸偏生带了子女往尊长家中拜年，不在家中。等到得信，大惊赶来，事已沸沸扬扬，附近好些人家都得了信，赶往萧家探看真假，没一个不指了姓名大骂的。萧氏兄弟知道父母所行所为动了公愤，这些人又都是尊长前辈，不敢还言。所延村中懂医的人，闻信俱都不来；来了也只随众怒骂，不肯诊治，一任魏氏从床上滚到地下。人越多，她越胡说得声高。急得萧清、萧玉互相撞头跌足，抢地呼天，愤不欲生，已经急晕了好几次。

众人还要赶往崔家，着村中妇女拖出畹秋，按村规吊打活埋。正拟议说畹秋元凶首恶，必须绑向村主那里，立即如法施行。还算萧逸赶到得快，一面喝止村人，新年里不可如此胡来，人已疯狂，未可据为信谳；畹秋丧夫守寡，重病在床，家无男丁，岂可越礼吵闹？事关重大，又属入山以来仅见之事，必须慎重而行。一面又命同来门人子侄，分头去往各地招呼，禁止胡来。随将带来的安神药交给萧清，与魏氏灌服下去。等过了破五，病人神志清明，再按村规公审。众人自听萧逸的话，不再吵闹。

萧逸让绛雪转告畹秋，事已大泄，犯了众怒，自己也无能为力，速自为计，免得临时多受奇辱，弄巧还有烈火焚身之灾。

绛雪闻言，吓了个魂不附体。适才又曾亲听散去的人指名谩骂，哪敢迟延，惟恐家中业已出事，气急败坏如飞跑回。见门外雪中无甚痕迹，料被萧逸止住，略放点心。已经跑了个上气不接下气，匆匆换下雪橇，知事已不能隐讳，方要入门报警。畹秋心细，闻得她喘息之声，已经猜个八九，心只略惊，即行转念，呼取菜饭充饥，吃了再说。绛雪想起平日相待恩情，也甚伤心。暗忖："她已不能再活多日，应该叫她死前享受一点。再者，小姐也还未进饮食。这一报警，何能吃得下？算计村人此时没有打上门来，危险已过，索性给她母女一服宽心丸，好歹吃点东西。"念头一转，忙答道："萧家大娘早起发烧，稍微乱说了几句，喜得无人听见，玉少爷一回去就好了。雪天无人，只郝家知道。来时，玉少爷还说，少时大娘吃药之后见好，还要来呢。"畹秋闻言，果然心神为之略宽。

绛雪把话说完，慌不迭地走入厨下，先把酒和熏腊冷盘端出。瑶仙早把火盆添旺，榻前拼好两个茶几，杯、筷、冷盘一到，连忙接过摆好。绛雪又去热菜。瑶仙在床当中堆上些被褥、枕头，将畹秋轻轻扶起，靠在上面。又给披上一件外衣，把脚顺好，面向床沿，盘膝坐定。自己摸了摸酒壶，觉酒已热。然后笑问："妈吃什么？我喂妈吃。"

畹秋见这一桌子的熏腊，都是去年十一月下旬起始，照着常年惯例，和瑶仙、绛雪一女一婢，亲手制成之物，样样精美可口。像腊腰子、腊肝、风肠、风鸡之类，都是丈夫素常爱吃的东西，往年每逢年节，一家人何等快活。尤其年下，从祭灶小年夜起，年事忙齐，一家大小带着这个心腹慧婢，四人千方百计，准备新正取乐之事。向全村人等争奇斗胜，历来都仗自己的灵心巧思，博得全村称赞。又加夫妻都是好酒量，女、婢也是不弱，到了三十夜里，略去形迹，都坐在一起吃年饭。这一顿吃了热，热了吃，总要吃到天亮。接着祭神祭庙，回来吃了应景食物，欢欢喜喜，上床略睡。元旦早起，一家又吃团圆酒。初二早起，白日互相拜年，归来随众行乐。不是赌放花炮，便是玩灯斗彩，一直要乐到二月初二，才行兴尽。至于春秋佳日，乐事尽多，尚还不在话下。

谁想没有多日，都成陈迹。东西仍然摆在桌上，吃的人却少了一个。平日家庭和乐团聚惯了，倒不觉得；一旦人亡物在，满目凄凉，自己更是身败名裂,途穷日暮,怎不难受?刚在伤心,眼圈一红,忽见爱女侍奉殷勤,佯欢劝饮,越发心酸怜爱。念头一转,暗忖:"这是什么时候,爱女已一天水米不沾,怎还勾她伤心,不叫她吃顿好饭?"忙抑悲怀,装作满脸笑容,答道:"乖儿,我只是受了伤后,雪中受了点寒,服药后,养了半日,已好多了。乖儿,陪妈一同吃吧。你已一天没吃东西,妈心痛极了。你是我乖儿,就听妈话,多吃一些。妈正饿呢,你要不吃,妈一担心,也吃不下了。"可怜瑶仙既痛乃母,复悲亡父,心如刀绞。因想乃母进点饮食,强为欢容相劝,自己哪里吞吃得下?心知乃母慈爱,又不敢露出,只得陪同吃些。母女二人都是一般想起伤心的事,眼泪尽往肚子里咽,除了互相催食催饮之外,恐怕勾起伤心,谁也不敢提一句别的话。局中人的酸楚,真非笔墨所能形容。

母女二人吃了许多空心酒,菜却只动少许,悲急之余,食眠两乖。那大曲酒性又烈,如何能够禁受,都觉腹内发空,烧得难过。瑶仙只是晕沉沉地欲呕。畹秋毕竟心肠较狠,一有醉意,胆气大壮,几乎忘乎所以,更不再想伤心之事,渐觉腹饥难耐,连声喊饿。刚想命瑶仙去至厨下,有甚现成热好的东西,快先端一两样来。绛雪已忙得披头散发,用托盘热腾腾连饭菜,带糕点、面食,端了十几大碗进来,两个茶几全都摆满。绛雪说声:"大娘、小姐请吃,还热的有。"说完,拿了托盘就跑。

畹秋何等心细,先时因自己心存必败之想,所以被绛雪乘机瞒过。这时见她明知三人全未进食,热菜却去了老大一会,又端来偌许东西。中有几样食物,照例都非初一所用,也一同蒸热了来。好似见那东西自己爱吃,怕日后吃不到,巴得自己就此一顿,多享受吃些。否则此女素来机警聪明,主仆三人怎么也吃不下这么多的东西,何致如此蠢法?刚一心疑想问,一抬头,看见她眼圈红肿,泪容尚未尽敛,放下了碗,说一句话,匆匆回身就往外走。不禁恍然大悟,适才去往萧玉家中探听,必得了凶信,不然,不会去得那么久。如非危急,也不会连眼都哭肿。料知事发必快,本在意中,又仗着几分酒力,并不怎样忧惧。命瑶仙去盛饭来,准备饱餐一顿,吃完再问绛雪的下文。

茶几上盘碗太多,饭盘放在另一桌上。瑶仙起身盛饭,刚一背转脸去,这里畹秋早回手里床,向枕褥下面,将丈夫死时备而不用的一个小银盒取到手中。瑶仙耳目甚灵,闻得床上有点响动,忙即回顾,畹秋已将小盒藏入怀内。瑶仙见乃母满脸俱是阴郁狠戾之气,情知有异,急问:"妈做什么?"手中的饭还只盛了半碗,也不顾得将它盛满,连忙端了过来,想追问底细,看看乃母怀中所揣何物。人才跑近床前,未容问第二声,畹秋恐她知道自己预定就死之策,着急伤心,饭吃不饱,还想装出无事之状遮掩过去。忽听雪橇滑雪,一片沙沙之声,杂以人声嘈杂,由远而近,似往自己门前滑来。母女二人心刚一惊,正要侧耳细听,那喧哗之声已离门前不远。猛又听绛雪行至堂屋,"哎呀"一声惊叫,紧接着哗啦连响,盘碗碎落满地。跟着又听关门加闩和外面叫骂打门之声,乱成一片。

瑶仙料定祸事临门,吓得战战兢兢,面如土色,抱着畹秋,急泪如泉涌,哪还听得出来人所骂言语。畹秋胸有成竹,死志已决,早把来意听出。因绛雪叫:"小姐快来!"知她将门户关闭,见众人来势凶猛,恐破门而入,独力难支,故喊瑶仙出去相助。俯视瑶仙,已听了绛雪唤她,挣扎欲起。恐爱女出去受辱,连忙一把先将瑶仙拼命搂紧,低声急说道:"出去无用,你去不得!"一面强把周身气力往上一提,向绛雪大声高叫道:"你和他们说,我正换衣服,换完略待片时,容我母女诀别几句,立时随他们走。当年祖辈诸尊长所定村规,村人犯了大罪,村法虽严,罪人纵是男子,也只是派人传唤,按理而行。此时诸位长老既然知道今天正当正月初一,也不是凶杀的日子,按理决不会在今天便召集村众处罚罪人。我既没有抗传不往,又是个家无三尺之童的新孀孤寡,似他们这样纠众行凶,毁门破屋,任情辱骂,欺凌孤寡,难道也是奉了他们村主之命,特命他们如此的么?"这一套大声疾呼,说得甚是爽利激昂。

村中居室因势而建,仿佛花园中的屋宇,只居室门窗齐备,外面多半花木环绕,竹篱当墙,来人一到便可升堂入室。这时来的,连男带女约有三十余人,俱都围在这几间上房外面。一面拍门喝令速开,一面喝骂:"似此恶妇,全村从来未有的败类,断乎容她不得!省事知罪的快快走出,随我们到村主那里投到,按照村规发落,免得我们动手捉人,更吃眼前苦了。"异口同声,都是一样的话。

村人素来安分,轻易连个争吵之声都听不见,忽然发现畹秋如此恶毒,认作空前巨变,怒极而来,未暇寻思。屋里的人一发话,内中两个年长的首先喝止叫嚣,不等绛雪重说一遍,已经全听了去。俱想起当天是年初一,又未奉有村主之命,怎能聚众先往孤寡门前叫骂提人?村人不问平日所业是哪一门,全都读过几年书,识得道理。起初不过激于义愤,这类事情又是初经,未免任性了些。几句话被人问住,觉得人虽可恶,罪该万死,这等做法,却是讲不过去。立时安静了好些,也不再拍门扣户,只是互相交头接耳,意欲等村主所派人来,再行处置,依旧守定门前,不肯退去。

瞕秋将群喧止住,知事已急,无可迟延。左手仍紧搂爱女,柔声抚慰;暗伸右手入怀,将银盒用指轻轻拨开,捏了一撮毒药,急放入口,就着面前烫杯中喝剩的大半杯大曲酒,一口咽下喉去。

瑶仙被母搂紧,伏身母怀,惊魂都颤,神志已昏,只是一味悲泣,心痛如割,早忘适才之事,并未看见。直到端酒咽药,余沥落了一点在她颈上,方始惊觉。忙一抬头,见乃母目闪凶光,眸睛特大,口角沾药之处,现出猩红颜色,才知已经服毒。不由一阵伤心,急得抱定瞕秋乱哭乱跳,急喊:"妈呀!"别的话一句也说不出来。

瞕秋一则痛心过度,二则药性酷烈,再加上这半杯烈酒,至多不过半个时辰必死。知母女二人聚首无多,一心打报仇主意,想将死前惨状,尽量现在一女一婢眼里,好使她们刻骨铭心,没齿不忘。还有许多话要说。不但没有一点怜爱悲伤之意,反恐把这黄金难买的一点光阴,白白由她哭泣之中混过。先喊了一声:"绛雪乖儿,快进房来!"接着两手把瑶仙用力一推,厉声喝道:"你这样没出息,哪配做我女儿?我死都难瞑目了!"

206

第一九五回

临命尚凶机　不惜遗留娇女祸
深情成孽累　最难消受美人恩

瑶仙幼得乃母钟爱，从未受过斥责，闻言吓了一大跳。连忙强忍痛泪，把头抬起。见乃母面上狞容越发可怖，呜咽着答道："妈，你适才所说的话，我都……"底下话未出口，畹秋恐被门外来人听去，忙伸手把她嘴捂住。回顾绛雪已经进房，把手一招，也唤至榻前，然后说道："妈一时不忿，气萧逸骗我，闹得如今身败名裂。最伤心的是雪中鬼迷，误伤你爹，使我死犹抱恨，如今悔已不及。本心等你爹今年落葬之后，再行自尽，不想事情泄露，早随他去也好。你们尽哭有甚用处？这是我自作自受，不能怪人。我死之后，村中诸位尊长必定怜你孤苦，决不因我而对你不好。还有绛雪，分虽主仆，情若母女。你二人可在我死前，当着我结为姊妹。好在我儿婚事已成定局，日后绛雪如愿与你同事一夫最好，否则你夫妻可给她物色一个佳婿。你两个都是无父无母的孤儿，以后务要和好，千万以母为鉴，好好为人，不可忌恨别人，勿蹈妈的覆辙。妈此时静等他们传去，或是活埋，或是烧死，真说不定。话已说完，可乘此时近前来，由妈抱着你们亲热一阵吧。"

外面诸人闻言，俱以为人之将死，其言也善，畹秋临命愧悔，还替室中二女可怜。谁想她这些话多半言不由衷，是想给女儿留地步，使人只怜她身世孤苦，不加防备，又借以洗刷暗杀亲夫的罪名。话一说完，便借亲热为名，把二人的头搂在胸前，又附耳低声向瑶仙说了许多机密的话。挨过一会，见外面尚无动静，估量死期将到，想再向来人说自己虽死，决不落于人手的话。忽想起门外人既未退，也未拍门吵闹，这事如奉长老、村主之命，决不会几句话就能喝住的。难道并非奉命，自己前来不成？因而又想起问绛雪的话，匆匆一问。绛雪把前事一说，才知自己毕竟受伤太重，为情势所慑，一时情急心慌，服毒太快，坐令母女二人这最终三五日的聚首，都因心粗葬送。眼看片刻工夫，便要毒发身死，还有许多话不及细说。死时依旧粒米未沾，即便强吃，也咽不下。肚肠绞痛越来越烈，临死头上不禁又悔又恨，又惜命又伤心，百感交集，忍不住流下泪来。

畹秋正在万分难过之际，忽听门外又有数人滑雪驰至，一到便高喊道："此事已有诸位长老和村主主持，自会按照村规办理。适才传示全村，因你们路远，未曾走到。今天新年初一，要取全村吉利，百事暂时不究。她们满门孤弱，即便治罪，也有两分法外之仁，以示矜恤。你们不奉村主之命，行动躁妄，私自来此吵闹，成何体统？如今村主已经发怒，命我们前来传令快快回去，不可胡来。"说罢，众人略问来人几句，便边说边走，纷纷踏雪而散。

原来这些来人相离最为僻远，萧逸先时命众门人晓谕村众时，去这一路的两个门人新年有事，以为这十几家雪深路远，不会闻知，便没有去。谁知内中恰有二人与郝家父子至好，天一亮就往拜年，目睹魏氏自吐阴私，得信最早，回去便对众人一说，偏巧又有几个性情刚暴，疾恶如仇的人在内，当时愤怒。因魏氏人已疯狂，那里已有不少人知道，想必不肯甘休。崔家相离较近，又是首恶，十几个少年好事的聚在一起，略微商量，一面着人去向各长老、村主告发，一面纠集众人，赶往崔家来拿元凶，押往村主那里，请照村规除此害马，为死者申冤吐气。也知崔家一门孤寡，家无男丁，畹秋母女又是会家，万一倔强动手，男女不便，还特意带来十来个妇女。有几个年老宽和的劝阻不住，只得罢了。事属创举，去时各人气愤填胸，未暇深思，到后拍门辱骂，吃畹秋拿话问住。虽然无言可答，仍想等告发人的下落，不肯即散。也是畹秋恶贯满盈，不能苟延。所行所为，一时传遍全村，激动公愤。这伙人路上虽遇村人，因知尚未奉到村主传谕，乐得让他们前去扰闹辱骂，好出胸中这口恶气。尽管设词推谢，不曾同来，谁也不肯说出村主适才已有传谕：此事须等过了破五，再行举发，治以应得之罪，所以这伙人依旧冒失前来。村中规令素严，来人虽被斥退，但是先前令未传到，事出无知，只不过扫兴愤愤而返，并无干系。

畹秋幸免凌辱。众人散后，药得烈酒之力，毒已大发，一个支持不住，往后一仰，跌倒床里。疼得满床乱滚，面色成了铁灰，两眼突出如铃，血丝四布，满口银牙连同那嫩馥馥的舌尖一齐自己咬碎。先还口里不住咒骂萧逸全家，要二女给她报仇雪恨。后来舌头一碎，连血带残牙碎肉满口乱喷，声便含混不清。二女知道药毒无救，目睹这等惨状，替又替她不了，急得互相搂抱，撞头顿足，心已痛麻，哭都哭不出来。实则药性甚快，真正药毒发透不过半盏茶时，便可了账。畹秋因是一半乘机忍痛做作，好使二女刻骨铭心，永记她死时之惨,所以闹得时候长些,势子也格外显得奇惨怕人。到了后来,晚秋心火烧干,肺肠寸断,无法延挨,惨叫一声:"我还有话没说完呀!"猛地两手握紧,把口一张,喷出大口鲜血和半段香舌,身体从床上跳起。二女连忙按住一看,眼珠暴凸眶外,七孔尽是鲜血,人已断气,双手犹自紧握不放。掰开一看,手指乌黑,平日水葱也似寸许长的十根指甲全数翻折,多半深嵌肉里,紫血淋漓,满手都是。二女出生以来,几曾见过这等惨状。瑶仙尤其是她亲生爱女,哪得不肝肠寸断,痛彻肺腑。"妈呀"一声悲号,立即晕死过去。

绛雪顾念主恩,虽未痛晕死去,却也悲伤肠断,心如油煎。一面还要顾全瑶仙,好容易强忍悲痛,揉搓急喊,将瑶仙救醒,她也几乎晕倒。瑶仙醒来,望着死母呆了一呆,倏地顿足戟指,朝萧逸所居那一面骂道:"我不杀你全家,决非人类!"又回身哭道:"妈放心随我爹爹去吧,你说的话,女儿一句也忘不了呀!"说完,一着急,"哇"的一声,吐出一口血来。绛雪抱住瑶仙肩膀,泣劝道:"小姐,如今大娘已被仇人逼死,身后还有多少事要办不说,你这样哭喊,被人听去,莫说大仇难报,我们还难在此立足呢。既打算报仇,第一保重身子,快些把大娘安葬,照她话去做才是。你尽伤心,人急坏了,白叫仇人称心看笑话,有什么用呢?"瑶仙闻言警觉,忙道:"妹妹,你我现在已奉母命,成了患难姊妹,快莫如此称呼。你说的话对,但是妈一时失算,闹得全村都是仇敌。如今人死床上,叫我有什么脸面去听人家闲话?我此时方寸已乱。你虽是我妹妹,论年纪不过比我小了几天,请你设法做主吧。"

绛雪道:"既是妈和姊姊抬爱,妹子也不必再说虚话。按说死了死了,妈已自尽,他们决不会再和我们这苦命女儿成仇,也不会那么刻薄,还说闲话。妈做的事,平心而论,实在也难怪犯了众怒,只是他们不该逼人太狠。尤其萧逸该死,此仇不报,妈在九泉决难瞑目。姊姊出面找人安葬,村中照例应办的事,他们原无话说。不过姊姊此时人受大伤,心念母仇,难免辞色太露。就此安葬,也不易和仇人亲近。这事妹子义不容辞,姊姊就无病也装病,何况真地伤心过度,体力不济呢。姊姊可装作重病,睡在妈的身旁,见有人来,只管叩头痛哭,甚话不说,一切由妹子出头去办。我看萧逸虽是大仇,一则此事少他不得;二则他自知行事对不起人,听他口气,如非萧家大娘发疯一闹,难保没有委屈求全之心,听妈惨死,必定可怜我们。乐得将计就计,乘虚而入。此时只寻他一人报丧,任他安排处置,立时可以办好了。玉哥兄弟,母病疯狂,泄露真情。妈今死去,萧家大娘病死不说,不病死也是要受全村欺凌，一样难免受害。他们虽与姓萧的是本家兄弟，但是情义不及崔、黄两家深厚，又是个起祸根苗，必更容他们不得。目前正是泥菩萨过江，自身难保的时候。适才前去探看，已有多人出入辱骂。这半天不来，可知情势危急。他和姊姊那么好法，在此处境，送信去徒使为难。而我们除了村主，只向他家报丧，岂不越显我们形迹亲密，老少两辈都是一党？徒自使人疑心，为异日之害，于事无补。当这忧疑危惧之际，不但现在不可现出和他弟兄亲密，便是将来合力报仇以前，当着众人面前，也是越疏远才越好呢。"

瑶仙此时孤苦万状，举目无亲，除了绛雪，只有萧玉是她心目中的亲人。先还怪他一去不来，正想着绛雪与他报丧，就便略致幽怨，闻绛雪之言，方始醒悟。自知受伤过甚，心智迷惘，举措皆非，不如全由绛雪做主，还妥善些。便泣道："好妹妹，我人已昏乱，该怎么办，你自做主好了。"

绛雪自从主人在她难中救回之后，几与小主人同样看待，读书习武，俱在一起。见主人惨死，少主视同骨肉，越发感奋，早已立志锐身急难。闻言便道："姊姊既然信我，你只伏在妈的身上，见了人来，悲哭不起好了。别的姊姊都不用管，切莫真个伤心，留得人在，才好成事。妹子去了。"瑶仙人已失魂落魄，一味悲急，不知如何是好。闻言甚觉有理，泣道："好妹妹，我此时也只好靠你了，快去快回吧。"

绛雪又劝道："趁这时候，就着桌上现成吃食，勉强吃些。既知人最要紧，便须保重。少时举办丧葬，当着外人，尚须做作，不到夜来人散，再肚饿想吃也吃不成了。妹子还不是一样伤心，比姊姊就想得开。事已想定，不必忙在一时，看姊姊吃点东西，我再走才放心呢。"随说随把桌上现成过年点心拿起吃了些。瑶仙此时立志报仇，虽然勉抑悲怀，不曾哀毁过度，终是创巨痛深，五内如结，哪还吞吃得下。因见绛雪殷勤相劝，吃得甚是自然，不愿拂她好意，又在用人之际，怕她多心，勉强挣起，用筷子夹了一块八珍糕。还没进口，一眼望见上面有前两晚自己和乃母同剥的瓜仁、果肉，忍不住扑簌簌又流下泪来。绛雪见状，叹了口气道："我走后，姊姊要细想想。打算报仇，单是伤心无用，第一，精力身体是要强壮才行的咧。我见姊姊这样，我也要勾起伤心，吃不下了，我还是拿些路上吃吧。反正村中都是仇人，我一个当丫头的照例馋嘴，也不怕他们笑话。"瑶仙也怕她难过，连忙擦干眼泪，将糕咬了一口。

绛雪果把桌上点心拿了几样，起身出屋，穿上雪具，将口中食物吐出，连手中点心一齐丢掉，轻轻慨叹道："我又何曾真饿想吃呢！"说罢，把满嘴银牙一错,朝雪中啐了一口,踏雪往萧逸家中驰去。

绛雪行近峰前,便见峰上三三五五下来许多村人,知道又是为了畹秋和魏氏的事。暗忖:"她三人做的事也真狠毒阴险,莫怪众人痛恨,不肯甘休。无奈自己出死入生,受她大恩卵翼,死前又认了母女姊妹,这有什么法呢?也罢,命该如此,譬如从前不遇她夫妻,早被恶人虐待磨折而死罢了。按说,连这些年舒服日子都算白捡。此时只有恩将恩报,哪还能再计其他的是非与将来自己和瑶仙的成败?且看事行事,到时再说吧。"边想边走,因畹秋已死,毋庸再见人回避,见众村人迎面走过,也不闪避,依旧低头向前急行。村人俱都相识,因请处治二奸,萧逸不允急办,中有几人还吃了一顿抢白,路上纷纷议论,俱觉村主过于宽厚。见她跑往萧逸家中,料是畹秋派来请求宽宥解危的信使,虽未阻止喝问,语气都甚难听。绛雪闻人指摘,装没听见。

绛雪行抵峰下,恰好村人业已过完。绛雪一夜未睡,终日未食,气虚火旺,跑了一段急路,颇觉吃力。刚打算一定神,略缓口气再上,脚上雪具方脱了一只,便听峰上喊道:"绛雪来了,她是我妈仇人家的丫头,定是狗婆娘叫她向爹爹捣鬼。哥哥快来打她,不许她上!"绛雪抬头一看,正是萧璇、萧琏两小兄妹,各穿一件风披紧身,趴伏在平台石栏上。萧琏连声乱喊,萧璇倚石栏,身子前探,觑定下面。

绛雪知道萧家这几个小孩都甚难惹,说得出做得到,连畹秋都吃了那样大亏。危难求助之中,哪敢招惹,忙装笑脸。方欲婉达来意,刚开口说了"崔家"两字,底下话未出口,猛见萧璇把两只小手先后往下一扬,立时白乎乎打下两团暗器。绛雪因听萧琏高声乱喊,恐乃兄萧珍闻信由坡上赶来,吃了暗亏,脸朝上说话,眼睛却留神侧面的石级。不想萧璇更坏,悄没声地忽将暗器当头打来。等到发觉想躲,头一下已噗的一声打在头上,打了个满脸开花。幸尚是一大团雪,不是真暗器,未受大伤。但那雪团团得甚紧,由高下掷,颇有力量,也把绛雪打了个鼻青脸肿,头面冰凉刺痛,满嘴残雪,冷气攻心。第二下雪团更大,总算躲过,略扫着一点肩膀,未被打中。

绛雪又疼又恨,恐防她再打,急得乱躲乱吐,又不敢丝毫发作,神情甚是狼狈。耳听两小兄妹在上面拍手欢呼,哈哈大笑。同时萧珍也在说话。一会萧璇又在上面喝骂:"崔家丫头,快滚回去,我们就不打你。告诉我妈的仇人,叫她等着活埋。过了破五,全村的伯伯哥哥们要她给崔表叔和雷二娘抵命呢。"绛雪暗骂:"小狗种们莫狂,早晚不要你父子给我娘抵命才怪。"

有此三小作梗,决上不去。方想用什么方法去见萧逸,正在为难,还算好,萧逸见村人散后,不见三小兄妹,知他们又往平台上滑雪扑逐为戏,出来唤他们进去,闻声往下探看。绛雪见萧逸在栅栏上探头,慌不迭叫道:"村主,我家主母已服毒死了。"萧逸闻言,虽在意中,却不料畹秋会死得这么快。想起村中长老萧泽长所嘱之言,不禁把足一跺,一面喝住两小兄妹不许胡闹,一面命绛雪快上来。

绛雪到了上面,按照想就言语,说道:"我家大娘今早受伤回去,万分愧悔。小姐先不知情,大娘一说详情,吃小姐一埋怨,觉得此后不可为人,遂萌死志。复接四老大爷一信,跟着村人围门辱骂凌逼,当时正在吃饭,不知何时被她用烈酒吞下一包毒药,就送了终。毒发了时,痛得满床乱滚,牙齿舌尖一齐咬碎,两只眼睛突出眶来通红。

"事前还在叮嘱小姐说:'为娘一时负气,铸此大错。我一生好胜,不愿身落人手。事已至此,你萧表叔虽看在崔、黄两家至亲至好情分,百计维护,也难保我不受村人凌践。即得幸免,这等外惭清议,内疚神明,含悲茹痛的苦日子也没法过,逼得我不能不走死路。这事情实在是自己不好,不能丝毫怨人。不过我当年苦爱你萧表叔,后来许多乱子,俱由这一念情痴而起。虽然落花有意,流水无情,可是我何以今日落到这样悲惨结果,你萧表叔不会不知道。即便因我行事狠辣怀恨,追源穷本,也必有几分怜悯之心,死了死了,罪人不孥。何况你一个孤弱少女,身世遭遇如此悲苦,他那样宽厚多情的人,此后对你必然另眼看待。这毒药没有解救,妈是不行的了。妈这些话,千万莫对人说。乖儿总要记住,亲的还是亲的。村中诸伯叔虽也非亲即友,能原谅我,不迁怒于你,又能扶助你长大成人,尽心照看的,除了你萧表叔,还没第二个。妈少时毒发即死,死后只向萧表叔一人报丧,他自会助你料理丧葬。别家谁都不要去,免得受人闲话,再说别人也未必怜惜我们。'

"正说之间,毒已发作。可怜她娘儿两个你抱我,我抱你,挤作一团。她更是疼得满头是汗,有黄豆大,话哪还说得出口,一个字一个字地挣着命哭叫。后来舌头、牙齿一碎,更听不清说些什么。想是毒发太快,话未说完,心里头明白,干着急,说不出话。待了一会,两脚一蹬,就死了,直到如今眼还没闭。

"小姐眼睛都哭流了血,当时伤心过度,晕死过去。好容易灌救回生,抱住大娘尸骨哭叫,死去活来两三次。屋里又没第三个人,真把人急死。我和小姐从昨晚等大娘回去,一直没合眼,水米不沾牙。我还勉强能支持,小姐简直连站都站不起来。她先想自来,怎么也走不动。是我再三劝说,大年初一,新死娘的人不能到人家去报死信。不像我是丫头,不是你们家人,倒不要紧。她也实在不能走动,我这才连忙滑雪跑来,路上连跌了两回才得跑到。请村主看在崔、黄两家已死老主人分上,赶紧派人前去,看是如何安殓。我说的这些话,大娘再三叫我和小姐莫对人说,日后村主千万不要对小姐说,免她怪我。小姐正倒在大娘尸首旁边,人已一息奄奄,我还要赶紧回去服待她呢。"

萧逸压住村人,不使妄动,固然是念在至亲世好分上,给畹秋少留余地。一半也因萧泽长曾说:"除夕推断,全村快有灾祸降临,元旦这日不宜再有丧亡,否则大凶。"那封手谕,明是死符一道。实则早上得知魏氏疯狂自吐供状,因畹秋昨晚今朝连遭挫辱,恐知事败求死,故示以破五限期,好躲过元旦这一天的凶日。原料畹秋死志已决,但她忧怜爱女,必把这有限末日苟延过去,为瑶仙熟计深思,一一叮嘱部署,务使完善,然后在全村公决之前从容就死。想不到那伙村人一闹,一时惶急,没有细想,误以为当日便要落于人手,受那奇耻大辱,匆匆服毒,连这区区三五日的残生都活不过去。虽是她孽满数尽,但是元旦有人横死,恰巧这日犯了六十甲子中最厉害的凶星,关系全村安危。故闻报先自心惊,暗中叫不迭的糟。

嗣又听绛雪绘影绘声说到畹秋死时那等奇惨,所遗孤女如此悲苦。萧逸本是多情种子,不由想起畹秋以前款款深情,相待之厚。只为求凰未遂,反爱成仇,转痴为恨,致闹出许多离合悲欢,生仇死恨。固属一念之差,仍由爱己而起,不禁生了怜惜之心,掉下两行泪来。当时只说人之将死,其言也善,哪知畹秋仇深恨重,临死仍伏祸机。加上这一女一婢都是机智深沉,念切薪胆,来日殷忧,尚犹未艾呢。

萧逸听完绛雪之言,人死不能复生,空自悼怜,无可如何。便命绛雪先回照看瑶仙,免其悲深又寻短见。一面命人传话,去唤本月应值办理婚丧执事人等,前往崔家代为料理,先设灵帏停灵,明早再择吉备棺入殓。

绛雪当即拜辞走去,还未走到峰脚,忽见一个童子披头散发,泪流满面,号啕痛哭而来。立定一看,原是自己心目中殷殷属望,思欲异日委身以从的萧玉之弟萧清。情知魏氏又步了畹秋的后尘,见状又是伤心,又是怜惜。一时情不自禁,不但没让路,反伸手一拦道:"清少爷,你怎这样伤心,莫非萧大娘病重了么?你不知我……"底下话未说出,萧清一向没把她看在眼里,此时正当伤心悲痛,急于求见萧逸之际,急匆匆哭喊着由石级往上飞跑,三五级做一步跨,恨不能一步便到了上面。忽然有人阻路,一见是她,因恨其主并及其婢，哪还有心肠和她答话。哑着声音急喝一声："快些躲开！"话到手到，左手往旁一拨，人随着擦肩而过，接连几纵到了上面。绛雪因他素来情性温和，骤出不意，又当饥疲交加之际，如非崖栏挡住，几乎滑跌下去。心刚一冷，耳听上面萧清已向萧逸哭诉起来。忍不住又往上踅了几步，伏身崖畔，侧耳去听。

原来魏氏自从服药之后，本来已较早晨安静了些。萧玉、萧清随侍在侧，因乃母阴谋败露，村规厉害，听萧逸口气，至多看她没有下手杀人，得从末减，仅能免死，重罚禁囚仍是难免。正在焦急之际，魏氏忽在梦中自言自语。先说雷二娘、崔文和相继到来，说在冥间告了萧元；她也是主谋要犯，并且事由她向婉秋讨好藏鞋而起，决难容她漏网，要拉她前去对质。说时，手足乱挥，一会哭诉，一会哀求，一会又自打自捶。萧玉弟兄见势不佳，连忙上前，想将双手按住。不料魏氏力大如虎，不但按她不住，萧玉还挨了一个嘴巴，几乎连大牙都打掉；萧清也吃她一脚踹下床来。没等二次上前，魏氏已回过身来，自将双手反折一拧，咔嚓连响，十根手指骨除拇指外一齐折断。同时狂吼一声："我的报应到了！"猛地舌头伸得老长，上下牙齿恶狠狠一合，滋出好几股鲜血，舌头立即落了半截。紧跟着喉咙里一声闷叫，双足一挺，平躺床上。等到萧氏弟兄抢上前去，身子已僵硬，鼻孔气息全无，人已死去。萧氏弟兄心伤欲绝，哭喊灌救了一阵，并未回醒。

萧清妄想救转，又往邻家，将郝老夫妻哭求请来，一看全身冰冷僵直，断气已久，回天乏术。萧氏弟兄听说回生绝望，不禁号啕大哭起来。萧玉更是顿足捶胸，悲号欲死。郝老夫妻再三劝导说："我们不是外人，甚话都可说。照你母亲所做之事，至多挨过破五，必定难逃全村公判，谁也庇护不得。那时说重了，不是活埋，便是勒令自尽；说轻了，也须禁锢终身，不许再见天日。死活一样难受，还受千人指摘。你们年纪尚轻，眼看生身父母身败名裂，无法解救替免，怎能做人？这时不过早死三五日，免却多少羞辱罪孽，这正是你母子三人不幸之幸。你母新死，你父灵棺未葬。事已至此，不打算办理两老身后丧葬大事，日后好好为人，赎父母之罪，为祖宗争气，你们就哭死又有甚用处？还落个不孝的恶名，永斩你家血食，岂非糊涂已极？"萧氏兄弟闻言，才勉强抑止悲怀，跪谢教训。

郝老又道："如照平时，你家有事，我们原可代为主持。但你父母俱犯村中大禁，虽说人死不究既往，但你父母以前并非同隐之人，情分本就稍差，平日又不会为人，更闹出这等乱子，村中人等必动众怒。恐村主要为惩一儆百之计，以戒将来，事尚难说。为今之计，我看村主素来器重清侄，人前背后时常夸赞，此时求他，必有几分情面。玉侄为长子，可由我们相助，先将你母断舌纳入口中，揩净血迹，料理一切应办之事，以备人来即可停灵设主。清侄速去村主家中报丧，痛哭哀求，务请他代为主持。你母死时情景，都照直说，他一怜念你，必命执事之人好好治丧，顺理成章，照例做去。村人中纵有几个余愤不已，心中不服，只要他一出头，决无人敢违抗。此后你二人便力学好人，依傍着他，不特免了当时之祸，连你们异日都不致遭人訾议了。"

萧氏兄弟闻言，心中醒悟，又急又怕又伤心，重又跪地磕头，谢教谢助之后，萧清忙即起身。行时，郝老又故意唤住说："你此去只往村主家中报丧，众恶所归，又是新春元旦，别家不可前往。尤以崔家是罪魁祸首，不问畹秋是死是活，以后不可再有来往，免受牢笼利用，与之同败。"说时，看了萧玉一眼。萧玉伤心死母之余，仍未忘却畹秋母女。哪知郝老知人晓事，早看出和瑶仙相爱，深知畹秋阴毒险狠，奸谋败露，必不忍辱求生，死时难保不责令乃女代为报仇。此女聪明不在乃母之下，萧元夫妇当初急难来投，假使不遇畹秋，村中事事公平，人人循分，焉知不为善良之士？算来这两人也是害在畹秋手里，何苦子蹈父辙，再饶上一辈？明知萧清决不会去，故意指东说西，原对他含有警惕深心。

萧玉此时已落情网之中，非但没有省悟，反觉郝老言之过甚，其母有罪，其女何辜？自己弟兄既可免人訾议，瑶仙一个孤弱幼女，更该得人怜悯才是，怎倒亲近不得？好生不平，益发加了相思关切。只当时母丧在堂，身遭惨变，不便抽空前去探望罢了。郝老暗中察其神色，料他未曾觉悟，萧清去后，又拿话点了两下。萧玉只是低头悲泣，不发一言。郝老本只看得萧清一人重，对他原无什么，因怜遭际太苦，加以劝诫，既不受命，也就不去理他，只把应办之事相助料理。不提。

萧清满腹悲苦，如飞驰往萧逸家中，见面之后，跪倒哭诉大概情形。说完已是号哭失声，泪眦欲裂。萧逸见他遭遇如此，甚是可怜。问知村人早散，乃母死时只有郝老夫妻在侧，便宽慰道："人死不能复生。实则这样倒好，既免我执法，又免你兄弟难为人子。郝老前辈素来隐恶扬善，我更不会对人提起。急速回去，将血迹收拾干净。少时我就命执事人去，今日设灵成主，明日再与崔家表婶分别入殓。我先到崔家，一会就到。"萧清听了畹秋已死，也没心肠细问，匆匆拜谢辞别。

绛雪隐身壁脚，听知经过，早把满腔幽怨去个干净，反觉萧清可怜，流下泪来。听完就走，先飞步往下跑去。二人前半截本是同道，原打算萧清脚程和自己差不多快，在前先跑，赶到离峰较远的无人之处，再假托瑶仙之言，将他唤住，诉说主人死况，托他带信向乃兄报丧，就便慰问一番。谁知女子终是气弱，加以眠食两缺，萧清来路较近，又因巨变骤膺，情急腿快，跑了不到半里来路，便快追上。

绛雪偷偷回头一看，萧清脚上穿着一双雪橇，身左右雪尘如雾，低着个头飞也似驰来。眼看越隔越近，如跑到半路再行唤住，必早被他追过头去，万来不及。一看所行之处，正是一片田畴当中的大路，路侧两行槐柳，平日绿阴如幄，这时因白雪满树，都变成了玉树琼林、银花璀璨，耀眼生辉。那道中心的积雪，因村人连日随下随扫，除下层业已冻结外，上层雪较松散，俱被村人扫起，沿着道树成了两条又高又长的雪堤，蜿蜒曲折。休说新春初一，村人昨晚守岁，早晨团拜贺年，忙年积劳，又值大雪之后，除了通贯全村的两条大路而外，多半雪深数尺。就不补睡歇乏，也都约会至亲密友，或是会集全家老幼，关起门来，寻那新年乐事，谁也懒得出门走动。即便因事出来，被这墙一样的雪堤挡住目光，不到近前，也看不见。绛雪四顾无人，暗想："这里喊他不是一样，何必还要跑远？"

念头才转，猛想起："他这人枉自聪明文雅，却性情偏直，跟他哥哥不一样。平时那么逗他喜欢，都没怎样和自己亲近。高兴时，还有说有笑，也肯随着他哥哥，与自己主仆做两对儿一处同玩；稍不高兴，就各走各的。尤其是在练武艺的时候，凡人不理。今天又死了娘，遭了这大祸事，更难怪他伤心。适才好心好意想问他几句话，你看他那个气急败坏的样儿，也不管雪地有多滑，把人推倒，也不扶，也不理，就往上跑，差点没跌到峰脚下去。后来听他上面说话，村主也曾提起崔家死人的事，他连回问一句都没有。好像除他那个死娘，谁也不在他的心上。这时正忙着赶回，莫又来个凡人不理，挨他打一下子。"想到这里，不知如何是好。

她这里只管胡思乱想，萧清忽然跑离身后不过丈许。绛雪闻得后面沙沙滑行之声，越走越近，主意还未打定，越发心慌。连忙脚底加劲，拼命抢行，急切间虽未被萧清追过，却已首尾相衔，相差不过数尺远近。似这样跑不多远，绛雪已力竭筋疲，不能再快。想由他自去，又觉这样独自相遇的良机难逢难遇，心中兀自不舍放过，已准备停步相唤。忽然急中生智，急出一条苦肉计来。这时也不细想地上冻结的冰雪有多么坚利，竟然装作失足滑跌，前足往前一溜，暗中用劲，后脚微虚，就着向前滑溜之势，身子往后一仰，倒了下去。总算还怕把头脸跌破，倒时身子一歪，手先撑地，没有伤头。可是情急慌乱，用得力猛，脚重身轻，失了重心，这一下，直滑跌出两三丈远。扑通一声，先是手和玉股同时着地。觉着左手着地之处，直如在刀锯上擦过一般奇痛非常。两股虽有棉衣裤护住，一样撞得生疼。这才想起冻雪坚硬得厉害，想要收住势子自然不及。身子偏又朝后仰，尚幸跌时防到，一见不好，拼命用力前挣，头虽幸免于难，因是往前力挣，又想停住，惶急之中，不觉四肢一齐用力。滑过一半，手脚朝天，脊梁贴地，成了个元宝形，又滑出丈许方止。

绛雪身未后跌，先就急喊："哎呀！"这一弄假成真，按说更易动人怜救。谁知萧清此时心神俱已麻木，只知低头拼命向前疾驶，连前面是谁都未看见。道又宽广，虽有两行雪堤，仍有三五人并行的路。身临切近，一发觉前面有人走，就准备绕过。雪上滑行不比行路，如欲越出前人，照例预先让开中间，偏向一旁，等到挨近，然后蓄势用力，双脚一蹬，由前人侧面疾驶滑行过去，才不至于撞上，两下吃跌。绛雪原意，一跌倒便把身子横转，不容他不停步相救。然后再装跌伤太重，要他扶抱，以便亲近，略吐心曲。谁想事不遂心，跌时萧清离身太近，也正准备越过她去，差不多两下同时发动。萧清连日在雪中练习滑雪之戏，又下过功夫，绛雪身子未曾沾地，萧清已擦肩而过。这还不说，偏巧中间有一条小岔道，由此走向萧清家中，要抄近半里，积雪甚深，已无人行。因萧清心急图近，仗着熟练滑雪功夫，来去都走此路。绛雪身未停止，萧清身子一偏，早拐了弯。跑得正急，先还不知有人跌倒，身才拐入岔道，耳听呼痛之声。偏头回看，紧跟身后一个女子，背贴着地，手足向上乱蹬，正从岔道口外大路滑过，这才看出是上峰时遇的绛雪。心想："这样失足滑倒，常有的事，又非扑跌受甚重伤，也值大惊小怪。到底女子无用的多，像婶娘那样的好本领，真找不出第二个人。"当时归心太急，以为无关紧要，只看了一眼，并未回救，依旧飞跑而去。

绛雪急遽中并未看出萧清走了岔道，先是连真带假地惊呼求救，势停以后，便横卧道中，装作伤重不能起立，紧闭秀目，口中呻吟不已。心里还以为萧清无论如何也要走过，万无见死不救之理。待了一会，觉着背脊冰凉，腰股冷痛，没听半点声息。心中奇怪，微微睁眼偷觑，身侧哪有半条人影，不禁心里一空。抬起上半身，定睛往来路一看，雪地上只有一条条的橇印，并无人迹。再望去路，正是全路当中最平直的一段，一眼望出老远。两旁琼枝交覆，玉花稠叠，宛如银街，只有冰雪交辉，人却不见一个。人如打从身侧越过，也万无不觉之理。自己明明见萧清追临切近，才装跌倒，怎一晃眼的工夫，又没第二条路，人往哪里去了？知道绝望，暗骂："没有良心的东西！也许并不是他追来，或是没等追上，想起甚要紧的事，返回去又找村主，慌慌张张没见我跌倒么？"

自觉再坐无趣，站起身来一看，背股等处衣服俱被坚冰划破；腿股受了点轻伤，隐隐酸痛；一只右手也被冰擦破了好几条口子，丝丝血痕业已冻木红紫；半身都是残冰碎雪。还算脚底雪橇因跌得还顺，没有折断，否则连回去都很难。

正没好气要走，就在这整束脚上雪橇的工夫，偶一眼望见前面大道边上雪地里，有一半圆形的新橇印不往直来，却朝右侧雪堤上弯去，心中一动。暗忖："这条路上岔道原多，因为积雪深厚，一连多日不消，村人忙于年事，只把几条通行全村的大道要路每日扫开，别的都等天暖自化。一路走来，所有岔道俱被雪堤阻断，道内的雪俱深数尺，高的竟与堤平，不细看道树，真分不出途径来。看这橇印甚新，又是向堤那旁弯去，堤旁还有一点崩雪，莫非这没良心的负心人，竟然飞越雪堤，由道上绕了回去么？你真要这样不管人死活，二天看我肯饶你才怪。"越想越不是滋味，急匆匆跑向回路一看，谁说不是，正是去萧清家的一条岔道。道侧堤尖已被雪橇冲裂出半尺深两个缺口，道内雪松，更深深地现出一条橇印。分明自己倒地时，他装作不闻不见，径由这里越堤滑去。当时气了个透心冰凉，几乎要哭。戟指怒骂："小东西，你好，看我二天怎收拾你！"低头呆立了一阵，再听来路远处，又有数人滑雪而来。猛想起自身还有要事，尚未回去交代，万般无奈，只得垂头丧气走上归途。

绛雪本就饥疲交加，适才拼命疾驰，力已用尽，再受了点伤，又当失意之余，意冷心酸，越发觉着劳累。好容易回到家中，把雪具一脱，跑进房去。见畹秋生前那般花容月貌，此时攥拳握掌，七孔流血，目瞪唇掀，绿森森一张脸，满是狞厉之容，停尸床上。瑶仙眼泪被面，秀目圆睁，抱着尸臂，僵卧于侧。室中残羹冷饭尚未撤去，甚是零乱。炉火不温，冷冰冰若有鬼气，情形甚是凄惨，方觉悲酸难抑。

瑶仙见她去了许久才回，便挣起身喊道："妹妹，看你脸都冻紫了。快到这里来，我两个挨着说话，你暖和些。"绛雪见瑶仙双手齐抬，情真意厚，现于辞色。想起途中之事，以彼例此，又是感激，又是内愧，不禁勾动伤心，忙扑了过去。瑶仙将她抱住，未容说话，绛雪再忍不住，"哇"的一声哭了起来。

瑶仙见状,以为萧逸仇恨未消,绛雪受辱回来,祸犹未已,心中大惊。忙一把搂紧问道:"好妹妹,你怎这样伤心?妈已惨死,莫非仇人还不肯甘休,给你气受了么?"绛雪知她误解,这个时候虽有满腹委屈心事,怎好出口。恐瑶仙忧急,忙把头连摇,抽抽噎噎地答道:"仇人倒还好,我刚把话才一说完,立即答应派人来此料理办丧,定在明日盛殓,并且叫姐姐放心保重。我正走时,那萧家老二也赶去了……"说到这里,眼泪又似断线珍珠一般落下,声音也益发哽咽起来。瑶仙见她悲伤不胜,便问:"妹妹你还劝我,这是怎么了?"绛雪勉强把所听魏氏噩耗说完,隐瞒了自己成心跌倒,萧清坐视不救一节。只说因听魏氏同日身死,途中气苦劳累,快到时跌了一跤,几难成步。进门重睹室中惨状,因此悲从中来,难于遏止。

　　瑶仙伤心头上,也没想到她还有别的缘故。想起她如此忠义,以后二人相依为命,甚是爱怜。免不了抚问劝勉,互相悲泣了一阵。二人俱已力竭神疲,心身两瘁,四肢虚软,无力劳作。又想教萧逸到来,目睹乃母死状奇惨。只同在尸旁盖了一张棉被,互相拥抱取暖,守候人来。绛雪因少时难免有事,又取了点现成糕点,劝着瑶仙一同强咽了一些。

　　等约半个时辰,仍是萧逸同了几个门人子侄和两名村妇先到。绛雪早就留神,遥听人声,立即站起。瑶仙仍伏卧尸侧,装作奄奄一息、积毁将绝神情。俟人进房,才由绛雪将她由尸侧扶起,双泪交流,悲号投地。萧逸见状,已甚凄然,命人扶起瑶仙,再四宽慰,晓以大义。一面又命随来村妇帮同打扫,收拾器皿,升好火盆,煮水烧饭,以备应用,并令即日留住佣作。瑶仙乘机陈说绛雪聪明忠诚,乃母平日视若亲生,自己与她衣服易着,相待也无异骨肉,乃母临终遗命,已认了义女,如今结为姊妹等情。萧逸也常听到畹秋夸绛雪聪明能干,心想:"瑶仙孤苦无依,有此闺伴同居,也是佳事。她母女既已心愿,我当然更无话说。何况瑶仙身世处境可怜,正好顺她点意。"立时答应,不日传知全村,作为崔家收养的义女,不得再以奴婢相待。绛雪闻言,也甚感激。不提。

　　一会,村中治丧办事的执事人来,萧逸吩咐了几句,便带原来诸人,又往萧玉兄弟家中赶去。那执事人等原分两班前来,等萧逸走到萧玉家中,有一班已经先到相候。进去一看,魏氏虽遭鬼戮,死状却没有畹秋的惨。又有郝老夫妻和郝潜夫等近邻代为部署,有了章法。只等村主一到,立即分别举办,无需细说。萧逸又恨死人夫妻入骨,此来只看在萧清面上,不比畹秋娘、婆两家俱有厚谊,本人以前也还有几分香火情面。主谋虽说是她,如无萧元

219

夫妻助恶帮凶，相安无事已有多年，也许不再发难。故此对于死者只有怀恨，毫无感情可言。只略坐一坐，吩咐几句，便别了郝老等人回去。

萧清年幼聪明，从小亲热萧逸。萧逸爱他敏慧诚厚，也是独加青眼。萧玉近一二年苦恋瑶仙，无心用功，本就不得萧逸欢心；加以萧逸不喜瑶仙，不肯传授本门心法，与众人一般看待。瑶仙自视甚高，见萧逸相待落寞，常怀怨望，萧玉自然代抱委屈。见萧逸进来略看母尸，淡淡地分派几句；孝子叩头哀泣，一句慰问的话都没有，也无丝毫哀怜容色。反对郝老夫妻低声悄说："畹秋也在今日身死，这样倒好，活的省去许多为难，死人也可免却不少羞辱苦痛。"意在言外，乃母这样惨死，尚是便宜。后又说起畹秋死状凄惨，瑶仙哭母血泪皆枯，适去看时人已气息奄奄。只说此女机智深沉，饶有母风，想不到尚有如此至性。以后只盼她能安分守己，不蹈乃母前辙。看在崔、黄两家至亲仅剩这一点骨血，定当另眼相看，决不再念旧恶，因母及女。

萧清回来，本没提说畹秋死信，所以萧玉尚不知道。这时一听心上人遭此惨祸，因此时正坠情网之中，料定瑶仙模糊血泪，宛转呼号，玉容无主，柔肠寸断，不知怎样哀毁凋残，芳心痛裂，不禁又是怜惜，又是伤心。当时真恨不得插翼飞到崔家，抱着瑶仙蜜爱轻怜，尽量温存慰问一番，才对心思。无奈母丧在堂，停尸入殓，身后一切刚在开始措办，枉自悲急苦思，心如刀绞，一步也走开不得。

同时想起瑶仙近来又为了进境甚快，一心深造，萧逸偏不肯传她上乘功夫，时常气郁。加以年前新遭父丧，气急带悲苦，常对自己说她成了多愁多病之身，哪再经得起这等惨祸。况且现在全村俱对她家深恶痛绝，好似比对自己父母恨得还要厉害，听萧逸口气，死前还有人去闹过。弱质伶仃，哀泣流血，连个亲人都没有。萧逸对自家已如此凉薄，她母是个中主谋，自然更不善待。万一悲切亡亲，再痛身世，积哀之余，寻了短见，自己独活人间，有何生趣？因为关心过度，念头越转越偏。又联想到事情难怪畹秋，都是萧逸一念好色，弃尊就卑，不惜以村主之尊，下偶贱婢，才激出如此事变。心上人更是无辜吃了种种亏苦，末了双亲相继惨死，受尽折磨。这回受创太重，还不知能否保得性命。万一哀毁过度，或是看出萧逸人死还要结怨，加以摧残刻薄，自觉以后日子难过，气不好受，寻了短见，岂不更冤？为报她相待恩情，那就不论什么叔侄师生，纵然粉身碎骨，也非给她报仇不可了。

萧玉想到这里，萧逸已经起身作别。虽然满腹痛恨，还得随了兄弟出房跪谢，拜送一番。伤心愁急，泪如泉涌，众人俱当他孝思不匮，谁知一念情痴,神志已乖。不用瑶仙再照乃母遗策加以蛊惑,已起同仇敌忾之念,把萧逸全家视若仇敌了。萧逸去以后,萧玉虽随治丧诸人设下灵堂,移灵成主,哭奠烧纸,静候明早备棺入殓,办那身后之事,一心仍念瑶仙安危苦痛,放心不下。只当着众人无法分身,心忧如焚。还算村人对死人夫妻俱无甚好感,再一发现恶迹,越发添增厌恨;又是新春元旦,谁不想早些回家取乐。只为村规素严,令出惟行,这些人本月恰当轮值办理丧葬之事,村主之命不能不来。村主一走,各自匆匆忙忙,把当日应办之事,七手八脚,不消个把时辰,分别办好。除郝老夫妻念在紧邻,平日相处尚善,又怜爱萧清,诚心相助外,余人多是奉行故事,做到为止。把孝子认作凶人余孽,任他依礼哭前跪后,休说劝慰,理也未理。事毕,说声明早再来相助盛殓,便向郝老夫妻作别,各自归去。孝子跪地相送,众人头都不回。

就这短短个把时辰,萧玉真比十天半月还要难过。好容易众人离去,郝老夫妻偏不知趣,看出萧玉悲哭无伦,似有别的心事,料是闻得婉秋凶信,心悬两地所致,好生鄙薄,也不理他。只向乃弟萧清一人叮咛劝勉,指示身后一切。并说:"你逸叔居然还肯亲临存问,以后更禁人提说前事,不念旧恶,可见对你兄弟不差。尤其对你格外期爱,才能如此。从此务要好好为人,遇事谨慎三思,才不辜负他这一番德意呢。"萧清自是垂涕受命。萧玉只盼人早走,好偷偷前去看望心上人,一句也没入耳。郝老夫妻直等乃子郝潜夫来请回家消夜,才行别去。

郝老夫妻走后,萧玉如释重负,匆匆把房门一关,回转身,急睁着一双泪眼,拉着萧清的手,半晌说不出话来。萧清惊问:"哥哥如何这样?"连问了几声,萧玉方哽咽着说道:"哥哥该死,快急死了! 弟弟救我一救。"萧清因不知他在隔室偷听了萧逸的话,再三请问。萧玉方吞吞吐吐,假说自己和瑶仙彼此十分情爱,年前已随两家母亲说明,本定新正行聘,不想同遭祸变。今早崔家拜年,乃母又当面明说婚事。两人情深义重,生死不渝,谁也不能独活。如今瑶仙遭此惨祸,奄奄待毙,平日又极孝母,难免短见,非亲去劝慰,不能解免。无奈母丧在堂,礼制所限,不能明往。乘此雪夜无人之际,意欲前往慰看,望兄弟代为隐瞒,不要泄露。

萧清一听,两家都遭母丧,热孝在身,怎会有新春订聘的事? 分明假话。况且崔家没有男子,彼此都遭连丧,停灵未殓。孤男寡女,昏夜相聚,不孝越礼,一旦被人发觉,终身不能做人,好生不以为然。先是婉言痛陈利害。继又说:"此事关系重大。如今村人对两家父母视若仇敌,全仗逸叔大力,免去若干耻辱。我们孤臣孽子，众恶所归，再如不知自爱，不但为先人增羞添垢，还要身败名裂。瑶仙表姊人极聪明，崔、黄两家就数她一人。稍微明白一点的人，便不会行那拙见，何况是她。如果立志殉母，你也拦她不住。此去如被人知，同负不孝无耻的恶名，以后更难在此立足，岂不爱之适反害之？既有深情于你，她有丫头可遣，不比我们两个孝子不能见人，尽可打发绛雪或是报丧，或是探问母亲病状；再不就作为绛雪闻得母亲去世，念平日对她恩厚，自己前来看望，代为达意。哪一样都可借口。她连丧都不肯来报，不问情真情假，可知定有顾忌。哥哥一个年轻男子，热孝头一天，半夜三更，到一个孤寡新丧家去，如何使得？"

萧玉对弟弟从来强横，以大压小惯了的，适才这一番商量，乃是天良犹未全丧，自知不合，尚畏物议，不得已腆颜相商。一听萧清再三劝阻，不禁恼羞成怒道："事已至此，她死我不独生，宁可身败名裂，也必前往。你是我兄弟，便代隐瞒，否则任便。"萧清本有一点怯他，见状知他陷溺已深，神昏志乱，是非利害全不审计，无可挽劝，只得说道："哪有不代哥哥隐瞒之理？不过请哥哥诸事留心，去到那里稍微慰问即回，千万不可久停，免叫兄弟在家中提心吊胆。你和瑶姊恩爱，为她不惜身败名裂，须知父丧未葬，母亲才死头一天，尸骨未寒，灵还停在堂前木板上，没有人殓哩。"说到末几句，已是悲哽不能成声，扑簌簌泪流不止。萧玉也觉自己问心不过，尤其不孝之罪无可推诿，见状好生惶愧。天人交战，呆立了一会，见萧清半睁着一双泪眼，还在仰面望他回答，心正难受。猛又想起此时瑶仙不知如何光景，当下把心一横，侧转脸低声喝道："不用你担心，我自晓得。只见一面，说几句要紧话，即时回来。"说罢，带了雪具，径由后面越房而出。到了外面，穿上雪橇，四顾静夜无人，飞步往瑶仙家赶去。

萧清见兄长执迷不悟，崔家母女俱是祸水，将来必有后患。又怕当晚的事被人发觉，不能做人。又急又伤心，伏在灵前，止不住哀哀痛哭起来。夜静无人，容易传远，不想被紧邻郝老夫妻听见。先听萧清哭声甚哀，只当他兄弟二人思念亡亲，感怀身世，情发于中，不能自已，颇为感叹。以为母子天性，外人无法劝解，也就听之。嗣听哭声越发凄楚，又听出只是萧清一人，没有萧玉哭声。这等悲怆之声，外人闻之，也觉肠断，何况同为孤子，目睹同怀幼弟哀哭号泣，而不动心，太觉不近人情，心中奇怪。知道萧玉性情刚愎，疑心又出什么变故，加以自来怜爱萧清，意欲前往慰看。郝潜夫因昨晚守岁，二老也一夜未眠，本应日里补睡，偏生萧家出事，过去整忙了一天，不得安歇。饭后略谈,已将就枕,恐累了二老,再三劝阻,郝老便命代往。

潜夫到了萧家门首,隔溪一看,一排房子都是黑洞洞的,只灵堂那间昏灯憧憧,略有微光,门户关闭甚紧。那哀哭之声,果只萧清一人,萧玉声息全无。知道那房沿溪傍崖而建,前门隔灵堂太远,打门不易听见。仗着学会踏雪无痕的轻身功夫,将身一纵,越溪飞过,正落在灵堂窗外。积雪深厚,北风一吹,多半冻结。落时脚步稍重,踏陷下去半尺,沙的响了一声。萧清耳目甚灵,这时正哭得伤心,恰值一阵寒风从窗隙吹入,吹得灵前那盏长明灯残焰摇摇,似明欲灭。因是亡人泉台照路神灯,恐怕熄了,慌不迭含着悲声站起,用骨棍刚把灯芯剔长一些。忽听窗外沙的一声雪响,有人纵落。以为萧玉回转,愁怀一放,不禁喊了一声:"哥哥!"话才出口,猛想起窗是南向,每年一交冬便即钉闭,要过正月才开,不能由此出入。来人不走前门,便须绕至屋后,积雪又深,哥哥怎会由此回屋? 惊弓之鸟,疑心萧逸派人来此窥探,或是乃兄又出甚事。忙把长明灯往神桌下一放,将光掩往,方问是哪一个。来人已在窗外应道:"二弟,是我,我从这边进来好走些。"萧清听出是郝潜夫的口音,料是一时悲苦忘形,哭声略高,引了前来。恐被发现乃兄夜出之事,又悔又急,慌不择言答道:"郝大哥么? 我们睡了。前后门已上锁,雪太深,路不好走,不敢劳动。如没甚事,明天请再过来吧。"

潜夫已听他口唤哥哥,又由窗隙中窥见灵前只他一人,以及神态张皇之状,料定萧玉他出。闻言答道:"家父家母因听你哭得可怜,不放心,命我前来劝慰几句。怎么只你一人在此,令兄呢?"萧清哽咽答道:"家兄近几日来人不舒服,遭此惨变,悲伤过度,更难支持,已由我劝去睡了。外面太冷,大哥请回去吧。"

潜夫此时也是年轻好事,疾恶如仇,平日又和萧玉面和心违,立意要看所料真假。答道:"家父一则担心;二则还想起几句要紧话,非叫我今夜和你说不可。令兄已睡,这话正好先不让他知道,真是再好没有。这窗要不能开,你可到前面开门,我仍纵过溪那边,由正路走。这一带已扫出路来,并不难走。"说罢,不俟答言,回身便纵。萧清方想拦,重说前后上锁的话,又想这话不对:"村中都是一家,不是风雪奇寒,差不多连门都不关。父亲在日,每晚必锁后门,日久村人知晓,还传为笑谈。无缘无故,前后上锁则甚? 郝氏父子患难相助,诸多矜恤,半夜三更,为了关心己事而来,就上锁也得打开,怎能拒绝?"又听潜夫说完就走,知道来意坚诚,非开不可。想了想,无可奈何,只得强忍伤心,将油灯仍放桌上,燃一根油捻,往前面跑去。到时,潜夫

223

已在叩门。

开门走进，潜夫头一句便问："村中无一外人，就是寒天风大，略微扣搭，不使被风吹开，也就罢了，如何闩闭这么严？"萧清只好说，萧玉睡前，为防有人闯入而锁，含糊应了。潜夫本是来熟的人，不由分说，抢步便往里走。萧清又不便拦阻，急得连喊："大哥，我给你点灯，外室坐谈吧。家兄有病，刚睡熟不久哩。"潜夫随口应答："这个无妨，我只到灵堂和你密谈，不惊动他，说完就走。你家丫头今早吓跑，又没回来，省得又叫你忙灯忙茶费事。"萧清听潜夫这等说法，以为当真要背乃兄说话，才略放心。随到灵堂落座，请问来意。潜夫突作失惊道："令兄如此病重，当此含哀悲苦之际，怎能支持？叫人太不放心了。我们又是世好，又是同门师兄弟，惊动他的高卧自是不可。偷偷看望他一下，看看要紧不要紧，也放心。"

萧玉弟兄卧室，就在灵堂隔壁一间，门并未关，里外只隔一个门帘。潜夫进来后，就在靠近房门椅子上坐下，室内油灯未灭，隔帘即可窥见。萧清本在后悔出时忘了将灯吹熄，反闭房门，捏着一把冷汗。闻言暗叫一声："不好！"忙说："家兄不在这屋睡。"纵身拦阻时，潜夫已掀帘闯了进去。一见室中无人，事在意料之中，果然证实。深恨萧玉非人，不禁回身把脸一板，问道："令兄平日睡此室内，难道因为令堂今日在他床上断气，害怕躲开了么？"萧清已知看出破绽，无法再隐，情急无计，扑地跪倒，忍不住伤心悲泣，哭诉道："大哥不要怪我，家兄实是出门去了。"

潜夫知他素受乃兄挟制，天性又厚，适才悲泣，定是劝阻不从，反受欺负，所以格外伤心。忙一把拉起道："清弟快些起来。这是令兄不好，怎能怪你？实不相瞒，令兄为人乖张狂妄，我对他素无情分。全村的人居此已历三世，休看平日相处甚是敦睦，休看你也姓萧，与村主是一家同族，若按全村人的情分来论，还不如我们这几家外姓。此乃习惯使然，并非有甚亲疏。令尊令堂在日，与村人多不大来往。只有师父为人公正，不分异姓同族，都是一般看待。对你全家更多关注，偏又铸此大错。你二人身世孤弱，师父虽然不念旧恶，仍以子侄看待，可是村中素来安乐无事，近来之事出于仅见。师母为人贤淑谦和，与师父一样受全村爱戴。今遭此事，他们疾首痛心之下，即使洁身自爱，勉力前修，尚难免他们迁怒，有所歧视，哪可任性胡来呢？目前令尊负谤地下，窀穸未安；母丧未葬，尸骨未寒。令兄竟敢冒大不韪，半夜深更私会情人。我明知他和瑶仙早有情愫，见她母亲惨死，由爱生怜，情不自禁。以为昏夜无人知道，你又被他挟制已惯，不敢泄露，前往宽慰，就便献点殷勤。他虽不孝不弟,到底总有几分人性,双方都是新遭大故,不致真个还有心肠做甚丑事出来。但是崔家无一男丁,孤男寡女,深夜背人私会,一旦被人发觉,怎得做人?照此情形,此人天良已丧,不复齿于人类,也不配做你哥哥。你的年纪甚轻,和他相处,即便不受熏陶,从为败类,将来也难免受他的害。家父母和我对你很期爱,决不愿你同他一起堕落。明日入殓之后,我便和师父去说,把你移往师父家中居住。一则朝夕相随,可以用功;二则免得将来他有甚变故,殃及池鱼。你看好么?"

萧清从小就喜依在萧逸肘下,萧逸又甚爱他,原恨不得日夕相随用功,才称心意。闻言暗想:"兄长如此行为和那天性心地,难免身败名裂,自以离开他的为是。无奈终是同胞骨肉,父母一死,兄弟二人本就孤单。他行为又不好,有自己在侧,还可从中化解一些;这一离开,不特手足情疏,照他心性,弄巧还要视若仇寇。"好生委决不下。潜夫待了一会,见他双泪交流,伤心已极,答不出话来,知道为难,又告诫他道:"我知你因父母双亡,不忍舍他即去。须知豺虎不可同群。瑶仙机智深沉,因师父不喜她奸猾,本就怨望,更为母仇,我断定她必是将来祸水。令兄迷恋此女,至于不孝忘亲,如受蛊惑,什么事做不出来? 平素犯了规条,村人尚动公愤,何况他们? 倘再有甚变乱,决不相容。与其随之同败,何如早早打算? 他如安分守己,同在一处,日常照样聚首,并非远别,不能相见。你因年幼,为便于用功,依傍叔父,也不为过。不幸而言中,他闯出乱子,你有此退步,免被波及,也不致使父母坟墓无人奉祀,先人血食由此而斩。此乃两全上策,还有什么为难呢?"

萧清闻言,方始醒悟。哽咽着答道:"小弟方寸已乱,多蒙开导。就请姻伯和大哥代为做主好了。不过家兄此举,虽于孝道有亏,但他去时也是彷徨反复,欲行又止者好几次。今晚之事,务求大哥代为隐瞒,最好联姻伯也莫提起,免得二老听了生气。"潜夫冷笑道:"他天人交战了一阵,仍被人欲战胜,怎还说天良未丧? 看你面上,我也不值向外人提起。要瞒父母,却非人子之道,我自有处。你此后要为亡亲争气,向上才是正理;徒自哀毁伤身,并无用处,不可再悲伤了。瑶仙诡诈心细,决不容他久停,快要回转。我此时正气头上,见面难保不显露。谨记我言,明早事多,早早安歇。我回去了。"

萧清谢了厚意,仍由前门送出。同时感怀身世,又担心兄长异日安危,惟有伤心,低了个头,边想边往里走。才进灵堂,闻得里屋有了声息,心中一动。赶进一看,正是乃兄萧玉握拳切齿,满面愤怒之容,坐在榻前椅上。见了萧清,劈口便低声喝问道:"我叫你不许外人进来,郝家这个背时鬼,怎放他进来的？快说！"萧清疑心话都被他听去,吓得心里乱跳,更不知如何答好,呆了一呆。萧玉又怒问道:"那小鬼看我不在,说我些什么?"萧清听出他刚进来,话尚没有听去,才略放心,定一定神,答道:"适才我打瞌睡,他拍窗户,说郝姻伯怕我弟兄伤心,叫他前来慰问,并商明早入殓之事。我说你人不好过,已经睡熟。他说什么也要开门进来,没法子,只得开的。"萧玉又厉声低喝道:"半夜三更,谁要他父子这样多事?小狗看我不在,又说什么?你要说假话,看我撕你的皮。"萧清见他声色俱厉,知他性暴,不顾什么兄弟情分,无奈只得说谎道:"幸亏我开门以前,早就说你因思念先母,悲伤过度,本来就带着病,我怕你在母亲咽气房内触目伤心,死劝活劝,劝到后面书房安睡,现时刚刚睡熟。将他哄信,还叫我不要喊你,明早有事,多睡一会的好。"萧玉口里虽硬,终畏物议,一听说潜夫不知他夜中偷出,一块石头便落了地。此时正在心乱如麻之际,一意盘算未来的难题,哪还再有心肠计及别的。底下更不再问,只怒答道:"他姓郝我姓萧,我便出去,须不干小狗甚事,他就知道,有甚相干?"

萧清知他欲盖弥彰,且喜未再追问,哪敢多说惹气。想起适才潜夫劝他之言,至亲骨肉还不如外人,甚是心酸难过。天已不早,出到灵堂前,剔了剔神灯,假装困倦,倒在床上想心思。萧玉呆坐了一会,也往对榻躺倒,只管长吁短叹,时而悲泣,时而低声怒詈。萧清听了,觉着乃兄今日情形大变。如真受了瑶仙坚拒不与相见,不会去得这么久;如像往常二人口角受点闷气,又不是这种神气。再者,两下里平日都有情爱,并说已订婚嫁之约,患难忧危之中,更应相怜相爱才是,万无被拒之理。猜他受了瑶仙蛊惑,有甚极为难之事,以至如此。因而想起畹秋母女为人阴险诡诈,以及两家不应怀有的仇恨,不禁吓了一身冷汗。虽然暗中忧急,不敢公然明问,但对乃兄和瑶仙二人都留了心。

萧清这一猜,果然猜对了。原来瑶仙自治丧人去以后,因有私语要与绛雪商量,推说明日有事,老早便把萧逸留下的村妇打发往后房中睡了。绛雪重往厨下端整了些饮食,劝慰瑶仙同吃。二女一个苦想萧玉,盼他夜深私来看望,述说心腹;一个仍恋着萧清,恨不得赶往萧家探个明白:日里雪中跌倒坐视不救,是否成心?正是各有心事。绛雪把火盆添旺,二女并躺床上,你望着我,我望着你。望了一会,瑶仙忍不住说道:"男子真是薄幸。我这等苦难伤心,几乎死去,就说日里怕人知道,这静夜无人,怎也不偷偷前来看我一看?再等他一会,不来便罢,从此以后,一刀两断。莫说我再理他,连去他家那条路，这辈子都休想我走。"说到这里，眼睛一阵乱转，气得几乎要哭。

绛雪急道："我的好姊姊，怎么一点不体谅人？我还觉他对你真好呢。请想啊，他父母和我们一样都遭全村人恨，他弟兄年纪轻轻，个个都是他长辈，不比你是一个孤女，容易得人怜惜。今天才出了这大乱子，哪里还敢再走错一步？你说得倒容易，萧逸在我们家既留有人，他家未必没有。何况郝家父子又是他的紧邻，老的为人古怪，小的更是可恶。你没见妈死以前，郝家小狗催他回去，那个该死挨刀的样儿吗？一步走错，叫他怎么再在这里做人？想逃出去，村规又是不许，不是死路一条吗？你这里想他，只怕他还更想你呢。不信，我替你再跑一趟，讨个信回，就知道了。"

瑶仙方在沉吟不语，刚想说绛雪今非昔比，此去被人看见，你我同被污名，忽闻门外有人弹指叩户之声。瑶仙心中一动，猜定是他。刚从床上坐起，念头一转，忽又拉了绛雪倒下，附耳悄声教了些话。绛雪悄笑道："这么一来，不辜负人家苦心吗？"瑶仙把眼微瞪，挥手催去。

绛雪只得走向中屋，贴门低问："是哪一个？"外面忙答道："绛雪，是我。快开门，外边冷得很。"绛雪一听，果是萧玉。想起自己的事，不禁心中一酸。再听仍和往日一样喊她绛雪，虽然萧玉不知她与瑶仙认了姊妹之事，不能见怪，心中总是有点不快。便照瑶仙的意思拒绝他说："我姊姊今天伤心过度，水米不沾牙，哭晕死过去好几次。如今睡了，不能见你。"萧玉在外一听瑶仙苦状，越发担心怜爱，便央告道："好绛雪，你和小姐去说，我为她心都快碎了，只求放我进去见上一面，立刻就走。"绛雪因已点醒自己身分，听他仍是这般丫头称呼，没好气答道："我姊姊莫说睡了，我不能叫，就是没睡，大家都在风飘雨打的时候，半夜三更，孤男寡女相见，被人知道，明日拿甚脸面做人？你不怕，我姊妹两个还当不起呢。"萧玉一心求见，什么话都没留心细听，只一味央告道："好绛雪，好姑娘，莫作难我，改日好生谢你就是。哪怕她真不见我，你只替我喊醒，问上一声，就感激不尽了呀。"绛雪只管表示她和主人是姊妹，对方仍未听出，依旧左绛雪右绛雪地没有改口，越发有气。含怒答道："你把人看得太小了，哪个稀罕你甚谢意？实对你说，妈归天时，命我和姊姊拜了姊妹，一家骨肉，且比你亲近得多呢。她就是我，我就是她。我说不见，一定不见。用不着问，各自请吧。"萧玉闻言，方听出有些见怪。忙又分辩道："恭喜妹妹，恕我不知之罪，怪我该死。好妹子，千万不要见怪。你既能做主，请你快点开门，让我进去吧。外边冷还不说，你知我提心吊胆来这一回，有多么难吗？要不见她回去，真要我的命了。"

227

瑶仙早就随出在旁偷听，闻言也是心酸感动，想教绛雪开门，又因适才已嘱绛雪作难，不便改口。反正不会不开，何不忍耐片时？绛雪口虽那么回答，脸仍回看瑶仙神色行事。见她无所表示，乐得假公济私，话更说得坚决。萧玉越等越心慌，一时情急，口里不住央告，好妹子喊了无数，手在门上连推带打，打得那门山响。打没几下，绛雪恐把后屋女仆惊起，忙喝："后屋有人，你闹什么？这就给你开门，看我姊姊可能饶你！"瑶仙见绛雪要开门，连忙三步两步跑进屋去，身朝里侧面卧倒。绛雪等她进屋，才缓缓将门开放。

这一耽搁，萧玉在门外足等有半个多时辰，身子冻得瑟瑟直抖。好容易听绛雪有了开门之意，惟恐多延时刻，慌不迭乘空先把雪具脱下。门一开便钻了进去，迎着绛雪的面，急口问道："好妹妹，姊姊现在妈房里么？"绛雪没好气低声喝道："告诉你有外人在后屋睡，怎么还这样毛躁，大声大气的？"萧玉连忙谢罪。正还要问瑶仙住处，一眼瞥见左侧门帘内透出灯光，更不再问，揭帘跑进。绛雪随将正门关好，堂屋壁灯吹灭，跟踪走入，又将瑶仙房门上了闩。见萧玉站在门内，连正眼也没看他，径直转向后面套间去了。

萧玉和瑶仙虽然两情爱好，彼此心许，因瑶仙颇知自重，从不许他有什么轻薄言语举动。萧玉对她又怕又爱，奉若天人，连手指都未挨过。这时一到，同在患难之中，爱极生怜，恨不得加倍温存抚慰，才称心意。况且畹秋死前虽未明说，语气中二人婚姻已成定局。加以室无他人，有一绛雪本是心腹，新近由主仆又结了姊妹。反正玉人终身属我，纵然略微放肆一点，也不要紧。先在床前喊道："姊姊不要伤心，我看望你来了。"连喊两声，不见答应。自问并无开罪之处，连唤不理，也不知是伤心太过，忧急成病，还是有什么别的不快。方在惶急，想要近前，回顾绛雪将门关好走入后房，知她主仆通气，这等行径，分明给自己开道，胆更放大。一时情不自禁，走到床前，想扳瑶仙肩背。手刚挨近瑶仙肩上，瑶仙倏的一声娇叱，翻身坐起，满面怒容，猛伸玉掌，当胸一下，将萧玉推出好几尺去。然后戟指低喝道："该死的，妈今天才死，你就要上门欺负我么？"说到"欺负"二字，两行清泪似断线珍珠一般，落将下来。萧玉见瑶仙悲酸急怒，吓得没口子分辩道："好姊姊，我担心你极了。好容易偷偷到此，因为姊姊不理我，急得没法，才想拉你起来。想安慰你都来不及，怎敢欺负？"

瑶仙不等他说完，便抢口怒喝道："多谢你的好心。还说不欺负我呢，我来问你：半夜三更，孤男寡女，你纵不畏人言，也应替我想想；加以你我两家新遭惨祸，成了众恶，好端端的还怕人家乱造黑白，怎能昏夜背人到此？如被人发觉,说些坏话,你就为我死去,也洗不了的污名。你急切之间,担心妈的身后和我的安危,以为夜无人知,偷偷前来,也还情有可原。但那绛妹也是我亲若骨肉的心腹近人,如今又承遗命拜了姊妹,就不能做我的主,也当得几分家。她既那么坚决回复,叫你回去,自然是她明白,揣知我的心意,知道事关我一生名节,比命还重,不可任性胡为,你就该立时回去才是正理。苦缠不休,已经糊涂万状,怎倒行强打起门来?你如不知道我后屋住有萧家的人,便是欺我姊妹两个人少力弱,难御强暴,打算破门而入,见也要见,不见也要见,不能白来;如知后屋有人,更是意存要挟,行固可恶,心尤可诛!这都不说。

"你因妈死,怕我伤心,才来看望安慰,并且不畏艰险寒冷,可见爱我情深。古人爱屋及乌,何况死的是我母亲,她平日又那么爱你,果如你那痴想,便是半子。你一进门,便是灵堂壁灯已灭,灵床下还有一盏长明神灯,决不会看不见。你眼泪未滴一滴,头未磕一个,连正眼都未看,也不问我睡了未睡,便往房里乱跑。稍有天良,何致如此?

"进门之后,我不起来理你,当然不是伤心,便是生气。如真爱我怜我,就该想想你来得如此艰难,人非木石,怎倒不理?当然是你自己有什么错处,或对不起人的地方。想明白后,再用好言劝解,我就有气也没气了。你不问青红皂白,就跑过来拉拉扯扯。我平时如是轻佻,不庄重,和你随便打闹说笑惯的,也倒罢了。我又不是那种无耻下贱之女,你也不是不知道。偏当我悲痛哀伤之时,如此轻薄,不是看我家无大人,孤苦弱女,成心欺负,还有什么?

"我命太苦,只有父母是亲人,为了萧家欧阳贱婢,害得二老相继惨死。见你一往情深,只说终身有托,女婿就是儿子一样,可以存续香烟,继她未竟之志。我非庸俗女流,不会害羞作态,也不相瞒,对你早已心许;便是母亲临终遗命,也命嫁你。但照你今晚行为看来,心已冰凉透骨。你如此,别的男人更可想而知。我和绛妹约定终身不嫁,一了心事,便寻母亲于地下了。"说完,又哽咽哭起来。

这一席话,说得萧玉通体冷汗,面无人色。深知瑶仙性情刚强,词意如此坚决,难以挽回。想不到一时情急心粗,竟未细想,把一桩极好的事,惹出这大误会。欲火烧身的人,会不惜一切牺牲,明知它是火坑,也要去冒险。她虽错怪,偏问得理对,无词可答。又是委曲,又是愁苦,急得没法,只好自怨自捶。连说:"我真粗心,该死该打!"瑶仙见他自己发狠捶胸,也不拦阻,只是冷笑。

后来萧玉见她心终不软，倏地跑过前去。瑶仙凤眼一瞪，刚怒喝一声：
"你要找死么？"萧玉已扑通一声跪到面前，哭说道："姊姊呀，我不过是粗心
大意了一些，你真冤枉死我了呀！你既一定怪我，我就死在你面前，明我心
迹好了。"瑶仙冷笑道："我说你安心挟制姊姊不是？我问问你：好端端男子
汉大丈夫，寻的甚死？还要死在我的面前，是何居心？如若是假，便是借此
要挟；如若是真，岂非临死还要害我负那污名？几曾见一个孤男会死在寡女
闺房中的？快些起来，这种做法，没人来怜惜你，我见不得这种样子。"

萧玉哭诉道："姊姊，你今天想必因妈去世，伤心太甚，处处见我生气。
我反正一条命已付给你，要我死就死，要我活就活，我决不敢挟制你。如今
心挖出来，也是无用。我不过话说得急，怎会死在这里？不过姊姊不肯回
心，百无想头，莫说不怜惜我，就怜惜我，身已化为异物，有甚用处？望姊姊
多多保重，过一两天就知我的心了。"说罢，起身要走，临去又回头看了一眼，
见瑶仙仍是冷若冰霜，凛然不可侵犯。不禁叹了口气，低声自语道："姊姊，
你好狠心肠！"把足微顿，拔足便走。

第一九六回

宝镜耀明辉　玉软香温情无限
昏灯摇冷焰　风饕雪虐恨何穷

　　萧玉的手刚伸到门上,瑶仙低喝一声:"你等一会再走!"萧玉本已绝望,心里又冷又酸,闻言好似枯木逢春,立时生了希冀。连忙缩手应道:"姊姊,我不去。"回顾瑶仙,泪光莹莹,眼角红润,星眸乱转,灯光下看去,越显楚楚可怜,知她心软肠断,有了转机。方欲凑近前去温存抚慰,不料刚一转背,瑶仙便把目光转向床侧,面对后房低唤了一声:"妹妹!"萧玉见她忽又喊起绛雪,不知是什么意思,哪敢冒昧再问。正在逡巡却步,心里乱跳,绛雪已如泪人一般应声走出,到了床侧,喊了声:"姊姊。"瑶仙手指萧玉,对绛雪道:"你送萧表哥出去,留神看看附近有人没有。如若有人,不可瞒我。我已是孤苦伶仃,无人怜惜的薄命人,再冤冤枉枉背点污名,实在承担不起了。人之相知,贵在知心。你看他来得多么冒失,去得多么唐突,只是满腹私心,从不替人打算。这样的人,我心已成槁木死灰,百无希冀。你快去快回,什么话都不要说,莫为他伤了我姊妹两个情分,我更成孤儿了。"说罢,侧身往床上一躺,竟未再看萧玉一眼。

　　这一来,萧玉的心二次又凉了半截,忍不住颤声连喊了两次姊姊。瑶仙理也未理。还是绛雪看不过去,朝他使了个眼色,手朝门外一指,故意说道:"我姊姊心硬,不能挽回了。深夜之间,好些不便,房后又睡有一个外人。她哭了一整天,水米不沾牙,心已伤透,人更受了大伤,明早还有不少要紧事。你容她早点安歇,莫要逗她多伤心了,快些请回去吧。"萧玉见绛雪暗示神情似有话说,虽然将信将疑,但是事已闹僵,除了望她转圜,别无挽回之望。既然这等说法,再如不走,岂不把自己那一种深怜蜜爱之意,越发打消个净?忙答道:"妹妹说得对,我真该死。只顾看着姊姊生气,多心着急,忘了请她安歇了。"说罢,又对床上低喊道:"姊姊呀,只求你多多保重玉体,不要伤心,我就身遭横死,也是甘愿。请早安歇吧。"瑶仙还是不睬。

萧玉无法,只得叹了口气,随着绛雪启门走出。到了堂前,悄对绛雪道:"我来时心急,只顾着先看望姊姊,没顾得先向妈的灵前叩拜,姊姊怪我,也由于此。妹妹稍待片刻,容我叩几个头吧。"绛雪道:"后屋有人,虽然被我将穿堂屋锁断,不会闯出,到底担心,你改天再来,不是一样?"萧玉凄然落泪道:"我此时方寸已乱,万念全灰,知道能来不能? 一则我们两家这么深的情分,妈是长辈,礼不可缺;尤其妈最爱我,视如亲生。今天姊姊这样错怪冤枉,妈阴灵不远,必能鉴我真诚,何况妈临终之时又有遗命。向她祷告祷告,也许冥中默佑,托梦给我姊姊,教她回心转意。既是后屋有人,我也不敲引神磬了。"随说,早抽三支本村自制的棒香点上,跪在灵前,低声祈祷起来。

绛雪原知瑶仙故狠心肠,有意做作,欲擒先纵,给他一个下马威,以便激其同仇敌忾,永无反顾。见他如此情痴,也觉不忍,只得听之。强催着萧玉祷罢起身,故意先开正门走出,看了看四外无人,才缩回来引送萧玉。到了门外,将门反掩,一同走到墙角雪堆后面,立定说道:"大表哥,你怎么这么呆? 你还怪她狠心,全不看她平日多孝母亲,妈是为谁死的? 女婿有半子之情,你这女婿更比半子还重。她既以终身相许,这不共戴天之仇的千斤担子,还不是望你能分担一半么? 实不相瞒,她从妈死后不久,就想你。等到夜半不见你来,又气又急,如非怕人看破,还几乎要叫我到你那里去呢。谁知好容易把你盼来,进门时那么莽撞,已经不快。末了急匆匆打门闯进,既不问妈何时故去,身后事怎么办;已听我说她睡了,也不问问她身子好不好,吃东西没有,睡着没有,人怎么样。仿佛我家大人已死,百无顾忌,闯进她的卧房。见她面朝里睡,不理不睬,三岁娃娃也看得出是在生气。就该先赔小心,好生安慰,把她哄起了床再说才是。你却不管青红皂白,夜入深闺有无嫌疑,过去动手扯。她心本窄,像你这样乱来,那还有不多心伤感的道理? 这是你自己把一桩成了的好事,闹得稀糟,怨得谁来?"

萧玉吃绛雪数说了一顿,悔恨之余,满拟必有下文,一听到末句,并无可以转圜的话。急忙央告道:"好妹妹,我没有她,活在世上有何生趣? 我知错在粗鲁大意。姊姊听你的话,好歹给我出一个主意,挽回她心,感恩不尽。"言还未了,绛雪冷笑道:"无怪姊姊看你无用。话还用明说么? 这事全仗人力去做,也不是劝得转的事。我已明点给你,就不立时去做,也该有句话,我才好说。一来就死呀活呀的,全没一点丈夫气,莫说姊姊,连我也听不惯这个。心坚石也穿,人只要肯真心着意去做,没有不成之理。一味装疯卖呆,连句话都换不出,这样还说什么?"

萧玉前后一思索，忽然省悟，瑶仙意思是要他同报母仇，不禁吓了一大跳。当时只顾挽回情人的心，并未细想，脱口答道："你说的话，我明白了。我还当姊姊真恨我呢，原来如此。请你转告姊姊，她的仇人就是我的仇人，只管放心。但是一样，自来一人计短，二人计长。为公的来说，我虽为她不惜百死，无如聪明机智都不如她。既然敌忾，理应同仇，和衷共济，随时密商，以她之长，济我之短，方有成功如愿之望。为私的说，我二人从小一处长大，情逾骨肉；又承先人遗命，订此良姻，虽未过门，也算得是个患难夫妻。境遇相同，遭受一样，孤苦惨怛，言之伤心。她还幸而有你这样一个同心同德、休戚与共的妹妹；我表面上有个同胞兄弟，说起来总算比她多一骨肉之亲，实则心情两异，迥不相谋。最令我痛心的是事仇若父，仿佛理所当然。看来我还不如她呢。如今就把报仇一节，作为没有此事，也该日夕聚首，相敬相怜才是；如若转而忧谗畏讥，动辄害怕，不敢相见，只恐仇没报成，人早相思而死了。请妹妹务必代达，说我有她则生，无她则死，今生今世，永为臣仆。只要她一说出口，天塌下来，也敢应承。只求她在大仇未报以前，随时定约把晤，千万莫再不理，免我相思而死，就感恩不尽了。"

绛雪听萧清和他面奉心违，暗自惊急。等他说完，笑答道："你老是爱表白，看这一套话说了多少死字呀。你暂且请回家去，这些话我定给你带到。听与不听，却在乎她了。"萧玉发急道："她最信服的是你，只要帮我多说好话，没有不信之理。好妹妹，劳你点神，容我在此稍等片刻，听你一个信。哪怕人不出来，给我一个暗号呢。今日连愁急带伤心苦熬了一整天，得点实信回去，也好睡个把时辰的安心瞌睡呀。"绛雪便问："这个暗号如何打法？"萧玉道："她如回心答应，你随便拿件杯盘碗碟之类掷在地上，我就明白了。"绛雪笑道："你真痴得可怜。他对我就不……"说到这里，忽然止住，心中一酸，转身就走。萧玉不明言中之意，只当她指的是瑶仙，话未肯定，人已走了。忙追上去，悄声急问："妹妹，你说什么？"绛雪急答："我晓得，你放心，回去安睡就是。再要磨人，连我也不理你了。"

萧玉不敢再说，只得抢口说了句："多多拜托。"退了下来。因绛雪暗号示意不否不诺，心中不定，意欲等上一会。忽见绛雪走到门前，回身将手连挥，意似催走，不再回复。暗忖："今晚我真呆了。这里住房都没墙垣，正好假装回去，等她进屋，再绕转来，到窗底下听她二人背后真话，一听便知，不比得她暗号还强得多么？"念头转定，先把手一挥，朝来路走去，先绕到房侧，见灵堂灯光一明一暗，瑶仙窗上影绰绰似有两个人影闪过，知已进房，没有留神自己。慌不迭提气轻身掩到瑶仙居室窗下,侧耳静听。二女语声细微,隐闻瑶仙在内悲叹,绛雪在旁劝解,只听不真切。雪地奇寒,朔风透体,脊骨冰凉,牙齿又不争气,偏在此时捉对儿上下厮击,震震有声,怎么也忍不住。惟恐二女发觉,再一弄巧成拙,更难挽回。急得一颗心怦怦乱跳,似要迸出腔子外来。越急心越不定,两耳更失效用,枉自惶惶,无计可施。后来在窗底下搜索,好容易找到一条小缝。刚凑上去,要往里探看,忽听瑶仙在屋里唤道:"绛妹,你听窗外好似有人一样,快看看去。真是越闹越不成样了。"随听绛雪答道:"姊姊忒多心,明明是冰雪破裂的声音。这半夜三更,哪有这样下流没品行的? 被人看见,捉住还有命么? 明天还要早起,请姊姊早点安歇养神吧。"

萧玉在外,哪敢往下再听,没等说完,早吓得提心吊胆,接连几蹿,逃了开去。恐二女由窗中外窥,避开正面,先在房侧躲了一会,不见人出。探头外视,瑶仙室内灯光已灭,声息全无。知道冰雪业已冻结,自己轻功不曾学好,踏行有声,不敢再作流连。心中一酸,越觉通体冰凉,彻骨寒心,冷不可当。怀着满腹悲酸,思绪万千,对着瑶仙卧房虚抱了几抱,四顾茫茫,凄然暗叹了一声。眼泪流到脸上,面皮微动,觉着有些发皱,举袖去擦,冰凉挺硬,袖已冻僵。只得把一双冻手搓热,哭丧着脸,往回就跑。

萧玉边跑边想:"二女所说之事,何等机密重大,如若稍微看轻我,怎会吐露只字? 分明念切亲仇,故意用激相试,好使我同心协力,锐身患难。尤其是当面说明婚嫁,不作丝毫女子羞态,可见倾心已久。只怨恨自己痴顽,全不体贴她的处境伤心,情热莽撞,不会温存。易地而居,便自己换了她的境地,遇了情人这样,恐也难免误会心寒,怎能怪她生气? 话虽句句责备,而眉目之间,隐含幽怨,深情若揭。又可恨自己太粗心,辩白的话全不中理,也不留神查看她的语气神色。直到她气极了,下了逐客之令,我虽满腹心曲,竟未说出一句。如今想起,已是不及。她命绛雪送出,好似安心留一转圜的路。自己听出心事,就该誓死同仇,立即回去。她姊妹明明是一个鼻孔出气,话已说到这等分上,偏还要听什么壁脚,探什么背后言语。她那么冰雪聪明,耳目何等灵敏,如今定已被她看破无疑。其实越是责备,倒显情重,任她数说,并不妨事。若这样讥斥几句,就此熄灯不理,又说自己是个没品行的人,大有不屑之势,却是可虑之极。"

这一疑虑,念头不由又转到坏处,想道:"彼此从小长大,早种情根。今日瑶仙家遭惨祸,自己还不是无独有偶,和她一样遭祸丧母? 照着素日情

234

分,理应相慰相怜才是。这样大雪寒天,始而闭户坚拒,任我僵立风雪之中,闭门不纳;后来勉强开门进去,先是向壁不理,继而尽情责问,全无一点慰藉,终仍逐诸大门之外。后来窗下偷听,休说名分已有宿定,即便算我越礼,也由于爱深情急所致,倘有三分爱怜,或命绛雪重出慰勉,或是故露口风。她不想只要暖室绣户中吐个一句半句,这风雪中的可怜人便可安心适意,免却无限烦恼忧疑。她不但视若路人,反说得人那么不堪,就此熄灯绝决,薄情一至于此。以后更不知她理我不理,真要决裂,还有什么想头?"

越想越伤心,不禁又哑声痛哭起来。哭不几声,念头匆忙转到好上。又觉瑶仙深情内蓄,言行皆寓有深意,为了激励自己卧薪尝胆,不得不尔。自己不过受点冻,她这时的伤心,恐怕还要更甚。不禁又起了爱怜,急得低声直喊:"好姊姊,你今日人已吃了大亏,千万不要再伤心啊!"念头忽一转到坏上,又把"好狠心的姊姊"叫了无数。

似这样时悲时喜,时忧时恨,神态怔忡,心情摇摇,也不知如何是好。在雪上滑行,快两步,慢两步,想着心思自言自语,独个儿尽在捣鬼,不觉到了自家后门。本就满腹悲愤牢骚,一看居室内透出灯光,更有了气。暗怪乃弟不知事务,出时再三叫他只留灵前神灯,这般夜深将灯点起,引了人来,岂不又遭指摘?本就有气,正待发作,才一走进,便听兄弟送人往前门走出。由暗室中掩到灵堂,探头往外一看,正是自己又恨又怕的紧邻郝潜夫,不由吓了一大跳。尚幸心存顾忌,入门时没有张扬,又在暗室之中走出,否则岂不正被撞破?就这样,也拿不准潜夫来时早晚,机密泄露也未。一着急,把当晚的满腔怨毒,全发在乃弟身上。暗忖:"事已至此,不泄露还可饶他,如由他口里吐出机密,反正清议难容,非重重收拾他不可。"当时愤极,怒气冲冲,掩进房中坐下,真恨不能把乃弟毒打一顿,才能出气。

总算萧清运气还好,萧玉到时,刚巧潜夫起身。萧玉悲愤急怒,一齐交加,昏愤心粗,没有跟出偷听,竟被萧清几句言语遮饰过去,以为真个无人知晓。萧玉尽管怨气难消,天良犹未丧尽,自知所行所为不合轨道,加以做贼心虚,惟恐闹起来别生枝节,未操同室之戈,只怒声斥责了几句,便往床上卧倒。

萧玉又把心上人所说的话重又反复玩味,似着了魔一般,不住辗转反侧,短叹长吁,恨一阵,爱一阵,喜一阵,愁一阵。最终觉出如要挽回情爱,与意中人比翼双栖,不问今晚种种说话举动是真是假,非代她锐身母仇,决然无望。只要能将仇人杀死,即使她真个变心薄情,也能挽回。如若故意激将,正可增加情爱。越想越对,方觉还有转机。

猛又想道:"报仇之事,大不容易。萧逸是全村之主,众望所归。以下弑上,即使侥幸成功,村人定动公愤,休想活命。全村的人都把瑶仙认为遗孽祸水,岂有不疑心到她之理?况且萧逸内外武功均臻极顶,灵敏非常。连那三个小儿女都不是随便能对付的。纵然甘冒不韪,灭伦背叛,身子先近不了,如何行刺?要想乘他教武,身子挨近时骤出不意,下手暗算,萧逸又得过祖先嫡传,长于擒拿,奥妙非常,不论旁刺侧击,敌人手略沾身,不被擒住,便被点倒。众目昭彰之下,就是得手,踪迹败露,也跑不脱。无论昼夜、明暗下手,均如以卵投石,一触即碎,真比登天还难。不办吧,情人的心又无法挽回。"怎么想,也打不出主意,闹得一夜不曾合眼。天亮便起来,等人筹办乃母身后之事。

萧清看出他受了瑶仙挟制,必然心怀不善,也是急得一夜不曾安睡。萧玉色令智昏,不但对乃弟毫无怜惜,反因昨晚之事迁怒,拿他出气。一起床,便厉声呼斥,借故喝骂。稍辩一两句,便动手打。因是大年初二,执事人等差不多头晚都补除夕的缺觉,加上痛恶死人,心中不愿,挨到正午,才行陆续前来。郝老夫妻原是热肠相助,因昨晚潜夫回去一说,天生疾恶如仇性情,如何容得。如非乃子已经答应了萧清,不为泄露,更恐引起其豆相煎,萧清吃了萧玉苦头,几欲过去当众宣示,狠狠打骂一顿,才快心意。背后尚且恨得如此,见了本人,怎忍得住,只好不去。到了傍午,潜夫才到萧家略为敷衍,推说二老晚间受寒感冒,不能前来。萧玉本和他不对,此时正盼早点事完天黑,好去崔家畅叙幽情,潜夫又是面对兄弟说话,乐得装未听见。郝老夫妻生病不来,更省絮聒,就此忽略过去。这些人一来晚不要紧,萧清却吃足了苦头,被萧玉骂前骂后,无可奈何,便去灵前抚棺大哭。到了人来入殓之时,萧玉虽然色令智昏,毕竟母子天性,也免不了一场大恸。萧清更不必说,众人都知他年幼可怜,齐声劝勉,方得少抑悲哀。

潜夫看他成礼之后,乘着萧玉不在眼前,悄问夜来之事。萧清知道隐瞒不住,只得说了个大概。潜夫暗忖:"乃兄为人无异禽兽,他却天性纯厚,弟兄二人如在一起,就不受害,也必受他连累。父母昨日已经劝过,就这样劝他移居师父家中,未必肯去。还是禀告师父,由他做主,唤去相依才好。"当下也不说破,见萧玉走来,又宽慰萧清几句,便即辞去。回家换了雪具,跑到萧逸家中,将他弟兄之事和盘托出。

萧逸沉吟了一会,答道:"伯祖嫡裔只此一支,便多不好,也应保全,何况

236

还有一个好的。清侄灵慧，尚有至性，由我教养成人，自不必说。就是玉侄，他和瑶仙未始不是一双佳偶，年轻人身落情网，无可顾忌，自是难免。若说他们狼子野心，志存叵测，决无此大胆。纵敢犯上作乱，事情也万办不到。他两人既然心许已久，又有两家母氏遗命，等过百期，索性由我做主，给他们行聘，服满成婚好了。至于苟且一层，瑶仙平日颇有志气，昨日我见她甚是哀毁，便玉侄非人，她也决不肯以身蒙垢，永留终身之玷。不过他们平日情爱甚厚，同遭惨变，难免彼此相爱相怜。又因村人厌恶乃母，难免迁怒遗孤，不敢公然来往，只好背地相见，哪知这样嫌疑更重。玉侄昨晚尚且前往，以后自不免时常偷会。你既发觉，务要装作不知，切忌传扬。须知玉侄不肖，尚有清侄可以继承。崔、黄两家至戚，却仅此一个孤女，若使羞愤不能立足，无论死走逃亡，或激出甚别的变故，均使我问心不安。只等初六灵枢出屋，便将清侄招来与我同住。玉侄之事，只要他们发情止礼，不致荡检逾越，到时明订婚礼也就罢了。"

潜夫哪知萧逸明知畹秋死前必有复仇遗命，因看先人面上，意欲委曲求全，故意说她不会有甚异图，日后暗中设法挽救。闻言颇不谓然，因未拿着逆谋把柄，不便深说，由此便留了神。不提。

萧玉因潜夫始终对他不理，想起昨晚之事，大是疑心。人去以后，强忍愤恨，勉强上完夜供，将萧清唤至房内，把门一关，拿了一根藤条，厉声喝问："到底昨晚有无泄露机密？"萧清从小挨打受气，积威之下，神色未免慌张，才说一句："哪有此事？"萧玉便刷的一藤条打向身上。萧清虽然小好几岁，平日比他肯下苦功得多，力也较大，只是敬他兄长，一味恭顺，并非真个不敌。见他家遭惨祸，母死在床，停尸未殓，竟然背礼忘亲，去寻情人私会，昨晚神情言语均似受了蛊惑，欲谋不轨，已是老大不以为然。日里既未尽哀，夜来又复欺凌弱弟，一言不合，持鞭毒打，全无丝毫手足之情，未免心寒气壮。先未及躲，挨了一下重的。萧玉见他不答，第二下又复打到。萧清实忍不住，含泪忍痛，一纵避开，也喝道："妈才去世，你我同气连枝，患难相依，理应兄爱弟敬，互相顾惜才是。我又没做甚错事，来是人家自己来的，为何打我？"

话未说完，萧玉刷刷又接连几下，俱吃萧清连使身法躲开。嗣见他不可理喻，追打不休，意欲拔脚逃出。萧玉嫌他不似往日甘于受责，越发暴怒，低喝一声："你敢不服我管，往哪里跑！"随着纵身过去，连头夹背，恶狠狠又是一下。萧清也真愤极，闻得脑后风生，将头往侧一偏，跟着身子一矮，转将过来。趁着萧玉一藤条打到门上，使一个叶底偷桃之势，抓住藤杆一拉，夺过手来。底下一腿将门踢开，纵将出去。不想迎面轻脚轻手跑来一个女子，萧清忙往外纵，对方来势也急，两下里几乎撞个满怀。还算萧清眼快，身子矫捷，身刚纵起，瞥见对面跑来一条白影，喊声："不好！"百忙中施展萧家内功嫡传，一个悬崖勒马之势，身子往左一横，就势单足往旁边茶几角上一点劲，往右上方斜飞出去。只听锵锒、哗啦、乒乓、哎呀之声响成一片，灵堂内顿时大乱。

原来萧清急于避人，用势太猛，径由来人头上飞过。落时身子朝外，只顾想看来人是谁，不曾留意身后，脚跟正踹在神桌角上，一下将上首一座两尺来高的锡烛台踹翻折断。上半截连同半支残烛掉在地下，下半截翻倒在桌上，将灵前供菜果盘撞坏了好几个。同时萧玉见兄弟居然抢藤夺门而出，不受责打，益发怒从心起，恶狠狠跟踪飞身追将出来，势子也急。室中只有一盏半明不灭的神灯，加上三人一阵纵跑带起来的风势，灯焰摇摇，光景越发昏暗。萧玉正低声喝骂，两眼一花，见萧清纵起，只知怒极前扑，不想前面还有一人。来人也不知是否存心，明明见对面有人，仍往前跑。这一来，两下里都收不住势，恰撞了个满怀。来人又是女子，"哎呀"一声，跌了个屁股墩子。萧玉力大势猛，一把人撞倒，心中一惊，一把没抓住，身反向前一探，吃来人叭的就是一个嘴巴。低声喝道："你瞎眼了么？"

萧玉这才听出是绛雪的声音，不由又慌又喜，哪还再顾别的，忙伸手想去扶时，绛雪已由地上纵起，低喝道："你这个欺负兄弟的坏人，哪个理你？"说完，转身要走，萧玉悬心了一夜，方欲打完兄弟，再候片时，便硬着头皮，再去见瑶仙倾吐心腹。想不到绛雪会来。昨晚曾经托她，料知必有佳音。半边脸打得火辣辣的，也忘了用手去摸。哪知绛雪是恨他追打她的心上人，又吃撞了一跌，心中不忿，先打了他一掌不算，还要故意做作，向萧清卖好。萧玉一见绛雪要走，如何肯放，也不顾萧清在侧与否，慌不迭纵步上前，将门拦住，央告道："好妹妹，是我一时没有看真，误撞了你。我给你赔礼，千万不要见怪。请到屋里坐吧。"绛雪答道："你撞了我不要紧，我只问你，为什么要打他？"萧玉道："妹子你不晓得，一言难尽，人都被他气死，我们去至屋里说吧。"绛雪道："我知他为人极好，又最尊敬你，妈才死了两天，你就欺负他，我就不依。"

萧玉知道瑶仙最怕物议，哪敢说了昨晚归来，潜夫方由家中走出之事。只得急辩道："我恨他不听教训，想拿藤条吓他，不料他又凶又恶，反被夺去。你看藤条不还在他手里，刚放下吗？他仗着向外人学了点本领，哪把我当哥哥的放在心上，将来他不打我就是好的，我还欺得了他？不信你问他去，我刚才打了他一下没有？"

绛雪见萧清已将手中藤条放下，刚把碎盘碎碗、断了的烛台一齐捡开，由桌底取了一对完整的烛台换上，一边擦着眼泪，好似伤心已极。情人眼里越发生怜，闻言忙就势跑过去，笑脸柔声问道："清少爷，大哥打了你么？你对我说，我给你出气。"萧清先听这一对无耻男女的称呼问答，已是伤心愤激，哪里再见得这等贱相。怯于兄威，不敢发作，只鼻子里哼了一声，捧起那堆破碎祭器，回身往里便走，正眼都没看绛雪一眼。绛雪好生无趣，忽又想起昨日雪中滑倒之事，不禁心中一酸，一股冷气又由脊骨缝起，直通到脑门，暗中泪花直转。萧玉仍不知趣，愤愤说道："妹子，你看他多该死，你好心好意问他的话，他这个背时样子，怎不叫人生气？"绛雪怒道："都是你不好，你管我哩！"萧玉因外屋隔溪便是郝家，恐被跑来看去，重又卑词请进。

萧清已走，绛雪无法，只得就势下坡，同到萧玉房中，把满腔怨愤，全发泄在萧玉一人身上。坐在那里只是数说，又怪他昨晚不该窗下偷听，被瑶仙认为轻薄浪子。好好的事，自己败坏，要和他一刀两断，永不相干。急得萧玉无法，再三央告，托她挽回。绛雪才说出经她一夜苦劝，略微活了点心。"如今才叫我来唤你，半夜无人之时前去。仇人所留女仆，已经设法遣走，家中无人，甚话都可说。但是成败在此一举，莫要再和昨晚一样，自寻苦恼。"萧玉一听，立时心花怒放，破涕为笑。又怪绛雪："这等好音，先怎不说？不然早就跟你走了，岂能害姐姐久等，又来怪我？你耽延时候，这里郝氏父子是奸细，如被闯来看破，如何是好？"边说边忙着穿衣着屦。

绛雪拦道："你忙什么？天还早呢。刚给你把事办好，又怪人了，以后还用我不用？我要怕人，还不来呢。姐姐是千金小姐。我呢，命是她家救的，本来根底，只有死去的恩父恩母知道，莫说出身平常，就是真好，总做过她家丫头。事情不闹穿，大家都好；如果闹穿，被人看破，自有我一个人来担这恶名，连你都不会沾上。我为你用了这么多心血，不说怎么想法谢我，反倒埋怨起来，好人就这么难做么？"萧玉连忙谢过，又说了些感激的话。绛雪微嗔道："门面话我不爱听，尽说感激有什么用？这样雪天雪夜，不避嫌疑，担着千斤担子，悄悄冒险跑来，一半自然是为了姐姐，想成全你们，将来配一对好夫妻，但是我的来意还有一半，你知道么？"

萧玉一听，她的话越说越离谱。一时误会，以为她也看中自己，想和瑶仙仿效英、皇，来个二女同归。绛雪娟丽聪明，瑶仙与她已是情同骨肉，此举如得瑶仙赞同,未始不是一桩美事。但是瑶仙机智绝伦,捉摸不透,自己常落她的算中。万一姊妹两个商量好了,来试探自己,女子性情多妒,这一决裂,更难挽回,哪敢轻率从事。便拿话点她道:"妹子成全我的婚姻,无异救命恩人。自古大德不言报,何况我这一身,业已许给瑶仙姊姊,没齿不二,死生以之。我不能昧起良心来说假话,妹子如有用我之处,还须听她可否。即便为你赴汤蹈火,也是出于她意,不能算我报德。别的身外之物,岂是妹子看得上眼的?"

萧玉还要往下说时,绛雪见他仍不明白来意,反错疑自己也想嫁他,好生羞愤。心事本难明言,无奈时机难得,不趁此挟制,少时他和瑶仙一见面,经过昨晚一番做作,此后全是柔情蜜意,两人情分决比自己还深得多,如何能拿得他住?一着急,不禁把心一横,顿足立起,怒道:"你这些话,把我当作甚人看待?昨晚不是我哭劝姊姊一晚,能有今天么?我把话都说明了,还装不懂,气死人了!"萧玉惶恐,直说:"我实在糊涂,不测高深,你我情分无殊骨肉,有什么事,何妨明说呢?"

绛雪道:"我这事,你就问姊姊,她也极愿意的。我这时候和姊姊一样,只是一条命,不怕害羞了。本来我想由姊姊自己向你说的,但是我心都用碎了,这简直是前世冤孽,巴不得早点说定,才朝你说的。别的我也不要报答,只要你帮我说几句话,问个明白。最好叫他同我当面说句话,能如我愿,不要说了;如真嫌我,以后也好死了这条心,专为姊姊出力拼命,报答她全家对我的好处。不管行不行,请你以后少拿出哥哥的威风欺压人家。莫看你比他大几岁,要照为人来说,你哪一样也不如他呢。这你总该明白了吧?"

萧玉闻言,方始恍然大悟。料她属意兄弟已久,情发于中,不能自制。暗忖:"她两姊妹如能变为妯娌,真再合适不过。无奈兄弟性情外面和顺,内里固执。从小不喜和女孩打交道,尤其对于瑶仙落寞无礼。便自己不爱他,也是由此。加以年幼不解用情,昨晚今朝又连遭打骂。如若日后软硬兼施,连劝带逼,或者尚可。当时要他吐口应允,必更说绛雪无耻贱婢,不屑答理。甚至还会说出全家遭惨祸,便命婚媾,丧心病狂,何以为子等等不中听的话,抬出一大篇道理来,叫人无话可答,岂非自找无趣?"想罢,用婉言回复绛雪,说姑且从缓,包在自己身上,必使将来成为连理。

萧玉话刚说了一半,绛雪冷笑道:"我也随姊姊读过两年书,人之相知,贵在知心。人各有志,勉强的事,慢说不成,就成,有什么意思?就拿你这人说,品行学问,武功聪明,一无可取,哪点配得上我姐姐? 不就是看你用情专一,对她至诚,将来不致负心这一点么?我只要你代我问两句话,好定我的心志。也不是非他不可,决不强求。说到就算你报答了我。不成我认了,以丫角终老,决不怪谁。天已快到时候,只管耽搁怎的?"

萧玉见她意甚坚决,只得应了。忙往后屋去寻萧清时,谁知萧清见绛雪夜间到此,行踪诡秘,入室不走,疑有什么奸谋,早回到堂屋,窃听了个大概,咬牙切齿,暗骂:"天下竟有这样不顾廉耻的女子,慢说我不会娶妻,就娶也不会要你。"见乃兄走出,知要寻他麻烦,忙往黑影里一闪。萧玉刚进后屋,绛雪也悄悄跟了尾随在后,意似暗中探听萧玉去做说客,是否为她尽心。萧玉忙着去会瑶仙,巴不得早点说定好走。他以为兄弟定在后进暗室中哭泣,绛雪又一意尾随萧玉,二人全未看见外屋板壁间藏的有人。

萧清知道兄长天良已丧,难免威逼纠缠,又要怄气,趁二人入内之便,索性溜走。到了门外,纵身上屋,再由屋顶施展轻功,踏着积雪,绕到后进屋上待了一会,侧耳往下静听。萧玉是由后屋又找向前面,萧清知他早就想走,后门未关,便轻轻纵落,如捉迷藏一般,由黑地里掩了进去,仍藏在灵堂隔壁屋内,偷偷听乃兄动静。

萧玉因前后进各房找遍,不见兄弟踪迹,又点了一个火捻子,二次到处寻找。做贼心虚,还用一块椅垫挡住向外一面,以防外人窥见。因为情急心慌,绛雪始终掩在他的身后,也未觉察。萧清进屋时,萧玉刚由后屋走到灵堂外去,见兄弟仍然无踪,气得乱骂:"该死的东西,往哪里撞魂去了?这样要紧关头,害我苦找,又不好大声喊的。你要是去到郝家,向老鬼、小鬼诉冤去,那除非你不回来,再要为你尽耽搁时候,姐姐等久怪我,回来非跟你拼命不可。"

绛雪见萧清不在,料知成心避出,决难寻回。又听萧玉一个人自言自语捣鬼,也恐瑶仙等久悬念,心里一凉,不禁"唉"了一声。萧玉闻声回顾,知她卫护兄弟,适说狠话,谅被听去。方恐嗔怪,绛雪却道:"你等不得,那就走吧。只要诚心照我话做,也不必过于逼他,在这三两天内给我一个回音,就承情了。"萧玉忙道:"那个自然,这样再美满不过。他又不是疯子,我想他一定喜欢,决无不愿之理。"绛雪闻言,似有喜色。忽又双眉一皱,叹口气道:"你倒说得容易,要知这是我前一世的冤孽魔债。不用找了,走吧。"萧玉巴不得说此"走"字,就势回步。因见绛雪钟情太甚,只图讨她喜欢,边走边道:"他决不敢不听我的话,真要不知好歹,看我饶他!这时不见,或许往郝家告状去了呢。"绛雪道:"这人天性最厚,任多委曲,也决不会坏你的事。不是见

241

我不得，便是怕你有话避人，少时又欺负了他，躲出去了。向外人乱说，一定不会这样。你走后门，我走前门，分路出去，也许能遇上呢。但是你想他听你话，以后再也不可欺负他了。"

萧玉忙着快走，口里应诺。匆匆整理好了雪具，先送绛雪走到前面，探头细看，郝家灯光尽灭，谅已全家入睡。放放心心催着绛雪穿上雪具，约定会合地点，出门上道。赶急闩门，往后门跑去。萧清知道此时再不出面，必疑自己向外人泄露机密，回来又是祸事。想了想，料与情人相见心急，必无暇多说。听他回转，故意出声走动。萧玉见兄弟忽然出现，虽然急怒交加，一则心神早已飞走，无暇及此；二则守着绛雪之诫，事须好商，不便发作。匆匆停步，喝问："你往哪里去了，如何寻你不到？"萧清知道他适才没敢高声呼喊，随口答道："我自在后房想起爹妈伤心，后来口渴，见崔家丫头在房内，不愿进去，摸黑到厨房喝了半瓢冷开水，哪里都未去。没听哥哥喊，哪晓得是在找我？"萧玉将信将疑，不及盘问，只低喝道："表婶临终，已收绛雪妹子为义女了。她是你二表姊，以后不许再喊丫头名字得罪人。这会没工夫多说。今晚你再放个把奸细进来，就好了。"随说随走，说完，人已往后门跑去。

萧清见乃兄毫无顾忌，一味迷恋瑶仙，天性沦亡，神志全昏，早晚必定受人愚弄，犯上作乱，惹那杀身之祸。又是心寒，又是悲急，暗中叫不迭的苦。见人已走，只得去把后门虚掩，将神灯移向暗处，把室灯吹灭，不使透光，以防潜夫再来叩门。也不敢再出声哭泣，只趺坐在灵前地上，对着一盏昏灯，思前想后，落泪伤心。暗祝阴灵默佑兄长悬崖勒马，迷途早返。一面再把潜夫所劝洁身远祸，移居叔父家中的话，再四考量轻重利害。最终寻思："兄长受了贱人蛊惑，无可谏劝，祸发不远。自家虽是萧氏宗支，先世不曾同隐，情分上本就稍差。父母在日，与村人又不融洽。再经这一场祸变，难免不怨及遗孤，加心嫉视。安分为人，日久尚能挽转。若作那桑间濮上等荡检逾闲的丑事，村人已是不容；再要为色所迷，受挟行凶，有甚悖逆举动，不但本人难逃公道，自己也必受牵连，为时诟病，有口难分。纵不同谋助逆，也是知情不举。好了，受些责辱，逐出村去；一个不好，同归于尽。弟兄同难，原无所用其规避。但是父母已被恶名，他又多行不义，生惭清议，死被恶名。自己不能干蛊，反倒随以俱尽，父母血食宗祠，由此全斩，不孝之罪，岂不更大？何况他还要强逼娶那无耻丫头，不允，日受楚辱，更伤兄弟之情；允了，不特心头厌恶，以后事败，更难自拔。"越想越难再与同处，决定敷衍过了破五，灵棺一葬，便即离去，搬到叔父家中避祸，以免将来波及，反而更糟。因日夜悲思,疲劳已极,主意拿稳,心神一定,不觉伏到蒲团上面,昏沉入梦。不提。

且说萧玉出门,踏上雪橇,赶上绛雪。假说兄弟没有见到,以免无言可答。一路加急滑行,仗着沿途人家绝少,又都夜深入睡,一个人也未遇见。赶到崔家,遥见灯光全熄,全屋暗沉沉,料想来晚,瑶仙久等生气,以入睡相拒,好生焦急。又不敢埋怨绛雪,得罪了更难挽回,急得不住唉声叹气。绛雪明知他心意,也不去理他。快要到达,方对他道:"玉哥,叹气则甚? 来晚了吧?"萧玉见她反而奚落,忍不住答道:"你还说哩,都是……"说到"你"字,又缩回去。绛雪怒道:"都是什么? 都是我耽搁的,害了你是不是?"萧玉忙分辩道:"妹子,你太爱多心了,我哪里说你? 我是说,都是我命苦,把心挖出来也没人知道,真恨不如死了的好呢。"绛雪冷笑道:"那倒用不着费那么大事,少埋怨人几句就好了。我既说得出,就担得起。你屋还未进,就着急做什么?"说时已到堂屋门前。萧玉见一排几间屋没一处不是黑的,料定瑶仙生气无疑。昨晚已经吃过苦头,哪敢再冒昧闯门而入。见绛雪推开堂屋门,走到瑶仙门前掀帘而入,心乱如麻,也没留神细看,恐又见怪,只得站在门外候信。

萧玉方在忧疑不定,忽见绛雪在房内将头探出帘外,细声说道:"到了家屋,怎不进来,还要喝一夜寒风么? 请你把中间堂屋门关好,上了门闩。我冷极了,要回房去烤火,不由前面走了。"说时,萧玉瞥见帘内似有微光透映,又不似点灯神气。闻言如奉纶音,不等说完,诺诺连声走将进去,放下雪具,匆匆关好堂屋门,朝灵前叩了三个头。慌不迭掀帘钻入一看,室内无灯无火,冷清清不见一人,仅里面屋内帘缝中射出一线灯光。不知瑶仙是喜是怒,许进不许,正打不出主意。忽听里屋通往后间的门响了一下,仿佛有人走出,跟着又听瑶仙长叹了一声。萧玉忙也咳嗽一声,半晌不听回音,提心吊胆,一步步挨到帘前,微揭帘缝一看,忽觉一股暖气从对面袭上身来。室内炉火熊熊,灯光雪亮,向外一排窗户俱都挂着棉被。绛雪不知何往,只剩瑶仙一人,穿着一身重孝,背朝房门,独个儿手扶条桌,对着一面大镜子,向壁而坐。不由心血皆沸,忍不住轻唤了声:"姊姊,我进来了。"瑶仙没回头,只应声道:"来呀。"

萧玉听她语声虽带悲抑,并无怒意,不由心中一放,忙即应声走进。瑶仙偏脸指着桌旁木椅,苦笑道:"请坐。"萧玉忙应了一声,在旁坐了。见瑶仙一身缟素,雾鬓风鬟,经此丧变,面庞虽然清减了许多,已迥非昨日模糊血泪,宛转欲绝情景。本来貌比花娇,肌同玉映,这时眉锁春山,眼波红晕,又当宝镜明灯之下,越显得丰神楚楚,容光照人,平增许多冷艳。令人见了心凄目眩,怜爱疼惜到了极处,转觉欲慰无从,身魂皆非己有,不知如何是好。坐定半晌,才吞吞吐吐道:"好姊姊,你昨日伤心太过,我又该死,害你生气。回去担心了一夜。今天稍好些么?人死不能复生,姊姊还是保重些好。"说完,见瑶仙用那带着一圈红晕的秀目望着自己,只是不答,也未置可否。看出无甚嗔怪意思,不由胆子渐大,跟着又道:"姊姊,你这个弟弟昨天也是新遭大故,心神悲乱,虽然糊涂冒昧,得罪姊姊生气,实在一时粗心,出于无知,才有这事。刚才因绛妹怕走早了,防人知道,来得又晚一些。昨晚我心都急烂了,望好姊姊不要怪我吧。"说完,瑶仙仍望着他,不言语。萧玉面对这位患难相处的心头爱宠,绝世佳人,真恨不能抱将过来,着实轻怜蜜爱一番,才觉略解心头相思之苦。无如昨晚一来,变成惊弓之鸟;再加上瑶仙秋波莹朗,隐含威光,早已心慑。惟恐丝毫忤犯,哪里还敢造次。又想不出说甚话好,心里也不知是急是愁,仿佛身子都没个放处。由外面奇冷之地进到暖屋,除雪具、风帽留在堂屋外,身着重棉,一会便出了汗,脸也发烧,又不便脱去长衣。心爱人喜怒难测,尚悬着心,呆了一会。

萧玉还在忸怩不安,瑶仙忽然轻启朱唇说道:"你热,怎不把厚棉袍脱了去?"萧玉闻言,如奉纶音,心花大开。忙即应声起立,将长衣脱去,重又坐下。瑶仙忽又长叹了一声,流下泪来。萧玉大惊,忙问:"好姊姊,你怎么又生气了?是我适才话说错了么?"瑶仙叹道:"你适才说些什么,我都没听入耳,怎会怪你?我是另有想头罢了。你这两天定没吃得好饭,我已叫绛妹去配酒菜、消夜了。等她做来,你我三人同吃,一醉方休,也长长我的志气。"萧玉知她母仇在念,心逾切割,怎会想到酒食上去?摸不准是甚用意。想了想,答道:"我这两天吃不下去,姊姊想吃,自然奉陪。"瑶仙玉容突地一变,生气道:"事到今日,你对我说话还用心思么?"萧玉见她轻嗔薄愠,隐含幽怨,越觉妩媚动人,又是爱极,又是害怕,慌不迭答道:"哪里,我怎敢对姊姊用心眼?实对姊姊说吧,现时此身已不是我所有,姊姊喜欢我便喜欢,姊姊愁苦我便愁苦,姊姊要我怎么我便怎么。不论姊姊说真说假,好歹我都令出必行,粉身碎骨,在所不辞哩。"瑶仙闻言,微笑道:"你倒真好。"

萧玉方当是反话,想要答时,瑶仙忽伸玉腕,将萧玉的手握住,说道:"你当真爱我不爱?"萧玉先见瑶仙春葱般一双手搁在条桌上面,柔若无骨,几番心痒,强自按捺,想不到会来握自己的手。玉肌触处,只觉温柔莹滑,细腻无比。再听这一句话,事出望外,好似酷寒之后骤逢火热,当时头脑轰的一下,不由心悸魄融，手足皆颤。爱极生畏，反倒不敢乱动，只颤声答道："我、我、我真爱极了!"瑶仙把嘴一撇，笑道："我就见不得你这个样子，大家好在心里，偏要表出来。"随说随将手缩回去。萧玉此时手笼暖玉，目睹娇姿，正在心情欲化的当儿，又看出瑶仙业已心倾爱吐，不再有何避忌，如何肯舍。忙顺手一拉，未拉住，就势立起挨近身去，颤声说道："好姊姊，我今天才知道你的心。真正想死我了。"边说边试探着把头往下低去。瑶仙一手支颐，一手在桌上画圈，一双妙目却看着别处，似想甚心思，不怎理会。萧玉快要挨近，吃瑶仙前额三两丝没梳拢的秀发拂向脸上，刚觉口鼻间微一痒，便闻见一股幽香袭入鼻端。再瞥见桌上那只粉团般的玉手，益发心旌摇摇，不能自制。正待偎倚上前，瑶仙只把头微微一偏，便已躲过。回眸斜视，将嘴微努道："人来了是甚样子? 放老实些，坐回去。我有话说。"

萧玉恐怕触怒，不敢相强，只得返坐原处，望着瑶仙，静候发话。等了一会，瑶仙仍是面带笑容，回手倚着椅背，娇躯微斜，面对面安闲地坐在那里，一言不发。萧玉见她今日哀容愁态全都扫尽，目波明媚，口角生春，似有无限情愫含蓄在内。不由越看越爱，心痒难搔。早知不会见怪，深悔适才胆小退缩，将机会错过，未得稍微亲近，略解多少相思之苦。

萧玉正打不出主意，借甚机缘二次发动。瑶仙见他呆望，嫣然笑道："你想什么? 我有哪点好，值得你这样爱法?"萧玉闻言，心花怒放，赔笑答道："姊姊，你玉骨冰肌，灵心慧质，我想天上神仙也未必有你这样美丽，怎叫人不爱呢?"瑶仙见他口里说着话，手却悄悄伸将下去在拉坐下椅子，似想挨近。笑道："呆子，你拉椅子做什么? 要坐过来，就大大方方把椅子搬过来，莫非挨得近些还有甚好处么?"萧玉吃她道破，不由脸上一红，乘机涎脸笑答道："好处多呢，我得和姊姊稍微亲近，死也甘心，便叫我作神仙我都不换。我跟姊姊同坐一起吧。"随说随又起立，走向瑶仙身侧，一面留神觑着瑶仙面色喜怒，一面移坐过去。瑶仙所坐靠椅本宽，可容二人并坐。萧玉玉肩相并，息胜吹兰，目觑瑶仙并无怒容，自觉心口怦怦乱跳。正待再进一步，回手挽肩相偎相倚，瑶仙只将身子微侧，人已轻巧巧离座而起。笑道："少爷，这把椅子好，我让你如何?"萧玉慌不迭伸手想拉时，瑶仙一偏身转向椅后，手指朝萧玉脸上轻轻刮了一下道："没羞的东西。"萧玉猛觉一股温香自瑶仙袖口透出，不禁心中又是一荡，忙伸手一把拉住瑶仙的手腕。方觉柔腻莹滑，无与伦比，瑶仙已甩手夺开，斜睨萧玉，白了一眼，翩若惊鸿，往外屋走去。萧玉忙喊："好姊姊莫走，我不敢了。"待要追出，瑶仙隔帘微嗔道："我有事去，就来。又不听话了么？"萧玉忙应："我听，我听。"接着便听履声细碎，走向别屋中去。

萧玉独坐室中，回味适才情况，直似痴了一般。心神陶醉，周身火热，通没一个安顿之处。彻骨相思，一朝欣慰，一心只盼瑶仙顷刻即回。看今夜情景，纵不能销魂真个，也必可以相偎相抱，得亲玉肌，爱她一个半够。这时任有天大的事，也都置之度外了。谁知等了一会，全然无信，连绛雪也不见到来。耳听室外铜漏水声滴滴，算计天已不早，家有重丧，不容不归。自己一肚皮的话，一句尚未向瑶仙倾吐。当这千金难买的光阴，平白糟掉，岂不可惜？始而心焦。明知二女必在别屋，以前也曾去过，一找就到。有心寻她回来，无奈玉人难测，闺令森严，不容假借。自己又曾答应惟命是从，万一借此相试，误走了去，将她惹恼，如何弯转？想去不敢，不去又急得毛焦火燎，心旌悬悬。越等越情痴，满腹热爱无从发泄，倏地起身，扑向瑶仙床上，先抱起瑶仙常睡的枕头，连亲带嗅，搂得紧紧，低声喊道："好姊姊，亲姊姊……"发狠亲热了一阵。后又得到瑶仙两只绣鞋，抚摸亲爱，朝鞋里不住乱亲乱闻。低声直唤："好姊姊，爱死我了。"

似这样狂热虚爱了一阵，二女依旧一人未来。渐渐爱极生恨，在室中抓发捶胸，低骂："狠心姊姊，害得我好苦！"不禁伤心，落下泪来。刚在酸楚难受，忽听身后有人嗔道："好！你骂姊姊，我去告诉她去，看还对你这个没良心的好不？"萧玉大惊，回头一看，正是绛雪，三不知掩了进来，正站在自己身后，手里捧着一大托菜盘。绣鞋正在手内，床上枕被也都零乱，惟恐真去告发，慌不迭将鞋先藏在怀中，忙着作揖打躬道："好妹妹，亲妹妹，我哪敢骂姊姊？谢谢你，她刚对我好一点，你一告我，就全糟了。"绛雪嗔道："说你没良心，还不认。她才对你好一点么？这比骂她还要可恨。"萧玉信以为真，急得一面打躬，一面慌不迭分辩道："她对我真好极了！我怕你告，才那样说的。谢谢妹妹，成全我吧。再说，她走来听见就糟了。"

话刚说完，忽听瑶仙从别屋中走来，口喊："绛妹，打帘子，我腾不出手。"萧玉方在惶急，绛雪笑道："姊姊说你呆子，一点不差。也不帮我接接东西，尽说这些空话有甚用处？"萧玉才想起绛雪手里有托盘，忙即应声接过，放向桌上。绛雪随转身将帘揭起，瑶仙也用木盘托着一个小火锅和好些食物走了进来。笑对萧玉道："大少爷，受等受等。这火锅是用鸡汤煮，现吃现下的抄手（即馄饨），外配糟冬笋、梨窝菌油、风鸡、烧腊鸭子和两盘四镶腊味。这都是妹子见我两娘母年前没心肠办年货，她私自做的，也都是你爱吃的东西。今夜我安心振起精神，高高兴兴消个好夜，补补我们三个这些天的苦。快请一同享受吧。"

萧玉见了瑶仙，不由得又喜又恨。暗忖："你原来帮着绛雪做消夜裹抄手去了，谁稀罕吃这些东西？与其这样，还不如早来一步，领你的情呢。又偏要来在绛雪后面，当着人，一定又是拿架子，连手都不能挨了。"心中怨望，却不敢现于辞色。忙说："谢姊姊厚意。只是良宵苦短，为乐不长，是件恨事呢。"瑶仙道："初春夜长，包你吃完回去，还来得及。今天过完还有明天，就这一夜工夫完了么？明天一黑，你就想法子自己来。好在你那兄弟虽不和你同心，准定不坏你事。我已拿定主见，不畏天命，不恤人言，好了在此，不好同走，还怕什么？不过不像你这位呆相公，只图眼前，不作长久计算罢了。我姊妹都饿了，快吃吧。"

说时，绛雪已把杯盘菜碟摆在旁边八仙桌上，火锅放在当中，由木盘里抓些抄手下去，将锅盖好，斟了三杯酒。瑶仙让萧玉坐左，绛雪坐右，自己打横居中而坐。二女俱都有说有笑，高兴已极。萧玉因瑶仙虽然暂时使自己失望，话却有因。而且明日可以早来，无须候召和托绛雪先容，从此变为入幕之宾。丧事办完，便可整日厮守，设有碍难。立即相携出山，地久天长，永不分离，真是美满非常。加以旨酒佳肴，秀色同餐，不禁又快活起来。

一会抄手煮熟，二女先盛出三碗，续上新汤，抓些再下。瑶仙吃了几杯酒，再吃些热抄手，玉颊生春，越显娇艳。萧玉不由得越看越心痒，上面不好动手，始而试探着一点一点用脚在桌底去挨瑶仙的脚。暗觑瑶仙神色自如，仍是劝吃劝饮，纤足由他挨踏，也未移动。料定瑶仙已经决意委身相从，可以任凭亲爱，不再矜持，胆渐放大。又嫌两鞋相挨尚不称意，便把脚缩了回来，将棉鞋暗中褪下，轻轻踏在瑶仙脚背上，觉得软绵绵舒服已极。有心踩她一下，又怕踩痛。

萧玉手里拿着羹匙方在胡思乱想，绛雪忽然嗔道："我为你半夜里在雪地上跑来跑去，又做消夜，却拿我当脚踏板用。总算你这位大少爷体贴人，居然肯把老棉鞋脱掉，没拿了泥脚踩我。还不缩回，莫非这两天嫌我脚没为你跑断么？"绛雪口里说话，脚仍不动。萧玉正当得意出神之际，先未入耳，到了末两句，才听出绛雪似朝自己发话。偏头一看，原来瑶仙料出他坐在一起不肯老实，早把双脚缩在椅环以内，以致萧玉错踩了绛雪的脚。不禁脸涨通红，又愧又急，又怕瑶仙生气，错疑自己和绛雪也有瓜葛。一面慌不迭偏转脚将鞋穿上，以为瑶仙必要责难，只觉无地自容，想不出说什么话好。谁知瑶仙低头看了一眼，抿嘴微笑，面上更无丝毫不快之色。绛雪也是说过拉倒，脚缩回去，便去揭锅抓抄手，更不再提前事。心始稍安。

萧玉忸忸怩怩吃完消夜，二女共撤残肴。萧玉恐瑶仙又要随出，红着一张醉上加羞的丑脸，笑向瑶仙道："让妹子一人偏劳吧，天已不早，我还有两句话要和姊姊说呢。"瑶仙笑道："先在桌上怎么不说？我们说话还背绛妹么？"绛雪冷笑了一声，只收拾盘碗，却不走出，意似等了同行。萧玉知话说错，又不能说出是想背了绛雪好和她亲热。一着急，越发口吃，结结巴巴，只说："我、我……"答不出来。瑶仙仍作不解道："你说有话，叫你说，又吞吞吐吐。再不说，我就收拾东西去了。"萧玉无法，勉强答道："那就等姊姊、妹妹收拾回屋再说吧。"绛雪撇嘴悄语道："这时候，顶好我一辈子不回屋，才对心哩。等我？奇怪！"说罢，掀帘自出。瑶仙也拿着残肴随同出去。气得萧玉坐在椅上，眼对着房梁直叹气，以为二女必是同回，今晚定成虚愿。

不料没有半盏茶时，瑶仙拉帘走进，绛雪并未偕来。萧玉心中狂喜，忙离座迎上前去，喜道："好姊姊，适才怎去半天不回？等得我好苦。"瑶仙接口道："天都快亮了。也是我今晚想得太开，忘了忌讳，差点误事。什么都等明晚早些来了再说吧。这时我的心慌，你快些回去吧。"说完，转身拉帘，直催快走。萧玉见她面带惊惶，知她性情，如再纠缠不舍，定致触怒，只好应声随出。瑶仙在前领送，行动急迫，哪有亲近机会，萧玉自然失望已极。到了堂屋，瑶仙催着他将雪橇穿上。快出门时，萧玉刚跨门槛，酸声喊了一句："姊姊！"瑶仙忽从身侧椅上拿起一顶风帽和一件狐皮斗篷，唤道："玉弟慢点，风雪寒天，这时更冷。等把爹爹的风帽、斗篷穿上，招呼冻病了，哪个来管你？到家藏好。明晚再来，不要被旁人看见。"随说随给萧玉亲手穿戴。萧玉见她深情款款，关爱周至，益发感激热爱，浃髓沦肌，口中应谢，将头一回。恰巧瑶仙正系风帽飘带，没留心他回头，这一来两人的脸相隔只两三寸。萧玉闻着瑶仙嘴内酒香，心神大荡，再也按捺不住，就势往前一凑，正亲在瑶仙玉颊上面。方觉神魂飞越，半身酥麻，待要不管青红皂白回身搂抱，着意亲热一下。谁知瑶仙已将帽上飘带结好，微嗔道："你醉了么？还不快走！"顺手一推，萧玉被推了出去。萧玉觉着无甚怒意，还待回身略微缠绵再走，瑶仙更比他快，人一离门，早随手将门关上。萧玉急道："好姊姊，今晚我真感激你……"底下还未出口，瑶仙已对着门缝朝外低声说道："我晓得你的心。乖些回去睡个好觉，明天话多呢。我也回房安歇，今晚这门是万不能再开了。"说罢，微闻履声入室。

萧玉知道无望，只好踏雪上路，一边想着今晚这样出于意外的喜遇。当此男女热爱期中，初尝到一点甜头，好似饿婴见乳，只尝一口，比起未吃时还馋十倍。回味固是无穷，比没得到时也更难受得厉害。思潮起伏，周身火热，脚底无形加快，不消多时便到了家。仍由后门入内，见到处漆黑，不听一点声息，心疑萧清已睡。摸黑走过灵前一看，灯烛全熄，只有灵前一盏神灯半明不灭，吐着星星残焰。从欢场到此，愈显凄凉，这才想起母死悲惨。心方一酸，猛瞥见蒲团上蜷伏着一条人影，剔去灯花一瞧，竟是同胞骨肉萧清。看室中情形，分明防有人闯进，熄去灯火，在此守候，为时过久，倦乏睡去。不由天良激发，生了怜爱，俯身下去，想将萧清抱向房中安睡。手才挨近，忽听萧清哭喊道："哥哥，你莫打我，我没对人说呀！"萧玉听他梦话都在怕受责打，想起连晚迁怒打他情形，越发内愧心酸。忙喊："弟弟，快随我到屋里睡去，地下恐怕冻着。"萧清闻声惊醒，见是乃兄，连忙爬起，便问："哥哥甚时回家？怎我睡得这么死？"萧玉答说："天快亮了。屋里火盆不知熄了没有？"萧清算计火盆将熄，恐怪他贪睡偷懒，慌道："也许没灭，我这就生火去。"萧玉见他惶急，忙道："我不冷。神堂四面透风，你先到屋里暖和一会，我生火吧。"

萧清平时惯受乃兄呼喝支遣，闻言颇觉奇怪。猛看到萧玉那身穿戴，又闻见口中酒气，才想起乃兄到崔家去这一夜，将亮才回。神情和顺，迥非昔比，定是有点问心不过，才会这样。不禁又急又怕，呆在那里，作声不得。萧玉还当他刚刚醒来之故，便道："你已冻了好一会，我们且去房内，看火盆熄了，再生不迟。"说罢，拉了萧清一只冰冷的手，同走进房，壶水正开，火盆恰有余焰。萧玉便将斗篷、风帽脱下，叠好藏起。萧清便向盆中加炭，将火添旺。望着萧玉想问，又恐触怒，只得自去将桌上的灯剔亮，喊道："哥哥快睡，不多一会，就该起了。"萧玉回时满心欢喜，只信瑶仙之言，没有注意天色。闻言想起路上走了一阵，好似天快亮情景。揭开窗帘，就窗隙往外一看，四外仍是黑沉沉的。忙到外屋一看壶漏，离天明少说也有个把时辰。先颇怨望，后悔走回得太快。继一寻思："瑶仙今晚那样深情蜜意，不是她家壶漏不准，看错时候，便是怕自己连日忧劳，好令我安心早歇。分明好意，怎又怪她？"萧清也觉出离明尚早。再看乃兄神色，猜又受人愚弄，似未做甚过于越礼之事，心始稍安。

萧清方在暗中留意观察，萧玉也料兄弟怀疑。一则自觉对他不过，又想起绛雪之托，便走过去拉手并坐，温言说道："好弟弟，你莫乱想。休说哥哥

249

发情止礼，不会做甚坏事。便你崔家两个表姐，也都幽娴贞静，知书明理，决不贻笑于人。心迹久而自明，这个只管放心好了。我此时一点不困。你连日悲苦劳倦，想睡先睡一会，天亮来人，我再喊你。要不我们商量日后之事也好。父母双亡，剩我弟兄两人，以后大家亲热，不能再淘闲气。"说时眼圈一红，不禁落下泪来。萧清此时已把主意打定，料他受人指使，化刚为柔，来做说客，想自己娶绛雪为妻。再坐下去，仍非怄气吵闹不可。心中急虑，哪敢再反口探问今夜崔家情景，只得将计就计，装作神倦，答道："我今晚不知怎的又不舒服，又怕和昨晚一样，外人硬闯进来，守在灵前，熄灯装睡，不知何时睡着。如今周身发冷发噤，有点支持不住。哥哥也是连日愁急忧劳，一同睡吧。就睡熟了忘起，人都知我弟兄可怜，连夜不得安歇，一时睡熟，我想不会见怪的。"萧玉闻言，面容陡变道："我们就只四个亲人，外人不过彼此做个假过场。我只是不想睡，谁还怕他们怪么？"萧清见他说时目闪凶光，满脸厉色，再听那等语气，知已受瑶仙主仆诱惑，心里一冷。绛雪既已成他亲人，惟恐再说下去又生纠葛，不禁笑道："既是哥哥疼我，只好先睡一会了。"说罢，歪身睡倒。

萧玉暂时天性发动，对于萧清确有几分友爱。当他真个疲倦欲眠，自己还想心事，有话明日再向他劝说，也是一样，随拿条棉被给他盖上。其实萧清满腹忧愁苦急，又挂着明早人来，不过是想躲他，以免麻烦，身虽躺倒，哪里睡得着，虚合着眼，自在暗中偷觑。萧玉情欲蒙心，全然不觉，萧清睡后，也躺向对面榻上，仰望屋梁，盘算心事。一会想起今晚瑶仙相待，简直出人意料。那情景，便软玉温香，尽情搂抱温存，爱她个够，也决不会生气。只恨适才胆子太小，把机会错过，没敢伸手抱她亲她，非再挨到明晚不能相见。越想越可惜。渐渐想到明晚可以尽情温存，越想越甜蜜，喜得几乎笑出声来。方恨时光太慢，明日这白天如何挨法？明日还是母死接三，讨厌人多，要受许多闲气嘴脸。因又想到乃母死时惨状，不禁伤心欲哭。这一伤心，连带勾起瑶仙姊妹同仇敌忾的默示。今晚佳人情重，易冷为热，分明由自己为她锐身急难，誓复亲仇而起。话虽容易，真要下手，却是难于登天。一不成功，或是临机怯懦，自身难保尚在其次，心上人决不会再有丝毫垂爱，岂不大糟？越想越难，越难越怕，又把萧逸父子恶狠狠咒骂了几句。最后把心一横，奋身纵起，咬牙切齿，自言自语，低声唤道："好姊姊，我爱你如命。决计过一天算一天，只让我眼前先爱个够，到时管甚成败，拿这条命报答你恩情好了。"说罢，将足一顿，重又躺倒，心定神安，不复再作他想。连日疲倦一齐发作,转瞬如死一般睡去。

萧清见他时喜时悲,时急时怒,坐卧不宁,最后竟从床上跃起,肆无顾忌,自吐心事。知道陷溺已深,万难挽救,又急又怕又伤心,吞声痛哭,直到天明。见萧玉睡得正香,也不去唤他,径往厨下烧火煮水,准备少时人来饮用。魏氏在日,人虽奸恶,却甚能干,事多亲自操持,不肯假手他人。萧清不过偶然在侧看过些时,从没有亲手做过。偏生所用丫头胆子最小,自从魏氏元旦疯狂吓跑,便没回来,也忘了命人去找。所有茶水点心,连日全仗郝氏全家代为料理。萧清面热,多劳外人,于心不安,只得强忍悲苦,练习家务。当日因是接三,惟恐人来,热水却没一碗,黎明便起来忙碌。因素未作惯,又当三日不眠不食,悲苦愁急之余,一人要备多人之需,如何能做得好。

正忙得晕头涨脑,乱七八糟,眼看阳光已上,心中惶急,郝潜夫忽然叩门走进。见萧清眼肿如桃,满身水湿油污,一脸乌黑,问知就里,又怜又敬。便劝他道:“不怕你多心,今天大年初三,谁不图个顺遂?昨前两早,因村主之命,那是无法。接三应该下午人来,怎会早来?我知你三天没进饮食,我已拿你当亲兄弟看待,须得听我的。人死不能复生,责重日长,徒悲无益。这些事,我还会做一点。好在东西现成,你自坐一旁,等我做来,你陪我同吃,我再告诉你一个喜信。”萧清原和潜夫至厚,自己也实不会,只得应了。

潜夫先就锅中开水下了两大碗挂面,打了几个鸡蛋,撕些瘦腊肉在内,加上油、酱,盛起递给萧清,劝他同吃。萧清听说早间人不会来,心里略定。再经潜夫不住劝慰开导,悲怀略解,渐觉饿疲交加,也就吃了。

吃完,潜夫觉着来了未见萧玉,便问:“那丧心病狂的一个呢?”萧清答说:“连日熬夜倦极,适才劝去安睡,在房里和衣小睡。意欲等会众人来了,再唤他起来。”潜夫冷笑道:“恐怕昨晚私会情人,跑累了吧?你怎对真人还说假话?”萧清忙叫:“好哥哥,莫要这样。”潜夫道:“这样败类,不但不屑说他,昨晚明知他私会崔家丫头,我却没有过问。他三个只管奸谋诡计,早晚犯我手里,自有公道。”萧清见他神态激烈,出声渐高,恐兄长走来听去,一面低声求告,一面又问:“我这孤孽之子,有甚喜信?”潜夫见他急得可怜,便道:“看你面子,只要不生变,从此我不再提他三男女就是。我和你商量的话,已对师父说了,定准你母亲一葬,便由师父把你唤去同住。你如迟疑,不躲开他们,早晚同归于尽,悔不及了。”

第一九七回

强欢笑　心凄同命鸟
苦缠绵　肠断可怜宵

　　萧清年幼胆小，天性又厚，始而不舍兄长，意欲相机挽回，委决不定。继而吃萧玉气寒了心，又强迫他娶绛雪为妻，一同苟且，便决计与兄决裂。但决定以后，又想起萧逸平日虽爱自己，无奈父母所行太恶，焉知无恨？万一迁怒，不肯过于关照，如何是好？一听潜夫之言，也颇心喜。又想："自己一去，兄长无人谏劝，不知伊于胡底。自己在侧，也是无用。事已至此，照昨晚自吐心腹，天良丧尽，说不得只好先打脱身主意，日后再竭尽心力，挽救一点是一点吧。"想到这里，不住悲叹。潜夫知他天性至厚，恐其顾此失彼，故意怒问："你还不愿去么？那我就回复师父去。"萧清慌道："哪有不愿之理？我是觉着家兄孤单可怜，我又劝他不转，太伤心了。"

　　潜夫冷笑一声，正要答话，忽听萧玉在喊："毛弟！"萧清想起了今早无人，必说绛雪亲事。一面应声，一面悄嘱潜夫，千万等有人来再走。潜夫怒问："莫非怕他欺你不成？"萧清不好明说，只答："有为难事，不是欺我。请你陪我一陪，却不要给他难堪，免得走了生气。"潜夫把头一点，萧清忙去煮面。

　　萧玉刚起，见日光已上，四无人声，昨晚友爱之情尚还未尽。喊了两声，只听人在厨房答应，不见走来，料是新起烧水。也想到兄弟劳苦，昨晚不知受冻没有。今天人多事多，意欲赶往相助。刚进厨房，一眼瞥见潜夫坐在饭桌旁，桌上放有年菜空碗剩汤，勾起前隙，好生不快。勉强向潜夫略为招呼，便问："弟弟在做什么？"萧清忙答："我早起烧水待客，肚皮饿了，多亏郝世哥来帮我下了两碗挂面吃了，正给你煮呢。"萧玉心想："此时无人，正好向兄弟劝导，偏生小郝跑来，撞魂碍眼。"心中有气，又不便发作。舀些汤罐水洗漱后，自往房中等面。满拟潜夫与己面和心违，不会随来。谁知潜夫知萧清相留作伴，必有原因，乘他回房，抽空跑回家中告知二老，决计守着萧清，不到午后客来不走。面好人回，也同走进。人家丧乱相助，还须承情，不能过于

252

怠慢。潜夫也不理他，自和萧清谈说，帮同料理一切。萧玉每唤萧清，潜夫必定随往，枉自厌恶，无计可施。萧玉也颇聪明，几句喊过，恍然大悟。明白兄弟不愿绛雪为妻，有心找出人来作梗，不禁愤怒。暗骂："不知好歹的东西，除非你不认我为兄，离家别居，谁还能保你一世？我如不把这亲事做成，四人合力同报亲仇，誓不为人！"因绛雪叮嘱不许硬逼，成否都不许再给兄弟气受，否则不肯甘休。当时恨在心里，索性避开，不再答理。

直挨到未申之交，才来了二三十人，还俱是萧逸门下，萧清相厚的同门师兄弟，因奉师命，会同前来。事前已先着人送信，说丧家无人，所有祭席纸箔俱都带有，一到就上供，供完一起烧。佛事照例由本家子弟和村中一些信佛通经的人，在灵前啐诵。来人一半师命难违，一半看在萧清面上，草草终场。萧清自觉冷落，不似往日别家热闹虔敬，事难怨人，好生伤心，人走将尽，犹在灵前悲声诵经不起。萧玉却知这是具文，巴不得早些人走天黑，好去赴约，见状正合心意。不料郝潜夫受了乃弟之嘱，独独不走。萧玉实忍不住厌恶，方要发作，还算萧清见机，看出乃兄神色不妙，悄嘱潜夫，自己难关已过，可请回去，明早再行详告。潜夫也要归侍父母安歇，方始别去。

萧玉因瑶仙令他早去，奉若纶音。潜夫一走，更无避忌，只和萧清说了句："留心门户，不许外人走进。"匆匆进房，披上昨晚斗篷、风帽，立即起程。这时天未夜深，又值新正初三，人都睡足，各家都在想法行乐。花炮满天，爆竹之声此起彼应，密如贯珠。四外红灯高低错落，灿若繁星。去崔家这条路虽最僻静，山巅林杪，也有好些灯光掩映。这还是大雪之后，村主情趣不佳，无人为首，仅仅村人自为点缀。如在昔年，还要热闹风光得多。萧玉终是做贼心虚，一路掩掩藏藏，如飞驶行。且喜路上只回避不及遇到过两次人。又因有风帽遮脸，都吃误认，不知是己，喊了两声别人名字，装没听见；再故意向旁路一绕，藏向隐处，看人走远，再加速前行，所以全未看破。暗赞："瑶姊真个聪明。如非这身装束，几露马脚。"

萧玉边想边走，一会赶到。由外望内，仍和昨夜一样冷清乌黑，不见灯光。轻轻往门上一弹，绛雪首先应声而出，引他入内。到了瑶仙室内一看，镜子梳妆桌已经移开，却把方桌摆向正中，上首设着四副杯、筷，桌前放着蜡扦、香炉，尚还未点，满桌菜肴，像是摆供神气。两旁各有两把坐椅，却没杯、筷。地下铺着红毡。这还不奇。最奇是二女都穿着一身吉服，瑶仙薄施脂粉，越显美艳，面上神色，也看不出是喜是恨。萧玉不解何意，喊了声："姊姊。"未及问故，瑶仙不容说话，径令绛雪领往别室更衣，出来再说。萧玉只得随去,乃是绛雪卧室,见大椅上放着一身吉服。心中奇怪,二次想问。绛雪眼圈一红道:"姊姊今天就嫁你,这新郎不愿做么？快换了衣服出来,我去她房中等你。"萧玉闻言,虽是心愿之事,但想起双方母丧三日,便这等举动,未免于心不安。瑶仙性情,说了就做,又不敢迟疑。一面脱去斗篷、风帽,忙喊:"妹妹,为何今晚便要行礼？快请言明,免得少时不对姊姊心意,招她生气。"绛雪把嘴一撇道:"少时她自会说。凭你这样人,我姊姊的心意才测不透呢。从今以后,你只照她说的去做,包你没错就是。我先走了。"说罢,不再答理,径直走出。

萧玉见那衣服俱是乃岳生前所穿,长短大小俱差不多,匆匆穿好,赶将出去。二女已将香烛点好,先同向上跪下,叩头默祝,容甚悲愤,却未流泪。叩罢起立,瑶仙朝绛雪看了一眼,绛雪便对萧玉正色说道:"姊姊为你痴情所感,本来决计嫁你。今日母亲接三,下午来了几家女眷,男的只萧逸同了三个小狗男女。走时居然暗点姊姊亲事,意思百期之后,便由他做主过礼。分明有人泄了机密,他为卖好,顺水推舟。姊姊恨他入骨,怎肯让仇人出面主婚？当时哭诉:母死伤心,不愿为人,今生决以丫角终老。因料他已知姊姊和你有了情分,并还和他说明:母亲在日,曾将姊姊许给萧玉表弟,彼此也都爱好。但遭此祸变,万念皆灰。加以两家均受村人嫉恨,难保日后不有口舌。前日还令我与你送话,请抽空来此当面说明心意。谁知你也和她一样想头,等服终以后,便即出家为僧,以后彼此不婚不嫁。姊姊劝你不从,只好听之,知他怜悯遗孤,心迹是非,久而自明,所以不避嫌疑羞耻,明说出来,出嫁一层,再也休提。这该死的竟信以为真,不但把你来此私会一节掩饰过去,反倒夸我姊姊有孝心,有志气,再三劝慰。还妄想等日久哀思少减,心活一点,再行劝办。姊姊等他走后,一想奉有母命,不是私约。当此危急艰难之际,不久又要设法报仇,名分一日不定,万一有甚挫折,也对不起你。此时全村皆仇,事贵从权,能继母志为上,顾忌什么虚情浮礼？恰好今晚吉时,决计先和你祝告过两家父母,当时拜堂,定了名分。然后换去吉服,三人同心,共报亲仇。你意如何？"

萧玉虽觉这样过于草率,但为美色所惑,也就没有深思,反附和道:"我早说过,只要姊姊说话,生死祸福,无不惟命,说什么听什么,还用商量则甚？"瑶仙笑道:"只恐口不应心,未必能都听我话吧？"萧玉力言:"哪有此事？"绛雪道:"我信你。莫要错过吉时,姊姊和姊夫该拜堂了。"

瑶仙为报母仇,虽然心深计毒,终是红闺幼女,一听拜堂,也是有点腼腴。人既美貌，再带几分羞意，益更娇艳。萧玉看了，越发心荡魂销，直恨不能一碗水将她生咽下去，先向红毯上立定。瑶仙经绛雪一拉，也随即走过，由绛雪低声赞礼，同拜下去。跟着奠酒。然后将上位杯、筷撤下来，分到两旁。萧玉、瑶仙并坐，绛雪对面相陪。刚一坐定，瑶仙又给绛雪斟了杯酒，然后离座，扑地拜倒。绛雪骤出不意，忙同跪拜，大惊问道："姊姊，这是做什么？"瑶仙慨然答道："由明日起，我们三人便入忧患之中，仇敌厉害，人事难知。我是母亲生女，不问是非成败，俱非继她遗志不可。玉弟有半子之义，又是我亲爱丈夫，承他痴情钟爱，随我卧薪尝胆，虽然为我所累，一则出诸他的心愿，二则我仇也是他仇，义不容辞。惟独妹子于仇敌素不相干，只为母亲临终一言，便随我共赴汤火。在你固是孝义忠烈，在我却是问心不过。今生无以为报，只好叩几个头，略表我感激之意。你若不受，我便不起来了。"绛雪也慨然道："姊姊既这么说，妹子如不敢当，倒觉不好。妹子告罪，先起就是。"瑶仙又叩了几下，绛雪受了，方始归座。

萧玉肩挨玉人，正涉遐想，见此悲壮情形，看出瑶仙今日之举，全为前路艰危，吉凶难卜，又不愿受仇人主婚，暗和自己正了夫妻名分，以便策励复仇，兼免嫌忌。看神气，定是有名无实，未必肯让自己温存抚爱。不禁把满腹热念消去一大半。瑶仙二次入座，便举杯劝饮，谈笑风生，更不再提伤心之事。萧玉见她玉面生春，目波明媚，端的容光照人，仪态大方，令人爱而忘死，不禁又心荡神移起来。坐既挨近，瑶仙大方，毫不羞涩，乘她劝饮之际，试触柔荑，全无愠色，心中越喜。暗忖："既已拜堂，当然还要合卺。虽然新遭大故，不能丧心病狂，销魂真个，照此神情，每夜来此相偎相抱，并头共枕，睡上一会，总可如愿。"

萧玉正在胡思乱想，绛雪道："大家酒足饭饱，该请新夫妇合卺了。"萧玉看瑶仙醉态娇慵，星眸微展，半睁半合，似有睡意，闻言未置可否。见绛雪起身来扶，也装作有点醉意，半假半真地随同绛雪，将瑶仙扶向床上，脱鞋倒卧。绛雪将帐帘放下，悄声说道："姊姊几夜没睡过一时好觉，照例酒后必睡。你帮我收拾完毕，我走，你自陪她。茶桶内泡有好茶。她气不得，莫再气她。"萧玉诺诺连声。二人合力忙着收拾餐具，一切还原。事毕，绛雪抿嘴一笑，端了残肴，退向别室而去。

萧玉独坐房内，对床寻思："今夜之事，该当如何？女儿家爱羞，如不趁热开张亲近，明夜必难。有心上床温存一会，玉人喜怒难测，一个不巧，误会自己欲谋不轨。愿了还好，一非情愿，必然大怒，不好收拾。按说此时最好守俟床前，待她醒转，自己开恩，以表忠诚，方为上策。无如一刻千金，良宵易度。当夜必须归去，其势不能终夜，到时绛雪必来催走。万一不醒，或是怕羞不愿亲近，好容易有此一日，错过岂不可惜？"似这样进既不敢，退又不舍，眼巴巴望着心上人，只有一帐之隔，不能亲近。思潮起伏，心中乱跳，举棋不定。忍不住走到床前，偷偷揭开帐缝一看，瑶仙面朝外侧卧枕上，睡甚安稳，实在不忍惊扰。看过两次，心想："放帘时瑶仙已经合眼，不曾看见。不能亲近，且看她个够再说。"

随把帐子挂起，将灯移近。灯下美人，又当醉后，越看越爱。爱到极处，试把被角微微揭开，忽闻见一股温香自被中透出，立觉心旌摇摇，不能自制。瑶仙本是和衣而卧，被揭处姿态毕呈，首先触目的，便是平时最心爱的那双纤足。村人自从上辈迁隐以来，便订规章垂诫，不许妇女缠足，以免习武操作，全都不便，一有事变，妇女不但无用，反成累赘。瑶仙天生丽质，本就通体称纤合度；加上母女二人俱都爱好天然，把一双足整理得踵跗丰妍，底平指敛，柔若无骨，虽不缠足，临睡仍穿睡鞋，以免走样，端的美秀已极。这时穿着一双雪也似白的袜子，净无微尘，俏生生叠在一起，格外显动人。再加上那玉股丰盈，柳腰纤细，虽被衣服裹住，外观只是一点轮廓，越易引起人的隐微思索。

萧玉对此活色生香，一时情不自禁，悄悄俯身下去，先从双足嗅起，以次而上，闻来闻去。快要闻到脸上，有心亲她一亲，又不敢造次。只得跪在床前，凑近口边，尽管偷闻芳息。正在得趣不解馋之际，瑶仙倏地由醉梦中，将两条玉臂向前一伸，恰将萧玉的头搂住，口中模糊梦话道："玉哥哥，你真爱我么？"原来二人年岁相差只有十多天，以前瑶仙尚存客气，先喊表哥；两小无猜，日渐亲密，又改称玉哥。平日喊惯了口。直到畹秋死前不久，才问明生日，改呼玉弟。萧玉却始终呼之为姊。爱极忘形之际，忽然娇呼亲密，玉腕环抱。玉人梦中尚且如此，可见情深爱重，如何消受得起。忙就势温存，紧紧贴在玉腮上面，尽量亲热起来。

萧玉才亲上几口，正在魂销心醉，欲死欲仙之际，瑶仙突地惊醒。见萧玉跪在枕前，正和自己亲热，立即挣身坐起，似要发作。见萧玉满面惊惶，跪地未起，又觉可怜。叹了口气，说道："还不起来，是甚样子？"萧玉慌不迭应声起立，忸怩道："姊姊不要生气，我实在太爱你了。"瑶仙也不理他，自起对镜理了理发。手抬处，露出嫩藕一般半截玉臂。看得萧玉心里直痒，只是不敢再为冒失，深悔适才只顾亲她，手在颈上环抱，就忘了抚摩一下。

瑶仙理完了发，仍回卧枕上，向萧玉道："你来同我躺在一个枕头上，应个景儿。适才酒醉，我还有好些话没对你说呢。"萧玉受宠若惊，忙即应声走到床前，偏身卧倒。瑶仙往里一让，萧玉方想就势拉她，瑶仙叹道："痴儿，痴儿！你怎一味情痴，丝毫不知利害？"萧玉惊问何故。瑶仙凄然欲哭道："我对不起你，好在只有这片刻之间，只要不胡来，由你爱我一会吧。"萧玉忙一把将她抱住，惊问："姊姊何出此言？"瑶仙叹道："你哪里知道，你不用说，连我和绛妹都落在妈的算计中了。实告诉你，妈为报仇，死时对我曾用不少心机，还教我对你许多权谋。我事后追思，始得明白。其实妈平日爱我如命，便不如此，非再转过一个人生，此仇也是必报。何况我又性情刚烈，言出必行，怎肯负我死母？明知不可为，仍然照她所说去做。前昨两晚，我对你忽冷忽热，以及今日，均照妈的指使。前晚你在外面受冻，我的心直如刀刺一样，但是无法。事已至此，不这样，怎会使你死心塌地为我尽力呢？可是你知道么，由明日起，便是起始复仇之日？仇人何等厉害，你我如何近得他身？即或侥幸成功，他手下有本领的门徒那么多，全村何人不会武艺，我夫妻姊妹三人，一个也休想落个全尸。事如不成，守着对妈誓言，你我夫妻永无团圆恩爱之日。地老天荒，此恨无穷，叫我这负心人怎对得起你？"越说越心酸，竟把头倚在萧玉怀中，哀哀痛哭起来。

萧玉闻言，忙宽慰她道："好姊姊，快莫伤心，你听我说……"瑶仙泣道："她老人家只顾复仇心切，到死还用心机，害了爱女，又害了爱婿。事到如今，还有什么说的？绛妹怕你寒心失志，让我不向你吐露。我知道你爱我入骨，为我死了都甘心，不说更难对你，好歹死时也做个明白鬼。女人终是祸水，我也不懂有什么好处，值你这等爱法？为我一个苦命人，害得你不孝不弟，不仁不义，末了再送一条小命，真冤枉呀！"萧玉慨然道："姊姊对我这样说法，怎样横死都值。何况人定胜天，也还未必。你说我爱你如命，可知你也和我一样。适才你还怪我亲你，实在我先虽爱极，并没敢乱动。还是你在梦中喊我玉哥哥，伸手先抱我的呀。"瑶仙闻言，益发伤心，重又哽咽，悲泣不止。萧玉一面温存抚爱，一面温言劝勉道："人活百岁终须死。我不信只有今生，就无来世。只要彼此心坚，今生能报仇，逃出山去团圆，固是求之不得；设有差池，你我不会再托人生，重结夫妻么？不过今生姊姊惯冷落我，来生我也变个女的，让姊姊变男的，也来爱我，却不似姊姊那样心硬，要亲就亲，要爱就爱，那比今生还好呢。"

萧玉的这一番痴话，把瑶仙也引得破涕为笑。凄声说道："好弟弟，我照母亲之计，本定今夜正名以后，稍微让你亲近，把心系住。到了明早，不是为了本题，决不许轻易相见；就见也做得你啼笑皆非，近身不得。适才我是装醉，本意你那样热情，不会不起儿女之私。我呢，既要你为我效死，名分上又是你的妻子，为报母仇，稍微不遵母计，以身相报，不使你枉负虚名，也不为过。可是这么一来，你虽是个人，却近于禽兽。从此我非但看你不起，虽为我百死，也是应该，并且也不会再有好嘴脸对你。谁想你对我真个情有独钟，并无邪念。始而绛妹暗号说你换衣踌躇，继又见你行礼勉强，已觉出你并非禽处兽爱。后来我装醉卧床，仍没有丝毫邪念。我姊妹事前已露出合卺同床口风，你不会不晓得。你爱只管爱极，连惊醒我都不舍得，别的更毋庸说。到此才知妈乃临危乱命，所说男子皆为色欲，十九无天良，女子一失身立败之言，不足为凭。现在事情不容易改，我也决不再对你用甚权谋。不过人言可畏，事贵机密。你到我家，清弟决不向人泄露，仇人如何知晓？可知有人已对我们留意。尚幸仇人犹念旧情，不但说时用话暗示，连儿女都不使在侧，听那口气，还不许别人欺侮编造。但我们到底不可不防。还有绛妹钟情清弟，劝她不听，我看此事直和报仇一样艰难。并恐清弟不久还要离你往依仇人，到时千万不可拦阻。你只弟兄二人，他不在内，还可留根，以免覆巢之下，更无完卵。便绛妹虽然情痴，也不愿她和我们一起受害。这都是前世冤孽，没法子的事。我已想开，时光不再，反正是你妻子，一会该走，且由你亲热个够吧。"

萧玉起初不是没有欲念，只为新遭丧变，私会情人已乖伦理，如何还敢生邪心。天人交战，时起时止，心终不能无动。及至瑶仙披诚相与，自吐心腹，心中加了许多感激快慰，情爱也随之加增，色欲之私，反倒去了个干净，只相偎相抱，蜜爱轻怜。转不似起初微触肌肤，立即心荡神驰了。一个是多年渴望，才将温香在抱；一个是为檀郎痴情感动，尽去昔谋。二人你爱我，我爱你，恨不能将两个身子融化作一团。偶然想到未来的忧患，又乐极悲来，不可断绝。末了再互相抚慰，尽量温存怜惜，重复拭泪为欢。端的荡气回肠，无限缠绵恩爱，比那真个销魂还要甜蜜亲爱得多。无奈时光易逝，欢娱苦短。瑶仙觉得已到时候，连番催促。萧玉自然不舍，又知瑶仙已不会再加嗔怪，推说到时绛妹必要进房来催，她没前来，可知尚早。只管赖在床上，紧搂瑶仙不肯起来。瑶仙实在也是又怜又爱，不舍分别。

二人又恩爱了一阵，瑶仙方估计时久，不能再挨下去，忽听绛雪在帘外咳嗽。萧玉还在留恋，瑶仙无法，只得星波微睨，佯嗔道："你又不听我的话了么?"萧玉毕竟久受挟持,见她有了怒意,慌道:"好姊姊,莫生气,我走就是。"瑶仙听到"走"字,心里一酸。又见他说完,放手欲起,仍是平日丝毫不敢和自己拂逆神情。忍不住挨向萧玉身上,双伸玉腕,紧紧搂定,边亲边凄声说道:"好弟弟,莫伤心,我还不一样舍不得你? 这是没法的呀。但愿皇天鉴怜,使我夫妻不问如何,将来仍得团圆吧。"说时,满腔热泪,夺眶而出,流了萧玉一脸。重又叹道:"唉! 照我们日后所行所为,只恐鬼物见嫉,天是不会垂怜的了。"

萧玉眼含痛泪,反手搂抱,正待慰解,绛雪在外说道:"姊姊,我已来了一会了,请和姊夫起来,说几句话,走吧。"瑶仙闻言,料时不早,心中一惊,连忙松手挣脱萧玉怀抱,略拭眼泪,由床上纵下地来,取鞋要穿。萧玉也跟着坐起,见瑶仙坐在床边,跷起一只俏生生的纤足。适才床上一滚,袜带脱落,恰将足踵露出,玉肌如雪,又白又嫩。不禁情动,觉着这双香脚,尚未亲热抚爱,是个憾事。惟恐瑶仙又说他苦缠,连忙改坐为跪,先朝瑶仙扮个苦脸哀乞之容,然后俯身下去,将那一条软玉捧将起来,先是连摸带微闻,随又朝她袜口露肉一段狂嗅不已。继见瑶仙停手相待,任他爱玩,愈发心贪,又试探着想将素袜脱去。瑶仙见他太已情狂,不忍斥责,只得喊道:"绛妹进来吧,我下床了。"随手一推,将脚夺过,朝萧玉白了一眼,似笑似愠地低语道:"这大半夜还没狂够? 天都什么时候了? 看爹爹这身衣服被你揉成什么样子?"同时绛雪也掀帘走进。萧玉知道再闹,恐要触怒,只得穿鞋下床,自去椅上坐定。

绛雪抱着萧玉衣服走来,见萧玉满脸泪脂狼藉,目光注定瑶仙,如呆子一般。一身吉服,满是皱痕。瑶仙也是云鬟蓬松,泪光莹滑,脂粉零乱,皱纹满衣。直似二人扭结着,打了一次长架神气,暗中好笑。想起适才所闻情景,又代二人可怜可惨,眼睛一酸,几乎落下泪来。瑶仙原不避她,便问:"妹子既然早来,天想快亮了吧?"绛雪道:"时候倒还不算很晚,但你必有话没对姊夫说呢。"瑶仙闻言,略一寻思道:"妹子,你到这里来,我有话说。"绛雪倏地面容一变,随了过去。萧玉见状,暗忖:"她姊妹说话,此时怎还避我?"留心一查看,见瑶仙附着绛雪耳朵说了几句话,绛雪始而摇头,继而耳语,意似不愿。末了瑶仙面带惶急,又拜了两拜。绛雪方始有了允意,朝萧玉瞟了一眼,又叹口气。萧玉先前不解,后见瑶仙不住万福央告,从小至今,第一次看见她软脸向人,才悟出瑶仙必是见兄弟不要绛雪为妻,怜她狐单,意欲二女同归。暗忖:"姊姊对我恩情如海,怎还忍心再爱别人? 何况她又一心恋着

259

兄弟,此举万来不得。且装不知,等将来姊姊对我提起,我再婉言相拒便了。"

萧玉正在胡思乱想,瑶仙已把话说完,走过来说道:"天还尚早,玉弟吃点东西再走,我已请绛妹偏劳了。"绛雪又看了萧玉一眼,转身走出。萧玉大喜,又想过去搂抱。瑶仙说道:"你这人怎这样俗法?乖乖给我坐在那里。"萧玉央告道:"那么我和姊姊都坐在床边去吧。"瑶仙假怒作色道:"我偏不坐床边。"说罢走了过来,推萧玉道:"过去些,我还没有地方坐呢。"萧玉已知她怒是假的,连忙让出一半椅子,二人并肩坐下。

瑶仙道:"妈对爹常说:上床夫妇,下床君子。本来你此时该走,是我可怜你太不容易,和绛妹求说,留你稍坐一会,吃点东西,身上暖和些再走。你如像方才一样胡闹,我就生气了。说点正经话多好。"萧玉装作委曲应了。瑶仙说道:"你莫和我做作,我此时为你,心比刀绞还要难受呢。"萧玉惊问:"姊姊说不伤心,怎又伤心了?"瑶仙道:"不是伤心,是难受,这且不对你说。我来问你:明日该是起始复仇日子,虽不是当天行事,要在两家葬母之后才行发难,事前总该有个打算。我知你已豁出一条命,但白送性命,于事无济,岂不更冤?你打什么主意没有?"萧玉道:"昨晚为此我想了一夜,觉着人要舍命,事无不成,只有一桩难处。现在主意已经想好,但我不能先说。姊姊必须怜我,不要见怪,也必须依我的话做。总之事成,我必能脱身。不过姊姊、绛妹事前务要先逃。一则免我心悬姊姊,于事有碍;二则免你两姊妹事后白白受害。"

萧玉还要往下说时,瑶仙已明白他心意,不过身任其难,拼死行刺,却放自己逃走,并非什么好主意。笑说道:"你倒说得容易,果真你能近得人身也罢。告诉你,这个方法我们早已想过,只是万般不得已的下策。须到万般绝望,只杀老的一人,才拼这命呢。此刻还不到时候,千万做它不得。我适才想,到底事缓易图,到时看事行事的对,用不着先就愁烦。现和绛妹商定,改换前策。决计过了百期,商好步骤,出其不意,说下手就下手。横竖我三人早晚死在一起,乐得快活一天算一天。明天你先不要来,等过破五或首七葬后,清弟必走,那时再想法时常聚首。一则你母亲生你一场,也该尽点孝心;二则你也少受人一点唾骂;并且还可证实我对仇人日间所说的话,免去他的疑心,日后下手也较易些。你看如何?"

萧玉自是不愿,方要开口,瑶仙微怒道:"你这人不知好歹,不是冒失,就是只图眼前。本来为避仇敌和村人疑忌,今日一聚,便当与你疏远。因为可怜你，推后了几天。适才又向绛雪求说，拼着多受艰难，反正不要性命，下手日期既改在百期以后，还由你时常相聚，你偏连这个三几天的分手都耐不得。绛妹为此还埋怨我对你情痴，恐怕难免将来误事，倒落个两头不讨好，真怄人呢。"萧玉慌道："我又没说不听，姊姊错怪我了。"瑶仙说道："你那几根肠子，我数都数得清，还看不出你的神气？才一点也不错怪你呢。既肯听我，从此我在下手三日以前，决不再想伤心的事。只等你过了破五常来，只要不思邪，一切由你。总算报答对我的痴情，做鬼也心安些。就这机会，万一能想法使清弟和绛妹这段姻缘成就，我就索性把他两个撇开，否则万无两全之理。报仇之事，有我夫妻已足，但能少饶一个，总是好的。话却要出丧以后得便再说，不可操切。清弟如再固执，绛妹虽是女流，刚烈更胜于我，便是清弟允婚，也只心上安乐，未必就此罢手。她叫你不要勉强清弟，便由于终不能长相爱好之故。再如不允，愤激之下，更是无法劝转。适才看她神情，弄巧还会先我发难。为你这冤家，此后还得对她多留一点神呢。"

萧玉听了，才知瑶仙适才和绛雪耳语，另有深意，益发刻骨沦肌，感激涕零。瑶仙又劝他，彼此心迹已明，此后好在心里，不可过于轻狂。萧玉把她爱若性命，敬如天人，一一应了。瑶仙见他果然不再乱动手脚，无形之中又加增了若干怜爱。

一会，绛雪端着三份挂面进来，催着吃完。萧玉受了瑶仙之教，知道绛雪不怎看得他起，不能再留。于万般无奈之中，不等开口，起身告辞。瑶仙请绛雪收拾盘碗。待萧玉穿好衣服、斗篷，亲自送出。到了门口，又任他紧紧搂抱亲了两亲，方始各自凄然分别。

萧玉别时虽然难受，走到路上，想起前事，恍如梦境，只觉心身康泰，无虑无忧。到家天已快亮。轻轻掩进一看，兄弟正跪灵前，对着一盏昏灯，默默诵经，尚且未睡。不禁重又激发天良，抱愧万分，低声唤道："毛弟，我身坠情网，甘为罪人，实在对不起你这好兄弟。"萧清如在平日，经此一言，早已感动。因日里见他那等神情，全不以亡母为念，入晚便赴情人幽会，彻夜不归，料定与瑶仙有了苟且。三奸同谋，祸发无日，万难挽救，心已凉到极点。只当又是受人指教，软语卖好，便做说客。自己本是睡了一觉起来，想借为亡母念经祈福为名，以备抵挡他的絮絮不休，挨过破五，舍此他去。闻言不但没觉出乃兄天良发现，反觉惶急，怕听下文。故意念完一遍，才答话道："我跪在神前许下心愿，今晚为妈念完这一藏经。哥哥请先睡吧。"萧玉听了，越发惭愧，有心陪他同念，又觉不孝之罪，已无可逭，不是念这一夜经便能挽盖，心也沉不下去。知道乃弟志诚心坚，说了必行，只得说道："毛弟累了三天，早些念完进来睡吧。你该死的哥哥不陪你了。"萧清也没听进耳去，含糊应了。

弟兄二人同室异梦，各有各的心事，勉强挨过破五。到了头七，崔、萧两家同时出殡，萧逸亲往照看，两家子女各不免悲哭一番。等到安葬完毕，萧逸便把萧氏弟兄唤至面前，先训勉几句，教以此后如何为人。临分手时，忽作不经意地对萧清道："清侄你年纪太幼，用功正紧之际，天性又厚，日内可搬到我家去住，免得孤凄伤心，耽误进境吧。"郝潜夫在侧，首先赞成，说："清弟每日在家哭得可怜，好在都不在家里做斋，索性今天搬去也好。"随约了两个同门弟兄，不由分说，拉了萧清，就去搬运铺盖和兵刃、书籍。萧玉自受二女指教，虽在意中，见乃弟对他避之惟恐不遑，看神情似早预定，别时只说了"哥哥保重"，全无留恋。想起众叛亲离，不以为人，又是伤心，又是气愤。

二女在葬场上尽哀尽礼，正眼也没看萧氏兄弟一下，做得极好。连萧逸都几乎觉得人言难凭，未必会步乃母后尘了。

萧清因郝潜夫和诸同门苦劝，依叔受业，又非远离，永不相见，再加目睹乃兄种种倒行逆施之状，为顾大局，自以洁身避祸为是。又见兄长自初三夜回来，直到出殡，都守在家中，同办亡母身后，更不外出，神情也不似日前昏乱，也不再代绛雪说亲，相待更是和善。以为乃兄受人愚弄，忽然悔悟，不禁又勾动手足之情，不舍弃之而去。继一想："本就不远，天天都可相见。只要查出哥哥真个改好，索性和叔父说，连他一齐搬过去，永离祸害，岂不更好？"迁居叔家，事已定局，想过也就拉倒。郝潜夫虽然就近，因防出事，不便托他查看。

萧清在萧逸家中住了三日，每日归视，萧玉俱在读书习武。成心隔上三日又往查看，仍未离开。萧清问他："怎不去向叔父求教。"萧玉说："叔父定信郝家小儿馋言，否则你也不会搬走。自来消谤莫如自修。自从毛弟一去，我十分愧悔发奋。好在郝老还讲公道。我是想做出点样子，等吹到叔父耳中去，连恨我的人都改了口气，说我好时，我再往求他连我一起叫去，弟兄一同受业多好。这也是瑶仙表姊的好处。我实在爱她如命，她妈又曾许我。谁知母死伤心，立誓不嫁。我连求她三日，始而还存客气，末一天竟下逐客之令，使我伤心已极。不信你问郝家小鬼，哪晚我不在此看书习武到深夜，几曾离开过么？"

萧清闻言，大为感动。私底下一问潜夫，潜夫冷笑答道："你不用问，此人丧心病狂,无药可医了。"萧清再三盘诘:"哥哥每夜出去也未?"潜夫答道:"每夜室中必有灯光和些似练武非练武的声音,有时深更半夜还有,灯光也时有时无。天一黑老早关门,书声经声从未听见。谁知道他闹甚把戏?"萧清知他厌恶乃兄,不再夜出幽会情人,似可证实,也就不往下问。

后来萧清越想前情,越觉可疑:"第二夜绛雪来唤,所说之言曾经暗中听见,还要强制自己娶那贱婢;第三夜天亮回来,忽然改变,并还说明心事,要为二女报仇。说他悔悟还可,二女怎会和他决绝,誓死不嫁?他既从此灰心,怎口口声声又说瑶仙好呢?"话太难信,决计亲往一探。因每日均有夜课,不能分身,这晚借口回家取课本,向萧逸告假往取。萧逸见室中无人,点了点头叹道:"清侄,我知你心事。你天性真厚,潜夫昨日已和我说过。你去了徒自伤心,还有气呕,不要去了。"萧清脸方一红,萧逸又说出一番话来。

原来近日瑶仙也入了情魔,每晚萧玉必往相聚。惟恐人知,绛雪出主意,每晚由绛雪前往,李代桃僵,故意做出些灯光人影和脚步跳动之声,直等天亮前萧玉回家,绛雪才走。其实绛雪也有深心。知道萧清友爱,又不放心他哥哥。村人俱恨萧玉,只要看出他在家,不难瞒过,必不会入内相见。可是萧清疑兄不在,早晚必乘夜查看谏劝;知兄在家,更少不了常来慰问。明知不是伴,无如爱之过深,只要能见到,说上一会的话,凭自己的口齿心思,未必无望;就不行,也死了这条心,到底还见着他一次。此一念痴情,每夜替人守空房,眼都望穿。萧玉和瑶仙是情爱愈浓,愈忧异日一败涂地,不可收拾。每聚必定尽情亲爱,也必定痛哭几场。萧逸因二女装得甚像,几被瞒过。谁想门人虑祸,早在暗中查探,据实禀告。虽然三人知道私情泄露,至多略受羞辱,还可借此掩饰,无关紧要;心事却关系太重,丝毫泄露不得。所以葬母以后,彼此暗中相戒,永不再提,防备周密,不但机密未泄,二人暗室无亏情况,反借以露出。萧逸闻报,又怜又恨,知道二人每聚必哭,情迹可疑。继一想:"二人本来相爱,又有母命,乐得成全。即便畹秋遗意有甚奸谋,一坠情网,彼此都想顾全,互不舍情人送死,纵有逆谋,日久自消。反正小夫妻不会分开,管他则甚?"便把这情理暗中晓谕告密之人,坚嘱不许张扬。他们本是夫妻,不过不该丧中私会。窥探阴私,不是正人君子所为。既未探出逆迹,就有也无能为,可由他自去,以后不再作窥探,违者处罚。众门人知师父智勇双全,所说也极有理,谁都害他不了。既是心念旧好,诸多回护,探了几次,不过如此,也就不以为意。萧逸只疑心瑶仙有诈,却没把绛雪放在心上,疏忽过去,以致闹出不少事故。

潜夫因师父不许再对人说，萧清问他，也未明言。这时听萧逸一说真相，才知兄长实在非人。与人幽会无妨，照他那晚自言自语口气，逆谋迟早发作。此事只自己一人知情，举发吧，同胞骨肉，于心怎忍；不举发，迟早祸发，万一真个伤了叔父，如何是好？想来想去，只盼叔父所说二人为了情爱，不敢妄动，渐息逆谋，方是绝妙。此外，除了随时随地跟定叔父和诸弟妹，留心戒备，更无善策。这一来，反盼兄长和瑶仙情爱日厚，不但不想劝阻，连旧日的家都不再回去，免他见了内愧碍眼。

于是苦了绛雪，每夜盼穿秋水，不见萧清归家，其势又不能去寻他。由想成痴，痴极转恨。愤激之下，自觉生趣毫无，有时赌气不去。看了两小夫妻人前人后，卿卿我我情景，虽然为乐不长，结果一样伤心，到底人家你怜我爱，偿了心愿。自己能够过这样半天日子，当时死都不屈。相形之下，越发难堪。暗忖："姊姊忽然把握不住，会把姊夫这样的人爱如性命。近来日子越近，二人每一想到报仇的事就抱头痛哭，大有怕死之意。自己承她母女视若姊妹骨肉一般，报仇二字，原本不在多人，反正活着无味，何不把这事一人承担下来？事完给她开脱，作为替主报仇，与人无干。再骂上几句因私情不忆母仇的话，以为证实，成就他们美满姻缘，何苦非三人同死不可？"越想越激烈，勇气骤增。决计照畹秋遗言，将所用之物暗中准备，即日乘机发难。瑶仙先对她还留神防范，日子一久，见毫无异状，应用各物又在柜中锁着，算计她不用那两样东西无法下手，既未明索暗取，也就不以为意，疏懈下来。

第一九八回

国士出青衣　慷慨酬恩轻一击
斋坛惊白刃　从容雅量纵双飞

　　一晃到了畹秋终七之期。事前萧逸觉着畹秋虽然行为恶毒，终是热爱自己过甚，一念情痴而起。再又想到崔、黄两家至戚世交情谊，人死不结怨，况且诸凶所受罪孽已足蔽辜。意欲借这一天，做一大法事：将从去年年底所有新死亡魂，自雷二娘起始，以至萧元夫妻，一起设法超度。传令下去，凡是通晓经典的人，到日齐往诵经追荐。

　　这日早起，萧逸亲率子女、门人到场主持一切。瑶仙一日前闻说此举，知道不能不往。为表哀诚，准备到日天还未亮，便赶向祭坛，候村主到来，开经行礼。绛雪本和瑶仙约定同往，到了头天，忽然头晕心痛，口吐白沫，痛倒床上，起坐不得。瑶仙自是着急，要为延医。绛雪说："不过前夜由姊夫家回来，路上风大，受点春寒感冒，无甚大病，明早到祭坛上一累，出点汗就好。姊姊虽视我如同胞骨肉，村人仍拿我当丫头看待，又当忌恨之际，何若受人指摘？再和姻伯母死时一样，请他们不来，更叫人生气。好在妈的成药丹方甚多，找点来吃，也是一样。"坚持不令延医。瑶仙细查病状，只是身上发烧，人倦呕吐，不进饮食，面色不算甚坏。料是感冒，此说也极有理。知她想见萧清一面，这三日法事正好相见，许是怕病在家中，不能同往，村人厌恶自家，真要病重，便延了来，也未必肯尽心诊治。与其这样怄气，还不如明早任其抱病前往。萧逸曾夸过她忠义，又正向自己卖好之时，见了不用求说，自会命人诊治；就便还可借此抬高她的身分。岂非一举两得？便取些现成丸药，与她服了。不多一会，便已睡熟。一摸身上，也退了烧。瑶仙方始宽慰，以为无碍。

　　近来萧玉是越来越情热，除却白天不敢公然聚首外，差不多天一擦黑便到，索性连夜饭都一起吃了。瑶仙明知非计，无奈自己已落入情网，不见无欢。春昼渐长，一个白天如度岁一般度过。尽管口里劝萧玉不许来早，可是一入黄昏,便坐立不安起来。稍微天晚,便自悬念。时间久了,更自己给自己开脱:"即使行迹被人窥破,只要机密未泄,有何妨害?举村皆仇,异日所被恶名尤甚于此。反正不会好,耳不听心不烦,至多村人背后辱骂,决不会上门寻事,顾忌这些则甚?为些闲言闲语,把我这一对苦命夫妇短短百日的光阴还平白虚度。"想到这里,把心一横,便不再十分劝阻。萧玉见她劝时不甚深说,益发胆大,口里应诺,仍是早来。天一黄昏,略为做作,关上家门,越墙而出,抄着僻路,掩掩藏藏,恨不能胁生双翅,如飞跑到。最近半月,每夜总是三人吃完夜饭,谈上一会,绛雪才行起身代他在家中作假,从没晚到之时。

当天因明早是两家亡母终七,仇人代营斋奠,不受不可,受了于心又不甘。瑶仙知道亡母黄泉饮恨,必不来享,特意约定,提前在家为两家父母设奠私祭。恰好郝氏父子俱往村主家中,郝妻年老轻易不出,无人碍眼,所以到得更早,天未黄昏,便赶了来。瑶仙告诉萧玉说:"绛妹病了,刚吃药,在我房中睡着。我还要去做供菜,她终日水米未沾,人软得很,你在我屋照应她,以妨醒来要茶水吃的。可怜她自妈死后,终日悲愤忧劳,一点顺心的事都没有。今天上供,她平时有病,都强打精神抢着任劳,这还是头一回,但凡支持得住,早就起来做事了。"萧玉不舍瑶仙离开,便道:"绛妹睡得这么香,我看一时不会醒转。莫如我随你到厨下,帮你快些把菜做好,省得你累不过来,倒多挨时候;还免我在房吵她,睡不安稳。"瑶仙知他推托,想和自己在一起,娇嗔道:"你这人真没良心,过河拆桥。可知我最信服她,有病你不管,把她弄寒了心,几时她一说你不好,莫怪我不理你。人家帮你多少忙,如今病得这个样子,还不稍微照看,有点良心没有?我不管你尽心不,只要她醒时你不在屋,我再和你算账。"说罢,穿上围裙,自往厨下走去。

萧玉见她轻嗔薄怒,愈显娇媚,爱极之下,不便拂逆,勉强在屋中坐了一会。后来实坐不住,心想:"绛雪服药才睡,不会即醒。"随往厨下赶去。见瑶仙在灶前烧水煮饭,东西堆了一案板,迥非昔日绛雪那等从容不迫的情景。瑶仙回顾萧玉前来,先问绛雪醒未。又笑道:"我真弄不惯这些。往日也和绛妹一同做过,全不觉得。今我一人动手,才知不是容易。这还是今早她都做好八成,共总几样炒的要现下锅,她也切好现成。不过烧一锅饭,就把我闹得手忙脚乱。如此看来,绛妹只是出身稍低,论起人品心胸,才能性格,哪一样都是上选。清弟娶了她,真是前世修积,偏会一点不爱。她说清弟不肯回家,定是避她,伤心极了。就这样,明日还想见一面。这病也未始不是因此而起。真个比你对我还痴得多。我们命苦，到底还恩恩爱爱，有百日名分夫妻可做。她才是真苦到极点。我虽是她知己，也安慰不了她的心。上天无眼，这有甚法？此时只要我们四人真能配成两双，哪怕伐毛洗髓，到地狱里去，把刀山剑树都身受个遍，也是甘心。转眼百期又到，我是早已想开，不然哭都哭死了。"

瑶仙说时，萧玉早凑过去，并坐一起，帮她往灶里添稻草扎。说着说着，忽闻一股焦香自锅中透出。气得瑶仙伸出粉团般的拳头，回手捶了萧玉一下，说道："叫你不来，偏来。来又偏如麻糖一样粘在人身上，也不帮我看看。只顾和你说话，饭烧焦了，怎好？"随说随把萧玉手上稻草夺过丢开，赶忙往锅里一看，只靠底烧焦了一些，上面还好，无甚煳味。嗔道："都是你闹的，少时焦饭你一人吃。"萧玉笑道："好姊姊亲淘亲煮的饭，不知多香。吃不完，连锅巴我都带了回去。"瑶仙随手又打了他一拳，啐道："人家正忙，你还有心思占人便宜。炖的蒸的，煮的切的，都是绛妹先铺排好。我就怕煮饭，你如不来，再好没有。现在只剩炒菜，下锅就熟。你在此越帮越忙，快些给我回屋，留神绛妹醒来没人招呼。别的都已齐备，只把饭装到桶里，带去好了。"

萧玉应声，将饭装好。刚到堂前放下，便听瑶仙屋内床响。疑心绛雪已醒，飞步赶进一看，绛雪只翻身朝外，并未醒转。条桌上放有一支笔，当是瑶仙适才在此写字，随手套上笔套，放入筒内。因恐瑶仙端不了许多菜，又赶回去，将现成的先端了来，斟酒上供。跟着瑶仙端了余菜来到，入房洗手更衣，去到床前低唤："绛妹，你好些么？"绛雪迷糊答道："好倒好些，只是心里难过，想睡得很。该上供了吧？姊姊扶我起来。烧完香回来，容我回房睡个好觉，明早再喊我起，同往祭坛上去吧。"瑶仙知她一心挂着明日之事，好生怜爱。便答："摆好再来扶你。"随退出来，将香上好，夫妻二人跪叩默祝了一番。本想不令绛雪叩祭，进房时绛雪已经勉强坐起，知她非祭不可，只得扶出。绛雪跪在地下，也不祝告，也不哭泣，缓缓叩了几个头，便自起立。瑶仙见与往日激昂悲愤情景不类，当她人病气短，伤心只在肚里。恐久了仍要触动悲怀，不等祭酒烧纸，忙着扶进。说道："妹子你在屋睡吧，夜来我好招呼你。我给你熬得有稀饭，吃点再睡可好？"绛雪意似感动，摇头叹道："我生来苦命，只姊姊一人疼我。明早走时再吃吧。"瑶仙见她眼眶含泪，忙宽慰了几句，扶她睡下。重到堂前，一切停当，夫妻撤供同吃。本就想起亡母伤心，绛雪一病，更无心肠，草草终席，回房对坐。

二人俱觉心中烦躁，神志不宁，以为室有病人和连日悲郁所致，均未出口。二人原定早散，以便早睡早起。萧玉更恐瑶仙连累三日，缺睡伤神，意欲早回，好使二女安歇。瑶仙不知怎的，兀自不舍他走。留住之后，又觉心乱如麻，相对枯坐，无话可说。但萧玉连走四次，俱被留住。随后瑶仙道："我今晚真怪，绛妹一病，我心太烦，竟不愿你离开。好在因适才上供，你的孝衣已带了来，不必回去。索性你住这里，明早我们三个一同起身，出门再分路吧。我扶绛妹横睡，困来时，我睡中间，你睡我的身后，只不许闹好了。"萧玉自是心愿。二人又枯坐了一阵，益发无聊。恰好绛雪要起床走动，瑶仙令萧玉在外屋避过一会，就势将绛雪扶作横卧。瑶仙见夜未深，本不想睡。萧玉劝她早睡为是。瑶仙应了，叫萧玉也睡上去。床是畹秋在日精心自制，舒服宽大，三人身材又小，同睡还有富余。如在往日，萧玉得与心头爱宠并卧终宵，真不知要如何欢喜亲热。便瑶仙近来对萧玉也是一往情深，怜爱备至。当夜不但鼓不起情致，俱觉烦闷已极，说不出所以然来。萧玉当瑶仙担心绛雪忧思，瑶仙又当萧玉听了自己不许他闹的话，虽然也引臂替枕，一样搂抱，但迥非往日销魂荡魄，心身欲化情景。尤妙是你望着我，我望着你，谁都似有心事，神魂不定，想不出一句话说。挨到夜深，才互劝入睡，各自把眼闭上，双目一合，益发心如繁丝，乱到极点。因恐对方惊醒，强捺心情，不肯声张，其实二人一个也未入睡。末后绛雪算计时候将到，呻吟呼问。二人原本未睡，相继下床，出门一看铜漏，该是起时。同向厨下烧水洗漱，将昨晚备就食物略吃一些。

瑶仙因绛雪仍在病中，不思饮食，又偏执意非去不可，心想扶去看病也好，只得助她洗漱。刚把孝衣给她穿上，就已累得娇喘微微，支持不住。心想这样如何去法？再三劝止。绛雪也似自知不行，含泪允了。只再三吩咐："妹子是心病，千万不可延医，徒找无趣。即便延来，我也不看。真要不好，过这三天，姊姊送我到仇人家去，我才看呢。"瑶仙知她性刚，只得允了。正要扶她上床，床侧立柜上面放有一个古瓷花瓶，原是房中的陈设，那晚拜堂，移放上去，忘了取下，这时忽然倒将下来。瑶仙手扶绛雪，不曾看到，本非碰向头上不可，幸而绛雪眼尖瞥见，一时情急，喊声："不好！"随手一推，将瑶仙推出好几尺远近。同时萧玉也已看见，纵身一跃，伸手接住，没有跌碎。绛雪随往床上卧倒，累得直喘，断续说道："恭喜姊姊、姊夫，危而复又平安，这是吉兆呢。"二人正忙着走，苦笑了一声，通未理会。收拾停当，萧玉因要绕路，开门先走。瑶仙把风炉、稀饭、茶缸、糕点一一移向床前，又向绛雪再四抚慰。绛雪只将头连点，一言不发。瑶仙见不能再延，只得忍痛走出。

瑶仙到了祭坛，因各灵位设在一起，恰和萧氏弟兄分跪两边。萧逸闻知绛雪病重未来，也就罢了。瑶仙跪在灵帏以内，回忆绛雪，看不出病势沉重，人却不饮不食，那等软法；早来瓶坠时，她那一推，怎又那大气力？念头才转，猛想起推后吃力，倒床直喘情景，倏地省悟。当时又急又怕，自己又分身不得。这时诵经的人都已散去，帏外只有萧逸父子和三四门人坐在一张桌上，吃饭谈说。郝潜夫手里拿着一封信，刚交萧逸拆看。急迫无计中，觉着那信甚是触眼。心想："村外素无交往，此时怎有信来？"萧逸看信之后，含笑和在座长幼各自说了两句话，众门人便都走开。心想："此时剩他父子几个，如要报仇，也许能成。"

瑶仙想到这里，不禁又惶急起来。正打算由帏后溜走，若被人闯见，便说觅地解手。猛瞥见萧逸身侧僻径上，连跌带爬，跑来一个孝服女子，正是绛雪赶到。知她假装生病，拼命行刺，已经发难，心中大惊。当时想要跑出，示意拦阻，又恐白白偾事，枉送她一条性命，糟掉那宝贵东西，还便宜了仇人父子。方悔昨晚心粗，被她瞒过，说时迟，那时快，绛雪装作趔趔撞撞，如飞跪伏在萧逸身前，喘吁吁哭喊道："村主救命申冤呀！"萧逸并未觉出有诈；三小兄妹却都立起，似作惊讶之容。瑶仙方佩服绛雪胆智绝伦，萧逸父子纵不全死，也难全部幸免，手里捏着一把冷汗。猛听上首帏内一声断喝："叔父小心，贱婢有诈！"身随人起，萧清纵身飞出。瑶仙正在吃惊，再回头一看，绛雪已仰跌地上。三小兄妹齐喝："该死丫头，敢于行刺！"纵将上去。瑶仙知道事败，当时一急，就此晕倒。萧玉一把未拉住萧清，回顾瑶仙晕倒，方寸大乱，忙奔过去急喊："姊姊！"瑶仙一时急晕，知觉未失，被萧玉一喊，又急醒过来，低喝："快由帏后回去，假装不知，还有挽救。此时三人徒死无益，不要管我。"萧玉被她提醒，只得忍痛回转原处。这情景怎瞒得过萧逸，早被看在眼里。但仍作忙乱中未见，声色不动，吩咐三小兄妹："不许妄动，将绛雪押过来，我自有道理。"

原来绛雪自从誓死发难以后，知道萧氏父子难于近身。畹秋在日，曾偷偷制有一件暗器，通体形如莲蓬。上有九个洞眼，内藏寸许长的钢针八十一根，均经奇毒煨制，见血立毙。用时可以暗藏手内，随意发射。射出去如同一蓬急雨骤降，中人见血必死，专射人的五官，丈许方圆以内，无能幸免，机簧精绝。当初畹秋暗制此物，原为逞能矜奇，以备村中有了外敌，作万一之用。制成以后，惜乎只射两丈，过此力弱无功，意欲改制，能够远射，再行献出。忽值婚变，灰心搁起，用来行刺，再好没有。死时曾嘱瑶仙保密。另给萧玉、绛雪留有一把锋利无比的家传匕首,一包制针时所剩毒药(畹秋自尽,所服之药即此),一起交与瑶仙保藏,到时再按预计分给。惟独这件暗器,如若所计无差,尚可借此脱身,必须亲用,连萧玉、绛雪都不许告知。瑶仙因感绛雪忠义,竟然泄露。绛雪自信有此利器,只要不惜死,事无不成。绛雪因见小夫妻两个悲苦相恋,可怜已极,决计锐身相代。假装生病,等二人离房,盗到手中。便故意非往祭坛不可,临期不支。等瑶仙、萧玉走后,立时吃饱,潜踪跟来。不料萧逸忽接到顽叟萧泽长来函示变,表面不动声色,将众门人遣开,使她乘机发难。

绛雪哪知就里,由伏处跑出,哭跪在地,刚把手一扬,吃萧逸腿抬处,先将暗器踢下。防她身寻短见,又一伸手点倒。先还不知暗器如此厉害,拾起一试,也甚惊心。忙命把绛雪押到面前。绛雪被点麻穴,四肢不能转动,只口能说。事败垂成,又急又伤心,不等发问,便把想好的话慷慨说出:"我为复主仇,情甘一死,任凭处治。只要不连累小姐姑爷,做鬼也感你宽宏大量。"并请速照村规处死。声色激昂,通没一句软话。萧逸心方怜她苦志忠烈,潜夫也已赶回,手里又拿着一封信。萧逸看完,笑对绛雪道:"我知你忠心耿耿,惟恐连累你姊姊,必还留有遗书,以防万一当场毙命之用,果然被我料中。如今情真罪实,你还有何说?"

一言甫毕,瑶仙已在帏中听明就里,实忍不住,眼含痛泪,奔将出来。萧玉不知何意,也跟在身后。萧逸有心保全,恐瑶仙自吐逆谋,反难处置。不等开口,便怒喝道:"你这两个糊涂东西,出来做甚?我已命人去嘱诵经人,听信再来,还不回去!"瑶仙一听,便知绛雪有了生机。想不到萧逸如此宽宏大量,当时也不知是仇是恨是感激,只觉心中一松,颤声说了句:"多谢开恩。"便又返身奔回。萧玉红着一张羞脸,也就回帏跪定。

萧逸又对绛雪道:"你想求死么?我为保全他两个,暂宽你们初次。不过你还需另有发落,晚来须到我家去住。以后过这三天,你只有一死,他两个也难逃公道。你意如何?"绛雪不知何意,心想:"死生已置度外,我也许因住他家,能把心事向无情人说个明白。"立答:"身落人手,生死任便。只要不害我小主人,无不甘愿。可是我虽女流贱婢,也随主人读过诗书。你如留我,只要三寸气在,如有机缘,故主深仇仍非报不可。那时莫要说我昧良心,又再牵连别人。"言还未了,萧清在旁气她不过,上去就是一脚。绛雪忍不住痛,刚"哎呀"一声,回看踢她的人是萧清,立转喜容笑道:"你踢死我,才好呢!"萧逸一面喝阻不许伤她,笑答道:"你想做女豫让么?这个不在我的心上,任凭于你。我知你主死时已认你为义女,本应入帏守孝。幸好在场的都是我的门人、子女,奉有我令,不许传扬。趁此无人知晓,速去帏后,与姊姊同在一起守孝行礼。夜间佛事散后,再到我家去住好了。"潜夫、萧清见萧逸宽纵凶逆,并还任她主仆相聚,大是不忿,齐声劝阻。萧逸作色把手一摆,众门人也就不敢多言。

萧逸随将穴道点开,绛雪大出意料,仿佛做了一场噩梦,怔在那里,不知如何是好。方一迟疑,忽听瑶仙在帏中悲恸哭声,心中一酸,就势哭了进去。见着瑶仙,悲声泣诉道:"姊姊,我悔不听你日前苦劝,妄想报仇,差点没连累你受那不白之冤。索性死了也好,如今闹得人不人鬼不鬼,死活都难……"还待往下说时,瑶仙旁观者清,已看出萧逸心如明镜也似,分明成心不究,欲盖弥彰,反吃见笑。事已到此,惟有听之,不再做作,还显得大方一些。忙使眼色朝绛雪摆手,一面故作不理,依旧嘤嘤啜泣起来。萧玉心想:"萧逸行事难测,此时虽然宽容,到底犯上罪重,吉凶莫测。"本就忧急万状,再从帏帐里遥觑二女悲哭之状,不能过去劝慰,急得抓发捶胸,虽不敢出声,也是泪流不止。

这时萧清也已回帏,料定乃兄必预逆谋,至少也是他和瑶仙怕死胆小,买通绛雪下手。越想越痛心,不由放声大哭起来,一时哀声大作。诵经村众也相次听唤来到,梵唱声喧,倒显得这场法事做得十分热闹。因事机密,不许泄露,除萧逸门人、子女外,更无人知。

瑶仙一边悲泣,一边盘算。暗觑萧逸在帏外闲眺,不时照料一切,依旧没事人一般。怎么想,也想不出他命绛雪移居他家是何用意。村人终究忠厚,见两家子女哭得可怜,虽觉其父母万恶,子女无辜,纷入帏中劝勉。内中还有好些和崔、黄两家有亲戚交情的女眷,畹秋葬后数日,也曾想着随时照看孤女,并未迁怒推恶。只为二女因恐走动人多,诸多妨害,不便公然得罪,便装作少不更事,不知远近好歹,才冷淡疏远下来。二女平日本讨人欢喜,多日不见,越易生怜,俱都守在帏中照料,劝茶劝水,不忍离去。瑶仙想乘喧闹中偷偷和绛雪密语几句,但连打个手势都不能够。越急越伤心,越伤心越哭,越哭人越不走,反倒越来越多。村人也听萧逸说畹秋生前已认绛雪为义女,见状俱称赞她忠义。谁知二女都是苦在心里,说不出来。

男帏之中,因萧元夫妻所行既恶,又不善为人,无甚亲厚。所去的都是同门师兄弟,自然都不把萧玉看在眼里,只劝慰萧清一人,有的还借话警诫。萧玉越发愤激,也是恨在心里。

法事做完,萧逸命众先散,忽然借口二女伤心太过,欲加劝慰,命瑶仙也随同前往。二女已横了心,死生早置诸度外,闻命即行,并未踌躇。这时却苦了萧玉,因关心瑶仙太过,不舍分离,当时又没法拦阻,急得心魂都颤。萧逸始终没有理他,自牵子女,同了二女往家中走去。

只因萧逸未依顽叟将三人分别禁锢三年,再行放出完姻之言,宽容太过,以致三人不久逃出,为后山妖人掳去,披毛戴角,变去人形,受尽苦难。日后行使妖法,命其行刺萧逸,并欲将全村人众一网打尽,几乎惹出灭村之祸。中间萧清、绛雪二人更有好些惊险动人事迹。村众正当危急之际,恰值李英琼、余英男、金蝉、石生四人奉教祖妙一真人之命,为了峨眉开府,往大熊岭苦竹庵专诚投帖,邀请郑颠仙到会,欧阳霜就便求四人抽空相助,才得与刘、赵诸人一同协力,扫荡妖魔,使全村转危为安。

第一九九回

旧梦已难温　为有仙缘祛孽累
更生欣如愿　全凭妙法返真元

　　萧逸一心顾念崔、黄两家世戚至好，黄畹秋虽然阴险毒辣，死时甚惨，已是蔽辜。瑶仙、绛雪二女，一个是志切报仇，一个是以死报主，事虽犯法，心迹可悯。意欲大事化小，小事化无，把绛雪行刺之事掩盖过去。不特没有处治之心，反使众门徒、子侄迎头拦住诵经村众，以免泄露。夜来从容做完佛事，又令二女随往自己家暂住，以免二女自相忧疑，情急心窄，生出别的变故，违了自己矜全深意。抵家之后，便给二女安置一间静室居住。表面上依旧和悦相待，如无此事一般。暗命子女、秋萍等人监防，以防二女万一行了拙见。静候七天功德做完，再行婉为开导。满拟人非草木，二女俱甚聪明，不是不知母恶。现时不过目睹乃母死时惨状，再受一些煽惑，孝思奋发，孤忠激烈，甘冒罪逆，以冀一逞。只要自己曲意矜全，日久自能感化。

　　谁知瑶仙性极刚烈，心切母仇，实不在绛雪以下。不过被萧玉痴情所感，身落情网，互怜互爱之余，儿女情长，挫了一些志气，不敢遽然发难，心中并未忘却。及被绛雪看破，决计成全二人婚好，拼着一死，代主发难，事败被擒时所说那一套话，虽代瑶仙开脱，到了瑶仙耳中，却是句句刺心。目睹绛雪那种慷慨激昂，视死如归之状，心想："绛雪以前不过一个丫头，亡母临终才认作义女，并非亲生，从此便锐身急难，受尽劳苦艰危，末了居然拼死报仇，血诚忠义，古今罕有。自己也非寻常女子，又是生身之母，不共深仇，怎倒一心念着情人安危，只管迁延不决，把母仇置之脑后，反累绛雪以下犯上，几受火焚之刑？"当时激发初志，萧逸只管委曲宽容，一点未受感动，复仇之念反倒更切起来。自觉再不及早下手，既负死母，并且愧对绛雪。明知无济，也妄想就乘寄居萧家之便，骤出不意，拼死一击，成败安危，已全置诸度外。心横计定，料定萧家有人密伺，反正事情已被看破，索性虚实兼用。于是先向绛雪暗打了个手势，故意低声嗔怪绛雪："怎不商量，就冒昧下手？幸

273

而事出意外，不曾当场擒付村众，按村规处治，否则岂不冤枉？如今寄身虎口，安危莫测，言行还须小心些好。"口口声声仍把萧逸全家当作仇人，却露出胆小忧急之状，说萧逸父子个个厉害，近不得身，报仇不是操切之事。好让伏伺的人隐约听到，传将过去，以示枉自怀仇蓄怨，幼女胆小，实在无所作为，以便减去仇人防患之心。

萧逸何等机智，一听二女既是低语密谈，身居仇家，怎会令人隐约听去？有此一番做作，逆谋更速。自己令二女来家居住，原知不会就此死心，如能事前感化，固是佳事；否则使二女在自己家中发难，也可免去传扬，为众所知，难于掩饰周全。闻言知道不会自寻短见，要死自是拿命来拼。立命众人不必再为窥伺，听其自然，暗中打起主意相待。除命小兄妹三人同出同入，住在自己里间，告以机宜，随时暗中预备外，自己还故意给她们留下行刺机会，等其自行投到。

果然瑶仙情切心急，主意一定，便难再耐；加以萧玉不曾同来，免却许多顾忌。头两夜特意把心思抛开，早睡养神。暗中和绛雪几次突出查看，并无一人在外窥伺，心中奇怪，萧逸怎会如此大意？好生不解。第三日留心仇家行动，简直一点戒备没有。以为萧逸妄想以义相感，又中了自己轻敌之计，所以如此。仇人早晚都难近身，成功一节全出侥幸。古来忠孝义烈之士，都是不惜微生，当机立断。此事只能打尽心主意，成败听天，哪有许多顾虑？越想越心壮，决计夜间下手。先不想告知绛雪，继一想，她比自己还要激烈，自己如死，她也不生。独自下手，乘夜成功，或者还能逃去；一旦事败，她就不从死，也为仇敌按村规受那火焚毒刑。转不如把话说明，如能听劝，在下手之先翻墙逃去，免多饶一个，再好没有，否则多一帮手也好。佛事做完，回房便和绛雪说了。谁知主仆二人竟打的是一样主意。绛雪比她心思还要周密，非但定在日内下手，并还乘着萧逸隐秘此事心理，日里在祭坛上装作回家去取衣物，将畹秋密藏的那把匕首毒刀也暗取回来，用不着再使萧家堂屋架上的兵器。

此外萧玉关心二女太过，惟恐萧逸不能就此罢休，想约二女同逃。知村中前后两出口常年有人防守封闭，决难逃走。每夜佛事一完，便借月光照路，偷偷往村外危崖一带，连夜遍寻逃路。恰巧也在昨晚无意中发现当初畹秋和崔文和定情的山窟深处，有一大石竟可移动。试搬开深入一探，居然几个曲折便到村外壁腰之上。最可喜的是出入口均极低狭，虽要蛇行出入，只要入口一石活动，里外均可移堵。余均整石，别人决难发现。洞外下临绝洞,虽极险峻,但是藤树杂生,凭自己和二女的身手,足可攀援绕越。自觉有了生机,高兴已极。

萧玉找到逃路之后,忙赶回去写了一个纸条,几次想背着兄弟,由帏后抛与瑶仙。偏生瑶仙捺定心志,连正眼也没看过他一次。当中又有桌围遮住,双方定要同时在帏缝中窥探,才能望见。萧玉故意将桌围弄开一些,对缝斜坐,目注对方。看了一早晨,也没见二女影子,又不知对面有无外人,不敢乱投。正急得没法,后来绛雪取衣回来,听出萧玉叹声有异,先也不理他。后听萧玉连连干咳,恐人听出,打算瞪他一眼,不令这样。往帏缝一看,正值萧清被萧逸唤出。萧玉见绛雪怒目示阻,忙把纸团丢过。绛雪连忙拾起,背人一看,觉是一线生机。想在二次下手以前,苦劝瑶仙随了萧玉先逃,由自己一人拼命,事后如能逃走,跟着追去。及听瑶仙说出心事,知不能阻,便劝她留一线生路,再等两日,布置好了出路,再同下手。瑶仙想起萧玉痴情可怜,也就活动。好在所居室中纸笔现成,便写信令萧玉先运一些衣物、路资藏在洞内。只是备用,逃日尚早,临时还有通知,布置停妥,千万不可再在洞侧逗留,以防被人看破。次日乘便抛与,萧玉自是奉命维谨,照书行事不提。

瑶仙此时已非昔日利用萧玉心理,以为萧玉已可置身事外。经过绛雪行刺,一来深知人多无用,白饶一命,巴不得不要累及萧玉。自己只要能事成免难,逃出山去,有此密径,萧玉终会寻去。只要不当场显出同谋,有乃弟萧清情面,决可免祸,何苦白白害他?所以信上那等写法。因此一来,阴错阳差,以致日后三人受了危难,惹出许多事来。

一晃五天,再有二日,功德便完。这日夜间,萧逸从佛坛回来,格外有兴。特意把二女唤进卧室,慰勉了一番,一同饮酒消夜,二女才行告退。此时众门人只萧清一人寄居,他的卧室让给瑶仙、绛雪后,便移住山亭以内,相隔颇远。萧清年幼疾恶,对于二女甚是厌恶,见即作色远避。因此绛雪越发痛心,凶谋更急。二女因连日观察萧逸仍和往常一样,父子四人分住里外两间,萧清又住半山,秋萍早睡,此外更无他人,不须顾忌。一回房去,立即装束准备。睡在床上,放下帐子,静等夜深人睡,便可下手。挨到三更光景,绛雪首先下床,走向萧逸窗下,弄破窗纸,往里偷看。见萧逸床前放着一盏油灯,灯花结得很旺,床头半边帐子高悬未下。人睡床上,衣服未脱,只搭着一床夹被,手搭床沿,下面压着一本书,睡得正香。二女适才告退时,萧逸饮酒颇多,已有醉意。看神气,分明醉后还想看一会书,再起脱衣安歇,上床不久便自入睡。前两晚曾来偷觑,每次房门俱上闩。这时房门也未关闭,仍还是适才退出时代为虚掩之状。益发以为天夺仇人之魄,醉卧疏忽,忘了关闭。侧耳细听,里屋也是静悄悄睡熟神气,此时下手,极为容易,不禁喜得心房怦怦跳动。方要回房去唤瑶仙,瑶仙已经跟来,见了室中情况,也甚心喜。

二女原来商定:三小兄妹俱甚机警,又同在一房卧起,稍有警觉,立即无幸。虽有伤母之恨,但他们一样怀有杀母之仇,其情可原。再者年幼无知,看在萧逸不伤害自己和绛雪分上,也不杀他子女,专心刺死萧逸一人,下手也较易些。又因绛雪人虽忠义,本领太差,那日手持那么厉害的暗器,已与仇人对面近身,竟会被仇人身未离座,微一举手投足,便把暗器踢飞,点倒在地。虽则强弱悬殊,武功稍有根底,何致偾事? 行刺之事,本不宜于人多,毒刀又只一把。执意只令绛雪在外望风壮胆,预备接应,自己单身入房下手。当下仍令绛雪伏窗窥伺,自己手握毒刀,走到房门前,把牙一咬,正待揭帘掩进,忽听噗的一声。瑶仙心疑仇人已醒,连忙缩步,退向院中。见绛雪伏伺窗下未动,才略放心。双方打一手势,才知敌人梦中转侧,无意中将手压的书拂落地上,人并未醒。

又待了一会,瑶仙看见仇人实已睡熟,二次鼓勇再进,轻悄悄微启门帘,由门缝中挨入。一看,萧逸仰卧榻上,床边上的手已缩回去搭向胸前。老远便闻到酒气透鼻,睡得甚是香甜。知道手上毒刀见血立毙,萧逸虽然武功绝伦,寻常刀剑刺他不进,幸在醉卧之际,刀又锋利异常,如向面部口眼等容易见血之处刺去,万无不中之理。杀心一起,更不寻思,轻轻一跃,便到床前。单臂用力握紧毒刀,照准萧逸面上猛刺下去。满拟这一下必定刺中,谁知竟出乎意料,萧逸平卧身子忽又折转向外,放在胸前的那只右手也随着甩起,无巧不巧,手臂正碰在瑶仙的手腕上面。虽是睡梦中无心一甩,力量也大得出奇,瑶仙手腕立被向上荡起,震得生疼,几乎连刀都把握不住。

瑶仙心方大惊,眼前倏又一暗,床前那盏油灯,也被这一甩熄灭。跟着便听里屋萧珍在喊爹爹和下床之声。同时床上作响,萧逸蒙眬中也似有了醒意。瑶仙虽是拼死行刺,毕竟情虚,一击不中,手反震伤,又酸又麻,灯再一暗,怎不胆寒。再加萧珍一喊,萧逸警觉,晃眼人醒,再下手,只有送死,决难得手,哪里还敢逗留,慌不迭往外逃出。仗着路熟心细,暗中逃退,并未弄出声响。走到门前,正揭门帘想往外走,那柄毒刀忽吃门帘裹住。心忙意乱,手又酸麻无力,竟然脱手。又惊又急,还想回手摸索,忽听里屋三小兄妹相继惊醒,齐喊:"爹爹,外屋什么响动?"边喊边往外走。萧逸在床上也似有了应声。不由心胆皆裂,不敢再事摸索,急匆匆逃到院中。

绛雪见瑶仙刀已刺下，床上仇人微一转侧，灯光便熄。三小兄妹惊醒唤父，萧逸又无应声，还当得手。心方庆幸，也没往下细听，便即赶前迎接，准备同逃。及见瑶仙一出门，便手招自己，往原卧室中退去，神色甚是张皇，又料事败。心方一惊，忽听萧逸在房喝道："珍儿，外屋没有什么。适才酒醉睡熟，门也忘关。我把灯点好，关上房门，也要脱衣安睡了。天已夜深，各自回床去睡吧。"

　　二女先颇惊惶，闻声细听，又似萧逸刚醒，醉梦之中并未发现有人行刺。一会便见窗上有了灯光，又听关门之声。只那柄刀没听坠落，以为仍挂在门帘上面，当晚不取，明日便是祸事；再者利器难得，失去此物，更难下手。当时不敢往取，在暗中挨了一会，想起伤心，二女又相抱饮泣，吞声痛哭一阵。后听无甚动静，仍由瑶仙掩至房前，轻轻向帘上一一摸遍，哪有刀的影子。料已吃门帘裹住，跌落房里。愁急无奈，又去隔窗偷视，灯已熄灭，月影西斜，房中黑洞洞的全看不见。情知明日万一发现，难讨公道。有心逃走，以后决无重来复仇之望。得豁出两条性命，挨到明日再说。萧逸如系当晚将刀藏过，不为泄露，决意矜全，日后仍可再尽人事；否则索性痛骂一场，以死报母，做了鬼再来寻他报仇。

　　于是二女重又回房，同卧床上，急一阵，伤心一阵，不觉天光大亮。吉凶莫测，方在惊忧，秋萍忽来唤用早点道："村主已起，说天不早，命速吃完，好同往佛坛上香开经。"二女见萧逸命人把话点在头里，明示无他。才知真个曲予优容，不与计较。弄巧连昨晚行刺，都被警觉窥破，特意使自己知难而退，息去妄想。为防冒失，屡犯不已，致被村人发现罪状，难于保全，仅将凶器暗中收去。越想越对，否则事情哪有这等巧法？自己纵然手被震麻，怎么无力也不会被门帘将刀裹住，始终又没听见毒刀落地之声，定是萧逸有心作为无疑。照此情形，母仇万报不成。悲痛急愧，心乱如麻。

　　秋萍走后，彼此面面相觑了一阵。瑶仙忽发奇想，决计再图一个未必之功。催着绛雪匆匆洗漱，赶往堂前。见萧逸仍和无事人一般，越知所料不差。忙回手拉了绛雪，纳头便拜，不发一言。拜罢起立，便进去用茶点。萧逸原是预有安排，见二女拜倒，只当心中感悔。尤其看出二女行径，不伤自己子女，可见尚有天良，不似其母。照自己这等应付，就是二女仇恨未消，也必知难息念。心还喜慰，不便明言。一面笑容唤起，借口二女是谢为母超度，略微慰勉几句。一同吃完，便去坛上诵经答礼。哪知瑶仙因想起欧阳霜遇救成仙之事，心想："凭自己三人，万近不了仇人的身，徒死何益？欧阳霜尚且成仙,只要心坚,不怕磨折,凭自己这番孝思至诚,难道还求不到仙人怜悯?难得现有逃路,何不同了绛雪逃出山去?只要寻访到一位仙师或是异人,拜在他的门下,学成仙法本领,回山再复母仇,岂非举手之劳?"

当夜回来,便和绛雪密商。绛雪也觉仇人睡梦中尚如此警觉,不能近身,毒刀又失,报仇之事,简直难于登天。常年在此鬼混,也是伤心。求仙访师虽是渺茫,以欧阳霜前例来看,也许能有遇合。精诚所至,金石为开,未始便没指望。仇既无法再报,只好如此,立即赞可。便问瑶仙,可要通知萧玉一同逃走?瑶仙不觉为难起来。因出家人最忌情欲,同行,惟恐因他误事;不同行,又觉萧玉天生情种,丢他一人在此,见自己一走,必定相思而死。就不带了同行,好歹也给留点指望。于是便背人写下一封长信,大意说:

> 自己母仇难报,决计逃出去寻访仙师异人,可为他年归来复仇之计。如能相待,固是佳事;否则男子寻师较易,也可出山另访高人拜师,学成本领,以图聚首。总之,自己已许死母,此仇不报,此生决无与萧玉同栖之望。见爱深情,铭于肺腑,务望保重。事如不济,惟有期诸来生。不过出山须俟己行十日以后,不到复仇有望,誓不再见。如寻了去,休说难于追踪,即被寻到,也是徒伤情感,转昧初衷,连以后都不与他再见等语。

写得甚是沉痛悲壮。连改数次,才行写好。却不先交,知道自己走后,萧玉必往密径追索,将信放在洞内,定能见到。等法事做完,待了三日,恰值阴雨,萧璇又受了点感冒,二女便乘隙冒雨逃出萧家。又由萧玉所辟密径,取了预藏衣物包裹,连夜逃出村去。

萧逸料定二女已无异举。众门人虽各怀有戒心,因师父本领机谋,二女凶谋万无效果;就是几个恐怕千虑一失的,也只防二女日后还要再举,谁也没料到会逃走出去。二女行时,房中又布置得妙,竟被容容易易逃走。直到次日清晨才行发觉,人已无踪,再为搜索,哪有影子。只萧玉一人知道去路,巴不得二女能逃,他何肯说出来。惟恐被人看破,头几天连山洞密径一带,也没敢去。萧逸为寻二女,还特意开山出去,率领门人、村众四出追寻。第二日,欧阳霜奉命回村有事,就便探望子女,听萧珍兄妹说起此事。三凶惨死,前恨已消,反觉二女志行可怜,也代寻找了一回,均未寻到。萧清本拟将萧玉唤来盘问,不料欧阳霜这次回来,为植七禽毒果,在村中住了数日。萧逸每日心悬爱妻,渴欲一叙衷曲,心无他顾。

萧玉先颇拿稳,吃欧阳霜回来一耽搁,当她仙人,恐被识破,益发不敢妄动。好容易盼到她走,夜往密径,移石入洞一看,只寻到瑶仙一封手书。再往前进,洞已倒塌,急切间无法走出,知二女必已去远。先见欧阳霜都寻她们不回,已是惊疑。这一看信,并未约地相待,越发绝望。每日哭笑无常,眠食均废,直似疯了一般。萧逸见二女初逃,萧玉虽也面现忧急,还似有心做作,突然变态,必有原因,便命人暗中查探。萧玉把瑶仙那封信珍如性命,放在身旁,时常背人取视,哭诉相思。日子一久,竟吃萧清看破,告知萧逸。萧逸只当他受二女愚弄,弃他而去,又不知所逃路径方向,所以悲急,也就没去管他。不料萧玉积想成痴,迁怒怀恨,意欲代替瑶仙行那犯上逆谋。二女智勇深沉尚且不行,何况是他,连下两次手:一次事前吃乃弟萧清看破,中途戒阻;一次被萧逸亲手捉住,本要按家法处治,萧清再四哭求,萧逸才严加告诫,命萧珍行刑,打了顿竹板。

萧玉知难再在村中立足,暗备了些兵刃用具,衣服干粮。仍由二女所逃故道,先把石头移开,藏在里面,一点一点向前开进,中间洞石崩坠不多,萧玉以决心毅力从事,两日一夜,竟被开通。因地太僻,外观无路,里面整日移石开路,通没一人发觉。萧逸本不喜他,只看萧清情面,不肯重处。逃走以后,村人一找不见,也就拉倒。

一晃两年,三人均未回来报复,也未发生变故。倒是欧阳霜因师父郑颠仙借来岷山白犀潭韩仙子制伏的一只金蛛,自己还养了一只较小的金蛛,准备取那元江水眼中的前古金仙广成子所遗留的金门至宝金船宝库,须要预储到时金蛛吃了增长精力的七禽毒果。遍查地势,只有卧云村外峡谷之中的土地,下蕴奇毒,种植最宜。以前早已布种,现时树渐长成,还须加意培植,特命欧阳霜时常回村查看,此数年中,差不多每月必回。三小兄妹随习内功,大为精进,母子相聚自是欢欣。

只苦了一个萧逸,日夕苦想和爱妻相见,哪怕不能言归于好,再作双栖,便是握手相聚,不再如尹邢之避面,也称心意。偏生欧阳霜志切清修,誓祛尘念,一任萧逸用尽方法,子女再四哀求,始终不允丈夫见面。偶然回家小住,总是预令子女转告萧逸移居山亭,不令入室。萧逸见她居然肯在家中暂住,越以为日后尚有重圆之望。始而惟恐招恼,不敢违逆,仅在窗外窥视过两次。还吃欧阳霜令子女警告,再如这样,便不再回,索性连隔窗相望都不能了。后来萧逸实是思念不过,忽然想到欧阳霜每次归来,俱往村外峡谷培植毒果,往往营营终日。此事奉有师命,平日还令自己派了几班门人,持着她所给的灵符前往轮值,看得甚是重要。果林对面,有不少崖洞可以藏身,她又每月来有定时,何不在她未到以前,藏身洞中窥视?纵不能对面一吐衷肠,她奉师命而来,决不致因己在侧,便即舍之而去。常日相望,一则可以略慰相思,二则能有见面之机,也可伺机感动,比起永不相见,终是强些。于是照计行事。

那片果林,便是本书前文所述陆地金龙魏青误食毒果中毒之地。欧阳霜为植毒果,便于浇培照看,又开了一条小溪谷径。树共三百株,一边紧靠峡谷,前有大片竹林,山形甚是险僻。欧阳霜对于丈夫深情,未始无动于中。只恐尘缘纠缠,误了仙业,故意决绝。始而装未看见,继见丈夫为多看自己几眼,竟是终日伏身崖洞中守伺,不等己走,决不离开。那毒果又最难培植,须费不少人力,始能应那到时之用。往往由早起经营,深夜始归,时常眠食均废。萧逸又防自己被看破,不许门人挨近。本是恩爱夫妻,欧阳霜未免触动前情,心又活动许多。萧逸更是聪明,早就看出爱妻明知自己偷觑,故作未见,越料有望。

当年冬天,又想下一条苦肉计:装作想望已绝,成了心疾,每日向空咄咄,饮食锐减;再故意受些风寒感冒。连真带做作,就此卧床不起。萧逸因知子女天性极厚,毋庸指教,自会照计而行,一任焦急,并未明说。果然欧阳霜一到,小兄妹三人便迎头跪下,哭诉哀求起来。说父亲因母亲归已两年,终无回心之望,苦思成疾,状类疯狂,已有多日,又不吃药。昨日人稍清醒,说母亲今日回来,恐在房中见怪,意欲移居山亭,又要去往果林崖洞中守伺。是儿女们再三苦劝,并假传母命,允其不久相见。父亲也未深信,只狂笑一阵,勉强劝住,不再迁居。如今在房呆卧,务望母亲看在儿女幼小分上,与爹爹和好吧。欧阳霜由窗缝中往里一看,丈夫果是面容苍白,人瘦好些,目光发呆,醒卧床上,若有心疾之状,不由不信。便取一丸药,叫萧珍拿去给萧逸服了;再对他说,毒果行将成长,开花以后,来得更勤。为看儿女面上,可以相见,但是每三月中,只许相聚两次。届时由早上相见,全家团聚,至夜夫妻各自归卧。萧逸原知自己的病即使不重,爱妻也不会坐视。听儿子传完了话,立即服药,欣然坐起。当时便请爱妻进屋,握手悲泣,历述衷肠。力说自己知她将证仙业,决不以儿女之私累她修道,不过相爱太深,相思太苦,务望宽容既往,稍念前情,许其经常相聚,稍有渎犯,任凭处治。

欧阳霜见面以后,看出他二目神光未散,分明有心做作,一时不察,竟为所愚。本心虽然感动，因丈夫机智百端，惟恐日久牵缠，又中他的道儿，执意只允三月两见，不得再多。可是每次相见，除却不能涉及燕婉之私，别的仍和以前夫妻相处时一样。便三小兄妹离开，也不禁止。萧逸倒也知趣，并无他念，至多情不自禁，偶然温存抚爱。欧阳霜纵不十分严拒，也是适可而止。只不过会短离长，聚首苦短，是一憾事。后来又和欧阳霜说："聚时太少，你只不许我室中共对，外面相见并未禁止，譬如你我在村外无心路遇，难道你也怪我不守规约？你每来，还率子女、门人前往果林，何妨许我前往？既得夫妻相见，还可随时帮你小忙。如嫌厌烦，至多当我路人，不加理会。容我在旁守着你，多看些时，总可以吧？"欧阳霜见他痴得这样，越生戒心，也不忍过于使他难堪，只得允了。

转过年，又聚了两次，彼此甚是相安。末次夫妻相聚，欧阳霜忽说毒果已结，行将备用，自己回庵有事，须三日后才来。因萧逸苦求，还将应相晤聚之期提前，又聚了三日。萧逸忽然想起昔年被妖鸟抓去长子萧璋，次女萧玢，问："是何妖物伤害幼童？你是剑仙，怎不将它除去？"欧阳霜说："前已问过师父，那鸟名叫犰雕，乃苗疆深山所产凶禽。大的有人般高，两翼舒开，各宽丈许，独角秃顶，爪似钢钩，惯与山中毒蛇猛兽相斗。作巢于山巅危崖之上，猛恶非常。但有一样短处：两眼看远不看近。越飞得高远，越看得真切。全仗飞行迅速，老远便算准人畜逃路，所以发无不中。小的野兽，如猴、兔之类，反时常得脱毒爪。生性凶残，最喜抓婴儿吃。胸前有白毛处最易射透。这东西仇心重。除它时，只需先引逗它飞来追，如若昂头低翼来往下扑，倒不可前逃，须要返身倒退，急用手中有毒矛箭往上掷射。中在有白毛的要害之处，固然立毙；只要能透肉，也可致命。无须飞剑，只要武功稍好，手准心灵，应变不慌，不为它两翼风力所慑，便可除它。遇时如逃，自是遭殃。侧避也易为两翼所伤。知道禁忌，便可无害。本山危崖甚多，巢穴必定在彼。去年回家，曾便道寻找，以报爱子之仇，兼为人畜除害，曾杀过两只，只不知抓去大儿、二女的是否此鸟。巢穴却未寻到，打算异日有暇，再往一搜，目前还顾不得去呢。"

萧珍在旁说："那年大哥二姊遇害时，原在一起玩耍。先听天空嘘嘘乱响，狂风大作。那怪鸟已从上空飞过，大哥正在放花炮，将它惊动，才飞回来，一爪一个，将大哥二姊抱起便飞。等人追出，已经飞远。儿子正站在树下，见此鸟狗面秃头，眼睛通红，身子好似比人还长，两翼更是宽大。飞起来，人差点被风卷起，沙飞石走，半晌方息。通身俱是虎皮色，头上是凸出一

281

块,尾巴好似被人斩了半截,露出鲜红鸟股。娘杀的跟这一样么?"欧阳霜惊叹道:"照此说来,杀我儿女的,竟是那只秃尾老雕。本来已经到手,又被逃去,早晚要遇上,决不容它活命了。"

萧逸父子四人齐问经过。欧阳霜道:"我杀雕时,恰遇慕容二师姊路过,送我到家。此雕正在崖外后山,与一白额猛虎恶斗。本心想用飞剑一并斩了,吃慕容师姊拦阻,说二恶相斗,正好两伤,都是害人之物,你助虎杀雕则甚?我便说起失子之事,微一迟疑,那雕甚是机警,不似先杀二雕胆大,见了剑光,竟然吓退,飞行甚速。忙于到家,又有话和慕容姊姊说,并未追去,竟被逃走。这才想起去年原听珍儿说过,怪鸟尾是断了半截。因这类恶鸟多是短尾,此雕定被甚人断过后股,所以光红无毛。早知我儿是它所害,飞剑神速,多快也能追上,惜已错过。看这行径,事隔多年,仍然发现,巢穴必在后山无疑,早晚必能除它。此后回山,路上留心,也许能遇到呢。"萧逸父子俱都愤愤不置,说过丢开。

欧阳霜第二日便要回转大熊岭苦竹庵,行时忽见萧逸面藏晦色,心中大惊。匆匆占算,不特萧逸,全村都将有危难到临。虽然先凶后吉,终于无害,自己学道年浅,不能深悉未来。偏巧回山又有要事,不能分身,好生忧疑。只得暂留布置,寻一山洞,命三小兄妹藏居其内,每日读书用功,非自己来,不许走出。外用仙法封锁,只对萧逸、萧清叔侄二人传了开法,可以随时入视,余人均不能走近一步。并传萧逸灵符两道,遇警如法取用,便可抵御脱险。并嘱三月以内,不可出村往果林中去。一面把防守果林众门人齐唤了来,面上反倒均无晦色。好在每天均有颠仙所赐备用的灵符,村中埋伏禁制,诸般设施开闭也俱传授精熟,料无他虞,只萧逸一人可虑。回山禀问师父,真有急难,自己不能分身,也必有处置。恐丈夫忧急,又安慰了几句,方始飞去。

萧逸先颇谨慎。三小兄妹更是信母若神,呆在洞中一步不出。这时顽叟萧泽长已在瑶仙逃后第二年无疾而终,死时也曾遗嘱萧逸,这两年乃全村安危关头,瑶仙等便是未来隐患等语。那洞原是顽叟生前养静之所,冬暖夏凉,设备精雅。死后图书遗物一点未动,供着亡人神位。萧逸叔侄每日前往探看,直过了两月,并无事故发生,日久渐渐松懈。

这日清早,萧清因昨晚三小兄妹留他同住未归。萧逸亟盼爱妻归来,心中烦闷。门人何渭、吴诚、郝潜夫等见春夏之交,风物优美,便劝师父往村后危崖一带,观赏那新辟的几亩花田。师徒数人,还有几个侄儿孙辈,同沿湖边走去。刚到后山，便见一只独角秃雕，由路侧草地上抓起两只小羔羊，越过后村危崖，往后山飞去。定睛一看，那雕后股鲜红无毛，正与萧珍所说一般无二。无奈众人都是手无寸铁，只吴诚曾学金钱镖，身旁带有一串大钱。那雕飞又极快，等众人呼喊，吴诚取钱追去，已经飞没了影。

萧逸想起前仇，愤恨已极。管理牲畜的村人也赶了来。唤前一问，才知最近三五日，已经失去了六只牛犊、小羊。后村一带，俱是大片草原，宜于畜牧，牧畜甚是繁庶。村规完善，宰杀取用，各有常例。四无出路，又都是自己人，不怕偷盗走失。大小万千只牲畜家禽，只有限几人轮值管理，占地甚广。风景田舍都在前村，后村除却围绕全村的天然连崖和祠堂、灵芝、墓地外，余多牧场。那几亩花田，还是当年萧逸一时高兴，点缀风景所辟。地势僻远，轻易无人涉足其间。牧人每早将一切牲畜放向场上，便各归屋料理他事，任其自在游息，到晚才收，成了习惯。极少点数的时候，故起先也未发觉遗失。因所失牲畜中，有一对牛犊是个异种，生相极好，管场人甚是珍爱，比较留意，昨晚收栅时忽然失踪，遍寻未获。村中以前原闹过一次，由崖外侵入的大蟒吞去好些家禽。细一点数，另外还失去四只小山羊，疑心又闹事故。今早正在留意准备，稍有征兆，立刻往前村报警，不料竟是这只独角犸雕。萧、吴诸人断定那雕来惯，得了甜头，日内必还再来，当下想好对策。次日天还未明，便去牧场埋伏。谁知事有凑巧，连等了几天，犸雕均未来犯。

这早萧逸叔侄因头晚往三小兄妹所居洞中课读，谈晚未归，留宿洞内。起来又被三小兄妹拉住考查功课，未往牧场守伺，只几个门人、村众在彼。畜群才放出栅，跑到场上，便听嘘嘘风响，由环村危崖外面，飞投下那日所见犸雕，宛如陨星下泻。略一沾地，便一爪一个，抓起两只小山羊，拨头往崖外飞去，飞行迅速已极，晃眼无踪。势更凶猛惊人，下落之际，两翼动处，扇得牧场上沙飞石走，狂风大作，人都似要被风兜起，站立不稳。众人连候数日，未免疏懒，萧逸又不在侧，怪鸟多半初见，突然飞到，见了这等猛恶声势，不由心惊，乱了手脚。潜夫在前村轮值，门人中只有吴诚一人是个好手，等到喝令众人放箭时，已被犸雕抓了两羊逃去。风沙迷目，惊慌无准，只有两箭射到鸟身，已经无力，宽翼扇处，全吃打落地上。鸟未受伤，人倒有三个因持长矛向前急进，没等投出，便吃崖上滑落的碎石打中，反各受了点轻重伤，头破血出。

萧逸闻报，自是越发愤怒，重又挑了几个得力门人连同自己，由次日起，重又如法守伺，不令村众相助。谁知那鸟又是好些天未来。萧逸以为它上次见人警觉喧哗，有了戒心，不敢来犯。心痛亡儿，既知此鸟所害，如何肯放，正准备出山寻到鸟巢，搜杀报仇。这日早起，因料当日未必会来，去得略晚。忽然牧人来报，鸟又到牧场来犯，抓去一只小牛。萧逸师徒见它每来必隔些日，心虽恨极，次日未往守伺，不料那犭雕竟连来扰害了三次。等人一往守伺，便不再来。稍微疏懈，立即飞到，捷于影响，不可捉摸，直似有心为难一般。

休说萧逸被它逗得怒不可遏，便众门人也都愤极，非杀死不能消气。末了一次，萧逸单人伏身来路崖上，也只射中一箭，不是致命，决计出山搜杀。萧清年纪虽轻，人却老成，想起姊母行时之言，从旁劝阻。萧逸因心恨犭雕，欲报仇雪恨，以为爱妻只不令往果林一带走动，后山素无人踪，出去行猎，有何妨害？此鸟机智绝伦，与爱妻所说不类，自从日前翼稍中了一箭，便无人守伺，也不再来。倘因此胆寒绝迹，移向别处觅食，飞得又快又远，何从寻觅？如今三月将尽，并无丝毫征兆，也未到果林去过，就有甚事，谅必躲却。此鸟不除，杀子之恨难消。璋儿头生，相貌最好，最得爱妻珍爱。当年为失此子，悲苦轻生，一提起就伤心。如在她回之前，将鸟除去，到时也可给她一个喜欢。执意非往不可。

萧逸仗着武功高强，便在犭雕来路危崖上下，开了一条蹬道，上到崖顶。再用长绳缒援，翻过崖去一看，恰好正是儿时随了祖父入山隐居，未寻到卧云村以前，旧游行猎之地琵琶垄。这地方长岭迤逦，形似琵琶。岭侧两面有好几条幽谷。一头危峰笔立，直上干云；一头广原平野，草木繁茂。四处静荡荡的，全无一点人兽踪迹。刚往岭上走去，便见地下有好几堆大鸟粪和鸟爪迹印，内中还杂着一些碎毛，正与犭雕身上毛色一样。再往前走，又发现了牛羊头骨。循踪找去，一路均有发现。约行二里，到一危崖之下，方始绝迹。断定鸟巢必在上面，无奈那崖偏居岭左，形似孤峰，削立百丈，寸草不生，四无攀附。犭雕厉害，更恐援到中途，凌空下击，人为所伤，未敢冒失上去。又在左近，发现那鸟常在野地上游息，擒来牲畜也似在下面享受，并不带上崖顶。岩窝石窟甚多，地势极利藏伏。守伺到了黄昏，终无动静，料已远出。且喜巢穴寻到，踪迹已得，鸟粪未干，并未离巢移往远地，终有擒它之日。天已傍晚，只得率众回转。可是连去三日，并未遇上。仅第四日归途发觉犭雕回巢，飞行甚高，直落崖顶，更不再下，无奈它何。

次日为萧逸祖母忌辰，因是率众归隐的头一代祖先，合村公祭，仪节甚是隆重。萧逸也想好除鸟方法，本拟过日再往一试。午间同食早供之后，村人各自散回。萧逸命萧清给三小兄妹去送祭品,并令在洞中遥叩行礼。打算回家睡一午觉,以备夜祭读文诵经。这日众门人侄孙辈多有职司,未曾随侍。独自一人正往回走,忽见吴诚站在环村崖顶上,将手连招带比,低唤:"师父快上来!"面有喜容。萧逸自从发现犰雕以后,为防不时相遇,身旁总带有一筒毒弩。见状知道发现了犰雕踪迹,便纵身上去。

原来欧阳霜召集众门人查看面色时,吴诚恰巧奉命出山采办用物未归,不曾在侧,一点戒心无有。因知师父恨雕切骨,一心讨好,时常留意。昨日发现雕已归巢,偏巧当日祭期不能前往,所派职司又恰在夜里。岩顶道路开出以后,足可远望鸟巢和平野一带。饭后无事,走向崖顶瞭望,无意之中,竟发现恶鸟犰雕由远处飞来,且两翼翩翩,飞行甚缓,神情颇为狼狈,好似受伤疲乏之状。飞近草原,越飞越低,不再升腾,忽然一个转侧,扑扇着两翼坠落地上,只管扑腾,不能再起。渐渐力竭势衰,趴伏地上。看神情,大是不支,已难再动,只还未死罢了。见师父下面路过,忙请上去。

萧逸一看大喜,知道恶鸟不知何处身受重伤,此时再不就便杀它,如等养好气力,再除便难。既已望见,相隔又近,如何肯舍。长绳原放崖上备用,师徒二人连兵刃都未及回取,立即援绳而下,如飞跑去,一会赶到。那鸟也看不出受何重伤,只是力竭难起。见了人来,瞪着凶光四射的怪眼,连声怪啸,状绝狞厉。萧逸见那雕鸟爪如钢钩,想是情急,地上石土被抓陷了两个深坑。铁喙宽达半尺,长有尺许,看去犀利非常。通身毛羽坚劲,两翼平张,通长几及两丈,怒啸发威,根根倒竖,端的猛恶非常。有心将它两翼斩断,擒回处治,无奈身畔未携兵刃。正在寻思,那雕看出人意不善,倏地奋力一扑腾,飞起数尺高下,重又坠落。吴诚不是闪避迅速,几为翅梢打中。萧逸见状,顺手一摸弩筒,心急手快,连欧阳霜所赠两道灵符带了出来。那符原装在一个丝囊以内,不知怎的,囊口丝结缠在弩筒上面。萧逸刚把丝囊解下,忽然山风顿起。那雕啸声越厉,二次又奋力作势往上扑腾。萧逸恐被它乘风飞逃,不敢再延,顺手将丝囊交给吴诚,扬手连珠毒弩,接连几箭,先将雕眼打瞎。仍恐不死,乘它痛极昂首惨叫之际,又朝口内、胸前各要害找补了三箭。

萧逸正和吴诚笑说解恨,想将死雕拖回村去,留待爱妻回来看了泄恨。山风过去,面前黑影一闪,平白地多了一个装束奇特,相貌凶恶的道童。一现身,先朝死雕看了一眼,转面厉声喝道:"这只秃角老雕,已被我们用仙法所伤,只因此雕飞行迅速,性子又暴,受伤以后,仍被逃走。我二人奉了师父天门神君之命，来此收取老雕心魂，祭炼法宝，一路寻来。谁想被你二人将它射瞎双目而死，失了灵效，枉费我们多日搜寻之劳。晓事的，快快跪下降伏，随我去见仙师发落；否则叫你们死无葬身之地！"萧、吴二人见童子好似乘风而来，行踪诡异，知非善与。一则萧逸武功精纯，生平未遇敌手，未免自恃；二则妖童出语凶横，毫无商量。心想："先下手为强，且先和他软说，看事行事。"便赔笑躬身道："在下实是愚昧。只因此雕凶恶已极，屡伤人畜，兼有杀子之仇，因想为世除害，立志除它已非一日，今日见它飞来，才用毒箭将它射死。不知令仙师还有用它之处，已死不可复生，此鸟任凭取去。请仙童权且原谅，改日再造仙山，登门负荆吧。"说时，妖童已经目闪凶光，闻言怒喝道："放你娘的屁！你二人伤了此雕，还想活命不成？我自有仙法将你们擒走。"萧逸知道应了欧阳霜之言，妖童凶横，已不可理喻。好在所居隐秘，爱妻归期不远，反正难为善罢，决计先发制人。表面装作害怕神气，不等说完，暗运内功，候用重手法百步劈空掌，照准妖童当胸打去。妖童横行已惯，见对方两个凡人，全没放在心上；看见吴诚闻言面有怒容，还在暗笑。万没想到答话的人会先动手。刚觉对方把手微拱，似欲行礼求告，猛又觉掌往外一按，立时便有千钧之力当胸压到。萧逸家传掌法从小练起，何等厉害，相隔又近，无法躲御。妖童纵会妖法，也不能施为，当时受了内伤，气血全被击散，口喷鲜血，往后仰跌出去。

萧、吴二人正待纵身赶去，趁他未死之前，点其穴道，再行拷问底细，猛听一声断喝，知又来了敌人。定睛一看，凌空飞来一道淡黄色的光华，知是飞剑一流。不及看清来敌，忙喝："这是妖人飞剑，快快避开！"随即一同纵起往回飞逃。二人脚程怎有飞剑迅速，晃眼便被追上。飞剑正待下落，还算后来妖童看见同门受伤，心中恨极，想将二人生擒回山，恶毒处死，忽又止住剑光，飞出一道尺许长的彩烟，萧逸首被射中，当时打了一个寒噤。那彩烟又朝吴诚飞去。正在危急之际，吴诚原知灵符妙用，箭已近身，忽然想起符在自己手内，慌不迭拿住灵符一角，往外一抖。先是一声霹雳，夹着百丈金光烈火，直朝妖童当头打去。跟着一片祥光，将后面挡住。

二妖童正是天门神君林瑞门下的甘熊、甘象。所居离当地只有二百余里，地名乌龙顶天门宫。那犸雕也是灵鸟，已吃甘象的血焰针所伤，仍旧飞逃到此。甘象首先寻来，吃萧逸冷不防一掌打伤倒地。恰巧甘熊赶到，先用飞剑迫退敌人，救了乃弟。再用妖人所炼血焰针，将二人打伤。方想上前擒住，忽见金光烈火带着霹雳之声飞来，知是正派中太乙神雷，先发血焰针已被震散，不由亡魂皆冒。甘象刚回过气来，吃甘熊一把夹起，驾起妖风，如飞逃去。吴诚发动稍缓，敌虽惊退，依然被血焰针打中，和萧逸一样，一个寒战打过，周身麻痒，动转不得。二人强挣着会合在一起，互相扶持回走。同时那断后祥光，也由身后绕来拥护，还能勉强熬着痛苦行路，只是心慌意乱，四肢无力，不能走快。时候一久，祥光渐减，人也渐入昏迷，不觉把路走错，入了歧途。后来灵符效用全失，祥光退尽，立即昏倒岭侧峡谷之中，不能动转。

又经了个把时辰，众门人见天不早，师父怎还未往家庙？当是午睡未醒，前往唤请，一问，人并未回。因当日说定不往后山，正待往别处寻找。还是萧清比较机警，查看人中没有吴诚在内，急忙一问，恰有一人答说："午饭后回家，似见吴诚一人在崖顶眺望。村主并未在彼。"萧清闻言，猛想起姊娘别时之言。知道今日家祭大典，叔父就往打雕，也不会到这时候还不回来。照此情形，定是吴诚贪功，登崖眺望，发现雕迹，告知叔父，同往猎杀，不知遇着甚事，耽搁在彼。或是人雕苦斗，相持不下，那雕看去本来厉害，没有姊娘所说那般容易对付，弄巧就许为雕伤都说不定。当时心里一惊。郝潜夫也是这么想法。忙令众人各自赶取兵刃暗器，一边沿途遇人询问，一边往危崖集合。萧逸如未出走便罢，如与吴诚偕出上崖，便知事须从速，免得到时回取兵刃，又多迟延。说罢，分头行事。还没赶到崖下，全村已经轰动，纷纷赶来，竟是谁也不曾见到这师徒二人。众人因日光业已偏西，早该回村，必有变故，纷纷抢上崖顶一看，果然长索业已下垂。再往对面平野里一看，那只犸雕两翼张开，趴伏地上，一动不动，也看不出死活。萧、吴二人并无踪影。先算计人雕恶斗，一同力竭倒地，也许雕已被杀，人却被它打伤，压在下面。反正凶多吉少，个个情急，抢着援绳而下，飞步往前便跑。

郝潜夫毕竟心细，众人只管议论纷纷，他却料定万无二人同时被雕压到身下之理，场上不见，必在别处。更因欧阳霜预戒之言，想起三个逃人，也许此时学了本领，回山寻仇，恰值萧、吴二人将雕打死，狭路相逢，拼斗起来。否则那雕任多厉害，只有飞得太高，除它不易，真肯下与人斗，决非师父之敌。二人此时不是为仇人所伤害，便是尚在别处苦苦相持。草原平野，一望无遗，无论如何，人决不会还在场上。见众人纷纷抢下，为防引来外敌入村扰害，回顾师兄何渭、柴成在后，忙即说了。何、柴二人也是萧逸晚亲，自幼相随习武，最是持重，武艺也高，闻言深以为然。知潜夫、萧清聪明心细，忙把人分成两起：已下的由潜夫、萧清率领，分头寻找；未下的随了自己，在崖上戒备待信，将长索拉起，一面飞传村中壮丁各携毒弩，埋伏崖上，以防不

287

测。去人如若发现村主,看事行事,将带去的旗花,照旧习暗号放起,以便应付,以免敌人乘虚而入,一时失措,难于收拾。匆匆分派停当。留守的人急于寻师,虽不愿意,无奈师父不在,何渭是大师兄,照例不能违逆,只得快快而止。

潜夫、萧清到了下面,便照日前去过的地势途径将人分开,飞跑寻去。果然还没赶到死雕所在,便发现吴诚穿的一只快鞋。潜夫立定细一查看,恰巧那一带地多沙土,没甚野草,只见离鞋不远,又有两个脚印,轻一脚重一脚,甚是散乱。内中一个独小,正是没有穿鞋的痕迹。行家眼里,一望而知人受了伤,故步履迟滞散漫;否则师徒二人俱都是一身轻功,哪会留下这深脚印? 只奇怪脚印混在一起,已走向归途,怎不认路,反往左侧走去? 好生奇怪。恶鸟在望,看出已死,鸟侧并无人影。惟恐受伤太重,迟延无救,忙令众人先顺脚迹寻找。等到中断,不见人迹,再行分寻,免遇强敌,反为所乘。

这时那两个妖童已早逃回山去,偏巧天门神君林瑞正炼妖法,又忙于医治甘象,等了好些时候,直到妖法炼完,才得告知。林瑞一问那情形,知敌人是两个凡人,只有两道护身灵符,不然甘氏弟子早死敌手。既见敌人均中了血焰针,虽仗灵符将二甘惊退,人必昏晕倒地,逃必不远。先料外来之人猎雕至此,但两个凡人,却持有正派中护身灵符,多少总有一点关联。自己潜匿本山,平日深居简出,法未炼成以前,最怕被各正派中人访知,来寻晦气,急于想将来人擒回,究问来历。自己炼法正急,不能分身;又因手到擒来之事,无须亲往。只对二妖童说了两句机宜,以防万一有正派中人在彼,稍见行迹,立即遁回,以免泄露踪迹。村人发现沙中脚印之时,二妖童恰巧起身。如非潜夫应变机智,二妖童一定撞上,见到众人,势必用妖法、飞剑追赶,侵入村去,当时便是一场大祸了。

萧、吴二人困倒的峡谷,本来甚近。妖法尚未催迫,人也能够出声说话,不过周身痛楚麻痒,不能起立。众人循踪一找,立即寻见。萧逸料祸犹未已,正愁妖人去而复转,见众寻到,惊喜交集。立即强挣着喝令背起速行,归途务要灭迹,一切到家再说。潜夫等见状,知祸非小,吓得连旗花也未敢放,抢着背起二人,往回飞跑。好在都有轻功,除入谷一段是沙地外,余均草多。下来之处,危崖数百丈,众人由上面援绳而下,中途还有好些纵落攀援,才能到地,不易为人发现。匆匆赶到崖下,上面的人已老远望见,还欲下迎,吃众人老远摇手止住。一到便挑力大身轻的同门,将二人背在身上,先迎上去。然后慌忙援上。人刚上完,将索抽上,便见夕阳影里,岭那面风沙滚滚,由远而至。何渭忙令萧清等人先送师父回去，自和十多个能手暗伏崖上，隐身向下窥视。

不多一会，风沙到了死雕面前，一片黑烟过处，现出两个妖童。想因草多且深，看不出逃人去向，又恐人藏草内，在鸟侧转了一转，手略比划，地上杂草立即平倒。二妖童见无人影，意似发烦，怪啸一声，即放出两道淡黄光华，连身飞起，在鸟侧二三里方圆之内凌空飞行，四下查看。何渭惟恐妖童再往上高起，看出村中景物。方在愁急，谁知二妖童本领有限，又料敌人已中血焰针，除非被人救走，至多百步之内定倒。不料敌人内功精纯，体质强健，加以灵符祥光拥护，连绕走迷路，竟行了三四里路，祥光消失之后，才行晕倒。环飞了一阵，没有查见。只当被正派中人救走，想起师言，反倒顾虑起来，连失鞋之处都未飞临，便纵妖风遁退回去。

何渭方始略微放心。一面着人在崖轮值守望，自己赶到萧家一看，萧、吴二人已经说完前事，正在担心。何渭说完经过，萧逸料知妖人所居甚远，全为追雕而至，既未被他发现，许不再来。略示机宜，人已不支，连服了些祛邪的药，毫无效用。伤处只是一点黑影隐现肉里，可是周身痛楚，麻痒时作，难受已极。头一晚，还能强熬，神志也未尽昏迷。第二日午后，却昏沉起来。睡梦之中，觉着身在一个极华丽的山洞以内，被人绑在一个长幡之下。当中法台上有一个黑瘦身长，羽衣星冠，手执布旗、宝剑的道士。旁边立着五个妖童，先遇二妖童也在其内。此外还有一猴一熊，人立侍侧，不时相对，以目示意，状颇愁苦。道人不时由旗尖放火来烧自己，喝令降服。心中又急又怒，奋力一挣，又觉身在床上。一会又被妖道捉去。吴诚有时也同绑在彼。似这样时去时来，不知受了多少刑法楚毒。连过了数日，最后妖人忽然暴怒，喝令当晚子时如不降伏，便要行法诛魂，从此沉沦。心方恨急，忽然清醒。身上虽轻，痛楚仍未全消。

直到萧玉、瑶仙相继邪法被破成擒，白水真人刘泉命萧清持了灵丹进去服下之后，人才复原，痛楚全失。于是萧清向白水真人刘泉、七星真人赵光斗、陆地金龙魏青、俞允中四人说了经过。

萧逸因崔、黄两家为世戚至好，忽然均遭横祸，连两家共有的一个孤女都不能保全，便那绛雪孤忠耿耿，也颇难得，每一想起二女出走，存亡莫卜，便自心恻。忽听瑶仙和萧玉归来，还受了许多苦楚，身几化为异物，好生怜惜。一面向四仙侠伏枕叩谢，一面便令萧清去唤。

刘泉拦道："他二人已被妖法禁制。妖人原因二位所中妖针是他门下所炼，比起自炼之针功候相差悬远，虽然一样可以行法禁摄，无奈受伤人禀赋甚厚，神志更强，虽中邪法，真灵犹有主宰，生魂不易摄取。妖人不知何故，不能亲来。因二人是府上亲属，深知本村虚实，便差他们到此用妖法摄取。并使应他本门为畜期满，仍须杀一亲人为信，方得脱去皮毛，正式拜师的狠毒规条。不料二人天良未丧，迟不下手，被我四人赶来将他们擒住。妖人久候无音，必生疑心，用妖法催归。一面再借妖针感应，对二位重新禁制，试探动静。他这妖法除非深知底细的人，便各正派中长老也没多人能破。余者虽也有人能破解，但须寻到妖巢，先将行法妖幡、符箓破去，或将妖人杀死。再不就是所差行法之人，到时心生内叛，将所持代形禁物小泥人上妖符、禁法撤去，使与法坛上妖幡、邪法隔绝，方保无患。否则不论妖人胜败，所摄的人必死无疑。妖人催逼二人不回，再觉出二位没有感应，必下毒手。

"二人均是上好资质，女的尤甚，按说易得师父宠爱。但看那妖人对他们的行径和二人被擒时抱头痛哭之言，却全无丝毫师徒之情。美质良材，最是难得，又当正邪各派俱在网罗门人之际，如看不上，何故收录门下？纵令天门教下规章如此，也决不会相待这等狠恶。必是先时无知，误投妖人，隐身以后，又自知堕落，生了悔意，吃妖人看破，有心杀却，又觉可惜，才致这样恶待。无非想使其受尽苦难煎熬，心寒畏服，末了仍使其杀一亲人，以试信心。虽然遣出，并不信任，不过知二人元神受禁，稍一违忤，永受酷毒，求死都难，断定必无异图罢了。即使二人此时功成回去，也必当他们事出勉强，不是本心遵服师命。受完责罚之后，仍须重新为畜三数年，遇上运气，方予定夺。当时复体为人，依然无望。再一查出事有变故，必疑二人临场生悔，不肯犯上行凶，拼着一死，自破妖法，将人救醒，岂不恨入骨髓？势必先用妖法使二人在此裂体焚身，剩下生魂，一拘即回。再按本门法规处治，用来祭炼妖法，从此日服苦役，永世沉沦，更无超升之日。

"却不知贫道对异派中妖术邪法多半深知，乘其不觉，不特破了他的妖法，并还将计就计，在二人所居静室之中，将原披熊、猴外皮剥下，以代二人原身。再用小诸天四九归元招魂之法，反客为主，将二人生魂镇住，幻出二人的假生魂，等他那里妖法一发动，皮下符箓所幻假魂立被摄去。妖人摄魂之际，知道二人已死，一面摄取生魂，一面将所炼妖法如葫芦、幡幢之类，放置法台之上，以便魂来立即收取，当时祭炼。为防新魂灵气消耗，下手必快。先禁元神，也必放出相待，使与生魂合一，再行禁制，炼时增长威力。这一收一放，迅速异常，妖人任多细心，也万想不到会有人暗中乘虚而入，夺取所禁叛徒的元神。事起仓猝,更是无法拦阻。那灵符所化假生魂,只要与元神一合,立即闪电一般挈回。去时有形,回时一晃即隐,除事先知道,或可防御,此外任怎应变神速,也是没法追赶。即使被他事先发觉元神收不回来,这小诸天法术随行法人心灵发挥妙用,敌人纵不为所伤,所设妖幡也必损毁。至于生魂,因我先行下手镇住,加以本体未伤,只要心志坚忍,不受动摇,至多神志稍微昏迷,并无妨害。元神如不收回,当再传以凝神定虑之法,妖人未戮以前,每日如法打坐,连稍昏迷都不会了。发作甚快,至多再有刻许工夫,便知分晓。此时二人守在房里,妖人禁法破后,方可唤来相见。令侄天性至厚,必甚关心。二人在妖人门下自能体会,必知禁法破未。如欲往视,可由赵师弟领了进去,就便事完,引他来此。适才已将尊居四下行法封禁,妖人一来,立时警觉。今晚不来,明早再去寻他便了。"

萧清因听兄嫂哭诉之言,出门时又见二人尽管喜出望外,仍是满面惶恐忧急之状,知道妖法厉害,元神已被禁制,虽仗仙法免死,仍有后患,闻言大喜。巴不得能够前往守着,就便一观仙家妙用。忙先跪下,代谢四位仙长解救之恩。

赵光斗随领萧清到了静室门外,嘱咐:"入内不妨和二人谈话,但有异状,不可惊慌,更不可动那一切布置。兽皮焚碎以后,二人如觉昏晕,无须害怕,同往前面,自有方法解免。此室虽有仙法封锁,妖法一破,便自撤去,可以随便走出。"说完,将手一指,烟光分合之间,萧清人已入室。回顾赵元斗并未随入。再看室中萧玉和崔瑶仙,这一对受尽千辛万苦的恩爱夫妻,已各将衣服换好,互相偎抱,并坐一起,对着地上的兽皮、灵符,泪珠欲流,满脸俱是忧急害怕之状,只丰采容光仍和当年差不许多。见门外烟光闪处,萧清忽然走进,惊喜交集。因是出死入生,情深太甚,更衣之后,便互相偎坐一起。刘泉虽未禁止谈话,曾令静坐,不敢冒失走动,只得含愧各低声喊了声:"清弟。"萧清起初虽恨瑶仙、绛雪罪魁祸首,陷乃兄于不义,但木已成舟,无可挽回,平日又听萧逸那等说法,再见二人种种身受,不由怜悯起来。知道妖法尚未发动,二人吉凶莫测,万分忧急,忙即走近前去,把刘泉所说,一一转告。二人闻说,始放宽心。

萧清便问二人逃出遇难经过。瑶仙因在妖窟所受凌辱太甚,尤其萧玉因为是自己丈夫,妖道师徒视如眼中之钉,如非自己誓死保全,早已百死。平日备尝酷毒,遭遇更惨,稍一回忆,便自心惊魂颤,以致谈虎色变。再说自身才得免死,转危为安,深知妖人厉害,平日自称能制他的人举世无多,今日所遇四位仙人从未听他提过。尽管萧清传谕,顷刻可以脱祸,心虽喜极,仍然难免忧疑,全神都注定那两张兽皮,哪有心肠详说前事。萧清昔日那等嫉视,今日临难却舍死求恩,几番解救。仙人转念施恩,未始不因孝友至诚所动。感激不尽,怎便拂逆,不禁心酸流泪道:"毛弟,我两个都不是人,新自畜牲道中转来,想起身受,心魂都颤。且等事完,慢慢对你这位又贤明又孝友的好兄弟细说吧。"

萧清不知二人已行过婚礼,加以患难相共了数年,互相爱怜,夫妻口吻成了习惯,对他也视若恩人骨肉,无须顾忌,口不择言。还当二人在外先已苟合,又在妖窟失陷数年,心迷失志,连脸都变老了。好好一个才智少女变得这样,心方惋惜,忽见二人神色遽变,又是满脸忧惶,身旁似有光华闪动。侧脸一看,那竹针当中的两张兽皮倏地被一团绿阴阴的怪火罩住,晃眼包住全身。萧玉夫妻随即立起,各自战战兢兢按照刘泉传授,朝兽皮略一比划,那两张兽皮立时还了真形,带着那些竹针化成一熊一猴,跳将起来,在圈中乱蹦乱跳,上下飞舞,好似活物被火烧急,走投无路之状,只是跳不出竹针外去。那怪火也始终烧身不舍。候有片刻光景,兽皮下面两张符箓忽然自焚,一道青白色光华朝二人面上闪过,那四十九根竹针也拔地飞起,乱箭也似化为许多黄光,裹住两条人影飞起,晃眼不见。那一熊一猴也在符焚时仰翻地上,怪火同时消灭。低头一看,已全成了灰烬。回顾二人周身乱抖,眼中热泪盈眶,却又略现喜容,知是紧要关头。

待才半盏茶时,忽见二人泪流满面,哑声急喊道:"天呀,可怜我们也有今日!"说罢,便双双纵起,一个紧抱萧清,一个纳头便拜,都是唇颤体摇。喊完这两句,便再说不出一句话来。萧清知已脱难,喜欢太过,失了常态,见状又是欣慰,又代他们伤心。一面请起瑶仙,一面回问哥哥:"你和表姊都没事了么?"萧玉强把头点了点,口中只喊得一声:"毛弟!"便"哇"的一声,抱着萧清痛哭起来。瑶仙想起数年身受,触动悲怀,更是心寒胆悸,忍不住扑向萧玉身上,悲哭不止。萧清自然免不了陪着伤心,泪如泉涌。正向二人慰勉,忽然堂兄萧野在外喊道:"刘真人说,玉弟、表妹元灵已复,永无忧虑。叔父现等问话,快止悲哭,前往叩见吧。"说罢走去。

二人忙强止住悲声,各把眼泪拭尽,略整衣服。萧清随问:"元神回来,怎未看见?"萧玉答说:"元神与生魂不同,并无形质,乃是妖人禁制之术。附在所设镇物上面,与心神灵魂感应相通,如影随形,不犯他恶,并无异状。否则,只要如法施为,先将代形镇物行法火焚,不论相隔远近,本人立即自焚,那魂魄也吃收摄了去。镇物上面原滴有本人心血，火焚后便成一缕淡烟。妖法破后，随风吹散，不被收去，妖人还有别的恶毒伎俩，拼着不要生魂祭炼法宝，仍可遥相禁制，使其魂消魄散。所以起初十分害怕。想不到四位大仙如此神通，竟能反客为主，立即破解。平日元神受禁，身虽在外，不问妖人有否施为，心总悬在妖窟，有时竟似两地存身一般。适才灵符化去，不久心神倏地爽朗，为数年以来所无。妖法发动最快，如有不妙，早已感觉火烧替身，自身无恙，该当受罪。忽然心神一松，自是成功无疑。全出意料，喜极之际，哪得不想起前情伤心呢！"

说完，已经收拾停当，一同走出。二人原是熟地，方才走到院中，萧清仰望空中，似有黄光射过，方喊："快看！"萧玉夫妻已经望见，吓得面如土色，拉了萧清，朝前便跑。忽听对面有人笑道："妖徒已断了一臂逃走，既然改邪归正，身已脱难，还怕什么？"三人一看，来的正是今日同来四仙中姓俞的一位，知他首发恻隐，曾代二人向刘真人求情，忙即一同跪下，拜谢不迭。

第二〇〇回

披毛戴角　魔窟陷贞娃
惩恶除奸　妖徒遭孽报

俞允中一面拉起，笑对三人道："实不相瞒，我也是个多情人。适才听萧清说起前事，甚是感动。我本奉大师兄刘真人之命，随赵、魏二位迎敌妖人，不料首恶并未亲来，只命三个门人隐形来此侵扰，欲用妖法暗算全村人众，触动禁法，又吃赵师兄施展仙法现出真形。所来之人，倒有两个惊弓之鸟，一被烈火烧死，一为飞针所诛。只一个自恃持有妖幡，还想作怪，吃赵真人用法宝将幡破去，断去一臂，方得代死遁走。他二位仍在外面防守。我为要听你二人失陷妖窟经过，并还想查看你们心性如何，抽空回来。明日你婶母便和两位道法高强的道友回村，妖人也应在彼时伏诛。由此转祸为福，不必再担惊害怕了。"瑶仙闻言心动，立拉过萧玉重又跪谢，并求特赐鸿恩，破格收录。允中笑道："你们也是难缠的人，我才点醒一点，便来向我纠缠。我此时怎能收徒？你叔父等久，且等明日，自家看事而行吧。"说时，已同走到前进堂屋，耳听萧逸正问萧野："瑶仙他俩怎还未来？"又听刘泉答道："想是俞师弟多情人同病相怜，自己爱莫能收，适才见我占算夫人偕友同归，想给他们指点门路吧？"

瑶仙自从逃出遭难，便生悔心。一听萧逸喊着自己名来问，全无见怪之意，可知关念甚切，无心流露。想起以前为亡母所愚，诸多不合，如今又害他受许多苦难，不由又感激又惭愧，不等话完，首先舍众奔入。一眼望见刘泉坐在床前，手里看着一件精光闪闪的晶镜，带笑说话，不敢怠慢，忙即跪叩，说了句："多谢真人恩施格外，见过家叔，容再拜谢。"随即扑跪在萧逸床前，只说得一句："侄女罪该万死！"无话可说，便泪如涌泉，痛哭起来。跟着萧玉也奔进，照样跪倒，感泣不止。萧逸人已逐渐康复，知二人今日实迫处此，自己命该遭难，见同归来，心只有怜爱欣喜，并无记恨。容二人哭拜一阵，随命起立，同坐说话。二人因身负罪孽，又有仙人在座，不敢落座，敬谨辞谢，侍立在侧。俞允中此时也随了进来，从旁笑着说道："苦海无边，回头是岸。此时你们也算是地主，坐了何妨？"萧逸因刘、俞二人均赞二人和萧清俱是美质，尤以瑶仙、萧清更是罕见，俞允中还有成全之意，知不会怪，笑说："你二人脱难归正，二位真人俱是喜慰，今日饱受惊苦忧急，我已命人为你们准备饮食，且坐歇息无妨。"二人见如此恩厚，好生感动，只得告罪坐了。

萧逸先问："你二人身受已略闻知，今既脱难，缓说无妨。绛雪行虽犯上，心实忠义，没有偕来，此女刚烈异常，莫非受害了么？"瑶仙知是想乘仙人在此，搭救绛雪，不禁含泪答道："当初绛妹原同失陷妖窟，只为绛妹早抱必死之志，便她妄念得遂，仍必自杀殉主。性既刚烈，心思又与侄女不同，在妖窟中誓死不屈。妖人暴怒，几要取她生魂祭炼妖法。断定无法逃走，只关闭在石室之内。先还有人相助，得以见面，后便隔开。当时初去，连侄女也未行法禁制。不知怎的，被她用甚言语，愚弄一个姓翟的妖徒同逃出去。也是心性忒急，以为妖人行法入定需时甚久，还未逃远，便想下手将妖徒刺死。吃妖徒发觉，重又擒回。正调戏行强之间，忽然被人救走。妖徒逃回还想蒙混，不料吃妖人当众审出实情。平日虽极得宠爱，照样不能容恕，仍用妖法焚身，受那炼魂之惨。绛妹初去，受刑最多，可是脱难也快。听妖徒说，救她那人是个黑衣道姑，道法高深，一见便被剑光逼迫不能脱身，却说现时杀戒已不再开，并说妖徒如此死法不足蔽辜，说完带了绛妹飞走。妖徒偏是无法逃遁，除回路外，哪一面都被剑光阻住，越逼越近，最终无法，只得逃回，遭了妖人毒手，果然死得奇惨。许是绛妹不似侄女这等罪孽深重，所以报应独轻，更以义烈感召仙灵，因而转祸为福呢。"

萧逸闻言，好生嗟叹。随又询问瑶仙出走经过。

原来那年瑶仙、绛雪由萧玉所开密径逃出山去，因值阴雨，到处积潦，衣履皆湿。加以萧玉因二女来信说走无定日，相隔还早，衣物齐备，独缺食粮。二女虽然聪明，终是年幼失算，只顾瞒了萧玉起身，忘了准备行粮，寄居萧家，又无法备办。以为前听母言，出山一二日途程便有人家，也没细问前山后山。只行前三日，连偷带明要，积存有一点腊肉、干粮，至多不过四五日之用，自觉足够。谁知出山后，雨还未住，天气又热，本已放了三天，经雨一湿，全部腐臭。加上翻越崖壁时，绛雪雨滑失足，尚幸不曾葬身绝涧，自带的一份又被失落。瑶仙出世以来，几曾吃过这等大苦，便不失落，次日又腐又臭，也难下咽，所以第二天晚间便绝了粮。雨是时落时止，除近崖一带，到处山洪。登高四望，到处云雾低迷，飞瀑满山，哪能辨出丝毫途径。走是不能走，

295

吃的又没有,急得没法。又由绛雪犯险,欲由山洞秘径潜回村内,夜见萧玉,谋取食粮。不料前夜走出不久,中间一节山石忽然崩塌,将归路阻断,不能再进。二女无计可施,只得踏泥涉水,满处寻找食物。总算天不绝人,居然寻到一处兔窟,打了只野兔,烤吃充饥。

二女料想洞虽隔断,萧玉终要寻来。刚一离村,便如此为难,前途艰险可知。况又认不得出山路径,还是多一男子同行要好得多。于是又转了念头,想萧玉也许见信之后,也起了寻师之念,另谋出路,或由里面二次开通秘径,追了出来,先结伴同行,等寻到仙师,再行分手。谁知等了十多天,每日暗去洞前藏伏探望,萧玉终未出现。又疑萧玉行踪被仇人窥破,监禁起来,无法脱身,又添了一层焦急。这时萧逸正率全村人,由水旱两条通路,出村四处寻找二女踪迹,又命人往山外镇墟寻访,如被寻回,也就没事。偏生二女逃出之处,乃山中最隐秘之地,偏居琵琶垄的东南方,相隔虽只数里,但是一个死地。中有峻岭大壑阻断,不能飞渡。北行俱是危峰峭壁,拦住去路。面积不大,只是一个绝地,向无人迹。便萧逸祖父初入山时,附近一二百里内差不多踏遍,独于这里也未到过。所以连欧阳霜也未将人寻到。萧玉无心发现洞中秘径,见外面是绝涧,可以攀援绕越,对面山势倾斜,不难越过,只当可以通行出去,也没走上细看。二女逃后,见没寻回,还自以为得计。谁知误人误己,几乎同遭惨祸,永沦妖窟。

二女苦熬了多日,天早放晴。久等萧玉不出,没奈何,只得重打出山主意。满拟只要走出山去,遇着人家集镇,把行粮备齐,再离开当地,向平日所闻海内名山走去,沿途再留心打听,何处有仙人踪迹,立往求拜。谁知四面八方险阻横生,一处也不能越过。每日只捉些野兔,掘些野芋、黄精、野菜之类,胡乱充饥,晚来仍宿在初出时藏身的崖洞以内。连寻多日,始终无路可通。再一想起身世孤苦,常常抢地呼天,相抱痛哭。这日一早,绛雪急中生智,见东北方虽有阔涧危崖挡路,但临崖藤蔓甚多,并有立足之处,两面相去不过两丈,崖边还有一株挺出的老松。如在平地两丈远近,以瑶仙的身手,也不是不能越过。只因下临绝涧,其深莫测,失足立成齑粉,看着先眼眩心寒,无此勇气。即便瑶仙勉强冒险飞越,绛雪也纵不过去。假使用一长索,甩向那老柯之上搭紧,便可沿索而过。虽然岸那边地形难测,前进一步,总比死守当地强些。于是斩下三丈来长一根坚韧山藤,削去枝蔓,取一件衬衣包好一块石头,搓些野麻紧绑藤上,由瑶仙奋力抡圆甩将过去。居然一下便挂住树桠,嵌夹甚紧,用力一试,竟扯不动。绛雪又把另一头用前法紧缠涧侧树干上面。刚刚停当,打算把昨剩野芋吃饱,略微歇息,援将过去。

瑶仙忽然瞥见一只跛了一腿的肥鹿,由右侧崖旁往树林内跑去。二女自从逃出,从未得过一次美好食物。野兔肉膻,并且为数无多,已似猎尽。日以野菜为粮,苦难下咽。平日又都喜吃鹿肉,过崖知有吃的没有?如何能够放过?忙喊:"绛妹快追!"那鹿连颠带跳,不能快跑,一会便被追上。吃二女两箭射中要害,上去一刀杀死。寻来柴枝,就地生火,挑那肥嫩的尽量烤吃,吃得甚是香甜。方说今日才想好法子过涧,便有彩头,定是天不绝人,前行佳兆。瑶仙忽想起当地四外阻隔,猿猱难渡,地方又小,连日到处踏遍,除一窝野兔外,并无别的野兽足迹,鹿既跑来,想必附近还有出路。援藤飞渡终是危险,又加曾受绝粮之苦,恐过崖无处觅食,事已至此,也不在这半日耽搁。此鹿足敷十多天之用,何不将它全数切成长条,用树枝熏烤,腊干为脯,以备后用,一面细心查看鹿的来路,岂不是好?遂商定暂留,由绛雪腊肉为脯,瑶仙寻找鹿迹。为防走单遇变,难于应援,特意在涧边见鹿之处,另寻了一个洞穴栖身。制肉也在洞外容易望见之处,以便彼此可以一呼即至。

涧势曲折,走出半里多路,便发现那鹿果由对崖滚落。涧底本深,独鹿坠之处地势突起甚高,相隔对崖口仅只两丈高下,由下而上,尽是一种从未见过的鲜红野草。往这一面来,更是由低而高的斜坡,不过四五尺高下。适破鹿腹时,胃中便有此草,犹未化去。那鹿分明是在对崖低头吃那红色野草,失足跌伤,崖高两丈,无法回去,改向这面跑来。以前因为山中曲折,危石突出,将眼遮住。这一带相隔对崖更远,以为涧底都深,遥望即止,专向近处打算,没有身临查看,独独遗漏。可见仍是粗心之咎,白吃了许多苦头。上下不高,对崖有藤攀援,容易上下。正想试走过去,援上对崖,一探路径。忽然眼跳心动,还以为得路心喜之故。走到涧旁,想起绛雪必是悬望,还是和她说了,一同去的好,便走了回来。

其实那鹿也是被人追落,二女如不发现伤鹿,就此援藤过涧,上到崖顶,凭高下望,便可发现妖徒在彼为恶,必不敢下。只需在上潜伏,候到妖徒起身,再朝与他相反的路径逃走,只二十余里,便是出山路径。再往前不远,还有苗人墟寨,食宿问路,均可由心。妖徒本是无心至此,不会再来。就瑶仙先往探路,也许迎头先得警告,免却许多苦难。偏又临行却步,回与绛雪一说,越信皇天鉴怜,遣鹿送粮领路。

绛雪手快,瑶仙再下手相助,才到日中,便将肉脯熏好。先烤吃了一饱,收拾上路。毫不费事,便援上对面涧岸。过崖高陡,无计攀援。但鹿既由此下落,定有来路。如真寻不到,再回早间结藤之处,也可翻崖而过,颇自拿稳。及循崖脚一找,果然走不上二十步,便发现一个崖夹缝,宽约三尺,虽然草深,足可通行。忙即走进,行约半里,忽然穿通,当前现出平野。忽听呼啸之声,见一只黑熊前爪捧着一只死鹿,正由前面草地上向前飞跑,人立而行,跑起来竟和练过武功的人一样轻灵。二女都是年幼喜事,早间得了彩头,虽知熊颇凶猛,自恃本领,毒弩百发百中,一时见猎心喜,妄想打死黑熊,将鹿劫下,再取些鲜肉,晚来烤吃。也没听出啸声有异之处,童心稚气,还恐那熊腿快,见人惊走,难于追获。互相低道一声:"快追!"

二女一同冒失走去。野地不大,对面一片树林。二女追出不远,那熊已亡命一般跑进林去。二女接连几纵,便已赶到。身刚闯进林内,眼前倏地一花,只听一声极熟的惨叫,那熊已被人一长鞭打倒在地。立定一看,林内也是一片空地。当中一块青石,石旁生着一堆火,凌空悬着几块兽肉,焦香四溢,两个装束奇特的道童正在持肉大嚼。身侧倒着几只肥鹿,腿、脊上肉已被割去,尚不曾死,各在惨哼挣命。另一道童手持长鞭,正朝黑熊打去,怪声怒喝:"你怎这时才来,又弄回一只死的?"那熊爪中死鹿已在倒跌时甩落,方在痛极喊得一句:"大仙饶命!"一眼望见二女闯进,忽然一声惊叫,便已晕死过去。

二女刚刚听出那熊口吐人言,是个熟人,心中一惊。三道童已全望见二女,同时嘻笑,面容狞厉,越显凶丑。二女虽知不妙,但又不舍就逃。方一迟疑,内中一个已发话道:"难得荒山之中,竟有这样美女送上门来受用。师兄,你我各人分享如何?"另一个道:"师父知道,如何得了?还是捉回献上的好。"瑶仙听出口气不对,又见三人相貌诡异,烧肉空悬火上,旁边死鹿狼藉,不下十只。虽还断不定黑熊是否那人幻化,如此惨毒,分明是妖邪一流。见他只说不动,心想先下手为强,暗朝绛雪一递眼色,竟欲骤出不意,先将三妖童用毒箭射死,查看那熊是否是人,再作计较。乘着三人无备之际,手扬处,毒弩连珠射出。三妖童竟似未觉,方料能中。持鞭打熊的一个忽然一声狞笑,手指处,眼看那箭快要射中,忽然凭空撞落地上。

绛雪箭发稍后,见状大惊,忙喊:"这是妖怪,姊姊还不快跑!"一句话把瑶仙提醒,随了绛雪,一面拔刀,纵起便逃。刚一回身,猛见来路上那片高崖迎面飞来,似要压到顶上,心中害怕。再往侧看,左有烈火,右有洪波,无法遁走。再一回顾,见三妖童仍然坐立原处未动,齐声怪笑道:"美人,你们决跑不脱,乖乖过来顺从我们,包你们受用快活。"二女自知难逃,情急无奈,方要横刀自刎,猛瞥见地下黑熊业已回醒,暗朝自己将前爪连摆;一面伸爪从怀中取出一物,晃了两晃。微一揣测停顿之间,刀弩忽然脱手向对面飞去。吃一妖童伸手接住,笑道:"美人,你们想死,我怎舍得? 再不乖乖过来,我们自己下手,扫了兴趣,就要吃苦了。"

话刚说完,猛听空中有人暴喝道:"该死的业障! 竟敢犯我家规,背师行事么?"三妖童立即面如土色,跪伏在地。二女方庆有了生机,忽然一阵阴风,一个寒噤打过,身便凌空悬起。顷刻落地,睁眼一看,已经换了一个境界。存身所在是一个亩许方圆的石洞,当中一个石座上坐着一个瘦长青脸、突眼鹰鼻的道人。座旁有两个短石幢,上插两支粗如人臂的大蜡烛,光焰强烈,照得合洞通明。左右侍立着三个妖徒,年纪虽有长幼,却是一律道童打扮,个个横眉竖目,满脸厉气,凶恶非常。地面满铺锦茵,其余陈设也颇华丽。先见的三妖童已经伏跪地上,不住哀声求告。自己和绛雪,就在道人身侧立定。其徒如此,其师可知。既将自己摄回,料非善地。无奈妖人精通法术,适才只听声音,人还未见,便被摄来,想逃想死,恐俱无用。那黑熊情形更令人悬心。身落人手,只有听天由命,相机应付,反倒胆壮起来。

二女正寻思间,中坐妖道忽朝三妖童狞笑道:"你们才脱皮毛几年,便想背我妄为,岂非找死? 如今真赃实犯,还有何说? 谁起的意? 这两女何处弄来? 快说实话,我好分别处治。"三妖童看出妖道全没丝毫怜惜,吓得浑身抖战,只将头连叩,不敢出声。妖道笑道:"照此看来,你这三个孽畜都是安心背叛了。这倒省事,不用我再问口供了。"说罢,目闪凶光,青森森一张丑脸倏地往下一沉,怒喝:"申武将我旗、剑和他们原披的皮毛取来,先按我家规从重处治之后,如法施为。"上首一个妖童立即应诺,往座后石坡上面小门内跑去。

那首先起意想要霸占二女的一个,自知再不抢在前头强辩,决无幸理,首先急喊道:"师父且慢下手,容弟子从实禀告。"妖道冷笑道:"翟度,众弟子中,你和申武最得我的器重,居然也敢叛我? 如有半句虚言,莫怨师父狠毒。"说时,申武已经背插小幡,左手拿长剑,右手拿蟒鞭走来。那名字叫翟度的妖童赶紧答道:"弟子等三人带了新收兽奴出猎鹿肾,与师父下酒,因见鹿肉肥嫩,便割了些在林中生火烤吃。已经割了五条鹿肾,想再得一条便回,命兽奴独往搜寻。去了好一会,连催两次才回,偏又弄回一只死公鹿。那鹿脊肉要生割吃才味鲜,他擒鹿有师父传的法术,只要见到便能生擒回来。起初弟子等割鹿肉时,他竟把头偏开不看,好似嫌那鹿死得太惨,所以预先将鹿打死，再行抱回。这样假仁假义，异日怎配做师父的徒弟？谈飞看他可恶，刚拿鞭打他，这两美女忽然跑来。谈飞和屠三彪商量，要瞒了师父，寻一山洞藏起，得空便往取乐。弟子再三劝说，师父神目如电，决瞒不过，还是擒回献上，听师父发落的好。正在商量，这两美女竟用弩箭射人，没射中想逃，吃弟子行法阻住。又想回刀自杀，也吃夺过，师父就驾到了。此是实情，如有虚言，甘受加重处罚。"边说，边拿眼望着旁立的申武，似有求助之意。

　　话才住口，谈、屠二妖童听他诿罪于人，尤其谈飞素常畏师如虎，是首先劝阻之人，各自情急，刚喊得一声："冤枉呀！"申武和翟度在妖徒中性最凶残，平日同恶相济，交情最深，上来便看出师父意有偏向，所以问供分别首从。翟度一说，妖道面色稍转，更知有了生机，乐得相劝。明知所说不实不尽，居心袒护。见谈、屠二妖童极口喊冤，如何肯容他们分辩，没头没脸，扬手先是几鞭打下，然后厉声喝道："我侍师父祭炼仙法，刚下法台，不久便得兽奴摇晃法牌，传警告急。师父疼爱徒弟，恩重如山，因你三人没有告急，反是兽奴传警，还当你们遇甚仇敌失陷，连忙赶去。谁知竟敢背叛师尊，隐藏美人。师父到时，正听你两个在调戏美女，招手唤她们过去。翟师兄面带愁容，坐在那里，分明因你们两个人法术是他代师父传授，平时情分太深，不忍举发。又恐师父明察如神，日后连累到他，故此为难。师父和我俱曾耳闻目睹，还敢说冤枉么？"说罢，见妖道没有拦阻，乘机又是刷刷刷十几蟒鞭。二妖童疼得满地乱滚，气喘不出，心胆皆裂，哪里还能开口。

　　其实谈飞并未开言，因是打完黑熊便立向翟、屠二人身侧，本心还想劝阻，不料申武硬把他与屠三彪拉在一起。翟度刁猾凶顽，尽管首先起意，一见谈飞胆怯，便留了一份心，把话收住，准备二女如顺己意，便以大师兄身分，分一个与二人共乐，自己却吃独食，硬占一个。二人如若胆小，便割爱献回讨好，日后再打主意向师父明求，一样有望。色迷心窍，正打主意，没有开口，妖道便率申武赶到，一齐摄回。这时一听，竟是黑熊闹鬼，暗中破坏，不禁痛恨。

　　妖道虽然御下残酷，因翟度是大徒弟，又性情相近，平日最为得用，本就有了两分宽容。吃申、翟二妖徒一说一打，再想起适才眼见之事，本就耳软信谗，立为所愚。凶眉扬处，厉声喝道："翟度虽未叛师，知情不举，还不如那新收的兽奴萧玉。申武可将他吊起，打他四十蟒鞭。再将屠、谈二孽畜依法施刑之后，重披皮毛，再服三年苦役。如不服罪，即受炼魂之诛，永世不得超生。"屠、谈二妖徒先前还想忍痛求恕,及听到末两句,再一多口求告,不但不能减罪,反而生魂要被妖道收去,永受苦难。知道妖道凶残,哪里还敢分辩。枉自怨愤填膺,暗中切齿,心魂皆颤,只作声不得。

申武领命,装模作样转过身去,先朝翟度厉声喝道:"我代师父行刑,须怨不得我。"翟度诺诺连声,先向妖道谢了师恩,然后立起,退到洞的中央。洞顶原有两根带链铁环,由上悬下。翟度轻轻一纵,便到了上面,双足套入环里,头下脚上,凌空悬着。申武随拔背幡,口诵妖咒,朝上指了两指,翟度全身衣服立即全光。那两铁环也由大而小,紧束腿腕之内。申武暴喝一声,扬起蟒鞭就打。这还是妖道处治门徒最轻微的刑法,旁观已是惊心。鞭系蟒尾制成,甚是厉害,一打下去,立即紫肿拱起。翟度只管惨声高叫,申武依旧扬鞭乱打。一会四十下打过,翟度已经血肉横飞,晕死过去。申武跪禀用刑完毕。妖道吩咐拖向后洞,任其自醒,不许徇情取药医治,以戒下次。

二女方觉稍出恶气,申武又在厉喝:"你两个孽畜,还用人服侍么?"屠、谈二人知难躲脱,适才凶焰已全消尽,宛如待死之畜,眼含痛泪,照样向上谢师恩,战兢兢走到环下。稍慢得一慢,便各着了两蟒鞭,吓得惨叫连声,连跌带滚,纵到上面,各把双足投向一环以内。申武将幡一指,环缩更紧,二人立似杀猪般惨叫起来。申武怒骂:"脓包孽畜,也配在师父门下。"边喝边打。每打晕过去,申武将幡一指,便即还醒,醒后又打。约打了百十下,死后还魂好几次。二女见此惨毒,自是暗中称快。

谁知打完放下,还有花样。二人放下时,已是皮糟肉烂,周身紫肿,俯伏地下,不住惨哼,哀告:"师父大发鸿恩,就这样变畜生吧。"妖道坐在上面,喜孜孜斜睨二女,连话也未应。申武已从身畔取出两妖符。另外还有两个矮妖童,早取来一狼一豹两张兽皮,旁立相侍。申武又用剑尖挑起两符,张口喷出一股碧焰。符便化为两幢绿火,各将二人笼罩,随即立起。眼看身上肌肉全数平复如初,和未受伤时一样。二人反倒牙齿作对儿厮颤,格外害怕起来。一会绿火消去。申武念念有词,将幡一指,便有无数火针飞起,朝二人身上撒下,钉满全身。约有半盏茶时,火针飞回,随着针眼往外直流鲜血,晃眼成了一个血人,从头到脚不见一丝白肉。先还面色惨变,咬牙忍受。血出以后,终于忍受不住,往后便倒。两矮妖童早抢向二人身后,张开兽皮等候,未容倒地,纵身迎上,接住由后朝前一包。跟着朝每人背上一脚踹去,趴跌在地。申武持幡一阵乱划,兽皮逐渐合拢,将二人全身包没,合成整个,化为一狼一豹,死在地上。由二矮妖童抓住尾巴,倒拖出去。

二女因恨妖童刺骨，觉其孽由自作，死不足惜。及等事完，二人化身为兽，忽悟所见黑熊，实是人所变，心中方一急痛。妖道忽喊："唤两少女近前问话。"二女知道害怕无用，一鼓勇气，不等招呼，便不约而同，双双走上前去，朝妖道拜了一拜，齐问道："我二人都是俗女凡人，仙人将我们带到此地，有何见教？"妖道本爱二女美貌，又见是上好资质，也不细问来历，开口便问二女愿入门下不愿。绛雪性较瑶仙还要刚烈，首先抗声答道："大仙师徒俱是男子，我等俱是女流，彼此都有不便。况且我姊妹原因父母双亡，被仇家逼迫，逃将出来，原意往四川投亲，本无出家之心。大仙要我们这无知凡女有何用处？即令勉强拜师，也难领悟玄机。但求将我二人释放，感恩不尽。"

妖道闻言，只把丑脸一沉，旋又笑问瑶仙："你呢？"瑶仙自从逃出，日久饱历险阻之余，渐生悔心；又见妖道师徒都是极恶穷凶一流，一双鬼眼不时斜望自己，洞中并无女子，强掳到此，定有邪念。心想："萧逸当初，不过不好意思公然说出拒婚的话，萧、黄两家又未过礼行聘，全是母亲蓄志寻仇，才闹出许多事故，终于报应临头，害人害己。只为自己泄愤，也不想想事有多难，临终还要用尽权谋，诱激苦命孤女代行未完之志；更恐阴谋不济，又用种种诡计，把萧玉、绛雪一齐饶上。如非仇人量大宽容，日前和绛雪两番行刺，早已身受村规处治，火烧惨死。今日身陷妖窟，还不是亡母临死一念之差，贻毒所致？妖邪何等凶残，卧云村桃源乐土如被知晓，必有奇祸。即使萧逸父子可恶，余人何辜？何况还有上代坟墓在彼。自己所行如对，何致有此结果？如再造孽，遭报必还更惨。难得妖道没有细问来历家乡。"惟恐绛雪只图报仇，答应拜师，泄了卧云村底细，惹出灭村之祸。一听这等说法，正合心意。见妖道转问自己，立即借话递话道："小女子姊妹二人，因由昆明故乡往四川投亲，误信人言，错走水路，展转来此，迷路入山，不料被大仙带来。只乞开恩释放，自行觅路回去，实实不愿学道。"

妖道闻言冷笑道："我天门教下收徒最是不易。每收一个，先要披上皮毛，身为兽奴三年。期满之后，再杀一亲人，以信无他，方可复体还原，收归门下，从此从我学道，修为长生不老。近年先妻天门夫人为峨眉群小所伤，兵解仙去。特地隐居此山，祭炼仙法为她报仇。因感寂寞，久欲收一二女弟子陪侍枕席。一则修炼太紧，无此闲心；二则美质难得。今见你二人资质俱都不恶，方始垂青，带回本山。这等旷世难逢的仙缘，怎倒说出不愿的话来？这里生人一到，永无离去之日。如换常人，一语违犯，早已生被严刑，死受炼刑之苦了。念你们无知，姑从宽恕。我教下法令虽极严厉，但我生平在旧规以外,从不强人所难。现有三条路走:一是拜在我门下,照众人旧例,披毛戴角,身为兽奴,日受门人驱策,苦役三年,期满见无二心,再行立功,复体为人,传我道法;第二是拜门之后,即侍枕席,我便特降殊恩,免去三年兽役之苦;第三,两俱不愿,立即杀死,将生魂收去,炼我仙法,永世沉沦,日受煎熬,其苦胜于百死。至于想死想走,却由不得你们。”

话未说完,绛雪早已愤填胸臆,明知妖法厉害,逃必无望,但还以为人死即完,鬼乃无形之物,来去由心,有甚苦难?误当妖道恫吓,惟恐吃妖法迷住,受了污辱,妄想激怒妖道,任其杀死,拼着一命,落个清白。立即“贼妖”、“狗盗”,破口大骂不止。瑶仙深知自杀定然无望。因妖道有法外并不勉强之言,如拼吃苦为兽,尚可免去污辱,并得与那幻成黑熊的人相聚一起,好打脱身主意。正想如何措词,不料绛雪破口乱骂,知她求死心切。本来誓同生死,怎可独后?暗忖:“能求一死,倒也干净。”也跟着怒声斥骂起来。不过瑶仙据理指斥,说道:“修道人不应如此行为。我姊妹身虽女子,视死如归,杀剐任便,决不顺从。”好似在和妖人讲理。绛雪却是乱跳乱骂,直斥妖道邪恶,日后必伏天诛,五雷殛顶,句句都是犯忌的话。

这妖道便是天门岭的天门神君林瑞,生平为炼妖法伤生最多,也曾害过一个妇女,并不十分贪恋。加以复仇心切,日夕祭炼妖法,本来无意及此。也是二女大难临头,一见面便被看中。妖道人虽残酷,却有特性。说话也是出口便算,永无更改。以为女流胆小,先拿门徒示威,大肆刑毒,使知害怕,然后婉言开导,不患不肯顺从。不料都是一般烈性,不但不畏刑杀,连那炼魂之惨也非所计。当时就杀死收魂,心又不舍。一看左右门人俱都低头闭目,如不闻见,知众门人怯于凶威,恐他不可收场,迁怒刑责,未奉师命,又不敢退将出去。虽然敬畏惟谨,保不住暗中腹诽。绛雪又越骂越凶,不禁怒上加怒。因二女中瑶仙更美,态度又较好些,想了想,决计拿绛雪做个榜样。倏地浓眉倒竖,怒喝:“贱婢竟敢无礼!申武急速与我吊起,听候施刑。我先叫你讨饶都难。”随说手朝二女一指。绛雪明知就死也必要受许多苦楚,闻言并不害怕。冷不防将身一纵,想和妖人拼命。耳听:“贱婢不得无礼!”把手一扬,那洞顶铁环便飞将下来,由头上套下,紧束腰间,往上吊去。再想骂时,只管将口连张,用尽气力,只不出声。

申武回身再指铁环去吊瑶仙时,林瑞忽说:“此女尚还可恕,不妨少待。”瑶仙见绛雪已经高高吊起,刚哭喊得一声:“绛妹,你死我不独生。”也吃妖道将手一指,休说哭喊不出,连身都被定住,寸步难移。申武随即跪请:“用何刑处治贱婢犯上之罪？"妖道看出二女不但性情贞烈，并且姊妹情重，有异寻常，一死同死。偏生绛雪辱骂太毒，过损威严，不能不加惩处。心想："只使略受点刑，好使另一个触目惊心，一个受苦不过，只要服顺便住。"便向申武喝道："此乃凡女，受刑立死，但我还有用她们之处。先打四十蟒鞭，看服不服，再听吩咐。"申武领命回身，举鞭朝上便打。叭叭叭接连几下，绛雪不能出声，只在空中乱颤乱挺，上下身衣服立即碎裂，皮开肉绽，急痛攻心，晕死过去。这还算妖徒秉承妖师意旨，点到为止，比起适才打两妖童轻好几倍，已是如此；否则早就骨断筋裂，死于非命了。瑶仙见状，直比身受还惨。无奈不能言动，枉自切齿痛恨，心如油煎，求死不得。申武又打了十来下，妖道见绛雪只是随鞭乱晃，已没了气。便喝："放下救醒再问。"申武立把铁环放下，取出小幡一阵乱划。绛雪一声惨哼，悠悠醒转，周身痛楚麻木，软瘫地上，转动不得。

妖道解了二人禁制，便问："还服不服？"绛雪痛呻未定，残息仅属，还未开口。瑶仙见绛雪一放，自己忽能言动，忙即不顾命般飞撞上去，哭喊："绛妹，我妈害了你也！"绛雪昏惘急痛中，见是瑶仙，不知她未受刑。一听上面妖道还在喝问，突然怒火上升，强忍奇痛，奋力嘶声惨叫道："姊姊，我二人前生造孽，命该如此。除拼死为厉鬼，活捉这妖道，还有甚说？你我姊妹，做鬼再见好了。"底下还想再骂妖道几句，周身痛彻心骨，人已支持不住，二次又闭过气去。

妖道便问瑶仙："如何？"瑶仙悲愤填胸，决计也步绛雪后尘，跳身起来，戟指骂了声："该万死的妖孽！"妖道恐她再骂，将手一指，又被定住，言动不得。随对瑶仙狞笑道："你当她求得一死便完了么？似此可恶，日受磨折毒打，便三五十年也难如愿呢。你且先看个榜样，看她能死不能？"说罢，自下法台，手指绛雪，手中掐诀，念了几句邪咒，一口气吹去。绛雪本打得肉绽血流，玉容已死，妖人行法回生之后，顿还原状。除上下衣服破碎，尽成片段外，依旧雪肤花貌，掩映生辉，直似未受伤一样，痛也立止。只是怒视妖人，不能言动而已。妖人又对瑶仙道："你看她不是好了么？那四十鞭还只挨得一半呢。这还是你们今日初来，不知利害，略有宽容；我又到了炼法之时，无暇处治。明日不服，身受更苦。"随喝："行刑！"可怜绛雪痛楚方息，又受二次。申武鞭才打下，瑶仙见和先前一样，哪里还敢再看。明知妖人不打自己，单拿绛雪示威，只要顺从，便可无事，而且复原甚快。无奈绛雪心性，素所深知，心横誓死，决不屈辱。更恐妖人说话不算，拼为兽奴，也不允许。方在惶急踌躇，妖徒行刑已毕。绛雪自然早被打死，二次放落救醒。妖人随将瑶仙禁法解去，喝道："可将二女分禁兽穴以内，令熊奴随意伤害。只不许你们沾身。明日听候施刑。"

申武知他想借熊奴恐吓，立即应诺。手挥处，二矮妖童分别走来，一人一个，朝前引路。申武用小幡朝二女各指了指，二女便似有人捧持着，向外洞走去。瑶仙左行，连经过两处石室，到一石穴面前。妖童撮口一叫，走出一只黑熊。妖童见熊眼有泪，怒喝道："你这孽畜，又哭了么？这女子交你看守，你如高兴，只管咬她。你还不拉她进去？"随说，就是一脚，将熊踢了一溜滚。熊便战兢兢过来，做出张牙舞爪之状。瑶仙生死已置度外，强也无用。妖童喝骂了两声孽畜，便自走回。穴有一人多高，除熊外，通没一点防备。瑶仙见穴中并不污秽，只是阴森异常。洞顶倒悬一支火炬，光作碧色。石钟乳又多，林立槎枒，都呈异状。加以阴风习习，冷气侵肌，乍看仿佛鬼物，甚是怖人。

妖童去后，熊又来衔衣服。虽知兽均人变，但不知是否是前所见，心尚猜疑。及见熊神态温驯，直似旧识。再细看，眼中泪又滚滚流出。心方一动，熊忽舍了自己，跑向穴口，探头看了一看，急忙回身，人立而行，两爪轻抱瑶仙，用人言悲哭道："姊姊，你怎么也会失陷妖窟？受刑了么？"瑶仙早已料出熊是何人所变，一点未怕，闻言更知是真，不由心如刀割。忙把熊人抱紧，悲哭道："玉弟，真是你么？我害了你也！"熊恐哭声被妖徒听去，忙劝低声。一面人兽相抱，同到中穴深处钟乳林中。刚刚坐下，便听远远传来两声异啸。那熊立刻慌了手脚，悄声急说："姊姊不要逃走，妖徒喊我，不知还能再来不能，日后终可见面。不从白吃苦楚，求死不易，死了更是受罪。"说完，便慌不迭往外跑去。去了一会，捧着一些酒肉吃食，含泪走来。说妖人看中瑶仙，命送食物。吃完，令先恐吓，再吐人言诱劝。如能应允，便记一功。瑶仙哪还有心肠饮食，接过放下。见熊身又添两处伤痕，急问："玉弟去这一会，又受刑么？"那熊垂泪哭说："妖人只初来时打过一次，因我知道厉害，一切服从，并未再打。日受妖徒作践，却是难熬。除这时到天快亮，是他师徒行法安卧之时，最为安静外，日受苦役打骂，已成常例了。"瑶仙忍不住柔肠百折，便又吞声痛哭起来。那熊再三劝止，各述经过。

原来萧玉自从行刺不成，受了责罚，自知此后益发孤立，不复齿于人类。又一心一意念着瑶仙，相思之极，便不避艰危，二次开通秘径，逃将出来。也是三人该当受罪。萧玉出走这日，瑶仙因觅出路，攀援危崖，滑跌下来，受了点伤,加上隔日感冒,吃绛雪强劝着在山洞中睡卧养息,均未出洞。萧玉以为二女出走日久,必已去远,逃出秘径,便即觅路追寻,并未在附近寻找,二女所居山洞又极隐秘,所以不曾遇上。更巧是二女苦寻月余,当日方发现的逃鹿来路,萧玉偏误打误撞,容容易易寻到。过洞沿崖一转,不几步便找到那崖夹缝,走了出来。断定二女连欧阳霜都未寻到,必由此路早逃出去。心甚着急,惟恐追赶不上,出时又带有干粮,无须觅食,连日连夜往前紧赶。从小没出过山,哪认得什么路径,第三日误走天门岭下,正遇申、翟二妖徒由外回来。萧玉巴不得遇见一人,好打听二女由彼经过没有,竟不等对方擒他,先迎上去。二妖徒颇有眼力,看出萧玉资质不恶,知道不问死活,擒回俱有用处,连话都未容说完,便一阵妖风将他摄回山去。

　　妖师天门神君林瑞教规恶毒,对于新入门弟子尤极残酷。先问萧玉愿列入门墙不愿。萧玉一心惦念瑶仙,便当时令他成仙也非所愿,何况又看出妖人师徒决非善类。刚一婉言求告,便将林瑞触怒,当时一顿毒打。萧玉受苦不过,只得应允。妖人方始息怒,将伤医好。萧玉先还想虚与委蛇,日后乘机逃遁。谁知妖人还有为兽三年的恶例,将他披上皮毛,化为一只黑熊。总算妖人先还喜他,又顺从得快,没和屠、谈二妖徒一般,披毛以前受那妖针刺体之厄。可是妖人虽未再加刑毒,众妖童见师父颇有垂青之意,大是不快,日服苦役之外,还要备受凌辱鞭打。日子一久,略悉底细,才知生固受罪,如若犯了教规杀死,便被妖人将生魂收去祭炼妖法,永远沉沦,不见天日,所受尤惨。再如遇见强敌斗法时,驱遣出去害人,一个不巧,连魂都被敌人消灭,做鬼都是无望。又看到妖人行法祭炼生魂,鬼哭时奇惨至酷之状。妖道更是翻脸无情,不论亲疏,那些生魂厉魄,几乎全是他手下犯规叛教门徒。只说生不如死,谁知死了罪更难受。加以为兽以后,元神又受禁制,万难脱身,怎不心寒胆裂。终日战战兢兢,惟恐忤犯。

　　妖人明知行为凶残,新收门人全出强迫,不到时期,决不真心归附,照例只在顺从时略问姓名即止,底下来历家乡向不追诘。众妖徒闲来拿萧玉开心,虽曾喝问,总算萧玉还有良心。起初行刺犯上,全由情欲所迷,色令智昏,并无顾忌。及至陷身妖窟,落在绝境,饱受苦痛之余,痛定思痛,虽还心悬所爱,回忆曩昔,已有悔心,认为孽由自作,才身受如此。二女与己同谋,保不定逃将出来,也在别处受了苦难。每一念及,心如刀割,不特对萧逸息了复仇之念,反恐泄露真情,累及全村受祸。难得妖师不曾拷问,头一关已经躲过,益发讳莫如深。只说自己名唤萧玉,老家贵州,游山至此,家中并无他人。好在妖徒不过拿他凌践取笑，不论真假，问过两次未说，略为打骂，便自放过。

妖道爱吃鹿肾。二女遇难之地，鹿群最繁，年来吃妖人发现，时常取杀，所余已不甚多。如用妖法寻取，本来容易。偏生众妖徒性既凶残，喜剜吃活鹿脊肉，看鹿被生割时的惨叫为乐。又喜捉弄新进同门，每取必带了门下兽奴同走。

兽奴除谈飞新近复体为人，算作正式妖徒外，在萧玉未来以前，还有一个化身野猪的，本是西崆峒妖人虎面伽蓝雷音心爱的弟子沈腾。因乃师伤了侠僧轶凡的弟子许钺，吃侠僧轶凡寻上门去，用佛家降魔利器三光杵伤中要害。虽得勉强逃回山去，但那三光杵厉害，异派妖邪如被打中，须要入定三年，不起杂念，才得免死；或是自知无此道力，乘着三五日内佛火还未将形神炼化以前，急速安排后事，自行兵解，还可转劫重生。否则七日以后，佛火威力愈增，到了紧要关头，道力决抵不住，势必身化飞灰，连形体带元神一齐消灭。雷音自知难免一死，见门下弟子只剩沈腾一人，又入门日浅，最有孝心，准备完了后事，亲笔写下两封书信：一致南极岛散仙谢无化，一致天门神君林瑞。命沈腾葬师以后，随自己心志前往投师。

雷音给信时并说："这两人俱我平生患难至交，师仇难报，徒儿此后可以不作此想。谢师伯远居南极冰山雪海，比北极陷空岛还要寒冷，见他更是艰难万状。你今若去，要在雪山上跪求多日，始能开山，真不知要费却多少心力，还不定他肯收与否。可是他那洞穴地居千丈冰山之下，与世隔绝，外人决进不去，最是安全，足可一心学道，不受对头侵害。林师叔以前虽受我恩，此人教规严刻，尤其新收弟子须为兽奴三年，最是难熬。此层我特为关照，当可破例收容。可是他的行为比我还要不检，仇敌众多，近年连遭挫败，逃往哀牢山。因当地有一天门岭与他道号暗合，地又隐僻，便在那里隐伏修道。表面销声敛迹，实则加紧祭炼法宝，欲加大举，与许飞娘等合谋，以报前仇。据我推断，峨眉正当昌明之时，许道友虽约有不少高明有道之士，结局恐仍不是仇人对手。你若做他门徒，异日道成，正好赶上这场恶斗，一个不巧，便要殃及池鱼。我信只管写下两封，最好先去拜求谢师伯。我还另外飞书托人说情。真要万分绝望，即便拜在林师叔门下，也须随时留意趋避，免蹈为师覆辙。"此外，又给了两件法宝。

沈腾感激哭谢，送终安葬之后，心想："谢师伯南海隐居，素来不管外事，更不许门人外出，异日道成，如报前师之仇，必不允许。况且求他还要备受

307

险阻艰难,能否如愿尚不可知。林师叔现在近处,寻求容易;师父于他又有救命之恩,更是同仇敌忾。何苦赶往南极自受活罪?"主意一定,便往天门岭赶去。谁知林瑞竟不丝毫徇情,仍须为兽三年,沈腾悔恨不及。因深悉妖人习性,总算知机,假意慨允,但求宽限一日,暂以人待,和众先进同门略为亲近叙谈,再行披毛为兽。并说:"先师原说师父法严,未必徇情,曾令往投谢师伯。只因向往已久,又恨仇人切骨,特以诚心毅力,不计苦难,舍彼就此,以备学成仙法,为他年报仇之计。"又把雷音致谢无化的信取以为证。妖人竟被哄信,当他真地诚心来归,便特允了宽限。还命众妖徒另眼相看,无过不许责辱。可是元神仍被当时禁住。沈腾自知难逃,只得认命。见众妖徒个个凶残,装腔作态,气焰甚高,比起来还不如亡师门下那几个同门,多少还有一点人心。哪有心肠与他们亲近,强打精神笑脸,尽恭尽礼,假意周旋了一阵。乘着夜里妖人师徒聚集行法之时,暗将师遗宝物,除新炼成一口飞剑已告妖人,得了特许,仍可留存兽皮夹层外,余者因要赤身披皮幻化,恐被妖徒夺去,一起埋藏在明日存身兽穴以内。因早学有不少妖法,做得严密,事完仍去中洞妖人打坐之处静候。妖人本防他生悔中变,不料禁制元神时已被窥破,见他毫无逃意,越发心喜。所以沈腾虽也少不了服苦役,受众妖徒辱打,比起常人,已不啻天渊。

萧玉来了三日,沈腾便同病相怜,暗中加以告诫,尽泄底细,否则萧玉的罪更受多了。众妖徒近打沈腾,为妖人查知,颇申斥了几句,不敢再去无故欺压。萧玉一来,正好侮弄,便叫随往猎取鹿肾。萧玉也是见鹿死得太惨,先放走一只沿崖吃草的母鹿,好意将鹿惊坠崖下。不想反把心上人引来,同入火坑地狱。嗣见众妖童已经饱醉,只差一条鹿肾,便可回去复命,只是在割剐活鹿为乐。每次吃完,行时偏是性急,又懒得将鹿杀死,任其血肉狼藉,抛掷林内。往往隔三五日再去,那肥大健壮的大鹿,股脊等被生割处已然腐烂生脓,蛆蝇密集,因禁法未撤,仍在一递一声地哑嗥惨嘶,悲呻挣命。这时妖徒方令兽奴将它杀死,连同死鹿背弃涧壑之中。山中天暖,这类死后之鹿惨不忍睹,尤其脓包遍体,蛆蝇密集,臭秽无比。萧玉从小爱干净,每背一次,恶心得直吐黄水,连隔夜食都呕出来。还不敢当着妖徒呕吐,一吐便被迫令原封咽下,罪更难受。稍有难色,便遭踢打。只得勉强屏着气息,将鹿抱起飞跑,离开妖徒稍远,方敢换气呕吐。众妖徒原意看他窘状打趣,非等萧玉疲于奔命,将最臭秽的几只背走,或是不等背完先动食欲,方始行法将余鹿移去清洁地方,再命萧玉生擒活鹿受用。

萧玉被陷以来,共随出猎三次。因不愿看那鹿死前之惨,日后还要饱受臭秽,假装鹿自失足,用山石撞死,再行带走。撞时二女恰也寻路走来,稍缓一会,便可遇到。偏巧众妖童业已尽兴,只等公鹿擒到,再生割一条鹿脊,便取鹿肾回去,忙着回山,怪叫催促。萧玉饱受茶毒之余,闻呼心胆皆裂,慌不迭抱起就往林中飞跑,竟未回顾。等被妖徒一鞭打倒,转过脸来,才看见二女已与妖徒对面,知无幸免,当时一急,几乎晕死。后听众妖徒商量,藏起二女,以供淫乐,越发惶急痛恨。一想妖道洞中并无女子,便是沈腾也说妖道以前惧内,有一妖妻,已于数年前为人所杀,并不曾说他如何淫恶。每日修炼又是极勤,想必无心女色。明知以暴易暴并非善策,一则二女贞烈,拒奸不得,不死也必自尽;二则缓过此关,或许还可见面,告以底细,商量应付。比较轻重,终觉彼胜于此。

萧玉为兽之后,妖道林瑞照例传他妖符,以备擒制人兽蛇蟒之用。此外还防遇见强敌,抵敌不住;或是有甚不测之事,和力所不及的新奇物事发现,道远难于驰回告急。又给了一面妖法祭炼过的灵应牌,藏在胸前全身惟一可以开合的皮夹层以内。用时取出,按照上述各节如法摇晃,妖道即知就里。便照所报情由,分别轻重缓急,或是自行,或命门下驰往。萧玉因知众妖徒平日同恶相庇,蒙蔽师长,假如妖道不能亲来,如换一妖徒到此,自己人未救成,先须死去活来几次。为缓二女一时之急,也就豁出受罪,乘三妖徒目注前面,暗将妖牌取出,竟照十分危急的信号摇动。

林瑞刚巧祭炼完毕,见了兽奴告急信号,以为三妖徒同在一起,却令兽奴摇动妖牌告急,必定是妖徒遇敌,已全失陷;兽奴因是野兽,未被敌人窥破,故得乘便告急。慌不迭率了申武,一同赶来。惟恐敌人是自己克星,除将所有法宝全带身上,还不敢遽然露面,先用太阴潜形之法将身隐去,准备看准敌势强弱,再行现身。到后一看,竟是妖徒想背自己奸藏少女,不由大怒,也没细加查考,便将在场男女诸人同摄回去。

林瑞自知法规严苛,残酷寡恩,惟恐门徒心生背叛,恨人背他行事,最奖励人告发同门罪状。无如妖徒各有私弊,不到万分遮掩不住,谁也不敢举发,可是一被举发,也就极少生理。到了那时,总是众口一词,给那受刑人罪上加罪。更由两个在旁行刑的爱徒挑剔禁阻,不许诉苦,以免彼此攻讦,弄得不好,连自己也被牵连在内。平日多是互相关护,只管互相疑忌,人各一心,谁也不敢向妖道去进谗发难,惹出乱子,大家遭殃。林瑞为此,常怪门徒结党蒙蔽。想不到来没多天的兽奴竟有这等胆子,遇事立即举发,还自喜欢。回洞颇奖许了几句，特为免去五日劳役，赏以美食，令自回穴歇息。哪识萧玉别有深心。此举更大犯众妖徒之忌，只当时没敢发作罢了。

萧玉知三妖徒今日罪孽不小，虽稍泄愤，但是二女也被摄回，不知如何处置。回穴以后，心如悬旌，又不敢在外偷听，只有愁急，呼天哭祷。待了好些时，忽见妖徒甘象将瑶仙好好送来，虽示意自己恐吓，身上衣服未破，知未受过刑辱，大出意外，心中略宽。妖徒去后，方欲详谈，便听后洞呼声，赶去一问，妖人竟看上二女。绛雪贞烈不从，已经饱受毒刑，现时刚好。令各穴兽奴送过酒食之后，始而故作吞噬，加以恐吓，看二女神色行事，再吐人言，软硬齐施，逼劝服顺。才知祸犹未已，心急如焚，战兢兢领命出来。甘熊、甘象又拦伏路上，怪他大胆告发，说日内还给他一个厉害，随手每人打了两鞭，算是通知。总算妖人正在发怒，二甘当日虽不随同行法，奉命门外守候，妖人遣走兽奴，便须登坛行法，不敢离开，没有追打。

那看守绛雪的正是沈腾，可说私话。二女的事，萧玉前已对他略说大概，只未说出卧云村坐落底细。那穴也在对面石室之中，相隔不远。好在妖人师徒行法，须到明早日出以前始能毕事。适当妖人，自不敢说，此时忙麦着胆子赶去一看，沈腾正用人言传绛雪明日熬刑之法。一面再三劝她姑且答应，只要不失身，甘愿为奴拜在门下，免受炼魂之惨。萧玉见沈腾不识二女，却如此尽心，好生感慰。绛雪虽知野猿是人幻变，因是妖窟兽奴，还在心疑，直到萧玉跑来，才知所言不假。互相略为计议明日如何应付，又苦劝绛雪一阵，方始应允。又告诉受刑时，仍要装作痛苦难禁，不可自露马脚。萧玉本急于归见瑶仙，因二女情共死生，身受如此，瑶仙必欲一知现状，才能安心；再则同共患难，也无恝置之理，所以赶来。因沈腾有法熬刑，明日瑶仙大有用处，特意多留一会，苦求传授。又怪沈腾既是知好，以前为何秘而不宣？

沈腾说："妖人心毒，你如稍露了马脚，便大家受苦。我挨打时，自知是孽，不是重的便由他去，从不暗中行法抵御，宁可打后再行法止痛，便是为此。"仍不肯传。还是绛雪从旁代求，并说自己也还未会。沈腾才望着绛雪叹了一口气，说："萧玉今日这一来，众妖徒必定日加刑辱，学了去，必易泄露机密。再一告知妖师，任多大本领，也要被迫吐实，岂不连二女也同受其害？按说只瑶仙一人不曾受刑，最宜传授。也只可暗中运用，减却大半痛苦。这位姐姐已经被打痛死数次，都不能再传。不过人太可怜，志节又高，令人尊敬，情不由己罢了。只能由你转告尊夫人，自己却须守信，事后止痛则可，不能当时自用。"萧玉誓践诺言，沈腾方始一一传了。并说："适看妖道心意，爱极二女。绛姊又想和尊夫人相见,连和我说。今日自是无此大胆,明早复命之时,何不乘着谈、屠二妖徒刑伤未愈,正在调养,卧穴不能起动之时,姑且商量一套话,缓上一二日。我再请求从权行事,使她二人公然见面,只答应为徒,便算有了交代。你看如何?"萧玉、绛雪欣然赞同。

这一商谈,萧玉虽有耽搁,幸得沈腾自愿冒险出力,要省不少的话。匆匆嘱咐绛雪:"一切听他的,有益无损。"忙即赶回告知瑶仙,说完经过,抱头痛哭一场。次早便由沈腾为首,在复命时对林瑞说:"二女口中还硬,已肯进食,好似有些气馁。看神气,颇似二女同甘共苦,死生一处,亟欲相见一商之状。"林瑞果然相信,便命二奴晚来便宜行事。如看出真非此不可,便做好人,假意行私,引其相见,最迟三日复命;但如二女甘死不降,必有严刑。二奴应命,心中暗喜。出门又遇二甘守候,放过沈腾,将萧玉毒打了十余鞭。沈腾隐身遥望,萧玉果不失信,拼受痛苦,并未行法,心甚喜慰。从此二人便成了生死交情。不提。

当晚便引二女相见,互相悲泣,失声自怨造孽命苦。瑶仙追源祸始,全由亡母害人害己,死后还要遗祸爱女,兼害他人,如今生死都难。说着说着,便痛哭一场。绛雪反倒劝她说:"事已至此,悲哭何益?孽由自作,便当自受。我受亡母深恩,只知桀犬吠尧。遗祸全村,我决不为。但得脱身,与仇人狭路相逢,不问事之成否,也须再拼一回,始算把心尽到。神佛厌恶,皆非所计。难道将来还能比这里更苦?"绛雪因沈腾暗告他为奴期限将满,只要元神一脱禁制,复体为人,便能救她逃走。并说自遭此难,忽然省悟,深知邪正之分。因敬绛雪聪明贞烈,不惜犯险救助。逃后如若愿意出家,当为代指明路,投到正派门下为徒,以她心志资质,必蒙收录。自己为了亡师,不便改事仇敌,脱身之后,还须另打主意。只求以后得为兄妹之交,于愿已足,决无他意。只不令告知萧玉夫妻,以免人多泄露。绛雪暗中体察他言动,果然善良端正,立即呼之为兄。因料脱身有日,所以如此说法。当晚二人二奴密聚到了半夜才散,一切机宜俱经商定。次日本可复命,沈、萧二奴偏各贪着和二女聚会,反正还有两日,打算期满再复,免得为奴以后,便看不到本来面目。

谁知这晚妖人入定,正在运用本身元神,配合坎离的要紧关头,忽然心神失驭,如非多年苦功,临危警觉,几乎走火入魔,自取灭亡。想起自己苦炼阴魔秘笈,久已不与女交,忽然发现败征,是连日欲心所致。虽对二女尚未忘情,一有顾忌,不由淡了许多。加以元神受伤,必须多日调养。第四日二奴复命，竟值闭洞未出。众妖徒多半守候在侧，萧玉连例打都免去了好几顿。虽苦于全洞都有妖法禁闭，只有两为首妖徒能随意通行，他人不能出洞一步，无法逃走，终得与心上人多聚些日，难中得此，连沈腾也是高兴。

谁知乐极悲生。又聚了才两天，妖徒翟度因得妖人宠爱，又有申武求情，受刑之后，两天便医治好刑伤，照前随侍。痛定思痛，想起妖师恶毒，又知妖师早晚收纳二女。那日见二女独对自己怒视，必认自己是第一仇人，日后定向妖师告发。妖师耳软，枕头状一告必准，万无生路，不由胆战心寒。又涎着二女美色，难得妖师受伤静养，正好乘隙下手，一则免祸，二则如愿快活。先还打算将二女一并劫走，后看出妖师最爱瑶仙，那日连刑都未受，如一并劫走，毒恨更深。自己早与外人勾结，虽有投奔之处，也难免不被寻上门去，闹个两败俱伤。便乘妖师入定，暗向申武跪下，苦求设法。二人交厚，申武又有短处在他手内；一想所说也是实情，一纳二女，立有性命之忧，便即应允相助。并戒性急道："师父快要修炼复原，必要整日入定，到时方好下手。否则醒来，仍要被他追上，休想活命，谁也无力救你。"

翟度自知利害，心终不舍，打算乘人于危。反正妖师日内不与二女相见，乐得先把美人劝服，商定同逃，省得路上倔强，少了兴趣。便在妖人入定之时，故意幻化一个替身，以为申武日后卸责之地。偷偷赶往兽穴一看，二奴二女正在相对哭诉。如换平日，见状早去告发，沈、萧二人虽是奉命劝说，也未必能讨公道。幸是别有私心，只把二奴鞭打了几下，假传师命，命萧玉将瑶仙领走，将沈腾禁闭在另一穴内，然后劝说绛雪。

绛雪人既聪明，又极机智。听他说得那么凶，妖人并未传见，又是日前受刑妖徒，料定乘隙来此，想将自己骗了同逃，遂他私欲。妖徒更比妖师淫恶，不从仍被他行强摄走，反倒无计可施。凑巧沈腾与绛雪认了结义兄妹之后，便把身藏法宝挑了一件好的给她，做见面礼，每日传授用法，准备化身为兽时，再乘便给她藏在胸前皮夹层内。那宝原是恩师虎面伽蓝雷音所炼镇山之宝雷音椎，发时一溜雷火。持宝之人如若功候精纯，能念动即发，一声迅雷，人即立毙。雷音最爱此宝，特意与己同名。端的是异派中数得出的异宝。共有阴阳二枚，沈腾所赠乃是阳椎。绛雪才把收发口诀学会，因在妖窟不敢练习，又爱此宝光华，以为不会有人闯来，时常取了观玩，就便学习。意欲等见妖人时，再交沈腾代存。谁知还未学全，便即分散。心想："如等沈腾脱困相救，还得半年之后。反正无法抗拒，身有此宝，何不假意应允？等到逃出山去，到了远处，乘其无备，一举手便将妖徒杀死。能如沈腾之言，寻到仙师更好;否则索性消了这场仇恨,竟往大熊岭苦竹庵,去求仇人欧阳霜来此除害。为救姊姊夫妻,也说不得了。"

主意想定,为防妖徒心疑,始而假意不允,照瑶仙以前密谈乃母死前所传对男子擒纵的手段,挨次施展。等妖徒受愚,陷入情网,由爱生畏,方始假装受了至情感动,应允同逃。先也颇想一劳永逸,连瑶仙夫妻一同救走。无奈妖徒别的都可,这个却是不敢。绛雪见拿二女同归骗他,都是执意不允,知是力有不能。又问沈腾状况,妖徒总说现闭别穴,并未受刑,但是不能相见。绛雪虽然悬念,一想他会仙法,又有来头,凭妖徒也无奈他何,多问恐使生疑,也就不再勉强。

又过了四天,绛雪苦念瑶仙,正打算夜来强着翟度设法见上一面。天刚过午,翟度便背了包裹,喜气洋洋走来,笑告绛雪:"师父过了今日,明早便要强纳你二人为妾。事已紧急,再迟又必无幸免。且喜今日人定调元,要到明日此时才醒,过此永无逃生之望。而且同门师兄弟已多疑心,事机瞬息,稍纵即逝。"立逼同逃。绛雪还想与瑶仙见上一面再走。翟度说:"那日师父原命连你一起禁锢,因我爱你太深,冒着奇险,徇情宽容。如今她已被仙法禁闭石穴之内,我也无法放她出来,速走为是。"绛雪见他神色慌张,说时欲动手拉扯。知道妖师厉害,一旦发觉,同归于尽,还要受那无边罪孽。妖徒残暴不在乃师之下,先用好言相商,已是万分客气。再不见机,如被强摄同行,中途不能下手,反而不妙。闻言立即应允。

翟度大喜,忙领绛雪一同逃走。从当地起,到洞口还有两层门户,俱经妖人行法封闭。翟度在妖人门下年久,精通不少妖法。绛雪见那二层埋伏初看空空的,只零零落落放着一些石头。一经翟度手持宝剑一阵比划,便冒起一片烟雾绿火,跟着现出无数奇形怪状的恶鬼往两旁退去。人过以后,翟度重又行法,阴风起处,恶鬼又由现而隐,复了原状。前行便是头层洞门,里外看去都是整块石壁。也是经翟度一行法,烟光闪过,现出洞门,人出重又隐去。绛雪因沈腾深知妖人底细,瑶仙元神尚未受禁,如借妖徒之手破去埋伏,不与复原,也许能得一线逃路。便问翟度:"事已急迫,何不快走?反正成了仇敌,给他还原则甚?"翟度狞笑道:"美人,你哪里知道。师父自受仇敌追迫,逃来此地隐藏,最怕踪迹泄露。我背地逃走固遭痛恨,如果因此泄了他的机密,在此安身不得,照他为人,就上天入地,也要寻到我们,不肯甘休。还有这里埋伏一破,众同门必有人警觉,惟恐吃罪不起,定将他唤醒告急。只要在三百里以内,不问逃向何方,也容易被他追回,岂非自寻死路?"说时,

313

已同走到洞外。绛雪一听，瑶仙真是一点生机俱无，几乎流下泪来。只顾伤心，却被翟度看在眼里，笑劝道："不要舍不得你姊姊，这是命该如此。要是和你一样，回心转意，顺从师父，还是莫大的造化哩。"说完，便把绛雪用妖法摄起，御风而行，往山下飞去。

绛雪见妖窟位居绝顶，山势奇险。妖徒飞行甚是迅速，离地并不甚高。起初依了翟度，原打算一出洞门，便径直朝所投之处飞去，并不停歇。这样摄带，同行的人只觉周身烟雾围拥，什么也看不见。绛雪惟恐到了地头，又添妖党，就把妖徒刺死，也是以暴易暴，难逃毒手。况又路远，回时太难。于是假说身是凡人，难得飞行天空，正好借此机会，看看下界的景致，一饱眼福。并且听说数千里长途，须时甚久，那样摄走，也太寂寞。如能在飞行时，彼此空中说话，指点山川，谈笑烟云，岂不有趣得多？翟度本已为她柔情媚态所愚，全都答应。并还恐迎面天风将气逼住，不能张口，特意行法将身前三尺以内的风禁住，使其说笑自如。

也是绛雪性急，飞出才百余里，便问翟度过了三百里没有。翟度何等奸猾机警，为色所迷，只是一时。绛雪并非淫贱一流，不过顺口听来的一点手段，仗着聪明心巧，一时从权应急则可，不能久于行诈。出洞以后，同难关切，心如切割，哪还有心作伪。再吃妖徒扶持同飞，更是悲愤厌恶，诚中形外，本已自然流露。更因初次腾空，只觉飞急行远，为时已久，恐被妖徒带到别一妖窟中去，惶急之状现于辞色。初出洞时，翟度已看出几分，这一来益发明白，绛雪顺从是假。在自己掌握之下，逃决不能，定是想脱出妖师毒手，落个好死，免受炼魂之惨。也不叫破，只答未到。一面却揽腕抱腰，罗唣起来。绛雪初意过了三百里，假装昏晕，请他落地少息，再出不意，用身藏法宝，下手行刺。嗣见他动手拉抱，只说未到，也不知是真是假。有心就在空中下手，拼个事后跌死，同归于尽。又恐真个未过里限，死后仍吃妖人将魂收去，永受无边之苦。妖徒偏又省悟，一任怎说，仍是拉扯不休。后来实忍不住悲愤，心想："飞行这么久，即使未到时限，妖人要到明午才醒，有这一日夜工夫，难道死后，鬼魂还呆在那里等他捉去受罪不成？"念头一转，刚装怕冷，手伸入怀将沈腾所赠法宝雷音椎握在手内，忽又想起用时还有诀咒，强敌并肩同行，仍难施展。

绛雪正急得要哭，猛瞥见遥天空际，一道长不可测的金光由远而近，横亘飞来，隐闻霹雳之声，眨眼之间已经飞近。方觉好看，翟度忽然面色惨变，只惊"咦"了一声，便往下面飞落。绛雪见状，当是妖人追来，也是胆寒。忙问:"你师父追来了么?"翟度狞声低喝:"不许多口,少时再对你说。"绛雪随同落地一看,乃是一片森林繁茂的山野。脚下才沾地,翟度便慌不迭拉了自己往密林中钻去,直到里面隐藏之处,方始立定,侧耳向外谛听。跟着便听上面破空之声,环行不息。偷觑翟度,面如死灰,好似比见妖师拷问受刑时还要胆怯得多。忍不住又想低声询问,嘴皮才动,翟度便目闪凶光,恶狠狠用手乱比,意似一开口出声,便要将她抓死。绛雪暗忖:"妖徒此时全神贯注林外上空,行刺倒是机会。无奈投鼠忌器,雷音椎发时有声,万一果是妖人追来,岂不又糟?"想了又想,不敢妄动,只将手揣怀内,紧握宝椎,暗中准备,待机而作。

待有片刻,那破空之声忽又由近而远,更不再飞回来。翟度神色稍复,悄声喝道:"我们才飞出二百来里,不想遇见大对头。这个师父更狠得多,专寻我们作对,行迹也被看破。总算我退身得快,没等飞到,先用仙法掩蔽林木,居然未被看破,总算便宜。我听出他那飞剑行空,已经走远。不过心头还是发跳,终是小心些好。不许你出声,胡乱走动。等我到外面观一观风色,再来带你。休看我不上,到底真心相爱,只要不三心二意,包你享受。要是执迷不悟,妄想寻死,我不但能使你还魂服顺,还给你许多苦吃,到时自作自受,休怨无情。"绛雪闻言,知被看出虚假,越发惶急。见妖徒说罢,急匆匆往外跑去,心想:"再不下手,等待何时?"忙将雷音椎取出,暗藏身后,如法施为,手掐灵诀,等那妖徒一回,立即下手。妖徒去了一会,忽然寒着一张鬼脸回转。绛雪心恨妖徒切骨,惟恐延误事机,才一照面,便娇叱一声,打将出去。

妖徒翟度原因适才天际金虹是正教中能手,一见便已心惊。又觉出那行径直似迎截自己,有为而来,并非空中路过,无心相值。自知不是对手,忙即落下,入林潜伏。果然敌人在上空盘旋了好一会,才行飞去。惊魂乍定,好生奇怪。心想:"看敌人那等声势,分明是正教中有数人物,休说自己,便妖师林瑞遇上也非其敌,何以会被自己潜形隐迹之法瞒过?也未下来搜查?令人难解。"提心吊胆,候了半刻,终无动静。急于上路,又放不下心去,打算出林往空中略为探看风色再走。先对绛雪恫吓,原是诈语,恐她乘隙自尽。升空四下略为观望,不见朕兆,立即降落。因想查看绛雪背人时是何神情,悄悄入林,掩向树后往前一看,正赶上绛雪行法完毕,手掐灵诀,在彼等候。翟度偷觑绛雪目注自己这一面,眉目间杀气隐隐,满脸俱是悲愤激烈之容;右手背向身后,臂腕似在用力,仿佛手中持有一物,虽看不见是甚物事,那左手灵诀却一望而知是异派中发放宝物之用。先觉奇怪,她一个毫无道术的凡女,怎会掐出这等灵诀?如有法宝,怎从初遇时起,一直未见取用?不禁寻思起来。

绛雪毕竟年轻,稚气未脱,又爱极那宝椎,日常无事,必背妖徒取出,再四观玩,背诵口诀。当日一早,妖徒便胁迫同逃,一直不曾取视。先颇戒备,一取出便藏向身后。久等妖徒不回,生死祸福,完全在此一举,企望太切,忍不住将右手抬向前面,低着声默祝起来。那椎本极灵异,一经行法之后,立生妙用,尽管暗握手内,宝光仍是隐隐从指缝中透射出来。绛雪祝告完毕,又略伸手看了一眼,才藏向身后。翟度在妖人门下多年,见多识广,便不现出,也易看破。这一来,越看出绛雪竟持有异派中珍奇之宝,才知适才绛雪探问路程,竟是想在中途刺杀自己。幸而遇见对头,下来暂避,无意之中看出真意。否则只当她意在寻死,没有防到别的,只要飞出三百里外,吃她出其不意下手暗算,决难抵御。当时又惊又怒,急切间也想不出此宝来路,是否有人暗中私相传授。一面用一树枝幻化假形,先现身出去,以防此宝厉害,抢收不成反吃了亏;本人却暗中遁到绛雪身旁,宝物一收不成,先把宝主人擒住,也不患宝不到手。

绛雪哪知就里,一见仇人由林外飞回,迫不及待,扬手就是一椎。前在妖洞,只闻此宝灵异,恐惊妖人,未敢试发。先颇悬心,惟恐无甚灵效,或是所习用法尚未精熟。这时随手一发,只觉手微一震,只听轰隆一声,一道红光夹着一溜烈焰,已打向仇人身上。当是必中无疑,不由惊喜交集。正待上前查看仇人死状,再用此宝将其击成粉碎,以泄奇愤。谁知那雷音椎一声雷震之后,倏地自行飞回。绛雪究是初试,心中害怕,刚爹着胆子掐起灵诀,抬手想要收取回来,火光忽从头上飞过,跟着便听身后一声怪笑,甚是耳熟。心方大惊,忙回头一看,不由吓了个亡魂皆冒。原来妖徒翟度不知怎的又在身后出现,大喝道:“大胆贱婢,这等狠毒,竟敢在你大仙面前闹鬼行刺。料你也不肯真心从我享那仙福,带你同行也是累赘。好在老贼要到明日午时才醒,还有不少时候,足来得及。待我就在此地采取你的真阴,快活个够,然后将你杀死,以消恶气。此是你自作自受,怨不得我。”说罢,口念邪咒,将手一指,自身衣服一齐自脱。然后又朝绛雪诵咒比划。绛雪自知不能再免污辱,愤怒填膺,急得一颗芳心都要蹦将出来。晃眼仇人脱得精赤,又朝自己比划走近,空自紧闭双目,破口嘶声哭骂,无奈身受妖法禁制,行动不得。忽然急怒攻心,口里一甜,逆血上涌,就此晕死过去。

待有一会醒转，迷惘中似听耳旁有一生人呼唤，也未听清生熟，一着急，骂得一声："妖贼！"身竟自往前纵起，迥非适才干着急，不能行动神气。睁眼一看，妖人不见，前面林隙中隐隐有金光闪动，身侧站定一个身着黑衣的道装女子，正含笑望着自己。以为身已受污，趁着妖人不在，欲寻自尽。回顾左侧有一怪石，急不暇择，将头一低，奋身便要撞将上去。耳听道姑说道："姑娘身已脱险，何苦行此拙见？"话才入耳，身前便似有一软墙将人挡住，再也冲不前去。跟着又觉有人在按左肩，回头一看，正是那黑衣道姑。这时方觉身上衣服并未脱去。再低头细一查看，因晕时身受禁制不曾跌倒，醒来人也立住，不特通体结束如初，连泥也未沾一点。回想前情，妖徒自身已经脱得精光，照那情形，一举手，衣便自脱净尽，怎会如此完整？直和做梦一般。

绛雪心方骇疑，道姑笑道："你疑心遭受妖徒毒手，为他所污么？哪有此事。你且放心，等我一说自知。我适才和白发龙女崔五姑同受南极岛小仙源散仙谢道友之托，往天门岭妖人林瑞洞中，救他一个被陷妖窟的师侄。到时恰巧这人已利用今日时机，自破妖法，解了真灵禁制，用他师传法宝攻穿山石，由地底先期逃出，被一昆仑派道友救去。空中相遇，问起前情，得知洞中还陷有一男二女，内中一个已用智谋诱骗妖徒翟度同逃出来。依了崔道友本意，仍赶往天门岭，将妖人一齐除去。但我近年已不再开杀戒亲手杀人，又算出妖人还有三两年数限，不到伏诛之日；那一男一女，也该受此一番报应，难满自交佳运。此时爱之适已害之，将崔道友强劝回去。因我算出与你有缘，沈腾又力说你如何贞节忠义，便即回身追来。先用幻景，放出半天金光，将妖徒去路阻住，迫他下落。然后假装寻查不见妖踪，离此他去，其实我早降落。本应即时入林救你，无意中又在隔崖暗谷中发现一株灵草，打算连根移植回去，以备救人之用。嗣见妖徒出林升空瞭望，探我真走也未，一会便即落下。我还有他事去别处，此草不能带以前往，必须先行移送回山，交我门下培植，因此前后略微耽延。先意妖徒虽然看破你的心意，至多强迫同行，不会再有别的变故。等我入林一看，他已将自身衣服脱尽，正用妖法解脱你衣，欲逞无礼。似此凶顽淫恶，万死不足蔽辜，当时我便将他制住。知你不愿见此丑态，又将此妖徒移禁林外，方始将你救醒。我也不亲手杀他，少时自有处治。你如想家，我便将你送回。"

绛雪已看出这道姑星眸炯炯，寒光射人，脸色秀朗，丰度夷冲，不似常人。又听说适才空中金光是她仙法幻化，看妖徒那么怕她，又被生擒，定是朝夕向往的天上神仙无疑。忽然福至心灵，不等说完，忙即跪倒，拜谢救命之恩,哀声哭诉道:"弟子幼遭孤露,现值义姊流亡在外,已是无家可归。多蒙仙师慈悲,得脱苦海。只求带回仙山,永为奴仆,随同学道,感恩不尽。"道姑笑道:"你的身世来历,我已尽知。论资质人品,也配在我门下。只是性情偏激,专尚义气,不知是非轻重,是你短处,也还可以改过。你那义姐夫妻,一半宿缘,一半自取。此时恶难将满,并且与我无缘。你却不可多事干求,累及自己。"绛雪本意拜师之后,求救瑶仙、萧玉,不料先吃仙人道破。总算二人难满,仍然有救,且入佳境,还稍放心得过。仙缘难得,怎敢违忤。只得强忍悲痛,含泪谢恩,重又行了拜师之礼。道姑笑道:"徒儿天性真厚,煞是难得。他二人日后自有别的机缘,不必思念。待我发付了这妖徒,再带你同行吧。"说罢,便向林外走去,戟指怒骂道:"我已多年不开杀戒,你也不足污我飞剑。你自回山,由你那万恶的妖师自行处治便了。"随将手朝东西北三面指了几指,解去翟度禁法。仍回原处,带了绛雪腾空而去。

原来翟度除精通本门妖法外,逃时还瞒了申武,偷入丹房,将妖道的法宝盗了两件出来。带一凡人同逃原极累赘,起初色欲蒙心,为绛雪虚情所愚,满拟真心相从,供他时常淫乐,百凡皆非所计。及见绛雪不但顺从是假,还想暗下毒手,如非见机得早,几为所杀,仇怒之极。知道此女心志难回,留着终是隐患;就此杀死,又觉白费心机,于心不甘。意欲就地先奸后杀,再行单人逃走。将绛雪制住以后,欲心大动,只当对头去远,急匆匆将全身的衣服一齐脱尽。正要把绛雪脱光行淫,一眼望见法宝囊和宝剑放置地上,心猛一动,立即忙去拾起,系向腰间。

就这略一缓手的工夫,忽听身后有一女子口音喝道:"大胆妖孽,恶报业已临头,还敢妄为!"知来敌人,大吃一惊,忙即纵身回看,见对面站定一个黑衣道姑,正在戟指喝骂。因看不出敌人深浅,也不知是否先前空中所见克星,妄想先下手为强,更不答话,猛将飞剑化成一道黄光,连同本门独传烈焰针一齐飞出。跟着又将新盗来的两件法宝相继放出。一面还想施展邪法时,谁知道姑通没在意,只骂道:"幺魔小技,也敢在我面前闹鬼。"说时,也未用甚法宝抵御,只一扬手,便飞出一片火云,将翟度所放飞剑、法宝全数裹住,轰的一声大震,火云消处,纷纷化为无数红黄色的残烟,随风消散。

翟度见状,万不料敌人如此厉害,不由心胆皆寒,哪里还敢抵敌,吓得连衣服都不敢拾取,一纵妖风,就要遁走。道姑手又一指,闪电也似飞来一道金光,将他全身围绕,往林外逼去。翟度见金光未下绝情,仍欲死中求活,暗用本门五遁法逃命,不知怎的,全失效用。吓得在金光圈里直喊:"上仙饶命!"道姑也不答理,直把他逼向林外,才喝道:"你这妖孽,如此淫凶,杀你污我宝剑。等我事完,再来送你回转妖窟,一任你那妖师发落便了。"翟度也知妖师凶残,回去更无幸理,一面察听道姑动静,一面计算逃生之策。待了一会,道姑方始走来,重把前言说了一遍,又朝空中指了几指,便收回绕身金光,带绛雪飞去。

第二〇一回

照怪仗奇珍　泠泠寒光烛魅影
行凶排恶阵　熊熊魔火炼仙真

　　翟度见金光已去，不曾亲身押送，试用遁法，竟能升起。虽料道姑行时情景不会如此便宜释放，总觉有望得多。迟疑了一会，揣测不出敌人是甚行径。一摸法宝囊，新得雷音椎也不知何往。只得入林穿好衣服，相机逃走。赤着身子，刚往林内跑进不几步，眼刚看见地上衣服和断剑顽铁，倏地眼前奇亮，冷侵毛发，一道金虹横亘前面，休想过去。幸是步行，进得不猛；如用遁法飞行，骤出不意，撞到金光上去，全身非成粉碎不可。就这样相去金光还有四五尺远，寒芒触体，已经皮破血流了好几处。翟度不知敌人用西方太乙真煞之气将他上下五方一齐禁住，只留一条归路。明知不能硬闯过去，又觉赤身飞行太已难看，打算由左右两面绕过。不料那金光竟是活的，任走哪一面都被挡住。万般无奈，只得赤身逃走。及至飞起空中一试，除来路外，无论上天入地，中左右三方，俱有一道半圆形金光拦住，随时舒展，变化无穷。并且下面也被兜住，一飞起不能再往下落。只往回路退尚可。休说前进，稍一停顿，便追逼上来，略为挨近，便如万针透体，痛得彻骨钻心，万难禁受，如影随形，不失尺寸。这才知道厉害。先想妖师狠毒，回山所受罪孽胜于百死。有心让金光裹去，一样是死，可少去无边苦难。又恐仙法厉害，形神俱灭，连自杀也难讨公道，不是连鬼都做不成，岂不冤枉？正在心悸魂惊，猛想起适才所听仇人之言，明放着还有一个逃的，便是奉命看守绛雪的兽奴。自己何不悄悄逃回，先把衣服换好，灭去行迹，把罪过全推在逃奴身上？就说自己因追逃奴，遇见仇敌，把飞剑、法宝夺去，逃了回来。师父虽然翻脸无情，毕竟是自己门徒，又蒙宠信，加以申武暗助，不是没有活路，何苦行甚短见？

　　念头一转，自信有了生机，惟恐归迟，妖师已醒，不便掩饰勾当，立即加紧飞行。到时天已入夜，见洞门封禁，妖师要到明午才醒，正好先和申武商量,急匆匆开洞而入。回顾金光,仍停洞外,并未追进,心又一放。忙赶向自己房内,待取衣服更换,忽听身后狞笑道:"师兄怎回来了?害得我们好苦!"回头一看,正是申武。方觉辞色不善,心虚愧怯,还欲好言求告,申武面色骤变,突由身后将备就的妖幡向前一晃。翟度知那妖幡乃妖师所炼摄魂禁制法宝,除妖师本人,谁也不可抵御。事起仓促,不能逃避,暗道一声:"不好!"人已昏迷倒地。

原来妖人师徒都是那一般奸恶狠毒心性。申武初救他时,一则同恶相济,看出妖师不想罚他,恐他受刑时情急反咬,只要不死,记上仇隙,便是日后大患。救完才想起他是大弟子,最得妖师宠信,今日犯了重条,居然宽免,可知恩眷犹隆。有他在前,终显不出自己。明有去他之机,偏又胆小顾忌则甚?方想起后悔,难得翟度色迷心窍,竟想背师挟逃,这一来正合心意,表面相助,实则借此去一心病。初意此举犯了大恶,永无回山之日,即便日后师徒狭路相逢,他那道力胜过自己,至多怪自己不该为他说情。妖师素常护短,加以情真罪实,狠毒过深,就他反咬同谋,也会不信。所以任他从容逃走,只作不知,本没想到举发。及至翟度走后,申武想起妖师丹房只他一人能够出入,忽然心动。忙跑去一看,丹房大开,不特失去不少法宝,兽奴沈腾的本命真灵也被人破了禁制放掉。不由又急又怒,赶往前洞石穴一看,沈腾兽皮弃地,人已逃走,还算洞门不曾开放。心恨翟度不留余地,知道此时若急唤醒妖师,或许尚可追回。无奈自己曾助同逃,此时一追,必当有心暗算,出尔反尔,势非反咬一口不可。枉自痛恨,告发不得。

一会又发现穴旁石壁上用剑刻有字迹,过去一看,竟是沈腾所留。大意说:

> 他为复师仇,误投妖人。陷身为兽以来,目睹妖人师徒积恶如山,限满就蒙收录,也必同受天诛。无奈元神受禁,欲逃不得。不意难尊忽满,妖人打坐终日,翟度乘机挟美同逃,又去丹房盗宝,出时匆匆,忘却禁闭,被沈腾暗中发现。仗着昔日善于应变,师传诸宝未被没收,等翟度逃后,便往丹房破了元神禁制,穿山地行逃走。法宝为翟度所盗,自己未取一物等语。

申武心想乱子实在太大,妖师醒来,决脱不了干系。回到后洞,又和甘氏兄弟商量了一阵,俱都听了胆寒,无计可施。惊醒妖师举发,原极容易,偏是顾虑太多。最后打算挨到子夜过去,翟度逃远,无可追寻,妖师功行也将圆满之时,作为翟度久离后洞,不见进来,前后呼唤,发觉此事,便行告警。商定以后,仍是提心吊胆,忧急不已。情急之下,如非妖师有护身神光,人一近前立被禁制,直想就此行刺,以免后患了。因此一来,三妖徒哪敢再为大意,又恐沈腾逃出,勾了外人前来,不时分人往前洞查看。瑶仙还不怎受折辱,萧玉却添了无数罪受,三妖徒每一巡到所居兽穴,少说也得挨上两鞭。总算翟度没等入夜便自回转,否则不知道还要受许多屈打。

事有凑巧,翟度回时,正值申武出巡。头层禁法一破,闻得鬼啸之声,先自警觉。先还当有外敌侵入,连忙隐藏在侧,观察来势如何。估量能敌,擒住献功;否则立即行法报警。第二层洞门烟光鬼影散后复聚,已觉来者像是本门中人,但除自己和翟度外,别人又不能随意启闭出入。心方奇怪,来人已经现身,正在行法封洞。定睛一看,正是翟度,赤身露体,前身好些血迹,宝剑已失,只一空革囊悬在腰间,狼狈已极。事出意外,满腔怨毒,一齐触发。事已至此,决计先下手为强,将他制倒,先问明了因何去而复返,再想卸责之计。便乘翟度行法之际,悄悄赶往后洞,将妖人那面镇形妖幡取将出来,掩向身后赶去,一下将翟度制倒,送至中洞铁环上面吊起,待醒过来追问经过。翟度只当妖师已经发觉,命他先行拷问。申武再拿话一诱,又未真个动刑,仍把他当作惟一救星。心想瞒他不得,竟把真情说出,托他少时从旁关照。假说兽奴沈腾早与外人勾结,乘师入定,破了丹房禁法,盗了法宝,挟着美人同逃,被自己走出无心发现,临事仓促,不及报警唤人相助,忙即追出。不料中了诱敌之计,追出百里外,遇见沈腾预伏的同党,惨败而回。申武听他不打自招,心中暗喜,假允助他。只说师父盛怒莫测,不过修炼正勤,发觉以后重又入定,并非无望。宽慰了两句,径回后洞与甘氏兄弟一说。二甘昔受翟度欺凌,本有夙怨,又怕申武,自然惟命是从。一同把话商妥,使他到时无法反咬。翟度如不被对头逼回,申武还在举棋不定。这一回洞,恨不能一下便将他制死,自己才能免祸。主意越恶毒越妙,哪里还肯念及同门之谊,将沈腾壁上留字告知。

吊到次日正午,林瑞醒转。申、甘三妖徒把预定的话一说,林瑞本就耳软,立即暴怒,亲赴中洞拷问,翟度仍自梦梦。妖师早看过沈腾留字,容他把话说完,只冷笑一声,便命唤来瑶仙和三兽奴随侍观刑。翟度一听观刑,还当申武已为先容,不过和日前挨上一顿苦打拉倒。哪知妖师先入为主,恨他刺骨,死前还要借他威吓瑶仙。瑶仙和兽奴唤到以后,妖师又命重述完了前事,方喝施刑。申武跪请道:"昨日弟子恨他不过,因师父未醒,只将他吊起,便吃乱骂,并恐吓弟子,如不随他欺骗师长,便说弟子主谋。他平素凶横,今又背叛恩师,天良丧尽,到了急时,难免出言无状。好在人证确实,何苦听他狗噪,不如先把他口封了吧。"翟度见妖道满脸杀气,神气异常。又听话音不对,要想辩白,又恐申武多心。念头一转,猛想起妖师今日不宣罪状,便命行刑,与往日不类。申武又请师父封口,分明处治不轻,莫要为人所愚吧?一着急,刚喊得一声:"恩师!"妖道倏地凶眉倒竖,怪眼圆瞪,手指处,翟度口便闭住,出声不得。申武随即向众人历数翟度罪状。并说:"师父怒惩叛徒,已定将他摘发洗髓,剥皮抽筋,烧肉刮骨。受完本门六大严刑之后,再将他生魂收去祭炼法宝,永沦苦役,俾众知儆。"说罢,照着前言如法施为。

妖道师徒虽然狠毒,似此酷刑也还不轻易全数施用。只因林瑞连失重宝,愤不可遏;申武又惟恐制他不死,永留后患,弄巧当时就受牵连,极力煽惑从重处罚。不想妖师竟是怒极,死前还要他备受荼毒,未出已经内定。申武自然不便改口劝说,因恐情急反咬,索性连口也给封住。这六样毒刑全是妖法,一经施为,休说瑶仙、萧玉见了胆寒心悸,吓得战战兢兢,不敢仰视,除妖人林瑞外,便申武等三妖徒也都心恻,起了兔死狐悲之感,不过没敢现于神色罢了。也是翟度恶贯满盈,该遭此报。疼得目眦皆裂,不能张口号叫,只鼻中颤声惨哼不已。林瑞更恐他失去知觉,又用妖法将他心神护住,使他生历诸苦。受到第五次火刑时,肉被阴火烧尽,流了满地膏油,人剩枯骨,还未死过一次。终于受完刮骨之惨,奇酸奇痛,心都痛落,方始撤去刑法。由林瑞下手,剑刺前心,将真魂收摄了去,又使众人目睹一次炼魂之惨。一时满洞阴风,鬼魂哀号了好一阵,方始停止。

林瑞跟着唤过瑶仙,问她心意如何。瑶仙受了沈腾指教,慷慨陈说:"现虽认服,但是身有丈夫,只能拜在门下,甘为兽奴,别的死不奉命。"林瑞因日前走火入魔,有了戒心,盛怒失意之下,色心大减,脱口应允。但心终爱惜,便取一马猴皮来,与瑶仙行法披上。并示意众弟子不得凌践,且等三年期满再说。夫妻二人同为兽奴,自更容易亲近,每当无人密聚,谈起身世伤心,便痛哭一场。日子一久,竟被妖徒甘象掩来偷听了去。林瑞事后本就生了悔心,无奈不能改口,生性又不愿在法令以外强人所难。曾允瑶仙只要回心相从,立可复体为人。一心还想将她丈夫捉来,不料竟是萧玉。素以公正自许,奴期未满,无故加害,又觉说不过去,心里也未始不赞叹瑶仙志节,空自愤恨,发作不得,闻报只狞笑一声。众妖徒看出师父心意,益发与萧玉过不去，几乎每日必有两次拷打。夫妻二人，一个身痛，一个心痛。似这样度日如年，苦挨了两年多。屠、谈二妖徒因林瑞行法用人，未等期满，先行带罪权释，复体为人。于是兽奴只剩这一对苦夫妻服役，益发劳苦。瑶仙因将限满，妖人益发垂涎。众妖徒仰体师意，知瑶仙早晚必为收用，不敢凌辱，都并给萧玉一人受用。瑶仙想起事由己起，看他受苦，又是伤心，又是疼惜，其罪甚于身受。还算五行有救，沈腾传了熬刑之法。虽恐妖人师徒察知，引出杀身之祸，不是万分难熬，不敢当场使用，毕竟事后可以定痛复原，否则不死也只半条命了。

这日甘熊、甘象为追犵雕，伤了萧逸、吴诚，吃欧阳霜灵符惊逃回洞，报知林瑞以前，恰值申武正在毒打萧玉。瑶仙见比往日要重得多，尤其申武对于萧玉伤好得快已起疑心，每遇他打，休说当时不能行法护身，连事后都须痛上些日，才敢缓缓医愈，真个惨酷已极。瑶仙一时痛惜过甚，激于义愤，奔寻妖人哭诉说："师父如以弟子为不堪造就，就不应收诸门下。既蒙恩允收录，照着本门规条使为兽奴，原意不过令其多历艰苦，试察向道之心坚诚与否，而定去取，并非置之于死。今兽奴萧玉身服兽役将及三年，从无大过，平日无端受诸先进同门打骂凌践，只有忍受，从未丝毫不服。现期限将满，瞬即复体为人，得列门墙，永受师恩。理宜念他服役劳苦，稍示体恤；不料反而变本加厉，常遭毒打，死而后生。如说向例如此，弟子与他同为兽奴，且因身弱力微，难任苦役，何以独蒙宽宥？便新近复体的谈、屠二位先进同门为兽奴时，也未受此苛待，实令弟子不解。萧玉乃弟子丈夫，同穴同衾，誓共死生，千灾万劫，均愿共受。为此冒死陈情，务望仙师大发慈悲，念其已服苦役三年，有功无过，请示诸先进同门仰体仙师恩意，无故不得加刑，感同二天。即或弟子愚昧，莫测高深，不能宽免，也请特降殊恩，许弟子代受刑责，以示公允。"说罢，拜伏不起。

林瑞见她慷慨陈词，言中有物，始而勃然大怒，目闪凶光，几欲就将萧玉当时处死才称心意。听到后来，竟为瑶仙百折不回的志节至情所夺。心想："自己生平言出必行，永无改悔。论这一双男女资质心性，实在所有门人之上，如得真心归顺，必能光大本门。为这一念私欲，白白将他二人葬送，此女心志依然不能转回，这是何苦？"念头一转，不特收了醋意，反倒有心成全起来。照例兽奴期限未满，至多问个姓名，不问来历。这时意欲市恩，先期开脱，便令瑶仙细说家乡姓名以及订婚经过。并允实说以后，酌情开恩，与萧玉一同复体为人，夫妻同拜门下，从优看待。

瑶仙处于积威之下，长日提心吊胆，此举不过恩爱情深，一时悲愤所激。先见妖人神色狰厉，知他翻脸无情，一个不好，便连萧玉一起葬送。说完方在心悸，不料妖人略一寻思，反加温慰。被陷日久，深悉规律，妖人从无虚言。这一问到家乡来历，即知超脱有望。惊喜过度，心中怦怦乱跳，神智皆昏，惟恐错过良机，毫未思索，便将家在本山卧云村说出。等到说过好几句，才想起关系全村祸福，又悔又急。还算见机得快，妖人静听不曾发问，先未说出远近。先时又由沈腾口中得知妖人好些畏忌。一面陈说，心中盘算补救之法。更恐少时萧玉答话不符，只把婚事草草叙过，便与平时和萧玉预商对答的话一样。至于卧云村坐落，因出走迷路，连在山中奔窜月余，又经仙师飞空接引，已难辨别方向途径。对于村主之妻欧阳霜，虽说是自己仇人，却把她的仙法本领加倍渲染。并将沈腾所说妖人最怕的人，连同郑颠仙故意举出，假说常来村中小住。这些人只会飞行，别的并没有师父仙法神妙。因来时除村主夫妻外不见外人，村主又禁人偷看宣扬，详情不知。答词甚巧，形迹均似，不由妖人不信。因听本山常有对头来往，心颇惊忧。即使二妖徒不遇萧逸，也要暗令瑶仙夫妻一探虚实。瑶仙说完，林瑞连日正忙祭炼，又届上台之时，只唤来申武，告以二兽奴期限将满，静候师恩，暂免劳役，不许凌辱。申武见谈、屠二徒未满期限，便令复体，已是本门创举，还可说本是正经弟子，又当用人之际，从权缓役。像瑶仙、萧玉二兽奴，直是万想不到，大觉师父行径反常。只当作瑶仙舍身救夫，妖师为色所迷，恐怕触怒，气闷在心，不敢多言。

林瑞匆匆说罢，刚入洞中，甘氏兄弟便受伤惊逃回山。候到林瑞事毕出来，说了经过。林瑞知是正派灵符妙用，急令二妖徒带了法宝，二次赶去。人走以后，忽然想起适才瑶仙所说与此相合，对方必是卧云村人出猎，无心相遇，忙把瑶仙、萧玉唤来盘问。瑶仙乘了妖人行法，早把喜信告知萧玉，又把答话商妥，本心就怕他追问卧云村坐落情况。不料事有凑巧，立即发作，妖人所问，正触心病。方想以不知远近途向推托，妖人还未发话，妖徒已经赶回，说是被血焰针打伤那两人遍寻无着。

妖人想了想，喝令众人一齐退出，只留瑶仙一人在侧，正色说道："我本意实是爱你美秀聪明，欲行收纳，因你不从，才照家规处置。今已三年将近，你虽倔强，不识抬举，宁甘舍尊就卑，舍乐服苦，这等志节，也还可取。为此破例，特降殊恩，使你二人先期复体，同归门下。乘这皮毛未脱，身分未明之际，现有两条路，任你自择，决不勉强：一是从我双修，同享仙福，不特即日为人，便你情人萧玉，也是破格厚待，高出众门人之上；一是不俟期满，仍许为人，但你也深知我御下威严，门徒不大好做，稍有违犯，便受严刑，罪恶稍大，更历诸般苦难，加以炼魂之惨。师徒不比夫妻，那时休怨我情薄心狠。"瑶仙立即跪禀："弟子夫妻蒙受深恩，情愿永矢至诚，随侍仙师门下，决知自爱。如有违犯，任凭严惩。"

林瑞叹道："我知你心难回，不过爱你太深，今当紧要关头，尽此最后一言。从此名分已定，我就按规行事，不稍宽假了。"随命立起，将青森森一张丑脸往下一沉，厉喝："门下弟子与兽奴速来听命！"众妖徒和萧玉忙即奔入。林瑞随命申武取来妖牌，首唤瑶仙、萧玉近前，说道："照我规条，兽奴期满，必须建一大功，或是刺杀一个亲人。我料定暗算甘熊，又用幻符将他弟兄惊走的，正是卧云村人。卧云村也必离琵琶垄不远。现传授你二人仙法和我法牌，幻形隐迹，查探此村下落虚实，速来归报。少时我再乘暇行法，将那中血焰针的两人生魂拘来查问，究竟有无村主萧逸在内。因所中血焰针非我亲身祭炼，法力悬殊，稍有根基生魂，容易脱逃。如失效用，仍由你二人深入村中行刺，到时我还另有妙法传授。如稍徇情疏懈，重罚不贷！"

二人一听，知妖人恶毒。这一来，不特萧逸，连全村人等恐无幸免。妖人令出如山，不敢稍违。并且派了自己，还可看事行事，稍加维护；如换别的妖徒前往更糟。只得装出欣然之状，当时领令，传授起身。离开天门岭，二人虽不知归路，照妖徒所说途向驾起妖风，一会便找到卧云村后的琵琶垄。先没有寻到入村途径，心还在盼地理不对，村人无路可出，也许遇见妖徒的不如己料。及至寻到昔年出走之路，遁回村去一查，受伤的不特是萧逸、吴诚二人，并且看那情形，生魂已被摄离了窍。只不过妖徒血焰针法力有限，生魂太强，时去时来，不能由心禁制罢了。才知妖人阴险已极，尚幸没有疏懈搪塞，错了步数，否则万无生路。欧阳霜在也好，偏又听说回山已久。连经忧患之余，昔年仇怨全消，更恐祸及全村，心如刀绞，急匆匆赶回复命。妖人正在禁摄生魂，业已问出一些虚实。见二人来去迅速，所说无虚，还勉励了两句。二人目睹生魂受苦，好生难过，无计可施。

也是萧逸和村众不该遭祸，受伤期中数日，正值妖人祭炼要紧关头。一则所炼魔教中妖法恶毒，大干各正派仙侠之忌，必须坐镇，不敢轻离，连常禁制这二生魂，都无此闲空；二则恐欧阳霜突然赶回，由此勾出正派中克星寻来，泄露机密。意欲豁出二兽奴，成固大佳，否则二奴一旦遇害，自己立即警觉。一面把二人生魂收去，一面紧闭洞门，静等妖法炼成，再行扫荡全村，大摄生魂,也来得及,用心端的阴毒已极。二奴法术偏都现传,至少也须三日才能学全。为此种种延缓,恰好刘、赵、俞、魏四仙赶来相救。

当日一早,瑶仙、萧玉便持了代形禁制之物幻化入村,迎头遇见萧清,心中一酸,妖刑酷毒,又不敢现身警告。勉强挜着胆子,幻化一只小鹿,满凉台乱跑,等人一追,再往下纵。纵时转缓,原意显出一点妖异形迹,好使众人警觉,速寻欧阳霜求救。偏生众人个个忧急萧逸,多未在意。委实智穷力竭,只得如法施为。先只想拘生魂回去,这样也许还有一线重生之机。无奈萧逸元神坚定,不易摇动。目睹那等痛楚之状,又不忍过下毒手。勉强挨到下午,时限已迫,妖人已在行法催逼。方在举棋不定,刘泉等四仙侠也已到来,当时破了妖法,全数擒住。初意难免刑诛,死后还须受那炼魂之惨。不意临机天良发现,一念之善,反而因祸得福,复为生人。饱经劫难之余,痛定思痛,瑶仙述及身经,固是声泪俱下;便萧玉惊魂乍定,听到伤心之处,也是饮泣不止。

萧逸经此一来,反更怜爱瑶仙。问完经过,立命准备鲜衣美食,请二人享用,并命二人分别宿在自己前后房内,等到事完,再行正式完姻。二人自是愧悔交加,感泣不已。白水真人刘泉见俞允中听得眼圈都红,笑道:“俞师弟真个情种。适才不曾问明是非,先代二人求情,已是荒唐;如今又替人洒同情之泪。神仙中人,似你这样欠通达的还是少有呢。”允中道:“人非太上,孰能忘情?修道人多情,易惹世缘,那么诛邪除害,总该分所应为吧?”刘泉笑道:“妖人伎俩,我已看透,现在我静等他入网。他如见机退缩,再往天门岭除他。”说时忽觉有变,正向允中示意准备,语声才住,猛听窗外厉声大喝道:“只恐未必。”瑶仙、萧玉一听,正是妖人林瑞口音,肝胆皆裂,“哎呀”一声,几乎跌倒。刘泉忙喝:“各人速去床上,不可慌乱。妖孽自投到来正好。”说时,左手一扬,飞出一团青莹莹的光华,连人带床一起罩住。同时又是一道白光,连人穿窗而出。俞允中自把飞剑放起,守在青光外面。不提。

刘泉见妖人竟破了禁制深入,如非先行发觉,应变神速,室中诸人难逃毒手,不由又惊又愧。妖人到时,一听刘泉正说大话,心中愤怒已极,原意当堂出彩。不料敌人已早识破,口里说着话,暗中已有准备;为防万一,在妖人答话以后,还用法宝将室中诸人罩住,才行飞出应战。妖人枉自暗下毒手,竟无所施,也是又急又怒。仇人相见,分外眼红。刘泉因妖道已经突围深入,陆地金龙魏青、七星道人赵光斗此时不见,定被妖党绊住。惟恐妖道伤害村人,面上无光,下手更快,连话都未答,飞剑出手。跟着又把金鸳神剪放起,化成两股交尾虹霓,直朝妖人绞去。

　　原来林瑞自从盘问瑶仙,得知卧云村外植有七禽毒果树,急于将它毁去,偏因祭炼正忙,师徒六人急切间不能分身。直到刘泉等到的这一天,才得分出甘熊、甘象二妖徒前往毁坏。二甘走后,忽又想起郑颠仙道法高强,既在村外植树,必有法术禁制。二甘法力有限,惟恐不济,又命申武赶往相助。不料先后遇见刘、赵等四人,大败逃回,说起敌人持有金鸳神剪,并精五行阵法。林瑞一听,便疑是苦铁长老得意弟子刘泉。又听妖徒说,看四人神情,好似专为往元江取宝,路过此山,与村人并不相识。心虽愤恨,一则无暇抽身,二则刘泉深得苦铁真传,颇为难惹,也就罢了。二奴已经先行遣走,并无警报告急,益发断定四人与萧逸无关,放了心,静候归报。及至晚来祭炼完毕,二奴仍无回音,方生疑虑。试一行法查召,也无反应。先料二奴被人擒住,怪二奴去了一日,迟不下手,才有此失。不是叛师投敌,也是徇情,贻误事机。立即暴怒,要用妖法火焚二奴。刚把生魂摄到,知吃人算计,将妖法破去,放了二奴元神,才知村中来了异派中能手。因值妖法完功在即,先命屠、谈二妖徒往探。

　　二妖徒一到,赵光斗、魏青二人便催动刘泉所布五行埋伏。谈飞首先入伏,吃乙木之气围住。林瑞门下妖徒道力多半不高,却极精于各种遁法。谈飞入伏以后,还在妄想用木遁逃走。不料日里刘、赵二人见申武一逃,便知妖徒俱精五遁之术,事前又经商定,除恶务尽,见了就杀,不比日间是想生擒,逼问口供。见妖徒又想逃走,如何能容。赵光斗忙即发动生克妙用,化出丙丁真火,将谈飞活活烧死。屠三彪在空中瞭望,看出形势不妙,连忙逃走。因隐形法早在飞近埋伏上空时被仙法破去,念头才动,俞允中、魏青双双截住,两道剑光夹攻一绞,登时了账。申武赶来接应,一见二人惨死,自恃持有法宝,妄想乘机伤一仇敌再逃。又吃赵光斗破去他的血焰针和林瑞昔年惯用的一面妖幡,用七星剑困住。申武知难幸免,只得拼断一臂,才得逃了回去。

　　林瑞连遭挫折,又听对头就是申武等日里所遇四人,怨毒愈深。情知邪正不能并立,刘泉等必已投到正派门下,行藏已露,除却一拼而外,自己不去,仇敌也要寻上门来。恰巧妖法已近完成,只略差一点功候。忙把申武伤先医好,将三妖徒齐唤近前,分别各传了两件法宝,告以胜败存亡系此一行。一面设下极恶妖阵,准备事若不济,诱敌入伏。一切停妥,天已半夜。师徒四人一同起身,飞近卧云村上空。因知下有五行埋伏,除自己外,妖徒入伏,立被陷住,便照预计,各用妖法先幻化成四个假身落下。赵、魏二人前次得胜,未免有些轻敌,一见空中黑影飞落,立将阵法催动,满拟仍和上次一样。不料妖人神通广大,竟然将计就计,借用此阵五行生克妙用,带了妖徒,隐身遁落,冲过五行埋伏,直到萧逸所居峰下。林瑞算计这类阵法十分厉害,易蹈危机,每当阵法发动最烈之际,左近房舍人物难免不遭损害。对手不伤村人,行法人防有误伤,必似幕篷一般,只边沿及地,当中空悬,将所护人家远远笼罩,中间空隙和近人家周围决无埋伏。只要冲过此关,便可为所欲为。初意一过阵限,自己去敌刘泉,余下三妖徒也不和敌人正经交手,各自隐形乱放飞剑和血焰针,见了村人就杀,以消毒恨。非到万不得已,不许用法宝与敌人硬碰。用心端的毒辣非常。

　　合当村人不该遭此惨劫。刘泉因这五行阵法不能离人家太近,中有空隙,为防万一,除在房外另设一层禁制之外,又幻出了些虚景,虽未将妖人拦住,应变却是快极。妖人师徒又是初来,见阵势广大,以为村人俱被聚集在内,直往中央落下。否则村中房舍人家甚多,地甚辽阔,十九不在阵法笼罩之下,纵有准备,三妖徒不随入阵,径直分头乱杀,刘、赵四人势难兼顾,必有多人送命无疑。赵光斗又持有苦铁长老临化以前,赐予刘泉的一件名为寒犀照的奇宝。此宝形如古灯檠,乃用洪荒以前异兽寒犀之角所制,上有握柄。只要如法晃动,便有数十百丈亩许方圆一股寒焰发射出去,光照之处,物无遁形,任多高妙的隐形法也吃破去。当妖人师徒所幻替身飞落时,赵光斗因来人不曾隐形,先将阵法催动,未用此宝。等到四幻影被五行真气所毁,敌已乘虚而入,同时赵光斗也觉出敌人有形无质,虽料是妖人所炼鬼物,终恐上当,一照空中无甚人迹,为防万一,便用此宝上下四外一阵乱照。寒焰照处,恰将妖人师徒隐形之法破去,这又占了好些上风。赵、魏二人见有四人冲围而入,不禁大惊,忙即飞落追杀。

　　林瑞行动神速,已到了萧逸房前。三妖徒正在忙于分头杀人,猛瞥见七道星光夹杂一道青光电驰飞来,隐身法已被敌人破去。惊弓之鸟,知道厉害,不能再顾伤人,只得各用法宝、飞剑迎敌。甘熊狡诈,日里又吃过苦头,心想:"敌二我三,今晚师父分赐诸宝,只自己所得最次,看来也敌人家不过。何不由申武和兄弟各敌一人,自己乘隙抽身,好歹先弄死几十百个村人,少泄愤恨。如若师父不能得手,我不在敌我相持之下,逃走也较快些,省得和先前探村三人一样,白受伤亡。"不料这一转念取巧,反倒死得更快。

　　赵光斗七星剑本来可分可合,又知妖徒各有无数血焰针,自己虽不怕,

329

但魏青不知破法，贪功好胜，稍不留神，便为所伤。一面迎敌，忙喝："还有妖党尚在空中，峰上有大师兄在，所以无忧。这三妖孽有我一人在此，决难逃命。师弟速往上面防守。"魏青心实，信以为真，刚出圈飞起，甘熊一口飞剑恰被赵光斗七星剑一绞粉碎，越发不敢再用新得法宝恋战。恨得把牙一咬，也没通知同党，悄没声地便向峰腰有房舍处飞下，正好同时撤退。魏青见状，忙指霜角剑飞去。甘熊怯敌太甚，耳听脑后寒风，青光盖顶，心胆一寒，竟忘了用法宝抵御，回手就是一把血焰针。一片妖烟裹着无数细如游丝的黄色的光华刚刚飞出，青光已经绕身而过，当时尸横就地。双方势子都急，魏青本难躲免。幸是赵光斗早防到此，心疑妖徒诈败，又见魏青冒失急追，忙分出一道星光赶来，恰巧挡在魏青前头，将血焰针烟光一齐裹住，只一绞，嗞嗞一片惨嗥，化为黑烟而散。

申、甘二人见状心惊，不愿白送，也就不敢再用血焰针迎敌。晃眼之间，飞剑全被消灭。迫于无奈，只得把师传法宝各自放出。赵光斗识得这些妖旗妖幡十九俱是无辜生魂附在上面，意欲积点阴功，不愿将它消灭。又知妖法厉害，不敢大意，只得分出三道星光护身，以防闪失。姑且迎御，暗中盘算解破之法。二妖徒却误做师父法宝威力使敌人害怕，心中狂喜，口中辱骂不休，一面加紧施为。

双方正在相持不下，魏青飞空四望，并无敌影，本就不耐枯守。往下一看，峰前一带妖云弥漫，鬼声大作。碧火飞扬中，赵光斗七道星光已经分出一半，颇有相形见绌之势，又听妖徒厉声喝骂，不由又惊又怒。忽然想起："前破青螺峪时，师父得五鬼天王尚和阳一柄白骨锁心锤，曾说上面五个恶鬼，除王长子是他以前朋友，误入歧途，致为妖法所陷，已吃解去外，下余四个俱是生前无恶不作的妖人厉魄，尚未释放。王长子一去，功效虽差，仍是左道中数得出的宝物，将来许能用它以毒攻毒，因此不曾毁去。那日刘、赵二师兄奉命呈阅旧日许多法宝，好些妙处，师父看出自己心羡，便说：'这些都是异派中宝物，只刘泉的金鸳剪、寒犀照，赵光斗的六阳烈火柱，还有来历妙用外，余者均不值论。你既眼红，我将那白骨锁心锤稍微祭炼，传你也可。但是此宝恶毒，非遇十恶不赦的妖邪无法抵御时，不许使用。并须另积十万善功，以为解除厉魄冤苦之用。异日道成，还须超度恶鬼，将它化去。你可应得？如若自问不能承受，就不许要。中途畏难生悔，只要没用过，也可还我。'因以前目睹此宝厉害，一口应允。到手之后，和刘泉一谈，才知事非小可。十万善功还在其次，最难是那四个凶魂厉魄，异日无法使其改去恶根，就此超度转生为恶,造孽更大。有心奉还,又不便出尔反尔。仗着能大能小,一直藏在法宝囊内,准备过些时候,真要无法,只好缴还。因用一回,四鬼便要受上好些苦难,只师传时试过一次,一直未用。目前大师兄和妖人杀了个难解难分,妖徒又如此猖狂,初次下山,怎能在此丢人? 此宝专破异派阴魂祭炼的邪法,正好以毒攻毒。且顾眼前,等到将来超度恶鬼,再想主意,去向师父求告。"念头一动,立即飞身而下。

赵光斗虽知此宝妙用,因关系甚大,魏青还没决定承受与否,全没想到他会使用。正想不起用甚方法破妖徒邪法,忽听空中大喝:"妖孽纳命!"紧跟着一道青光驱着一幢魔火,四个恶鬼直向妖云邪雾之中飞去。二妖徒方在得意,不料百丈魔火自天直下,鬼声顿息,烟雾全消。跟着烟光滚滚中,簇拥着四个大如车轮的狰狞恶鬼头颅,如飞扑来。情知厉害,想逃已经不及。对面鬼口张处,早各喷出一股绿烟。甘象首被笼罩满身,神志一昏,立即倒地。申武见机较早,想要飞出,下半身也被绿烟打中,方觉腿脚间一麻,已失了知觉。魏青、赵光斗的七八道剑光连那魔火恶鬼,已如潮涌一般,相次追来。上有五行阵法,还不敢往上方突围遁走。一时情急,便用本门妖遁,往峰腰平台妖师对敌之处遁去。刚一拨转,猛觉下半身一松,身子轻了许多,仿佛有甚重物离身下坠。百忙中低头一看,那被恶鬼绿烟喷中之处,已齐腿自行断落,身子也不觉痛。这一来,全身四肢仅剩一条右臂。不由吓了一个亡魂皆冒,一面加紧飞逃,一面急喊:"师父救命!"

两地相去连上带下原只两三箭地,晃眼即可到达。这时妖师林瑞正在苦斗,先吃白水真人刘泉骤出不意,放起金鸳神剪。妖人识得此宝来历,知道仓猝之中难于抵御,万分情急,用脱骨代身之法,将左手食指断去一节,借本身血光遁出圈外。同时赶紧施展妖术、法宝,将金鸳剪和飞剑挡住,才得免去腰斩之厄。才一遇敌,便遭此挫败,气得咬牙切齿,情急拼命,将所有的妖术、邪法一齐施展出来。不料刘泉邪正两途俱得过高明传授,识见又多,金鸳神剪更是灵异非常,妖人稍变方法,立被警觉。妖幡取出还未及晃动,就吃两道交尾虹霓一绞两段,失了效用。妖人飞剑又和刘泉飞剑绞在一起,不能分开。独门血焰针虽极厉害,数量又多,用之不尽,换了旁人,自非受伤不可。偏巧刘泉早防到此,飞身出敌时,已把一件度厄仙衣披在身上。

此衣乃苦铁长老当年未归佛门以前,亲往南极小仙源北银凌岛,用极恶毒的邪法,由千寻冰川下面邻近地极的火窍中,酌取火蚕之丝,织炼而成。不用时一叠细纱,薄逾蝉翼,大才方寸。用时形似一口钟,从头直套到脚,像一片银白色的轻云淡烟笼罩全身。看去空明,仿佛无物,却能自发烈火,专御异派中邪法、异宝。后归佛门,说刘泉不是佛门弟子,不许更换僧衣,令作方外弟子,暂且相随,以待机缘。到圆寂时,因念生平所收门人,只刘泉一人虽在异教,不曾用他所传为恶造孽,又发宏愿为他修积外功,因得早成正果。遂把昔年几件最有名的至宝全数赐予,此衣便是其中之一。妖道成千成百的血焰针发将出来,眼看打中,忽从刘泉身笼轻绡上面发出电一般极强烈的银光,妖针立即化为一股奇臭无比的青烟,随风消灭。

妖道无法,只得将自己刺滴心血祭炼而成的一柄阿屠钩放将出来,准备绊住金鸳剪,暗用魔教中奢迷大收魂法,重使妖幡伤害敌人性命。刘泉又早识破,成心将他身带三面妖幡破去。妖人口诵邪咒,幡才取出,金鸳剪竟舍了阿屠钩,电掣虹飞而至,仍是一绞两段。如非见机,几乎连手一起断去。再看阿屠钩时,敌人一面指挥神剪去斩妖幡,人早隐形遁开,待神剪破幡后,回敌阿屠钩,人也出现。端的应变瞬息,捷如雷电。

林瑞空自恨毒咒骂,无计可施。再一分神查看妖徒动静,先还遥闻申武、甘象叫骂,忽然停歇,方料凶多吉少,又听申武大呼师父救命。百忙中回首一看,申武在前,只剩多半人体,亡命飞逃。身后四团亩许大的魔火簇拥着四个大恶鬼头,乱发蓬竖,目闪碧光,血口张开,獠牙交错,后面还有七道星光、一道青光疾飞追来,两下里相去不过丈许。认的是五鬼天王尚和阳的镇山之宝白骨锁心锤,知道厉害无比,急切间万难抵敌。甘熊、甘象必已惨死,申武两腿也被魔火烧掉,危机一发,挨上便无幸理,不由又惊又怕。万分惶遽之中,连飞剑、法宝都顾不得收取,一纵遁光迎上前去,一把夹起申武,扬手一团碧焰打将出去,只听鬼声啾啾,一片惨叫,数十条鬼影由现而灭。魔火鬼头略一停顿之间,妖人师徒早破空直上,接连运用五遁之术,随着上面阵法变幻生克,连忙切断三个手指节,化身突围,破空飞去。

刘、赵二人忙即催动阵法禁阻,只听妖人空中大骂:"刘泉狗道,祖师与你誓不两立!我在天门岭相候,有本领的速来纳命!"厉声摇曳,由近而远,晃眼已在遥空。余音狞厉,犹如鹗鸣绕耳,端的神速非常。刘泉原也想以毒攻毒,用左道法术除他。只因妖人邪法精妙,诡异无穷,所用法宝均极厉害,情急拼命而来。自己先颇轻敌,及一交手,才知名不虚传。全仗苦铁长老所赐异宝,新近又得师父指点,才可略占上风,若论双方功力,还有逊色,稍失戒备,难免不为所乘,因此不敢大意。知他行使恶毒妖法,全仗三面妖幡,意欲先将三幡破去,使其伎无所施,自己有胜无败之时,再下辣手除他。万不料魏青会因急于建功除害，自食前言，把已说过决不敢用的白骨锁心锤取出施展，一见妖人放出生魂炼就的碧血神焰针，便上前迎敌，空中剑钩又不曾收去。刘泉百忙中以为妖人既敢和此宝一敌，必然还有几分拿手，意欲观个究竟，万没料他会舍宝逃走。等看出碧焰中许多厉魄妖魂一遇魔火，立即消亡，方觉妖人以卵投石，好似借此暂缓一步，别有用心时，已经遁走。还有所遗飞剑、妖钩困在五行阵内，虽难逃脱，但此剑、钩均与妖人心身相合，稍有空隙，必被收去。剑还不妨暂时收下，钩上附有恶煞之气，收取下来，妖人随时心念一动，便可为害，尤须先毁，方保无虑。就此追去，势有不能。只得唤住赵、魏二人，收去锁心锤。连俞允中唤出，一同运用飞剑，先把妖剑毁去。再把妖钩夹直，由刘泉指挥神剪，将钩截成寸段。然后会合各人剑光，紧裹所有碎钩，运用玄功一绞，直到化成无数铁屑，带着千万缕黑烟下坠。又用仙法，就坠落处埋入土内，加以禁制才罢。

魏青随催起身。刘泉道："妖人已恨我入骨，指地约斗，妖洞中必有埋伏，决不就此甘于逃遁。村中俱是凡人，我们只能胜不能败。适才妖人行径只是来此残杀，所幸虚实未知，复仇心切，以为我既有备，设伏相待，村人必都藏我阵下，意欲以此起始，分途隐身乱杀村人。如非隐身法被我破去，或是入阵以前分途伤人，即便我们怎么善于迎御，也是不免伤亡。妖人怨毒已深，有无别的同党尚不可知。此行决操胜算，妖人立意与我一拼，不必忙此一时。乐得乘他回洞喘息，先事严防，由我将阵法展开，召集全村人等藏伏在内，由两位师弟主持阵法，我和一位师弟明日午前同去除他。一则有备无患；二则明午阳盛阴衰，所炼生魂比较力弱，白日除他也较容易，乐得从容。"

三人自惟刘泉之命是从，随即入室，令萧清、郝潜夫传知村人，连夜移集离峰三四里以内各人家中暂住，四里以外一人不留。赵、魏二人仍在空中巡视。令传迅速，又有仙法相助，不消个把时辰，全都移居停妥。赵、刘二人重将阵法展布，因有前警，又加了一些妙用。事完，留下一人轮值守望，各回萧逸屋内。

瑶仙、萧玉已是面如土色，惊魂乍定。听说妖徒伤亡殆尽，只林瑞一人受伤逃走，明日刘、赵诸人便去扫荡妖窟，永绝后患，好生欣慰。瑶仙本是美质，自从出走，饱经忧危险难之余，先听沈腾谈起正邪各派修为行径和许多有名人物，已经起了出世之心。只恨身在困中，死活都难，朝不保夕，怎还敢作修真向道之想。脱险以来，经俞允中示意提醒，再加目睹许多灵异之迹，不由勾起旧念，向道之心益发坚韧了。

萧清已为刘泉等备下居室，谈了一阵，刘泉便令众人各自安歇，自和俞允中、魏青回房习静。

瑶仙夫妻终是胆怯，借口随侍仙师，坚欲同往。俞允中见二人胆小可怜，笑道："我们居室就在对门，咫尺之间，外有阵法埋伏包围，敌人万难侵入。这里也有防护，保无他虞。你夫妻受难三年，方得与自家骨肉团聚，天已深夜，我们又无须人随侍，还是你们自家人稍微叙阔，早点安眠，明日静候佳音吧。"二人被允中说破，只得含悔遵命。

刘泉暗中留心，见萧清根骨远胜今日所见诸人，天性尤其特厚，自己一到，便见他言行恭谨，满面俱是欣羡之色。因见允中随和，易于进言，就这半日夜工夫，已经乘便求说了三次。意思恨不能当时拜师，明日事完，立即随行。萧逸原命他和郝潜夫陪侍仙客，按说正好乘这无人之际，再次求告。他却将侍客之事让于潜夫，自己仍守在萧逸房内，不肯离去，可见他对乃叔关心之深，暗中好生嘉许。允中也有同感。由此二人起了援引之心。郝潜夫和萧清情逾骨肉，见萧逸人一回生，宽心大放。俱觉仙缘不可错过，互相密议，又看出仙人爱重萧清，便由他首先求告，如能获允，自己再行上前。早已拿定主意，虽然坚持随侍，及随刘泉等到了静室，因恐仙人厌烦，累及萧清也难如愿，只管恭诚侍立，并不上前渎求。这也是二人该有此仙缘遇合。

刘泉因赵光斗一人在外守望时久，主人又备有精美肴酒佳果，别人不能胜此大任，便自己前去替他回来。出到上空，赵光斗却说："天门岭那一面妖气甚盛，林瑞刁狡凶顽，邪法厉害，师兄虽然不怕，终是谨慎为上。小弟法力虽非师兄之比，隐形飞遁尚属精习，此时无事，正好前往一探虚实。师兄以为如何？"刘泉生性最喜犯险，增长阅历。且胜后轻敌，自恃白骨锁心锤已经应用，林瑞伎俩素所深知，纵有妖阵，不足为害。逃回以后，也许还要再约两个同党。广行千善，不如独除一恶。自己又还有护身法宝，正好欲擒先纵，缓他一步，看到底是甚厉害妖邪，有甚新花样，再行下手，一网打尽。既可多积功德，以完昔年心愿，还可多些见闻。深信有胜无败，闻言笑道："林瑞已成釜底游魂，他那妖法我俱深悉。与其这样，还不如唤来俞、魏二人代为防守，此时就去除他呢。"赵光斗道："山行清苦，胜于山居。魏、俞二人尚未到辟谷地步，魏师弟更嗜酒肉，此时正好享受，何苦扰他兴致？我也不愿烟火，既师兄智珠在握，你我就在这里闲谈遥望好了。"赵光斗因和刘泉本就至交，见他迥非往日持重行径，适才已几乎为敌所乘，仍自轻率从事；妖人厉害，久有耳闻，虽然来此挫败，似未尽显神通，去时又那么发狂叫阵，岂可疏忽？先见天门岭上妖光烟云浓密，现在又隐，好些异样，本想先探一回虚实，好做准备，刘泉偏又不以为然。深知刘泉为人性情，不便再说，故意设词，一同闲谈观望，欲等妖云再起，好使知警。谁知妖云终不再现，刘泉终未放在心上。

俞、魏二人对刘泉最为敬畏，刘泉走后，便畅谈起来。潜夫见二人好说话，益发加倍殷勤。二人又向其盘问村人归隐之事，两下越谈越投机，潜夫乘机跪求收录。魏青心直口快，又见潜夫人品资质不恶，一时心喜，便说："我们同行四人出师未久，虽然不能收录，但你真个向道坚诚，便可代为援引。"并允潜夫日后去往川边青螺峪寻他，当为引见师父。允中也说："刘泉看中萧清，定必有心成全。这里虽还有不少英俊少年，但非成道之器，连你尚是勉强。请你转告萧清，静俟机缘，不可再向别人吐露；更不可再向刘、赵二位说我二人已允援引，省得嫌有烦扰，累你二人都无望了。"潜夫知是实情，立即拜谢不迭。

谈有好一会，赵光斗先回来说："大师兄轻敌。当时如收妖钩，又须设防，不便即追。布置定后，本应早去，偏因话已出口，必俟明午方去。我欲往探，又说无须。那白骨锁心锤关系此行，极为重要，无奈只魏师弟一人能用。到时大师兄必分两人留守，魏师弟法力尚浅。我总想妖人厉害，未必手到成功。意欲使魏师弟将锤交我，传授用法，相代前往比较好些。当初师父背人秘传，不知仓猝之间能够精习不能？"魏青方说："师父当初只许我一人使用，不许转教别的同门。"允中偷看师父柬帖，已知此行底细，但是师父严命不许泄露，为免照实说明，接口答道："赵师兄深谋远虑，足见知机。大师兄此次虽然稍微大意一点，但照来时师父所说口气推详，决无大害。魏师兄因有此锤，明日还须同往，势难替代。我想妖人师徒只有两个，一个还是残废，只要大师兄不致惨败，这里决保无事。并且明日女主人欧阳道友也必回村，她乃郑师叔高足，此来必然奉命相助。到时或是留她在此坐镇，或是一同赶往均可。妖人恶贯满盈，决无幸理。"

赵光斗听允中口气似有前知，不似寻常揣测之言，好生奇怪。便问他怎知妖人必败？欧阳霜明日必回？可是师父行时还有密命，预示先机？允中知道说漏了口，不便掩饰，又不敢全数泄露，只得略说大概。赵光斗见他为难，也知师父脾气古怪，允中为人忠厚，一问必说。先不肯吐，非无同门义气，定是师父怪刘泉夙昔自负，故意使其稍受挫折。既示仙机，必有解救之方。事有定数，即便问出，也难避免，转生别的波折。师父一旦知道，自己也要连带受责，何苦如此？想了想，决计先不追问。便对允中说："师弟不必为难，我知师父有心磨砺大师兄。我们多加一点小心，明午大师兄自和魏师弟先去，我听师弟之意进止便了。"

允中道："其实与赵师兄分毫无干，大师兄也没什么大不了，只我日后却有一点干系在内。师父又有严命，不许事前告人，如违重罚，所以不敢妄言。如大师兄真有甚险难，小弟拼受责罚，也无不言之理。本拟大师兄一走，再向师兄说明，急速尾随前往，师兄今晚不问，明日也要说的。魏师兄法力虽差，好似无甚妨害。小弟虽得师父预示先机，也还不解是何缘故呢。"赵光斗知是实情，心料允中既奉师命，必有解救之法。刘泉虽无大害，虚惊小挫，在所难免。便嘱允中明日务要早行，大师兄一走，立即赶往。允中知他误以为自己能够解救，答道："同门至交，祸福与共，义无坐视。不过师父并未有甚传授，救星还恐应在女主人身上。为今之计，除却拼担不是，和大师兄把话说明；再不就是设法延缓，使他过了午时再去。此外别无善策。"赵光斗细一寻思，师父为人外和内刚，逆他不得，便依了第二条主意，明日设法延宕，挨到帮手快来再去。真要不听，再与明言。

商议定后，潜夫见赵光斗进来，早把残肴撤去，亲往厨下重整肴酒，端了进来，殷勤劝饮。主人肴酒精美，赵光斗平日本未禁绝烟火，三人又都好量，于是痛饮起来。宾主四人且饮且谈，甚是高兴，不觉天明。

赵光斗来时，刘泉曾说他自到萧家，便在空中防守，一直未曾休息，命回房饮食安歇，自己留守空中。等到巳初，再唤三人同出分派，即往天门岭除害。好在阵法严密微妙，层层设伏，近峰一带还有别的禁制，稍有警兆，下面必然发觉，即或敌人一举来犯，也不妨事。赵光斗法力与刘泉原在伯仲之间，既无动静，以为刘泉必在空中，也就没有在意。

萧家除萧逸一人因要养息，客去便睡外，瑶仙夫妻心忧胆怯，加以亲人骨肉劫后重逢，各有一肚皮的话要说，服侍萧逸睡下，便和萧玉守在室中，低声泣诉经过，痛自怨艾。余下诸人多是萧逸门人、弟侄，因听妖人尚未全戮，仙人将全村人等召集一处，布置比前还要严密，加以目睹瑶仙夫妇谈虎色变之状，俱料隐忧未已，各自惊心，聚集在左近闲房以内，弄些酒食坐守，俱都无一就枕。

天明无事，瑶仙和萧玉、萧清先往仙人房中参谒，报知叔父已醒，人也康复，能够随意起坐，浴后更衣，即来专诚拜谢。赵光斗力言村主虽愈，仍须安养，不宜劳顿。因恐萧逸至诚，拦阻不住，又想借他延缓刘泉时刻，随同俞、魏二人前往萧逸房内。萧逸正在盥漱，正拟沐浴更衣，吃俞允中上前拦住，

336

说："相交以心，何须如此？村主元神受了重创，非特现在，便我四人走后，也须静养，始能康复如初，心身均不可再劳。"萧逸只得应允，依旧卧床相陪，问刘真人何往。赵光斗说："在空中守望。今日前往妖窟，时辰犯忌，师兄为人固执，未便明言。拟请村主借款客为由，设下一席，强留他席终再去，延缓些时。"萧逸隔晚就命家人备有盛筵，闻言忙令萧清传话将席晚开，设在自己房内，以便乘机延缓。

萧清童心未退，昨晚妖人来时，曾在窗前偷觑。知道此时空中仙阵更为神妙，以为这里看得更真，从天亮起，一得空便往平台上观看。见昨晚奉命移聚之地，人家房舍全和往日一般，目光所及，纤微悉睹。过了界限，全看不见一点景物，上空溟濛，好似笼着一层薄雾，太阳也只看得见一团白影。估量风日甚是晴明，日光却被薄雾挡住，不能照到地上。四下留神查看，也不见刘泉和剑光影子，老是静荡荡的，任甚迹兆俱无。连看几次，俱是如此。这次传命回来，见诸同门与叔侄辈俱在台上瞭望，忙奔过去，问见到什么没有，全都摇首应无。只得回转房内，偷偷告知潜夫。

魏青见二人耳语，便问："你们看到刘真人么？"萧清恭答："弟子等肉眼凡胎，连看几次，休说刘真人，昨晚还看见诸位仙侠剑光，今日只见天空蒙着一片薄雾，什么影迹都看不见了。"赵光斗心想："敌已知我有伏，无须隐蔽，再说也不会常在阵外。人在阵内，不隐自隐，自己人怎会不见剑光影子？"闻言首先心动，疑他已往。魏青方说："大师兄自来言行如一，白骨锁心锤尚未带去，要去也必先来唤我。必是将身隐起，决不会独自前往。"允中因得师父预示先机，不等话完，忙出探查。到了平台四望，果然无踪，已自心疑。再飞升上去一看，哪有刘泉人影。遥望天门岭已在浓雾笼罩之下，知道不妙，立即飞回。当着外人不便张皇，只向赵光斗一人说："大师兄不在上空，许是独自一人前往天门岭去了。"赵光斗暗忖："刘泉素来精细，分手时节还说得好好的，怎不通知一声，丢下就走？除了往天门岭，别无去处。妖人去后，更未再来，否则万无不知之理。"好生不解。忙告诉萧逸："师兄如往天门岭，必是天明以前看出妖人底细，握有胜算。今日五行阵法生克相因，妖人多大本领也闯不进，决然无虞。我三人先出去查看，即便前往接应，也必留一人在此防守。务请各自安心，不可妄动。"说罢，一同飞出。

赵光斗自比允中识得妖法奥妙，才到上空，便看出天门岭上妖雾弥漫，邪气冲霄，分明妖人发动埋伏，断定刘泉必已前往。略一寻思，叮嘱允中暂为留守，自和魏青赶往相助。刚飞出不远，又见刘泉所着度厄仙衣发出来的火光,在妖雾中现灭闪射,隐听迅雷之声。刘泉既将师传太乙神雷发出,益知失陷在彼无疑。一面催动遁法,一面指示魏青机宜,到时务要紧随自己,一起用白骨锁心锤开路,不可冒失乱闯,致为妖人暗算。

一会到达,那妖阵便设在天门岭绝顶妖洞外面。赵光斗到时,只见千百丈阴云邪雾笼罩岭上,鬼声厉噪,甚是凄厉。除听刘泉不住发放太乙神雷外,敌我俱看不见在何处,莫测奥妙,料知厉害。方在徘徊观望,欲寻门户,冒险冲入,忽听一声惨啸,晃眼由雾影中飞出一条鬼影,手持妖幡,意欲晃动。定睛一看,正是昨晚两次败逃妖徒申武的鬼魂。想是逃回山后,妖人见他四肢已断其三,嫌他无用杀死,将生魂收去以供役使。方恨妖人狠毒,未及施为,魏青为人肝胆好义,一听刘泉失陷,早已急怒交加,匆匆赶到,见赵光斗观望不前,已经难耐。忽见妖雾涌处,飞出一个手持长幡的恶鬼,不由满腔火发,不问青红皂白,猛将白骨锁心锤朝前一指。

也是妖徒该遭孽报。昨晚逃回以后,妖师见他两腿被魔火烧枯毁落,虽仗精通妖法,先将伤处骨节切断,血脉封闭,得逃一死,人已残废。且又不比飞剑斩断,日后还可设法接续。心想:"所炼天魔炼形大法,若有一厉魄主持,可增不少功效。"便和妖徒商量,敌人厉害,报仇心急,令他暂助一臂。先将他生魂收去应用,等到报仇以后,再把所杀仇人肉身给他,使其重生。申武明知事太悬虚,仇人如为炼形之法所杀,身躯已成灰尘,何来肉体?但是妖师狠毒,好说不行,反吃禁制,转不如痛快答应。日后虽然难为生人,总比那些日受炼魂之惨的恶鬼要强百倍。立即慷慨允诺。这时妖人正和刘泉苦斗相持,自信再有片刻,即可全胜。一见又有敌人上门,既恐功亏一篑,又见敌人胆怯观望,惟恐畏难退去,难以泄恨,自己不能分身,便令申武持幡诱敌。妖人因和刘泉斗久,心神专注,竟忘了昨晚敌人持有白骨锁心锤,正是那面妖幡克星。妖徒深尝厉害,虽然畏忌,无奈妖人令出必行,向不许问,只得持了妖幡出阵晃动。谁知惨报临身,魏青比他更快得多,才一照面,便将锤一晃。锤上四个大恶鬼头立时带起四幢魔火妖光,怒潮般卷将上去。申武幡才晃动,见状大惊,厉啸一声,转身欲逃,魔火已罩临全身,噬的一声,连妖鬼带妖幡全化为乌有。魔火所到之处,前面妖云邪雾立即荡开,冲出一条云衖。

赵光斗见妖幡才晃动,便觉心旌摇摇,暗道:"不好!"忙摄心神。待将七星剑放起时,魏青已经出手。知道魔火厉害,只魏青一人不怕,不知刘泉身在何处,恐有误伤。一面同了魏青乘虚飞入,一面暗嘱留心,将魔火收敛一些,等与刘泉会合,再作计较。

天门神君林瑞遣妖徒鬼魂走后,忽听惨嗥之声,抬头一看,四道魔火烟光已随四恶鬼攻入,后面跟有两个敌人。情知自己一时疏忽,没有亲出,误遣妖徒,以致失机。妖徒消灭,主幡已破,又惊又怒。方欲倒转妖阵,与敌一拼,赵、魏二人已循雷声寻到刘泉,将恶鬼魔火指向侧面,三人会合一起了。

原来刘泉在空中守望,将到黎明,遥望天门岭虽然妖气上升,杀气隐隐,以为妖人不过照他本门妖法,祭炼恶魂厉魄,布一恶阵。凭自己法力,已有几分胜算;何况还有白骨锁心锤带去,至多妖人将所炼妖魂一齐驱出,二邪相遇,同归于尽。此锤早晚终须毁去,借此除一妖人,正是佳事,有何顾虑?正寻思间,忽听远远破空之声,似由左侧面空中绕村而过,并没看见剑光闪动。侧耳一听,已落在村外来路上去。先疑有别的异派中人路过,身正有事,既未来犯,本没想去招惹。待不一会,猛想起那地方正是颠仙种植的七禽毒果林场。昨晚妖人走后,为防二次来犯,伤害村人,曾将所有村人全数召集。果林无人看守,万一因此失去,误了元江取宝,怎当得起?当时一急,因已见机稍迟,又知埋伏严密,稍有迹兆,赵光斗便即警觉,事太紧迫,相隔又近,也不及下来知会,立驾遁光飞驰前往。刚越过环村危崖,便见金霞灿烂,将果林围绕。另有两个昨日见过的萧逸门人,也在金霞护身之中大声呼叱。知道守林村人并未回村,颠仙护林禁法已经发动,心中一放。再看对面站定一个身着黄麻,面如死灰,大头短项,眼生额上,手足奇短,身材又矮又胖的妖人,手指一道灰碧色的妖光,正向村人喝骂:"速将手中鬼符放下,还可活命;否则少时破了老虔婆障眼法,叫你做鬼都难。"

刘泉认得这妖人名叫神目天尊,最精隐形飞遁之术。苦铁长老未入佛门前,曾与相识。自从苦铁长老炼成护身之宝,他知那寒犀照专破隐身之法,心还不信,强欲试验。果然将邪法破去,重又苦炼多时,才得复原,由此暗中怀恨。苦铁长老入佛以后,痛悔前非,与各同道踪迹日疏。妖人知此宝是他克星,越发疑忌。始而匿怨相交,后又假说见苦铁长老迁善归正,也自改悔,常来亲近。苦铁长老虽看出他心术不正,积习难返,但本与人为善之旨,并未深拒。这日苦铁长老坐禅入定,吃他偷偷掩入,冷不防将元神禁住,立逼献出三宝。苦铁长老知他阴毒,便将三宝献出,也是不免阴火焚身之惨。正在拼死相持,恰值刘泉回洞。妖人因知长老众门徒现多遣散,只剩刘泉一人,又值外出未归,一下制住,志得意满,不曾隐身。不料刘泉中途心动,突然折回。早就料他口是心非,常来无甚好意,见状又急又怒。一照面就下辣手,将身带法宝、飞剑全放出去。妖人见势危急,只顾迎敌,心神一分,长老元神便脱了禁制。妖人知道不妙,仗着妖遁迅速,立即幻形遁去。恐长老师徒寻仇,一直隐藏多年,没敢露面。长老元神也受了阴火重创,虽当作自身应有劫数;刘泉却以为师父难免兵解之厄,便由于此,追忆师恩,恨他刺骨,寻访多年,不曾得遇。近拜凌浑为师,才听说起神目天尊已经投到妖尸谷辰门下。今日狭路相逢,又是为毁坏七禽毒树而来,仇上加恨,如何能容。知他惯于隐形,一经认出,更不怠慢,一言未发,先将寒犀照朝前一指,数十道冷焰寒光连同飞剑一齐发射出去。

　　神目天尊原奉妖尸谷辰之命,来此暗毁七禽树。到前路过天门岭,望见有人在布魔阵,知有同道中人在与仇敌相拼。这阵法过于恶毒,正教中人见了必不相容。前面不远便是培植毒果之处,必有正派能人在彼驻守。如非精于隐形,逃遁迅速,也是不敢轻捋虎须。想看看主持阵法的是否熟人,又想试试对方深浅,没有通知,便即隐身入阵。谁知满腔好心,林瑞大败之余,怒火中烧,又因仇敌也是异派出身,竟把来人当作恶意。阵法又极厉害,外观寻常,内藏微妙。神目天尊才一进阵,便被觉察,如非善隐身形,认出林瑞是当年旧友,赶紧报名现身,几乎吃了大亏。

　　二妖人见面,各问本意。一个是妖尸法令森严,不许泄露,推说因事路过,无心相值;一个是护短好胜,在未报仇以前不肯详告实情,只说左近有一对头,不久便要来犯,为此设阵相待,等他入网送死。神目天尊听他说时满脸愤毒之状,知他事前必有挫折,所说不甚可靠,因未说出对头姓名,想看看来人是谁。林瑞和他久别,听说投在妖尸谷辰门下,也想教他见识见识自己所炼妖法,留他在天门岭耽延了好些时候。

　　赵光斗先在空中,遥望天门岭上妖光邪雾忽然大盛,便是神目天尊入阵之时。等到天色将明,神目天尊问敌人好久不来,是何缘故?林瑞怒道:"这厮必是看出我厉害,不敢轻来。以为他那卧云村上空设有五行阵法,我就不能去么?"神目天尊听那地方好似自己去的所在,便套口气,盘问就里。林瑞便把敌人现在卧云村用五行阵法防守的话说了。并说村人十分可恶,杀敌以后,定将全村杀尽,鸡犬不留。但对头姓名仍未说出,知他脾气最恶,不便再为追问。

　　此次原因有一异派中人路过卧云村外,发现七禽果树。又受万妙仙姑许飞娘指使,说此果乃大熊岭苦竹庵大颠上人所种,为备元江取宝,充作蛛粮之用,令往报知妖尸谷辰。那人先并不知危崖以内藏有人家田园,许飞娘也是由昆仑派口里无心中听来,只知村在哀牢山中,并未亲往。得信时已届取宝之期不远,无暇命人往探。好在那传话人已经去过,知道果林所在,卧云村无关宏旨,神目天尊匆匆领命,立即起程。既从林瑞口中得知村中藏有劲敌,连林瑞也是设伏相待,不敢寻上门去,可知厉害,哪里还敢招惹。心想:"两下里设阵相持,俱不出战,此时偷偷前往,正是好时机。"

神目天尊听完,随即设词别了林瑞,订下少时归途再来看他擒敌快意,随即绕道赶往。因地理不熟,又听林瑞说村在万山之中,四外危崖刺天,环绕如城,占地甚广,略问即行,只知绕崖飞驰。不料行处与萧逸所居孤峰只有一崖之隔,相去甚近。刘泉耳目又灵,破空之声尽管微细,也被听出,追将出来。

妖人寻到村外果林,准备下手。当晚恰是柴成和萧逸堂弟萧迪防守。起初刘泉令村人移聚一处,免受伤害。二人忠于职事,知道果林关系重要,焉知妖人不乘隙侵害,又恃有欧阳霜所留灵符,便没回村。惟恐刘、赵等四人见怪,也未说明。妖人到时,斜月初坠,天色正晦。因见果林中静荡荡的,并无人在防守,刚现身形,欲用阴火将果林烧毁。柴成见状,忙将灵符展动。果林中预伏禁法立生妙用,发出百丈金霞,将全林笼罩。二人藏处也有仙法禁制,如不出去,妖人决看不出。也是二人贪功心盛,见灵符生了妙用,妖人却步张皇,恃有灵符护身,敌人无法伤害,不禁想伤敌人。二次取符施为,发出金光护身,手持毒弩纵出,往外发射。

妖人先见金光霞影忽然腾起,大为惊惶。及见出面二人俱是凡夫,看出灵符妙用,心才放定,只顾想施妖法,强迫二人将符弃去。虽恐村中劲敌得警追出,却没想到会是刘泉。知他持有苦铁长老遗赐法宝,难于抵敌,忙即隐身飞遁时,人虽飞起,隐身法已被破去。刘泉怀恨多年,又知他是妖尸党羽,如何肯舍放脱。不暇寻思,跟踪急追,飞行也颇神速。妖人回顾追赶甚急,隐身法又业已破去,这等死仇,无论逃往何方,不被追上不止。事未办成,又不敢引向妖尸那里。逃出百余里,忽想起天门岭就在近侧,何不引他入伏?立即改道,拨转遁光往斜刺里飞窜。两下里都快,一会便即飞近。刘泉誓报师仇,一面急追,暗中已在准备辣手。一见天门岭在望,知他用意,惟恐林瑞出来作梗,被他乘隙遁走,早将昔年所炼异派中恶毒法宝阴雷珠取在手内,拼着敌宝同毁,照定妖人身后打去。那阴雷珠采用地窍中阴火炼成,发时另有邪法催动,非中到敌人身上不发雷声。发时只有碗口大的绿火,中上立即爆散,将人炸成粉碎。除非道法高深,能先期破去,否则如影随形,不打中敌人不止。只是能发不能收，一次即完。刘泉也只剩下这一粒，原备紧急之需。这时也是恨到极处，运用全力，加紧施为，怎能躲过。妖人见天门岭相去不足半里，瞬息可达，方在心喜，大呼："林瑞道友快来！敌人被我引到了。"说时，还以为刘泉落后尚远，怎么也追不上。忽觉一股阴风甚是劲疾，由后袭上身来，心刚一动，身已落在天门岭上。百忙中待要回望，猛又觉后心一凉，不料中了敌人法宝暗算。一声霹雳过处，血肉横飞，形神俱灭，全部炸散，死于非命。

林瑞闻声出阵。刘泉也飞离岭前不远，见林瑞手持妖幡飞迎上来。心想："妖人在此布阵，仇人已死，料无别的党羽入村扰害。就此除去，也倒省事。"更不答话，径将金鸳神剪连同飞剑放起，一取林瑞，一取妖幡。满想林瑞飞剑已失，仍和昨晚一样，先下手为强，将幡斩断，妖法便会减小威力。谁知林瑞所设妖阵外观寻常，内藏魔教中的天魔炼形大法，厉害非常。所持妖幡经过多年祭炼，乃无数生魂精气炼成，看去有形，实则无质，与昨晚所用妖幡不同。只本教中阴魔之火和各派中几口有名的仙剑能够将它消灭。刘泉所用飞剑、神剪仅能抵御防身，破它却难。先时那丸阴雷珠倒能将其击散，偏在追杀神目天尊时用去。刘泉先未看出厉害，及见神剪飞向幡上，金虹交尾一绞，幡便断为两截，跟着便见黑烟冒起将幡围绕，仍然直立不坠，同时林瑞袖中又飞出怪蟒也似两道尺许粗的黑气，将剑、剪两道光华敌住。烟中妖幡也由断而续，复为原状，连连晃动。猛觉心神不定，摇摇欲飞，才知妖法厉害，幡乃凶魂厉魄精气凝炼而成，不可轻视。暗忖："不妙！"忙运玄功强摄心神时，四外阴云滚滚，急如奔马，杂着阴风鬼啸之声，已齐往身前拥来。倏地一片绿阴阴的焰光闪过，林瑞不知去向，只余两条黑气仍与剑、剪相持。光华过处，随断随续，分合不已，总不能使其消灭，只渐渐往后退去。刘泉当妖幡连晃时，已为妖法所迷，仗着道力高深，元神凝定，稍一迷糊，即渐清醒，未被妖幡将神摄去罢了。

林瑞失踪以后，刘泉见黑气后退，自己随着飞剑、神剪向前追赶，忽然省悟中了妖人诱敌之计。原定入阵除妖，虽然不怕，自己被诱深入，尚未觉出，妖人也不知隐向何处，实是不妙。身带寒犀照至宝，又从师父炼就太乙神雷，怎会忘记使用？莫不中了妖人暗算？神志昏迷，就吃大亏了。料知身已入伏，这两条黑气也是妖魂变化，特意用来分己心神，使飞剑、法宝误投虚处，不能用于防身，以便下手暗算。念头一动，不禁大惊。决意改攻为守，先把己身护住，查见妖人身形，再打主意。恰值四面阴云鬼影逼近，更不怠慢，左手取出寒犀照，右手忙将太乙神雷连珠发出。

这时刘泉已被诱入阵内，妖人也回到中央法台之上。因知刘泉道力甚深，看出被诱深入全无警觉，神志似近昏迷，自信鱼已入网，必获全胜，无须忙此一时。报仇之外，还妄想将他生魂摄去，以为己用，故不曾速下毒手，将魔焰放出，缓了一步。不料刘泉年来道力精进，稍一警觉，立即清醒。妖人见他放出太乙神雷，手上寒光四射，雷火过处，恶鬼妖云纷纷消灭。不知刘泉临机警觉，还当他有心如此，不由又惊又怒。知道不妙，改为专意复仇。忙即施展魔法，往外连晃妖幡，全阵魔焰发动，上下四方齐围罩上去。也是刘泉命不该绝，机警神速，一见不妙，一面施展太乙神雷，用法宝照觅妖人；一面早将飞剑、金剪收回，又将度厄衣披上护身，未遭毒手。就这样仍没全照护到，下半身已吃地底突涌起来的魔焰沾染了些，当时机灵灵打了一个冷战，几乎坠落。如非飞起迅速，身有三件至宝，飞剑经过凌浑传授重炼，不畏邪污，也早吃大亏了。

刘泉惊魂乍定，在飞剑、宝光全身围绕之中，往外一看，宝光以外，漫天盖地俱是碧焰鬼影，身子直如落在火海之中，也不知有多深多远。先用寒犀照宝光一照，对面不远有一法台，上面坐定妖人，身侧无数鬼影，有一持幡鬼童，好似昨晚受伤逃走的妖徒。妖幡频频晃动，魔焰愈盛。全阵只有妖人师徒所立法台约有丈许方圆没那碧火。寒犀照虽能照见妖人，却破那碧焰不得。只管发动太乙神雷，那碧焰偏是随消随聚，越来越盛。法宝护体，虽难近身，因适才脚底略为沾染，这类魔焰极有灵感，竟觉冷气由脚底上攻不已。幸是功候深纯，运用玄功发动本身纯阳真火，才保无害。但也只能不使上行，脚底触焰之处依旧奇冷刺骨。暗忖："是甚邪火，如此厉害，难道是魔教中魔焰不成？妖人现在对面，用甚方法可以除他？"

正寻思间，忽听妖人厉声喝道："无知狗道，已经入我埋伏，现受天魔炼形之厄。快将身带法宝、飞剑献出，虽难免死，还可放你鬼魂逃走；否则我驱遣天魔，发动千寻神光，形神俱灭，连鬼也做不成了。"刘泉一听，果然是魔母鸠盘婆教下的天魔炼形之法。再用寒犀照四下查看，无数鬼影中只有八九有头无身的魔鬼，出没隐现于熊熊碧焰之中，狞形恶态，獠牙森森，与白骨锁心锤上四恶鬼头相似，只不及它形势猛恶慓悍。情知魔阵凶险，除魔焰外，暗藏好些变化，倒转挪移，机变微妙，任往何方，俱难冲逃出去。静摄心神，立在当地，有宝护身，还可支持些时。看魔头神情，妖人许是初炼不久，功候尚差。白骨锁心锤可发千百丈魔火，以暴攻暴，足能破它。偏生锤上五个魔

343

头吃师父放掉一个,减去多少威力,就不可知了。为今之计,只有挨到魏青等发觉赶来,用锤一试。照着魔法定例,二魔相斗,纵不能胜,也当同归于尽。魔焰既消,妖人不难除了。想到这里,大骂:"我奉师父凌真人之命,来此除害,你这妖孽伏诛在即,还敢逞强夸口,少时人来,你便死无葬身之地了。"

　　说罢,猛然朝前一冲,跟着连珠雷火迎面打去。刘泉恨极妖人,运用玄功全力施为。妖人见他极力防护,久停未动,太乙神雷虽将魔焰冲开,随分随合,屡发无功,已不再发。一念轻敌,没想到困兽之斗,动作如此神速,话才说完,人便催动遁光,飞临切近。骤出不意,方想倒转阵法,挪移法台时,金光雷火已连珠般打到台上,手持幡幢的执役恶鬼已被击灭好几个,法台也被雷火震裂了一角。跟着人便飞回,用金刚住地法定在原处,大骂:"无知妖孽,劫限未尽,还有片时生存,也教你尝尝真人厉害。你看如何?"

　　妖人闻言,益发暴怒如雷。所役妖鬼曾费了不少心力祭炼,随便消灭不但可惜,魔阵还要减却一些效用。一面留神防备仇敌再举,一面咬破中指,含血喷出,增加妖阵威力。血光过处,那九个魔头忽受了妖法禁制,立即发威暴怒,口喷碧焰,发飞牙舞,夹着千寻魔火,怒潮一般卷到,分九面将刘泉围住。刘泉虽有宝光间隔,无奈适才曾为魔焰所伤,魔头口一喷火,前被火烧之处便冷彻骨髓,逐渐上升,较前尤酷,难耐已极。纯阳之气稍一封闭不住,便吃分布全身,奇冷外还加酸麻,难熬已极。救兵又久不到,似此厉害,便赵、魏、俞三人一同赶到,也不知能敌与否。万般无奈,只得仍用太乙神雷朝火光魔头打去,虽然不能消灭,也能震退老远,略缓始能再上。一面用玄功发雷,一面还得戒备冷焰攻心,端的痛苦非常。

第二〇二回

玉貌花娇　奇艳千般呈妙相
邪消正胜　传音万里走妖娃

妖人见历久无功，不时咬破指头往外喷血。九魔头禁受不住，益发暴怒，尽管被太乙神雷打得七滚八翻，依旧此仆彼继，相次急上，九面围攻。刘泉一身势难兼顾，身前的才得打退，身后的又赶扑上来。一个措手不及，吃它扑近伤处，奇寒麻痒立即增加。久闻魔焰炼形十分微妙，九魔所喷血焰，如无师传太乙神雷随时击散荡开，只要被它在离身三丈以内围住，九股血焰上下交合，凝成一片，成一火球，将人包围在内，任有宝光护身，早晚也必炼化，人便成了劫灰，形神皆灭。何况魔焰俱有感应，微隙即入。先已受伤，怎能禁受？那太乙神雷依仗本身所炼纯阳真气的玄功运用，屡发不已，真元不少消耗。再加先受魔焰侵袭，虽甚轻微，禁不住外有魔焰千丈，息息相通，不能不分去一半心神封闭血脉，以免蔓延全身，这也吃了大亏。时候一久，便觉支持不住，神雷威力也随之减退。道消魔长，魔头威焰忽然大炽，眼看危机顷刻，恰值赵、魏二人赶到。

妖人看出刘泉不支，心中大喜。正在加紧施为，忽见敌人飞近岭上，停在空中未下，当是看出厉害，迟疑不进。惟恐胆怯逃遁，急于驱迫魔头早收全功，无暇分身。最厉害的仇敌已经困住，余更不在心上。忙令妖徒出阵诱敌，竟把昨晚所见白骨锁心锤忘却。

妖人所炼魔法，与五鬼天王尚和阳殊途同归，无甚畛域。无如所排魔阵，近年才从鸠盘婆门下大弟子铁姝那里费尽心思偷学了来。铁姝为此还被乃师大加责罚。林瑞没有深学其中微妙，功候尚浅，前夜勉强炼成，便即使用。那九个魔头必须随时施展魔教中极恶毒的禁法，才受驱策。不似鸠盘婆师徒那样人魔一体，随心所欲，乐于为用。按说此举大为犯忌，法力如差，魔头情急反噬，引火烧身，万无生理。当初传法人也曾再三告诫。林瑞全仗未习此法以前，曾费多年苦功，用千百凶魂厉魄祭炼而成的这面阴灵幡，做了主幡之用，才能将魔头勉强制住，否则也是不敢操切从事。

五鬼天王尚和阳乃魔教中有数人物，费去不少心力，伤了无数生灵，才得炼成。锤上五鬼，俱是几个异派有名人物的生魂，虽被怪叫花凌浑解脱一个，只余四鬼，参上本门妙用传给魏青，不如本来恶毒，但那魔火也比妖道所炼胜强得多。加以锤上四鬼本身躯体尚在，又经仙法度化，真灵未昧。凌浑已经许它们以暴制暴，将功折罪，只等功完孽满，仍和王长子一样，准其超劫转世。不似落在原主手里，永服苦役，终古沉沦。一经施用，无不竭尽尚和阳所赋威力，效忠用命。比起妖人所驱九魔，本非所属，强受魔法拘遣而来，只知按照行法人的法力本领施为，与本身无关。

这类魔头名为天魔，实则也是历劫千年的厉鬼幻化。鸠盘婆教下豢役最多，非精习本门心法，不能拘遣。这几个只经过铁姝祭炼驱策，法力尚差。当初铁姝因见林瑞虚心结纳，苦求传授，知他初学，法力不济，一个不小心，妄将本来几个厉害魔头拘来，反倒取祸，并还要受师父嗔怪，才把自己常用比较易制的暂借与他，令其到时指名拘遣。虽然威焰稍次，习性残暴凶恶都是一样。胜则扬焰助虐；一现败势，行法人稍微驾驭不住，得隙便即速遁。一次失败，再也拘它不来。如不见机，强为所难，立致杀身之祸。妖人也深知此利弊，及见阵外魔火潮涌而入，妖徒凶魂连那主幡一齐化为乌有，才得想起，已是不及。惊遽中，还妄想驱遣魔头与敌一拼。

晃眼神光分合之间，敌人业已聚在一起。同时外来四个恶鬼头颇忽然暴长丈许，在四丛魔火烟光簇拥之下，满阵飞滚，血盆大口张合不已。所到之处，阵中碧焰齐往鬼口中飕飕吸入，逐渐由盛而衰，由衰而灭。敌人身侧首先现出空隙，那九个魔头也都不知遁向何方，一时都尽。紧跟着，三个敌人除一个执锤的大汉用一道青光护身，指挥恶鬼吞焰破阵外，另一道人联合刘泉已将飞剑、法宝放起，杀将过来。

当时妖人急怒交加，把心一横，也不再顾忌铁姝传授时告诫，先将两股黑气飞起，敌住那几道光华。一面施展妖法，变易阵形，遁出圈外，咬破舌尖，将口一张，飞出一片血光，将四恶鬼敌住。跟着口诵魔咒，拔出佩刀，将右手的中指前指节断去，往空中一抛，不见动静。牙齿一错，又将五个手指前节连连削断。此乃最恶毒的血敕令，不到生死关头，情急拼命，魔头畏难不到，决不出此下策。断到第三指上，只听厉啸之声，若远若近，忽然交作，魔仍未至。断到第四指上，阴霾顿起，满阵漆黑，鬼啸之声越加狞厉。说时迟，那时快，妖人抱着拼死之心，下手甚速，第五指节刚化成尺许长一段血光飞起空中,先前九魔倏地怒吼现形,齐张大口朝空中五股血光抢去。为首五魔各抢吞了一股,随即暴长,比四恶鬼还大得多,同声厉啸,向敌人身前扑去。下余四魔不曾到口,径扑妖人。妖人早有准备,凶睛暴突,手掐魔诀,朝着刘泉等三人一指。四魔立即旋转,改向三人飞去。

刘、赵二人俱识得这解体降魔之法,比刚才的魔阵还要凶恶。忙喝:"魏师弟不可轻敌,快来这里!"九魔已联翩飞来。方暗道:"不好!"幸那四个恶鬼也跟着暴长,一起拦在前面,将九魔头来路挡住。双方各喷火焰血光,恶斗起来。势子一缓,魏青也被二人唤过。只是赵光斗分出两道星光敌住那黑气,余者各自收转,仍化成一个光网,将三人通体包没。刚防卫停当,敌众我寡,头拨五魔已有一个脱出圈外,连同后来四魔飞近光外。这次虽不似先前满阵魔焰如海,但那魔头俱受禁制情急,无不奋力施为。赵光斗所发太乙神雷,终是击它不退,稍微翻滚,重又扑上,磨牙吐舌,口喷血焰,狞恶非常。有诸宝光护身,赵、魏二人还不怎样,刘泉伤处受了魔焰感应,又复不支,危殆已极。尤其内中一魔口中所喷血焰,宛如瀑布激射,宝光都被冲荡。每一喷近,刘泉苦难更重,那奇寒麻痒之气几乎封闭不住。幸而赵光斗也精太乙神雷,发觉以后,特为专注,连珠并发,不使近前,才略好些。还算最厉害的五魔有四个被四鬼迎住,苦斗不休,未得近前,否则更是凶多吉少。

这次妖人因是背城借一,孤注决胜,不惜以身啖魔,将所得传授全数运用。魔头也因受了禁制,凶威暴发,尽力发挥本能,所喷血焰比前大不相同。如非白骨锁心锤妙用无穷,四恶鬼忍苦恶斗,妖人所炼魔焰先被恶鬼吸去,转以资敌,占了几分便宜,这时再有几阵魔焰助势,往宝光外一围,仍是难于幸免。三人想不到困兽之斗如此厉害。

挨约刻许工夫,猛听头上破空之声,遥看妖人似知有敌,手掐魔诀,刚喝一声:"疾!"便听震天价一个大霹雳,夹着千百团雷火打将下来。只听轰然厉啸,杂着一声惨噑,连九魔头和妖人不知去向,似已一同遁走。自己这面四恶鬼也被雷火金光震晕过去,烟光尽敛,头也复了原形,浮沉空际,生气全无。

满地金蛇流走中飞落下两个少女、一个妙年女尼。三人认得女尼正是前在青螺峪见过的玉清大师,那两少女却不认得。忙收法宝、剑光,上前称谢,各自叙见。才知两少女中,一是俞允中好友戴衡玉之妹戴湘英,另一个便是卧云村女主人欧阳霜。玉清大师日前往汉阳白龙庵去访素因大师,湘英背地求告,说自己剑术已得师传,只惜没有一口好剑,闻说颠仙金蛛吸金

347

船元江取宝，内中好些前古戈矛刀剑俱是至宝奇珍，请为设法。玉清大师见她向道坚诚，修为精进，便和素因大师说明，带了同来。途遇欧阳霜，问知奉了师命往天门岭诛杀妖人。玉清大师近闻林瑞隐藏哀牢山，本有除他之念，便说："妖人厉害，近年又和赤身教主鸠盘婆爱徒交好，偷学了好些魔法。如不一举诛戮，他必苦求铁姝引向赤身教下。鸠盘婆虽不收男徒，但最宠爱三姝，必定另行援引，又为异日隐患。你用师传灵符，只能破他魔阵，除他却难。刘、赵、魏三人也未必能够伤他。我深悉此阵奥妙，不如同往，即以其人之道，还治其人之身，连魔头、妖人一并除去，也是一件功德，结怨魔女我也不怕。"欧阳霜自是求之不得。于是同驾剑光赶来，二人合力，一到便将魔阵破去。彼此略说经过。

魏青见锁心锤上四鬼俱都萎顿不堪，心甚可惜，方想收转。玉清大师拦道："我因妖人所拘九魔俱是藏番中穷凶极恶的妖魂厉魄，平日为害生灵不知多少；近年又被赤身教主魔女铁姝收去，助纣为虐，造孽更多。这类妖鬼本就通灵变化，来去神速。自从魔女得了乃师鸠盘婆真传，因恐功候未到，不敢骤然拘遣大魔和乃师常役诸魔鬼，将他们拘去，加以祭炼之后，益发神通广大。稍一疏忽，必被逃去，又贻无穷之害。尤其妖人林瑞最精隐遁，事在紧急，其势不能先布罗网；并且他已学会魔教中解体化形之法，即使能够堵截，元神也必遁去。只有所拘九魔是他催命鬼。他今日行法恶毒，稍一失势，即遭魔鬼反噬；便当时逃了出去，也必被追上，终为鬼啖；何况还在妄想逞凶抵御。真是自寻死路，再妙没有。权衡轻重，只得任锁心锤四鬼暂受创伤，由欧阳道友发挥大颠上人灵符威力，我用佛家离合神光故伤九魔，不令即灭，仅使急怒反噬，以便妖人无法逃遁。妖人当炼此魔法时，已与九魔灵感相通。适才为肆凶焰，将本身精气附上魔身，益发如影随形，瞬息可及，如何能免一死？家师所传离合神光，能惟心所欲，无穷微妙，妖魂厉魄一被照上，便自难免。等魔鬼伤了妖人，神光也发生妙用，连人带鬼同时俱灭了。我虽早知此锤被凌真人收去，没有一般看待，但神光与上人纯阳真火炼就的神雷同时交加，受伤自是不免。还算预为留意，只灵气略散，无甚大害。四鬼早受尚和阳魔法禁制，只知借着尚和阳所赋威力行凶，本性早迷。幸凌真人重施玄门妙法祭炼，稍微省悟，略有一线生机。无奈受禁多年，迷昧已深，神光一照，又要清明许多。所失灵气，我又能助他们早得复原，未始不是因祸得福。为免凌真人见怪，又施当年旁门故技，也说不得了。"

说罢，便令魏青手掐收诀等候。自散头发，禹步手掐灵诀，朝左侧一指。

便见一团黑气，外面蒙着薄薄一层光华，由相去里许的山石后面飞来，到了四鬼面前停住。玉清大师将口一张，喷出一股白气，将四鬼头一齐包没，只露出四张鬼口。另手一扬，一声轻雷过处，鬼眼便自活动，望着玉清大师似有乞怜之容。大师喝道："想你们本人与我昔年虽非故交，也都彼此闻名。只为你们恶孽日重，致遭惨报，为妖人摄去，白白助虐逞凶，还受无量苦痛。只等妖人恶贯满盈，伏诛之时，形神俱灭，同归于尽。本来永无超脱之望，天幸遇见凌真人救去，欲用你们以暴制暴，未予消灭，方得有此一线生机。今我见你们御敌时情景，竟能在邪法之外，运用本身真灵，拼忍苦难，与魔鬼相持，不似寻常旁门法宝上所附妖魂，一敌不过，即自退回。虽是凌真人点化，也可见出迁善有心，良知未曾丧尽。适才你们已仗原有邪术吸收不少魔焰，便我不加援手，不久也能复原。一则怜你们苦痛太多，二则魏道友还有用你们之处。经我佛家神光照过，真灵清明许多，同时威力也要减却不少。为此我在诛妖人、魔鬼时，将他们形体焚化，元神击散之后，不使随形消灭，仅不能各自成形变化，那灵气依然聚而未散。这类魔鬼乃千百年甚有功候的凶魂厉魄，连那林瑞的妖魂俱都厉害非常，现给你们吸收了去，足以助长威力，较前更甚。你们本性渐明，如能善于运用，我再重为冯妇，在此宝上加上一重禁制。即使异日与尚和阳狭路相逢，有我和凌真人这两次施为，到时也可以力相抗，不致被他收去了。我也出身旁门，全仗迷途知返，幸遇优昙恩师，得有今日。你们虽为邪宝施威，好在持宝人用以诛邪除害，有功无过。异日将功折罪，得脱苦劫，务要好自修持，方不负我今日这番苦心哩。"

四鬼闻言，眼珠乱转，悲啸不已。魏青看其欲诉难言，欲哭无泪之状，甚觉可怜。玉清大师已用手朝鬼前光华一指，喝一声："疾！"光团上便开裂了四个小孔，光中青气激射而出。四鬼头立飞上前，各对一孔，张口便吸。晃眼吸尽，光华也一闪即灭。四鬼重又精神起来，咧着怪嘴，将头连点，意似感谢。玉清大师朝四鬼画了数十画，手指处，头上白气立即隐没不见。随喝道："你们速回寄身之处，静候积得功多，凌真人使你们能和常人一样谈话，自在空中来往，就离超脱之日不远了。"赵光斗道："魏师弟，玉清道友行法已毕，还不将鬼收回？"魏青如法一收，四鬼知难再留，方始缓缓飞回到锤上，意似依恋不舍。玉清大师叹道："按说四鬼生前并不算甚极恶穷凶，只一念之差，受此苦孽。似林瑞这样妖邪，焉能得而不伏诛呢！我们收了他的劫灰，各自走吧。"

众人随往适才黑气飞起之处一看，就适才雷光自天而降一瞬之间，妖人已经逃出二里远近。如非玉清大师相助，直非被他逃遁不可，端的神速已极。妖人尸体偏头仰面，手臂一曲一扬，立于危石之下，后脑、天灵、左颊、前后心、左右膀各钉着一两个魔鬼。都是红睛怒突，绿毛森森，凸口塌鼻，口中上下两排利齿，左右各有两根獠牙交错。其白如玉的骷髅头骨，此时看去仅仅寻常碗大。各将妖人紧紧咬住不放，利齿深嵌肉骨之内。妖人只现出青森森半张丑脸，眼珠已经突眶而出，神情惊悸中带出几分痛苦。玉清大师说："魔鬼刚一咬中妖人，神光威力便已发动，仅那残余灵气被神光裹住，人魔形神俱戮。因恐扬灰四散，有害山中生物，禁得原形在此，且把他葬入地底吧。"随朝石地一指，喝声道："开！"轰的一声，陷出一个丈许大小深穴，妖人尸首连九鬼头便似崩雪一般坍散坠落，不复成形。再手一指，石便合拢。众人自是惊赞。便刘、赵二人见多识广，见此高深法力，也都自愧弗如，心中敬佩不已。

玉清大师来时，已向欧阳霜说好，不往卧云村去。刘泉不喜和俗人周旋，又遇敌失挫有些内愧，料知师命步行，必为今日之事，正好和玉清大师同行。虽然欧阳霜挽劝，执意不去。赵、魏二人也不愿去。湘英因允中在彼，渴欲一晤，又帮着劝说，才令魏青随往。各自分别起身，赵、刘二人随玉清大师先往苦竹庵相候，魏青、湘英随欧阳霜同回卧云村。村中五行阵法已经刘泉分手时遥为收去，村人一见现出天日，刘、赵、魏三人又一去不归，好生惊疑，忙向允中报信。允中因师父柬示刘泉有难，应候欧阳霜，便同能人来救，相助成功。见阵收后，并无动静，知无他虑。候不多时，魏青等二人便已飞降。相互叙礼之后，欧阳霜向丈夫慰问了一番，便去洞中将三个子女领来，向俞、魏、戴三人叩见，初意颇想令三子女拜在来客门下。允中力说："诸人入门未久，不便收徒。三男女公子均是美质，异日终有机缘，不必忙在一时。"欧阳霜知是实情，只得罢了。萧逸被难为日无多，三小兄妹藏身石洞，萧清每往探看，总是饰词相诳。出洞后才知村中闹出这一乱子，乃父几为妖人所杀。并听说起许多灵迹异事，向道之心益发更切了。

允中和湘英久别重逢，自有许多话说。

允中因刘、赵二人已经先行，又听湘英说玉清大师未到汉阳以前，遇见白发龙女崔五姑，说起自己聘妻凌云凤日内要往岷山白犀潭去送小人玄儿，颠仙恰于此时往借金蛛。自己自到青螺峪不久，便听师母崔五姑说，爱妻凌云凤现在白阳山绝顶古洞之中，勤参白阳真人所留图解，甚是精进。常日相思，无由相晤，颠仙此行也许能够与云凤相遇，正好托她带上一信。如能带她同来更好，否则也可略寄相思，互通近况，以后约地相见。惟恐去迟，颠仙已走，恨不能当时赶去，急向主人告别。欧阳霜问知就里，笑答道："家师本应后日起身，因昨由青螺峪令师那里回来，说是尚有要事，往见神驼乙真人和川边倚天崖龙象庵的芬陀师伯，须好些耽搁，妹子奉命来时，已经起身先走了，至少须要五六日才回。此时庵中只有两位慕容师姊和适才去的三位仙宾，家师不在，去也无用，而且小庵清苦。外子和全村人等感谢再生之恩，虔诚挽留，正好在此小住三日，使愚夫妇略尽地主之谊。到时再由妹子陪了同往便了。"允中闻言，好生失望。湘英和欧阳霜一见如故，甚是投缘。又帮同劝说，颠仙已行，去也无用。允中只得怏怏而止。

欧阳霜此来，本为收采些七禽毒果，约需三日始能毕事。允中等三人知关重要，便往相助。萧逸父子也陪同前往。

欧阳霜初意毒果成熟，消息已在日前泄露。师父又命采到以后，将全林行法深埋土内掩没，上加禁制，留为后用。事后尚且如此缜密，采时难保不受妖邪侵害。并且昨日妖尸谷辰便令妖人来此作祟，如非刘泉见机赶去，未必不为所毁。强留三人小住，一半也是为此。从到达的那一天起，便用师传仙法撒下禁网，每夜子时起，除允中等外，还选出好些门人、弟侄相随下手。又分出一人飞空瞭望，戒备甚是严密。直到日出，始回歇息。日夜悬心，如临大敌。人多手众，又有能手相助，省事不少。接连两夜，便已采集完竣，运回卧云村，密藏三小兄妹所居洞内。将全林如法深埋地下。居然未生变故，只等到时运往元江应用。大功告成，欣喜已极。

欧阳霜听说瑶仙夫妻身受种种苦难，不但尽释前嫌，反倒加倍怜爱。对于瑶仙，尤多期许。二人自是感激愧悔。瑶仙苦念绛雪，知各派仙侠彼此多半相识，跪求遇便探询，如能巧遇，代为致意，约她回村一见。众人拜师不久，后辈新进，均想不起那救绛雪的黑衣道姑是何来历，各自随口应了。

第三日早起，允中等又复告别。欧阳霜也因使命已完，庵中尚有外客，无事不便再留。萧逸师徒子侄挽留不住，只得恭送起身。四人同驾剑光，往大熊岭飞去。相隔还有数里，便见庵前危崖之上一道黑烟急如电闪，破空入云，晃眼无踪。看去竟比各人飞剑还要神速，分明是异派中妖邪由庵前遁去。颠仙虽走，玉清大师等俱是正教中能手，现在庵内，断无不知之理，怎又无人追赶，任其遁去？好生不解。心疑有变，忙催遁光，赶往落下一看，玉清大师独立庵外，似在凝望四人到来，面上并无异状，欧阳霜心始放定。正各见礼相问，庵中赵、刘、慕容男女四人闻得破空之声，也都赶出。才见面，赵

351

光斗便对四人道："你我到得再巧没有。玉清道友和魔女铁姝斗法已经两次，适才还在这里，被她师父鸠盘婆唤走。回来稍快一步，定会撞上。有玉清大师在此，自然无妨。日后狭路相逢，恐就难免暗算了。"魏青问："是甚魔女，如此凶狂？难道白骨锁心锤都敌不住么？"刘泉接口道："魔女凶狂尚在其次，玉清道友道法胜似我们十倍，尚且顾忌，不肯伤她。连我和赵师弟都令避过，你那锁心锤算得什么？玉清道友已将她逐走，还不是怕你们回来遇上，受她暗算么？"魏青自知失言，脸涨通红。玉清大师道："魔女已不会再来，且喜诸位来时不曾相遇。我尚须代庖布置，同至庵中再为细谈吧。"说罢，众人一同入庵，到了欧阳霜房中落座。玉清大师后洞有事，自行去讫。

众人谈询前事，才知那日分手后，玉清大师和刘、赵二人还未飞出天门岭，便听异声传来，如远如近。大师识得就里，知是魔女铁姝发觉借与林瑞的九魔头为人所伤，赶来寻仇。因六人两地飞行，尚幸未朝欧阳霜等三人追去。九魔形神俱化，失却感应，铁姝只向天门岭赶来，因见玉清大师等剑遁迅速，所以舍此就彼。如不应声，必当巧值路过，返身往追欧阳、魏、戴三人。魏青身带白骨锁心锤，不必动手，便易识破，再不见机，决难免祸。玉清大师才闻异声，忙即低嘱刘、赵二人速隐身形，千万旁观，不可上前。随即飞落，向来路空中喝道："妖人林瑞，乃我诛戮。何方道友，请来相见。"说也真快，刘、赵二人先听身后怒喝："何人伤我教下神魔？速停答话。"声如枭鸣，听去约有五七里远近。玉清大师匆匆低嘱几句，隐身飞落，只是瞬息之间。遥望来路，高云中似有黑影微掣，少说相去也在十里以外，等玉清大师话才说了两句，立即应声出现。面前黑烟飞动处，突然多了一个身围树叶，手持一钩一剑，披发赤足，裸臂露乳，面容死白，碧瞳若电，周身烟笼雾约，神态服饰无不诡异的长身少女。刘、赵二人久闻赤身教主大弟子铁姝之名，尚是初会，平日练就慧眼，竟未看出从何飞落。玉清大师既嘱隐身旁观，全神贯注，定是劲敌，也就不便妄动，各自暗中戒备不提。

魔女铁姝一现身，便怒喝道："伤我神魔的就是你么？林瑞不是我赤身教下，以前因他苦求，情不可却，始行传授。又不听我良言，自取灭亡，我不管他。我那神魔百炼精魂不易消亡，天门岭并无踪迹，不知被你用甚方法收去？这不是甚法宝，你收了去无益有害。省事的急速放出还我，万事皆休；不然，叫你死无葬身之地，做鬼都受无边苦难，休说我狠。"玉清大师见她性急，也不插话，等到说完，才从容笑道："听你说话，想是赤身教主门下弟子铁姝道友了。贫道玉清，恩师是神尼优昙。我与令师鸠盘道友曾有一面之缘，

352

与你却未见过。彼此两无干犯,何苦说此狠话?"铁姝一听敌人师徒姓名,微微一惊。突又抢口怒答道:"你就是玉罗刹么?以前果然两无干犯,可是今日你所收九魔,乃是我借与林瑞的,你得去无用,急速还我,彼此交个朋友多好?"玉清大师笑道:"我既未轻涉魔府,也未冒犯道友,就是诛杀妖魔,也与贵教无干。你那九个魔鬼,我只当是林瑞所炼妖魂厉魄,不知是道友所借。如在自然奉还,无如已经被我用佛法连妖人一并化去,现已形神俱灭,随风吹散,如何还得?事出无知,改日再行登门负荆吧。"铁姝闻言,眼闪凶光,大怒道:"你说得好轻松的话!凭你会不知我所炼神魔来历?再说你杀林瑞或者还可,要将我神魔消灭,谅你无此本领。"玉清大师冷笑道:"区区妖魔,岂值一击!我才放出离合神光,便即消灭。不然我身在佛门,留他们何用?"铁姝益发暴怒道:"是真的么?"玉清大师道:"谁还骗你不成?"铁姝暴跳道:"该死贼妖尼!我因师父不许和你这伙人争斗,好意相商,免伤和气。谁知你竟敢如此胆大妄为,将我苦炼多年的神魔化去。再不杀你,情理难容!"

铁姝嘴里说着话,手扬处,便是三股烈焰般的暗赤光华飞出。玉清大师将手一指,先飞出一道金光,将三道血光一齐圈住,喝道:"你休不知好歹!你这子母阴魂和污血炼就的血焰叉,只能污秽寻常飞剑、法宝,却奈何我不得。我不过看在令师面上,不与你一般见识,不愿毁你师传法宝。此时知难而退,胜负未定,两俱不伤情面;如再不听忠言,执迷不悟,到了无法保全容让,那你就悔之无及了。"

铁姝师传血焰叉,专污各正派飞剑法宝,最是厉害,向来不许轻动。因见林瑞九魔俱为玉清大师所戮,劲敌当前,又当盛怒之下,恐别的法宝不易取胜,满拟此叉一出,敌人纵不即毙,也必难以抵御。如用飞剑迎敌,更非被污损灭不可。不料敌人飞剑神妙,不畏邪污,金光竟将三根血光叉一齐裹住,叉虽未伤,大有相形见绌之势。再听了这一套话,生性好胜,又是出世以来初遭挫折,不由又惊又急,大骂:"贼尼!有本领只管施展出来,哪个和你讲甚情面?"随说,冷不防暗运真气,奋力一吸,欲将飞叉急收回去。

玉清大师因知鸠盘婆厉害,此时数运未终,不愿轻于和她结仇。打好主意,处处容让留心,不使对方过于难堪,以为日后与乃师见面,好有话说。上来只守不攻,不到铁姝再三逼迫,决不还手。知那血焰叉共只九根,乃鸠盘婆镇山之宝,新近才传给门下三姝,最是珍重。看出铁姝恐叉为己所毁,想暗行法收回。心想:"就此被她收去,必不承情。"也暗运玄功,将手一指,金光立即大盛,将血光裹了个风雨不透。铁姝见叉被金光困住,不能取转,方识敌人真个厉害。如若失去,何颜回见师父? 一时情急,正待施展魔法与敌硬拼,忽听玉清大师笑道:"铁姝道友无须惶急,我决不伤害令师所炼之宝。你如不再用它,各自收回好了。"说罢,将手一抬,金光便已舒开,长虹一般停在空中,只将血光挡住,不再围困。

铁姝反被闹了个急恼不得,念头一转,突又大怒。一面收回飞叉,更不答话,回手挽过脑后秀发,衔在口内,咬断数十根,樱口一张,化成一丛火箭喷出。玉清大师料她是想将金光引开,暗中还有施为。表面仍作不知,故意用金光将那数十支火箭敌住。果然铁姝是看出金光厉害,诸邪不侵,恐敌人用以防身,借此将它绊住须臾,以便乘隙下手。这里金光飞起,刚将火箭围住,忽然天旋地转,阴风起处,面前光景顿晦,无数夜叉恶鬼带起百丈黑尘潮涌而来。那弥空黑雾竟似有质之物,仿佛山岳崩裂,凌空散坠,来势更是神速非常,如响斯应,不似林瑞所排魔阵,还有好些施为做作。刘、赵二人看出妖雾沉重,知道厉害,忙即悄悄遁开,以免波及。刘泉还想用寒犀照暗助一臂时,就这心念微动之间,玉清大师身上倏地涌起一幢金霞,将身围住。那妖烟邪雾为金霞所阻,不能近身,也是越聚越多。雾影中鬼物更是大肆咆哮,怒吼不止。金霞映处,看去声势也颇惊人,只奈何玉清大师不得。隔不一会,飞剑将火箭消灭,金光掣回,立即伸长,化成一圈,围在诸鬼物外面。

玉清大师见敌人毫不退让,方大喝道:"铁姝道友,你不听良言,苦苦相逼,我因看在令师面上,不愿伤你。急速收法,回山便罢;再不见机,我为脱身之计,只好发动离合神光,即使道友能免佛火之厄,你这些修炼多年的妖魂恶鬼又要化为乌有了。"

铁姝因师父曾说,现时炼就离合神光的共只不过五人。神尼优昙虽是五人之一,但是佛光奥妙,非真正功候精纯,返照空明,将证佛家上乘功果的,无此功力。敌人出身异派,拜神尼为师只有数十年,起初还是记名弟子,近年因她勤于修为,才许改去道装,允入佛门。离合神光何等神妙,岂是短期中所能炼成? 初听林瑞九魔为神光所毁,就未深信。嗣见大师虽有金霞护身,仍被魔焰困住,不能脱出,越疑敌人知道离合神光是魔教中克星,故以大言恫吓。因所发烟雾俱是地肺中黑眚之气炼成,可虚可实,轻重由心。敌人一经入网,便追随不舍,无论逃向何方,也万难突围而出。闻言暗忖:"离合神光只是闻名,并未见过。即便所说是真,也须一试,何况未必。至多使这些魔鬼为飞剑所斩,灵气绝不能就此消灭,不过再受一次炼魂之苦,仍可使其还原。本门血焰又已经收回,自己行动神速,来去如电,有何可畏? 只悔来时轻敌匆忙,好些厉害法宝和应用之物不曾携带。"眼看敌已被困,依然伤她不得,自料胜算占多一半,败亦无妨,哪把玉清大师警告放在心上。不但不肯停战收手,反而口中喝骂,加紧施为,上下四外的妖烟魔雾直凝成了实质,排山倒海般齐向那幢金霞挤压上去。

玉清大师立觉金霞之外重如山岳,寸步难移。暗忖:"魔女果然厉害,如非年前恩师因飞升在即,特传本门心法,同门三人功行俱各精进,直难抵敌。情面已经尽到,照此不知进退,就有甚伤害,将来遇见鸠盘婆也有话说。真要耳软护短,凭着师传道法,至多不胜,也吃不了甚大亏。这妖烟魔雾甚是恶毒,魔鬼更是灵敏,一被追扑,便难甩脱,又难诛除。再不下手,自己尚无大害,刘、赵二人尽管遁向圈外,隐身远伏,时候久了,这黑昏之气越延越广,越积越厚,展布极速,稍一疏忽,不为所伤,也必被魔鬼发觉,追扑为害。再如因此为二人树一强敌,岂非后患?"念头一转,大喝:"铁姝道友,我实逼处此,你须留意,免为佛火所伤,我要施为了。"说罢,双手合拢一搓,往外一扬,那护身金霞立如狂涛崩溃,晃眼展布开千百丈,上面发出无量金色烈焰,往所有烟雾鬼物兜去。佛光圣火端的妙用无穷,光焰到处,所有妖烟魔雾宛如轻雪之落洪炉,无声无臭,一照全消。前排鬼物首先惨啸,一连消灭了好几个。

铁姝不比林瑞,所炼鬼物俱与心灵相通,一有伤亡,立即感应。到此方知离合神光果然厉害,不由又惊又怕。匆迫间不假思索,一面收转残余鬼物,一面慌不迭行法遁走。那些鬼物俱被飞剑围住,因魔女行法强收,又畏神光威力,纷纷拼受一剑之苦,化为残烟断缕,由金光围绕中穿隙遁去。

玉清大师本来未下绝情,见魔女来得猖狂,去得狼狈,便止住神光,用千里传音喝道:"道友只管慢走,我如有心为难,你已为佛火所伤,那些妖魂恶鬼已全化为灰烟了。"语声才住,便听遥空中回答道:"贼尼!今日之仇,生死难解,不出三日,自会来寻你算账。如不将你生魂摄来受那无量苦楚,誓不甘休!"声音凄厉,微带哭音,甚是刺耳。玉清大师知她愤怒已极,恐日后往成都辟邪村扰害,忙接口道:"你不必悲苦,见教甚易。我现在往大熊岭,五日之内在彼相候便了。"说罢,又听答了一个"好"字,声如枭鸣,摇曳碧空,听去更远。

刘、赵二人好生惊异,魔女如此神通,难怪玉清大师不令上前。且喜适才金霞发动得快,不曾冒失相助,徒树强敌,于事无济。这时烟雾全消,光雾俱收,只地下多了六个恶鬼骷髅,有的面上已经长肉,形比先诛九魔还要狞恶诡异。三人相见,赵光斗问道:"魔女竟有如此神通,如非大师,我等岂是

355

敌手？别的不说,单那来去神速,就非其他左道旁门中人所能及了。"玉清大师答道:"适才放她逃去,只两句话的工夫,已出三百里外。我用千里传音,她二次应声相答时,少说也有八九百里远近。赤身教下,像铁姝这样能手,已能附声飞行,声音入耳,人便立至,如何不快？不过这类飞行最耗真气,不到万分危急,或是急于寻仇,不轻使用。多半先遣所炼魔鬼,也能有此迅速。铁姝还有两姊,即金姝、银姝,同事一师,又最得师父和姐姐怜爱。偏是生性仁柔,既不妄杀生灵,又不肯用恶法驱役妖鬼。鸠盘婆因受她们上辈的恩义,永远宽容。本领虽比铁姝差,转劫必有善果,弄巧将来还是我辈中人呢。今日如非恩师新传离合神光,胜负正自难料。此女天性刻毒,无仇不报,乃师也未必压制得住。患难未已,且同往苦竹庵预为防备,免给别人生事吧。"随将鬼物劫灰照前行法开石埋藏,二次起身,飞到大熊岭前落下。慕容姊妹迎接进去,稍微叙谈。大师因仇敌说来即来,嘱咐众人到时不可出视。便去庵外端详地势,暗设降魔埋伏。当夜无事。

第二日,玉清大师同了赵、刘、慕容四人,同去江边沉宝之处,看颠仙的布置,并照所留柬帖,一一代为设备。时已过午,颠仙忽然飞回,说道:"我因这里得你相助,可以放心,径由倚天崖芬陀大师庵中起身后,不料中途便遇见神驼乙真人。他知妖尸谷辰所派妖人神目天尊来毁七禽毒果,未遂伏诛。忽又听人怂恿,临时变计,不但自己不再破坏,反禁别派妖人往毁毒果。意欲借我们之力,将金船吸起,他再亲来劫夺。齐道友和令师虽算出妖尸数限未尽,到时只能令其败走,不能除他。乙真人却记昔年之仇,必欲乘机诛戮。便将他昔年所炼镇山之宝伏魔旗门,还有一道灵符,一同交我。并教我约芬陀大师再世爱徒杨瑾,来此相助。我虽还有一日闲暇,那旗门不便带往白犀潭去,为此赶回。路遇崔五姑,又谈了片刻,得知你和魔女铁姝结仇,那旗门正好借用。现在庵中传你用法,不过手下留情,免得不到时候,又多出一个劲敌。岷山回时,还有俞允中的一个熟人与我同回,日后魔女如再纠缠,也可助你一臂之力。铁姝已得乃师真传,并闻近年乃师还炼有两件护身法宝,离合神光未必能伤,如被取来,不可轻视。我也只是听说,不知名称底细。好在你已得师门心法,道力高深,自能相机应付,能不伤终以不伤为妙。"玉清大师一一领命,随同回庵。颠仙取出法宝,传了用法,又商取宝之事。聚了半日,又复飞往川边去讫。

颠仙走后,众人见那旗门共是五架。每一旗门高四寸九,宽五寸五,上面满是符篆。乃修道人炼丹入定时,防身御害之宝。多半入定或是生火以前,按五行方位,如法陈列,隐插地上。敌人一入阵,立生妙用。临时施为,也可应用。众人因听说得十分神妙,俱想玉清大师在庵前行法练习,就便用以等候铁姝到来入网。玉清大师本有戒心,也想试试。当下同去庵外一试,果然妙用无穷。因算计魔女不久来犯,索性如法施为,各按门户排好,不再收回。

一切停当,又把阵形隐去。忽然灵机一动,忙令众人速避,如欲观阵,也须隐伏庵门以内,无论有何动静,千万不可出面。众人应声,刚刚飞回庵内,便听西北遥空枭声怪啸,厉喝:"玉清贼尼!出庵纳命,免我入庵,玉石俱焚,殃及旁人。"这时天已垂暮,大半轮盘也似红的斜阳浮在地平线上,尚未沉没。万道红光,倒影反照,映得山中林木都成了暗赤颜色。四面静荡荡的,只有危崖下面江波浩浩,击荡有声。景物本就幽晦凄厉,怪声一起,立时阴风大作,倦鸟惊飞,哀鸣四窜,江涛也跟着飞激怒涌,益发加重了好些阴杀之气。玉清大师因铁姝已经尝到离合神光滋味,才隔一日夜便敢前来,必有几分自信。尽管戒备周密,又有法宝埋伏,仍然未敢丝毫轻敌。仗着旗门妙用,想先略杀仇敌威焰。闻声并不答话,只把阵法微一倒转,地上仍是空空,人却隐去。

怪声住后,还未到半盏茶的工夫,黑烟起处,魔女凭空出现。玉清大师见铁姝已换了一身装束:上身披着一件鸟羽和树叶合织成的云肩,色作翠绿,俱不知名,碧辉闪闪,色甚鲜明。胸臂半露,仅将双乳虚掩。下半身也只是一件短裙,齐腰围系,略遮前阴后臀。余者完全裸露,柔肌粉腻,掩映生辉,仿佛艳绝。只有满脸狞厉之容,凶眉倒竖,碧瞳炯炯,威光四射,隐现无限杀气。左肩上钉着九柄血焰叉,右额钉着五把三寸来长的金刀,俱都深嵌玉肌之内,仿佛天然生就,通没一点痕迹。满头秀发已经披散,发尖上打了许多环结。前后胸各挂着一面三角形的晶镜。左腰插着两面令牌。右腰悬着一个人皮口袋,其形也和人头一般无二。右手臂上还挂着三个拳大骷髅,俱是红睛绿发,白骨晶晶,形象狞厉已极。通体黑烟围绕,若沉若浮,凌虚而立。玉清大师暗笑:"魔女定是毒恨入骨,把她所有家私全搬出来,以备决一死战。照此行径,也许鸠盘婆未必知道。此时不便伤她,也须使她师徒知道厉害。"存心试她斤两,依然隐立不动,静以观变。

铁姝起初因九魔鬼为人所伤,追去一看,并无遗迹。以为这类久经祭炼的魔鬼,即使被飞剑、法宝伤害,精气未消,仍可祭炼还原。何况伤他们极难,必是受甚厉害法术禁制。自己为传师门衣钵,想未来继为教祖,惟恐教下受役诸魔鬼在师父兵解后不肯服顺,费了无数精力,才收服了二十多个妖魂厉魄,经过多年祭炼,才得心灵感应,随意役使。林瑞所借九魔虽然威力较次,终是自己多年心血。赤身教下本把魔鬼看得最重,一旦失去九个,当然不舍。连用魔法拘召数次,全无感应,心中惊疑。这时玉清大师等六人分为两拨,刚飞走不远。铁姝见魏青等三人虽是正教中人,看那剑光造诣甚差,便林瑞也未必能败。看出玉清大师等三人功候非常,一时情急,也未思索,便自追去。原意对方如是伏魔之人,两下里素无仇恨,本教威名不会不知,只要肯知难而退,放还九魔,便即罢休。于是试一大声喝问。对方忽然飞落相俟,并还只有一人出面,大有敌对之意,心已愤怒。再一发问,竟公然直陈魔已消灭。此时如知神光那等厉害,也就忍痛知难而退。偏是生性刚暴,冒昧对敌,结局大败,又伤了六个功候较高的魔鬼。还是敌人未下绝情,才得遁走。

这一来,变成正面仇敌,不比九魔是在林瑞手里,可以借口。不特仇恨难消,本教威名也扫地以尽,势如骑虎,如何落台?因知敌人狡猾,未斗先让,留有地步。归求师父,未必肯允出面。起初传授林瑞魔法,已受不少责难,再为此与人树仇,弄巧还许怪己轻举妄动,一个禁阻,更无雪愤之日。师门脸面已伤,反正难免受责,莫如背师行事,好歹先报了仇再说。无奈佛火神光厉害,只有师父近年秘炼的九件魔火神装和碧血神焰能够抵挡。于是赶回魔宫,乘着鸠盘婆入定之际,暗入法坛,盗了一个披肩、一件围裙。又暗向金、银二姝将人皮袋和所分得的六口血焰又强借了来。连同自有法器异宝和三个镇宫神魔,齐带在身上赶来。未降落以前,想起庵主是郑颠仙。又想起师父常说自己大劫将临,为求到时无人为难,好好超劫化去,再三告诫门人弟子:人不犯我,我不犯人,无故不许生事与各正派树敌结怨。那日仇人另有二人同行,落时忽然隐蔽,也许有郑颠仙在内,既然避不出敌,九魔又非她伤,何苦招惹,所以指名要玉清大师出敌。

谁知到时还见全庵在望,落地以后全庵忽隐,人影全无,也无应声。先还不知自己入伏,误以为仇敌另外约有救兵,自己先赶在前面,敌人知道不敌,临时隐去庵形,暂避片时,所以声都未应。自恃法力高强,毫不在意。估量庵门所在,戟指大喝道:"我因师命,不肯无故上门欺人。无耻贼尼,你隐藏不出就完了么?快些出头便罢,再要藏头缩尾,便用魔火连你和全庵一齐罩住,玉石俱焚,悔之晚矣!我只寻玉清贼尼一人,与别人无干。如若贼尼故意嫁祸庵主,人早远遁,不在此地,你我井水不犯河水,决不相侵,无须隐蔽,也请一人出来答话,免伤和气。"

第二〇三回

大熊岭　魔火化蓝枭
三柳坪　神针诛黑丑

　　铁姝说完,不听回答,越以为敌人胆怯缓兵,便又厉声大喝:"好说不听,贼尼定在庵内潜伏,我如寻她,谁也庇护不得。再不出见,休怪辣手!"庵中还是没有回答。铁姝勃然暴怒,将手一拍腰间人皮口袋,人头口内立即飞出数十团碧烟,飞起空中,互相击撞爆散,化为百十丈烈焰。晃眼之间,血光熊熊,凝成一片,将所虚拟的庵址照定。跟着两肩左右摇处,九柄血焰叉化为九股血焰飞起,直投火中,飞梭穿掷,倏然若电。那三个魔头也脱臂而起,大如车轮,口耳眼鼻各射出无尽赤、黄、黑、白四色妖光邪火,飞入火内,那魔火蓬蓬勃勃,势益强盛。似这样约过有半个时辰,铁姝觉出所烧之处空无一物,三魔也未遇见一个敌人。暗忖:"是什么法儿,如此厉害,竟能护住全庵,不但魔火无功,连飞叉、神魔也攻不进去?"一面加紧施为,一面口中乱骂,心中甚为奇怪。

　　玉清大师本还想看她到底有何伎俩,因知魔火厉害,虽在埋伏之中,所烧地面甚小,林木必吃毁灭,又伤庵前清景,还想借对方魔火略试自己的道力。好在布置周详,稍有不敌,立即发动阵法,也可转败为胜。便现身冷笑道:"铁姝道友,那是一堆山石,苦苦烧它做什么? 莫非石头也与你有仇么?"铁姝闻声大惊,侧脸一看,仇人正站在身侧魔火圈外不远,笑语相嘲。忙收魔焰一看,谁说不是,所烧之处,果是一堆寸草全无的山石。当时又愧又愤,急怒攻心,更不答话,一指魔焰,连同飞叉、神魔,潮涌一般向玉清大师卷去。玉清大师终是小心,话才出口,先将离合神光放出护身,随又将本身真灵化为一团青光升出头顶。连用玄功,盘膝入定,直不理睬。相持到了子夜,铁姝见那青光晶莹明澈,流辉四射,知是仇人元神。碧血神焰所化魔火虽不畏离合神光消灭,仍伤仇人不得。尤其三神魔空自怒啸发威,一个也不敢挨近。惊异之余,心想:"事已至此,一不做,二不休。"方欲另施邪法,玉清大师已试出自身道力，不愿元神长受魔焰烧灼，倏地收转真灵，一笑而起，在金光护身中，指着铁姝笑道："你看如何？我再最后忠告，趁早收风回山，免得又遭无趣，否则你这次就逃走不脱了。"

铁姝咬牙切齿，大骂："贼尼！你公主法力无边，尚未施为，况你此时已被我碧血神焰困住，还敢说此大话。今日不是你死，便是我亡，休想活命！"玉清大师笑道："既这样说法，我先把这些魔火、鬼头收去，看你还有什么新花样？"说时暗中倒转阵法，在金光护身之下，冲焰往前飞遁。铁姝仍不信有此神通，忙即催动魔焰、飞叉和魔鬼追去。满拟这三样都是如影随形，神光微有缝隙，魔头立即侵入，仇人非死不可。眼看一幢金光，激动起千寻血焰，电驰潮奔，向前飞去。仇人只顾上身，双脚已露出在外，魔头已经追近，快要乘虚而入。心方狂喜，正追之间，猛瞥见面前祥光涌处，倏地现出一座旗门，仇人又复现身，含笑而立。那些焰、叉、魔鬼无影无踪。自己少说也应追出四五百里，谁知竟在十丈以内。这一惊真是非同小可，心神一怔。玉清大师已指她笑道："你不用惶急，那些东西已被我收去，等我几时有暇，自会交还令师，你是拿不去了。还有甚花样，请使出来吧。"

铁姝自思："适才宛如梦境，重宝连失，何颜回见师父？"怒喝一声："我与你这贼尼拼了！"说罢，拔出腰间令牌，双手各持一面，朝前心所悬三角晶镜上一拍，口诵魔经，朝外一扬。镜上面便箭一般射出两股青焰，落地便自爆散，现出九个赤身美女和九个赤身婴儿，都是粉滴酥搓，一丝不挂，各有一片极薄彩烟围身，艳丽绝伦。再看魔女神情，也转怒为喜，秀眉含鼙，星目流波，面如朝霞，容光照人。再衬上一身柔肌媚骨，玉态珠辉，越显得仪态万方，迥不似先前那张死人面孔。

玉清大师仗着旗门妙法，擒她本来容易，因受颠仙之嘱，手下留情。一见铁姝情急，竟将九子母阴魔拘来，不敢大意，一面暗移旗门将她隐隐困住，一面忙用离合神光朝前罩去。原意离合神光生死由心，便是赤身教主亲自祭炼的阴魔，自己曾下百年功夫，虽不能将他除去，也可先行制住，免有疏虞。不料铁姝也早防到，阴魔才一现形，便与会合一起。神光照处，身形滴溜溜一转，所着云肩围裙上，便如箭雨也似向四外射出两圈碧色光华，一上一下合拢，连人带九女、九婴全包在内。只管运用神威光力，竟一毫也伤她不得。碧光晶莹，与里面那些绕身魔烟相与辉映。再吃外面神光金霞一照，冰纨雾縠，云鬟风鬓，顿成异彩，照眼生缬。铁姝将身护住以后，突发娇呻，一个眼风朝外抛去。那些赤身美女、婴儿，便立即联翩起舞。铁姝站在女婴当中,舞过一阵,做了不少柔情媚态。暗觑敌人站在旗门下面微笑相看,毫不为动,心中愤极。倏地格格媚笑,自身也加入了女婴之中,一同起舞。舞到急处,忽然头下脚上,连身倒转,玉腿频伸,柔肌欲活,粉弯雪股,致致生光,时颠时倒,时合时张。加以娇喘微微,呻吟细细。端的妙相毕呈,备极妖艳。令人见了,荡魄融心,身魂欲化。

玉清大师道心坚定,起初还不甚在意。暗忖:"人言这九子母阴魔销魂大法阴毒无比,只要心一动,元神便被摄去,万劫不复。铁姝已差不多尽得乃师真传,也只如此,看来受害人还是道浅魔高之故。倒是那护身法宝和先用碧魔神焰,连佛火都难奏功。现时她那魔焰也只被旗门隔断禁住,不能消灭。异日她师徒如受许飞娘等妖人蛊惑,实是各正派门下一个大患。为想长点经历,观察这魔法除用淫相媚态迷人外,到底还有无别的妙用?"只将心神震摄,任其施为。这一念好奇,到了后来,铁姝和诸赤身美女,舞得又由急而缓,声色越发妖淫,内中还夹杂着许多意想不到的怪状。玉清大师暗笑:"魔教妖邪太已无耻,为了害人,什么都做得出。年来已悟彻色空之境,神智莹明,任多做作,其奈我何?"念头一动,不觉略微多看了两眼,谁知才一注视,猛觉心旌微荡,前面神光立即微弱。铁姝和赤身女婴跟着容光焕发,声色愈加曼妙淫浪;那护身魔光也暴长开来,神光金霞竟被荡开了些。玉清大师大惊,知道不妙,忙即收摄心神。手指铁姝喝道:"你这些丑态,我已领教。及早服输回山,还可饶你不死;否则你已身隐伏魔旗门之内,我略一施为,你便形神俱灭了。"随说随运玄功,元神重又升起,前面神光分外强盛,往小处逐渐收紧。

铁姝先见仇人几为所乘,方在心喜。及见元神升起,青光晶明,笼罩全身,神光又复大盛,才知玉清大师只是一时轻敌,略微疏忽所致,凭魔力并摄制仇人不住。又听身陷埋伏,越发惶急。再如施为下去,徒多献丑,于事无补。恨到极处,把心一横,左手令牌一晃。那九子母阴魔照例出来,不嚼吃一个有根行的生魂,永不甘休。见要收他们回去,一齐暴怒,就地一滚,各现原形。一时雪肤花貌,玉骨冰肌,全都化为乌有,变成身高丈许,绿发红睛,血口獠牙,遍体铁骨嶙峋,满身白毛,相貌狰狞的赤身男女魔鬼,厉声怒叫,齐向铁姝扑去。还算铁姝收时已先准备,不等扑到,已将身旋转,以背相向;右手令牌照定后心一击,那三角晶牌上便发出一股黑气。众恶鬼立被裹住,身便暴缩,一阵手脚乱挣,怒声怪叫,横七竖八,跌跌翻翻,化为十八道青烟往镜中投去,迅速异常,转瞬立尽。铁姝匆匆插好令牌,重又回身,在光中戟指大骂,一面伸手去拔额上金刀。

玉清大师见她牙齿乱错,面容惨变,知已势穷力竭,欲用她本门分身解体大法,拼着不胜,以身啖魔,将真正天魔拘来与己拼命。这天魔与所炼妖魂恶鬼大不相同,休说是败,便行法人稍一驾驭不到,便受其殃,自己也无必胜把握。先见额插金刀,便虑及此,还料她未必有此大胆,谁知居然情急拼命。如何容她拔刀施为,忙即发挥旗门妙用,大喝:"铁姝道友,休得任性妄为,犯此奇险。那天魔也伤我不得,何苦反害自己?"铁姝刚把刀刚拔到手内,正待如法先断一足,再拔余刀,依次分身。忽听仇敌警告,围身神光倏地撤去,略一惊疑,跟着便见祥光涌现。定睛四外一看,环身五个高约百十丈的旗门,祥云缭绕,霞光万道,齐向身前涌来。那护身碧光立即逼紧,上下四外,重如山岳,休说拔刀行法,手脚都难移动。愤激中耳听玉清大师喝道:"我看令师面上,不为太甚;否则旗门一合,你便成了劫灰。如知悔悟,我便网开一面,放你回山如何?"铁姝明知生死在于一言,无如赋性凶横,妄想拼送此身,默用本门心法自破天灵,将元神遁回山去,向师哭诉,三次再报前仇,终不输口。这时天已大亮,玉清大师接连晓谕数次,铁姝仍是怒目切齿,怒容相向。

两人正在相持不下,忽然远远传来一种极尖厉刺耳的怪声,叫道:"玉清道友,孽徒无知,请放她回山受责如何?"玉清大师知是鸠盘婆声音,忙答:"令高足苦苦相逼,不得已而为之。本在劝她回转,教主令回,敢不惟命。"又听怪声答道:"盛情心感,尚容晤谢。"说罢寂然。玉清大师知魔宫相去当地何止万里,竟能传音如隔户庭,并还连对方答话也收了去,好生惊异。再看铁姝已是神色沮丧,凶焰大敛,知道魔母已经另有密语传知,不会再强。忙把旗门移动,敛去光华,笑道:"铁姝道友,令师相召,你那法宝、焰光和三魔鬼未敢妄动,现在收聚一处,禁法已撤。我不便奉还,请你自己收回,归见令师,代为致候,改日再容负荆吧。"祥光一敛,铁姝立即行动自如。师命不敢违逆,再如逞强,必受师父遥制,终归无用。闻言垂头丧气,满脸激愤,道声:"行再相见。"径自收回法宝、魔焰和魔鬼,化为一道黑烟,冲霄而去。

众人听完经过,俱觉道浅魔高,各人功力太差,幸未遇过劲敌,否则遇上也自无幸。

允中尤其自问力弱,因妖尸谷辰不久来犯,厉害更胜魔女,对于元江取宝一节,不由生了戒心。又听说起颠仙昨日曾回,深悔不该在卧云村逗留,错过机会。所说熟人不知是谁,但盼能是爱妻,再好没有;否则能遇上,带句回话也好。有心取宝事完，私往白阳山一访，又无此胆量。因知素因大师对徒宽厚，湘英时常独出积修外功，还回家乡去了两次，意欲托她先往白阳山一行，自己随时遇机再去。当着人不便深说，便把湘英约出庵外林中商量。

正说之间，云凤已随颠仙飞落，夫妻二人见面。颠仙入洞之后，允中自是悲喜交集，备述相思之苦。云凤对他本有深情，只缘凤根深厚，又经白发龙女崔五姑一引度，虽然看破尘缘，一心向道，有时想起老父年迈，夫婿多情，也是不无怀念。再听允中为己弃家学道，出死入生，备历艰险，行时对于老父又那么奉养周至，越发感动，不禁流下泪来。还是允中劝说："现在夫妻二人都仙缘遇合，虽然正果未成，只要各人好自修为，照郑师叔之言，夫妻合籍，同驻长生，并非无望。以后地久天长，神仙眷属，永相厮守，比起世俗三五十年恩爱光阴，弹指即过，判若天渊。便是岳父也可以灵丹相敬，使享遐龄。此时心愿各遂，夫妻重逢，应是大喜之事，怎倒伤心起来？"云凤闻言，方始破涕为笑。湘英在旁，不由也把情怀触动，互相谈了别况。

七星真人赵光斗忽然走来，说玉清大师现在前殿相唤。三人连忙同去，见除白水真人刘泉、陆地金龙魏青外，殿中又来了二客：一是髯仙李元化的弟子白侠孙南，一是追云叟的大弟子岳雯。经刘、俞二人向众引见。

叙礼之后，玉清大师道："明晚子时，便是取宝之期。岳、孙二位道友，原奉师命行道，中途相遇，结伴同行。昨日路遇神驼乙真人，说妖尸谷辰此次虽然未必落网，伏诛之期已不甚远。除他之宝，恰在金船以内。无如此次吸金船事出勉强，又有好些厉害妖人作梗，不能全得。广成子的仙机奥妙又难深悉。惟恐此宝灵异，或是金船出水即行飞遁；或是深藏船内与诸宝并列，不及选择，疏忽过去。特命二位道友赶来告知，并且参与取宝之役，以免错过。如等二次取宝时，妖尸气候已成，便有此宝，也未必能够制伏了。妖尸拼命作梗，也为此宝是他克星之故。妖尸如再不受挫，峨眉开府之时，必集妖党前往扰害，虽然无妨，终煞风景。况且此时北邙山妖鬼徐完也要前去，二妖合力同仇，更增邪焰，实是大意不得。"

云凤便问："此宝何名？是何形状？"玉清大师笑道："仙机实是微妙，此宝名为归化神音。说也奇怪，广成子在崆峒绝顶，曾用九年之功穷参造化，炼成此宝，尚未用过一次。听说广成子为积九千万功德，炼成许多法宝，倒有一半应在未来数千年后。此宝系其中翘首，形如一个透明圆卵，内发阴阳两仪妙用，任多厉害的妖魔鬼怪，当之必无幸免。可惜此宝用后，即与所诛妖邪同灭。除非真有高深法力金仙一流，当其用时守候一旁，将那忽然爆炸

363

的灵气用宝物摄去，还可略备下次再用，功效虽差，似妖尸这类妖邪，仍是不堪一击。如无此法，一次便完。即便能收，也只再用一次，即化乌有。照我所料，当初炼此异宝，直是为了妖尸而设。

"明晚子正，金船出水，我在空中防护，郑师叔亲身入船取宝。已有乙真人预示，自然首取此宝，不会放过。此宝内贮前古太虚精气，轻清上浮，惟恐船开以后，升空自飞。此时妖邪环伺，虽然无一敢去挨它，自惹杀身之祸，但它升空绝速，其去如电。一不小心，追拦不住，被它飞入灵空，仙界二天相接之处，遇见乾天罡气，立即消散。不特枉费前古金仙苦心，而且二次元江取宝也无此物。固然妖尸恶贯已盈，终难脱劫，那就要劳师动众，费力多了。此次取宝，本来所得无多，诸位道友到时不可贪心。首先要注意此宝，一旦发现，更不可随便用剑光、法宝堵截。我炼有乌云神鲛网一面，大小分合，无不由心，略费片刻工夫，便可改变成好些副。少时待我分出，按人各取一副。金船出水，此宝飞升以前，必在水面略一回旋，方始向上急升，那时妖尸或是分出许多鬼怪使我们应敌分神，或令妖党苦斗，便难兼顾。好在此宝升空自化，永除后患，弄巧也许还有收宝之法，都说不定。诸位道友千万不可惊慌，一见此宝，速将乌云神鲛网掷去，各用剑光、法宝护身。有我在侧，群邪之中，只妖尸一个难于抵敌。但杨道友已经赶到，所见多属幻象，绝无他虞。等宝入网，无论何人，速往中央飞来，将宝交我，然后合力应敌。仗着乙真人的伏魔旗门，虽未必一网打尽，大约除妖尸以外，也没有几个生还的了。"

众人一一领诺。玉清大师随将神鲛网取出，分织成了九副，除在座诸人外，给欧阳霜也留下一副。

一会，欧阳霜奉颠仙之命，将应办之事办妥，由后洞走来。玉清大师将网交与，重新叮嘱，然后同入后洞去见颠仙。颠仙先将洞门行法紧闭，笑问玉清大师："要照乙真人之计行事么？"玉清大师笑道："这妖尸和雪山老魅一般机智绝伦，近为此宝日夜筹思，岂有不来窥伺之理？不这样，他未必深信不疑。我们欲取姑与，一则坚他信心；二则使他自知必能漏网，不致拼命来伤我们的人。岂非绝妙？"颠仙笑道："这样一说，他知旗门厉害，必然胆怯失志，先留退步。我们人虽无伤，乙真人要想除他，却难如愿了。"玉清大师道："乙真人本是心急前仇，逆数行事。适才岳道友所持乙真人书信，看完便化，师叔未见。看那意思，乙真人自从得了齐师叔二次飞剑传书，告以此宝底细，知道妖尸伏诛不远，也就变了初意，欲等此宝到手，再行诛戮，不急在此一时了。"颠仙道："我因霜儿来说，乙真人派人传书，她在旁没有看完，便即

364

化去。你示意令她对我来说，我未见全信，还当此老非要逆数而行呢。照此说来，我们目前虽然小就，总可有胜无败了。"众人听这语气，好似适才玉清大师所说一节，题外还有文章。但是颠仙和大师俱未明说就里，俱都不解，又不便渎问。料定劲敌当前，事关重大，只得到时仍照原定做去，相机行事，各人都打着同样心思。不提。

颠仙随又商议取宝之事，除欧阳霜一人外，由玉清大师起，各人俱派有职司。议定之后，颠仙只留玉清大师一人，余俱命出。

当下由颠仙门下女弟子欧阳霜、慕容姊妹陪往前殿落座。一面为新来二人安排居处。慕容姊妹俱喜烹调，特意备了一桌酒菜，与众同饮，山肴野蔬，别有风味。连岳雯已能辟谷的，也是见猎心喜。言笑晏晏，饮啖甚乐。

因山月渐升，清辉如昼，故众人在殿外石台上对月畅饮，正在高兴头上，忽听庵外风雷之声大作，知有警兆。忙各离席，纵起遁光，飞身出外探看时，庵外风雷已住，只见祥光万道，瑞霭千重，似波涛一般向四方八面散去，彩縠冰纨，映着皓月清辉，奇丽眩目。众人见和先前魔女铁姝被困情景相似，知是神驼乙休伏魔旗门妙用。只不知玉清大师何时出来施为，怎知妖人来此侵犯，收功又如此迅速。因知此宝厉害，不敢再进。看神气，妖人非擒即逃。既有玉清大师主持，毋庸上前，便各立定观看。

晃眼之间，光霞尽敛，月光之下，疏林平岗依旧清澈，玉清大师也已现身。相隔不远，倒着一个矮胖道人。知阵法已收，忙赶过去观看。见妖人只有一条右臂，左臂似早断去。人被仙法禁制，并不曾死。一双碧眼，直射凶光，衬得相貌愈加狞厉。身背一个大蓝葫芦，已经震为两半。地上好些绿色沙子，有的妖焰将灭，犹有余光未尽，如萤火虫一般略闪即灭。鬼火荧荧，遍地皆是，转瞬俱都消灭。众人正待询问妖人来历，大师道："有劳刘道友将这妖孽提往后洞，我少停即来。诸位道友如愿同往，也可前去。"

众人中只白水真人刘泉多识异派妖邪，已认出那妖人正是庐山神魔洞白骨神君的爱徒碧眼神佛罗枭。知他师徒惯用新近死人的白骨和精魂余气祭炼各种恶毒法宝，厉害非常，不禁大为惊讶。因见罗枭凶睛闪烁，恐防暗算反噬，不敢疏忽。正想行法摄入后洞，不用手去沾他。玉清大师看出刘泉慎重，笑道："这厮的白骨箭叉和幽灵妖火，俱都为我所破。因不愿污这庵前净土，我又不是主体，特地送到郑师叔那里用太乙火炼，使其形神俱灭，免为人害。他已为神雷所伤，知觉全失，不能出声，只元神尚在。可告颠仙，无须问供，便即诛戮。反正是为劫宝而来，就是他知觉未丧，也必不吐。明晚这种妖邪来的正多,不值与他多费唇舌,就这么提将去好了。"

刘泉虽已放心,但暗忖:"这厮虽说法宝全丧,看他凶睛闪闪,至多不过身受禁制,大师怎说他知觉已失,连话都不会说呢?按说大师万无看错之理。"心中奇怪,故意喝道:"罗枭,你认得我么?"罗枭凶睛怒突,意似愤极。刘泉越料他知觉未死,见玉清大师示意催走,毒蛇在手,终以小心为是。便将罗枭拦腰提起,暗中戒备,往后洞飞去。只见洞已开放,等将罗枭擒进,一阵烟光闪过,洞门重又闭上。颠仙见有妖人擒来,好似早在意料之中,丝毫未以为意。从容由身上取出一个玉环向空一掷,化为一个二尺许的光圈飞向洞顶,凌空悬着。刘泉会意,便将罗枭往上一抛,恰好拦腰束住。

跟着玉清大师便率众赶到,闭洞之后,说道:"乙真人伏魔旗门端的神妙。现经运用,本庵连这洞府俱在笼罩之中,稍有警兆,立即知觉,便不行法封洞也无碍了。"颠仙道:"话虽如此,妖尸饶有灵机,终以谨慎为是。这厮是怎被擒住的?"

玉清大师笑道:"当铁姝被魔母唤去,我收法之际,心神微动,暗中留神查看,已知有异。因这厮曾得白骨老妖真传,自在九华为盗肉芝,被金蝉道友飞剑断去一臂,乘机用他本门解体分身法化血遁回山去以后,立誓报复前仇,苦心修炼,颇有一些鬼祟门道。我只知道妖人在侧窥伺,竟不知他藏处。惟恐当时打草惊蛇,被他逃走,故作不知,露出空隙,同众道友径直回庵。实则暗中已将旗门倒转,隐去行踪。可笑这厮真个胆大,先见魔女被困狼狈之状,明知厉害,仍伏伺了一阵,见无甚动静,终忍不住。因不知此宝来历妙用,以为我已收宝回庵,庵前纵有甚埋伏禁制,照他师传妖法,决困不住,妄想试探着入庵窥伺我们虚实。适才出庵查看,这厮已经入伏,正在东驰西窜,冲突不出。他还以为身形已隐,人看不出。却不想他那一身邪气,如在远处潜伏,或许难于发觉,相隔这么近,不比初来时,是在左侧危崖之上,本就一目了然,何况身在伏中,更易发觉。他不见人,人却见他,稍一发动阵法,原形立现。他见庵门忽隐,云雾四起,迷茫无路,已觉不好。等我入阵现身,竟妄想以所炼妖法和幽灵阴火取胜。白骨老妖与妖尸谷辰路道相同,这厮是他门下,定然二妖相合,奉命而来。意欲生擒,拷问机密,因妖尸长于地听之术,恐被惊觉。便一面破去妖法,假装发动旗门中的乾天神雷,将这厮震迷;一面又和刘道友等述说,故意呼唤这厮,让妖尸听去,然后擒来这里。实则这厮只是吃仙法禁住,知觉一点未丧,只要解禁,即能出声言动。我们只知妖尸此次蓄谋大举,他也惟恐我们算出底细,洞中设有魔法,颠倒踪迹,因此底细难知。难得生擒到他的手下死党，此时又无甚事。寻常拷问，他必不招。师叔最精五行禁制妙法，何不试上一试？此法虽然残酷，这厮师徒积恶如山，已经满盈，以暴制暴，也不为过。师叔以为如何？"

郑颠仙笑道："妖尸不知可会被你瞒过么？"玉清大师道："我也想到这等做作，他未必不疑。不过这厮乃是白骨老妖爱徒，如恐泄露机关，径下毒手，一则现正二妖合力，需人相助之际，惟恐白骨老妖不快；二则我应变迅速，擒到以后，先放众道友入阵，将他送来此地，然后就全阵收去。妖尸便是不顾友情，想下毒手置这厮于死地，先有旗门仙法阻隔，嗣又移来这里，也办不到。适才刘道友走后，我曾细心观察，并无朕兆。妖尸也许信以为真，当这厮真个失去知觉了呢。否则那白骨老妖居心狠毒，与妖尸不相上下，又是他的徒弟，下手更易。妖尸既有求于人，即有顾忌。他知这厮已落敌手，万无生路，与其任他泄露机密，还受无边痛苦，倒不如由他自行处死好得多，岂有听其自然之理？"颠仙道："话虽如此，我看这厮目露凶光，只有愤恨，而无惧色。妖尸不是不知我们难犯，既敢令其亲身涉险，不是另有脱身之道，便是另有熬刑之法。定要拷问，还须事先查看清楚，免得白费心力。"

玉清大师本在暗中留意罗枭神色，见他听到这里，怒目狞视颠仙，眼里似要冒出火来，心中明白，故意试道："我看不会。这厮如有什么玄妙准备，适才刘道友送他来时，已经施为逃走了。师叔五行禁制中，只土木二禁最难忍受，使人啼笑皆非。好在他跑不掉，等我撤法，就请试上一试，看是如何，再作计较吧。"颠仙方要答言，玉清大师瞥见罗枭口角微现一丝笑意，越发断定所料不差。手指罗枭，抢先说道："你休睡在梦里，以为我们只要将禁法撤去，你便可借用五遁逃形之法逃生；那土木二遁，逃时更是容易。可知你师徒鬼蜮伎俩，我们俱已深知。所以刘道友提来时，不令你身与五行之物相触，凌空提起。实则他也过虑，休说你已受我禁制，在未撤以前，任你神通广大，也是施展不开；就是此时撤去禁制，此洞有仙法封闭，丝毫声息都已隔绝，所有你那教下逃生妖法一齐失效。借用五遁逃形之法或许能行，但我们已有防备，势必在拷问之前，破了你护身和逃形妖法，然后撤禁，依次行刑。反正一死，早说实话，免受若干大罪。"随说，手朝罗枭当胸虚划了一下，罗枭上身衣服立即分裂自解，胸前果有一道形如骷髅的妖符，隐映肉里。罗枭自知机密败露，无论何方，俱难逃命，二目凶光顿敛，目注玉清大师，意似有话要说，为仙法所禁，不能出口。玉清大师道："你且莫忙，等我破了妖法，自然容你张口。"

罗枭知道绝望,热泪不由夺眶而出。玉清大师也不睬他,由怀中取出七根金针,向罗枭胸前掷去,七丝金光闪处,钉在妖符上面。正撤禁法,想要问话时,忽听罗枭厉声怒吼:"你们好……"底下"狠"字还未出口,倏地全身起火,晃眼化为灰烬。郑颠仙和玉清大师终是行家,见状知为妖尸所算。知道妖尸和白骨神君此举实非得已,但能保全,仍要保全,罗枭虽为妖法自焚,灵气未必全灭。此时全洞仙法封禁,遁逃不出,迟早有人开洞出进,稍有空隙,便被二妖将残余灵气收去,仍可聚炼成形,重为人害。一见火发,双双不约而同,各将手一搓一放,便有雷火连珠发将出去。轰隆之声,震撼全洞,满地都是金光烈火流走。最后又用禁法将劫灰收集一处,叱开石地,深埋在内,方始停手。

原来妖尸和白骨神君因罗枭自告奋勇,坚请探敌,惟恐闪失,层层俱有防备,机诈百出,并与罗枭说明临危舍身之策。罗枭自恃妖法高强,又与妖师心灵相感,千里无阻,自信极深。及至来到苦竹庵,首先遇见铁妹被困,才知果非易与。虽然内怯,无如来时夸了大口,又恃妖法妙用。心想:"我只偷探虚实,不与敌人交手,行迹绝隐,难道还会闪失?"及至误入旗门,方欲解体逃遁,便吃玉清大师擒住,始终没有逃脱机会。不合默运心灵告急,二妖闻警,断他必死,便在洞中运用妖法,静俟时机,自行杀害,免泄机密,还受无量苦楚。

玉清大师和郑颠仙只料定罗枭身有妖符,可以乘机逃遁,或是抗刑不招。哪知妖符具有多重妙用:如不为人识破,无论仙剑、法宝、五行禁制,只一沾身,立可借以兵解;即使当地防备周密,元神遁逃不出,也可施展本门妖法,隐去行迹,或附在别的人物之上,稍有空隙,立即遁去;如被看出,不等对方破法,被擒人心神一动,立即自焚而死。罗枭先还想设词延挨,只要不破那妖符,稍延时刻,仍可有设法逃遁之望。及见那符本来深隐肉里,外观不见,衣解以后,不俟敌人行法,先自现出,便知妖尸和魔师要他速死。偏又口张不得,连整话都未说出一句,便化劫灰惨死,形神俱灭了。

颠仙和玉清大师那么道法高深的人,竟会错了一着,事后想起,不禁相对失笑。所幸明夜之事,早有峨眉掌教真人和神驼乙休预示仙机,一切有了准备。虽不深知妖尸机密,有甚出奇法宝,但也不足为虑。本来顺便拷问,能知妖尸底细更好,无关宏旨,说过拉倒。众弟子也告辞出来,去到前殿。走时已将尽兴,便不再饮,同往殿中打坐养神。

到了次日清晨,玉清大师正往前殿和众人闲谈,慕容昭、慕容贤姊妹二

人忽然走来,手持颠仙手示,与众观看。大意是:

弟子辛青现在后山深处三柳坪制造独木舟,现将功竣。还有欧阳霜由卧云村运回的七禽毒果,因成熟以前,先后屡受妖人天门神君林瑞师徒等人伤害,虽有仙法封禁,防范周密,到底遗失了些;加以种植不够年份,收成不足。今晚应用已恐不敷,惟恐再受妖人暗中盗毁,特意运藏后洞。因不能由三柳坪溪边装载,现在后洞地底开了一条地道,直通江心。须在申初以前,将所制木舟由三柳坪溪中行驶到庵前江岸下新辟水洞停泊,由水底将五谷蛛粮装入舟中,以备夜来应用。但是连日各异派妖邪虎视眈眈,大敌环伺。辛青制舟之地虽有仙法封禁,极其隐秘,但是两地相隔不下百里,水道迂回。妖尸饶有玄机,长于天视地听,一经行动,难免不被觉察,暗遣妖党作梗。现命慕容姊妹前往护运,并令众人分出三人同往相助。余人除玉清大师另有要事外,齐集江边照护。妖尸此时为一仇敌牵制,不到子夜虽不能来,但是白骨神君同恶相济;此时还有不少别的异派妖邪,有的立意破坏,有的觊觎宝物。令众看完,愿去的即随慕容姊妹起身,不可出声议论。此事行动务宜缜密,以防泄露。

众人看罢,凌云凤首先起立,站到慕容姊妹一边。俞允中、戴湘英见云凤去,也相继起立。玉清大师早知此事,见云凤眉间隐映杀气,尚无晦色,知道此行必有干戈。便把云凤招至面前,用手在掌心写了"诸事留意,不可造次"八字。云凤含笑点首。慕容昭随将颠仙灵符取出,招众同立,先用灵符潜光隐迹,然后同驾剑遁,由殿前破空飞起,往三柳坪星驰而去。

那三柳坪在大熊岭西南乱山之中,地势险恶,四面山岭杂沓,到处森林绵亘,荆榛匝地,加以毒岚恶瘴终年不散。只有当中现出一片平地,野草丰肥,高几过人,内中蛇虺四伏,毒蚊成阵。亘古以来,不见人迹,端的隐僻非常,险恶已极。坪大约有二十亩,崖壑环亘,宛若石城,仅东面有一丈许宽的缺口。此地林木独少,只有三株古柳树,大均六七抱,已为雷所击,折断死去。柳前不远是一深潭,伏泉上涌,长年冲激成一条小溪。水作朱砂色,由东缺口奔流而出,曲折绕行于万山之中,会合全山溪涧伏流,蜿蜒入江,为元江源流之一。元江一名红河,便因有一段水红之故。辛青乃颠仙门下最得力的女弟子,随师最久,法力剑术俱都高出同辈。前些年奉命采药,无意经此,彼时三棵古柳树新遭雷击。当地危崖上产有两种极难得的灵药,辛青连去好几次,将药采完才罢。三柳坪地名也是辛青取的。

颠仙上月召集弟子密议,说起元江取宝要用三只载蛛粮的法船,须以整株大木刨制,如能觅到雷击之木尤妙;如寻不到,只要千年以上的径丈巨木也可。好在本山森林甚多,并不为难。但那制舟之地必须隐秘,还要近水之处,始能合用。辛青想起三柳坪那三株大树,该地又与江流相通。尤妙是树身高大,当中一段树干并不甚弯,质甚坚实,与常柳十九树老腹空者不同。雷火烧毁空残之处尽可避开。细一寻思,一经加工,便是天然舟形,不似苗人所用独木舟,整木摇橹,式样蠢笨,真再合适没有。于是当即禀明。过不多日,颠仙便率辛青同往,见了那等地势,心中大喜,立即指示机宜,命其如法制作。彼时大金蛛不曾借到,事尚隐秘。颠仙偶想起事关重大,为防万一,设下两层禁制,并用移形换影之法,将原有景象掩饰。不料果然有备无患,否则妖尸和各妖邪如知有人在彼制造木舟,必早赶往破坏,辛青独力难支,事败不说,弄巧命都难保。

这日清早,颠仙本定派人往接。慕容姊妹刚刚领命起身,颠仙便接辛青告警信符。当初辛青制舟时,因那木舟非比寻常,须要算准时日,行法祭炼,兼旬始成。除禁制防范外,另传信符三道,以备遇敌求援之用,各按轻重焚化。颠仙知道辛青细心谨慎,所焚只是头道信符,必是当地有甚可疑朕兆,因值功亏一篑,接应人尚未前往,焚符告警。等了一阵,不见续报,可知事甚轻微,业已应付过去。或是本不相干,辛青小心太过。好在接应之人已将到达,恰值事忙,无暇分身,也就未以为意。

这里云凤、允中、湘英同了慕容姊妹飞行迅速,一晃眼到了三柳坪上空。坪上因有颠仙禁制,外人不能窥见。云凤等三人方觉沿途山势险恶,慕容昭已朝众人打着手势,令将遁光停住。随照师传禁法施为,将手一指,向下面看去,分明是一片烟岚瘴毒腾涌的沼泽秽区,忽然现出丈许空洞。慕容姊妹随即引众飞下,将手一挥,顶上幻影仍旧复原,下面山环中却现出一片平地。辛青喜洁,因有多日耽搁,坪上杂草已经剪除整洁,甚是干净。溪旁停着三只三丈来长、丈许粗细的木舟,舟旁立定一个长身玉立的青衣少女,正在翘首相待,面有忧色。见了五人,立时面转喜容,迎上前来。那少女正是辛青。

互相叙礼之后,辛青说道:"这三只木舟天明前已经制成。仗有师父仙法禁制,外人经此,下面便有多大声音也听不出,想看底细,更是不见影子,我却能看到和听到上面敌人动静。所以这多日来，并无丝毫变故。今早舟成，颇合心意。正拟等接应人一来，将舟运回，便可交代，忽听上面破空之声甚急。先只当是异派中人，无心经此。后见他竟在这附近左右盘旋不去，才知有为而来。自经师父移形换影，这里借用前面沼泽虚景，已经隐去。我虽不知来敌深浅，因见他只在左右一带窥伺查探，始终没向当空飞过，以为总可瞒过。谁也想不到污泥秽疠之区，会是藏舟之地。即被他发觉有异，我本人不说，有这两重禁制，也足够他破的。又知午前接应必到，师父定有安排，本心不想向师父报警。但这厮时而远近飞翔，时而停歇，约有个把时辰，猛听远处异教中阴雷轰山之声。心实放不下去，悄悄隐身敛声，缓飞升空一看，原来是个通身漆黑，似人非人的怪物，正在凌空飞翔，手发阴雷，朝着远近山谷沟壑中乱打。看他那神气，必是算准我们在此制舟，立意赶来破坏。也明白下有法术隐蔽，只急切间查看不出虚实，找了一阵找不到，一时性起，觉着下面景物稍有疑似，便用他那邪教中的阴雷朝下乱打。照此情形，迟早被他打到此地。纵然不怕阴雷打下，师父禁法发动，烟光上腾，必被发觉。万一久了不能支持，或为邪污。我道浅力薄，知道抵御不能，想催接应快来，便向师父略为告警。

"这厮阴雷煞是厉害，发时碧焰宛如箭雨，一经打中，立时山崩地裂，声音不大，可是山石林木全化灰烟，向空腾起，随风消散，看去惊人。与我以前所见邪教中的阴雷大不相同。这厮打了一阵，见无异状，雷声和飞行之声又复停歇。我又待了一会，忍不住重又轻悄悄隐身飞起查看。谁知敌人已经落到左侧危崖之上，侧面向着这里。因为邻近，才看出他是个生相短小的丑怪黑人。最奇怪的是，也不知一人化身为三，还是本来孪生兄弟三个，并肩而立，相去尺许，要行全行，要止同止，身首手脚，一举一动，无不如一。身上各背一个黑葫芦，几和其人一般长大。右肋上横插三剑，斜钉入肉，周身妖气浓厚异常。这时不知又发现什么，脚一点处，便和先前一般，一股浓烟簇拥着朝前飞去，真比我们御剑飞行要快得多。飞时身子也只剩了一个。我那么留心，竟没看出那另外两个是与他合而为一，还是自行隐去。晃眼被他飞出十里以外，阴雷碧焰向下射处，随见无数劫灰高涌入云，知这妖孽决非庸手。幸我逐处小心严防，两次窥探俱未被他看破。才一转念，又吃飞回，仍落危崖之上，相隔很近，不时又见他用鼻上下乱嗅。我恐被警觉，身在禁制以外，终不妥当，只好悄悄退了下来。我退时这厮又往左侧飞去，一直未听再有动静，相隔也只刻许。我越想越担心，又不知接应来否，为谨慎计，正想向师父二次报警,师妹已和三位到来。我想这厮必不会走,也许潜伏近处,伺隙而动。诸位来时,可曾见有这种妖邪或其他异状?"

五人俱答无有。慕容姊妹和湘英俱料业已离去。允中因在青螺峪常听师父说起各厉害妖人形态动作,知是劲敌,忙告云凤小心戒备。云凤本来胆小,听允中一说,猛忆行时玉清大师预示,忙将飞剑、法宝准备应用,以防万一。

辛青因云凤等三人初会,以前未听师父说过,并不是常听的峨眉门下三英二云等高明之士,慕容姊妹本领还不如自己。接应人虽有五人之多,毕竟妖人似乎厉害,惟恐木舟启行,一出禁制之地,立受妖人侵袭。万一抵敌不住,前功尽弃,并还贻误大局,心中好生惊疑。无奈申初以前,还须将木舟送抵庵前江心水洞,不能迟延。又听慕容贤说起师父无暇分身,今晚来敌甚强,声势浩大,除师父自己以外,只玉清大师一人能经大敌,现在忙于布置。想了想,无可奈何,对众说道:"诸位师兄姊妹,这三具木舟关系太大。我看适才三黑妖人必未远去,也许看出下有禁制,不愿多费手脚,打草惊蛇,故作离去,所以诸位来时,也未遇上。实则妖孽隐迹在侧,待机而作,此去途中定要相遇。虽然我们也非可欺之辈,但他阴雷已极厉害,有无别的恶毒妖法,尚不可知。为今之计,愚意以为,行时每舟各由一人按照家师灵符驾舟前行,推出道法较高的三人飞空防护。遇见妖人,稍觉难除,便只守不攻。好在木舟有家师禁制防卫,未必便为所毁,只求全师而退,三舟一齐到达江中,免误大事,于愿已足。愚姊妹三人俱道浅力微,可否请三位师兄师姊勉力相助,飞空随护如何?"

允中、湘英自知法力有限,再四谦谢,愿充操舟之役,与辛青、慕容昭调换。辛青看出不是虚语,心更愁急。尚幸来人中云凤尚未推却,意气自如。又听说是白发龙女崔五姑门下,新由白犀潭韩仙子那里得了几件异宝,似乎可以倚仗。本非客气的事,事已至此,只得令四人相互调换,匆匆传了御舟之法。由慕容贤为首,允中、湘英依次各驾一舟。辛青施展仙法,喝得一声:"疾!"木舟便由坪上滑行入水。慕容昭当先开路,云凤居中,辛青断后,撤了坪上禁法,各驾剑光飞起,分上中下三层,一同押护三木舟,缓缓驶出缺口。离了禁地,舟上三人如法施为,手朝舟首一指,三舟同时将首微昂,只剩舟尾少许略沾一点水皮,似龙蛇腾波般凌空欲飞,顺着山中溪流如飞朝前驶去。

辛青见妖人并未出现,一晃舟已驶出好几里,心方暗自庆幸,忽听破空之声。回头一看,前面一团浓烟裹住辛青所见的一个小黑人,身后一道匹练般的彩虹,星驰电掣疾飞而来,眨眼已将空中三人越过。这时辛青飞行较高,其次是慕容昭,云凤因和允中上下应答,离舟只有三四丈高下。辛青见那黑人比自己飞高数倍,势绝神速,并未与己为难,身后彩虹也看不出是何路数,照那神情,分明是追逐妖人无疑。已将飞出前舟,既未来犯,乐得旁观,不去招惹。惟恐慕容昭和云凤不知轻重,妄自发难,刚待追上叮嘱。那小黑人本与三人一上一下顺路并飞,已经过去,百忙中忽往左一偏,正当三舟所经溪流前途的上空。辛青见超出前舟已有里许,双方均未发动,以为不会有事,正将遁光放缓,仍自断后。猛瞥见黑人手上发下万道碧焰,直射前面溪流之中,一闪即灭,也不见水往上腾起。同时那道经天彩虹也已追上,相隔黑人约有十丈,倏地分射出两道红光,朱芒映日,奇光照耀,其长经天。并不向小黑人直追,各朝两旁遥空射去,比电闪还快得多,眼才一瞬,前端已经交合,化为一个梭形光圈,将小黑人去路挡住,围在中间。

辛青、云凤等看出情势不佳,前面一个强敌,后面这道彩虹,从未见过,看那法力甚是高强,急切间也分不出是敌是友,护舟要紧,不愿多事。虽然瞥见小黑人朝前路溪中发下一片阴雷,却并未爆发;辛青又自恃木舟上有师父灵符妙用,寻常阴雷不能侵害;自己又精通遁法,一旦稍有异状,不是不能抵御,只想乘隙遁走,早离险地。故依旧行法催舟,向前疾驶。眼看相隔小黑人施放阴雷的水面不过一箭之地,瞬息便要驶过,猛觉彩虹耀目,由众人头上电驰飞过。因为势太迅速,目光不容一瞬。空中辛青等三人刚看出彩光中现一冰绡雾縠、美若天人的少女,用手连朝下指。还未及分别来人用意,那行法押船的慕容贤、允中、湘英等三人猛觉木舟微一震动,倏地凌空腾起,溪水随着木舟底高涌,带着粗约丈许的飞涛朝前飞去。三人不知吉凶,俱都大惊,正在手忙脚乱。空中护舟的辛青、云凤、慕容昭三人也甚警觉。上下六人一齐惊惶,忙着飞剑御敌。云凤本来已看出这前后所见两人都非寻常,早存戒心,除飞剑外,更连飞针、神禹令及全身法宝一齐取出,正待施为。哪知就这晃眼工夫,彩虹中少女已电闪星驰,往侧面原路上射去。同时那三只木舟也由空中飞坠前面溪水之上,直似鱼跃龙门般由来路溪中自行跳出百十丈高远,仍落水上,溪水复原,更无别的动静。

辛青知道木舟关系大局,对方用意不测,惟恐木舟出了什么花样,当时还是只顾舟上,连忙招呼云凤、慕容昭往前赶去。因事紧急,只顾查看木舟,此时空中是何情景,全都无心注视。刚刚落到木舟上面,彩虹倏又飞临。舟中六人方疑不免一场恶斗,辛青、云凤刚指剑光上前,那少女由护身彩虹中先飞出青白二色两道霞光,将两人飞剑敌住,同时高声喝道:"我非妖邪,诸位道友休得错认。木舟适已遇险,如不是我,适才业已为妖孽阴雷炸成粉碎。现在前途埋伏甚多,千万不可再沿流驶行,务须少停。待我捉到妖孽,自会送这木舟过去,决不误事。"辛青忙问:"道友尊姓大名?"未容再往下问,少女已接口答道:"我乃小南极金钟岛主叶缤,与令师大颠上人相识,追寻妖孽已非一日。这厮乃九烈神君孽子黑丑,此时被我冰魄神光困住,稍纵即逝,无暇多言;擒到妖人,自会详告。"说罢,彩虹电掣,重又朝前侧面飞去。

辛青往昔听师父说过叶缤来历,知她隐居小南极已三百年,道法高强。所炼飞剑与众不同,乃两极玄冰精英凝炼而成。用时能化为千亿,妙用无穷。为各派女仙中异军独立的数一数二人物。相隔数万里外,不知因何追寻妖人来此? 只因事起仓猝,未及细想。这一回思,适才木舟飞起时,恰将妖人施放阴雷之地越过,料无差错。忙即收回飞剑,将舟止住。

辛青朝前细看时,前侧不远,那梭形方格光圈将先逃小黑人圈在当中后,小黑人本意还想由上下两方遁走,不料前途红光才一交头合拢,光圈上立即爆起无数朱芒,奇光如雨,上下齐发。上面的射向天空,晃眼由细而粗;下落的也是如此。晃眼自相融合,结成一个梭形方格光笼。小黑人被困在内,一声长啸,先由身上飞出千百道黑气,远看铁柱一般,将上下四外红光撑住,不使由大而小往里缩拢。紧跟着化身为三,回手一拍命门,发出笔也似直三股碧焰,向红光烧去。红碧相映,闪闪生辉,十分好看。少女已经飞临光笼上空,将手一指,护身彩虹中又是五颜六色,分射出十几道各色晶芒,罩向光笼上面,一层层布散开来,围在红光外面。那小黑人先是急得在里面枭声怪气,尽情辱骂。后又全身赤裸,露出瘦小枯干黑如墨煤三具怪身,不住在内倒立旋转,周身俱是碧焰黑气围绕,兀自左冲右突,逃走不脱。可是少女彩光虽将他困住,急切间也奈何他不得。

辛青见时辰将至,前途妖人埋伏尚多,叶缤警告,当非虚语。双方仍在相持不下,既恐延误事机,又恐妖尸灵警机诈,长于天视地听,乘隙赶来,就是叶缤也未必能抵得住。行止俱在两难,好生惶急。正想再待片刻,焚符求助。

云凤早就跃跃欲试,见辛青满面愁容,忍不住说道:"辛师姊,我看妖人虽非叶道友之敌,但颇长于防御,似此相持下去,我们难保不误事机。妖人如再蓄有诡谋,或是故意延挨,等待妖党,岂不更是可虑? 妹子新得这面神禹令,韩仙子赐时,曾说专破各种妖烟彩雾;还有两柄钩弋戈,也有好些妙用。与其坐误时机,何如试它一试? 反正是仇敌,管他是甚来路,能早脱身,岂不更好?"

辛青旁观不动,固然为了守护木舟要紧,一半也因平日常闻师言,九烈神君神通广大,睚眦之怨必报,招惹不得。妖人是他爱子,虽然有意为难,毕竟彼此尚未交手对敌,他自犯我,我未犯他。难得有人出头,正好假手叶缤将他除去,免给师门日后树此强敌,留下隐患。再看敌人来势,叶缤如不能胜,自己也决不是对手,乐得静守在旁,专护木舟。真要不行,便用灵符告急,将师父请来,比较稳妥。于是一味小心谨慎。因和云凤、湘英、允中三人初见,总以为末学新进,不会有甚过人之处,虽然飞剑俱都不弱,毕竟不是妖人之敌,只管愁急,从未想到。及听云凤一说韩仙子传有法宝,心中一动。暗忖:"三人如无本领,师父怎会命他们前来? 怎底细未知,便这样轻看人? 差点误事,真是该死!"连忙笑答道:"凌师妹如能往助叶道友除此妖孽,再妙不过。但听叶道友说,此乃九烈神君之子,妖法高强。适才见他身外化身,必擅玄功变化。迎敌之际,务要小心。再者,家师和诸位师伯叔多与九烈神君无仇无怨,这厮必受妖尸等愚弄来此,能不伤他,惊走最好。"

云凤不知怎的,一见叶缤,便觉投缘,无形中生了亲近之心。及见所放彩光,虽将妖人黑丑层层包围,但持久无功。哪知冰魄神光厉害非常,叶缤欲使仇敌三尸全化,形神俱灭,另有用意。恨不得立刻上前助她一臂,才称心意。无如修为日浅,知道辛青是颠仙门下大弟子,修为多年,功力深厚,她既旁观不动,必有原因。护舟之事,关系全局,不便冒昧启齿。待到此时,实忍不住,试一开口,竟蒙应允。也说不出是甚缘故,心中一高兴,连辛青的话也未听清,口中诺诺连声,人已驾了遁光飞上前去。当着外人,急欲求功自见,还没飞到,首将二宝取出施为。

叶缤本拟用冰魄神光将黑丑炼成灰烟而灭,不料黑丑看出形势不妙,忙用本身所炼地煞之气将神光挡住,不使压近身来。一面施展玄功妖法,将身形合一,手按胁插三剑;一面准备能全身遁去更妙,万一逃走不脱,便拼四十九年苦炼之功,舍却一个化身,借遁逃走。同时为报仇起见,临逃走时,将身背大黑葫芦中的阴雷毒火全数施放出来,即便敌人不遭惨死,伤必不免,至少也可出一点气。叶缤见黑丑煞气、妖法厉害,竟将冰魄神光挡住,远非昔比,心中一留意,便将阴谋窥破。知道黑丑已得乃父九烈神君真传,加以天生戾质奇资,炼时极肯下苦功夫;这次奉命出寻乃父所宠妖姬黑神女宋香娃,又将乃父多年聚炼的魔火阴雷带了一大葫芦出来。九烈阴雷自成一家,

375

全是地肺中万年阴郁戾煞之气炼成，专污飞剑、法宝，无坚不摧，无论人物山石，中上立即全消。未用时，看去只有梧桐子大小。发时化为一溜碧焰，一粒阴雷之力，能将百十丈方圆的山石地面震为灰烟。修道人如被打中，始而中毒，几个寒噤过去，身上逐渐寒热交作，终于本身真元连同骨髓精血，全被阴火烧干，通身化为白灰而死。以道力禀赋的深浅，分时久暂。除非受伤人功力深厚，能以本身纯阳之火将它先行消灭；或是中了以后，能以真元之气屏除体外，始能无害。否则极少生路，端的阴毒已极。尤厉害的是九烈父子已炼得与心灵能相感应，别人即使借用，尽管能将阴雷发出，中在人身，或是埋伏要路，并不一定随手爆发，可以由心运用，到了时机方始发挥妙用。叶缤来时云中遥望，沿途已埋伏下不少阴雷，这一大葫芦何止百粒。如彼情急，尽量发出，自己有冰魄神光护身，不畏伤害。无如为数太多，这附近千百里内，山川地域固然难免齐化劫灰，同时地底必受巨震，那时地火怒涌，江水倒流，不知要伤害多少生灵，岂非自己造孽，造成这样大灾？就此放他逃走，又于心不甘。想来想去，只有仍用神光将他紧紧包围，注定所炼三尸元神，任其变相捣鬼，不等阴雷齐爆，决不丝毫松懈。这样一来，纵令防不胜防，三尸元神不能悉诛，被他逃走一二，那万千阴雷却可在空中一举消灭。自己再运玄功加以戒备，至多耗去一些冰魄神光，决不致伤害生灵。主意打定，为防黑丑化形遁走，又将护身神光分出几片彩虹，往上下四外飞去，晃眼不见。

黑丑也知和敌人仇深恨重，立誓除他。不料事隔多年，竟会狭路相逢，又急又愤。情知无幸，惊惧万分，只管在光笼中聚精会神，苦苦支持，不敢骤然发动，不觉挨了些时刻。叶缤见他业已准备停当，引满不发，以为最后所设罗网被他看破。适才已向护舟诸人夸口，时久岂不误事？也是心中发急。正待冒险诱敌，略放一丝缝隙，先破去他的阴雷，等到二次入网，再施辣手，便无顾忌。

忽然云凤飞来，叶缤心笑来人不识深浅。猛瞥见云凤手中持一形制奇古的令牌，上面发出一片青蒙蒙的光华，电驰而来。那光初出现时才照丈许，晃眼长达百丈以上，光粗不满一尺，看去并不强烈，可是飞剑光华一点也掩它不住。方觉不是寻常，那道青光已经射向围困妖人的光笼之上，也未觉着怎样，竟被透射进去，不禁惊奇。这时黑丑也早把玄功运好，一见敌人来了助手，目光旁注，左手拔出胁下所钉宝剑，咬破舌尖，喷出一片血光。身子一晃，三条黑影分合两次，倏又化成一体，带着一身黑烟，硬往光笼上撞去。

乍看似要冲破光层逃走，实则黑丑共炼有三个元神，此乃三尸之一，主神和另一元神已被变化时隐去。如若不知底细，只将冰魄神光加紧一压，一神虽伤，主神和另一元神必被突围遁走。

叶缤原已防备及此，无如他这血光护身之法也极厉害，又是拼命而来，稍一失措，便被冲破光层，连这一神也被逃走，其势竟难兼顾。同时光层又被神禹令青光冲入，叶缤见状，大出意料，暗道："不好！"正待施展，将暗伏外面的光网合拢，以免阴雷为害。说时迟，那时快，三方动作都是捷逾影响，青光到处，"哇"的一声惨叫，先是黑丑分化出来的元神的绕身黑烟，一齐消散，吃冰魄神光往下一压，立即消灭。紧跟着黑丑的本身不知用甚法术隐护，已经脱出光笼，待要飞起，吃青光透射过去，照了个原形毕现。云凤只知神禹令是专除妖邪，能随心运用，不伤自己人的法宝、飞剑，还没料到宝光如此神妙。那两柄钩弋戈也是专诛邪魔的异宝，恰又取在手内，一见妖人现身，立即扬手飞出，化为两股金光，蛟龙剪尾，电射上前。

黑丑见分化一神已灭，本身又现，妖法也被破去。料定无有生路，惊惧忙迫中，正待将全葫芦内的阴雷发将出去。恰巧叶缤看出他变化神奇，恐有疏失，一面发动埋伏，就势又把原困妖人的神光合围上去，满拟连妖人带阴雷一齐围住，同归于尽。也是云凤贪功太甚，又将两柄钩弋戈发出。黑丑看出今日之局，一半败在云凤手里，恨切入骨。又见神光还有外层，电一般合围上来，知道阴雷也失功效，已为神光所阻，不能损伤仇人。忽见钩弋戈穿光而入，正合心意，反正必死无疑，乐得借此报复一点是一点。百忙中，咬牙切齿，二次行使妖法，咬破舌尖，喷出一道血光，暗将手中所持备用的几粒阴雷顺着神光起处，朝敌人钩弋戈上发去。黑丑周身时有碧焰黑烟血光飞扬，阴雷又有妖法血光遮掩，匆忙之中，二女谁也不曾看破。

黑丑法才行使，钩弋戈已荡散血光，双双围身一绞。同时叶缤的冰魄神光也里外合围，高喊："道友，速收法宝，容我破这阴雷。"跟着连黑丑残尸余气带那大黑葫芦一同拥起，直上青云。眼看升高数十丈，只见白云层里，千百道霞光似电闪一般，连掣了几下，猛听一片轻雷之声，密如播鼓，稍响即息。随见满天碧荧纷飞如雨，一闪即逝。面前彩光飞敛处，叶缤现身道："有劳诸位久等，又蒙这位道友相助，报却妖人杀徒之仇，十分感谢。时已不早，我也还有事他去。待我略施小技，先送诸位起身，就在舟中叙谈请教，并破妖人沿途埋伏的阴雷吧。"

说罢，不俟答言，径请众人各自登舟，自己和云凤同立湘英所驾舟上。

跟着行法,将手一指,溪水忽又涌舟上腾,直升天半。这次和前次又不相同,直似天河行舟一般,并不下落,三只木舟全被舟底飞涛涌着,连舟带水凌空飞驶,其疾如箭。不消多时,便到苦竹庵前江边飞坠,竟然直沉下去。沉时四外的水纷纷奔避,环舟丈许自成空洞,舟过,上面的水随即自合。

第二〇四回

彩幔横江　禹令神蛛收异宝
奇辉焕斗　金轮火剑胜妖尸

　　云凤不知末一段乃颠仙禁法妙用,对叶缤好生钦佩。因听叶缤尚有他事,好似送到即行,心颇依恋。难得到后,未曾话别,颇有流连之意。虽因妖人耽搁,时候还有余暇,打算舟到水洞,便请叶缤入庵相见。心正欢喜,玉清大师忽由水洞中接出,径请叶缤由地底直达后洞。并令余人相助运粮入舟,以备夜来应用。只云凤一人同往。

　　三人一同到了后洞,颠仙刚和叶缤叙见,一眼看到云凤脸上,不由大惊道:"你妖气业已入骨,定中妖人暗算。莫非路上出了事么?"云凤还未及答,玉清大师先接口道:"适才叶道友由水洞进来,也为此故。云妹受害实是不轻,叶道友同来,必知底细。"叶缤道:"适才路过此间,空中遥望,九烈神君孽子黑丑正在前面乱放阴雷,是我赶到将他困住。多蒙凌道友用神禹令相助,得报杀徒之恨。妖人原想将所带阴雷全数放出害人,被我看破,未容出手。我用冰魄神光连他残尸一齐裹住,飞往高空之中爆散。先未想到凌道友会中他的暗算,后在舟中相见,才得看出。这厮阴雷有许多感应,一经说破,受伤人发作更快,因此不曾对凌道友提起。乘凌道友与我叙谈之际,略用神光祛邪之法,由身后直透体内,暂将凌道友真神保住,免遭惨劫。一面加急遁法,催舟同来此地。仗有神光护身,所以凌道友一时尚未觉察。无如妖人阴雷狠毒,我发觉以后,神光只能护住心神,保她暂时无害。我一离去,立受其害;便不离去,长此保持,人虽不至于死,一周时候,先受伤处的精髓骨肉也难免要受重伤。二位大师道妙通玄,想必能有解救。如其不能,闻得川边青螺峪怪叫花凌真人有一至宝,名为九天元阳尺,专破邪教中的阴雷魔火。无如相隔太远,凌道友此时已不能御遁飞行。凌真人性情又极古怪,不知他肯借与否。"

　　云凤先颇惊惶,听到这里,想起日前去白犀潭时,芬陀大师和杨瑾之言,心方一动。颠仙已接口道："这类阴雷，我等即被打中，也无妨碍。云凤毕竟修道日浅，怎能禁受？如运玄功，使我所炼先天纯阳之气穿行周身骨脉，未始不可驱除。但人却受伤，须要多日调养。今夜元江取宝，她那神禹令关系重要，少她不得。所幸她乃凌真人的侄曾孙女，又是崔五姑的爱徒，九天元阳尺手到借来。无如相隔太远，只玉清道友前往，可在期前赶到。但是这里又在用人之际，玉清道友执掌重任，无人能代。叶道友如能少留半日，便可两全了。"

叶缤先听云凤是怪叫花凌浑侄曾孙女，九天元阳尺手到借来，方自欣慰。忽听颠仙留她帮忙，自己恰有要事，于谊又不便推辞，不禁作难。云凤已将芬陀大师所赐灵丹取出，对颠仙道："玉清大师怎可离去？弟子虽受妖人阴雷暗算，仗有叶道友的神光护体，直到如今也未觉出一点动静。记得由倚天崖起身往龙象庵去时，杨瑾师叔曾示先机，并赐灵丹三粒、灵符一道，许能祛毒复原，也未可知。待弟子试服下去，如能医治，岂不是好？"颠仙先将灵丹接过看了，喜道："此乃芬陀大师度厄金丹，广集十洲三岛海内外名山灵药而成。成道数百年，共只炼过一次，功能起死回生。区区阴雷之毒，更何足计？只服一粒足矣。"

说罢，玉清大师仔细朝着云凤看了又看，等将灵丹服下，随问灵符安在？云凤取出。玉清大师笑道："想不到我们今日三人俱都看走了眼。我原说云妹去时，眉间煞气，只主凶煞，应在敌人，至多树一强敌，怎会应在本身？适才见她脸上妖气笼罩，仿佛邪毒入骨，还在奇怪。原来怀中藏有芬陀大师灵符护体，阴雷并未侵入，所以受伤人毫无觉察。只因云妹不知底细，怀宝未用，妖人阴雷又极厉害，尽管不能侵入，依旧附身未退。叶道友爱友心切，也和我们一样，只当邪毒已经深入体内，只顾救护伤人，没想到破它。否则神光一照，早已化为乌有了。此符含有佛法妙用，威力非常。既然不曾用过，正好留备将来。云妹丹药服后，百邪不侵。只剩身外这点阴毒残氛，索性一客不烦二主，就请叶道友运用神光，将它除去了吧。"叶缤知道玉清大师有意相让，不便谦逊，手扬处，一片五色毫光飞起，罩向云凤身上，只闪得一闪，便自敛去。再看云凤身上邪气，便已净尽。

叶缤立即告别。颠仙、玉清大师知她杀了九烈爱子，须早做准备，并未十分挽留。反是叶缤看出云凤情若凤契，意颇依恋，笑对她道："凌道友，你我一见倾心，必有凤缘，相聚日长，无须惜别。况我异日还有借重之处，正不在此一时。此去倘能如我预料，今晚也许能来参与取宝除妖盛举呢。"说罢，颠仙已将洞门开放,叶缤将手一举,道声:"行再相见。"一片彩霞,腾空而去。颠仙随又行法将洞封闭。

玉清大师笑道:"金钟岛主在小南极修道三百年,为方今女仙中有数人物。不特道妙通玄,所炼冰魄神光剑和太阴元磁精英炼成的两极圈,更有无穷妙用。因海外散仙无所隶属,只有一位师长业已仙去,人甚谦和,凡她相识的,俱以平辈相交。只心目中却少所许可。看她今日意思,与云妹极为投契。她那小南极金钟岛上,终古光明如昼,与不夜城大小光明境相隔最近。冰源中产有许多灵药仙果,以后时常往返,必有许多益处。只她道行如此高深,异日竟会向你求助,实出意外罢了。"

谈了一会,颠仙便往水洞行法,将那装蛛粮的三只木舟隐藏水底,以备夜来应用。又和玉清大师隐身同出,前往两边江岸仔细查看了两次。众门人后辈早已奉有密令,各自分头行事,隐身埋伏去讫,一切停当。洞中只剩颠仙、玉清大师、凌云凤、辛青四人。

到了亥初时分,玉清大师按照预计,先往阵地等候妖尸。颠仙留下辛青守洞,对云凤授了机宜,也同起身,径由地底直出水洞。由颠仙自携大小金蛛和云凤、欧阳霜,同立当中主舟之上,慕容姊妹分驾左右二舟,满载蛛粮毒果,先由江心水底,暗中逆流潜行,到了沉没金船的水眼地窍前面停住。由水底仰视星光,到了亥子之交,耳听上面尚无动静。料定妖邪当已早到,敌我引满待发,还未动手,木舟一出水面,必要来犯。此时形势,敌动越早越妙。颠仙自顾木舟防卫周密,先将预置下流水底的暗号发动,由江心飞起一道光华,上冲霄汉,使玉清大师和众后辈门人好有准备。跟着手往江面上一指,一声雷震,江心波涛飞雪一般往四外散去,同时三股金霞将三只木舟紧紧包围,升上水面。

两岸诸剑仙本是隐身潜伏,闻见金光雷声,方欲发动阵法,齐向江心上空聚拢。猛听西北遥空一声极尖锐刺耳的异啸,紧跟着明月光中现出一簇烟云,星飞电舞而来。烟中裹定一个火眼金睛、通身墨绿、瘦骨嶙峋、长臂长爪、形似僵尸、通身红绿、火光黑气围绕的怪物,厉声嗥叫,晃眼飞近。玉清大师知道来者乃妖尸谷辰,正合心意。方欲暗运伏魔旗门迎上前去,身刚现出,下余诸人还未及现身,就在妖尸将到未到之际,空中倏地一片碧绿火花冒过,又一妖人相继出现。众人见那妖人身高八尺,又瘦又长,道装赤足,手持长剑。一张狭长脸子,方目碧瞳,尖鼻尖嘴。脸和手足都是又瘦又白,通没一丝血色。背插九支长箭,腰插三把短叉,左胁系一革囊,手持丈许长幡,通身都在烟雾之中。才一照面，一声厉吼，将手中长幡一摆，立时发出一幢绿阴阴的邪火妖光，照得附近山石人物皆成碧色。光到处，刘、赵、俞、魏、孙、岳诸人的隐身法立被破去，不等撤法，先已现身。

玉清大师认得妖人便是白骨神君与妖尸谷辰，都是劲敌。当时专斗妖尸，其势不能兼顾。惟恐刘、赵诸人不是敌手，一面将降魔旗门发动，接引妖尸入伏；一面暗运太乙神雷，将手一扬，朝妖人手中妖幡打去。这时下面颠仙已将禁法发动，放出一片光霞笼罩江面，将上下隔断。三只木舟也分品字形，相隔三四丈，按部位排开。大小二金蛛各自离盒，飞向水面箕踞，目闪奇光，注定水底，各将口一张，那亮晶晶粗如儿臂的蛛丝，便如银涛也似直向江心水底射去。

几方面动作都快。妖尸谷辰隔老远便伸出长臂大爪，待向玉清大师抓去，一眼瞥见下面光霞横江，金蛛离船入水，不由暴怒。立舍前面敌人，两条瘦长手臂一晃，立即暴长十余丈，上面碧焰火光乱爆如雨，身子往下一坐，朝着江面光霞举爪便抓。玉清大师看出来势厉害，恐有疏失，一面暗中运用伏魔旗门，一面放起飞剑。犹恐不济，又将佛门离合神光发动。妖尸本不畏飞剑，一见金光飞到，并未在意，一面伸手去抓，一面还待冲破下面光霞。不料玉清大师乃佛门降魔真传，与寻常飞剑不同，才一交接，便觉难禁，手臂虽未被绞断，已吃不住。妖尸见金光神妙，不敢硬抓。刚把长臂一振，发出满臂碧焰将金光抵住，离合神光倏又发动。妖尸任是神通广大，也不敢再为忽略，气得满嘴獠牙乱错。没奈何舍了下面，往上一纵，全身倏隐，化为一团半亩方圆的碧绿光华，光中射出万道黑丝，直向玉清大师扑去。玉清大师原意要他如此，因见离合神光也困他不住，便连飞剑一齐收去，一纵遁光，往左崖上空飞遁。就这微一迟延之间，江面上霞光已是密布，精光闪耀，上彻云衢。

妖尸明知玉清大师有心诱敌，使他离开，好让取宝人从容下手，免受侵害。无如下面主持人应变神速，防卫周密，此时再想冲破光霞下去扰乱，已非容易。并且敌人飞剑神光俱极厉害，决不见容。除却先将对面作梗的敌人先行抓死，必难下手。一看还有片刻才到金船出水，正可先除敌人泄恨；去了对方羽翼，便可少却好些梗阻。自恃元神凝炼成形，玄功变化，神妙无穷，竟然怒吼一声，飞身追去。

玉清大师见妖尸身已入伏，立即如法施为，先将旗门倒转，将妖尸引出十里以外。妖尸心急性暴，恨不得一举成功，果然上了大当。正追之间，忽见前面祥光涌现，敌人手指自己大骂。先只当是敌人又在施展法宝，心中又气又笑,忙运玄功,身外化身。表面仍是一团碧绿光华,真身却在暗中遁出,化为一只大手,在妖法隐藏之下,朝祥光中敌人抓去。眼看抓到,倏地前面金光乱闪,刺眼生疼,敌人倏地失踪。定睛四下一看,敌人已在身后出现,飞也似往来路江面上逃去。妖尸又当玉清大师怯敌,仗着护身光华遁走,如何能容,口中连声厉吼,回身便追。哪知旗门业已倒转,早离原地老远,由此幻象时起,敌人只随心念隐现,只是捉摸不到。

　　玉清大师见妖尸已被困入旗门以内,知他百炼元神,坚定非常,急切间还难伤他。回顾江心,刘、赵诸人正和白骨神君苦斗,本就勉强,忽又添了不少妖人。江中波浪山立,两只金蛛所喷蛛丝已渐停止,将往回收。估量江底金船已被网住,待要升起,时机瞬息,关系重大。白骨神君妖法污秽,所使白骨叉箭均附有不少凶魂厉魄,十分厉害,况又加上好些妖党,惟恐众人有失。以为妖尸身陷埋伏,无足为害,那伏魔旗门无人主持,虽然功效稍差,但是一经发动,便能自生妙用,变化无穷,料定妖尸无法脱出,正好乘暇赶往江上应援。念头才转,瞥见白水真人刘泉、七星真人赵光斗、白侠孙南、戴湘英四人已经飞向一旁迎敌。本来敌方新来诸妖党,因为敌众我寡,岳雯、俞允中也相继上前助战,只剩陆地金龙魏青一人独斗白骨神君,不是敌手,法力相差太已悬殊。幸仗持有五鬼天王尚和阳的白骨锁心锤,以毒攻毒,不特将白骨神君敌住,那四个恶鬼头在魔火妖云簇拥中飞上前去,反将妖人的白骨箭一连毁去四支,引得妖人连声厉吼,怒发如雷。起初众人合斗妖人时,俱将各人飞剑放出,没想到此。后来刘泉觉出众力不支,又见妖党纷纷来斗,知道只有魏青的白骨锁心锤能够暂敌一时,明知犯险,迫于无奈,还是暂顾目前要紧。便令魏青收去飞剑,取锤应用,众人分头迎敌新来妖党。

　　也是魏青福大,那柄白骨锁心锤恰是对方惟一的克星。白骨神君和五鬼天王尚和阳原有夙仇,又知青螺峪挫败之事是因尚和阳临阵先逃,回山之后,便闭洞虔修,炼宝复仇,不常在外走动,并不知此宝已落人手;又是多年妖法祭炼,与身心相应的法宝,外人不能使用。因为近年常有异派中人改邪归正,投身各正派门下,一见魏青施为,先虽失惊,因锤上五鬼去掉一个,还疑不是原物。这时正将白骨箭取出,欲伤敌人性命,姑且放出一试。不料才一出手,便吃鬼头吞去了四根。心中大惊,好生痛惜,忙将余箭收回。又放出飞叉,想勉强抵住,另打主意。经此一来,益发认准魏青是尚和阳的门徒,新近乃师降了正教,奉命来此助战。否则便是正教门下向尚和阳借用。只不知五鬼为何少一个? 此宝还有极厉害的妙用,一经全力施为,自己除非拼损功行、法宝，决难抵敌。尤其一切妖术邪氛俱敌不住鬼口中所喷魔火。加以上来先葬送了几支白骨箭，锐气大挫，一心谨慎，不敢骤然施为。哪知怪叫花凌浑初得此宝时，因它太已狠毒，重经祭炼，交与魏青，不特用法没有全传，当中主魂又在事前摘去，伎俩仅此。他这一持重，却便宜了魏青，等到发觉，敌人救援已到，来不及了。

玉清大师看出情势危急，别人尚可，尤其魏青一人独斗强敌，更是险到万分，事在紧迫，不暇深思，竟驾遁光飞去。手扬处，先是连珠般的雷火金光直朝众妖党打去。同时声到人到，大喝："魏道友收宝速退，待我除此妖孽！"说时，恐伤魏青法宝、飞剑，金光先自飞出，将白骨叉所化三道灰白色的光华敌住。白骨神君见飞叉竟将四鬼敌住，毫无逊色，已渐发觉锁心锤不如预计厉害，正在心中盘算，再试一回。先是一口妖气喷将出去，白骨锁心锤又威力大减，四恶鬼渐有不支之势。不由又气又愤，正在施展恶毒妖法，想连敌人带锁心锤一齐收去。忽瞥见一道金光，宛如匹练横空，电射飞来，不特不畏阴火邪烟污秽，反将内中一道灰白光华截住，只一绞，立起一片鬼啸之声，化为流萤，四散如雨。

所幸魏青贪功心盛，见敌人飞箭被锁心锤毁了四支，只觉恶鬼狰狞，鬼口魔火邪焰呼呼乱喷，自己势盛，哪知对面妖人何等厉害。一会便看出此宝弱点，就要施展。只管聚精会神，按照师传一心运用，玉清大师的话，仓猝间并未留意。那四恶鬼刚觉敌人势盛，倏地金光飞来，将叉破去，恰好两打一，双双飞迎上前。两个鬼头迎着一柄飞叉，力量刚刚扯直，斗在一起。玉清大师恐伤此宝，连喝魏青收宝时，白骨神君见势不佳，忙运玄功，张口一吸，乘隙收入。

魏青这才明白玉清大师心意。瞥见侧面俞允中斗一头梳双丫角、白发童身的妖道，眼看危急，幸得戴湘英斩了一个妖党，飞身赶往相助。虽然转危为安，可是那妖道所用飞剑千变万化，层出不穷。放出时，青光只有尺许长短，仍是剑形，三棱精芒闪闪，甚是滑溜。俞允中剑光好容易才得裹住，未及绞碎，妖道手扬处，又是两口飞剑，上下飞来。允中一口飞剑难以夹攻，只得改攻为守，飞回防御，差一点没被刺中。及至湘英飞到，妖道益发大显神通，肩动臂摇之间，那尺许长的三棱飞剑纷纷飞起，晃眼多到百余口。俞、戴二人简直无法应付。百忙中又听刘泉高声遥嘱："妖道乃妖人朱柔的门下，我除了妖人便来会他。不可身剑合一，上他的当。"迫得二人无法，只好以背相向，并立一处，将两口飞剑连成一片，将身护住。总算允中这口玉龙剑和湘英的天象剑一是仙家至宝,一是佛门利器,还能抵敌,未为妖道所伤。魏青恰巧看见赶去。

白水真人刘泉力敌广西金峰山侯显、侯曾二妖人,各显神通。正在相持不下,忽听迅雷大震,众妖人吃太乙神雷连伤了四五个。又见玉清大师往斗白骨神君,魏青退下去助允中,料将转败为胜,心中大喜。惟恐魏青顾忌自己人的飞剑被魔火所污,徒有克敌之宝,不会施为,忙喝:"魏师弟,还不用你那锤直取白发小妖道,等待何时?"一句话把魏青提醒,便舍俞、戴二人,重取白骨锁心锤迎风一晃,锤上四恶鬼立即飞起,带着一大丛魔火黑烟,飞扑过去。

那满头白发形如幼童的妖道,乃竹山教中长老朱柔的得意门徒,名叫白首仙童任春。生相虽如幼童,年已百岁以上。生性淫凶,无恶不作,又极刁猾。所炼三棱心如剑,有不少变化。此次来意,纯为觊觎金门诸宝,与妖尸谷辰心思不同,也非一路。除他外,还有金峰山侯氏兄弟、姑苏穹窿山白禅师萧勉、前在杨瑾手下漏网的芙蓉行者孙福等。五个妖党,本早赶到,不料路遇白骨神君门徒恶鬼师储晴、小夜叉汲占、乌风道长贯明扬,说起妖尸谷辰和乃师联成一党,正要破坏元江取宝之事。

分手之后,任春暗忖:"妖尸如胜,金门诸宝决难出现,无法攫取;敌人得胜,妖尸和白骨师徒尚非其敌,去也无用,何苦蹚这浑水?"好生失望,本想中止。偏生芙蓉行者孙福受了许飞娘怂恿,力言:"双方恶斗,正好与妖尸等联合,浑水捞鱼。听飞娘说,此次元江取宝,敌党诸首要无一参与,只凭郑颠一人。妖尸自从害死吴立,得了他的道书、灵丹,神通益发广大,敌人决非对手,何况又加白骨师徒多人。妖尸玄功变化,已无须乎法宝,所忌者,只金船中的归化神音,余俱不在心上。他和白骨原意,先期破坏,倒翻地肺,使金门诸宝永沦地底,不得出世。无如被害仇人吴立,死时元神未被禁住,终日与他为难,片刻不宁,非到当晚亥正不能制伏。这还仗有白骨神君相助,否则一时也离开本洞不得。到时稍晚,敌人必已行法,将金船吸出水面。假如破坏不成,便行抢夺。吴立元神坚定,法力甚高,妖尸连平日行法查探敌人动静,都常吃他公然扰害,施展不得,厉害可知。制他之法,须在今晚亥时完功。就不耽延,赶到已是子时,敌人业经下手,必照第二步行事。乐得各做各事,有他们在前,我们更无败理。再如谨慎一些,索性由我赶去通知他们,联成一气,省得到时误事。你看可好?"

任春人虽凶险,心却疑忌。深知妖尸狠毒,不下于昔日绿袍老祖。吴立是他救命恩人，尚遭毒手，何况外人。自以少亲近为是。不去难舍，去又多虑，与虎谋皮，更难免于后患。方在举棋不定，偏生晦星照临。原来云梦山神光洞摩诃尊者司空湛的惟一爱宠女弟子叨利仙子赛阿环方玉柔，也因受了许飞娘的蛊惑，想瞒着乃师夺取金船宝物，惟恐人单势孤，到处寻找党羽相助，恰好路遇任春、孙福。任、孙二人迷恋方玉柔已非朝夕。任春更因方玉柔称姿绝艳，不假道术，天生奇趣，连乃师司空湛都曾为她失过真阳，一想起就神魂飞越，情愿为她坏了道行，誓欲一试而后快。无奈方玉柔对于孙福还能假以颜色，而嫌恶任春身相矮小，白发满头，形貌丑怪，见面时连话都不和他多说。这时用人之际，意欲使众妖人为她卖命，得来宝物全数献上，竟将迷人本领施展出来。公然明言：身是彩头，谁能得到金船中至宝，便可给以甜头，销魂真个。任春本就馋猫一般，哪禁得起这等逗弄，如非还有好些顾忌，直恨不能紧紧搂过，先拼命吻上两口，才称心意。众妖人全被颠倒，竟由孙福去向妖尸输诚，结为一党，照着约定时刻，先后来到。

任春终有心计，见妖尸才一照面，便被玉清大师引走，一起失踪。一会只剩玉清大师一人回来，身还未到，先发太乙神雷，将白骨神君门人打死了好几个。芙蓉行者孙福和白禅师萧勉也被雷火金光所伤，虽在应敌，势已不支，好似受伤不轻。叨利仙子方玉柔仗着师传护身法宝，侥幸得免。自己和侯氏兄弟因隔得远，一闻雷声，有了防备，虽未受伤，可是敌人势已大盛。如在平日，早已见机抽身。只因心上人方玉柔尚无退意，此时先走，从此绝望，休想沾染。一心老想自己这面能胜固好，否则便盼方玉柔挫败危急之际，抢上前去将她救走，无论如何不使虚此一行。只顾偷觑方玉柔的姿色，将身逐渐凑近，以备遇险下手。色令智昏，对于所困二敌均没心思下手。否则他那心如剑惯于摄人，对方一旦不敌，便被化身千百，簇拥上来，一齐摄走了。

刘泉深知各派妖邪虚实来历，一见有任春，便知厉害。无如自己被侯氏兄弟截住，也是强手，不能分身。高嘱俞、戴二人不可身剑合一，便是为了到紧急时拼舍飞剑，免得连人摄走的万一打算。哪知妖人志不在此，白担了心。等到魏青来援，任春也是该死，自恃妖法高强，二敌已被困住，别人又难分身。无巧不巧，方玉柔见岳雯飞剑神奇，不能取胜，改用迷魂之法，做出许多妖淫情态。岳雯得了追云叟真传，又常受神驼乙休指教，身有祛邪辟魔之宝，没有迷倒。却把旁观的任春看得心猿意马，按捺不住，只顾一眼接一眼偷觑妖艳。一时疏忽，直到恶鬼由锤上飞起，魔火邪烟飞涌而至，方觉不妙。惊惧忙乱中，心无主见，竟忘了纵遁逃走，妄想迎敌。双肩摇处，十余口三棱小剑刚刚飞出，猛想起敌人所用之宝乃是白骨锁心锤，心如剑岂非白送？一面想将剑收回，一面又想用妖法抵御，不由闹了个手忙脚乱。刚刚一手招剑，口中咬破舌尖，血光未及喷出，魔火已经临身。忽闻奇腥刺鼻，眼前一晕，心喊"不好"，方想逃遁，四恶鬼口中邪毒之气已迎面喷到，当时翻倒在地。跟着四恶鬼飞上前去，白牙森森，张口一咬一吸，立即了账。那围困俞、戴二人的百十口三棱青光小剑无人主持，二人剑光一荡，便已冲开，浮沉空中，似要飞去。魏青见妖人先由身上飞出小剑，挨着魔火，立即坠落，恐防飞走，手举锁心锤，飞身空中，连撩几下，只听叮叮之声响成一片，纷纷化为顽铁坠落地上。

刘泉正暗用法宝，想乘隙将侯显打死，那和赵光斗恶斗的几个白骨神君门下，立时分了一个过来助战，忙于应付，未暇旁觑。等到看出喝止，已被破去。允中叫道："魏师兄，你这锤儿如此厉害，赵师兄势弱，我们还不上前帮他去？"说罢，一同飞身赶去。

众人只七星真人赵光斗遭遇最苦。因发现妖党最早，当先迎敌，一上来便被白骨神君门下恶鬼师储晴、小夜叉汲占、乌风道长贯明扬等七个奇形怪状的妖人围住。这时刘泉被芙蓉行者孙福和侯显、侯曾敌住，岳雯和叨利仙子方玉柔、白禅师萧勉斗在一起，白侠孙南一人独敌最后赶来的辽东二魔陶昌、陶和，都是以寡敌众，难于分身。只戴湘英敌江西鄱阳湖小水神谷夏，俞允中敌白首仙童任春，是一对一单打独斗，也都绊住不能上前。所幸赵光斗七星剑长于护身，又有两件护身法宝，见势不佳，立即身剑合一，拼死抵御。被困不久，玉清大师便已飞来，用太乙神雷连珠发出，众妖人猝不及防，连被打倒了四五个。小水神谷夏立得较近，吃雷火打中左臂，妖法同时破去。戴湘英看出便宜，指挥飞剑往下一压，立劈两半。孙福、萧勉也受波及，负伤苦斗。没有多时，先后吃刘泉、岳雯一用法宝，一用神雷，全都毙命。那围困赵光斗的七个妖徒，还剩下两个最厉害的，因所用白骨叉箭已为太乙神雷破去，各将妖法施展开来。赵光斗被困碧焰黑雾之中，正在往来冲突，魏青恰巧赶到。

白骨神君先见门人纷纷伤亡，又急又怒，无奈身被强敌绊住，分身不得。忙中偷觑，魏青杀了任春，又往恶鬼师储晴、乌风道长贯明扬二人面前飞去。知道自己平日疑忌，近又鉴于绿袍老祖前车之失，不肯将厉害法宝传授门人，储、汲、贯三人和罗枭虽然入门多年，法力较深，却非白骨锁心锤之敌。情急无计，只得大喝道："那黑汉手持白骨锁心锤，颇似尚和阳小儿之物，尔等不可轻敌!"话还未了,魏青锤上恶鬼火烟已飞舞而起。贯明扬首先吃魔火将妖焰邪雾烧化,遥闻师言,觉出不妙,刚要逃走,恶鬼头已咬上身来。湘英随后赶到,将手一指,剑光飞上前去,环身一绕,竟腰斩成了三截,尸横就地。允中见她飞剑出手,还恐受污,拦阻不及,即见无恙,才放了心。跟着储晴也和贯明扬走了一路。

片刻之间,战场上形势骤变,众妖人纷纷伤亡,只剩下辽东二魔陶氏兄弟、侯曾、汲占、方玉柔五人,见同来妖党多受惨戮,本就怯敌惊心,哪禁得住又添了这四个敌人。魏青一柄白骨锁心锤更是大显威力,因知岳雯飞剑不畏邪污,首朝方玉柔飞去。

这一会工夫,方玉柔连施几件法宝,俱被岳雯破去,迷魂法又无灵效,只剩乃师镇山之宝列缺双钩,和岳雯的一道金光在拼死相持。她本看出今日之局,不似什么好兆。一则,白骨神君与玉清大师旗鼓相当,尚无败意。心想:"妖尸谷辰比白骨神君厉害,万无一上阵便被敌人消灭之理。"心疑妖尸有心闹鬼,故意隐形变化,暗算敌人,身并未死。二则,此次偷了师父好几件法宝,多被敌人毁去,虽说师父宠爱,到底不好交代。三则,面前诸敌人除玉罗刹而外,俱是末学新进,寻常人物。果如许飞娘所言,敌党首脑一个未在,按说强弱悬殊,怎么竟会转胜为败? 心中不服,越想越气。自恃遁逃神速,幻形神妙,这列缺双钩乃师父多年祭炼而成的至宝,用以防身,改攻为守,决不会受敌人侵害。几经盘算,仗着此宝,反正敌人莫奈我何,决计等个水落石出。妖尸、白骨如真全挫败,不可收拾,那时再逃也来得及。万一妖尸行诈,暗中破了敌人禁制,与白骨神君上应下合,往夺金门诸宝,自己也可用幻象变化脱身,暗中隐形飞入金船,至不济也捞它几件前古至宝,免得错过良机,还白赔许多法宝。心中打着如意算盘,迟疑不退。忽见魏青持锤飞来,虽知此宝来历,一个无法抵挡,便无幸理。无如贪心太过,总觉列缺双钩能够抵敌。不但没有退志,反倒加紧施为,手指雌钩去敌岳雯飞剑;一面把雄钩化为一片蓝霞护住全身,戟指岳、魏二人,咬牙切齿,大骂不休。

那列缺双钩,本是古仙人列缺降魔防身至宝。到了摩诃尊者司空湛手里,又费了许多心血,炼得与身相合,与各异派中所用飞剑、法宝大不相同。发时化为一青一蓝两道钩形光华,大小分合,尤其不畏邪污,无不由心。差一点的道家飞剑和寻常法宝吃它联合钩住,一剪一挫,立即碎裂,失了灵效,端的厉害非常。妖女如将双钩合璧,用青蓝光华护住全身,便众人齐上合力来攻,也难伤她分毫。偏生妖女天性淫凶贪狠,复仇之心最重。因被岳雯破了几件法宝，痛恨切骨。自从双钩同发，看出敌人飞剑势渐衰弱，而不知岳雯所用飞剑乃追云叟自用之宝，何等神妙，虽不能胜，也无为钩所断之理。只因岳雯以前受过乙休指点，知道此钩为至宝，看出妖女不能身与钩合，暗中施为，意欲乘机夺取。妖女竟把假败认真，以为一柄雄钩护身有余，正好双管齐下，乘胜加功，将敌人飞剑破去。却不想盗来之物虽会运用，不能身钩合一。钩虽不畏邪污，可是稍微疏忽，护身蓝光稍现出丝毫缝隙，锁心锤上鬼口所喷魔焰立即乘虚而入，沾着一点便难活命。

岳雯本愁双钩势盛，惟恐一举不能收功，反倒打草惊蛇，更难得手。方在寻思，骤出不意，用别的法宝隔开一个，试将雌钩收去。忽见魏青赶来助战，妖女分钩抵御，不禁大喜。暗将太乙真气运足，先将飞剑金光略敛，一任青光将它绞住，故作不支，似欲挣脱之状，连身后退。妖女见恶鬼魔焰俱吃护身蓝光阻住，心大宽放；再见金光已吃青光绞住，敌人神色慌张，不住向空连招，想要挣逃，越发自恃，加紧施为，想将敌人飞剑绞断。因求胜心切，竟冒魔火之险，抽空又是一口真气喷将出去。这一钩一剑，两道光华互相纠结，已朝前退出了二十来丈。岳雯见妖女并未冲开魔焰追来，知是时候了，猛将准备好的太乙真气喷出。跟着施展本门分光捉影收剑之法，扬手一招，青光立随金光绞紧一拖之势，凭空飞落。因恐妖女还有法宝，两道光华一时尚难分开，左手连剑带钩一齐抓住，右手一扬，便是震天价一团雷火发射出去。妖女遂中魔火，死于非命了。

原来妖女叨利仙子赛阿环方玉柔，二次加功喷出真气，心料敌人飞剑就不折断，也必难以支持，终归消灭。谁知晃眼之间，青光和金光越挣越远。暗忖："明明敌弱我强，怎么倒吃他的金光将钩扯退？"方在奇怪，待要将钩招回，猛瞥见金光突然大盛，直似惊鸿电掣，灵蛇飞颤。略一挈动之间，竟然反客为主，反将青光缠绞了个紧紧。这才知道不妙，心中大惊。一时情急过度，慌不迭运用玄功，将手一招，待要收将回来，竟忘了恶鬼环伺在侧。妖女起初喷出真气时，因还有戒心，动作神速，又是一喷即止，魔火上去，吃护身蓝光挡住，未得侵入。这次妖女因那列缺双钩无殊师父第二条生命，关系非小，司空湛为人阴辣，不怒则已，一发便处治甚惨，连失法宝已难交代，岂可又将这独一无二的旷世奇珍失去？偏生所学不精，不能尽发此宝妙用，不比师父在场，人宝心灵相应，任隔多远，心动即回。又看出敌人存心夺宝，除却赶紧抢先夺回，更无善法。惊惶匆迫之际，未暇思索身侧危险，慌不迭运用玄功。手刚扬起一招，百忙中猛想起锁心锤厉害，方在失惊，"哎呀"一声，未及缩手准备,倏地头晕眼花,魔火业已乘隙侵入。迷惘惊惧中,才想到行法逃遁,已经无及。刚刚纵起,遁光自敛,人也倒栽坠落。魏青就势扬锤打下,吃妖女身外蓝光所阻住,不能下落。魔火却乘隙呼呼飞入,晃眼间妖女全身自燃,碧焰环绕不熄。岳雯太乙神雷也已发出,四魔鬼连忙逃回,妖女却被震成粉碎。

那蓝光无人主持,竟舍妖女飞起。魏青也看出便宜,知锁心锤无用,飞剑上去一拦未拦住,剑光还几乎受挫。幸是宝主已死,否则飞剑还要受伤。魏青方觉厉害,忙将飞剑收回。岳雯已将两道纠结一起的光华分开,收了雌钩赶到,一指金光,飞上前去,将雄钩也一同绞住,如法收去。岳雯只顾御敌收宝,忘了四鬼。幸是尚和阳妖法厉害,锤上四鬼头俱有极深功力,又经凌浑仙法重新炼过,妖女身有蓝光围绕,只喷魔火邪烟,不能上前扑咬,相隔尚远。否则神雷厉害,四鬼多少也受创无疑。事后岳雯自觉鲁莽,好生抱歉,令魏青转告四鬼:今日功成不赏,反受大惊,异日回山,必求师父和乙真人为之设法解难。魏青笑诺。锤上四鬼也在呜呜,似在应声感谢。

二人匆匆说了几句,回望战场。原来小夜叉汲占闻得妖师警告,又见同门诸人俱遭惨死,凶多吉少,不敢再延,一把白骨钉化为百十点碧焰,朝刘泉打去。刘泉见他又施故伎,忙发神雷去破时,不料妖人以进为退,一面装作拼命发出妖钉,一面早见机飞起,化为一溜绿火,破空逃去。不过他终究路遇正派中赶来应援的人,仍难活命。再说侯曾见势不佳,不愿再报兄仇,也就跟踪遁去。刘泉因先听颠仙说过,今日所来诸妖邪,仅有一二首脑能够逃去,余者一个也难活命。此时妖党几乎全戮,残存的也被众人围困,早晚伏诛。已在自己手里放逃了一个,又知侯氏兄弟与各异派中首要人等多半深交,放走必为异日隐患,如何能容。便把对付汲占的法宝移将过来,并力夹攻侯曾,手中神雷放之不已。侯曾见难逃脱,心一怯敌,略为疏忽,吃刘泉一雷打来,躲闪不及,口喷邪气,只顾挡那雷火。不料刘泉几面下手,一面发那雷火,一面用飞剑敌住他的飞刀,又乘他心慌失神之际,暗用神雷金光錾当胸打去。立即穿胸炸裂,血肉纷飞,死于就地,空中飞刀也被刘泉收去。

这里白侠孙南独斗辽东二魔,眼看不敌,恰值俞允中、戴湘英、赵光斗三人得胜之际,相继赶来。赵光斗知道陶氏兄弟魔法厉害,诡诈百出,上来便施展玄功,连人带剑一齐隐去。二魔虽见敌人添了帮手,并非知名之士,并未在意。又见妖党全体惨败,又惊又愤。方欲施展最恶毒的魔法害人,拼舍一点精血为妖党报仇,双双打一暗号,刚把法刀取出,待往前胸刺去。先是陶昌闻得脑后金风,知道有人暗算,百忙中不敢回看,将身往前飞起。方欲行法抵挡,猛瞥见七点星光飞来,知道来人是个深知底细的劲敌,大吃一惊,暗道:"不好!"七点星光已经罩住全身。所用法宝、魔叉俱在空中,正与敌人飞剑相持不下,万不及收回抵御。心中发狠,将牙一错,拼舍一条右臂。刚运玄功一晃右臂,化为一条丈许长黑烟围绕的怪手,往上一挡,准备借那血光行使化血神魔箭,报仇雪恨。谁知赵光斗早防到此,七点星光将人罩住,未往下落,先是扬手一团雷火打下。陶昌手臂业已化形扬起,骤出不意,雷火正中面门。仗着妖法高强,虽然未死,头焦额烂,已受重伤,心神大震,站立不住,身不由己,往后一仰。赵光斗的七点星光已分别照着他的玄关、天池等通身七个要穴透穿而过,连元神都未逃遁,立即惨死。

陶和已用法刀将前胸刺破,向前一指,刚由胸前飞射出百十道血箭。魏青当先飞来,锁心锤扬处,四鬼直朝血箭丛中飞去,迎个对面,鬼口一张,血箭无影无踪。同时陶和闻得雷声,回顾乃兄惨死,对面又有克星,知无幸理,刚纵遁光飞身欲逃。赵光斗如法施为,七点星光又是迎头罩下。刘泉也已赶到。这次连神雷都未发放,经众人飞剑、法宝合力夹攻,赵光斗七星剑又深明克制之法,陶和一声惨叫,绞成肉泥,形神皆灭。锁心锤已被魏青先行收去。

众人一算,只逃走一个妖党,余俱伏诛。妖尸谷辰又已入伏被困,不死必伤。好不喜出望外。又见江面之上彩霞灿烂,玉清大师由一片金霞托住,盘膝坐定,通身金光围绕。白骨神君身带白骨炼成的诸般邪宝俱已无存,似被玉清大师一并破去。只见他通体被一片惨绿妖光围绕簇拥,人却双手据地,头下脚上,旋风般倒转翻飞急旋,毫不停歇。妖光之外,还有薄薄一层金霞闪闪不停,似有若无。知被玉清大师用离合神光困住,正在施展佛法妙用,炼化妖人身体。

再隔护江光层下视,大小两只金蛛相对箕踞水上,水底宝光上烛霄汉,金船已快吸出水面。蛛粮、毒果分为两行,由左右木舟内长蛇般飞起,直投二蛛口中。二蛛似乎气力不足,一面厉声怒啸,一面奋力运气,吸那金船。所喷蛛丝粗如人臂,每蛛不下百十根,白光如雪,银索也似,又劲又直,分注水内。郑颠仙在当中木舟上披发赤足,仗剑当先而立,全神贯注水内,面带惊疑之容。左立欧阳霜也是仗剑赤足,披发侍立。周身都有灵符神光护体。看神气,欧阳霜好似少时要作颠仙替身,代师主持行法之状。右立凌云凤,一手紧按宝囊,一手持着神禹令指定二蛛,也是全神贯注,眼都不眨。颠仙倏地手往江中一扬,一道红光随手飞下,随听一片轻雷之声,二金蛛怒叫越厉。晃眼之间，轰隆一声巨响，金光耀眼生花，那条藏有前古金门诸至宝的金船，已由江波中飞舞而上。当时江面上雪涛千丈，骇浪壁立如山。当中数百根银链，网起一条数丈长短，形状奇古的金船，只觉霞光万道，金芒射目，隔着一层光网看不真切。这时左右木舟上蛛粮、毒果去势反缓，急得二蛛厉声怒噪，十分刺耳，目闪凶光，血口开合之间，白牙森森，不住颤动，迥不似先前宁静专一。凌云凤的神禹令上已发出青蒙蒙一片光华，照向二蛛身上。二蛛不住喘息，大有力竭之势。颠仙已命欧阳霜代为主持，自己向金船塔中飞去。众人料知蛛粮将竭，蛛力难支，事机瞬息，稍纵即逝。所幸妖人肃清，只剩一个白骨神君，又被玉清大师离合神光困住。颠仙身已上了金船，决无宝山空入之理。全都心旌摇摇，欣喜非常。

说时迟，那时快，就在颠仙刚上金船后，众人在上面似听远远叭的一声爆音，因心注金船，俱未留意。方各喜幸，猛又听噬噬两声，左近不远的光层忽然现出了一个漏洞。众人多半想得金船至宝，瞥见光层忽现裂孔，当是颠仙有意开路，令众入船往取。魏青、赵光斗首先以为时机不再，毫未思索，相继飞下。刘泉平日虽然持重，这时因见妖人不死即被困住，料已无事，一时动了贪心，竟把来时师命忘却，自忖眼力比众都好，正可飞往船中择优而取，喊声："诸位师兄师弟，还不快来！"随即飞身而下。光层离水还有百多丈高下，一经现出裂口，噬噬之声仍在响个不绝，晃眼光华敛去了一半。戴湘英听刘泉一喊，本要随往，幸亏俞允中唤住了她。

原来俞允中在诛戮妖党以后，见大功行将告成，忽然想起行时师父之言和那纸束，路上老想开看，不知怎的，不是无暇，便是忘却，心中一动。乘众人目视下面，偷偷背身取出一看，不禁心胆皆寒。耳听刘泉招呼，一回头，赵、魏、刘三人已经乘隙而下，湘英也要随往，一时情急，只顾抢前，一把将湘英拉住，喝一声："万去不得！"手扬处，将束帖内所附灵符往下一掷，震天价一声霹雳，万道金光夹着千重雷火直打下去。下面妖尸立时现出形来，周身碧光紫焰，两条怪臂长有十丈，手大如椽，怒吼如雷，口喷数十丈烈火毒焰，正在飞驰而下。刘、赵、魏三人已遭毒手，被妖尸夹在胁下，朝江心金船上飞去，声势甚是吓人。

当中木舟上凌云凤闻得雷声，不禁抬头一看，正瞥见妖尸连擒三人，飞舞而来。一时情急，不及施展飞剑，顺手将神禹令往上一指，跟着发动牌上妙用，数十丈青蒙蒙的光华飞射上去。那么神通广大狞恶非常的妖尸，骤出不意，几为所伤。因是一心想将两只金蛛抓死，再飞往金船夺取宝物，想不到会有这等厉害法宝阻路，口中怒啸连声。一时情急，竟将所擒三人用手抓起，直朝青光中打去。云凤不知神禹令这前古至宝与宝主心灵相应，不伤自己人。惟恐三人为宝光所伤，忙将神禹令往侧一偏，一面放起飞剑时，妖尸已乘机在空中一个翻折，就势朝下飞去。三人尸首也同坠入江心，只剩三道剑光浮沉空中。总算蛛粮、毒果刚完，二蛛已力尽精疲，受制于神禹令，不敢倔强。云凤把神禹令一撒，便如皇恩大赦，立即收回蛛丝飞起。二蛛那样凶野，见了上面妖尸也甚胆寒，竟不俟主人相迫，直向原存身的朱盒中飞去，一点也未费事。欧阳霜忙将朱盒封盖，行法将手一招，刘、赵、魏三人尸身立即如飞浮到。于是匆匆拉上木舟，展动灵符，径往水底沉去。

颠仙一上金船宝塔之内，刚将归化神音寻到，顺手摄取了数十件宝器仙兵，见上面几层塔门俱有禁制，正待行法破禁而入，忽听雷声大震，金船也往下飞沉，塔门金光乱闪。不敢再留，忙即飞出，船已沉入水中数十丈。刚出水面，迎头便遇妖尸。这时云凤身剑合一，神禹令发出百丈青蒙蒙的淡光，随后追来。颠仙知道妖尸长于玄功变化，所有飞剑、法宝均不能伤。手上虽有新得数十件宝器仙兵，又多半未明用法，万一被他夺去，立成巨害。没奈何，只得运用玄功，将本身纯阳真火先发出来，抵挡一阵，再打主意。

妖尸见金船、木舟俱已沉水，甚为暴怒，意欲直穿水底，倒翻地肺，将元磁真气点燃，把全江化为火海，使金船永沉地窍，然后再寻仇敌拼命。一眼瞥见郑颠仙满身霞光点点，由水中飞出，心中骄敌，自恃太甚，以为可仗玄功抢夺。抱着必得之念，毫不寻思，加紧前扑。不料颠仙拼损真元，竟将先天太乙纯阳丹劈面喷出。此乃修道人的本命纯阳真火，没有数百年功力，不能炼成。炼成以后，珍逾性命，除了抵御自身天灾，不到万分危急，决不轻用，比太乙神雷还要厉害得多。妖尸全仗阴煞之气凝炼修成，此火正是对头克星，任多神通也难禁受。骤出不意，撞个正着，护身绿火紫焰先消灭了一半，脸、胸等处也被烧焦受了重创，不由又惊又怒。惟恐敌人还喷此火，急忙行使妖法防护。停得一停，身后云凤的飞剑、神禹令也已飞到。妖尸不畏飞剑，那神禹令却有无穷奥妙，不敢硬敌。妖尸一迟疑，颠仙早携所得诸宝，运用玄功遁走。气得妖尸厉声咆哮，震撼山岳。还想用玄功变化避开神禹令，将云凤抓裂泄恨。

岳雯毕竟得过高明传授，瞥见光层无故陷了缝隙，知道此时已无敌人。颠仙要令众人入船取宝，收法极易，怎会这等情景？又见裂处啦啦作响，越裂越宽，情知不好。急忙留神查看，暗中戒备，忘了招呼众人，以致刘、赵、魏

393

三人相次飞下。允中也出声示警,发动灵符、神雷,破去妖尸隐形妖法,现出原形。白侠孙南人最恬淡,虽然不无求宝之念,但知岳雯道法高强,拿定主意,亦步亦趋,随其进退,故而未下,免了一场灾难。岳雯见妖尸猖獗,玉清大师不能分身,云凤一人决非其敌,久了还遭毒手,忙纵金光追上前去。孙南也身剑合一,跟踪追去。戴湘英、俞允中自然关心云凤安危,也同时飞起,往江心上空追去。妖尸刚要施为,众人相继飞到。岳雯飞剑乃追云叟常用之宝,威力甚大,与众不同。妖尸虽然自恃玄功,见了也自心惊。再加上允中、湘英、云凤三人的飞剑均有极大来历,也非寻常飞剑可比。妖尸虽不会为剑所斩,到底难免伤害。岳雯更是深悉玄功变化之妙,仗着身有乙休所赐防身法宝,又将身剑合而为一,妖尸稍有动作,便抢在头里,防范十分周密。再加上云凤的神禹令,妖尸急切间万难施展毒手。急得咬牙切齿,一双火眼碧瞳凶光四射,口里不住乱喷妖火毒烟,头上尺许长稀落落钢针般的黄色短发根根倒竖,猬立若箭,发尖上的碧绿火星似弹雨一般朝众人打去。两条长臂已暴长了十余丈,在众人飞剑丛中上下飞舞,倏忽若电。如非仙传至宝,剑术得有本门心法,加上岳雯应变神速,连经几次奇险,允中、湘英二人几乎连人带剑均被攫去。

岳雯见妖尸如此厉害,稍一疏忽,必定有人遭殃。颠仙久去未来,不知何故?预约的救援也一个未到,好生忧急。知道妖尸所发阴煞之气和那阴火,只要被打中,便难幸免。只云凤一面神禹令还能抵挡。忙令大家小心,联成一体,不要单独上前。由云凤用神禹令抵挡阴火邪气,自率众人运用飞剑合力应战。这一来,果然较为稳妥,可是想伤妖尸,却是万难。

相持片刻,妖尸见历久无功,不能取胜,同来还有一妖党不曾露面,疑已得手走去,越发暴怒。突然厉吼一声,竟然拼受神禹令的伤害,往上一纵,直上云空。倏地将身隐去,化为数十丈方圆一团碧影,发出千万道箭一般的黑丝。内中隐隐现出两条长臂,向众人头上漫天盖落,张开两只亩许大小的碧绿利爪乱抓下来。岳雯不料妖尸情急拼命,一面运用玄功变化,施展阴魔毒爪,同时又将黑眚沙发动。自己还可不致受害,众人实是难保。不禁大惊,忙唤众人速退。欲要运用全力拼犯奇险,将飞剑金光展开,迎上前去阻挡须臾,好放众人遁走,免受伤害。当这危急之际,说时迟,那时快,金光刚似飞天长虹暴长百余丈,迎上前去,眼看瞬即相接,猛听霹雳一声,一个雷火金光首先打向碧影黑烟之中。岳雯机警万分,知来了救星,无须以身试险,就势金光往回一挈,准备先退下来,如见不行,相机再上。初意这等功力的太乙神雷必将妖雾震散，至少也使受挫，现出原身。退时就势也将雷火发出助威，连珠打去。

谁知那团碧影骤出不意，吃神雷打中，势子略为停顿，往后挫退数丈，黑眚沙被消灭了些，反更暴怒发威起来，一声极难听的厉啸过处，重又加急飞起。自己所发太乙神雷功效稍差，又加妖尸中了一雷，有了防备，打向碧影上面，雷火一亮，一震便完，直如未觉。方在惊惶，斜刺里又飞来三条梭形金光。经此一停，众人已经见机抽身。除岳雯外，只凌云凤自恃神禹令能破邪氛魔火，不畏妖尸，仍在准备应敌，不曾退去。同时妖尸吃了一雷，将黑眚沙破去了好些，本就怒发如狂，再一看那发雷的人正是适才取宝遁走的郑颠仙重又出现，如何能舍，怪叫一声，竟舍岳雯等人，改向斜刺里江岸一面扑去。

颠仙原见岳雯等危急，恐受伤害，特地运用全力，先发一太乙神雷。明知妖尸已将元神幻化，至多受挫，决不能伤，一雷之后，赶紧将降魔之宝三支金龙梭连珠发出。本意也只借此抵挡延时待援，没想取胜。那三支金龙梭发出时，约有三丈来长，一道两头尖的梭形金光，前头后尾均有火星飞射。平日任多厉害的妖邪，只要被打中，火星立即化为迅雷爆散，将身炸成粉碎。差一点的飞剑、法宝，十九撞上便折。否则便随人意，往上下左右一闪，避开前面阻挡，仍朝敌人飞去，不中不止。颠仙也因妖尸厉害，并还有一强敌在后，别的宝物无用，故将三梭连珠齐发。妖尸飞扑过来，恰好迎头撞上，竟一点也未躲闪，碧影中两条长臂微一舞动，利爪抓处，竟将当头一梭抓去。颠仙见状大惊，知道此宝必毁于妖手，忙运玄功收回时，第二支金梭又被抓去。总算下手还快，救回了一梭。

颠仙一则愤恨，二则妖尸追迫太紧，一面收梭，急纵遁光假败。乘着妖尸手抓两支金梭，欲毁不舍，略一迟疑之际，就势暗中行法，手掐灵诀，猛回身朝后一指。妖尸原因此宝神妙，不畏邪污，虽被捉到手内，光华未敛，百忙中心想留下，不舍毁去。念头才动，猛觉手上金光微一掣动，误当敌人想要收回，抓得更紧。谁知上了大当，叭的一声，金梭忽在手中爆裂，飞起万点火星。那双怪手原是妖尸本身元神幻化，真身隐在手后碧雾之中，由元神随带行动，浑如死物。颠仙拼舍至宝，爆力奇强，又是骤出不意，妖尸一个把握不住，竟吃金梭火星打了好些在身上，恰将真身一眼打瞎。

妖尸性多疑忌。前因恩将仇报，暗害吴立，有一次正在修炼玄功，吃吴立暗算，稍差一步，真身便被假借另一妖人之手毁去。由此生了戒心，永远身神不离。每值运用玄功变化之时，总将真身藏在元神的后面，以防为人所伤。自恃法术高强,前有魔手,后有魔光,真身藏在当中,必无一失。做梦也未曾想到,敌人法宝一经到手,存毁由心之际,会闹得引火烧身,受此暗算。尤其是元神,虽然飞剑、雷火所不能伤,真身全仗它来保护,而且两下里一体,如响斯应,真身已经受伤,元神立受其害。这一炸纵非致命,也实不轻。益发恨煞颠仙,必欲得而甘心。一面行法护伤止痛,重又放起万千道黑煞丝,疾风暴雨一般朝前追去。

颠仙回顾妖尸追近,又由宝囊中取出一个金球,也是一个降魔至宝,正要回身打去,忽听老远空中厉声怪叫:"大金蛛已被我烧死,归化神音也被我毁去,永绝后患。谷道友只管放心,待我杀这老贼婆!"尖锐刺耳,听去直非人言。语随声近,晃眼颠仙前面高空中挂下匹练般一条白气,当中现出一个奇形怪物。那东西形似山魈,高约丈许,头如山岳,绿发红眼,阔口獠牙,鼻塌孔掀,面生寸许绿毛,周身雪也似白。最奇是头颈后面又生着一只瘦骨如铁的长臂,手生七指,大如蒲扇,高擎脑后,掌心里冷森森射出一片灰白色的寒光。通身皮包骨头,看去却极坚强。自腹以下,双股合而为一,天生成的一条独腿。也不见他动作,径由空中倒挂的白气拥着,迎面飞来,其疾如电。颠仙适才隐身回洞藏宝,已经见过,知是妖尸谷辰的死党,大雪山底潜伏多年,新近逃出的老魅七指神魔。一个妖尸已难对付,何况又来一个飞剑、法宝所不能伤的劲敌。颠仙意欲将手中的金球迎头打去,就势隐身遁去,暂避一时。

岳雯、凌云凤看出颠仙势绌,双双重又飞起。未及赶到,忽听"哇"的一声惨叫,空中祥光闪处,一缕黑烟上冲霄汉,晃眼无踪,江面上空白骨神魔不知去向。玉清大师人未上前,祥光先已电一般飞将过去,将神魔阻住。跟着一纵金光,正待朝妖尸飞去。这原是一瞬间事,两下里方要接触,先是东北方金霞电转,夹着一道长有百丈的朱虹,流星飞驰般直射过来。晃眼临近,忽然分而为二,各现出一个韶龄少女,一取妖尸,一取雪山老魅。就在这一分一合之间,正北方又是一片五色霞光电卷而来,老远便娇声高叱道:"二位道友除那雪山老魅,我斩这妖尸。"先来二女中,手拿金轮的一个年纪最轻,也真听话,百忙中答了句:"叶道友别来无恙?少时斩妖后再见。"边说,手中金霞飙轮电转,已连那手发百丈朱虹的少女,同朝雪山老魅七指神魔飞去。颠仙遥见来了杨瑾、余英男,知无败理,不愿以宝试险,便即乘机隐身遁开。岳、凌二人也不再上,旁立观看。玉清大师因和白骨神君苦斗多时,妖尸又忽然出困,心中惦记伏魔旗门,敌人克星已至,也收神光飞去。

老魅先见颠仙隐遁空中,忽来二女,虽知为强敌,先还自恃神通,没怎在意。余英男上来先取老魅,交手在先。老魅刚看出少女手发朱虹异样,又想先给敌人一个厉害,脑后怪手七指一弹,发出冷森森七股灰白色光华。这原是老魅采取雪山地底万年阴寒之气炼成的内丹,除却有限三四件纯阳至宝,余下法宝、飞剑均难抵敌。人在百步以外,便中寒而死。如被打中身上少许,能将人全身爆裂粉碎。比起阴雷还要厉害得多。满拟敌人不死必带重伤,不料遇见克星。敌人更是内行,自知功候有限,全仗此剑取胜,只将飞剑上前,手指处,经天朱虹迎着那七股灰白光华只一绞,一声爆音,纷纷散如残雪。老魅见状,猛想起此是对头克星南明离火剑,不由大吃一惊。悔恨胆寒之下,生性机智,一见不敌,便想逃走。

杨瑾法华金轮发出百丈金霞,连同般若刀一片绿光同时飞起,冲了过来。老魅灵敏绝伦,知进知退,情知不受点伤难于逃走。忙将脑后七指怪手隐去,原拟舍却一臂给般若刀,化身逃走。杨瑾两世修为,何等灵敏,本想老魅未到伏诛之日,原欲二宝齐施,斩他当中怪手。一见隐去,反舞左臂来挡,暗骂:"老魅,任怎狡猾,也须教你受回重伤。"故意把刀光一顿,却使法华金轮宝光先冲上去。老魅因通身已被剑光、刀光、宝光罩住,只有拼舍一臂,用化血遁法逃走较为上算,否则不是受伤更重,便是勉强全身遁起,便被敌人宝剑追上,越发难当。忽见刀光停顿,便料不好,恐为南明离火剑所伤,不好复原。惊慌忙乱中运用玄功,突地将臂伸长,向刀光抓去。不料弄巧成拙,法华金轮宝光已朝前胸冲来。情知不妙,百忙中赶紧飞身纵起,胸前要害虽然让过,右肩已被宝光扫中。方在怪啸,乘势欲逃,南明离火剑、般若刀的朱虹、银光双双飞来。老魅情急无计,只得拼舍右臂,吃朱虹一绕,便已断落。同时杨瑾早有准备,忽然舍上就下,拦腰卷去。老魅已纵血光遁起,那条奇形怪腿齐脚面被银光斩断。那道朱虹又电射追来。吓得连附身飞行的白气都未及收回,便自化血遁走。余英男还要追赶,杨瑾拦道:"老魅化血遁法,瞬息千里,你怎能追上?这条白气乃地底阴煞寒毒所萃,老魅曾煞费心力。快用你南明剑助我将它毁去。"说罢,二人一同下手,朱虹、宝光一转一绞,晃眼消灭净尽。

那后来的女子正是金钟岛主叶缤,原是杨瑾前生好友。和妖尸谷辰交手,发出冰魄神光。妖尸虽被围住,全无惧色。叶缤见他在彩光层层包围之中,那碧影连那大手突然缩小。知道妖尸除却紫郢、青索双剑合璧,只有几件纯阳之宝能制,别的法宝、飞剑只要被抓到便毁,就抓不到也难伤他。独这冰魄神光,乃两极元磁精英凝炼而成,中间又藏有五行生克妙用,变化由心,为任何法宝所难摧毁。妖尸突将元神缩小,定是自恃神通,打算运用玄功将它震散。不知此光迥非寻常飞剑之比,可分可合,能散能聚,有何用处?

叶缤正愁神光伤他不了,乐得将计就计,给他一个厉害,免被全身逃走,当着新朋友不好看相。想到这里,暗将适才向好友谢山索还的法宝取在手内,觑准妖尸动作,相机而发。妖尸果然由数十丈方圆一团碧影缩到丈许长短,神光自然随着下压。碧影停了一停,倏地暴长百倍。叶缤觉着神光震撼甚烈,也颇惊心。因早料知神光散后,妖尸必定乘机扑来施展毒手,有意卖个破绽。始而暗中运用神光紧紧压迫,等妖尸运足全力,元神暴长,待要施为之际,故作不支,乘机把真气一散。耳旁刚听杨瑾大喝:"叶道友千万留意!"说时迟,那时快,只听叭的一声极清脆剧烈的爆音,包围妖尸的层层彩霞竟吃碧霞震碎,化为千万缕彩丝,花雨缤纷,满天四射,与明月清波交相辉映,幻丽无俦,那震烈的声音又极猛烈,震得江水群飞,壁立数十丈,千山万壑齐起回音,似欲相继崩裂,越显得天摇地撼,声势惊人。

叶缤先听杨瑾大声示警,已恐弄巧成拙,格外加了小心,万没料到妖尸玄功变化如此厉害。尽管先有准备,将真气散去,冰魄神光还是被震裂粉碎。如果始终紧压不放,叶缤道法高强,冰魄神光已与本身呼吸相通,合而为一,神光乃两极元磁精英凝炼,不怕消耗,骤出不意,经此一震之威,仗着功候精纯,纵然本身元神不致重伤,真气也必被当时震散消耗,不知要费多少苦功修炼,才能复原了。

叶缤见状,方在心惊,妖尸元神幻化的碧影已如飙风般在满天光雨之下迎面扑来。叶缤又急又怒,连神光也不及收拢,左手一扬,由一个小灯之中飞起一件法宝,直向碧影中大手飞去。那法宝只是三寸大小一团淡黄色光华,边上另分射出红、白、蓝三色奇光,也只尺许长短,晶芒四射,光却强烈异常。才一出手,三条奇光便以黄光为轴,转风车一般,共结成一圈金、红、蓝、白的四色飚轮,往碧影中投去。

妖尸也是骄敌太甚,一见神光震散,立乘敌人惊慌不备,运用玄功将那只大手伸长了百十丈,飞星般下射,迎头抓下,以为大功可以告成。知新来敌人的佛门四宝和南明离火剑均非善良之物,同党伤亡殆尽,反正不易取胜,而老巢心腹之患未去,必须及早赶回,免生他变。因恨叶缤素无仇怨,又非敌党中人,无故作梗,上来便下辣手。所用神光又不知是何法宝,阴火邪氛均不能污,于各正派人中异军突起,元神几为奇寒之气消损。仗着玄功变化,冒险拼命将它震散,形神仍是两受伤害不浅,怨恨之极。满拟一下将她抓走,带回山去,百计凌虐,报仇泄愤,就便拷问来历,看她师长、同道都是何人,还有更精的道法、异宝没有,日后相遇,好预为防备,免又骤出不意,再吃大亏。不料心凶气暴,复仇之念太切,身随念起,更不及再有思索,去势过猛,晃眼临近,敌人扬手飞起一团光华。

这时叶缤神光为妖尸震裂,劲敌当前,自然不免惊急气愤。妖尸却误看成了伎俩已穷,逃遁不及,欲使法宝先挡一阵。以为那四色光华虽有些强烈奇怪,总共不过三尺方圆。适才所破神光,也是五颜六色。不过一是层层相间,各自为色;一是转若车轮,诸色混杂,大小强弱却不逮神光远甚。尤其光华强而不大,不似神光有无穷变化。妖尸乍见,自然不在心上。

双方势子都如电一般急,不容眨眼,便已相接,哪还有寻思观察的机会。光华飞起,妖尸怪爪已经抓到。妖尸以为敌人已智穷力竭,连这类毫无变化的寻常法宝都施展出来,不但没有闪避,反倒加急,想连人带宝一齐抓住。怪手刚将宝光抓到,百忙中一眼瞥见那四色光华来处的敌人手上,还托着一个六寸多高,形式奇古的玉石灯檠。灯头上还结着一个金黄色的圆灯花,大仅如豆,周边也有寸许长短,红、蓝、白三色光焰已由灯间飞起。猛地想起,敌人所持,十有八九必是至宝古灯檠,不禁大惊。知道不妙,忙把右手一松,遁光也随停住。这才打起不求有功、先求无过的主意,打算看明底细,再定进止。尽管妖尸神通广大,机警神速,改换得快,已是无及。等他看到叶缤手上的古灯檠,心惊念动,那团佛家的三光神火,早将元神打中。尚幸妖尸手松处,见光华一闪,似要隐去,触手无物,知难免难,赶紧运用玄功,拼命化形遁走,未被深入。就这样,元神仍受了重伤,日后减却好些凶焰。

那佛家真火收得越紧,进入越深,动静相生,有不可思议的奥妙。对方如不知底细,误认无甚神奇,一起贪心,立时上当,无论是什么禁法,神光到手,沾身立即无踪。其实外相一敛,不是深入人体,便将全身罩住,其中的人或冷或热,只略微觉出一些感应,无相真火立现宝相。道法浅的形神俱灭;道法深的不被深入,不过重伤,但若见机稍迟,真火内发,立即通体炸裂,照样毁灭死亡。

妖尸总算见机得早,发作尚快,减了好些功效。当时只见奇光在妖尸右臂之间一闪即灭,别无异处。猛听碧影中一声极凄厉的嗥叫,仿佛似电一般掣转,妖尸谷辰已由碧影里现出原身,左手紧托右臂。转瞬碧影由大而小,妖尸原身又隐,星丸飞渡,直向遥空射去,一晃不见。叶缤第二朵灯花化为同样四色光华,随即飞出,竟未打中,便没了影。

第二〇五回

魅影爆冰魂　滟滟神光散花雨

佛灯飞圣火　昙昙幻境化金蛛

　　这时满空中尽是适才被妖尸震破的神光,势已早停,不似先前四外飞射,只管上下浮沉,缓缓游动,也未远去。双方动作神速,总共没有半盏茶的工夫。杨瑾早知妖尸玄功厉害;又知叶缤远居海外,妖尸生死两劫均未见过,不知底细。赶走雪山老魅以后,一眼望见妖尸在光层中缩小元神,心知要闹鬼,而叶缤还在运用神光紧压,连忙出声示警。正待上前相助,神光已被震破。深知此宝可以收炼还原,此时满天俱是,如再上前,神光虽散,遇上仍是难当。如用佛门四宝护身,难免重创之余,决禁不起,任怎闪避,散布这么密,终有损毁。英男的南明离火剑更是神光惟一克星,决上去不得。好在叶缤也精玄功隐遁之术,不致便为妖尸所伤,光破不遁,必有制胜之道。便招呼英男暂闪一旁,相机再上。果然叶缤上来便打好主意,有了准备,尽管运用神光困住妖尸,人与相隔甚远。神光破后,妖尸元神幻化飞来,叶缤扬手飞起一团光华。杨瑾方觉那光奇怪,一眼望见她手上古灯檠,知无败理,心中大慰。先想妖尸必逃,决计追他不上,并没有打追的主意。谁知妖尸疏忽自恃,没有看清光华来处,不识厉害,冒冒失失伸手猛抓,受伤之后,方始遁去。早知有此挫折,和英男乘机飞空赶往,纵令妖尸数犹未尽,至不济,也可使他多受两处重伤,好生悔恨不迭。

　　叶缤先打妖尸那团光,已经无踪,并未回转。这第二团光华发出,妖尸已逃,光华仍在空中如那些破碎神光般自由浮沉,并不回到叶缤手里。叶缤手持灯檠,面上反有难色。众人不说,连岳雯见了俱觉奇怪。杨瑾忙令英男去与岳雯等会合,刚由佛光隙中飞穿过去,叶缤已喜叫道:"道友竟是我以前好友凌雪鸿姊姊转世的么? 这佛灯神火专化我的冰魄神光。适才发出一个火头,已给妖尸重创,恨他不过,不合连发二次。佛灯所存前古神油有限,火头发一回便少一回,糟蹋了可惜。神光为妖尸震散,已经飞逸不少,虽然能

400

收,颇费气力。我今日又树下九烈老妖一个强敌,惟恐赶来暗算,又以先收为是。无如佛火收取至难。适才真气几为妖尸震伤,不便造次,心难二用,不宜兼顾。难得姊姊转劫在此,烦劳帮我一臂,并请护法如何?"随将手中灯檠递过,嘱咐杨瑾只按芬陀大师所传天龙禅法,重燃心灯,引火归原。比起她自用玄门心法收起来,必还要容易得多。又说:"万一妖邪来犯,只照妹子所用灵诀,运真气朝灯头上一喷立燃,便可随意指挥,发出佛火御敌。"

杨瑾边接边答道:"妹子今生改名杨瑾,心念前生至好,只有三五知己。久欲往小南极仙岛拜访,为践前生誓言,积修外功,苦无机暇,不想在此幸会。且等取宝之后,再作详谈吧。"说罢,手指处,飞起一片金光,将身托住,上用法华金光护身,手持古灯檠,盘膝坐定,默运禅功。约有半盏茶时,忽睁双目,注定空中四色光华,那佛火悬在空中。起初叶缤手掐灵诀,用灯檠将它指住,虽然不往满空破碎神光撞去,却是不住浮沉闪动。杨瑾初接过来时,便有移动之势,如非叶缤先将挨近的神光抢先收去,有两三次几乎撞上。及至运用佛门心法,目光注向上面,突然静止不动。一会,光华骤亮了一下,忽然由大变小,渐渐三色奇芒尽缩,仍化为豆大一点火头,光彩晶莹,竟随杨瑾目光注视,随着往下移来,由缓而急。转瞬目光已射定佛火,移向灯檠火头之上,又是一亮,立即隐去。杨瑾起身四顾,无甚征兆。

杨谨再看叶缤,也是盘膝坐在五彩光华笼罩之中,不住暗运真气,向空连吸不已,神光仍在广布天空,知她受害不浅。神光已为妖尸震散,须运玄功真气,由少而多,由缓而速,逐渐重为凝炼,至快也须天明以后始能复原。因闻新与九烈神君结仇,恐有侵害,便请众人一同等候,明是陪伴,实则防备万一。

正叙谈间,玉清大师和郑颠仙也先后赶来,各说前事。才知妖尸此番夺宝,除白骨神君外,暗中还有一个极厉害的雪山老魅在内,原定两明一暗,三面夹攻。老魅奸狡,事前恐人知觉,特在妖尸洞中暗做手脚,用妖法颠倒虚实。并还和妖尸言明,真个置身事外,去往远处闲游,到了正日,突然心动赶来。他这种以念主形,形又能够制念,倏然生灭,令人不可捉摸的二心神功厉害非常,连郑颠仙俱被他瞒过。老魅隐身之法,更为神妙,谁也不曾觉察。这三个妖邪原本以利相结,各有私心。

老魅到得最晚,正赶上妖尸谷辰刚刚炸破神驼乙休的伏魔旗门,运用玄功阴火,破了颠仙五彩光层禁制,伤人劫宝之际。老魅一双鬼眼能深烛九幽,见三木舟已带了金蛛沉入江心水底,金船回沉水眼,广成子仙法重生妙用,将金船封禁。颠仙已由水中飞出,周身俱是金光宝器。妖尸所忌的归化神音,虽不知取出也未,但那克制自己的法宝深藏船中金塔以内,塔门未开,又是这么短的时候,决未取出。意欲乘隙暗由水底赶去,将那只大金蛛弄死,事完得便,再将敌人今夜所得诸宝一齐劫走更好;否则大金蛛一死,金船无法出水,再过些年,便自深陷地肺,至不济,也可除去祸根,永绝后患。念头一转,更不寻思。分明见白骨神君已为玉清大师离合神光困住,少时不死必伤,也未放在心上,立由水底赶去。

按说老魅来去如电,欧阳霜、慕容姊妹定被追上,连人带金蛛非遭老魅残害不可。谁知玄真子和妙一真人自闻老魅攻穿大雪山万载玄冰脱困逃走,便留了神。知他别的妖术、邪法、玄功变化俱和妖尸谷辰不相上下,虽然厉害,如能事先防备,还可抵御破他。惟独这二心神功,老魅百余年苦炼玄秘,可以颠倒错综,虚实互易。明明东来,他却故意西去,到了时机,突然发难。任多精于推算,也被迷惑,极易坐昧先机,受其遇弄。便用玄门潜光返照之法和魔教所炼晶球照影查看,也只看出他那假的一半,真实用意仍难前知。如等发作,即使能够觉察,事也无及,早为所乘了。目前炼丹炼宝,开府延宾,长一辈的群仙各有要事,忙碌异常,门人辈又多奉命在外,惟恐一时疏忽,受了侵害。

老魅狡猾异常,机智万变,一切法术、法宝均难测知他的踪迹。幸而苦行头陀飞升之时,留有一件法宝,原是扣袈裟的一枚玉环,经过多年禅功佛法祭炼,成了一件异宝。此宝不能用以克敌除妖,独具一种妙用:能将大千世界缩影环中。当初苦行头陀钟爱门人笑和尚,因他灾孽众多,又代自己发下宏愿,积修十万外功,要受无限险阻艰难,虽得自己真传,炼就无形剑遁、诸般妙法奇珍,又借故惩罚,使在东海洞中面壁十九年,参悟出许多玄秘,得有极深造诣。终嫌势孤力弱,自己飞升以后,故使拜在妙一真人门下,俾得先后几辈同门助力,可以畅所欲为。实则仍认他是衣钵传人,盼其异日重归佛门,完成正果。恐在峨眉门下年久,杀孽本重,忘了本来,特意留下此宝,托玄真子到时转赐,原备查验笑和尚自身功行之用。

玄真子觉出此宝神妙,用以查敌,无微不显,胜于占算,可减不少心力,使用时尤为便利,远在魔教中晶球视影之上。于是重又加上一番祭炼,成为更加有用之宝。心意所及,默运玄功,目视环中,静心查看,对方无论是敌是友,相隔远近,事迹新陈,只要曾造因动念,瞬息之间,立在环中。由自心分别利害轻重,或快或缓,原原本本,挨次现将出来。哪怕所起心念瞬息消灭,只造过因,仍要现出。所以老魅今日之事,已早知悉。只因神驼乙休一时大意,巧被三妖邪魔法瞒过,误认妖尸谷辰运数将终。又心记前仇,意欲逆数而行,使其速毙。特意将伏魔旗门埋伏元江,欲将妖尸除去,跟着再除雪山老魅,心志坚定。此老性情奇特,一则不便拦他高兴,并欲少折他的盛气,免得异日五仙同御天劫时,过于自恃,致贻后悔。一面告知妙一真人,对他只是略为讽劝,并不深拦,一面暗中准备。到日命大弟子诸葛警我,由峨眉仙府太元洞向妙一真人领了机宜,带着两道灵符和杨瑾、余英男先后起身,业早赶到,隐伏水底。瞥见江面木舟下沉,先用一道灵符连人带舟一齐隐去,护送回转水洞。再用一道灵符就着附近江岸,现出种种幻象,伏身一旁相待。

老魅空中遥望,只见三舟在江心水底,忽有一片金光闪了两闪,舟行更速,不知灵符发生妙用,只当是舟中三人行法催舟,心还暗笑:"任你逃得多快,也难脱我毒手!"及至赶到一看,水中江岸有一大洞,三舟如飞驶进,舟中三人已经不在。刚刚追入,金光一闪,江岸自合。老魅万载玄冰尚能攻穿,区区岩石,自不放在心上。以为舟中三人必在适才水底,金蛛一闪时离开,这里必是藏放木舟和大小二蛛之处。纵有法术封锁,出入已惯,不知强敌在后追踪,所以不顾而去。自己神目如电,竟没看出怎么去的,虽觉可异,急于除去金蛛,也未放在心上。见收藏金蛛的两个朱盒尚在舟中,方想连小蛛也一齐除去,忽听啃嚼抓壁之声。回头一看,想是舟中三人急于上去应援,同敌妖尸,行时匆促,不曾封闭严紧,大小二蛛全被逃出,互相残杀吞噬起来。就这瞬息之间,大蛛已将小蛛全身吞食殆尽,只剩少许毛脚在口边颤动。大蛛伏身壁上,周身都是白烟绿霞笼罩,目射凶光,形态狞恶已极,已经作势欲飞,似向老魅扑去之势。

老魅哪知诸葛警我隐伏在侧,主持仙法妙用,随他动念,自生幻景。老魅一向心狠手毒,灵敏无匹,目光才到,手指处,早飞起一团阴火冷焰,将假金蛛全身罩住,惨啸声中,一会成了一堆白灰。细查洞中,并无别物。运用玄功往崖壁一冲,金光闪处,又被容容易易冲破出来。自觉顺利去了后患,好生欢喜。因料颠仙新得数十件不知如何运用的法宝,更有不少长大刀剑戈矛在内,其势不能与妖尸久斗,必要先藏宝物,然后迎敌,正好隐形前往,乘机窥伺。如能夺到手中,即用以制伏妖尸,使受驱遣,岂非绝妙?心方一动,忽见郑颠仙满身霞光宝气,从空中飞过,神情甚是狼狈,连忙纵身追去。老魅此时已为灵符所迷,全不想想自身飞行多快,与三舟前后踵接,相次入洞，不过瞬息之间，大蛛怎会将小蛛吞嚼净尽？何时离盒飞出也未看见。

　　此时颠仙恰从水洞飞回藏宝，吃诸葛警我迎住，匆匆说了机宜。欧阳霜等三人也藏好木舟赶来。颠仙忙将法宝交与三人，命他们速带回洞谨守。她自己则照着玄真子的指示和带来的另一道灵符妙用，故意放出一些霞光宝气，在前现身。老魅也用玄功冲破假洞禁制，瞥见颠仙，连忙追上。老魅隐形邪法早被灵符破去，不能施为，统未觉察，仍想隐形，暗中夺取。及至追近，正要下手，忽见颠仙回手一扬，太乙神雷与飞剑金光接踵飞到。百忙中才知隐形法不知何时失了灵效，自己竟未觉察，好生惊疑。一面抵御火雷、飞剑，一面运用玄功上前抢夺。忽听颠仙大喝道："前古至宝归化神音已落我手，老魅、妖尸俱都命尽今日，还敢猖狂么？"言还未了，老魅动作何等神速，元神已经幻化，在千百丈魔光冷焰笼护之下电驰飞去，将颠仙全身罩住，一手去拿宝囊，一手便向颠仙命门抓去。满拟敌已入网，手到成功。谁知一手抓空，霹雳一声，一道金虹往上飞去。一任老魅玄功奥妙，也受了绝大震撼。惊得愤怒交加之下，猛伸怪手一把抓去。那道金光直上云霄，一闪即逝，已经遁去。

　　老魅追赶不上，手却触到一物。定睛一看，那东西形如鸡卵，非金非石，似刚似柔，外面刻有八个篆文："灭魔至宝，归化神音。"心想："敌人适才正取此宝，待要施为，不料自己发动得快，敌人情急逃生，飞遁匆迫，所以不及收去。只不知此宝既已发出，怎未生出妙用？"本为此宝而来，无心得到，以后足可用以制伏一切同党，独步称雄，无敢抗违。心方狂喜，那归化神音忽在掌中流光变幻，越闪越急。老魅仅知此宝灵异，却不知底细。以为宝已落己手，如有异处，先已发作，何待此时？做梦也没想到那是玄真子的法宝幻化，真宝早不在此。颠仙也在说话时隐身遁走。连那被魔火冷焰困住，复化金光遁走的，俱是灵符妙用，有心给他当上，予以重创。

　　老魅见宝物潜光外映，变幻不定，刚觉有些奇怪，倏地手上一沉，五色祥光一闪，猛射起千百道金箭也似的奇光。同时一片音乐之声，那归化神音已经爆散开来，千万金箭火星夹着五色的祥光，朝这独脚老魅包围上去。归化神音如不会收，只用一次。老魅虽然知道，宝已爆裂粉碎。虽觉此宝妙用不如所闻远甚，也许无人主持之故。但那祥光金火刺骨生疼，魔火冷焰竟受侵害，有点禁受不起。知颇厉害，不敢怠慢，忙即运用玄功，发出万点阴雷，千重冷焰，居然将身外祥光金星震散消灭，直上高空。

　　老魅本来还想追寻颠仙，报仇泄恨。偶一回顾来路，郑颠仙与白骨神君打得正在热闹,白骨神君已在危急。终与同党一气,又在己事办完之后,多少也有一点关心,不由暴怒,但隐形遁法已破,无从施展。因知佛光厉害,便将雪山地底千万年阴寒奇毒之气炼成的护身妖烟放将出来,活似一条白练悬在空中,星驰电掣赶去。自以为烧死了金蛛,破了归化神音,喜极忘形,得意非常,一到便怪声大叫。

再说妖尸原是身陷旗门以内,瞥见前面祥光涌现,旗门大开,敌人在内指点叫阵。情知是一厉害埋伏,但自恃玄功变化,依然大怒追去。晃眼之间,敌人旗门俱无踪影。先还只当敌人行法幻化隐遁,正在留神观察,伏魔旗门已生妙用,随着妖尸意念起了感应。每一幻景过去,水火风雷和阵内五行生克禁制便相继发动。妖尸知已入伏,忙将元神幻化抵御。先打算施展玄功,破那阵法。无奈旗门仙法循环相生,奥妙无穷,不破还好,破去一层,接着又来一层,比前一层更加了好些威力。先是青光蒙蒙,夹着千万道木形光柱,排山倒海挤压上来,分明是乙木遁法。及至运用玄功、妖法抵御上前,眼看将要破去,倏地万雷怒震,所有青霞光柱一齐爆散,化为千寻烈火,夹着无数神雷,上下四外雹击霆飞,潮涌而来。等到妖尸也按五行生克,运用玄功抵御时,已经受创不小。紧跟着南方丙火又生中央戊土,不特将妖尸癸水遁法破去,同时那万丈黄尘,晃眼均成实质,把妖尸埋在其内,急切间冲突不出。先天戊土真雷,更是密如雨霰,环身爆击,妖尸受创越重,才知上了大当。惊惧急怒交加,无计可施,只得施展木遁去破。一面留神防备敌人由土生金的禁制。果然木遁才一发动,那万丈黄尘齐化金戈,夹着庚金神雷电驰涛奔,密如雨雪,环身打到。虽然连吃大亏,预先留意戒备,无如这五行相生的遁法禁制化生一次,便加许多威力。妖尸又不将新近炼成的本体舍去,还须加以防护,依然受伤不浅,耗损了多少元气。

总算妖尸玄功奥妙,除五行禁制外,别的好些妙用,因伤他不了,多未发动。妖尸原有极大神通,一经警觉身居奇险之地,一切现象俱是幻景,忙即镇静心神,不为所动。元神在灵玉崖地底苦炼多年,本极坚强,极难摇惑。否则,心神一经入迷,早就晕倒阵内,吃五遁神雷一齐围攻,早炸成灰烟,形神皆灭了。更占便宜的是,此时刘、赵等人情势极其危急,需要玉清大师援救。而玉清大师因见魔女铁姝那么大神通,才一入阵,未怎施为,即被困住;又见妖尸那么容易入网:因此一些也未观察,过信旗门威力,以为旗门仙法一经发动,循环反复,无人主持,自生妙用,不过少些变化,减去一点威力。妖尸至多困而不死,已经入网,决无逃走之理。权衡轻重,还是救人要紧,等元江围解，妖尸未死，再行除他不迟。

谁知少这一人主持，幻象被妖尸识破，不再胡想上当。只剩五行遁法变化相生，循环不已，虽也神妙厉害，无如妖尸生前便具绝大神通，又在地底潜伏多年苦炼，功力越发大进。始而遁法每变化一次，必受一次伤，被困其中，无计脱身，并还不知内中藏有多少玄妙，心中惊惶，大是手忙脚乱。等到五遁一一尝试，连受创伤之余，见乙木遁法重又现出，底下诸遁相次循环，比起先前虽然更增威力，因有上次经历，加了准备，不去硬抗。虽然每次仍要耗损真元，仗着元神坚强，决无毁灭之忧，受伤也最多和前次一样，并无加重。时候一久，渐渐悟出阵中玄妙，竟将心神强自镇定，索性连惊惧忧疑之念全都去尽，拼受苦痛损害，不去睬它。一面运用玄功，聚集全力，静候时机，准备冒着奇险，背城借一，死中求活。主意打定，果然生了奇效。那伏魔旗门诸般妙用，俱以被困人的意念为主，抗力愈强，禁制威力也随以加增。最厉害的仍是七情六欲，诸般幻象。妖尸心神既未为幻景所摄，那五行遁法威力也就随减。先是变化渐缓。到了三轮之后，妖尸已能潜神内照，神智清明。以致五遁循环相生，连击敌人，毫无反应。伏魔旗门虽因敌人尚在，未复本来，不会自行消退，却已由缓而歇，变到火遁上，竟然停止。那威力也小了好多倍，迥非昔比，只有数十丈一团火光将妖尸围住，更不再为变化。妖尸元神已化为一团碧影，将身护住，静止火中，自然伤他不了。

妖尸见火遁停住，无甚动静，渐渐觉出敌人早已离开，阵法无人主持，意欲冒险一试。先还恐怕敌人见五行遁法齐施，未能成功，隐伏阵内，用诱敌之计，欲擒先纵。自己虽然不怕，照适才所经情形，受伤一定难免，心中迟疑，不敢骤发。又隔一会，仍无动静，丙火之势也未再往下减。忽然想道："敌人方面人少势孤，正派中长一辈的能手均不能来。自己党羽甚众，均非泛常一流。白骨神君尤为厉害，雪山老魅如若赶来，更不必说。敌人只两个法力较高，一个须主持取宝之事，无力再作他顾，余下小辈门人均是庸流。和自己对敌的一个，必是急于前往应援，一把自己诱入埋伏，立即匆匆离去。否则阵中如若有人主持，无论如何也决不会是当前的景象。看他禁法如此神妙，分明专为自己而设，另有效用不曾发挥。难得敌人大意，以为自己已入网，早晚一样杀害，未防生变，离阵先去。此时再不见机设法逃走，自己这面胜了，不过是在同党面前难看，尚且无碍。敌人如胜，回来运用全力发动阵法，想再脱身更是艰难。纵不神消形灭，至少也须舍却新近炼成的原身，元神还须受上重伤，始能逃走。"

妖尸想了又想,时机已迫,不敢再延。因当初被长眉真人禁压在灵玉崖地底后,为了穿通地层脱身逃走,对于土遁和穿通之法,独以全力加功苦练。五遁之中,此为最精。那丙火神雷又是自己纯阴之质的克星,由此冲出,多少得受点伤。恰好火遁一变,正是化生土遁,抗力越大,反应越强。不敢径用癸水引它化生,只将元神幻化的碧影在火围中一胀,作出抵御之势,赶紧由数十丈大小收缩到四五尺一团。那火果然倏地加强,光焰熊熊,雷声轰轰,四方八面压了上来。因是抗力不大,收缩得快,威势比前却差天渊。妖尸见并未化生戊土,火反增强。由此冲出,固然加了阻力,如再相抗,万一牵动全局,与前一样厉害,岂不更要吃亏,弄巧成拙?方悔失计,正准备不再取巧,拼受一点伤害,硬着头皮径由丙火遁中冲出。不料这五行遁法,被困的人不动则已,动必相生。不过妖尸略为抗拒,即行收缩,反应之力不大,变化也比前缓得多罢了。

　　事有凑巧。他这里运足全力待要冲出,丙火已化生戊土,一片火海神雷,忽化成千百丈蒙蒙黄雾,泰山压顶,海涛飞涌,上下夹攻而来。这先天五遁,土遁感应之力最强,随着敌势增减,相差最为悬远。这时只是极浓黄雾,戊土神雷并未发动。便那先前的戊土精气,也极散漫。被困人仅被尘雾笼罩全身,如不再与之相抗,至多再待一会。跟着化生庚金,稍微比此厉害,不似先前凝成实土,还加上土雷之威,难于抵御。妖尸见状,喜出望外,更不怠慢。一面施展乙木、丙火双重遁法,去抵御戊土和那化生出来的庚金。同时运用玄功,施展昔年灵玉崖穿通地层的神通,一声怪啸,元神化为一条梭形碧光,由百丈黄尘影里冲霄直上。

　　妖尸急于脱身,本没想到将旗门震破。偏生阵法神妙,又无人在内主持,只凭本身威力自行运用。妖尸为防万一,双管齐下:一面逃走;一面施展双重遁法,以为生克。碧影往上一冲,戊土威力便即加强,再借乙木遁法一抗,立化庚金,癸水也自发动。经此一来,五遁相互生克,五色光华层层交织,声势骤盛。妖尸身困五遁之中,并未冲出。见不是路,把心一横,也将五遁全数施为,身仍破空而起,猛运玄功,那团碧影山崩海立一般,电也似暴长开千百丈,发出百万阴雷,向五行遁光中爆裂如雨。旗门本还不致震破,因是妖尸受困时久,静中参悟玄机,刁狡已极,一见不好,虽然五遁同发,上来力都不大,只是引逗之势。旗门吃了无人主持的亏,敌势一衰,也跟着小了下去。妖尸这次又是以五行御五行,自身另有运用。不似先前莫测高深,只就眼前所受禁制,按着五行生克,用作防身之具。这双方五行遁法互为生克,看去阵法势盛,威力实已抵销多半,哪禁得起妖尸情急拼命,孤注一掷,不惜损伤真元,突将元神暴长,所施五行遁法忽又加功。旗门五行,只宜一一相生,越变越强。五遁齐施,无人主持,失却生克之妙,威力大减。几面一凑,立被妖尸元神震散,旗门随之破裂了一面,稍现微隙。妖尸见了天光,立即破空逃去。震破时,阵内自是五遁神雷爆如贯珠,万鼓齐鸣,震撼大地。但阵外人听去,只是极清脆的一声爆音而已。

妖尸身虽得脱,元神真气也自损伤甚重。加以初入阵时,曾见有不少玄妙,只知震散五遁,突围逃走,不知旗门已被震破。又因敌人阵法已有如此厉害,那金船中的前古至宝归化神音,如被得去,异日焉有生路?才一脱身,首先回顾来路,遥望江面上霞光密布,宝气隐隐透映。知道金船已被金蛛吸出水面,正在吃紧关头。这一惊真非同小可,不暇寻思,慌不迭隐身赶去,虽然伤了三人,并未得手,宝物已被敌人带了逃走。又遇见叶缤这等强敌作梗。正在愤急,忽听雪山老魅那等说法,料无虚假,好生欣慰。连伤之余,也是急于回山防患养息,本来无心恋战,因恨叶缤无故为仇,想顺便连人抓走。后见法宝飞来,百忙中不合又起贪心,如非见机,几难幸免。终于元神、本体均为佛火所伤,回山苦炼多日,终未复原。由此功力大不如前,劫数到来,仍是无法避免。

玉清大师仗着离合神光,使白骨神君受伤逃走以后,知道妖尸既已逃出,伏魔旗门不毁必伤,此宝外人不知收法,决难取走。如能寻回残余,交还神驼乙休重新祭炼,仍可复原,为日后之用。见杨瑾、英男、叶缤三人先后赶到,妖尸、老魅已无胜理,连忙赶去一看,只见当地山石林木好些化为劫灰,伏魔旗门哪有丝毫踪迹。不知残宝就在此前刚刚被别人无心中路过,冒险强收了去。当时只以为被妖尸炸毁消灭,不曾想到飞空眺望,没有跟踪追寻。那人捡了便宜之后,先望见前面妖气宝光上冲霄汉,哪一面俱不好惹。刚刚撤身往回路飞退,又见一道金光匹练般横空往得宝之处电掣而来。做贼心虚,益发不敢停留,连忙收敛遁光,加急飞驶。玉清大师一心要寻回法宝,因微一疏忽,竟被逃去。玉清大师遍寻无着,重返原地,妖尸谷辰和雪山老魅已相次受伤逃走了。

众人互相谈了一阵经过。俞允中、戴湘英、凌云凤三人惦记被妖尸所伤的刘泉、赵光斗、魏青三人安危,虽颠仙说,玄真子早接凌浑书信告知此事,曾命诸葛警我带来当初东海三仙合力同炼的起死灵丹,现正在后洞施治,终究不甚放心,匆匆问了几句,便即赶去。余人因有杨瑾示意,金钟岛主叶缤日间诛了妖人九烈神君爱子黑丑,迟早必要寻仇。偏生多年辛苦用两极真磁精英炼成的冰魄神光又被妖尸元神震散,急于运用玄功收聚还原,须时甚久,惟恐九烈老妖此时赶来,措手不及,难于兼顾,请众人暗中相助,俱都不曾离开,旁观相待。

约有三个时辰,天已大明,刘、赵、魏三人也经诸葛警我救转,一同赶来。那浮空千万缕彩丝霞芒,才渐渐由散而聚,经叶缤一一收尽。杨瑾与叶缤为前生至交,知她法力高深,自不必说。凌云凤、俞允中、戴湘英前随慕容姊妹往三柳坪护送木舟,曾经目睹。岳雯、孙南、余英男、玉清大师适才在战场也曾亲见神奇。诸葛警我和刘、赵二人却是闻名已久,从未晤面,等到人救回生,赶来观看,神光恰好收完,俱欲见识一回,便托玉清大师、杨瑾二人代为关说。这时杨瑾见叶缤大功告成,未生变故,好生代为欣幸,正要将手中古灯檠交还。听三人一说,笑道:"叶姊姊人极好说话,我又和她两世至交,想必不致见拒吧?"

正谈笑间,叶缤已从空中飞落,杨瑾照实说了。叶缤笑道:"你我至交无妨,眼前郑道友、玉清道友和另外几位俱是方家,本来不该班门弄斧。妹子适才元气稍有伤耗,以致收时艰难,本想试为施展,看看运用如何,是否复原。既蒙诸位道友谬赏,说不得只好献丑了。不过妹子道浅力弱,万一元气消耗太甚,此时尚未觉察,为博诸位道友一笑,妄自竭尽全力,一个不能由心运用,虽已凝为一体,不致出大差错,终恐全数施为,其力太大,一个驾驭不住,反倒贻笑大方。姊姊劫后重来,法力高深,佛门心法尤为灵妙,仍劳在旁照看如何?"

颠仙在旁静观,原有用意。见以三个时辰的工夫,竟将妖尸谷辰震成粉碎的两极元磁精英炼成的冰魄神光收聚还原,功候纯纯,岂是寻常同道所能学步,好生赞佩。忽听诸葛警我等三人托杨瑾、玉清大师要她施为,以开眼界,跟着心灵一动,有了警兆。正想劝阻,叶缤已经一口答应,并还说要全数施为。那警兆感应更急,大有立即发动之象。方觉奇怪,忽见叶缤朝杨瑾使个眼色,又打了一个手势。杨瑾只笑说:"姊姊太谦,神光何等神妙,又是试演为戏,并非遇敌,要人照顾,岂非笑话?"说罢,身形一闪,便带了古灯檠一同隐去。

颠仙再一寻思叶缤所说的话,明似谦虚,实则故意那等说法,才知叶、杨二人必有甚警觉。大敌将临,一个借着演习神光为由,故作毫无防备神气,又当新挫之余,示人以隙。却令一个手持佛门至宝,隐身极高云空,暗中戒备。等敌人一到,立即各施全力,上下夹攻。看二人行事如此机密,来者必是九烈神君等极厉害的强敌。这类妖邪最是狠毒,只要见是敌人一面,不问青红皂白,同下毒手。此时话又不能明说。回顾门下诸弟子,俱在后洞守护新得诸宝,一个不曾在场。杨瑾这一隐形,玉清大师、诸葛警我、岳雯等三人首先觉察。魏青、俞允中想要询问,已吃三人摇手阻住。并将赵、刘、俞、魏、孙、凌、戴诸人招在身旁,令聚一处。刘、赵二人神情也似明白。知已无碍,有此三人,足能应付,不致有甚差错,颠仙心中一放。叶缤此来曾出大力,义无恝置之理,便也加紧准备,静候发难不提。

原来那九烈神君虽是一个极厉害的妖邪巨魁,因他得天独厚,所居洞府四时皆春,景致极佳,有无穷享受,无须在外为恶诛求。人又明白利害轻重,极畏天劫,深知邪不胜正,从不自恃法术高强,与人树敌。虽然贪淫好色,但供枕席淫乐的多是各异派中有姿色的荡女淫娃,如黑神女宋香娃之类。以前偶在外面遇上美好女子,带几个回去,供他采补,也都是用妖法摄取富贵人家重金,向女家明买,或是变幻美少年勾引,对方十九为他财色所动,出诸自愿,并非出于强迫。女的如果真个坚贞,不受诱惑,他也决不勉强。近数十年更因正邪各派群仙劫运将临,静中参悟,推算出本身大劫不久也快到来,起了戒心,常年用禁法深锁洞门,人在宫中同了姬妾女徒淫乐享受,一步不出。一则恶迹不彰,二则他的妖术、法宝也真厉害,委实不易克制,因此各正派老少两辈中人,对他均不甚理会,算是旁门左道中第一个本领高强,而能不骄不妄、敬畏天命的人。

话虽如此,可是此人有一特性:恩怨之心极重。轻易不与人结怨树敌,一上来,先总忍让,或是设法化解。一旦忍不下去,成了仇家,便和仇家誓不两立,不报复完,决不中止。生平与人结仇,共只三次,俱在七八十年以前。和他做对头的,也是左道中法术高强之士,闹得乌烟瘴气。每次死伤多人,结果仍败在他手里。处治仇家也极刻毒。

黑丑是他独子,天生戾质,喜动恶静,见异思迁,永远不耐在洞中久居。偏生乃父法规甚严,再三告诫:“你自生下地来,面上便有煞纹,近年渐透华盖,大是凶险。现值各派群仙应劫之期,峨眉一派正秉教祖长眉真人遗命,在凝碧崖开通五府,广收门人,准备使本派发扬光大,声势极盛。当此正教昌明,正胜邪消之际,你性喜动,又有你母纵容,屡代求说,时常出游,我不禁你。好在你已得父母真传十之六七,我与各派中人均无仇怨,只要你不在外面胡来,各正派中人无故决不与你为难。各异派中,小一辈的敌你不过;长一辈比你强的，无一不知我父子来历，就非素识，也决不愿与我结仇。不过峨眉派等长幼两辈人物，踪迹多在云、贵、川、湘一带，最好还是避开一些。并非是怕，实为彼此本可相安，两无干犯。如若因你结怨生嫌，你吃了人家的亏，我不容不问。但是微风起于萍末，他们人多势盛，本门中便有不少高人，何况还有无数道法高深的散仙异人与之同气，哪怕伤了他一个不相干的后辈新进，也必不肯甘休。我不出去，面子难堪，恶气不出；只要出去，星星之火立即燎原。他们正当鼎盛之时，万无败理，那时吃亏的自然是我们了。我的运限偏又应在这一劫，躲还恐躲不及，如何反去招惹？你平日狂妄任性，到时未必能听我话，如不预先防备，早晚你自己身败名裂，还要累及父母全家。因此，为你用了九十八日夜的苦功，炼成一种禁制心灵之术，另有一道灵符与你心灵相通。从此出外，如若违我戒条，或与峨眉诸正派之人相遇，知而不退，或是自恃法力，与人争斗，一动念间，身心立起感应，发生无限痛苦。并且仅你所习玄功变化，隐身逃遁之法尚在，其他一切俱都施展不得了。"随取出一道灵符，如法施为，手指处，化为一片五色烟雾，将黑丑全身罩住，晃眼不见。

黑丑前因在外闲游，交了不少异派妖邪，约同向各正派中寻隙。路遇衡山金姥姥罗紫烟的门徒向芳淑，欲用妖法擒住淫乐。幸而向芳淑人极机智，身旁又带有师门至宝纳芥环，将身护住，未为阴雷、妖火所伤。正在相持不下，被极乐童子李静虚走过看见，用先天太乙神雷震散妖氛，还打死了他两个同党妖人。总算黑丑见机得早，看那太乙神雷威力迥异寻常，仗着身外化身，玄功变化，逃回山去。满拟父母平素钟爱，必能为他报仇雪恨。谁知九烈神君一听仇人形象和所发雷光，竟是群邪闻名丧胆的极乐童子。此人与峨眉教祖长眉真人尚是同辈，现已炼就婴儿，成了真仙，道法高深，有无上威力，为方今各派群仙中第一等人物。曾在成都慈云寺，一举手间斩了绿袍老祖，将他所炼十万金蚕恶蛊毁灭净尽。爱子得逃回山，尚是看他恶迹不彰，手下留情，如何敢去招惹。不由又惊又急又怒，大怪黑丑不该与各派妖人交往，重重责罚了一顿，禁闭洞中两三年，不许外出一步。关得黑丑心烦意乱，万分难耐，好容易盼得许他出山，自然百依百顺。

黑丑行时九烈神君重又叮嘱："你反正在外游荡无事，就是采补一层，也只能学我以前的样，不可强求。你又素无常性，遇见好的，玩上几天便即生厌，永不带回山来。日常多是宿娼，有何真阴可采？海外尚有不少仙景胜域，你均不曾去过。那些岛屿产着许多灵药异果，主人俱是散仙一流，于人无忤，自在逍遥，享受清福。各正派此时现正忙于积修外功，轻易无人涉足，更不在我所施禁法限制之内。与其在中土与五台、华山这些日暮途穷、大劫将临的人鬼混勾结，惹些乱子来使我忧急气愤，何如去与那些散仙交纳？此辈性多恬静冲虚，内中尽有高明之士，如与交往，非特有益无损，久了还可变化你的气质，每次又可就便采些灵药异果回来。岂非绝妙？我所炼的道法，本非玄门正宗，饮食男女均非所禁。海外有不少女散仙，如果机缘凑巧，能物色到一个仙妻，更是快事。比在中土乱交损友，惹是生非，到处都是荆棘，不强得多么？"

黑丑口虽应诺，心里却想着一个情人。这个情人就是华山教下妖妇香城娘子史春娥。她丈夫也是一个华山派有名人物，名叫火太岁池鲁，炼就本门烈火，性情比史南溪还要暴烈。上次极乐童子用太乙神雷打死的二妖人，便有他在内。史春娥性最淫凶刁悍，阅历甚多；黑丑本相瘦小奇丑，生得比鬼还要难看。按说史春娥决看不中他，谁知孽缘凑巧。二人相会之时，恰值黑丑摄了一个美女，在终南山深山之中摄取元精。照着往常，只用邪法将女子勾引，到了无人之处，便现原形奸淫，不再掩饰。偏那女子长得甚美，又是绿林出身，武功颇好。黑丑淫心极重，觉着对方昏迷，任人摆布，无甚兴趣。心想美女难得，打算留着多玩几天，再行采她元精。于是用邪法幻一美少年，勾引上手，一直是用幻象交接，没有现出原形。女子也未受妖法迷禁，只当仙缘遇合，极意交欢。这一来，黑丑越觉有趣，居然连淫乐十多天，没舍得将她弄死。地当终南山风景之佳处，时已春暮，繁花似锦，碧草如茵。这日黑丑寻了一片繁花盛开的桃林，男女同脱了个精光，席地幕天，白昼宣淫。先交合了两次，兴致犹觉未尽，特意又从所寄居的山洞内，将用妖法摄取来的酒肉鲜果取出，放在桃林山石之上，互相拥抱，饮食了一阵，又起来绕林追逐。那女子也颇淫荡，工于挑逗，引得黑丑性发如狂，两人互相纠缠谑浪，极情尽致，淫乐不休。不料正在快活起劲，女子却被一妖妇突来打死了。

原来这个妖妇的一个面首被丈夫偷偷杀死，发了悍泼之性，大闹了一场。由相去百余里的梨花峡妖洞中出来，心上人惨死，急怒攻心，负气出走，任意所之，本没一定去处。飞行中无意发现下面桃花盛开，妖妇最爱此花，又当气愤心烦之余，下来随意观赏，解闷祛烦。落地以后，便往桃林深处走去。行约里许，前面有一峭崖挡路。妖妇在本山住了多年，每当花开时，必常前来游玩，地理极熟。知道转过崖去，有一片桃林，虽然寥寥只得数十株桃花，没有别处桃林茂密，但均为异种，花朵独大，红白相间，另具一种温香，令人心醉。又有芳草连绵,平野如绣,碧嶂丹崖,白石清溪,点缀其间,显得景物越发清丽,为每年必游之所。刚刚缓步前行,打算绕崖而过,隐隐闻得崖那边男女笑语之声。暗忖:"这里景物虽佳,但是四外俱有连峰危崖环绕,连个樵径都无,附近又无可供修道人隐居的山洞,每年除自己常来游玩,只桃熟时,有成群猴子翻山越岭来此采摘,平日休说是人,连野兽之迹都难见到,怎会有年轻男女到此? 近来峨眉派收了不少狗男女,个个强横,本门和五台诸派常遭他们毒手。自己因时常出外摄取美少年,丈夫每每劝说仇敌势盛,本派力未养足以前,只宜隐忍。照此行为不检,极易将这些小狗男女们引来。自己当他醋心太重,故意恐吓,总是不听。连日心神不安,莫不真个寻上门来的晦气?"

心中一动,立即行法将身隐去,悄悄探头出去一看。正赶上那一双男女精赤条条在花林中,始而互相追逐了一会,女的被男的擒住,按倒在丰茸茸地上,纠缠作一堆,不可分解。晃眼之间入了妙境,渐渐酣畅淋漓起来。这时黑丑变的是一个仙骨英姿,相貌绝美的少年,固非原来鬼物形象,便那女子也是上等姿色,端的姿比花娇,郎同玉映。四周景物是那么美妙,又当着日丽风和,动人情思的艳阳天气。目睹这等微妙奇艳之景,个中人再妖淫放浪一些,妖妇尽管曾经沧海,见多识广,似此光天化日之下的活色生香,尚是初次入目。看不片刻,早已目眩情摇,心神都颤,只觉一缕热气,满腔热情,宛如渴骥奔泉,按捺不住,哪还顾得稍微矜持。看到中场,毫不寻思,便现身出去,口中故意娇叱:"何方无耻男女,污我仙景? 快起来见我!"随手指处,一缕紫莹莹的血光,已随手飞出,打向那女子左太阳穴上。只听哼了一声,玉躯一侧,歪倒在黑丑身上,当时毙命。

黑丑正在情浓头上,没想到有人来煞风景。闻声便知不妙,无如那女子该死,颠倒衣裳,刻意求工,一心专注所欢,耳目都失了效用。黑丑又是爱极怜惜,惟恐暴起抵御,致遭误伤,自恃玄功神妙,敌人不能伤害。又听口风不怎厉害,意欲先行法护住心上人,看清来历,再作应付。不料妖妇奇淫奇妒,一见黑丑,便决心据为己有,爱之惟恐不深。对那女子,却是惟恐留着分她一脔,恨之惟恐不毒。话虽不狠,手下却又毒又快。所用血焰针,仙人中上,不死必伤,何况凡人。黑丑一时疏忽,瞥见紫光一线,电射般而来,忙想抵御,已是无及。不由勃然大怒,赶紧赤身纵起,待现原身杀敌泄仇时,目光到处,见对面桃花树下,站定一个满面娇嗔,似羞似怒的绝色女子。论起容光,竟比死女还要妖艳得多,不特眉目眼角无限风情,便是全身上下,都无一处不撩人情致。黑丑出山不久,几曾见到这等人物。当时淫心大动,既没问对方假怒用意如何,立施邪法勾引。

妖妇的法力本领虽然不如黑丑,对于各种的迷人妖法却内行。黑丑奉有父命,不许对所迷女子行强迷惑,第一要她自愿上钩,除非对敌时万不得已,才可施展本门心法。积日既久,习以为常。上来用的是寻常迷人邪法,妖妇自然一见即知,她不知黑丑的本领不曾施展,心还暗笑:"这等浅薄伎俩,稍有烈性的女子也迷她不动,何况于我? 倒是你这天生的仙根玉貌,异禀奇资,比甚法术都强,你自己怎不知道呢?"如照往日遇见这事,非故意破法引逗,取笑一场不可。只因情急万分,恨不能一下将他紧紧搂住,融成一体,然后再问他为什么要爱那样贱货,咬他几口,才得称心,哪有心思和工夫矫情作态;况且自己杀人所欢,立即毛遂自荐,本以为女的是个凡人,男的纵会法术,也极有限,可用妖法引他上套。谁知对方竟是行家,尤妙是先怒后喜,分明新欢胜于旧欢。这一来,不特省事,加了兴趣,还可掩饰自己淫浪形迹,真个再对心思没有。

二人当下一拍便合。妖妇装作本是好人,为黑丑妖法所迷,因而入彀。初意还当黑丑真个十分爱她,贪恋美质,意欲长此快活。只是以假为真地装装昏迷,懒洋洋横陈地上,任凭作践,不特没想到采取心上人的真阳,连所擅房中绝技均未施展出来。谁知黑丑别有深心。因见妖妇下手毒辣,所施法宝又极厉害,以为不是淫荡一流。此时顺从,全因受了邪法禁制,神暂昏迷。只要清醒过来,未必委身相从。加以心爱荡女被杀,心中不无仇恨。这等有道行的真阴极为可贵,乐得就此采取,还可为所欢报仇。一经到手,连幻象都顾不得再撤去,一面恣意淫乐,一面施展家传采补之术,吸取妖妇元精。

妖妇初尝甜头,觉出对方功力与平日所接面首迥不相同。方在称心,喜出望外,猛觉对方发动一股潜力,当时心花大开,通体麻酥酥,说不出的一种奇趣。正在乐极情浓,百骸欲散之际,忽然警觉对方不怀好意。知道不妙,忙把心神一定,赶紧运用全力,将灵关要穴紧紧镇住,真气往回一收。总算见机尚早,悬崖勒马,未将真元失去。因知对方功夫出奇,暂时得免,实是侥幸。再延下去,仍恐难逃毒手,不敢再事矜持。一面保住真元,一面早施遁法,冷不防扬手打了黑丑一个嘴巴,俏骂得一声:"狠心冤家!"人已纵身脱颖而起。

黑丑见妖妇似已迷住,并未施展全力。眼看探得骊珠,元阴就要吸入玉窍,也是猛觉一股潜力外吸,如饥婴就乳一般,已经近嘴,忽又远引。收禽吞吐之间,奇趣横生,几乎本身元精也受摇动。方觉对方也是行家,待要加紧施为,妖妇倏地打了自己一嘴巴,脱身飞起。心中一着急,刚喝:"你想逃走么?"未及跟踪追赶,妖妇已满面娇羞,一身骚形浪态,俏生生站离面前不远的一株繁花如锦的大桃树下,手指黑丑,娇声骂道:"冤家,你放心,我遇见你这七世冤孽,命都不打算要了,只是话须说明了再来。"黑丑闻言,才知她刚才是有心做作,假装痴呆。

妖妇本来生就绝色,这时全身衣履皆脱,一丝未挂,将粉腰雪股,玉乳纤腰,以及一切微妙之处,全都现出。又都那么秾纤合度,修短适中,肌骨停匀,身段那么亭亭秀媚,毫无一处不是圆融细腻。再有满树桃花一陪衬,越显得玉肌映霞,皓体流辉,人面花光,艳冶无伦。妖妇又工于做作,妙目流波,轻嗔薄怒,顾盼之间,百媚横生。甚人见了也要目眩心摇,神魂飞越,不敢逼视。黑丑几曾见到这等尤物,不等说完,早挺身翘然,扑将过去,仍旧温存。妖妇存心笼络,何等滑溜,见他伸手要抱,只一闪,便已躲开。黑丑先前是急先锋,上来便据要津,一切未细心领略。这时人未抱着,只在妖妇背股间挨摸到一点,立觉玉肌凉滑,柔腻丰盈,不容留手。连抱了两次,均吃闪开,没能得手,越发兴动。妖妇本无拒意,又不便再逞强暴,只得央告道:"好仙姊,既承厚爱,有话且先快活一回再说,不是一样么?"

妖妇见他猴急,知已入彀,动了真情,边躲边媚笑,哧哧地笑道:"你不要忙,人反正是你的了。只是我还要问一句,你爱我是真是假?"黑丑急答:"自然是真的。"妖妇笑啐道:"我不是那死的贱婢。你分明是想害我,还说真爱,这样越发至死也不依你了。"黑丑知瞒不过,忙改口道:"先前因你太狠,不知你是甚心意,惟恐明白过来,还是不从,又不知你这等好法,实想盗你真元,给那女子报仇。如今休说你还爱我,便是日后不爱,也决舍不得伤你一丝一发了。"妖妇笑道:"照此看来,还稍微有点爱。我也不知你是真爱还是假爱,只是我爱你这冤孽极了,爱得连命都愿断送给你。但我也非无名之辈,能有今日,也曾修炼多年,受过不少辛苦魔难,就此一回葬送,太不值了。你真要无情无义,要采我的真阴,那于你大有补益,我也心甘情愿,但我得享受些时才能奉上。并且在我未死你手以前,你却是我一个人的,不许再和别的女子勾搭。你如愿意,凭你摆布,无不依从。否则我便和你拼命,我胜了与你同死,败了也宁死在你的面前,也不容沾身。你只估量给我几年光阴的快活吧。"妖妇这里流波送媚,款启朱唇,娇声软语,吐出无限深情的爱。黑丑由不得魂飞魄融,心摇神荡。偏是只凭文做,捞摸不着,如馋猫一般,早已急得抓耳挠腮，心痒痒没个搔处。好容易盼她把话说完，又听相爱如此之深。热爱情急之际，未暇深思，惟恐所说不能见信，立即跪倒起誓道："我蒙仙姊如此真心垂爱，此后成为夫妻，地久天长，同生共死，永远相亲相爱。如若负心，再与别的女子交合，形神俱灭于无限飞剑神光之下。"

黑丑本意是说到形神俱灭为止，话快出口，忽然想起本门修炼，多仗采补。自己按说功力尚差，不比父亲修为多年，已到火候，现时只为行乐，无须采补，所以宫中姬侍都通道法。自己能得此女为妻，自是旷世难逢的尤物，可以无憾。但是采补仍不能免，此誓如何起得？话到口边，以为自己炼就三尸，有三个元神，稍有丝毫缝隙，便即遁去。真要遇见最厉害神奇的法术、法宝，不过舍去一个元神，再费九年的苦功，仍可炼他复原。飞刀飞剑多是五金之精炼成，本门更有独特抵御之功，休说形神俱灭，稍次一点的，直不能伤及毫发。即便遇见像父亲所说，如峨眉门下那十几口最厉害的仙剑，如七修连珠以及三英二云所用诸剑，合璧夹攻，也至多葬送一个化身，无论如何也不致形神全消，觉着这誓决不会应验。念头一转，随把末几句加上。

实则妖妇倒真是热情流露，爱他如命。虽然欲与故拒，用了不少迷人手段，所说倒也不尽虚言，心中自然不无希冀。照这火一般热头上，黑丑如许她十年欢娱，到期仍要摄她元精，当时也必点头，情甘愿意。不过水性杨花，将来有无中变，难说罢了。黑丑这等答法，自然心满意足，喜出望外。也没回答，只将牙齿咬住朱唇，"嘤"的一声娇呻，柳腰微侧，仿佛不禁风似的就要倾倒。黑丑话一说完，早从地上纵起扑上，一把紧紧抱住，玉软香温，腻然盈抱，双方俱各美满已极。妖妇也不再抗拒，跟着双双一同侧倒，横陈在碧草茵上。这一来，泯去猜嫌，刻意求欢，各显神通，均不施展杀手，只管卖弄本领，全无疑忌之念。端的男欢女爱，奇趣无穷，醋畅非常。

时光易过，不觉金乌西匿，皓月东升。男女二妖孽又就着明月桃花之下，极情尽乐了一阵，方始坐起。舍去原地，另觅了一片干净草地，将先剩美酒肴果放在面前，相偎相抱，饮食嬉戏。妖妇笑道："我没见过你这等猴急的人，连口气都不容人喘。我两人如此恩爱情浓，到了现在，彼此还不知道名姓来历，不是笑话么？"黑丑把妖妇搂住，紧了一紧，笑道："先见时，是怕你不肯依我，急于上手。后虽想起，无奈爱极情深，连你说那些话都等不及，哪有心肠再叙家常？反正你是我的人了，早晚一样，忙它则甚？"妖妇道："我本来想先说，一则见你所学与我虽非一家，断定彼此必有渊源，我又有个讨厌的丈夫，并非无名之辈。我师父更是一派宗祖。我是向来行事无所顾忌，师父、师叔们和我丈夫俱都无如我何。你美得出奇，令人一见动心，不用再显所长，已恨不能一碗水把你吞下肚去。连敌带友，我也见过无数美男子，似你这样，做梦也未见过，难保不有一点做作，我却看不出来。真正年岁虽不易猜，但各派道友中并无你这一人，必是新近出山的有道之士。初出茅庐，多半胆小，惟恐你想起两家渊源，有了顾忌，岂不扫兴？以你这身功夫容貌，无论仙凡，哪里找不到便宜？我的情浓，妒心尤重，爱上一个人，便不许他人染指。适才上来，先将贱婢杀死，我即使死在你手，都所心甘。但决不许在我生前，你再爱一个，便是如此。如再为了胆小害怕，临阵脱逃，我再拦你不住，那我不更糟了？所以还是不说，等到事后再设计较。现在看出你果真爱我，说也放心了。你到底是哪位仙长的门下呢？"

黑丑又把妖妇极力温存抚摸，逼令先说。妖妇便照实说了。先以为黑丑听了华山派的威望，必要吃惊，谁知若无其事，只笑道："心肝是烈火祖师的门徒么？你的来历说了，我却不能说呢。"妖妇在黑丑怀里媚眼回波，满面娇嗔道："你还真心爱我呢，连个姓名来历都不肯说。"黑丑道："不是欺你，是有不能说的苦。"妖妇媚笑道："有甚难说的苦？我为爱你，命都不要，任你天大来头，只要你不变心，我都不怕。"说时玉臀不住乱扭，又做出许多媚态。黑丑吃她在腿上一阵揉搓，凉肌丰盈，着体欲融，不禁又生热意，趁势想要按倒。妖妇一味以柔情挑逗，执意非说出来，不允所请。黑丑无奈，只得把妖妇抱紧，通身上下连咬带吻，先爱了个够。然后叹道："我真爱你，想这露水夫妻能够长久一些，所以不肯明说，你偏要我非说不可。我又不舍得和你强，我也不怕师父，说出来其实无妨，只恐缘分就快满了。"

妖妇闻言，好生惊疑，想了想，仍是追问，并问缘满之言，由何说起？黑丑道："我一说出真名，你就不会爱我，岂非缘满了么？"妖妇手向黑丑额上一戳道："我说你太嫩不是？我还当你有甚大顾忌处呢，原来如此。实告诉你，你就是我的命，离了你，我就活不成。无论你以前以后声名多坏，为人多么可恨可恶，哪怕为你连累，受下无边苦难，粉身碎骨，都所甘心，焉有为此不爱之理？"黑丑只是摇头。妖妇奇怪道："这又不是，到底为何？我决不变心，你只明说吧。"黑丑吞吐说道："我本相奇丑，这个又不是本相。"妖妇笑道："这个我也早在意中，只没看出罢了。照你的好处，便丑得像个鬼，我也爱你。何况你能变得这么好，本底子也未必差呢。"黑丑道："那是我看家本领，那能当真？如照本来，真比鬼还丑呢。难道心肝全不嫌么？"妖妇脱口笑道："决不嫌厌。只是先不要现出来，等心肝说完来历，我还有话。"

417

黑丑便把自己是九烈神君之子黑丑说了。妖妇闻言大惊，暗忖："难怪他听了烈火祖师名头，不怎动容，原来竟有这么大来头。此人虽然奇丑，但他父子道法高强，房中之术尤为神妙，情分又如此深厚，与他相处，日后得益无穷。"为要坚他相爱之心，故意加做一些妖淫情态，笑答道："你忒痴了。你当我是世俗女子么？你有这等家传本领，便现真形，也能使人爱而忘死。何况你所幻假形，那么美妙，还叫人看不出来呢。不怕你笑，我以前也曾交接过不少壮美少年，可是不消几年，便化枯骨。即便至今不死，也都龙钟衰朽，老丑不堪。常人最美好的光阴，也只从十八九起，中间只有一二十年。少年时再要作践一点，更连这短时光都挨不过。照我所遇的人来说，就没一个活满过三年的，总是没有多久，使人扫兴。我因美质难得，遇到一个好的，任是不采他的真元，多么爱惜他，也是无用。先还仿佛余勇可贾，实则精髓早枯，越用药力，他越死得快。终于久而生厌，我不杀他，他也自死。真是无可如何，干叫人生气，只恨当初白爱怜了废物。同门中虽有几个差强人意的，一则多是枉自修炼多年，自来未断色欲，根基不固，到了紧要当儿，难免心动神摇，惟恐吃了我亏；二则他们见人就爱，知我情浓妒重，怕多纠缠。除师父、师叔均有爱宠，听说极好，不承下顾，没试过，余者均非对手，日久也都借故分开。我觉他们比常人还要惹厌，几回伤心，再也不睬他们。比较起来，还是我这位没出息的丈夫，倒能备个缓急。他除有时见我和人情热，不免吃醋，暗算人家，是个缺点，只要不眼见，也还不闻不问，别的都还将就，所以能和我相处至今。他也长得奇丑无比，并未嫌他。可是现在遇上了你，能否再同他长处，就难定了。我初见人时重貌，一经交好，重才更甚于重貌。往往一试即不再顾，或是不试而退的都有，没的招人心烦。似你这样千载难逢的人才，还有什么不足之处？若要十全十美，你可长用幻象与我快活。即使骤然路遇，隐藏不及，我只当那是你的元神幻化，以假为真，以真作假，不是一样么？只交接时看着快活，助些兴趣而已。"

黑丑听妖妇如此淫浪凶毒，奇妒无耻，一点不以为意，反觉她爱极而忘其丑，不特甘死无悔，连她许多不可告人的事，也都推肝吐胆，全数说出，可见情分之深。不禁爱极，重又搂抱在地，淫乐起来。妖妇一边迎合，媚笑道："久闻九烈神君独子黑丑生具异相，身高不满三尺，红睛绿发，肤黑如墨。你生相如此奇丑，我偏会和你成夫妻，舍身相爱，不稍嫌厌，真可算是舍其所短，而用其所长了。"黑丑听她语带双关，浪意十足，越发高兴，"心肝"、"性命"，喊个不住。

这一双妖邪男女正在乐极情浓，不可分解之际，忽听一声厉吼，一道暗赤光华，夹着十几根细才如箸、长约七寸的黑光，直朝黑丑头上飞到。妖妇闻声，便知丈夫寻来，必是见双方情热，醋劲大发。惟恐自己偏护所欢，飞剑难伤，竟连师父新近传授，轻易不准妄使的天躔密魔神钉，也同时发出。情人纵是法力高强，骤出不意，无法抵御躲闪，不死必带重伤。心里一急，由不得怒喝一声，欲待纵起，去和丈夫拼命。谁知身被黑丑压住，仍如无事。百忙中定睛一看，黑丑仍在自己身上，另外有一个三尺来高的小黑鬼，在周身碧烟围绕之下，已和丈夫对敌，斗在一起。那神钉分明见穿身而过，竟未受到丝毫损害，果然名不虚传，玄功奥妙。生平初见，不由又是心爱，又是佩服。越把丈夫视若粪土，惟恐气他不够，竟装作没有看见丈夫在侧，特意做出许多骚声浪气，丑态百出。

原来妖妇之夫池鲁，自从那日妒奸，将面首杀死，二人变脸大闹，几乎动手拼命。平日宠爱，受制已惯，妖妇淫浪滥交，早经约定，匪自今始。妖妇法力稍逊，真要拼急动手，难免吃亏，反被振起夫纲，日后更难快意，于是负气出走。这妖人是个暴性，每和妖妇闹过一回，必再三负荆，妖妇反加添一些苛法奇章，使自己多受好些挟制，始能和好如初。这次也实因所杀的是妖妇新交，正在情热头上，不稍顾忌，太已看不下眼，妒火暴发，骤下毒手。深知这位贤妻脾气，决不甘休。偏又不舍分离，妖妇走才半日，便生悔意。心想："反正得求她回来，一样服输，何苦多受孤栖之苦？"于是出来找寻。知妖妇近来得罪了许多同门，平日只顾摄取壮男，采补作乐，同道中多无往还，不会远走。新欢已死，又和自己反目，晚来难耐孤寂，此时必往邻近山城镇中，去摄取一二少年，仍在本山觅地相聚，聊以解渴。知道此妇心肠最硬，自己越服软得晚，吃亏越大。既要寻她，早去为妙。谁知把妖妇平日几处藏身之地反复找了几遍，并无踪迹。最后心里一灰，想起妖妇此时必又同了所摄的人，在隐蔽处尽情淫乐，自己却成了一个孤鬼，不禁妒火重燃。

正在烦恼气愤之际，忽听破空之声。抬头一看，空中共是三道光华，正由东往西横空飞过，色如虹霓，飞得极高，光也不强，飞更不快，如换常人，直难听见。一看路数，便知是正教门下。暗忖："敌派门人几乎无一弱者，这三道剑光分明是炼成不久，如是高明之士，怎会用它出来游行？这些小辈可恶万分，乐得乘他未成气候之时除去，将来好少许多事故。"又在气愤头上，怒火中烧，念头一转，立即飞空追去。哪知这三个敌人没等他追上，先已返身迎来，一照面，便喝："何方妖孽，通名受死！"妖人见敌人乃是三个女子，俱是仙风道骨，美貌非常，内中一个穿黑衣的少女尤为秀丽，不由动了淫心。以为敌人飞剑平常，一心还想生擒了来取乐。

哪知来人正是四川云灵山白云大师元敬门下得意弟子郁芳蘅、李文衍、万珍。因白云大师学道最早，在同辈中年岁几与玄真子、嵩山二老等不相上下，收徒也最早，所以郁、李、万三人都有高深造诣。近年奉了大师之命，在山东崂山另辟洞府修炼，随时在外积修外功，并不住在一起。这次三女闻说峨眉不久开府，师叔妙一真人奉师祖遗命，正式承继道统之期不久将至。又听本派小辈师弟妹中着实出了不少人才，凝碧崖已经开辟，好些同门俱已移居在内，连出了许多事故。仙山风景，美妙非常，私心向往，已非一日。上次慈云寺、青螺峪斗剑，以及史南溪等妖人攻打凝碧崖，均值闭关炼丹，正在火候，未得前去，常引以为深憾。加以好久未接师父谕旨，虽知峨眉开府盛典，决不会不令参与，终想早一点与这些自生以来的新同门相见。并且探听师父的口风，将来有无移往仙府清修福分。于是借着省师为由，往云灵山赶去。

白云大师还收有一个小徒弟，名叫云紫绡，非常美秀聪明，禀赋也好。上年见时，紫绡因自己入门未久，好剑尚没一口，而三位师姊不特各有仙剑随身，道法尤极高强，先背了人，向大师姊郁芳蘅讨要，请其便中代为物色。得了答应以后，暗想："师父曾说，功夫练时虽难，只要肯下苦功，终有成时。惟独好剑，须看各人缘法，难得求到。大师姊虽然答应，知道何年到手？若是三位师姊全都托到，比较指望多些。"于是又向李、万二师姊求说。三女本极爱这小师妹，禁不起一阵软磨央告，全都允了，并还答应必为办到，下次省师，也许便可带来。至不济，各人采用五金之精现炼，也炼出三口来，决不使她失望。紫绡自是喜极，谢了又谢。

三女都是疾恶如仇，遇上异派妖邪，从不轻饶。本意再遇敌人，只将敌人杀死，不将他飞剑绞断，以便留赠师妹，不过略费一点改炼之功，并不为难。谁知分手以后，一年多工夫，外功虽积不少，异派妖邪只遇到过两次，均被连人带剑一齐逃走。此次回山，觉得难向紫绡交代，起程时为难了一阵。万珍说："现时炼剑决等不及，妖人遇不到，我们不会寻上门去么？如由陕、甘两省绕着路走入川，那一带多是异派妖孽巢穴，再要露出一点行迹，我不寻他，他也放我们不过，岂不就有夺剑之望？"郁芳蘅觉着此去华山、终南山一带，俱是妖邪中首脑所栖之地，惟恐一不小心，弄巧成拙，这等做法，大是不妥，意欲拦阻。李、万二女自恃飞剑神妙，遁法精奇，又有绝好护身法宝,即不能胜,也无妨害,执意不听。俱说既然答应了小师妹,怎好意思空手前去?至少也得先给她找到一口。郁芳蘅强她俩不过,也真心爱这小师妹,只约定慎重行事。要避开华山一处,免与烈火祖师等敌人首脑相遇,败多胜少,枉自吃亏。只能暗中寻敌,不可公然炫露,挑逗强敌。李、万二人志在得剑,不是寻敌拼斗,也就允了,讲好后即起身。

　　事也真巧。三人飞离终南山不远,李文衍说:"前行便入汉中,这等飞行,怎能遇见敌人?"正想把剑光露出。郁芳蘅天生慧眼,忽然望见左侧山坳中宝气隐隐透出地面,心中一动,忙率二女赶去一看。只见那地方是一极晦暗的深谷,两面阴崖低覆,不见天日,谷径窄险,又无出路,宝埋地底颇深。万、李二女临近均未看出,如非过时目光所及恰是地方,连郁芳蘅也难看出。细一辨认,竟是金精所淬,越发高兴。只是地上已有发掘痕迹,只不知前人既已看出宝气,怎会浅尝辄止,未将宝物取走?也不管他,忙即行法发掘出来,乃是一个三尺多长,两尺宽的石匣,外有符咒禁錮。三人恰是内行,略运玄功施为,石匣立开。一看内中宝物,正好是三口宝剑和一个符咒密封的古玉瓶。宝气自剑上发出。玉瓶高才五寸,除形制古雅,玉色温润外,并无奇处。无意巧获,称心如意,不由喜出望外。正要拿了起身,忽见一道青光自空飞坠,其疾如电,落地便问:"何方道友,夺我现成?"三女因见来人是个少女,剑光正而不邪,口虽发话,并未动手,也就先以礼见。

　　两下里一问来历,才知那女子乃衡山白雀洞金姥姥罗紫烟的小徒弟向芳淑,新近奉命出山积修外功。日前无心中偷听两异派门下女童说话,得知这里地底藏有宝物,只是前宝主人埋藏严密,又有好些禁制。女童之师碧桃仙子崔琐,背着人费了三月光阴,才将谷口禁法破去,昨日才发现藏宝的真实地方。向芳淑得知就里,立即跟踪赶来。到时崔琐刚将地面禁法破去,正在破土。彼此道路不同,没有几句话,便动起手来。这晚正值雷雨很大,二人连斗剑带斗法,相持了三天,未分上下。斗到末了,崔琐情急诈败,将向芳淑诱向离此数十里外一个同党妖人那里,合力夹攻。向芳淑持有师传镇山之宝纳芥环护身,虽然百邪不侵,胜却万难。所幸妖女存有私心,恐人分她宝物,没对同党说出为何争斗,也不好意思独自退阵。正相持不下,忽然一道金光夹着百丈雷火,光中一只大手自天空飞下,将妖法破去。妖妇和妖党也被向芳淑乘机杀死。连忙赶回藏宝之处,三女已先得手了。三女曾在师父座上见过金姥姥,知是师门至交。便是向芳淑,也听她师姊何玫、崔绮说起过对方。三女想不到向芳淑小小年纪,已有这么深造就,本心喜赞;又知

421

所说必不会假。无如小师妹之约不能不践，宝剑还没得到一口，好容易无意而得其三，又闹了一场空欢喜。

依了郁芳蕤，既是自己人，要想一齐交还。万珍心终不舍，便和向芳淑说明心意，暂时借一口去应酬小师妹，异日如能物色到别的好剑，再当奉还。哪知向芳淑甚为慷慨，笑答："此剑名为三阳一气剑，乃汉末仙人张免炼魔之宝。三剑失一，灵效便减，不能分开。本来无主之物，见者有份。我们都是自家姊妹，小妹已有师传飞剑，本来多余。虽然为它费了不少精神心力，还遭阴火焚身之险，要是适才被外人路过，乘隙取走，又当如何？令师妹既无剑用，恰好取用。小妹只要这玉瓶好了。"说罢，径自伸手由石匣中将玉瓶取到手内，口里笑道："即此已承相让，足见盛情。小妹前途还有一人相待，恕不奉陪了。"说罢，扬手为礼，不俟还言，径自破空飞去。

万珍说："这位道友倒真大方，连客气都不容我们表示就走了。这一来，我们一人送小师妹一口多好。"李文衍人最精细，笑道："只恐她还有别的深意吧？她两位师姊背后常说她刁钻口甜，专一会哄师父疼她。那玉瓶我们没有细看，她就赶来，走得那么急，又那么高兴，必比这剑强得多呢。你想剑名她都知道，焉有不知此瓶来历用法之理？分明怕我们知道底细，后悔食言，所以就着口风得了就走。你说她大方，我看正是小气呢。"郁芳蕤道："她所说决不会假。我们志在得剑，本要一口，她却三口全让，也算讲交情的了。我们虽有渊源，终是初会，没甚情分。依我看，全数归她，不是也没得说么？先看这剑的本质如何？"李文衍方说："我想不会太好。"铮铮三响，眼前精光耀处，三剑已同时出匣。原来万珍更是心急，先取了一口在手内，随手一拔，不料石匣中两口也相继自出。果如向芳淑所云，三阳相生相应，收发同一，不再分散。三人各取一口，再一细看，剑柄三星凸起，剑长三尺三寸。手中略一舞动，便发出丈许长的芒尾，端的追虹耀目，照眼欲花。尤其剑光共是七层颜色，闪烁幻映。舞动一口，那两口也自同时颤动，似要脱手飞去。知是神物利器，不是寻常。李、万二女因此益发断定那玉瓶比此还要奥妙。都觉向芳淑以小人之心相度，取走无妨，不该不说明来历，拿了就走。

郁芳蕤笑道："事已过去，还说什么？反正人家东西，就好仍是她的，管她则甚？倒是此剑火气太重，就此送与小师妹，不知她年来进境深浅，一个驾驭不住，三口不比一口，易出危险。就有师父指点，终是炼纯一点，使她到手，就能使用的好，免得她又费事担心，美中不足。我们索性成全到底，前行试它一回。如可应用，不必再用遁法，就御此剑飞行，就势把它炼纯好了。"

万珍笑道："大师姊真爱小师妹,为了成全她,连行迹都不再隐晦了。此剑彩光炫耀,容易勾引敌人,招摇出事来,莫又怪我。我爱看沿途景致,是不爱高飞的。"李文衎笑道:"你也最爱小师妹的,怎也小气起来?"万珍笑道:"不是小气,是嫌大师姊太偏心。她入门最久,我们入门时什么也不会,几曾这样关爱过?"说罢,引得郁、李二女都笑起来。

当下就地坐下,各将剑囊佩好,照着本门心法,运用玄功,真气与剑相合。初意不过此剑太好,许能即时运用,并无把握。谁知竟与剑的前主人路道约略相同,只是初用,不如本身原有飞剑可以与身相合,飞行绝迹罢了。就这样,三女已觉出乎意外,欣喜非常。急于起身,也没等到运用纯熟,一见能用,便同御剑飞起。郁芳蘅初意剑光彩芒太强,易于惊动敌人,心愿已遂,本拟高飞,不再惹事。偏生万珍喜事仇邪,先前所说虽是笑话,私心仍想遇到敌人,试试此剑威力,特意拉了李文衎低飞。万珍所御之剑,恰是一口少阳剑,为剑中主体。三阳相生,以少为主。郁芳蘅初得,不知就里,以为得到后时间太短,功夫未到,难于高飞,越觉剑好,越想将它运用熟了,再赠小师妹。估量几处强敌老巢已过,遇上一些小丑也不妨事,便即任之。

一会飞向终南后山上空,正要横空飞过,万珍偶一回顾,下面岭麓飞起一道剑光,看出是华山派的路数,正合心意,也没招呼郁、李二女,先自回身飞迎下去。少阳一动,太阳、中阳二剑相继牵引。又见万珍回身迎敌,只得一同飞回。火太岁池鲁只见敌人飞行不速,剑光强而不甚灵活,以为敌人入门未久,虽有好剑,不善运用,意欲人剑两得,哪知上了大当。三女均想试试此剑如何,自己的剑先不应敌,只用遁法停在空中,各运真气指挥三剑飞上前去。两下里才一交接,池鲁便觉自己的剑本质太差,私心还在妄想收取,又另放起两道剑光。刚飞出手,忽听敌人一声清叱,立有三道白光飞出,惊鸿电掣,晃眼便将池鲁所放暗赤色的剑绞住。同时三女再用手一指,三阳剑三道彩虹忽然会合,穿入剑光丛中,迎着头一道赤光,只一压一绞之际,立时满天星火迸射如雨,绞成粉碎。总算池鲁知机,见势不佳,又急又痛心,一面忙运玄功,奋力将下余两剑强收回来。一面飞身逃走,回手扬处,飞起一串梭形碧焰,直朝三女打去。

三女不知池鲁是华山派门下数得出的健者,所用法宝均极厉害,误认碧焰是华山派所炼阴雷魔焰,匆促之间忘了使用护身法宝,意欲用太乙神雷破他。尚幸久经大敌,俱极谨慎,一面扬手发雷,一面收回剑光将身护住,以防万一。满拟神雷可以震散妖焰,三手扬处,神雷刚刚发出,猛听空中大喝:

"三位姊姊不可造次，此乃烈火老妖的幽灵碧焰梭。"声到人到，一圈五色彩光围着一个黄衣少女，手里好似持着一个玉瓶，瓶口放出五色宝气，其疾如电，由斜刺里飞将过来，长鲸吸海般照在那一串梭形碧焰之上，彩气往回一卷，便全收去。这时碧焰与三女剑光不过略微挨着一些，三女便觉周身冷颤了一下，方觉不妙，来人已将它收去。同时妖人池鲁骤出不意，见状大惊，情急之下，扬手又是几丝红、黑、绿三色针光飞出。哪知敌人瓶口宝气到处，依旧石沉大海。连失重宝，不由胆战心寒。敌人周身彩光围绕，只看出是个女子，连相貌身材全看不出，从来未听说过，更不知是何路数，如此厉害。师传重宝已失，敌人个个厉害，彼众我寡，哪里还敢再延下去。吓得一纵妖遁，在满天雷火光霞中化为一溜绿火，一闪而逝。说时迟，那时快，这只是瞬息间事。妖人一逃，来人也在彩光环绕之下，星驰飞去，晃眼无踪。

郁芳蘅、李文衍、万珍三女虽没看清来人容貌，但觉声音甚熟。又认出那玉瓶正是适才石匣中物，尤其那护身的一环彩光，为金姥姥镇山至宝纳芥环，曾经见过，分明向芳淑赶来无疑。见她来去匆促，宝玉瓶又如此神妙，越料定适才存有不可告人之隐。必是深知此宝厉害，又知三人路过终南，必与妖人相遇，那幽灵碧焰梭乃华山派教祖烈火祖师六件异宝之一，厉害非常，故此返回。适才如被打中，固无幸理；就是自己飞剑不怕邪污，与之接触，也必有感应，死虽不至于，人却难免受伤。连郁芳蘅都有点暗怪向芳淑不够朋友，既是自己人，就应互相关照，所掘藏珍已然相让，岂能食言反悔？明知前途有险，只那玉瓶可破，就不同行，也该预先说明，也好做一准备。事前既不明言，却在暗中跟来逞能，破了妖人法宝，便即飞去，连面都不照。久闻碧焰梭所发邪火，一经沾上，刺骨焚心，万无幸理。虽说有剑光护身，一见不好，可将师门护身至宝施展出来，不致受害。但是适才剑光已与敌宝相触，有了感应，应变稍迟，受伤实所难免。既来暗助，早些下手也罢，偏又等碧焰梭近身始行发动，好似有心显显能耐。总之种种都与情理不合。李、万二人更是气愤，形于辞色。互相谈论了几句，仍驾三阳一气剑，往前飞去。

这里火太岁池鲁没有寻到娇妻，反折了两件师门至宝，痛惜愤恨，气就本不打一处来，立意要把妖妇找到才罢，谁知这次却很容易。由敌人手里遁逃之后，刚飞出去几十里路，便见下面山谷中桃花盛开。知道妖妇生平最爱桃花，暗骂："该死！此地是她常游之所，怎的独未寻到？"因恐警觉，又被滑脱，老远按落了遁光，潜行前进，一路搜索，居然寻到两淫孽欢会的桃花林内。本心还想寻到以后和她好说，只求她回心转意，不做那煞风景的事。反正任多健壮的面首,到她手里不出半年,不死即弃。美人尤物,终是自己长有之物,何苦怄这闲气? 及至伏身在侧一看,对手不特生得玉人也似,并还是一个行家。二人相抱,各展身手,那热烈微妙的神态,休说妖妇以前所恋旧欢,竟连自己也未经过这等奇趣。照此情形下去,妖妇势必舍己就彼,自己连做绿毛君的身分都要失掉了。当时一股股的酸气直攻脑门,浊怒暴激,再也按捺不住,怨深恨极,拼着和妖妇再闹一个狠的,决计冷不防先将情敌杀死,再作计较。

第二〇六回

玉艳香温　秘戏花阴调鬼子
山鸣地叱　神雷天降荡妖氛

　　池鲁因恐妖妇庇护情人，恋奸情切，一击不中，必要倒戈相向，助仇夹攻。论起真实本领，妖妇虽说稍逊，到底费事得多。所以池鲁上来便下毒手，剑宝齐施。满拟仇敌毫未警觉，非死不可。哪知竟是个中能手，似他所炼那些邪法、异宝，独具专长，休说是他，便把烈火祖师和史南溪等人找来，也未必能够随便伤害。眼看法宝由仇敌头上穿过，竟若无事。同时比电还快，面前出现两幢浓烟。浓烟中各拥着一个相貌相同，丑怪无比，身高不满三尺的小黑人，左胁插着三口短剑，腰间佩着一个画骷髅符箓的人皮口袋。尽管生得瘦小枯干，神情动作之间却是狰恶非常，敏捷如电。

　　池鲁久经大敌，法术高强，一见便知形势不妙。连出恶声都顾不得，惟恐敌人动作神速，措手不及，慌不迭行法防身，人影一晃，遁向远处。同时手拍命门，先发出十余丈赤阴阴的烈焰将身护住，然后返身迎敌。那两小黑人也真迅速非常，就在瞬息之间，已经追到。池鲁再看先放出去的飞剑，已被敌人两道碧光敌住，颇有相形见绌之势。知道遇上劲敌，只不知是甚来头，如此厉害。初意追逼这么紧，必有一场恶斗，自料败多胜少。就此败退，不特于心不甘，从此更被妖妇看轻，更无重圆之望。只管心中惶急焦虑，全神贯注仇人身上，哪还有心再看眼前活色生香，诸般妙态。一回身，便发出数十股烈焰，将仇人挡住，一面将邪法、异宝尽力施为。

　　池鲁正在一心打算御敌，争一最后去留之际，哪知敌人上来虽是又猛又凶，等到回身返斗，势子忽然松懈下来。那元神分化的两个小黑人，各被百丈烈焰围住，并未再有动作。连先放出来的两道碧焰，也不再向自己宝剑压迫。细一注视，两小黑人虽为烈火所困，可是他那护身浓烟仍是原样，毫无动静。后放出去的几件法宝只在烟外飞舞盘旋，也无一件可以近身；所施邪法，更是一点灵效全无。一任破口喝骂，只是微笑不答，神情甚是安逸。心中奇怪,猜不透是何用意。即使料定自己不是对手,也决无好意相让之理。必是看出不堪一击,先将元神分化,将自己绊住,本身仍和己妻淫乐,将人气侮个够。等到好戏终场,然后奸夫淫妇合力共害亲夫。再不就是淫乐方酣,一时无力兼顾。

忽见前面草地上己妻带着娇喘在和仇人争论,百忙中忍不住向前偷看了一眼。原来仇人似要由地上纵起,吃己妻用一双玉腕紧紧搂着腰背,不放起来。淫声浪态,简直不堪入目。枉自愤急欲狂,无计可施。忽然念头又往好处想,暗忖:"这淫妇素来水性杨花,难道良心还未曾丧尽,虽恋新欢,不忘旧好? 知道仇人厉害,恐起来伤害丈夫,特借柔情蜜爱将仇人绊住,好放自己逃走? 仇人太已可恶,此仇非报不可! 就今日敌他不过,我也必赶往华山,禀知师父、师叔,约集众同门,将他化骨扬灰,才消愤恨!"心内寻思,劲敌当前,不知何时发动,还丝毫松懈不得。正在悲愤填膺,难决去留之际,忽听己妻娇声浪气骂道:"那死乌龟有甚顾忌? 你这小冤家占了人家老婆,这时又做好人,偏不依你。你要说话,不会喊他过来么? 偏在这时离开我。往常他又不是没见识过,今天鬼迷了心,偏有这么多酸气。我如不念在遇见你这小冤家是因今早和他怄气而起,这辈子也不会理他了。"

池鲁闻言,方在不解,忽又听妖妇喊道:"不识羞的红脸贼,这位道友乃九烈神君爱子黑天童黑丑,我不过向他领教采补功夫,你吃什么醋? 方才你暗算人家,本意要你狗命,因听我说出你的来历,人家看在师父分上,才没和你一般见识。想和你明说,从此一床三好,谁也不许争风吃醋。我也一地一天,不会厚薄,一样待承,永不再交接旁人。好些次他要起来,因我没尽兴,不肯放他。这小冤家不知你的德行,老觉同道中人不好意思,须我代说。话已说完,我实对你说,你如能听,还能保住好些快活;如再不识鬼羞,和我吃醋冒酸气,我却不稀罕你这丑鬼。好便罢,不好,我和小冤家将你杀死,一同回到他家,做一长久夫妻,永享快活,你却没份了。就你勉强逃走,去向师父、师叔们哀告,我夫妻有他父九烈神君护庇,谁也不敢动他半根毫发,那时怪我心狠就晚了。听否在你,言尽于此。如识时务,乖乖地把你那些现世现眼的破铜烂铁、萤光鬼火一齐收去,到这里来与他相见,包你日后称心。"

妖妇在奸夫拥抱狂淫之下,亲向本夫说出这等话来,语气既极刻薄挟制,说时淫乐又未休歇,反而穷形尽相,添了若干火炽。如换常人,按理万难容忍,谁都非和奸夫淫妇拼命不可。不料池鲁那么凶狡狠毒的左道之士,竟能忍受下去。先听情敌是九烈爱子黑丑,暗中便吃了一惊。再听妖妇软中带硬，一来平日受惯挟制，尤物移人，爱逾性命，这等淫浪行为，早已司空见惯。起初目睹奸淫，一半为了妖妇做得太过火些，一半也是为了情敌是个十全十美之才，妖妇本就离叛，偏再遇上这超等的面首，断定必要舍此就彼，永无捞摸之望，所以愤恨刺骨，必欲杀死情敌而后甘心。可是情敌一死，大害虽去，看妖妇对他这等热爱贪恋，也必仇深恨重，心痛情人，十九不会再行和好了。本来胜败都难，再看出妖妇还有许多奇情妙趣俱未身经，妒恨之余，越难割舍。仇人如此厉害，妖妇必被强占了去，自料此生已不能再享艳福。想不到今日情势迥异寻常，奸夫淫妇竟会自行吐口，连像往回那样苦苦负荆，千求万告，重订苛条都用不着，一点事没费，公然应允平分春色，互相释嫌修好。妖妇平日只要得到一个好面首，不到那人一息奄奄，精枯髓竭，轻易不许沾身。好容易盼她把情人磨死，过没几天，又去弄了两个回来，生性好淫，绝少虚夕。妖妻强悍，强她不得，没奈何，只好出山另摄妇女，聊解饥渴。无如美女难得，谁也比妖妇不过。妖妇更喜当着丈夫行淫，引逗吃醋为乐。时常激怒，将所欢杀死出气，便由于此。这等约章看似本夫难堪，比较起来，转多实惠，并还结交下一个极有本领的妖党，不由心中暗喜。适才冲天酸气，早已飞向九霄云外。

话虽如此，人心莫测，口里遥应了一声，暗中仍自戒备。正想相机行事，又听妖妇遥骂："丑鬼既已心愿，还不收风过来，只管装腔做甚？"声才入耳，再看烈火妖焰所围绕的两小黑人，已不知去向，竟未等到自己将法宝收回，便自隐遁。同时空中绿焰也被黑丑收回，只剩了自己所放两道光华上下飞驰。才知九烈父子果然名不虚传。喜得忙将法宝一齐收回，厚着一张老脸，飞身赶去。刚说："事出无知，道友休怪冒犯。"黑丑终是初次出道，有点面嫩，又因烈火祖师是其父知交，自觉占人之妻未免理亏，又见本夫已经赔话，自己仍扑在妖妇身上，太已过意不去。知道妖妇贪而无厌，如果明言，必和方才一样，仍吃搂个结实，反更当着其夫加上好些狂热。又不舍得硬挣伤她，便乘妖妇星眼微饧，秋波斜睨其夫，似嗔似怒之际，倏地暗运玄功，脱去柔锁情枷，纵身飞起。手一指所脱衣服，便已上身穿好。

妖妇骤出不意，一把未抱住，竟被飞脱。一看新欢已和旧好交相为礼，客套问讯起来，知道暂时不会再续前欢，兀自兴犹未尽，气得妖声俏骂："小冤家，不知好歹情趣，教人扫兴。你们一个小鬼，一个丑鬼，将来亏负了我，包你们不得好死。"骂了几句，这才坐起。先向左近小涧中略为洗浴，方始穿衣结束，盘问池鲁由何处寻来。池鲁忽然想起前事，忙对奸夫淫妇说了。黑丑心粗好胜，又因占有了池鲁爱妻不甚过意，一听他为四个少女所挫，又知那三女子飞行颇缓，凭着本门遁法，一追便可追上。既想代池鲁出气，又想在心上人面前卖好炫耀，闻言立发狂语，说是一晃便可追上，手到成功。于是三个妖邪会合，往郁芳蕤等三女所行的方向跟踪追去。

郁芳蕤等用新得宝剑飞行，起初委实不快，可是飞了一阵，越飞越纯，又渐悟出三阳一体相生之妙，不觉比前加快了好几倍。池鲁先后又好些耽延，本来不易追上，无如事有凑巧。三妖人正飞之间，忽见斜刺里几溜火星往前飞驰，池鲁夫妻看出是同门中人，忙催遁光追上前一看，果是自家弟兄。未及问话，因为其中一个正是史南溪心爱徒弟火殃神朱合，一见面便匆匆说道："大家快追！适接灵火告急，不知本门何人在前面被仇敌困住，晚了就无济了。"

那灵火告急，乃是华山派教祖烈火祖师新近鉴于各正派势盛，本派门人党羽时受诛戮，此时实力不济，又难与一拼，用多日苦功炼成一种临难告急的法术，传授给门下一干徒党。如遇危难不能脱身，只需将胸前所佩三角铜符一击，立有一丝碧火电驰飞去。这类邪法，与传音针等告急之宝不同，并不限定何处，只要按求救方向发将出去，凡是本门中人，全可感应，谁隔得近，谁先接到。如果自信能敌，如法施为，一指灵火，立即飞回，引导着向求救所在追去；如若自觉力弱，不能相助，便将所接灵火转发出去，再寻别的救援。别的异派妖邪多喜各寻名山胜域盘踞修炼，往往相隔千万里，不在一地。惟独华山派徒党相处最近，除却华山是教祖烈火祖师老巢外，门下徒党最远的也只在终南、秦岭一带，彼此相隔甚近。那幽灵信火细如游丝，常人目力所不能见，发时比电还快。遇上胸悬三角铜符的妖人，立即飞落其上，如磁引针。如要展转递发，往援的人虽有远近，未必立时赶到，警报却不消片时，便可传遍本派，灵通已极。只是这类妖法耗人精血，用过一次，便要重炼，不是万分危急，无法逃命，轻易不准使用。这同党既将信火发出，可知事在紧急，又因所追方向相同，连话都不顾得详说，立即会同赶去。

一会工夫，追了六七百里，飞到秦岭上空，忽见幽灵信火落处，在前面山环中飞起四道光华，其中三道投向西南。好似发觉来了强敌，自知不济，才一飞起，便行法隐身，一闪即逝，无影无踪；另一道最后飞起，光中有一少女，本是往北迎面飞来，也似觉出形势不妙，一到空中，倏地掉转头往南飞去。众妖人俱知来迟了一步，求救的同党已遭毒手，不由勃然暴怒。尤其池鲁，一见便认出这四道光华，正是适才先后所遇四女，仇人相见，分外眼红，又恃有朱合、黑丑同来,人多势众,忙即怒喝:"这便是破我法宝的贱婢。她们有法宝护身,休要放她们逃走。"

话才出口,黑丑早已看出对方便是所寻仇敌,急于当众逞能。见先走三个遁法神奇,业已隐去,知追不上。忙对妖妇道:"好姊姊,你躲一会,我要现丑相了,莫要看我。"妖妇也真听话,笑道:"那我到旁边等你。如和别的贱人勾搭,少时莫怪我狠。"说罢,径自往侧飞去。这里黑丑口中说着话,三尸元神业已分化,两幢妖烟拥着两个小黑人,分向左右飞去,微现即隐。跟着妖妇一避开,本身美男子幻象也自收去,现出原形。众妖人见后一敌人转身逃遁,接着忽然身畔发出一圈奇光,五色辉焕,光彩晶莹,围绕全身,飞星过渡般朝前面射去,迅速已极。方愁追赶不上,猛见前面碧焰星飞,一股黑烟粗约数十丈,将敌人去路挡住。少女似知不敌,返身又要往西飞逃,不料飞不多远,又是一幢黑烟挡住。烟中各有黑丑分化的元神,扬手便是数十百缕碧焰黑烟朝少女打去。微一停顿,后面的也已赶上,黑丑三个元神似走马灯一般,分三面将少女团团围住。

众妖人见状,自是快意。中有两个识货的,更认出少女护身光华是衡山金姥姥的至宝纳芥环,所用飞剑也是仙兵神物,不比寻常。敌人又长得那么年轻美貌,仙骨仙根,都打着人宝俱获的主意,各欲得而甘心,纷纷将法宝放起,上前夹攻。池鲁更因黑丑是其妻外宠,自己情敌,人家一上来,便大显神通,将敌人困住,惟恐无以自见,太已相形见绌。先惧敌人玉瓶善收法宝,惊弓之鸟,还在踌躇。及至相持了一阵,见敌人已被众人困在空中,寸步难移,玉瓶终未取出使用,暗向朱合递了个眼色。朱合自然也不愿外人占了头功。但知纳芥环妙用无穷,连九烈神君所炼阴雷都攻不进去,别的法宝更无用处,便各把极恶毒的邪法连同本门烈火全数发挥出来。晃眼工夫,烈火熊熊,上烛重霄,妖云弥漫,碧焰星飞,照得秦岭上空均成了暗赤颜色,声势煞是惊人。

原来郁芳蘅等三女剑仙,因御新得宝剑,飞行迟缓,飞了好一会,才到秦岭上空,正赶上华山派的瞎天师何明由西川访友归来,他也和池鲁一样,误认郁芳蘅等是正派中新入门的女弟子,妄起邪心,上前动手。三女先前吃过亏,已有戒心,一上场,先用师传至宝辟邪神璧将身护住,再行迎敌。何明虽长一辈,法力却没池鲁高强,斗不一会,十三把飞刀先被三女飞剑绞成粉碎。又连施妖法,放出本门烈火,俱未伤着三女分毫,反吃神雷震散妖氛。知道不妙,方想逃走,三女已用法宝反客为主,将他困住。何明危急无奈,一面施展邪法异宝拼命抵御，一面发出信火告急求援。正在相持等救之间，不料又来了一个对头向芳淑。

向芳淑起初得了玉瓶就走，并非含有私心，怕三女食言反悔，攘夺她的玉瓶。实因她被二妖妇困住时，所遇救星正是川边倚天崖龙象庵的神尼芬陀大师。向芳淑年纪虽轻，人却机智，知道神尼芬陀佛法高深，为方今佛门中精通道法、剑术第一等人物，师父时常提起，最为敬仰。当时跪谢之后，即请示玄机。芬陀答说："那玉瓶为前古真仙降魔至宝，非同小可，只你还不会使用。现时藏宝石匣已为人发掘出来，可速赶去。那人也是你的同道，匣中三阳一气剑可由她拿去，你只要那玉瓶。我在此等你片时，瓶到手后，速来此地相见，再说便了。"

向芳淑闻言，自是喜极。因芬陀大师曾说将往秦岭一个尼庵中，访一将要灭度的同门至友，恐其不能久待，忙又赶回原斗法处。芬陀说："此宝最好经我再炼一次，灵效更大，异日你归入峨眉门下，大有用处。我送那朋友坐化后，便将它带回庵去，至多半年便可炼成。只是你所遇白云大师门下三女弟子，前途尚有小难，我此时急赴秦岭，无暇往救。现时先传你此宝用法，学会之后，立即赶去。如见三女与妖人对敌，无论他用什么法宝、妖法，你只如法施为，立可破去。但是我一寻见那位朋友，谈不几句，便须入定，送她归真。你事完务要急速赶来，否则我为封藏她的法体，免受异派妖邪侵害，至少入定三日，同时连人带庵俱被佛法隐藏。你寻我不到，身藏异宝，又只略知用法，不能尽悉玄妙，不比你那纳芥环，可以由心运用，外人夺它不去。加以宝光外映，易受敌党觊觎。这里到秦岭尽是华山派诸妖邪的巢穴，一旦遇上，或是明夺，或是暗盗，如被得去，再想夺回就难了。"

向芳淑自把芬陀奉若神明，一一跪谢领诺。芬陀大师随将玉瓶用法传授，并把此宝来历、名称告知。向芳淑越发喜出望外。学会之后，拜别大师，又向前途赶去，果见三女正与妖人恶斗。心又记着芬陀大师之言，惟恐去晚误了时机，只一照面，用玉瓶破了邪法，惊走妖人，一句话没顾得和三女说，便已飞走。两次都是来去匆匆，以致三女起了疑心，当作藏私逞能，心中老大不快。

向芳淑先时只顾赶去赴约，一切未暇置念。及往秦岭寻到那所尼庵，叩门入内，见当中草堂蒲团之上，一边坐着一个白发寿眉，面如满月的老尼，一边坐着芬陀大师。全庵更无第三人，陈设也极简陋，只当中供着一轴佛的绘像，连尊塑像都无。上前跪拜行礼之后，便把玉瓶取出交与芬陀大师。老尼笑对大师道："无怪师兄功果比我还迟，原来有这么多烦恼牵连呢。"芬陀大师笑道："迟早何妨？你怎也会说出此话？"老尼警觉道："我错了，我错了。"芬陀大师又道："何处是错？你有何错？"话刚说完，只见老尼口角含笑，微一点头，二目便已垂帘，不再出声言语。随闻旃檀异香，满布室内。向芳淑定睛一看，老尼已经圆寂。因见芬陀大师合掌喃喃，巡行室内，尚未入定，难得有此遇合，恐有别的吩咐，又想打听老尼法号，叩完头起立，仍旧侍侧不去。芬陀大师随向老尼对面盘膝而坐，转眼入定。

向芳淑细查全庵，并无异状。待了一会，无甚意思，心想："这位老尼定也是位非常人物，既择此地清修，外面风景想必不差。大师入定，至少三日，适才未及观赏，何不往庵外一看？"于是信步走出庵去，见外面到处都是陂陀起伏，树木甚少，风景地势均极荒僻。再一回顾，庵已全隐。试照原来步数方向退回，终是无门可入。正想飞往别处游玩，觅地栖息，刚飞起不远，便见右侧山环中光华点点，裹住一团妖火邪氛。定睛一看，正是先遇三女和一妖道在彼斗法，相持不下。猛想起适才两次相会，俱都走得太促，此地无事，正好助她们诛邪，并与订交。忙赶了去，仗着纳芥环的威力，竟将妖人护身妖烟荡散，会合三女，同施法宝、飞剑，将妖人杀死。含着笑脸，正想叙说前事。三女以为彼此背道而驰，分手不少时候，路也走出多远，只一遇见妖人相持不下，她便赶来相助，天下事万无如此巧法。越认作她深悉此间地理和妖人巢穴，故意隐身尾随，一再逞能炫奇。万珍尤其气不忿，脱口便问："你那玉瓶呢？这回怎没取出施展？"向芳淑匆遽中没有看出三女神色不快，又知神尼芬陀性喜清静，不喜外人纠缠，惟恐说出真情，三女前去寻她，日后见怪。随口答道："那瓶还须再炼一回，始能尽其妙用。适才路遇一位老前辈，已托她带去重炼了。"万、李二女闻言，自是有气，方欲反唇相讥，郁芳蘅也当她所言不实，心想："终是同道姊妹，她年轻识浅，初次出道，好歹仍须看在她师父、师姊分上，不便十分计较。纵然藏私多诈，两次暗中赶来解围，用心终是不恶。"惟恐二女说出难听的话，彼此生嫌，忙使眼色止住二女，抢口说道："向道友，愚姊妹急于入川见师，前途事忙，行再相见。"说罢，一举手间，便率二女凌空飞起。

才到上空，便见来路上妖光邪气蜂拥飞来，看出来势厉害。如在平日，三女必定联向芳淑一齐追上前去。这时一则恨她私心自用，又想到首次在终南山遇见妖人时，眼看失利，得她到来，方始转败为胜。她又有纳芥环护身，百邪不侵，况且金姥姥为人好胜，芳淑是她心爱弟子，如无几分把握，必不轻易令她出山。虽然年幼道浅，有此二宝，所用飞剑也非常物，谅无妨害。李、万二女更是存心要使芳淑独任其难，不约而同便连郁芳蘅的身形一齐隐去。晃眼之间，妖光邪雾已经飞近。郁芳蘅回头见敌人势众厉害，还欲隐过一旁，相机而作，芳淑如若不敌，仍可相救。李、万二女坚持不肯，说："这丫头既然逞能，就让她尝尝厉害。我们在此，到时助她不愿，不助，日后师长知道又必见怪，还是只装作不知走了的好。反正她有纳芥环，至多被人困住，不致受害，管她则甚？"芳蘅也觉学她的样，暗中窥伺，不大光明，便没再回身，径随了二女一同飞走。这次因和妖人斗法，沿途耽延，加以那三阳一气剑业已随心驾御，只要照本门传授，便可当时应用。因急于入山见师，起时用原有飞剑，飞遁迅速，晃眼便是老远，后面情形一点也不知道。

向芳淑好心好意想和三女结交，不料一个没头没脑问了一句玉瓶，不等把话答完，一个便催起身，同驾剑光匆匆破空飞去，神情甚是淡漠，这才看出三女必有误会之处。芳淑也是年轻性傲，好生有气，不愿追赶，径自飞起。就在先后脚微一耽延，妖人已经飞近。芳淑目力自不如三女远甚，直到飞起空中，两下里相隔不过里许，才行觉察。芳淑人却灵巧，也是看出妖人人多势盛，不可轻侮。三女先去，玉瓶不在手内，知道厉害，不是一口飞剑所能抵御。连忙拨转头，催动遁光，星驰逃走，意欲避开。哪知妖人专为寻她报仇而来，眼见她由同党死处飞起，池鲁又指明芳淑是他所寻仇人，俱欲得而甘心，如何能容逃走。

芳淑自恃师传飞遁神速，敌人尚在半里以外，十有八九追赶不上。一边催动遁光，百忙中正要行法将身隐去，倏地眼前黑影一闪，突现出一幢数十丈长黑烟。内中一个通身漆黑，丑怪如鬼的小人拦住去路，手扬处，便有一丛碧绿烟光，雨一般迎面打来。黑丑阴雷乃九烈神君所炼，何等厉害。幸而芳淑自知道浅力薄，几次向师父力请下山行道，才得允准。无人相救，身败名裂，还贻师门之羞。所以一向小心，只要遇见稍微厉害的仇敌，总是不求有功，先求无过，老早便把纳芥环放起护身，着实避过许多危难。这次一见敌人，便料是所杀妖人同党，早把纳芥环取出应用。黑丑元神现身时，已在彩圈笼罩之下，阴雷打将上去，只震了一震，并未伤着分毫，黑丑还觉奇怪。可是这一震，芳淑也是初次遇到，不由大吃一惊。后面还有不少敌人快要追上，两下夹攻，定吃不住，哪敢迎敌，吓得一纵遁光，又往斜刺里飞去。

不料黑丑乃戾气所钟，生具异禀。所炼三尸元神幻化，其速如电。敌人身影只要被看见，晃眼便能追上，随心所欲，迎头堵住，那黑煞之气也四方围拢。芳淑业被看中，便能隐身，也难逃毒手。何况纳芥环已经施展，护身宝光除非收去,不能与身同隐。方想阴雷厉害,等逃远一些再收法宝隐身时,才飞不远,又是一幢妖烟挡住去路。跟着身后一幢妖烟也已追到。共是三个同样小黑人连同众妖人,将芳淑围了个风雨不透。黑丑阴雷已极厉害,加上池鲁、朱合等好几个华山派门下能手与黑丑争功,各把妖术、法宝尽量施为。晃眼之间,烈火腾空,邪焰妖气上冲霄汉,雷声隆隆,阴风呼号,又杂着无数鬼声魅影,震撼山谷。

芳淑被困其中,早已身剑合一,在纳芥环宝光环绕之下。急切间虽没受到伤害,可是宝光以外,四面重如山岳,休想移动分毫。黑丑人极刁狡,见敌人宝光神奇,不能攻进,阴雷打上去必要震动一下,看出敌人全仗此宝防身,道行尚浅,便唤住众人放松一些。仍是上下四面围困,当中却留出百十丈空处,使敌人悬在中心。又由元神幻化的三小黑人和众妖人分五六面立定,各将邪术、法宝挨次施为,这一来,芳淑果然吃了大苦。阴雷已极具威力,再加上别的妖人相助,每一发动,便被震荡出老远。刚由东面震荡开去,西面的又复打到,照样震了一下,紧跟着南北相应,循环不息。这一来,比适才四面逼紧不能移动还要难禁。人和抛球一般,随着宝光,上下四外翻滚不休。不消片刻,便被震得头昏眼花,难于支持。自知心神一散,稍失运用,邪气侵入,便无幸理。只得咬紧牙关,强自镇静,苦忍熬受。

眼看妖人越攻越急,心身渐失主驭,危机顷刻。倏地身外烈火黑焰中,似有一道极强烈的金光射落。因妖烟浓密,又在心迷目眩之中,没甚看真。来势快极,金光才闪,便听震天价一声霹雳,随着千百丈金光雷火打将下来。同时眼前奇亮,金芒射目,天摇地动,受震太甚,再也支持不住。心神刚刚一晕,暗道:"不好!"待要晕倒,猛觉金光照向身上,同时身上一轻,随即落地,纳芥环也似被人收去。这一惊非同小可,不由吓了一身冷汗,立时神智清宁。连忙睁眼一看,所有四外妖烟邪雾,就在这瞬息之间,全数消灭,无影无踪,连残丝剩缕都看不见,干净已极。直似做了场噩梦,刚刚醒转。

再往前一看,地面上却疏落落倒着几具妖人尸首。其中一个较远,身已斩为两片。下余周身俱为烧焦了一般。料定适才来了救星,妖人俱为雷火所诛。心想:"听师姊说,这太乙神雷,目前不但师长及峨眉派各位尊长十九有此法力,便同辈道友中也有不少人得过传授。功力虽有深浅,似此神奇威力,却连听都未听说过。那纳芥环出自师传,即使自己不能驾驭,外人也收不去。正派中长老尚不一定能够取走,何况妖人,怎会失落?落时妖人虽死,只那有身外化身最厉害的一个小黑人不见尸首。难道这厮玄功奥妙,乘着适才自己心神受震,迷乱之际,摄了纳芥环逃走？发雷的老前辈不在,许是为了此宝追去,也未可知。"连忙行法收了两次,不见飞回。

向芳淑正在又焦急又希冀之中,忽然前面人影一闪,现出一个仙风道骨,年约十一二岁的幼童。穿着一身鹅黄色的圆领斜襟短装道衣,项下一个金圈,肩插拂尘,裤短齐膝,赤着一双粉嫩雪白的双足。面如美玉,绿发披肩,修眉插鬓,粉鼻堆琼,唇如朱润,耳似瑶轮,一双俊目明若曙星,寒光炯炯。一身仙风道骨,装束形相活似观音座下善财童子,端的神仪内莹,宝相外宣,令人望而肃然起敬,决不敢以年幼目之。向芳淑本没见过这位仙长,不知怎的,猛然福至心灵,一见面便纳头跪倒,起初心里不过念着人家救命之恩。来人法力虽然高强得出奇,但是年纪这么轻。闻说峨眉门下新进,有几个出类拔萃之士,年纪打扮俱是幼童。惟恐叙出行辈,对方不肯受礼,故此先行拜倒。刚一跪下,猛想起这人相貌打扮,正和师父常说的极乐真人李静虚相似。那些妖人何等厉害,连纳芥环都不能支持,同辈新进资质多好,也无如此法力。念头一转,且不说破,以防万一猜错,只恭恭敬敬先叩了九个头,谢完救命之恩。然后跪请仙长赐示法号,以便称谓。

极乐真人自从成道修成婴儿,早应飞升灵空仙界。一则前此收徒不慎,师徒情分太深,以致纵容造了些孽,清理门户,并许宏愿,以十万倍积修外功来补过,一日功行不圆满,不使身形成长。二则鉴于五百年道家劫运,各派群仙纷纷收徒,光大门户,着实出了不少佳材。心想:"自身功行不久圆满,数十年光阴弹指即至,本门心法没有传人,不传可惜。道家收徒原为代代相传,门户逐渐光大,善功越积越多,永无穷尽。积十万外功不如度一佳士,如自我而斩,此时便积千百万外功,也难为将来抵补。以前是为道未成时,生平太重情分,收徒太多,良莠不齐,有一害群之马,全部习染为非,所以终局不是犯规叛教,便是自取灭亡,为外人所杀。只剩一个秦渔,眼看可以传授衣钵,又为天狐所迷,失去元精,终于兵解。就不如此,论他本质也是勉强,不能承继发扬。多年不收徒弟,一半是灰心,一半也是为了美材难得之故。现时转劫人多,仙材辈出,何不便中物色两个,承受本门衣钵,也是佳事。"由此便以童身游戏人间。因是行云流水,一任缘法,并不专意寻求。多少年来,只收了两个记名弟子,衣钵传人,仍未寻到。可是天生多有特性,虽已成仙,积习犹未全去。

真人生平最喜聪慧灵秀的男女幼童,以前收徒太滥,半由于此。尤其现时各正派中,这类有根基男女幼童最多。以为自己昔年学道,下山积修外功时，已近百年，彼时异派妖邪尚无如此势盛横行，师父犹恐闪失，除将本门法宝、飞剑尽量多赐传授外，每次诛戮妖邪，师父纵不明着同往，也必暗中跟去，稍遇险难，立即现身相助。端的珍爱护惜，胜于亲生。自恃师恩，也极放心大胆，何等容易。哪似现在一干后辈，年纪轻轻，十有九什么道法都不会，至多赐上一口飞剑，或件把法宝，入门不久，便令下山行道。又值异派猖獗之际，到处荆棘，隐伏危机。固然福缘深厚，生有自来，各人师长多通声气，互相关照，长幼两辈人数俱多，不患闪失，到时自有救星。但毕竟各都要经多少艰难危险。他们也真为师门争光，实在觉着可怜可爱。自从成都破慈云寺见到峨眉诸门人起，只要遇上，有难必救，往往另外还要加恩赐些好处。

这次原是无心路过终南，远望数百里外妖气弥漫，上冲霄汉，料知正派中有人被困，也没寻思占算，立即赶来。先以妖烟邪火太盛，妖人这等大举，内中所困必非等闲人物。及至飞近一看，被困的只是一个年才十四五岁的少女。敌人这面不特有好几个华山派门下能手，并还有九烈神君孽子黑丑，尽量施展其父所炼阴雷助纣为虐。少女想是年轻道浅，妖法太强，虽有师传纳芥环护身，并不能完全发挥此宝妙用，已被群邪似抛球一般，在烟光邪火重重包围之下，震荡翻滚，毫不停歇，人已万分不支，眼看要遭毒手。真人轻易不动无名，见此也不禁发怒，动了义愤。因见黑丑恶行未著，并且劫运也将临头。其父九烈曾经见过两面，执礼既恭，一点不敢卖狂。并还深知本人行为难逃天谴，近年更知悔祸，杜门不出，立志永绝恶迹。虽然纵容孽子外出，从凶助恶，毕竟不是他的心愿。本着与人为善之意，特意网开一面，扬手一太乙神雷打将下去。

真人道法高深，玄功奥妙，所用太乙神雷自成一家，与众不同。发时只就空中乾天罡煞之气，连同空中原有的雷电一齐聚拢，用本身新炼太乙真火发动，同时打下。与芬陀、媖姆二人所发神雷不相上下，更能生死由心，妙用无穷。当时千丈雷火金光如雷海天坠，火山空坠，比电还急。这一震之威，除将黑丑有意放走外，在场妖人只妖妇取媚黑丑，早已闪开一旁，未遭波及，下余一个也未逃脱。众中朱合法力最高，见多识广，逃遁也最神速，一见来势便知不妙，竟在法宝护身之下，用化血分身法自断一臂，欲化血光遁走。哪知仍瞒不过真人，还未遁出圈外，手指处，一道金虹电掣飞去，总共一眨眼的工夫，便劈为两半，连元神也一齐诛戮，仍未逃脱。

黑丑也看出神雷有异，先不曾受伤，只震了一下重的，妖烟阴雷全被消灭。自恃玄功变化，百忙中还想试斗一下。及见众妖人全数伏诛，才知厉害,不敢逗留,连忙收回化身,破空逃去。他不知真人有意放他,惟恐逃时受阻,情急之下,竟抓起几粒阴雷朝后打去。真人本意想破他阴雷,忽然想起一事。又见芳淑受震昏晕,随手一指,金光照处,使其神智清醒,落向地上。同时收了她的纳芥环,跟踪追去。黑丑见敌人跟踪追来,自己那么快遁法,晃眼竟被追近,一时情急,回手乱放阴雷。真人将纳芥环放起,隐去宝光,迎上前去,不等爆发,便已收去,每值一雷打到,便一停顿。黑丑惊惶匆遽之下,只当是阴雷的功效。同时又想这人与父亲常说的极乐童子形象相似,总算自己不曾冒失迎敌。如真是他,稍迟一步,焉有幸理? 越想越寒,惟恐追上,便将阴雷大把发之不已。直到把半葫芦阴雷发完,真人才住了追赶,喝道:"速学尔父,闭门悔祸,或者异日还能免死;否则,你固难免诛戮,你父也受你连累了。"

说罢,随即回转。见芳淑虔敬知礼,根骨也是上品,越生怜爱,含笑唤起道:"我是极乐童子。"向芳淑口称太师伯,重又下拜。真人笑道:"我与令师祖只有一面之雅,令师倒还见过几面,怎可如此称呼? 快些起来,我有话说。"

芳淑起立,恭答道:"太师伯修真在家师祖以前,又与峨眉祖师长眉真人同辈至交。师侄孙入门不久,道浅力薄,本不该冒昧下山。只为家师不久兵解,惟恐侄孙等难于成器,只等峨眉开府,便要引进到齐真人门下。照未来说,至少也该称呼太师叔才是,岂不乱了班辈?"真人笑道:"由你由你。那纳芥环现在我手,说完即还,无须愁急。令师既然传你此宝,为何不将妙用传全,只供防身之用,致你受此大险,是何缘故?"芳淑躬身答道:"也是侄孙性情躁妄,因听师姊们说,此次峨眉开府,无论新旧门人,俱都积有好些外功,受业之时,并还自陈以前功过。侄孙入门年浅,平日只在本山采药炼剑,惟恐入门之时无以自见,就为同辈所轻,自己也不是意思,再三央告家师,出山积修外功。家师被磨不过,恐弟子只一口飞剑,难经大敌,师恩深厚,不惜以镇山之宝相赐。因为时日已迫,立功心急,没等炼到火候,便自下山。川湘诸省尽是新同门的足迹,自知谫陋,难于争衡。久闻终南、秦岭一带尽多妖人巢穴,三秦黎庶时受侵害,虽然强弱相差,仗有此宝护身,略会隐身之法,以为避强就弱,去明赴暗,弃实捣虚,不与妖人硬敌,多少总可建点功行。到此数日,侥幸除了几个妖人,救了一些被害人民。中间虽遇险难,仗着小心应付和此宝防身,竟免于难。方自窃喜,不料近日先遇一个妖妇,为夺小雁谷地底藏珍,苦斗三日夜,被她诱向妖党洞外困住。幸蒙芬陀太师伯相助脱难,还得了一件前汉仙人张免遗留的青蜃瓶,因为不知用法,已交芬陀太

437

师伯重炼去了。适才相助三个同辈姊妹，合力诛一妖人，刚刚一分手，不料又被妖党多人寻来，如非太师叔赐救，几遭不测。”

真人笑道："峨眉自齐道友掌教以来，竟成众望所归，如水就下，昔日长眉真人'吾道当兴'之言果然应验，且有过之。自古以来，哪有如此盛业？难得你一个稚年弱女，孤身一人，因为向道心诚，居然不畏险难，于群邪四伏之区，畅所欲为，志固可嘉，尤堪怜爱。可惜我此时无以为赠。适才逃去的小妖人名叫黑丑，他那阴雷虽是邪法，却能以毒攻毒，别有妙用，将来有几位散仙中的道友均需此物。无如他们都得道多年，威望尊隆，决不肯向妖邪拉拢张口。你们后辈得了献上，他们必定笑纳。但是此物已与妖邪身心相应，事前一被发觉，不特反为所害，也成废物。我故意追赶黑丑，便为收取此物。因是收发由他心意，一触即裂，原意收它甚为费事，为省手脚，故此将纳芥环借去一用。现收不少在此，我已有禁制，非那几位道友的功力，不能随心应用。就是九烈看见，亲自收回，也无用处。现以赠你，到了开府拜师，你自陈功行时，当人说出，只说凭纳芥环收取到手，不必提我，自有人来向你答话。只要对方不是异派中来的外客，便可送他一半，不可全送。等第二人来索，还可多做一份人情。这两人决不负你，必有好处，无论何物，只管收下。到时我也许暗中代你为力，只是休对人说起我。"说罢，连环带那阴雷一齐递过。

芳淑还欲请示先机和他年成就，只见金光满眼，真人已无踪迹。当时惊喜交集，出于望外，连忙望空拜谢。起身一看，那阴雷每粒只绿豆大小，晶翠匀圆，甚是可爱，想不到竟有那么大威力。再看妖人尸首，连同先那一具，俱无踪影。知是真人行法掩埋，自己就在面前，一丝也未觉察，敬佩已极。满心欢喜，径向城市中飞去。不提。

黑丑当时吓得连头也没敢回，哪还有心思再顾妖妇，径直逃回山去。满拟向父母哭诉，下山为他报仇，不料反吃禁闭宫中，关了许久。每日思念妖妇，无殊饥渴。所以一出山，便去寻找，却未寻到。

原来妖妇史春娥漏网以后，不见众妖人回转，便知不妙。第二日赶往原地查看，除四外崖石被雷震塌好些外，是日在场的同党踪迹全无。以为黑丑和众妖人一齐遭了毒手，枉自伤心痛哭，咒骂了一场。随即去寻教祖烈火祖师和史南溪等首要妖人。起初也和黑丑一样心思，想寻敌人报仇雪恨。恰巧本门这些首要都在华山聚会，闻言莫不大怒。因不知敌人姓名来历，断定死尸必被掩埋，总有痕迹可寻。正打算赶往当地查看，只要寻到一具死尸，便可查出一点线索，到底是何来路，如此厉害。

忽一同道来访，也是为了此事，言说："那日有一女友约往秦岭，寻一大仇人，报复昔年杀夫之仇。对方是个不知名姓的老尼姑，一向韬光隐晦，独在秦岭茅庵中潜修，法力高深已极，平日敌她不过，怀恨至今。新近探出她就要圆寂，意欲坏她功果，并将元神戒体毁灭，以报前仇。及至掩向庵中一看，时候倒是正好，不料仇人竟和川边龙象庵的神尼芬陀是同门至交，请来先期护法。并还有一少女在侧，不知何人。芬陀厉害，素所深知，隐身法也未必能瞒得她慧眼，哪里还敢妄动，才一照面，便想遁走。谁知已被看破，无论走到哪里，都被千万斤潜力挡住，再也冲突不出。眼看旁立少女一会踱出庵去，我二人却被四外潜力越逼越紧，渐渐连移步都不能够。芬陀只面对仇人入定，不来理睬。仇人随即自身起火，将尸骨焚化，顶上现出灵光法身，飞升空中。尸体仍是原形未散，裂地自沉。又待了一阵，实在又急又怕，无计可施。先是那女友开口，说自从丈夫死后，便闭门修炼，不再为恶。现已明白夫死咎有应得，从此洗心革面，改邪归正，不敢再生妄念。哀求芬陀饶她一次。自己也跟着虔心求告，才得活动无阻。

"刚跑出庵去，便听左近一声迅雷，千百丈金光自天而下。初还疑是芬陀佛法，回顾茅庵已隐，并无动静。连忙隐身上空一看，相隔两里山坡上，立着适才所见少女，地下烟云刚刚散尽，零零落落倒着几具烧焦尸首。知道这一带和敌派相斗，只有华山一派。方想这么一个女孩子，也有这么大本领？忽然一道金光闪处，极乐真人李静虚现身。明知这人法力也与芬陀不相上下，隐身法一样是瞒不过。因那女友说她是早就独善其身，此次行刺只为夫仇，尽点人事而已。适才已向神尼发誓，永不再蹈前非，去与昔日道友结交。这事不过无心遇上，并未与死人同流，又非有心偷觑。李真人道妙通玄，明瞩机微，不会不知。问心无愧，逃躲反而不好，于是便没有走。一听双方问答，才知死的俱是贵派门下。我二人见邪正不能并立，早晚难于幸免，触目惊心之下，又想起近来异派中人的遭遇，越发胆寒醒悟。现和那女友约定，同往海外觅一小岛清修，不复再参与恶孽。前此道友嘱我异日同寻峨眉晦气之约，自审道浅力薄，实难从命。多年朋友，永别在即，惟恐到时失望，特先通知一声，并代辞别。"

烈火祖师等一听仇人是极乐真人，早把气馁了下去。正嫌她"神尼"、"真人"不绝于口，太显懦怯，不料听到后来，竟是公然明说，和那女友一样弃邪归正，并还露出绝交之意，不由勃然大怒。方喝："你被妖尼贼道吓疯了么？"还未及翻脸动手，来人道声："迷途速反，迟无及了。"声随人起，业已隐身遁去。众妖人以为少女必是芬陀爱徒杨瑾,否则哪有如此高的法力?得力徒党惨死了好几个,枉自暴跳愤怒,无如这一尼一道,无一能惹,只得暂息复仇之念,将来再打主意。

妖妇史春娥见师长如此胆怯,知无指望。又因来人未提黑丑死活,心终不舍。心想:"九烈神君近年连昔日同道都不肯见,岛上满是埋伏,外人怎么也进不去。黑丑如未死,必要来寻。"回到洞中,连等多日,未见来寻,料定惨死。这一来,休说如意郎君,连像丈夫那样的补缺人才都没一个。加以曾经沧海,勉强弄了几个壮男,俱不合心,白白害了几条性命。一干同道又都不敢对她染指,端的度日如年。最后忽发奇想,暗忖:"自己名声太大,不是人家不敢,便是自己不愿。现时正派势盛,平日同门情分又恶,遇上事,连个可共生死的帮手都没有。似此日夕摄取壮男,久了必应丈夫生前之言,遇上敌人,便难讨好。闻得海外散仙甚多,好些都是情欲未断,有妻有子。何不试往一游,碰碰运气?"主意打定。她原是随着池鲁拜师,本来不是烈火祖师亲收的弟子。借着访友为名,便往南海飞去。

黑丑寻史春娥不到,勉强幻形在大城市中寻些妓女,淫乐了些日。因有上次受挫和九烈的告诫禁制,倒也不敢妄为,可是越玩越腻。也是想起海内敌多势盛,遇上时身有其父禁制,还不能反抗,干受人欺。反正无聊,何不到海外去走上一回,也许真能遇上两个。初意本没想到南北两极荒寒之区,临快走时,忽然遇见一个华山派的门下。黑丑出山未久,识人无多,其父又不许与各异派妖人交往,原没想到兜搭。反是那人看出他幻象有异,存心拉拢。黑丑一听是华山派门下,顺便打听。也是冤家路窄,那人恰巧奉命赴南海夜明岛小仙源下书,昨日回来,路上正遇妖妇史春娥同一岛仙在彼游玩,因妖妇见即避去,没有说话。黑丑闻言,又喜又酸,连忙赶去。寻遍夜明岛小仙源,也无下落。后遇岛上散仙明霞神君韦煓,得知妖妇同了道友钟璟,往金钟岛寻人斗法去了。黑丑以为散仙中还能有甚可畏人物,并未详问金钟岛上有何人物,便自飞去。

实则韦煓便是妖妇史春娥情人,因和金钟岛宿仇,自己又不敢惹。又因妖妇贪淫,初试甚乐,日久疲于应付,疑心妖妇要盗他的元阳。恰值近日岛主外出云游,正好指使妖妇扰闹一番。也是假说昨闻人言,黑丑现在金钟岛,并说岛上俱是仙女,无一男子。妖妇立时酸气飘空,即欲韦煓同去寻找黑丑理论。韦煓却说:"我与岛主多年近邻,不便伤了和气。再者,双雄不能并立。要去,还是你一人前去好。好些女仙本领有限,怕她何来?"一面又说黑丑此时还在岛宫以内做上宾,教她如何扰闹,便能逼她将人献出。否则此岛甚大,你找不见他,他也不会知道你去。

妖妇史春娥做梦也未想到新欢如此心毒,只为稍出恶气,便让她身入虎穴,白送性命。当时淫欲迷心,暗想:"黑丑见自己带一新情人同行,也难保不生酸意。并且自己先就与人交接,背了前盟,不能再去怪他。不如独往,就说等他未来,一路千辛万苦,寻访到此,更显恩情。"应了一声,匆匆便走。韦飚见她情切旧欢,对己毫无留恋,心越暗恨。惟恐此去不能两败,妖妇如若逃回,必仍和自己纠缠不清。异日岛主叶缤知道,赶来问罪,又是祸事。妖妇一走,便暗隐身形尾随下去,自己不敢到岛上去,守在岛旁,偷觑动静。等妖妇败逃时,将她杀死,永绝后患。料想岛宫禁制厉害,神光尤为奥妙,妖妇至多杀伤两个侍女,毁掉一些宝物陈设,结局不死必伤,非败不可。

果然妖妇史春娥一到岛上,先就无理乱骂,叫岛上人还她丈夫。叶缤对于门人侍女,规条严整,轻易不许与人生隙。即有来犯,也是先礼后兵。这时恰有两名侍女在岛边闲眺,见妖妇飞落乱骂,一身妖气骚形,知非善良。一个还用善言盘问说:"岛上向无男子足迹,怎会有你丈夫?"一个早将警号暗中发动。宫中两女弟子闻警,当是邻岛仇敌大举来犯,先把师留禁制发动,然后率众出敌。妖妇看出两侍女无甚法力,越把新欢之言信以为真,口中辱骂不休。又把飞剑施出恐吓,逼说实话。又照韦飚所说,暗使邪法去破岛中神光宝塔,和那直达宫中的一座白玉长堤。不料两侍女法力虽然有限,那冰魄神光却是人人都会,又见禁制发动,立时变脸迎敌。紧跟着两女弟子也率众侍女赶到,一见妖妇神气,出语又污秽不堪入耳,俱都愤怒交手。不消片刻,妖妇便被千里彩光包围,绞为肉泥,形神皆灭。

韦飚只说叶缤不在,要差得多,以妖妇的法力,虽非二女弟子之敌,骤出不意,至少那座白玉长堤总为烈火炸裂。哪知全岛都有埋伏,全在冰魄神光笼罩之下,一经发动,彩霞当空,丽影浮霄,多大道行也吃不住。幸而预存戒心,没和妖妇同往。吓得哪敢停留,连忙遁回。见黑丑寻来,知是九烈爱子,法术高强,便借刀杀人,不论胜败,均可为双方树敌。立即编了一套假话,引他自投罗网。

黑丑到了岛上,也和妖妇差不多的行径,张口要人,跟着便用飞叉威吓。这次恰巧所遇的是叶缤心爱的侍女谢芳霞,不特法力较高,并能运用全岛神光禁制。听出来人是妖妇丈夫,黑丑去时又未现出原形,心想:"此时宫中正做晚课,似此妖孽,还不与前妖妇一样,有甚大了不得,何苦劳师动众?"一面还口迎敌，一面发动禁制。本来黑丑见岛上情形不对，拿不定妖妇是否在此，没想伤她。也是谢芳霞该当遭劫，禁制还没发挥妙用，她便将妖妇日前来此扰闹伏诛之事说了出来。黑丑闻言，痛心万分，立将原形现出，扬手两粒阴雷。谢芳霞单凭所炼神光、飞剑，如何能是黑丑对手。等到见势不佳，想要逃避，已是无及，肩头上扫中了一雷，邪气攻心。尚幸机警敏捷，禁法已经发动，同时报警也向宫中传出。黑丑不知神光禁制如此厉害，急于抵御，不顾二次放雷伤人，缓得一缓，谢芳霞才得败退下去。走不几步，黑丑心念动处，阴雷立即爆裂。总算谢芳霞知道阴雷邪气厉害，恐顺穴道上攻，逃时拼命运足全力，将穴道闭住，没被侵入正身致命之处。就这样，一条玉臂已被炸得粉碎断落，血肉纷飞，当时痛晕过去。宫中诸人也已赶出。黑丑自从上次吃亏，便学了乖，上来尽管狂妄，风声稍一不利，便生戒心。见岛上一个侍女已有如此法力，又见神光交织，宫中接连飞出许多敌人，再用阴雷，已为神光所阻，无法伤人，不敢恋战。意欲打听明了岛上来历，再打主意，立即运用玄功变化遁走。先回小仙源，不见一人。心痛妖妇，意欲回山取来法宝，再报此次之仇。到家一说，九烈神君听他又在海外闯祸，得罪叶缤，再三警告，二次关在宫中，不许外出。并因自己每日入定，恐他逃走，特命爱姬黑神女宋香娃代为监防。待不几天，二人言语不合，动起手来。黑丑之母枭神娘出来袒护爱子，宋香娃气愤不过，盗了许多法宝，不辞而别。九烈神君入定回转，夫妻反目，立逼黑丑去寻庶母赔礼，请将回来。九烈神君心恋妖女，怒火头上，忘了重施禁制。黑丑巴不得借此外出，偷偷带了不少阴雷，连同法宝、飞叉，重又出外。生来性傲，怎肯去寻庶母赔礼。因其父历述叶缤厉害，也没敢再去寻仇。每日东游西荡，结交了不少异派妖邪，妄肆凶淫，胆子越来越大。展转援引，竟和妖尸谷辰、白骨神君联成一气，终于恶满伏诛。

九烈神君全仗悍妻枭神娘援引入道，加上自身种种遇合，才有今日。修道数百年，一意采补，只应悍妻之请，生此孽子一点精血，又是生来异质，夫妻二人爱如性命。不料为人所杀，连所炼三尸元神全都消灭，不曾逃回一个。叶缤知道，此事即使九烈神君知难隐忍，其妻也不肯罢休，且又妖法厉害，恐非敌手。日里将云凤送走以后，便去武夷绝顶，将生平惟一男道友谢山借去的一盏佛家至宝散花檠，索了回来应敌。

那谢山是一个介于仙佛之间的散仙，既通禅悟，又晓玄机，与峨眉掌教妙一真人两世至交。俗家本是一位文雅风流贵公子，嗜酒工吟，年甫三十，便积诗万首，传诵一时。后来弃家学道，为散仙中有数人物，隐居武夷山千石帆潮音小筑自建的精舍以内。地当是武夷绝顶最胜之区，四外俱是危峰层峦，飞鸟不到。仙人多居名山窟宅，他独喜楼居。仗着仙法神妙，及原来的天生奇景，把一座潮音小筑，布置得灵淑清丽，美景无边。叶缤未成道前，便和他是通家世戚，所以二人交谊最深。

那散花槃形制古雅，乃是万年前美玉精英所制。叶缤原是无意而得，到手不满十年。这日因往武夷去访谢山，路过澳门附近，时当月夜，风静无云，碧海青天，交相涵吐，一片空灵境界。正觉海上夜景有趣，忽见远远碧浪如山，突涌天半。浪头上有一形似夜叉，胁生双翼的怪物，正由海内冲浪而起，已离海面百十丈高下。先是身后青莹莹，飞起指头大小一点星光，打向身上，一闪即灭。跟着便听叭的一声爆音，惨啸声中，怪物立被炸死。当时血肉横飞，随着沉了下去。怪物一死，水面上微微荡了一阵，也就平息，依然是万里晶波，光明景象，更不再有异状。先前那点青光小而不强，又为飞涛所掩，如换常人，直看不见。叶缤因仗行道多年，见多识广，看出是件奇珍异宝。暗忖："目前水仙，只紫云三女、翼道人耿鲲、陷空岛陷空老祖等有限几人，是在海底居住。余者名为水仙，所居都在陆地。并且这几处分在东、南、北三海，地绝幽远，最近的相隔中土也数万里，与水面上下相隔更是深极。这邻近省治，平日市舶往来，帆樯成阵的海口冲要繁闹之区，怎会有这类高明之士在水底隐居？那青光虽看不出路数，生平仅见，但极灵异神奇，正而不邪，决非异派妖邪和水中蛟蜃所炼法宝丹元之比。看那神气，分明是有人在彼清修，怪物前去侵扰，看出对方不大好惹，逃遁不及，吃宝光追来打中，登时诛却。"

叶缤不由动了好奇之心，意欲入海探看，到底是甚人物。便把身形隐去，行法辟水，直下海底。初意离海岸近，必不甚深。哪知怪物起处的下面，竟是一个海窍，深不可测，直下有三千多丈，才到海底。只见白沙平匀，海藻如带，摇曳纷披。深海中的怪鱼修鳞，千奇百态，栩栩浮沉，游行于断礁瑚树之间，往来如织，并无异状。心中猜想："适才许是一位水仙在水底路过，与怪物相遇，诛却以后，已经走去，否则怎会不见一点行迹？"

正在徘徊欲上，忽然觉出那些怪鱼只在身前一带游行往来，不往身侧游来，心中微动。回身细一查看，那地方已离海窍尽头边壁不远，广只百亩。地面上生着不少五颜六色的珊瑚树，大都合抱，纠曲盘错，形态奇古，各色皆备。尤以翠色的为最好看，从未见过，光怪陆离，灿烂非常。心想："原来这里竟生着这么好的珊瑚，如此粗大，世间所无，至少也是万年以上之物。"方欲拔起两株带赠好友,猛一眼瞥见正中心倒了一片亩许大小的礁石,将两株大珊瑚压倒折断,石头也凌空搁在珊瑚之上,分明新倒不久。知道当地最是宁静,微沙不扬,礁石乃海底沙虫所积,坚附海底,怎会无故自拔,形势又和人掀起一样?一路循踪赶去,直到壁窍之下,忽发现地底有一洞穴。上面仍是重波,齐着地面以下,并无滴水,大小形式俱与前见礁石相等,越知有异。

再定睛一看,洞穴靠壁一面,凹将进去,内里有一座六尺高的佛龛,龛中盘膝坐着一个枯僧,左手持着一个玉石古灯檠,右手掐诀斜指灯芯,面带愁苦之色。同时又看出先前原有几层禁制,已破去了一半,封洞大礁石也被揭去。最奇的是,那灯芯并未点着,却有一穗虚焰影,势若飞舞。人只要靠近洞口,灯焰便渐明显,现出极淡的青荧光影;人一退后,又复如初。知是一件至宝,适才杀死水怪的青光必由此出。

要换别人,早起贪心,入洞盗宝,惹出事来。叶缤毕竟修炼年久,道心清宁。又见那枯僧已在海底坐化千年,身有至宝,竟未受到侵害,佛法禁制,厉害可想。暗忖:"现时这里虽然受了怪物侵扰,门户大开,也只将外重禁制破去,依旧不能深入。看水怪死时惨状,高僧虽坐化,灵异神通犹存,此事万万不可造次。并且对方在此埋藏法体,用心如此周密。他能保持不坏之身,不为海水虫沙侵蚀,未始不是仗此法宝,就能取去,也于理未合。不过今日他已动了杀机,幽宫洞启,劫运也是将临,所以面容如此愁苦。自己本是来访谢山,近在武夷,顷刻可以往返。何不把他寻来商量,看是给他照样行法封固,还是迁埋别的隐僻之处,免得怪物同类又来扰害。"想到这里,再看那枯僧,面上愁容渐敛,似现微笑,益知所料不差。心中高兴,便即合掌通诚祝告,连问方才所想两种意思。枯僧除口角似带微笑外,更无别的征兆。试作欲下之势,青色灯焰忽明,光景荧活,似欲离灯飞起。不敢冒昧,只得离海,急往武夷飞去。

叶缤到了武夷山,见谢山手里拿着一片旧黄麻布,正在出神,面有忧色,见叶缤来,便随手收起。叶、谢二人由总角戚友,变为数百年同道至交,彼此极为亲近。叶缤觉得谢山平日夷旷冲虚,生平又无一个仇敌,不应面有忧容。因为急于述说海底奇事,略问两句,谢山饰词,一说也就丢开。随即叶缤便说了海底所遇。谢山闻言大喜,忙说:"枯僧所持古灯檠,乃前古的佛门至宝散花檠,又名心灯。来历详情,此时很难全知。如得到手,将来你我大是有益。"叶缤先还觉着无故夺人防身护体之物,不是正经修道人的行径。谢山却力说:"无妨。这位道友藏真海底,当时必是防有仇人伤害。事隔千

444

余年,冤怨已满,仇人也已转劫,无力相害。他既不愿永沦水底,更防怀宝伤身,受别的妖邪水怪侵害。我们只消将他法体移埋妥当。至于所设禁制和佛灯神焰,我俱能够抵御。此时踪迹已现,速去勿延。"

叶缤不便过于拦阻,只得同往。回到原地,想不到事情极其顺利。先是谢山在洞里喃喃默念,手又掐诀,看不出是在念咒,还是通诚祝告。念完,手指处,水便分开,下面禁制全失灵效。灯上佛火快要飞起,吃谢山掐诀制住,却令叶缤收取。到手以后,枯僧双手忽然下垂,落向双膝盖上,玉灯檠也不再生异状。一点没费事,便连佛龛摄起,移向武夷绝顶千石帆谢山仙居左近,叱开石壁,埋藏封固。还拔了好几株万年珊瑚回去。

叶缤知彼此法力道行相差无几,这次谢山独有成竹在胸,事若预定,好生奇怪,再四盘问,终是饰词遮掩。后来仅说:"那枯僧和我二人必有前因,无如事隔千余年,毫无端绪。我二人此时法力尚算不出,不久齐道友峨眉开府,内有不少佛门中神僧、神尼,到时转托探询,始能深悉。"叶缤不知他是否藏有难言之隐,坚不明说,只得罢了。

谢山说此宝乃叶缤发现,又她亲手收取,坚欲相让。叶缤自是不肯。互让结果,才商定在未问明来历因果以前,暂为叶缤所有。但是用法不明,暂时只好各按本身法力,一同练习,使彼此均能运用。等到二人悟出玄妙,可以随意应用时,才知此宝内藏前古神油,始能发生佛火妙用。檠柱藏油本来不多,又经二人练习时糟践了一半,等发觉时已经无及。因此宝有伏魔之功,法力不可思议,二人仅悟出了一半,已有绝大威力。因此互相珍惜,轻易不肯妄用。

前两月,谢山将宝借去寻一神僧参详,没有送还。叶缤因将黑丑杀死,恐九烈神君寻仇,难于抵御,特去取回。不料却无意中给妖尸谷辰一个重创。收回冰魄神光之后,忽然心动。知道仇人寻来,连忙飞起。刚到上空,便听东南方遥空中起了一种极尖锐的鬼啸之声,凄厉刺耳,越来越近,令人闻之生悸。跟着便见天际有一黑点移动,晃眼展布开来,立时狂飙大作,晴日无光,眼见天被遮黑了半边,直似黑海飞空,万里黑云疾如奔马,漫天盖地而来。众人一看大惊,暗道:"不好!"纷纷飞起,各将法宝、飞剑迎上前去。

要知来的是谁,以及峨眉开府,群仙盛会,乙休大闹铜椰岛等本书诸紧要关节,且看下文分解。